读客悬疑文库

认准读客读悬疑，本本都是大师级。

SUMMER OF NIGHT

诡异之夏

[美] 丹·西蒙斯 著　阳曦 译

DAN SIMMONS

文汇出版社

图书在版编目（CIP）数据

诡异之夏 /（美）丹·西蒙斯著；阳曦译. -- 上海：
文汇出版社，2023.8

ISBN 978-7-5496-4047-8

Ⅰ. ①诡… Ⅱ. ①丹… ②阳… Ⅲ. ①长篇小说－美
国－现代 Ⅳ. ①I712.45

中国国家版本馆CIP数据核字(2023)第114531号

TITLE:SUMMER OF NIGHT
AUTHOR:DAN SIMMONS
Copyright © 1991, 2011 by Dan Simmons
Published by agreement with Baror International, Inc., Armonk, New York, U.S.A. through
The Grayhawk Agency Ltd

中文版权 © 2023 读客文化股份有限公司
经授权，读客文化股份有限公司拥有本书中文（简体）版权
著作权合同登记号：09-2023-0523

诡异之夏

作　　者 / ［美］丹·西蒙斯
译　　者 / 阳　曦

责任编辑 / 陈　屹
特约编辑 / 徐陈健
封面设计 / 陈艳丽

出版发行 / 文匯出版社
　　　　　 上海市威海路 755 号
　　　　　 （邮政编码 200041）
经　　销 / 全国新华书店
印刷装订 / 大厂回族自治县德诚印务有限公司
版　　次 / 2023 年 8 月第 1 版
印　　次 / 2023 年 8 月第 1 次印刷
开　　本 / 889mm×1270mm　1/32
字　　数 / 552 千字
印　　张 / 21.25

ISBN 978-7-5496-4047-8
定　　价 / 79.90 元

以上所有研究指向一个共同的结论：这一代的父母过于担心孩子的安全，为了安抚自己的恐惧，他们对孩子的生活横加干涉，过度监督，强加给孩子大量不必要的安排和指导，这些行为剥夺了年轻一代的空间、时间、秘密和缄默，而这些东西正是我们在 21 世纪维护童年存在的必需要素。

——丹·西蒙斯

1

老中心学校仍巍然屹立，坚守着它的秘密和缄默。稀疏的光柱中飘浮着八十四年来从未散尽的粉笔尘埃，黑暗的楼梯和地板隐隐散发出近一个世纪反复翻修留下的油漆味，冲淡了凝滞的空气中桃花心木棺材的气息。厚重的墙壁仿佛能吸收所有声音，岁月和重力扭曲了高耸的窗户中那一块块玻璃，空气里浸润着灰暗的倦怠。

老中心学校的时间走得格外地慢，如果不是完全凝固的话。走廊和楼梯井里仿佛永远回荡着微弱的脚步声，那声音和阴影中的任何动作都不同步。

1876年，老中心学校埋下了第一块基石。那一年，卡斯特将军和他的部属在西边的小巨角河畔惨遭屠戮，而在遥远的东方，第一台电话出现在费城的百年纪念博览会上。坐落在伊利诺伊州的老中心学校地理位置正好处于二者之间，却远离任何历史潮流。

到了1960年的春天，老中心学校似乎和那些曾在此任教的老教师走到了同样的境地：他们的年龄已经无法继续胜任工作，骄傲却不容许他们宣告退休；他们之所以还能站得笔直，全靠习惯和那股不肯弯腰的劲头。几十年来，这所学校就像一个暴躁的老处女，她不能生育，只能去借别人的孩子。

女孩们在教室和过道的重重阴影中玩着洋娃娃，然后死于分娩；男孩们在走廊间奔跑嬉闹，在越来越昏暗的冬日午后被关进空寂的房间罚坐，然后被埋葬在那些地理课本从未提及的地方：圣胡安山、贝劳森林、冲绳、奥马哈海滩、猪排山、仁川……

早年间的老中心学校挤满了快活的年轻人，5月和9月，天气晴暖的时候，低层的教室时常笼罩在榆树的林荫中。但年深日久，教学楼附近的榆树日渐枯萎，街区周围的大树在岁月和疾病的侵扰下慢慢钙化成了形销骨立的骷髅，仿佛一排排沉默的卫兵。一些树被砍倒运走了，但大部分仍留在原地，光秃秃的枝丫在操场和球场上投下狰狞的影子，仿佛一双双伸向学校的嶙峋怪手。

来到榆树港这座小镇的访客若是离开哈德路再走两个街区，便会看到老中心学校；他们往往误以为这幢庞大的建筑是一座大得过分的法庭大楼，或者其他什么修错了地方的政府机构，只是因为狂妄而把尺寸放大到了荒谬的地步。归根结底，这座日渐衰败的小镇只有区区 1800 位居民，它有什么理由修这么一幢占据了整整一个街区的三层大楼呢？等到旅行者看到操场上的设施，他们才会恍然大悟——这是一所学校。一所奇怪的学校：钟楼陡峭的黑色尖顶离地足有 50 英尺，屋顶繁复的黄铜纹饰上覆盖着一层厚重的铜绿；理查森罗马式石拱盘踞在 12 英尺高的窗户上方，就像一条条巨蛇；四处散落的圆形和椭圆形彩色玻璃窗让整幢大楼显得更加不伦不类，仿佛教堂和学校的混血怪胎；三楼的屋檐上方耸立着法国复兴风格的山形屋顶窗；凹式门和百叶窗顶上奇怪的涡形花纹犹如凝固的石头旋涡；但最令观察者深感不安的还是它庞大得近乎不祥的尺寸。对于这座平凡的小镇来说，老中心学校实在大得离谱儿，那三排高耸的窗户、低垂的屋檐、山形屋顶窗、四阿顶乃至破败的钟楼都和周围的环境格格不入。

如果这位旅行者对建筑学稍有了解的话，他或她一定会在这条安静的柏油街道上停下车来驻足惊叹，然后拍张照片。

不过哪怕是在拍照的时候，敏锐的观察者也会注意到，那些高耸的窗户其实更像巨大的黑洞——就好像建筑师把它设计出来不是为了透光或者反射光线，而是为了吸收光线——无论是理查森罗马风格、第二帝国风格还是意大利风格都不过是浮于表面的点缀，这幢大楼真正的建筑风格野蛮而平凡，或许可以称之为中西部学院哥特风；所以它最终给人的感觉不是一幢令人惊叹的建筑，甚至无法称之为精巧的建筑，只能说是无数砖块和石头拼凑起来的精神分裂的庞然大物，特别是那座古怪的钟楼，它的设计者显然是个疯子。

有的访客可能会忽略或压抑内心越来越强烈的不安感，四下打听一番，或者干脆驱车前往县政府所在的橡树山，查查老中心学校的来历。于是他们会发现，这所学校是某个宏图伟业的一部分：八十多年前，本县曾计划修建五所伟大的学校——东北、西北、中部、东南和西南各一所。老中心学校是这五所学校里落成的第一所，也是唯一的一所。

19世纪70年代的榆树港比1960年的今天更繁华，这主要得感谢那条铁路（现已废弃）和野心勃勃的城市规划者从北方的芝加哥引来的大量移民开拓者。1875年，这个县拥有2.8万人口，但到了1960年人口普查的时候，本地居民已经萎缩到了不足1.2万人，其中大部分是农民。1875年榆树港号称拥有4300位居民，规划移民大计、主持修建老中心学校的大富翁贾奇·阿什利预测，这座小镇的人口很快就会超过皮奥里亚，说不定能跟芝加哥分庭抗礼。

贾奇·阿什利从东方请来的建筑师——他名叫索伦·斯宾塞·奥尔登——是亨利·霍布森·理查森和R.M.亨特的门徒，他创造的这幢建筑学梦魇蕴含着即将兴起的罗马复兴式风格中最黑暗的那些元素，但完全看不到罗马式建筑的壮丽和恢宏气势。

这位大富翁坚决主张——榆树港也赞同他的看法——学校应该修得大气一点，这样才装得下即将涌入碎心县的那么多学童。所以这幢大楼不光考虑了上小学的孩子，三楼还有高中教室——虽然只在"一战"时启用过——甚至预留了城市图书馆和大学可能需要的空间。

但从来没有哪所大学在碎心县安家落户，更别提榆树港。1919年大萧条期间，贾奇·阿什利的儿子黯然破产，此后不久，坐落在布罗德大道尽头的阿什利大宅也被烧成了平地。多年来老中心学校一直只是一所小学，随着越来越多的人离开本地，本县新的联合学校不断落成，在这里念书的孩子也越来越少。

1920 年，橡树山开办了一所真正的高中，老中心学校三楼上的高中教室就此空置，摆满课桌椅的屋子里只余蛛网和黑暗。1939年，城市图书馆也从一楼气派的穹顶厅里搬了出去，留下夹层里空荡荡的书架，俯瞰着所剩无几的学生在幽暗的走廊、过于宽阔的楼梯和地下室里奔跑追逐，仿佛谜一般的废弃城市中仅存的遗民。

到了 1959 年的秋天，市议会和碎心县学区终于决定彻底废弃老中心学校，这幢奇怪的建筑——尽管里面很多房间已经搬空了——供热和维护实在过于困难，榆树港最后的 134 名小学生将于1960 年秋天全部转去橡树山附近新建的联合学校。

但在 1960 年的春天，放假前的最后一天，再过几个小时就将被迫退休的老中心学校仍巍然屹立，坚守着它的秘密和缄默。

2

戴尔·斯图尔特坐在老中心学校的六年级教室里，放假前的最后一天绝对是大人给孩子设计的最严厉的惩罚。

时间过得比他在牙医办公室外面等候的时候还慢，比他惹恼了妈妈、等着老爸回来揍人的时候还慢，比……

简直太慢了。

越过老肥特染着一头蓝毛的脑袋，他看到挂钟指向下午 2 点43 分。墙上的日历告诉他，今天是 1960 年 6 月 1 日星期三，放假前的最后一天。只要过了今天，戴尔和伙伴们就再也不必忍受被关在老中心学校里的无聊日子，可是现在，时间仿佛完全凝固了，他觉得自己成了一只被困在琥珀里的昆虫，就像卡瓦诺神父借给麦克的黄石头里面的那只蜘蛛。

现在他完全无事可做，连功课都没有。下午 1 点 30 分的时候，所有六年级学生就把他们租来的课本全都交了上去，达比特太太一丝不苟地检查了每一本书，不放过任何一点损伤……虽然戴尔搞不明白，她怎么分得清书上的破损是出自这届学生的手笔，还是以前的租客为了发泄对无聊课本的怒火而留下来的……课本交上去以后，整间教室空得瘆人，就连布告栏和课桌都被擦得干干净净。老肥特没精打采地建议他们读会儿书，虽然早在上个星期五，学校图书馆就因为担心放假前有人忘了还书，把所有书全都收回去了。

戴尔本来可以从家里带一本书来读，他回家吃午饭时摊开放在厨房桌子上的那本《人猿泰山》就不错，最近他正在读的 ACE 系列双面科幻小说也很好看。不过，尽管戴尔每个礼拜都会读几本书，但他从没想过要在学校里读书。学校是做题的地方，听老师唠叨的地方，回答问题的地方，哪怕这些问题的答案简单得连黑猩猩都能从课本里找出来。

所以戴尔和六年级的其他 26 名学生就这样无所事事地坐在夏日的酷热和潮湿中。即将到来的风暴染黑了外面的天空，教室变得越来越昏暗，挂钟的指针仿佛凝固了一般，夏天悄然退场，老中心学校发霉的凝滞像毯子一样沉重地压在他们身上。

戴尔坐在第二排从右边开始数的第四张课桌后面。这个位置正好能让他透过衣帽间入口和幽暗的走廊瞥见五年级教室的房门，他最好的朋友麦克·奥罗克就坐在那间教室里，和他一样等着放假。麦克和戴尔同岁，实际上他比戴尔还要大一个月，但他念了两次四年级，所以过去两年来，他们之间一直差着一个年级。虽然留了一次级，但麦克还是和以前一样满不在乎——他不介意拿留级的事儿开玩笑，这也丝毫没有动摇他在操场上和伙伴中的领导地位；对于害他留级的老师格罗胜特太太，麦克从未流露过一丝怨恨，但戴尔敢打赌，其实麦克恨透了那头老母羊。

戴尔的其他几位密友也被关在教室里：吉姆·哈伦坐在第一排，那是达比特太太重点关注的区域。现在哈伦正懒洋洋地趴在课桌上，闪烁的眼神在教室里不停打转；其实戴尔和他一样不安分，但他努力克制着自己。感觉到戴尔的视线，哈伦做了个鬼脸，他的嘴角简直和橡皮泥一样灵活。

老肥特清了清嗓子，哈伦立即摆出一副乖孩子的模样。

查克·斯珀林和迪格尔·泰勒坐在离窗户最近的那排——这对政客是班里的头儿。两个浑球。除了去小联盟打比赛或者训练以外，戴尔在校外几乎从来不跟他们打交道。坐在迪格尔后面的格里·戴辛格穿着一件破旧的灰T恤。不上学的时候大家都穿T恤和牛仔裤，但只有那些最穷的孩子——譬如格里和科迪·库克家的几兄弟——才会把这样的衣服穿到学校里来。

长着一张圆脸的科迪·库克坐在格里背后，这孩子表情温和，但一点也不蠢。她扁平的胖脸正转向窗外，但无色的眼睛像是什么都没看见。她嚼着口香糖——这姑娘随时都在嚼口香糖——但不知为何，达比特太太从来注意不到这事儿，更不会训斥她。如果经常嚼口香糖的是哈伦或者班上其他哪个淘气鬼，达比特太太肯定会让他留堂，但科迪·库克这样做就很自然。戴尔不认识"牛科动物"这个词，不过每次看到科迪，他总会想起反刍的奶牛。

米歇尔·斯塔夫尼坐在科迪身后，靠窗那排的最后一个位置上。她和科迪形成了最鲜明的对比。完美女孩米歇尔穿着柔软的绿色上衣和熨得平平整整的棕色短裙。她的红发在阳光下熠熠生辉，哪怕隔着半间教室，戴尔仍能看到她苍白得近乎透明的皮肤上跳跃的雀斑。

戴尔望向那边的时候，米歇尔正好从书本中抬起头来；虽然她没笑，但她显然感觉到了戴尔的凝视，这么一点微不足道的线索足以让11岁男孩的心脏狂跳起来。

戴尔也有几个朋友不在这间教室里。凯文·格鲁姆班彻还在上五年级——这很合理，因为他比戴尔小九个月。戴尔的弟弟劳伦斯才上三年级，那个班归豪太太管，教室在一楼。

这间教室里倒是还有一位戴尔的朋友，他名叫杜安·麦克布莱德。杜安的体重比班上第二敦实的孩子重一倍，庞大的身躯填满了教室最中间那排第三张课桌后面的椅子。现在，杜安和平常一样忙着在他那本从不离身的破烂线圈本上写写画画，凌乱的棕发在他头顶淘气地左右支棱；他时不时皱起眉头，无意识地扶一扶眼镜，然后继续写字。虽然气温已经逼近90华氏度，杜安还是穿着冬天的厚法兰绒衬衫和肥大的灯芯绒长裤。戴尔从没见过杜安穿牛仔裤或者T恤，尽管这个胖男孩来自乡下——戴尔、麦克、凯文、吉姆和其他大部分小伙伴都住在镇上——而且杜安还得帮家里干活儿。

戴尔简直坐立不安。现在是下午2点49分。出于某些和校车时间表有关的深奥难懂的原因，他们得等到3点15分才能放学。

戴尔盯着教室前面的乔治·华盛顿肖像，第一万次琢磨学校为什么要把一幅没画完的画挂在这里。他望向14英尺高的天花板，随后视线又转向对面墙上那排10英尺高的窗户。他瞥了一眼空书架上装书的箱子，琢磨着这批课本的命运。它们会被送去联合学校，还是干脆烧掉？也许是后者，因为戴尔的父母开车带他去过新学校，这些发霉的旧书和那边簇新的环境一点都不搭。

下午2点50分。再过二十五分钟，夏天就将正式开始，自由即将到来。

戴尔望向老肥特。男孩们给她起这个绰号绝不是出于恶意或者怨恨，他们一直叫她老肥特。达比特太太和杜甘太太教了三十八年的六年级——起初她们在相邻的教室里各带一个班，后来随着学生日渐稀少，在戴尔出生前后，六年级的两个班合并成了一个——达比特太太教上午的阅读、写作和社会学科，杜甘太太教下午的数学、科学、拼写和书法。

这对搭档就像老中心学校的马特和杰夫，或者没有幽默感的艾伯特和科斯特洛——瘦高的杜甘太太有点神经质，矮胖的达比特太太是个慢性子，这两个人说话的腔调和音色都截然相反，但她们的生活却密不可分——她们俩住在布罗德大道上两幢相邻的维多利亚式房子里，上同一间教堂，一起去皮奥里亚进修，去佛罗里达度假，这两个不完美的人以一种奇妙的方式填补了对方缺失的技巧和不足，共同组成了一个圆满完整的个体。

但在老中心学校教书的最后一年，杜甘太太却在感恩节前生了病。是癌症，奥罗克太太轻声告诉戴尔的妈妈，她以为男孩们不会听见。直到圣诞假期结束，杜甘太太也没回来上课，但学校没请代课老师。可能是不愿坐实杜甘太太病情严重，达比特太太接过了下午的课程，她轻描淡写地说"等柯拉回来我就还给她"；与此同时，她一直照顾着这位朋友——先是在布罗德大道旁那座高高的粉红色房子里，然后在医院里——直到某天早晨，就连老肥特都没出现，六年级迎来了四十年来的第一位代课老师，流言在操场上蔓延，人人都说杜甘太太已经死了。那是情人节的前一天。

葬礼在达文波特举行，学生们一个都没参加。不过就算是在榆树港举行葬礼，孩子们恐怕也不会去。两天后，达比特太太回来了。

看着这位老太太，戴尔感觉到了一阵类似怜悯的情绪。达比特太太还是那么胖，可是现在，那些多余的体重挂在她的身上，仿佛一件太大的外套。她走动的时候，胳膊下面的肥肉左摇右摆，就像从骨头上垂下来的一堆皱纹纸。她的眼睛深深陷在眼窝里，周围一圈青黑，就像被人揍过一样。这会儿她坐在窗边，表情和科迪·库克一样绝望而迷茫。她的蓝头发乱蓬蓬的，露出黄色的发根，连衣裙看起来总有些不对劲，像是哪儿扣错了一颗扣子。笼罩在她周围的糟糕气味总让戴尔想起圣诞节前的杜甘太太。

戴尔叹了口气，挪了挪身子。下午2点52分。

昏暗的走廊里好像有点动静，一抹灰色鬼鬼祟祟地闪过，戴尔认出来了，那是塔比·库克，科迪又蠢又胖的弟弟，他刚刚穿过楼梯口的平台。塔比朝教室里张望，企图在不惊动老肥特的前提下让姐姐注意到自己，但他这是白费功夫。科迪已经被窗外的天空催眠了，除非弟弟扔一块砖头过去，否则她根本看不见他。

戴尔冲着塔比微微点了点头。穿工装裤的大块头四年级生朝他比了个中指，举起手里的东西晃了晃——可能是上厕所的许可牌——然后消失在阴影中。

戴尔又挪了挪身子。塔比偶尔会和他们这群伙伴一起玩，虽然库克家住在铁路那边运粮机附近的防水布窝棚里。塔比长得又胖又丑，蠢笨肮脏，嘴里的脏话比任何其他四年级生都多，但以"自行车巡逻队"自居的城里孩子并不排斥他。其实大多数时候，是塔比不愿意跟戴尔他们玩。

戴尔飞快地琢磨了一会儿这个蠢货到底想干吗，然后他又看了看钟。时钟还是指着 2 点 52 分。

琥珀里的虫子。

塔比·库克放弃了跟姐姐打招呼，趁着老肥特和其他老师不注意，他快步走向楼梯。他从格罗胜特太太手里弄了块去厕所的许可牌，但要是被某个老学究逮到他在走廊里闲逛，没准儿会被赶回教室里去。

塔比沿着宽阔的楼梯往下挪，小心避开一代又一代的孩子在木楼梯上踩出的缺口，然后匆匆跑过圆窗下方的拐角平台。风暴将至，透过窗户照进来的天光呈现出一种病态的红色。塔比穿过两层楼之间低矮的夹层，城市图书馆留下的一排排空书架立在通道两旁，但他完全没有注意。早在他刚开始上学的时候，这些书架就已经空了。

他现在很急。离放学还有不到半个小时，他想趁着这所该死的老学校彻底关门大吉之前赶紧去楼下上个厕所。

一楼比上面亮一点，一到三年级学生嘈杂的声音给这里增添了几分人气，尽管头顶通往二楼的楼梯口依然黑黢黢的。趁着老师没看见，塔比快步穿过宽阔的中央大厅，钻进一扇门，沿着楼梯匆匆走向地下室。

这所愚蠢的学校一楼和二楼都没有厕所，真是件咄咄怪事。只有地下室有厕所，而且很多……不但有小学和中学的厕所，还有一个单独锁起来的厕所，上面挂着"教师休息室"的牌子。有必要的话，范·锡克会去锅炉房旁边的小厕所撒尿，废弃走廊尽头藏在黑暗里的那些房间说不定以前也是厕所。

和其他孩子一样，塔比知道地下室有通往更下方的楼梯，但同样和其他孩子一样的是，他从没去过，也不打算去。老天爷，那地方连灯都没有！除了范·锡克——可能还有罗恩校长——以外，谁也不知道下面有什么东西。

没准儿还是厕所，塔比暗自想道。

他去了中学的厕所，男厕门上标着"偘"。谁也不知道这块牌子在这儿挂了多久——塔比的老爸说，他在老中心学校念书的时候就见过这块牌子——而且塔比和老爸都知道，这是个不规范的错字，因为教六年级的杜甘老太婆成天都在抱怨这事儿。塔比的老爸还是孩子的时候她就一直在唠叨。呃，现在杜甘老太婆死了——埋在骷髅地墓园里慢慢腐烂，要从镇上去墓园，必须经过黑树酒馆，塔比的老爸成天都在那里厮混——塔比一直不明白，既然杜甘太太对牌子上的错字意见那么大，那她干吗不把它改过来呢？她差不多有一百年的时间可以走进地下室，把那块牌子重新漆一遍。塔比只能猜想，因为她喜欢抱怨这事儿……这让她觉得自己很聪明，其他人——譬如塔比和他爸——很傻。

塔比快步穿过幽暗蜿蜒的走廊，冲进门上写着"偘"的厕所。地下室的砖墙几十年前就刷成了绿色和棕色，低低的天花板上随处可见管路、喷头和蛛网；在这狭窄漫长的隧道里穿行，感觉仿佛置身于坟墓之类的地方，就像塔比看过的那部木乃伊电影。去年夏天，塔比姐姐的男朋友把他和科迪装在后备厢里偷偷带进了皮奥里亚的汽车剧院。那真是一部精彩的电影，如果不是莫琳姐姐和那个名叫伯克的满脸青春痘的家伙老在汽车后座上弄出各种唧唧啧啧的奇怪声响的话，塔比还会更高兴一点。现在莫琳怀孕了，她和伯克一起搬去了塔比家附近那座垃圾场的另一头，但他觉得她大概没跟那个蠢货结婚。

那天他们一共看了两部电影，但坐在汽车前排的科迪老爱回头，比起清爽的电影来，她更爱看饥渴的莫琳和伯克。

现在，塔比在男厕所门口停下脚步，听了听身后的动静。有时候老范·锡克会悄悄跟在上厕所的孩子后面，要是发现有谁想捣乱——譬如现在的塔比——范·锡克就会在他的后脑勺上扇一巴掌，或者狠狠戳一下他的胳膊，虽然有时候这些孩子什么都没干。老锡克也会看人下菜碟，绝不会招惹有钱人家的孩子，比如斯塔夫尼先生的女儿，那姑娘叫什么来着？米歇尔？触霉头的总是塔比和格里·戴辛格之类的家伙，他们的父母从来不买范·锡克的账，更不会怕他。

很多孩子害怕范·锡克，塔比十分好奇，很多家长是不是也怕他。塔比听了一会儿，但没发现什么动静，他小心翼翼地走进厕所，恨不得踮起脚尖。

狭长的厕所里天花板很低，光线昏暗。墙上没有窗户，只有一盏灯泡亮着。小便槽十分古老，看起来像是用某种光滑的石头砌成的，槽里潺潺的水声从来就没有停过。七个破破烂烂的隔间刻满了字。塔比的名字出现在其中两个隔间里，你还能在最里面那个隔间找到他老爸名字的缩写。只有一个隔间的门还在。但塔比真正的目标是水池、小便槽和隔间尽头，石砌的后墙旁边那片最黑的地方。

厕所外墙是石头砌的，对面的小便槽背后是一堵坑坑洼洼的砖墙。但最里面，七个小隔间背面的那堵墙像是用石膏糊起来的，塔比在墙边停下脚步，咧嘴笑了。

墙上有个洞。洞口最下方离冰冷的石头地板（这样的石头地板下面怎么可能还有一层地下室？）大概有6到8英寸，整个洞高约3英尺。塔比看到地板上堆着新鲜的石膏灰，腐烂的板条从洞口边缘探出头来，就像裸露的肋骨。

看来塔比上午开始动手以后，其他孩子也出过力。他不介意。他们大可以搭把手，只要把最后一棒留给塔比就行。

塔比弯下腰，朝洞口里面张望。现在洞口的宽度足以容下他的胳膊，于是他真的把胳膊伸了进去，洞口后面两英尺左右的地方似乎有一堵砖墙，或者石墙。塔比左右摸索了一番，心里有些纳闷儿。既然后面有一堵墙，他们为什么在前面又砌了一道新墙？

塔比耸耸肩，开始踢墙。厕所墙壁发出轰然巨响，石膏碎裂，露出板条，泥块和灰尘四下飞溅，但塔比一点也不担心会被别人听见。这所蠢学校的墙壁比城堡还厚。

范·锡克幽灵般的身影时常出现在地下室里，就像他住在这里一样。没准儿他真的住在这里，塔比想道，谁也没见过他住在别的什么地方。但孩子们已经有好几天没看到那个双手脏兮兮、满口黄牙的古怪看门人了，显然他也不会在乎有哪个男孩（"偶"，塔比想道）踢破了中学厕所的墙。范·锡克有什么好在乎的？再过一两天，这所破学校就将寿终正寝，然后他们会把它拆掉。所以，范·锡克还有什么好在乎的？

塔比踢出的每一脚都带着满腔的怒火，带着五年来（甚至包括幼儿园在内）在这所腐烂的破学校里被当作"笨学生"的挫败感，他很少展现出这样的愤怒。整整五年，作为一个"行为问题"的活样本，他不得不坐在格罗胜特太太、豪太太和法里斯太太这些老太婆的眼皮子底下，好让她们方便地"多关注"他一点。于是他不得不忍受她们身上的臭味，听她们的唠叨，守她们的规矩……

塔比不停地踢着，他感觉墙壁正在变得越来越脆弱，突然之间，一大片石膏在他的运动鞋下哗啦啦地裂开了一个2英尺×4英尺的大洞。他目瞪口呆地望着眼前的洞口。这简直是个洞窟！

塔比在四年级生里算是个胖子，但这个洞大得能让他钻进去。他可以钻进去！眼前的一大片墙已经塌了，巨大的洞口看起来就像潜水艇舱门之类的东西。塔比侧身将左边的胳膊和肩膀探进洞里，但脑袋还留在外面，灿烂的笑容在他脸上慢慢绽开。他的左腿跨进了前后两堵墙之间的空隙里。感觉就像一条密道！

塔比蹲下身子继续往前，将右腿也送进了洞口，现在他只剩下脑袋和半边肩膀还露在外面。他又往下蹲了一点，黑暗里的凉意让他忍不住咕哝了一声。

要是科迪或者老爸走进来，看见我现在这副样子，他们肯定会吓一大跳！当然，科迪不会走进"傻"厕所。真的不会吗？塔比知道自己的姐姐是个怪人。几年前，科迪还在上四年级的时候，她就跟踪过小联盟热门球员兼田径明星兼大浑蛋查克·斯珀林。那天查克独自去斯蓬河边钓鱼，科迪跟踪了他半个上午，然后突然跳出来把他打翻在地，压着他的肚子逼他把宝贝掏出来给她看，不然她就拿石头砸破他的脑袋。

据科迪所说，查克真的掏出来给她看了，而且还一边哭一边吐嘴里的血沫。塔比敢打包票，这事儿她没跟别的任何人讲过，斯珀林自己就更不会说了。

塔比靠在小洞窟的墙壁上，感觉自己的短发里面糊满了石膏灰。望着灯光昏暗的厕所，他咧嘴笑了起来。等到下一个孩子进来撒尿时，他就蹦出去吓他一跳。

塔比等了整整两三分钟，结果连一个人都没等到。他倒是听见地下室的主过道里响起过一阵脚步声，虽然运动鞋的声音越来越近，却始终没走进这间厕所，他也没看见任何人。其他仅有的声音来自小便槽里潺潺的流水和头顶管道中轻微的汩汩声，就像这所该死的学校正在喃喃自语。

真像一条密道啊，塔比再次想道。他转头向左望了望两堵墙之间的狭窄通道。通道很黑，里面的气味闻起来很像他家前门廊下面的泥土，小时候他曾躲开老爸老妈，一个人藏在门廊下玩。腐烂肥沃的泥土气息。一模一样。

就在塔比开始觉得这个狭小的洞窟有点挤、有点奇怪的时候，他看到了通道尽头的灯光。差不多应该是厕所尽头那堵外墙的位置，可能更远一点。然后他意识到，那不是灯，而是其他某种亮光。幽幽的绿光像是某种真菌或者腐烂的蘑菇发出来的，塔比跟着老爸去树林里抓浣熊的时候见过这种光。

塔比觉得脖子一凉，恨不得马上从洞里钻出去。但就在这时候，他意识到了那点微光来自哪里，于是他坏笑起来。隔壁的女厕所（那边的牌子没写错字）里肯定也有个洞。塔比不禁开始畅想自己躲在墙里，透过漏光的洞或者缝隙偷窥女厕所的情景。

要是走运的话，他说不定能看到米歇尔·斯塔夫尼、达琳·汉森或者其他哪个高高在上的六年级生……

塔比觉得自己的心狂跳起来，血液却一股脑儿地流向了身体的另一个地方。他开始侧身钻向通道深处，离洞口越来越远。他觉得有点挤。

塔比喘着粗气，不停眨眼，试图逼出掉到眼里的蛛网和灰尘。门廊下面肥沃的泥土气息包裹着他，他奋力挤向那点微光，渐渐远离外面的灯光。

叫声响起的时候，戴尔正和同学们在教室里排成一列，等着老师发成绩单，然后放假。第一声尖叫格外响亮，戴尔差点儿以为那是窗外越来越黑的天空中传来的某种高亢的奇怪雷鸣。但这声音实在太高，持续时间也太长，简直让人浑身起鸡皮疙瘩，任何雷声都不可能有这样的效果，虽然它也不像是人类发出来的。

刚开始的时候，叫声似乎来自头顶，来自楼梯井上方黑黢黢的三楼高中教室，但紧接着，它在各处激起回响，无论是墙壁还是楼梯，甚至包括管道和金属暖气片。尖叫声一阵紧接一阵。去年秋天，戴尔和弟弟劳伦斯在亨利叔叔和丽娜阿姨的农场里见过杀猪，那头猪被倒挂在谷仓屋椽上，下面摆着一个接猪血的马口铁大盆子。现在戴尔听到的声音有点像是猪被割开喉咙的时候发出的叫声：高亢而尖厉，就像指甲划过黑板，然后是一阵更低沉、更饱满的嚎叫，最后只余下微弱的汩汩声。但紧接着它又卷土重来。一而再，再而三。

　　当时达比特太太正准备将成绩单递给队列里的第一个学生——乔·艾伦。她的手停滞在半空中，然后她转头望向走廊。直到可怕的尖叫声停歇下来，老太太仍保持着张望的姿势，仿佛制造尖叫的元凶随时可能现身。戴尔觉得，她的表情里除了恐惧以外好像还有……期待？

　　一个黑色的人影出现在昏暗的走廊里，按照姓氏字母顺序排队等着发成绩单的全班同学集体吐出一口长气。

　　那是罗恩先生，校长黑色的细条纹西装和一丝不苟的大背头完全融入了楼梯平台昏暗的背景，所以他瘦削的脸庞失去了存在的实感，仿佛飘在空中。戴尔觉得校长粉色的皮肤像是刚出生的老鼠。他不是第一次这样想。

　　罗恩先生清清嗓子，冲老肥特点了点头。老太太仍一动不动地站在原地，握着成绩单的手向前伸向乔·艾伦。她的眼睛瞪得很大，脸色异常苍白，衬得脸颊上的腮红和其他化妆品看起来像是撒在洁白羊皮纸上的彩色粉笔灰。

　　罗恩先生瞥了一眼墙上的钟："现在是……啊……3点15分。可以放学了吗？"

　　达比特太太吃力地点了点头。她的右手紧抓着乔的成绩单，戴尔甚至觉得自己随时可能听见她的手指折断的脆响。

"啊……那就好。"罗恩先生的眼睛扫过 27 名学生，就像在审视不受欢迎的入侵者一样，"呃，孩子们，我想我应该向你们解释……啊……刚才你们听到的奇怪声响。范·锡克先生告诉我，那只是他测试锅炉的时候发出的噪声而已。"

吉姆·哈伦回过头来，有那么一瞬间，戴尔满心以为他会做个鬼脸——对戴尔来说这绝对是场灾难，在这么紧张的情况下，他铁定会笑出声来。戴尔一点也不想留堂。但哈伦只是瞪大眼睛，做了个怀疑多于滑稽的表情，然后转回去继续望向罗恩先生。

"无论如何，我希望借此机会，预祝所有同学暑假愉快。"罗恩继续说道，"还有，请大家务必记住，你们至少有一部分的学业是在老中心学校完成的。虽然现在要讨论这幢漂亮的古建筑最终的归宿为时尚早，但我们只能期望，学区能够独具慧眼，让未来数代的学者有机会目睹它的丰采，就像如今的你们一样。"

戴尔能看见排在队伍前列的科迪·库克仍转头望向左边窗外，漠不关心地挖着鼻孔。

罗恩先生似乎没有注意到学生的小动作。他清了清嗓子，仿佛准备再发表一番长篇大论；但他又看了一眼挂钟，最后只是简单地说道："很好。达比特太太，请你行行好，把孩子们本学年第四季度的成绩单发下去。"然后小个子男人点了点头，转身消失在阴影中。

老肥特眨眨眼，似乎想起了自己身在何方。她终于把成绩单交到了乔·艾伦手里。乔连看都没看一眼，径直走向门口重新开始排队。其他班级的学生正在列队下楼；戴尔常常在电视和电影里看到放学或者课间的孩子一路疯跑，但根据他在老中心学校的经验，大家不管去哪儿都要排队，哪怕是放假前最后一分钟的最后几秒也不例外。

学生们依次走到达比特太太面前，戴尔接过装在棕色信封里的成绩单。经过老太太身边加入另一个队列的时候，他闻到了她身上汗液混杂着滑石粉的酸臭味。排在最后的宝琳·萨厄尔拿到了成绩单，门口的队伍也终于排好了——放学的队伍不是按照姓氏字母顺序来排的，而是坐校车的学生排在前面，城里孩子排在后面。达比特太太走到队伍最前方，她的双臂交叉在胸前，似乎打算再唠叨或者叮嘱几句，但她迟疑了一下，最终一个字都没说，只是做了个手势，示意大家跟上五年级的队伍，施莱弗斯太太正领着他们消失在楼梯尽头。

乔·艾伦走在最前面。

戴尔呼吸着室外潮湿的空气，突如其来的自由和光明让他兴奋得几乎跳起舞来。学校还是像一堵墙一样耸立在他身后，但铺着碎石子的车道和绿草如茵的操场上到处都是快活的孩子，有人去自行车棚取车，有人奔向校车，司机叫嚷着催促学生，鼎沸的人声和嘈杂的场面洋溢着勃勃的生机。刚刚挥别了迫不及待蹿上校车的杜安·麦克布莱德，戴尔就看见几个三年级生像鹌鹑一样缩在自行车棚旁边。看到哥哥的身影，戴尔的弟弟劳伦斯立即丢下三年级的伙伴飞奔而来，他紧抓着空荡荡的帆布书包，厚厚的眼镜也遮不住笑容下面的龅牙。

"自由啦！"戴尔高声喊道，他顺手抱起劳伦斯在空中转了个圈。

麦克·奥罗克、凯文·格鲁姆班彻和吉姆·哈伦凑上前来。"天哪，"凯文说，"刚才施莱弗斯太太让我们排队的时候，你听见那阵声音了吗？"

"你觉得那是怎么回事？"男孩们穿过棒球场的草坪时，劳伦斯问道。

麦克咧嘴笑了："我觉得肯定是老中心学校抓住了哪个三年级学生。"他用力揉了揉劳伦斯的小平头。

劳伦斯一边闪躲，一边笑道："不会吧，你说真的？"

吉姆·哈伦弯下腰冲着学校晃了晃屁股。"我倒觉得是老肥特

017

放了个屁。"他装模作样地学了一声。

"喂，"戴尔在吉姆·哈伦的屁股上踢了一脚，然后朝弟弟点点头，"当心哪，哈伦。"

劳伦斯已经笑得在草地上打滚儿了。

校车轰鸣着驶向不同的街道，校园很快空了下来，孩子们匆匆奔向榆树浓荫下的小镇，大家都想赶在暴风雨到来之前回家。

戴尔家就在棒球场对面，他在球场边缘停下脚步，转头望向老中心学校后方正在堆积的乌云。空气潮湿凝滞，仿佛飓风将至，但只消看一眼他就知道，暴风雨的锋面基本已经过去，南面的树梢上方露出了一抹蓝天。就在他们驻足张望的时候，一阵微风拂来，吹得枝头的树叶沙沙作响，空气中充斥着夏日独有的气息：刚刚割过的草坪，盛放的花朵，还有新鲜的叶子。

"看。"戴尔说。

"那不是科迪·库克吗？"麦克问道。

"没错。"那个矮小的身影孤零零地站在学校北门外面，双臂交叠，脚尖敲打着地面。穿着那件几乎拖到地上的便服裙，科迪看起来格外矮胖蠢笨。库克家最聪明的两个男孩站在她背后，身上的背带裤松垮垮的，这对双胞胎还在上一年级。他们家离学校很远，按理说应该坐校车，但没有哪辆校车会开去运粮机和垃圾场那边，所以科迪和三个弟弟只能沿着铁路走回去。现在她正在冲着教学楼叫嚷。

罗恩先生出现在门口，他挥着粉红色的手试图把她赶走。楼上的高窗里有白色的影子一闪而过，可能是哪个老师正在向外张望。黑暗的走廊里，范·锡克先生的脸浮现在校长身后。

罗恩说了句什么，然后转身关上学校大门。科迪·库克弯下腰从碎石子车道上捡了块石头，奋力掷向学校。石头砸在校门的窗户上面，然后弹开了。

"天哪！"凯文倒吸一口凉气。

大门突然开了，范·锡克出现在门口，科迪抓着两个弟弟的手转身就跑，他们穿过车道，沿着德宝街奔向铁路。她奔跑的速度简直不像个胖女孩。穿过第三大道的时候，双胞胎中的一个打了趔趄，但科迪还是只管拉着他飞奔，直到他自己重新找到平衡。范·锡克追到校园边缘就停了下来，长长的手指在空中胡乱挥舞。

"天哪！"凯文再次叹道。

"别大惊小怪了。"戴尔说，"我们走吧。我妈说，放学后她给我们准备了柠檬水。"

男孩们欢呼一声离开了校园。他们在榆树的浓荫下甩开脚丫子向前飞奔，蹦蹦跳跳地穿过沥青铺就的德宝街，奔向自由和夏天。

3

人的一生中——至少在男人的一生中——很少有什么事能像11 岁那个暑假的第一天那样自由，那样生机勃勃，那样广阔无垠，充满各种各样的可能性。整个夏天铺展在你眼前，就像一场即将开场的盛宴，每一天都充盈着悠长富饶的时间，值得慢慢享用。

暑假第一个甜美的清晨，刚刚醒来的戴尔·斯图尔特迷迷糊糊地躺了一会儿。半睡半醒的男孩还没意识到今天和平时有什么区别，但他已经品尝到了这场盛宴的美妙滋味：没有闹钟，也没有妈妈大声喊叫着催促他和弟弟劳伦斯起床，窗外没有冰冷灰暗的雾气，也不用着急在 8 点 30 分之前赶到更冷更灰暗的学校里去，没有大人喋喋不休地高声教育他们该怎么做怎么想，或者翻到课本哪一页。都没有。这个清晨，他只听到鸟儿叽叽喳喳的叫声，温暖富饶的夏日气息扑面而来，街上传来割草机的嗡嗡声，那是早起的退休老人正在打理庭院，饱满温暖的阳光透过窗帘洒在戴尔和劳伦斯的床头，宛如上天的赐福；灰暗的学校生活已成过往，世界恢复了缤纷的色彩。

戴尔翻了个身，看到弟弟的眼睛瞪得老大，和他怀里泰迪熊的玻璃黑眼珠相映成趣。然后劳伦斯露出灿烂的笑容，两个男孩匆匆起床脱掉睡衣，从床边的椅子上拽过牛仔裤和 T 恤穿到身上，再套上干净的白袜子和不那么干净的运动鞋，噔噔噔地冲下楼梯，一边马马虎虎地吃了几口早饭，一边跟妈妈聊着没营养的笑话。然后他们又出门了——跳上自行车，沿着街道奔向夏天。

三个小时以后，兄弟俩钻进麦克·奥罗克家的鸡舍，和朋友们一起四仰八叉地瘫在弹簧外露的没腿沙发、破椅子和堆满杂物的地板上，这地方可以算是他们非正式的俱乐部。大家都在——麦克、凯文、吉姆·哈伦，就连杜安·麦克布莱德也从农场里赶来了，他爸正好要去街上的合作社买东西——男孩们似乎被眼前无穷多的选项闹得头昏脑涨。

"我们可以骑车去石头溪或者哈特利池塘游泳。"凯文提议道。

"不行。"麦克一口否决。他的双腿倒挂在沙发背上，背靠弹簧坐垫，脑袋枕着地板上的接球手套。麦克正在用橡皮筋弹天花板上的一只盲蛛，每次发射之后，他都会把皮筋捡回来。截至目前，他一直小心翼翼地避免直接击中昆虫的身体，但蜘蛛一直在来回跑动，看起来十分暴躁。每当它靠近某处可以藏身的裂缝或者 2×4 椽时，麦克总会弹出橡皮筋，逼迫它回头奔向相反的方向。"我不想去游泳，"麦克解释道，"昨晚下了那么大的雨，池塘里的食鱼蝮肯定全都出来了。"

戴尔和劳伦斯交换了一个眼神。麦克怕蛇，据他们所知，这是他唯一的死穴。

"要不我们去打球吧。"凯文换了个提议。

"算了。"这次表示反对的是坐在扶手椅上看超人漫画的哈伦，"我没带手套，要打球的话我还得骑车回去取。"其他男孩除了杜安以外都住在这个街区，只有吉姆·哈伦住在德宝街另一头的铁路附近，沿着铁路再往前走，就能看到垃圾场和科迪·库克家肮脏的窝棚。哈伦家的房子还可以，那幢白色的农舍几十年前就并入了榆树港镇，但他家的邻居都是些怪人。J.P. 康登住的地方和哈伦家只隔着两栋房子，但这位"太平绅士"简直是个疯子，他的儿子 C.J. 也是镇上最无耻的恶霸。男孩们不爱去哈伦家玩，他们甚至不愿意往那个方向走，所以大家都能理解，哈伦为什么不想回家拿手套。

"那就去树林里，"戴尔出了个新主意，"没准儿咱们可以去吉卜赛小径探探路。"

男孩们七嘴八舌地商量了一会儿。似乎没什么理由否决这个提议，但也看不出它有什么吸引力。麦克手里的橡皮筋再次弹了出去，盲蛛匆匆逃离"着弹点"。

"吉卜赛小径太远了，"凯文说，"我还得回家吃晚饭呢。"

其他几个男孩全都笑了起来，但他们什么也没说。大家都很熟悉凯文的妈妈中气十足的声音，她打开门高喊凯文名字的时候，最后一个音节总是像花腔一样越升越高。大家同样熟悉的是，听到妈妈的喊叫，不管凯文正在干啥，他都会立即丢下手里的事情，一溜烟跑回小山坡上那幢低矮的白色平房里，以前戴尔和劳伦斯也住那边。

"你有什么想玩的吗，杜安？"麦克问道。麦克·奥罗克是个天生的领袖，他每次做决定之前都会征询所有人的意见。

眼神温和的大块头农场男孩顶着一头傻乎乎的发型，宽松的灯芯绒长裤几乎垂到了地上，他嘴里正嚼着什么东西——不是口香糖——要是光看他的脸，你没准儿以为这是个傻子。但戴尔知道这副傻乎乎的表情多么富有欺骗性，所有男孩都感觉得到，因为杜安·麦克布莱德真的很聪明，旁人只能靠猜测来摸索他的思维方式。以杜安的天分，他完全不必在学校里刻意展现自己的聪慧，所以他更爱用完美而简洁的答案给老师出难题。口头回答问题的时候，他讽刺得近乎无礼的口气也让他们挠头不已。杜安根本不在乎学校，他在乎的是其他男孩完全不懂的一些东西。

杜安停止咀嚼，冲着角落里那台 RCA 胜利牌落地式收音机点了点头："我还是更愿意听广播。"他拖着沉重的身躯向前跨出三步，在收音机前面轻轻蹲了下来，开始拨弄机器上的旋钮。

戴尔看得目瞪口呆。这个大家伙足足有 4 英尺高，一整排与众不同的旋钮看起来分外醒目——最上面的旋钮标着"国际"字样，49 兆赫的位置写着"墨西哥城"，40 兆赫的频段包括中国香港、伦敦、马德里、里约和其他几个城市，31 兆赫有"罪恶之城"柏林、东京和匹兹堡，不知为何，巴黎独个儿远远地落在 19 兆赫的旋钮上——但这台收音机完全是个空壳子，根本没法工作。

杜安蹲在地上小心翼翼地调整旋钮，全神贯注地侧耳倾听最细微的声响。

第一个回过神来的是吉姆·哈伦。他溜到收音机后面，把这个大家伙拖到墙角，现在他的身影完全被空壳子挡住了。

杜安说："我先试试国内频段。"他的手伸向"国际"和"特殊服务"之间的那个旋钮。"这里标着芝加哥。"胖男孩喃喃自语。

收音机里传来一阵嗡嗡声，像是晶体管正在预热，杜安调整旋钮的时候，大家都听到了嘈杂的静电声。一个男中音蹦出几个音节，但播音员的话还没说完就被打断了，随之而来的是嘈杂的摇滚乐，然后又是一阵刺耳的静电声，最后男孩们听到了棒球解说员高亢的声音——是芝加哥白袜队！

"他回来了！回来了！他奔向了柯敏斯基公园球场右侧的界墙！他试图跳起来接球！他跳上了墙头！他……"

"啊，这个台没什么好听的，"杜安咕哝着说，"我试试国际频段。嘟、嗒、嘀……来了……柏林。"

"啊，亲爱的听众朋友，这里是费希图吉内球场！"哈伦立即从芝加哥棒球解说员歇斯底里的腔调换成了低沉的日耳曼口音，"导游似乎不太高兴。啧！啧！他喝醉了，醉得厉害，而且十分沮丧。"

"也没什么好听的，"杜安抱怨道，"我再试试巴黎。"

但收音机里装腔作势的法语完全被鸡舍里的笑声淹没了：麦克·奥罗克的橡皮筋打偏了方向，盲蛛终于钻进了屋顶的缝隙。戴尔爬向收音机，打算试试别的频道，劳伦斯笑得在地板上打滚儿。麦克不小心踢到了凯文的胸口，凯文噘起嘴巴，交叠双臂护住自己。

咒语已经被打破，孩子们想干什么都行。

几小时后，大家都吃完了晚饭。在夏日黄昏甜蜜得近乎痛楚的漫长薄暮中，戴尔、劳伦斯、凯文和哈伦的自行车在麦克家附近的街角停了下来。"咿——呀——呼！"劳伦斯高声喊道。

"咿——呀——呼！"榆树的浓荫里传来麦克的应和，男孩骑着车迎上前来，后轮在松散的石子路上转了半圈，让他和伙伴们面朝同一个方向。

这支自行车巡逻队成立于两年前，当时五个男孩里最大的刚上四年级，最小的还相信圣诞老人。现在他们已经不叫自己"自行车巡逻队"了，因为长到这个年纪，这个名字开始让他们觉得有点难为情；男孩们不好意思继续假扮扶危济难的榆树港守护者，但直到今天，他们仍相信自行车巡逻队，就像他们曾在圣诞节前夕怀着满心的信念辗转难眠，嘴唇发干，心脏扑通扑通直跳。

男孩们在安静的街道上停留了片刻。经过麦克家门口以后，第一大道向着郊区的方向继续延伸。沿着这条路向北再走四分之一英里，你就能看到一座水塔，然后第一大道转而向东，最终消失在地平线附近田野上方薄暮的雾气中。树林里的吉卜赛小径和黑树酒馆都藏在那边的视野之外。

日落和黑夜之间的黄昏正在渐渐吞噬明亮而柔和的灰色天光，地里低矮的玉米还没长到 11 岁孩子的膝盖那么高。戴尔望着东边地平线上模糊的树影，想象着皮奥里亚会是什么样子——隔着丘陵、山谷和小树林，那座千灯闪烁的城市坐落在 38 英里外的河谷里，但那边没有任何亮光，只有迅速变暗的地平线，他想不出那座城市真切的模样，但他听到了玉米轻柔的簌簌声。现在没有风，也许那是玉米生长的声音。要不了多久，挺拔的玉米秆就会组成一道包围榆树港的高墙，将这座小镇和外面的世界隔离开来。

"走吧。"麦克一边低声招呼，一边站起来奋力踩着脚踏板。他的身体微微前倾伏在车把上方，转动的车轮扬起一阵细小的沙砾。

戴尔、劳伦斯、凯文和哈伦跟在他身后。

他们在昏暗柔和的暮光中沿着第一大道向南骑去。男孩们穿过榆树的阴影，很快重新出现在黄昏的旷野中。他们的左边是低低的田野，右边则是漆黑的房屋。自行车巡逻队经过学院街，隔着一个街区，他们隐约看见了西边唐娜·卢·佩里家的灯光；经过榆树和橡树掩映的教堂街，前面就是哈德路（151A 高速公路），男孩们习惯性地放慢速度，向右拐进双车道主街暑气尚存的空旷路面。

他们拼命踩着脚踏板，过了第一个街区以后，为了避让一辆呼啸而来的老别克，男孩们集体骑上了人行道。现在他们迎着西边落日的余晖，主街两旁的房屋反射着越来越暗淡的暮光。一辆皮卡从街道南侧卡尔家酒馆门前的斜列停车场里开了出来，沿着哈德路驶向自行车巡逻队。戴尔认出了这辆通用老皮卡的司机，那是杜安·麦克布莱德的父亲。他显然喝多了。

"开灯！"和汽车擦肩而过的时候，五个男孩齐声叫嚷。但皮卡在他们身后自顾自地拐进了第一大道，头灯和尾灯还是一个都没亮。

男孩们离开马路牙子上的人行道，进入空旷的哈德路，然后继续向西穿过第二大道和第三大道；银行和 A&P 超市从他们右边掠过，左边榆树掩映的公园咖啡馆和舞台公园笼罩在黑暗的寂静中。感觉就像星期六的晚上，但今天才刚周四。公园里看不到免费电影的灯光，也听不到嘈杂的人声。时间还没到。但也快了。

麦克一边放声高喊，一边顺着小公园最北端向左拐进了布罗德大道，这里有一家卖拖拉机的店和几幢小房子。现在，天真的开始黑了。主街两侧高耸的路灯在他们身后次第打开，照亮了镇中心的两个街区。随着车轮辘辘滚过，被榆树遮蔽的布罗德大道迅速变成了一条越来越黑的隧道，但前面的夜色看起来更黑。

"咱们去摸楼梯吧！"麦克喊道。

"不！"凯文厉声回答。

麦克每次都会提出这个建议，虽然凯文每次都表示反对，但他们最后还是会去。

男孩们只有在黄昏巡逻时才会往南再骑一个街区去摸楼梯。自行车经过一条长长的死胡同（迪格尔·泰勒和查克·斯珀林就住在这条街上的新房子里），来到布罗德大道尽头，再往前走就是阿什利大宅的私人车道。

无人整修的路面上留着深深的车辙，周围灌木丛生。车道两旁低垂的枝条肆意伸展，自行车骑手稍不留心就会收获一道血痕。灌木枝叶织成的隧道里漆黑一片。

戴尔和平常一样紧跟在麦克身后低头猛骑，劳伦斯喘着粗气努力试图跟上，虽然他的车比哥哥的小一号，但和往常一样，他没有掉队。哈伦和凯文的身影淹没在黑暗中，前面的男孩只能听见他们的车轮碾过石子的声音。

男孩们终于离开隧道，骑进了旧宅废墟周围的开阔地带。一根残柱在荆棘和灌木丛中反射着冷冷的辉光，柱子的基石被烧得焦黑。麦克骑着自行车沿着环形车道向右划出一道弧线，仿佛打算直接骑上杂草丛生的石头楼梯，一头扎进坍塌的地基；但他只是站起来拍了一下门廊上方的石板，然后又绕了回来。

戴尔也完成了同样的动作，劳伦斯掠过废墟，小男孩没够到门廊上方的石板，但他也没有回头。凯文和哈伦径直骑了过去，身后石砾飞溅。

五辆自行车绕着野草丛生的车道转圈，车轮嘎嘎吱吱地碾过地面的沟槽和石子。戴尔注意到，夏日里疯狂生长的草木遮蔽了光线，将他身后的阿什利大宅变成了一座黑暗的丛林，烧焦的木头和坍塌的地板下仿佛藏着不可告人的秘密。他喜欢这样的大宅——神秘中掺杂着一丝不祥，而不仅仅是白日里那座颓丧的废墟。

他们再次穿过灌木织成的黑暗隧道，并肩驶过布罗德大道；自行车沿着下山的坡道掠过新区和舞台公园，男孩们渐渐调匀了呼吸，于是他们再次加快速度穿过哈德路，两辆东西相向而行的半挂卡车从他们身边呼啸而过，西行的卡车大灯晃花了哈伦和凯文的眼睛。戴尔回头去，正好看见吉姆冲着卡车司机竖起中指。

喇叭声在他们身后炸响，男孩们沿着布罗德大道疾驰，自行车几乎无声地掠过榆树掩映的柏油街道，街边大房子前面新剪的草坪散发出阵阵清香。巡逻队向北掠过邮局、图书馆的白色小房子和长老会教堂的白色大房子（戴尔和劳伦斯上的就是这间教堂），再往北又是一个长街区，路旁耸立着高大的房屋，树叶的影子围着路灯招摇，达比特太太家的二楼上只亮着一盏灯，杜甘太太的屋子里完全看不见灯光。

进入德宝街以后，他们终于在交叉口的石子路上停下来喘了口气。现在天已经完全黑了，蝙蝠从他们头顶掠过，树叶的阴影将天空切割成一块块灰色的补丁。戴尔眯起眼睛，看见第一颗星星出现在东边的天际。

"大家明天见。"和朋友们道别以后，哈伦骑着车沿着德宝街驶向西边。

剩下的几个男孩目送他的身影消失在橡树和杨树低垂的阴影

中，听着脚踏板的声音渐渐远去。

"我们走吧。"凯文低声提议，"不然我妈肯定会发火。"

昏暗的光线中，麦克冲着戴尔咧嘴一笑，戴尔感觉自己的四肢轻盈而强壮，就像刚刚充了电一样。夏天。戴尔亲昵地捶了弟弟的肩膀一下。

"省省吧。"劳伦斯说。

麦克站起身来，沿着德宝街骑向东边。这条街上没有路灯，天空中最后一点微光在路面上投下灰色的斑块——这些斑块很快就被摇曳的树影抹掉了。

他们飞快地掠过老中心学校，一路上谁都没有说话，但男孩们全都情不自禁地转头向右瞥了一眼。垂死的榆树遮住了学校的一部分，但那幢老楼依然庞大得足以遮蔽天空。

凯文第一个离开了队伍，他向左拐上自家门前的车道。他没看见妈妈，但家里的内门开着——刚才她肯定喊了他老半天。

麦克在德宝街和第二大道的交叉口停了下来，占据整个街区的黑暗校园耸立在他身后。

"明天见？"他问道。

"没问题。"戴尔回答。

"没问题。"劳伦斯附和。

麦克点点头，转身离开。

戴尔和劳伦斯把自行车放在敞开的小门廊后面。厨房里亮着灯，他们看到了母亲忙碌的身影，她正在烤什么东西，脸热得红通通的。

"听。"劳伦斯抓住哥哥的手。

街对面黑洞洞的老中心学校传来低沉的嘶嘶声，就像有什么人在隔壁房间里快速说话。

"只是别人家的电视而已……"话还没说完，戴尔就听见了玻璃破碎的声音，紧接着是一声戛然而止的惊叫。

他们在门口又等了一分钟，但夜风拂来，车道上方橡树阔叶发出的簌簌声淹没了其他所有声音。

"走吧。"戴尔仍握着弟弟的手。

兄弟俩走进灯光之中。

4

杜安·麦克布莱德在舞台公园等着喝醉的老爸被卡尔酒馆赶出大门。刚过8点30分，老头子果然踉跄着从酒馆里走了出来，站在马路牙子上一边挥舞拳头一边咒骂酒馆老板多姆·斯迪格（1943年卡尔就不在酒馆了），然后跌跌撞撞地爬上皮卡车。钥匙掉到地上的时候，他喃喃骂了两句，等他捡起钥匙发动汽车，结果却把引擎弄得熄了火的时候，他骂得更凶了。杜安小跑着迎了上去。他知道老头子醉得分不清东南西北，压根儿不会记得近十个小时前他"去合作社买点儿东西"的时候还带着儿子。

"杜安尼，"老头眯起眼睛盯着儿子，"你他妈怎么在这儿？"

杜安一个字都没说，等着老头子自己想起来。

"噢，对了，"老头终于说道，"你见到你的朋友了吗？"

"见到了，老爸。"半下午的时候杜安就跟戴尔他们分手了。其他男孩要去镇上的棒球场打球，但杜安惦记着老头子，有时候老爸喝得没那么多，用不着多姆把他扔出大门，他就会自己回家。

"跳上来吧，儿子。"老头子只有在真正喝醉的时候才会流露出这种咬文嚼字的南波士顿口音。

"不用了，爸。我想坐在后面的车斗里，如果你同意的话。"

老头子耸耸肩，再次发动引擎，这次没熄火。杜安跳进皮卡车斗，车上还装着他们早上买的拖拉机零件。他把笔记簿和铅笔塞进上衣口袋，蹲在金属车厢板上望着外面，祈祷这辆新买的通用破车别像以前的两辆二手卡车一样被老头子弄散了架。

借着朦胧的暮光，杜安在主街上看到了戴尔和其他几个骑车的男孩，但他觉得朋友们不认识这辆车，所以老头子开着皮卡呼啸而过的时候，他特地在车厢里蹲得低低的。杜安听见男孩们大喊"开灯"，但老头子没有理会，也许他压根儿就没听见。皮卡拐了个急弯进入第一大道，杜安在刺耳的尖啸声中坐直身体，正好看见东边那幢老砖房——镇上的孩子都叫它"奴隶屋"，虽然没几个人知道这是为什么。

但杜安知道。19世纪50年代，汤普森家的这幢老房子曾是地下铁路的中转站。三年级的时候，杜安对黑奴逃跑的路线产生了兴趣，于是他去橡树山的城市图书馆做了点研究。除了汤普森家以外，碎心县还有另外两处地下铁路的中转站……其中一处框架式的农舍坐落在榆树港和皮奥里亚之间的斯蓬河谷，它的主人是一家贵格会信徒，但这幢房子早在"二战"前就烧成了白地。另一处中转站主人家的孩子正好是杜安的三年级同学，杜安挑了一个星期六专程骑车去看过——单程8.5英里。他指给同学一家子看了楼梯下面壁橱背后的密室，然后骑着车回到了家里。那天老头子没喝酒，杜安也因此逃过了一顿毒打。

皮卡车轰鸣着驶过麦克·奥罗克家，驶过镇子最北端的城市棒球场，然后转了个弯驶向东面的水塔。崎岖的石子路颠得车斗左摇右晃，杜安蹲下身子闭上眼睛，飞溅的砾石和灰尘不断掉进他的脖子，钻进他的头发和牙齿缝，就连厚格子衬衫也挡不住。

老头没把车开到地里，虽然他差点儿就错过了县6号公路的路口。皮卡猛地来了个急刹，车身一顿，然后趔趄着开进了黑树酒馆的停车场。

"我去去就回，杜安尼。"老头拍拍杜安的胳膊，"我进去跟伙计们打个招呼，然后咱们就回家修拖拉机去。"

"好的，老爸。"杜安头靠驾驶室后厢板倚着车斗，从兜里掏出笔记簿和铅笔。现在天已经完全黑了，酒馆后面树梢上方的星星清晰可见，但借着纱门里透出的黄色灯光，杜安眯起眼睛，勉强能看清笔记簿上的字。

这本沾满汗水和尘埃的厚笔记簿几乎已经被杜安的蝇头小字填满了。他家地下室的秘密据点里还藏着大约50本差不多的本子。

杜安从6岁起就立志要当一名作家。阅读——他4岁时就能读完整的书了———一直是他生命中的另一个世界。这不是逃避，因为他很少逃避。为了精确地观察世界，作家必须直面一切。但他需要那个世界。充斥那个世界的强大声音让他看到了更强大的思想。

杜安从老爸那里继承了大堆的书本和对阅读的热爱，老头子单凭这一点就足以赢得杜安的敬爱。杜安的妈妈早在他记事前就死了，这些年父子俩过得并不容易。农场的境况越来越糟，老头子总在喝酒，杜安有时候会挨打，极偶然的情况下，老爸还会把他一个人扔在家里，但他们也有好时光———一切正常的时候，老头子驾着马车在农场里干活儿，夏天的农活儿繁重但自有条理，尽管他们常常错过农时。漫漫长夜里，父子俩有时候会跟阿特叔叔聊天儿……三个单身汉在后院的星空下烤着牛排，什么都聊，甚至包括头顶的星星。

杜安的老爸是哈佛的退学生，但在回家继承母亲的农场之前，他拿到了伊利诺伊大学的工程学硕士。阿特叔叔曾是一位旅行家，一位诗人，没准儿今年还在商船上当水手，明年就跑到了巴拿马、乌拉圭或者奥兰多的私立学校里教书。哪怕喝得烂醉，这对兄弟聊天儿的内容依然有趣，至少场间的第三个单身汉这样认为。年幼的杜安从父亲和叔叔身上如饥似渴地汲取着信息，这样的渴望来自他不可多得的天赋。

但在榆树港乃至碎心县的教育者看来，杜安·麦克布莱德算不上什么天才。没人指望能在1960年的伊利诺伊乡下发现一个天才。胖男孩杜安是个怪人，无论是在书面的评价里还是在为数不多的几次家长会上，老师们最常用来描述他的词语包括粗野、懒散和心不在焉。但他不是个刺儿头，只是有些令人失望。杜安不够努力。

面对老师的责难，杜安会道个歉，笑一笑，然后继续沉浸在自己的思路和计划里。对他来说，学校不是一个问题，甚至算不上真正的障碍，因为他喜欢"学校"这个理念……只是上学这事儿分散了他的一部分精力，让他没法专注于手头的研究，也耽搁了他为了当上一名作家所做的准备。

或者说，如果不是老中心学校的某些东西始终困扰着杜安，那么对他来说，上学只是个小麻烦而已。让他烦恼的不是学校里的同学，甚至不是粗野愚钝的老师和校长，而是别的某些东西。

借着昏暗的灯光，杜安眯起眼睛将笔记簿往前翻了几页，这几段话是他昨天写的，也就是放假前的最后一天。

"似乎完全没人注意这里的气味，就算有人发现了，他们也从没说过：那是一种冰冷的腐败气息，有点像冷柜里放得太久的冻肉；上次有一头小母牛淹死在了南边的池塘里，老爸和我直到一个礼拜以后才发现，当时的味道就和这差不多。

"老中心学校的光线十分奇怪。感觉特别……厚重。老头子带我去过达文波特一家废弃的旅馆，他想捡点破烂儿，发笔小财。经过尘埃、厚窗帘和昔日荣光的层层过滤，那里的光线同样厚重。还有同样绝望的霉味。我记得一束束光透过高窗照在废弃舞厅的拼花地板上——就像老中心学校楼梯间上面的彩色玻璃窗？

"不。那种感觉更像某种……凶兆？或者邪恶的气息？这样形容可能有点夸张。或者我应该说，这两个地方似乎都有自己的意志。还有墙壁里老鼠奔跑的声音。我不明白，为什么从来没人提起老中心学校那些老鼠发出的声音。一所小学里竟然到处都是老鼠和老鼠屎，地下室厕所天花板的管道上随时都有老鼠跑来跑去，县里管公共卫生的人难道不觉得毛骨悚然吗？我还记得，在老中心学校上二年级的时候，有一次我在地下室里……"

杜安跳过中间几页，翻到了今天下午他在舞台公园里写的内容。

"戴尔、劳伦斯（千万别叫他拉里）、麦克、凯文和吉姆。我该怎么描述同一个豆荚里的这几颗豌豆呢？

"戴尔、劳伦斯、麦克、凯文和吉姆。（为什么人人都叫吉姆"哈伦"？就连他妈妈也这么叫。虽然她自己早就不是哈伦家的人了，离婚后她恢复了闺姓。我在榆树港认识的所有人里还有谁离过婚吗？好像只有阿特叔叔的老婆，但我从没见过她，恐怕就连阿特叔叔都不记得那个女人。她是个中国人，他们的婚姻只维持了两天，而且那已经是我出生之前二十二年的事情了。）

"戴尔、劳伦斯、麦克、凯文和吉姆。

"该如何比较同一个豆荚里的豌豆呢？发型。

"戴尔留着榆树港最常见的平头——老福莱尔斯的手艺，他那间理发店看起来阴森森的（红白旋转立柱是理发行会的标志，红色螺旋象征鲜血，没准儿理发师都是中世纪的吸血鬼）。不过戴尔前面的头发比一般人长一点——差不多可以算是刘海儿。戴尔从不关心自己的发型。（除了他妈妈把他的头发剪得乱七八糟的那次以外，当时我们还在上三年级。戴尔头顶黑色的发楂儿就像漂在秃斑中的群岛，于是他只好戴了一顶幼童军的帽子，哪怕上课的时候也不摘。）

"劳伦斯的头发更长一点，前面涂了发蜡，所以根根挺立，看起来很配他的眼镜和龅牙，也让他那张瘦脸显得更瘦。真想知道未来的发型会是什么样子。比如说，1975 年？至少有一点可以肯定——肯定不会和科幻电影里那些身穿紧身衣、头皮剃得溜光的演员一样。没准儿会流行长发，就像 T. 杰斐逊那个年代？或者梳得油光水滑的中分，跟老爸在哈佛上学时留下的照片一样？可以肯定的是，到了那时候，看着如今的照片，我们大概都会觉得自己像个怪人。"

读到这里，杜安摘下眼镜，想了想"怪人"的词源。他知道这个称呼最初指代的是马戏团串场节目里咬掉鸡头的人。这是阿特叔叔告诉他的，阿特的话一向可信。但从词源学的角度来说，"怪人"这个词出自哪里？

杜安从记事起就一直自己剪头发。他头顶的头发留得很长，比1960年的其他男孩长得多，但鬓角却剪得很短。他从不梳头。现在他觉得自己的头发很脏，刚才坐车的时候沾了不少灰。杜安再次翻开笔记簿。

"麦克：同款平头，可能是妈妈或者哪个姐姐帮他剪的，因为他们家没钱理发。不过奥罗克的发型看起来比其他几个平头好一些。前面更长，但没那么挺，也没有刘海儿。很少有人注意到，麦克的睫毛和女孩一样长。他的眼睛很奇怪，哪怕站在远处，你也很容易注意到他灰蓝色的眼睛。为了得到这样一双眼睛，他的姐妹恐怕连杀人都肯。但麦克并不是女性化的娘娘腔（或者应该说'中性'？），只是颇为英俊而已。他感觉有点像肯尼迪议员，虽然他们的长相并不相似。（梅勒和其他一些人爱用演员来描述角色的外貌，但我不喜欢这种做法。太偷懒了。）

"凯文·格鲁姆班彻的头发看起来特别挺拔，就像兔子脸上的短毛。这样的发型倒是很配他凸出的喉结、一脸的雀斑、紧张的笑容和永远无法放松的神经。他似乎随时都在等着他妈妈叫他回家。

"吉姆的发型——哈伦的发型——不算正经平头，虽然他的头发很短。他的脸有点方，但脑袋顶上的头发只有一小撮。吉姆·哈伦总让我想起去年夏天我们在免费电影《罗伯茨先生》中看到的一位演员，演蒲佛少尉的那个，杰克·莱蒙。（哎呀，又来了。好吧，你就放心大胆地用电影明星来描绘书里的角色吧，要是你的作品卖给了好莱坞，他们选角的时候没准儿可以参考一下。）但哈伦长得确实有点像电影里的蒲佛少尉。一样的嘴巴。一样神经兮兮又有点滑稽的装腔作势。一样爱说风凉话。就连发型都一样。谁在乎呢?

"奥罗克颇具冷静的领袖气质,就像同一部电影里的亨利·方达。没准儿吉姆·哈伦也只是在模仿他从电影里看到的角色。没准儿我们都在无意识地模仿去年夏天看过的电影……"

杜安合上笔记簿,摘下眼镜,揉了揉眼睛。虽然今天没干活儿,但他还是觉得有点累。还有点饿。他试图回忆自己早餐吃了什么,结果没想起来。朋友们四散回家吃午饭的时候,杜安一直待在鸡舍里,一边思考一边奋笔疾书。

现在他不想再思考了。

他跳下皮卡,走到树林边缘。萤火虫在黑暗中闪闪发光。杜安听到了低处山洞里青蛙和蝉的合唱。黑树酒馆后面的山坡上到处都是垃圾,黑乎乎的影子映在更黑的背景上。杜安拉开裤链在黑暗中撒了泡尿,他听到自己的尿液砸在下方某种金属物品上。亮着灯的窗户里传来一阵哄笑,杜安认出了老爸的声音,老头子的声音比谁都大,他似乎正准备讲个妙语连珠的好故事。

杜安喜欢听老爸讲故事——前提是他别喝酒。只要老头子一喝酒,平常幽默诙谐的故事就变了模样,听起来既无聊又阴暗,还有几分愤世嫉俗。杜安知道,老头子觉得自己是个失败者。失败的哈佛人,失败的工程师,失败的农民,失败的发明家,失败的妄图一夜暴富的商人,失败的丈夫,失败的父亲。杜安大体同意老爸的看法,但他觉得现在还没到盖棺论定的时候。

杜安转回原地爬进皮卡驾驶室,但他没关车门,他想散一散驾驶室里的威士忌味儿。杜安知道,不管今晚当班的酒保是谁,他早晚都会把快要发酒疯的老头子扔出来。杜安还知道,接下来他会把老头子弄进车斗,不让那个醉鬼碰方向盘,然后他——杜安,今年3月刚满11岁、智商超过160的C等学生(两年前阿特叔叔专门带杜安去伊利诺伊大学测过智商,天知道他这是图啥)——会开车带着老爸回家，把他送上床，自己做好晚饭，再去谷仓里检查买来的零件适不适合他们那台约翰迪尔牌拖拉机。

后来——很久以后——杜安被耳畔的低语声惊醒了。

虽然睡得迷迷糊糊，但他知道自己是在家里。他开车带着老爸翻过两座小山，经过墓园和戴尔家亨利叔叔的农场，然后拐上县6号公路回了家；他把鼾声震天的老头子送上床，装好新买的配电盘，最后才给自己做了个汉堡包。他竟然连收音机都没关就睡着了吗？

杜安睡在地下室里，他用被子和板条箱在角落里隔出了一片小天地。实际上这地方绝不像听起来那么悲惨。冬天的二楼太空太冷，老头子早就放弃了他和杜安的妈妈一起住过的那间卧室。所以现在，他睡的是客厅里的两用沙发，而杜安占领了地下室；这里离炉子近，所以比较暖和，哪怕隆冬时节，寒风在只余残桩的田野中肆虐，地下室里还是暖洋洋的。这里有淋浴房，二楼只有浴缸。杜安把床和梳妆台都搬了下来，还有他的实验室、暗房器材、工作桌和电子设备。

杜安从3岁时起就习惯了收听深夜广播。这是跟他爸学的，但老头子自己几年前就不听广播了。

杜安的无线电设备包括矿石收音机、店里买来的接收器、希斯套装、重新组装过的控制台、短波收音机，甚至还有一台新款的晶体管收音机。阿特叔叔曾建议他开个业余无线电台，但杜安没那个兴趣。他不想发送信号，他只想听。

每晚他都躺在地下室的阴影里静静聆听，蜿蜒的天线沿着套管伸出窗户，为他带来各处的声音。杜安收听的有皮奥里亚的频道，也有得梅因和芝加哥的节目，当然还有克利夫兰和堪萨斯城的大型广播电台；但他最爱听的是那些远方的电台，来自北卡罗来纳、阿肯瑟、托莱多和多伦多的低语令他沉醉不已，如果离子层状况理想，太阳耀斑也不强的话，他偶尔还能听到西班牙语和同样富有异国风情的慢吞吞的阿拉巴马口音，以及加州的广播和魁北克的热线节目。杜安常听体育直播，他在伊利诺伊的黑暗中闭上眼睛，想象远方被泛光灯照得雪亮的棒球场，草坪绿得像鲜红的动脉血一样刺眼；有时候他也听音乐。他喜欢古典乐，热爱大乐团，但爵士才是他的最爱。不过杜安最爱听的是电台的热线节目，看不见的主持人耐心等待没用的听众打进热线，唠唠叨叨地说上半天没有营养但热情洋溢的赞美之词。

有时候杜安会把自己想象成一艘逐渐远去的星际飞船上唯一的船员，远离地球无数光年，终其一生都无望返回地球，甚至也不可能抵达目的地，但不断扩散的电磁波弧仍将他和故乡联系在一起；古老的广播节目离开洋葱状的大气层向外传播，他在空间中向前飞行，但在时间中却不断逆流而上，聆听那些主人早已死去的声音，向着马可尼的时代一路回溯，直至一切归于寂静。

有人在轻声呼唤他的名字。

杜安在黑暗中坐起身来，他意识到自己还戴着耳机。入睡前他正在测试新的希斯套装。

那缕声音又出现了。听起来似乎是个女人，但又奇怪地缺乏性别特质。距离让这缕声音显得格外纤弱，但与此同时，它又像午夜时分他从谷仓返回地下室时看见的星星那样清晰。

她……它……正在呼唤他的名字。

"杜安……杜安……我们为你而来，亲爱的。"

杜安从床上霍然坐起，他使劲按了按耳孔里的耳机。这声音不像从耳机里传出来的，更像是来自床底，来自暖气管道上方的黑暗，来自煤砖砌成的墙壁。

"我们很快就来，杜安，亲爱的。很快就来。"

从来没人叫过杜安"亲爱的"，连开玩笑都没有过。但他不知道母亲活着的时候有没有这样叫过自己。顺着耳机线，他摸到了毯子上冰冷的插头。他想起来了，关掉收音机以后，他也拔掉了耳机。

"我们很快就来，杜安，亲爱的。"那缕声音在他耳畔急促地呼唤，"等着我们，亲爱的。"

杜安在黑暗中伸出手抓住低垂的灯线，霍地拉开电灯。

耳机没插在收音机上。接收器也没开。所有无线电设备全都关着。

"等着我们，亲爱的。"

5

戴尔的鼻子抢在眼睛前面捕捉到了死亡的气息。

那是6月3日星期五，暑假的第二天。孩子们吃完早饭后一直在打球。到了半下午，他们一个个全都滚成了大汗淋漓的泥猴。就在这时候，戴尔闻到了死亡迫近的气息。

"天！"吉姆·哈伦站在一垒和二垒之间的位置上高喊，"这是什么味儿？"

戴尔正准备踏上本垒挥棒击球，但是现在，他退回原地往外指了指。

来自东方的气味沿着城市棒球场和第一大道之间的土路随风而来。那是死亡的气味。腐败的恶臭来自公路上刚刚被撞死的动物，尸体消化道内的细菌酝酿出不断膨胀的气体。它正在不断逼近。

"啊，哕。"投手丘上的唐娜·卢·佩里发出嫌恶的声音。她右手握球，举起棒球手套捂住口鼻，转头望向戴尔指的方向。

刚刚拐进第一大道的收尸车正沿着几百码的土路缓缓驶向这

群孩子。卡车驾驶室涂成了暧昧的红色，后面的车厢被坚固的木板围得严严实实，但戴尔还是看见了四条朝天而立的腿。可能是一头牛，或者一匹马，隔着这么远的距离你很难确定。车厢里的尸首显然不止这一具，四只蹄子直挺挺地指向天空，就像动画片里的动物尸体。

但这不是动画片。

"啊，饶了我们吧。"站在本垒后方充当接球手的麦克叹道。恶臭越来越浓，他不得不掀起 T 恤下摆捂住口鼻。

戴尔又往后退了一步，浓重的臭味熏得他的眼泪都快下来了，胃里翻江倒海。收尸车慢吞吞地开到土路尽头，然后拐进右边露天看台后方长满草的停车场。死尸的臭味就像一只大手捂住了戴尔的脸，就连周围的空气都变得厚重起来。

凯文从三垒那边跑了过来："开车的是范·锡克？"

坐在长凳上的劳伦斯起身站到戴尔身旁，兄弟俩同时眯起眼睛望向那辆卡车，羊毛棒球帽的帽檐压得很低。

"不知道。"戴尔回答，"阳光太刺眼，我看不清驾驶室里的人。但夏天开这辆车的一般都是范·锡克，难道不是吗？"

格里·戴辛格原本排在戴尔后面等着击球，现在他把球棒像步枪一样扛在肩上，做了个鬼脸："没错，开这辆车的……一般都是范·锡克。"

戴尔瞥了一眼矮个子男孩。所有人都知道，格里的父亲有时候会开收尸车，或者去墓园里除草。镇子里的这些脏活儿通常归范·锡克管。谁也没见过范·锡克先生跟谁交朋友，但格里的父亲偶尔会跟他混在一起。

就像看穿了大家的想法，戴辛格抢先开口辩白："肯定是范·锡克。今天我爸去了橡树山的工地干活儿。"

唐娜·卢离开投手丘加入人群，她的手套仍固执地捂着下半张脸："他想干吗？"

麦克·奥罗克耸耸肩："我可没看见附近有什么尸体,你们呢?"

"除了哈伦以外。"格里毫不客气地冲着刚跑过来的吉姆扔了块泥巴。

收尸车静静地停在10码外,挡风玻璃反射着刺眼的阳光,驾驶室外厚重的漆层宛如凝固的鲜血。透过车厢侧面的挡板,戴尔瞥见了一堆灰黑色的东西,后挡板旁边似乎还有一只蹄子,一大堆棕色的肿胀物体挤在车厢最前面,离驾驶室只有咫尺之遥。那具四脚朝天的尸体果然是一头母牛。戴尔把帽檐压得更低,他看到腐烂的牛身侧面露出白花花的骨头。空气格外厚重,嗡嗡飞舞的苍蝇盘踞在车厢上方,看起来就像一朵蓝色的云。

"他想干什么?"唐娜又问了一遍。这位六年级女生常年跟自行车巡逻队的男孩们混在一起,她是临时球队里最棒的投手,但直到今年夏天戴尔才发现,她居然已经长得这么高了。他还注意到了T恤下面的曲线。

"我们去问问他。"麦克提议。他摘掉手套,迈步走向挡球网豁口处。

戴尔觉得自己的心突突直跳。他从来就没喜欢过范·锡克。哪怕戴尔和学校里的老师们待在一起,而且罗恩先生就在附近,只要想起那个男人,他仿佛就能看到他扭曲的长指甲,指甲缝里的黑线,红得像是生了疮的脖子后面夹着泥灰的皱纹,还有那一口大得过分的黄牙。垃圾堆里的老鼠就长着这样的牙齿。

他们离卡车、离那股气味越来越近,脑子里的画面让戴尔的内心再次颤抖起来。

走在最前面的麦克准备从挡球网狭窄的豁口里钻过去。

"喂,等一下!"哈伦喊道,"看!"

一个孩子正骑着自行车沿着土路飞奔而来,现在那辆自行车已经拐进了右外野,车轮穿过内野的泥地,细碎的土块四下飞溅。戴尔认出了那辆女式自行车，骑车的女孩名叫桑德拉·惠塔克，她是唐娜·卢的朋友。

"哎呀，真臭。"自行车在孩子们面前猛地停了下来，桑德拉嚷道，"什么东西死了吗？"

"麦克的死鬼表弟坐着车刚刚赶到，"哈伦回答，"他正急着去拥抱他们呢。"

桑迪瞥了哈伦一眼，甩甩辫子没搭理他："我有个大新闻。镇上出了怪事！"

"什么事？"劳伦斯一边问，一边扶了扶眼镜。三年级生的声音很紧张。

"J.P.和巴尼去了老中心学校，还有别的好多人。科迪也在，还有她那个怪模怪样的老妈。罗恩正在接待她们。大家都在那边看热闹。她们正在到处找科迪那个蠢弟弟。"

"塔比？"格里·戴辛格问道，他伸手擦了一把鼻涕抹在自己的灰 T 恤上，"我还以为星期三那天他一早就跑了。"

"没错。"桑迪喘了口气，转向唐娜·卢，"但科迪觉得他还在学校里！很奇怪吧？"

"走，咱也去看看。"哈伦跑向停在一垒旁边的那排自行车，其他人也跟了上去。孩子们从围栏上摘下自行车把手握柄，将棒球手套挂在车把或者肩头的球棒上面。

"喂！"已经钻到了挡球网另一面的麦克喊道，"那范·锡克怎么办？"

"你可以替我们亲他一下。"哈伦大声回答，然后踩着脚踏板沿着土路扬长而去。

戴尔跟了上去，劳伦斯和凯文紧随其后。戴尔用力踩着踏板，假装为桑迪的新闻雀跃不已。但实际上他只是想远离死亡的恶臭和那辆安静的收尸车。

麦克等了一分钟，孩子们都骑着车飞快地跑掉了，车轮扬起阵阵尘埃。戴辛格没有车，所以他坐在格鲁姆班彻的自行车前面。凯文的长腿随着他踩动踏板的动作上上下下。唐娜·卢瞥了麦克一眼，然后跳上自己那辆蓝白色自行车，把手套扔进车篮，和桑迪一起骑走了。

转眼间棒球场上就只剩下了麦克一个人。只有他，还有死尸的恶臭和那辆安静的卡车。今天的室外温度至少有 90 华氏度——阳光如此炽烈，晒得他的汗水像小溪一样顺着沾满尘土的脖子和脸颊直往下淌。收尸车驾驶室窗户紧闭，要是范·锡克真的待在里面，他怎么可能受得了？

麦克站在原地，目送伙伴们向右拐进第一大道的柏油路。成排的榆树遮住了他们的身影，桑迪和唐娜·卢落在最后面。

苍蝇嗡嗡飞舞。收尸车的车厢里传来轻微的水声，好像有什么东西在动，黏稠的空气中越来越浓郁的恶臭宛如实质。麦克感觉恐慌开始在身体里蔓延，就像他在深夜里听见楼下外婆的房间里传来奇怪的抓挠声，然后以为那是她的灵魂挣扎着想逃离那具躯体，或者做大弥撒的时候跪得太久，冗长的祷辞和焚香的气味令他昏昏欲睡，半梦半醒间，他想到自己的罪孽和地狱的烈火，那些滑溜溜的东西正等待着他……

麦克朝着卡车又走了五步。干枯的草丛中蚱蜢四散奔逃。透过挡风玻璃的反光，他看见了驾驶室里的人影。

麦克停下脚步，冲着卡车和车上的驾驶员——无论是活的还是死的——比了个中指。然后他慢慢转身，一边穿过挡球网的豁口往回走，一边按捺自己拔脚狂奔的冲动。他等待着身后传来驾驶室车门甩上的巨响和匆匆而来的沉重脚步。

但他只听见苍蝇的嗡嗡声。然后车厢里传来一阵微弱但清晰的呜咽，慢慢变成了婴儿的悲泣。正准备将手套挂在车把上的麦克僵住了。

绝对没错。那辆收尸车里有婴儿在哭，死神的摇篮里装满了柏油路上被撞死的动物尸体，死狗的肠子撒了一地，肿胀的母牛和翻着白眼的马匹堆在一起，还有被碾平的乳猪和十几家农场积攒的腐烂内脏。

越来越尖厉的哭声渐渐变成了啜泣，突如其来的恐惧刀锋般刺进麦克的身体，然后连啜泣也消失了，只剩下低沉的汩汩声……那个不知道是什么的东西似乎正在进食。它在吃奶。

麦克推着自行车离开了挡球网，他的双腿软绵绵的，没有一点力气。他踩着脚踏板穿过一垒拐进土路，驶向第一大道。

他没有停步。

也没有回头。

隔着一个街区，他们就看见了挤挤挨挨的车辆和人群。J.P.康登那辆亚光黑的雪佛兰停在学校停车场里，紧挨着治安官的座驾，旁边还有一辆破旧的蓝色小货车，戴尔猜测它的主人是科迪·库克的老妈。他看见了科迪，女孩身上那件松垮垮的布袋裙大概一个月都没换过，科迪身旁的圆脸胖女人肯定是她妈。罗恩先生和达比特太太像门神一样堵着北门的楼梯口，太平绅士和镇上的治安官——巴尼——站在两拨人中间，仿佛打算充当裁判。

戴尔和伙伴们在草地上停了下来，现在他们和那群大人之间差不多隔了25英尺：这段距离远得足以保证他们不会被赶走，又近得能听见那边说话。戴尔抬起头，正好看见麦克骑车追了上来，他的脸色白得吓人。

"我说过了，星期三那天特伦斯一直没回家！"库克太太厉声喊道。女人棕色的胖脸上满是皱纹，戴尔不由得想起了麦克的接球手套。她疲惫绝望的灰涩眼神跟科迪一模一样。

"特伦斯？"吉姆·哈伦低声重复，然后做了个鬼脸。

"是的，女士。"巴尼回答，他坚定地挡在胖女人和学校方面的两个人之间，"罗恩先生明白您的意思，但他们非常确定，他不在学校里。现在我们需要弄清楚的是，他离开学校之后去了哪里。"

"放屁！"库克太太骂了一句，"我家科迪莉亚说，她没看见弟弟穿过操场……无论如何，我的特伦斯绝不可能擅自离校。他是个好孩子。要是他有这个胆子，我铁定打烂他的屁股。"

凯文转向戴尔，抬起一边眉毛。戴尔目不转睛地盯着那群剑拔弩张的大人。

"现在，库克太太，"生性刻薄的秃头矮子太平绅士开口了，"我们都知道，塔比……呃……特伦斯有点淘气……"

小个子男人成功吸引了库克太太的怒火。"你还有脸说，J.P. 康登。谁不知道你儿子 C.J. 是全镇最卑鄙的小浑蛋，身上成天揣着把弹簧折刀。就凭你也配对我家特伦斯说三道四？"她瞥了瘦巴巴的治安官一眼——镇上的人都叫他巴尼——粗短的手指愤然指向罗恩先生和老肥特，"治安官，这些人心里有鬼。"

巴尼双手一摊："好啦，好啦，库克太太。你知道的，他们到处都找过了。那天下午放学之前，达比特太太亲眼看见特伦斯离开了学校……"

"放狗屁！"科迪的母亲厉声咒骂。科迪回头看见了远处那群孩子，但她只是面无表情地瞥了他们一眼。

达比特太太似乎终于回过了神："从来没人用这种口气跟我说过话。我在本学区当了快四十年的教育者，我……"

"我他妈才不在乎你教了多少年书……"库克太太的话还没说完就被打断了。

"妈，她在撒谎！"科迪拽着母亲不成形的裙子尖声指控，"那天下午我一直望着窗户外面，但我没看见塔比。老肥特连看都没看过。"

"别着急，小姑娘。"罗恩先生开口了，他修长的手指拨弄着背心上的表链，"我们都能理解，弟弟的……呃……暂时缺席……令你深感不安，但我们不能允许这种……"

"快说，我儿子到底在哪儿！"库克太太使劲推搡太平绅士，肥胖的小手努力试图抓住校长。

"喂！喂！"J.P.康登往后退了一步。

巴尼再次挺身而出，他对着科迪的母亲说了什么，语速快得孩子们根本听不清，然后他又转向罗恩先生轻声说了几句。

"我也认为我们接下来的讨论应该避开……呃……公众的视线。"罗恩先生冷冷地说。

巴尼点点头，又说了几句话，众人举步走向学校。科迪回过头看了戴尔和孩子们一眼，但这次她的脸上没有敌意……只有悲伤和某种类似恐惧的情绪。

"如果……啊……如果库克先生在场的话，那就更好了。"罗恩先生边走边说。

"这个礼拜他一直不太舒服。"科迪的母亲平板的语调中充满疲惫。

"这个礼拜他一直醉得像垃圾场里的臭鼬一样。"吉姆·哈伦捏起嗓子模仿库克太太的乡下口音，然后他眯起眼睛，望向太阳和骤然空下来的停车场，"活见鬼，已经这么晚了，我答应过老妈要割家里的草坪。现在这儿的乐子也看完了。"

劳伦斯把眼镜往鼻梁上方推了推："你们觉得塔比到底跑到哪儿去了？"

哈伦弯腰对着三年级生挤眉弄眼地做了个鬼脸，双手虚握成爪："他肯定被什么东西抓走了，小傻瓜。今晚那个东西就要来抓你啦！"他俯低上半身，故意让自己的唾液顺着下巴往下流。

"你走开。"戴尔护在弟弟身前挡开哈伦。

"你走开。"哈伦尖声学道，"不许欺负人家的小兄弟！"他捏了个兰花指，踮起脚尖装腔作势地原地转了一圈。

戴尔没搭理他。

"快走吧，你还得回去割草坪呢。"麦克劝道。他的语气隐隐有些急躁。

哈伦看了奥罗克一眼，迟疑着说："好吧，回头见，蠢货们。"然后他踩着脚踏板沿着德宝街离开了学校。

"看，我说的没错吧，这事儿真是够奇怪的。"桑迪一边和唐娜·卢并肩往外骑，一边说道。两辆自行车骑到校园东南侧那排榆树下的时候，唐娜回头冲大伙儿喊了一声："明天见！"

戴尔挥挥手。

格里·戴辛格叹道："唉，没热闹可看了，我还是回家喝汽水去吧。"他家那幢用沥青防水毡糊在框架上搭起来的房子就修在学院街对面的水泥块地基上。

"凯——文文文文！"洪亮的喊声听起来就像人猿泰山的怒吼，格鲁姆班彻太太的头和肩膀从她家前门探了出来。

凯文立即掉转车头往回飞奔，甚至没有浪费一秒钟时间跟大家道别。

老中心学校的影子笼罩着整个街区，就连第二大道都险些被吞了进去，阴影中的操场失去了阳光下碧绿的颜色，三棵大榆树的下半截树干也沉浸在幽暗的影子里。

几分钟后，J.P.康登重新出现了，他冲着孩子们厉声喊了句什么，然后开车走了，车轮在他身后扬起一小片砟石。

"我爸说他有时候会利用那辆雪佛兰引诱别人超速。"麦克说。

"怎么说？"劳伦斯问道。

麦克坐在草地上拔了一片叶子："J.P.会藏在运送乳制品的山顶车道上，就是哈德路跨过斯蓬河的那个位置。要是有人路过，他就加大油门冲出去摆出飙车的架势。如果对方上了钩，他就掏出警灯放到车顶，以超速为由逮捕对方，把他们拖回去罚上25块钱。但要是对方不肯上当……"

"然后呢？"

"他就抢在上桥之前冲到对方前面，然后马上减速，逼迫对方超车。如果对方真的这么做了，他又有理由抓人了。桥梁周围100英尺内不许超车。"

劳伦斯嚼着嘴里的草叶摇了摇头："真是个无赖。"

"喂！"戴尔说，"注意你的语言。要是让妈妈听见你骂人……"

"瞧，"劳伦斯跳起来奔向草地上的一道土垄，"这是什么？"

两个男孩不紧不慢地跟了上去。"是鼹鼠吧。"戴尔猜测。

麦克摇摇头："鼹鼠没这么大。"

"也许他们挖了一条沟来铺设新的下水管或者别的什么东西，最后留下了一道没压平的土垄。"戴尔指指地面，"看，那边还有一道垄，两条都通往学校。"

麦克循着第二道土垄往前走，看见它最终消失在校园外的人行道旁。他嚼着草叶若有所思地说："没道理铺设新管道呀。"

"为什么不呢？"劳伦斯追问。

麦克冲着学校背光的那面做了个手势。"很快他们就会把它拆掉。再过几天，等里面的垃圾全都搬走，他们会用木板把所有窗户都封起来。如果他们——"麦克的话戛然而止。他眯起眼睛抬头望了望高耸的屋檐，然后往回走了几步。

戴尔跟在他身后："怎么了？"

麦克伸出手指了指："那边上面。看到高中那层楼最中间的窗户了吗？"

戴尔手搭凉棚遮住刺眼的阳光："嗯。怎么啦？"

"里面有人在往外看。"劳伦斯抢着回答，"我看见了一张雪白的脸，然后一下子就不见了。"

"不是别人。"麦克斩钉截铁地说，"绝对是范·锡克。"

戴尔回头看了一眼自己家后面的球场。树荫遮挡了他的视线，隔着这么远的距离，他看不见那辆收尸车是不是还停在棒球场旁。

最后，库克太太、科迪、巴尼和老肥特都从学校里走了出来，他们说了几句孩子们听不见的话，然后各自开车散去。只有罗恩先生的车还留在原地，直到天都快黑了，爸妈已经开始叫戴尔和劳伦斯回家吃饭的时候，校长的身影才重新出现在学校门口。他锁上校门，开着他那辆灵车般的别克扬长而去。

戴尔透过自家前门紧盯着学校，直到妈妈命令他坐到桌边吃饭，但范·锡克一直没出现。

吃完晚饭以后，他又查看了一番。薄暮的微光只能照亮树梢和斑驳的绿色穹顶，下面的一切都沉浸在黑暗中。

6

暑假的第一个星期六，天还没亮，麦克·奥罗克已经醒了。他摸进黑乎乎的客厅里看了看姆姆——现在她几乎随时都醒着——一大堆被子和披肩簇拥着她苍白的皮肤，看见姆姆眨了眨眼，麦克这才放下心来，她还活着。昨天那辆收尸车留下的腐臭味仍在空气中徘徊，他亲了亲姆姆的脸颊，钻进了厨房。麦克的父亲已经起床了，这会儿他正就着厨房里的冷水龙头刮胡子；皮奥里亚的帕布斯特啤酒厂7点就要打卡上班，从这儿开车过去需要一个多小时。麦克的老爸是个大块头——身高6英尺，但体重超过300磅。多余的体重主要集中在他圆滚滚的大肚皮上，哪怕在他剃胡子的时候，庞大的肚子仍固执地顶在他和水槽之间。他的一头红发已经掉得差不多了，现在只剩下耳朵上面还有一小片橘色的绒毛；额头上晒伤的痕迹——那是周末在花园里干活儿的时候留下来的——和脸颊、鼻子上破裂的毛细血管让他的肤色更显红润。他手里的折叠式剃刀是爷爷传下来的老古董。看到麦克穿过厨房走向屋外的厕所，老爸停下动作，手指按紧脸上的皮肤，刀锋紧贴脸颊，冲儿子点了点头。

麦克直到最近才意识到，整个榆树港只有他们家没有室内厕所。别人家倒是也有户外厕所，穆恩太太的旧木屋后面就有一个，格里·戴辛格家的工具房后面也有一个，但早就没人用了，只有奥罗克家的户外厕所还在正常使用。这些年来麦克的母亲一直唠叨着要弄一套新的上下水系统，现在他们家只有厨房里的一个龙头；但麦克的老爸总是嫌贵，因为镇上没有公共排水系统，自己修化粪池得花不少钱。麦克甚至怀疑，老爸根本不想要室内厕所：麦克有四个姐妹，再加上他妈，小房子里永远吵吵闹闹，麦克的老爸常说，他只有钻进厕所才能找到真正的安宁。

　　方便完了以后，麦克一边沿着石板路往回走——这条路隔开了老妈的花园和老爸的菜园——一边抬头望了望，一群椋鸟正迎着第一缕晨光掠过高处的树顶。他穿过小小的后门廊，在父亲刚才剃胡子的厨房水槽里洗了洗手，然后从破烂的橱柜里翻出自己的练习簿和铅笔，在桌边坐了下来。

　　"你再不出门就来不及取报纸了。"老爸提醒道。他站在厨房吧台后面，一边喝咖啡一边望着窗外的花园。墙上的挂钟指着5点8分。

　　"不用，来得及。"麦克回答。每天早上5点15分，分配员会把所有报纸送到主街A&P超市旁的银行门前，麦克的妈妈在那家超市上班。他从没耽误过送报。

　　"你在那儿写什么呢？"老爸问道。但他真正关心的只是自己的咖啡。

　　"给戴尔和其他人写几张纸条而已。"

　　父亲心不在焉地点点头，再次望向窗外的菜园："那天的雨下得很及时，玉米长得不错。"

　　"回头见，老爸。"麦克将叠好的纸条塞进牛仔裤兜，戴上棒球帽，在父亲的肩膀上拍了一记，然后冲出大门跳上他那辆古董自行车，沿着第一大道全速前进。

和往常一样，送完早报以后，麦克还得骑车去镇子西面铁路附近的圣马拉奇教堂，给卡瓦诺神父的弥撒做祭台助手。这是他每天必须完成的任务，一年到头，一天不落。麦克从7岁时就开始担任祭台助手，其他孩子来了又去，但卡瓦诺神父常说，谁也没有麦克这么可靠。别人念的拉丁文也不如麦克那么字斟句酌，那么虔诚。坚持这套日程并不容易，尤其是在冬天雪厚的时候，他没法骑着自行车到处转悠。有时候他只能一路小跑赶往教堂，匆匆套上白袍和法衣，甚至来不及脱掉外套换上棕色牛津鞋。做弥撒的时候，他感觉到靴底的雪水慢慢融化。如果7点30分这场弥撒的信众全是熟人——穆恩太太、肖尼西太太、阿什波小姐和凯恩先生——在卡瓦诺神父的默许下，麦克领完圣餐就会提前退场，争取赶在最后一道铃声结束之前踏进校门。

　　尽管如此，他还是常常迟到。每次看到他姗姗来迟，施莱弗斯太太甚至懒得说话，只是瞪他一眼，冲着校长办公室扬一扬下巴。麦克得在办公室里等着罗恩先生挤出时间来训他一顿，或者拿左手最下面那个抽屉里的教鞭抽他两下。麦克倒是不怕挨打，但他不喜欢坐在办公室里，错过整堂早读和大半节数学课。

　　坐在银行前面高高的人行道上等着卡车从皮奥里亚送来早报的时候，麦克努力把脑子里所有和学校有关的事情全都赶了出去。现在是暑假。

　　一想到暑假，扑面而来的暖意、人行道和潮湿庄稼散发的温暖气息就真切地占据了麦克的全副心神，让他精神一振。暖洋洋的空气充盈着他的胸腔，送报的卡车来了，膨胀的喜悦伴随他将报纸一份份分开叠起来——夹了纸条的几份报纸单独塞在送报箱外面的口袋里——又伴随他骑着自行车驶过清晨的街道，将一份份报纸扔到一户户人家门前，大声跟早上出门取牛奶瓶的女人和准备开车出门的男人问好。夏天的轻盈和真实让他的身体变得轻飘飘的，带着这样的欢愉，他将自行车靠在圣马拉奇教堂墙边，跑进幽暗凉爽的正厅。全世界他最喜欢的地方就是这座充满焚香气息的教堂。

戴尔睡到8点多才醒，然后他又在床上躺了很久。阳光和外面那棵巨大榆树的叶影填满了卧室的窗户，温暖的空气透过纱窗溜了进来。劳伦斯早就起了，戴尔听见楼下起居室里传来动画片的声音，那是他弟弟正在看《哈克与杰克》，或者《拉夫与雷迪》。

戴尔翻身起床，整理好自己和弟弟的床铺，穿上内裤、牛仔裤、T恤、干净的袜子和运动鞋，然后下楼吃早餐。

妈妈准备了他最爱的麦片和葡萄干吐司面包。这会儿她正在喋喋不休地讨论今晚的免费电影放什么片。戴尔的老爸出差还没回来——他的销售业务横跨了两个州——但他会在午夜之前赶回家。

劳伦斯在起居室里大声催促哥哥，《拉夫与雷迪》就快开始了。

"小孩子才爱看这种节目！"戴尔吼了回去，"我没兴趣。"但他还是加快了咀嚼的速度。

"今天早上的报纸里夹着这个。"妈妈把一张纸条放在他的碗边。

看到那张从廉价练习簿里撕下来的纸条，戴尔笑了，他认出了麦克规规矩矩的笔迹和糟糕的错别字。

全体人员9点30分山洞砰头。

—— M

戴尔舀起最后一勺麦片，琢磨着有什么重要的事儿非得让大家兴师动众去那边碰头。山洞是他们商量大事的据点——比如说不可告人的秘密，或者紧急举行的巫术仪式。前些年自行车巡逻队的小鬼头们还会煞有介事地去山洞里开会。

"你们不是真的要去钻山洞吧，戴尔？"母亲的声音里有一丝担忧。

"放心啦，老妈。没那回事，你知道的。那只是黑树酒馆后面的一个旧涵洞而已。"

"好吧，不过你可别忘了，你答应过我，下午赛博特太太来做客之前，你要把院子里的草割了。"

杜安·麦克布莱德的父亲没订皮奥里亚的报纸，他只读《纽约时报》，而且也不常读，所以杜安没收到麦克的纸条。早上9点左右，杜安期盼的电话终于响了起来：附近的几家人共用一条电话线——响一声的电话找的是离他们最近的邻居约翰逊，两声是杜安家，三声则是公路尽头的斯韦德·奥拉夫森家。电话响了两声，然后安静下来，随即又响了两声。

"杜安，"是戴尔·斯图尔特的声音，"我以为你在外面干活儿。"

"我的活儿已经干完了。"杜安回答。

"你爸在家吗？"

"他去皮奥里亚买东西了。"

电话里一下子安静下来。杜安知道戴尔明白，每逢星期六，要是杜安的老爸去"买东西"了，那他通常要到星期天深夜才会回来。

"喂，我们准备9点30分去山洞碰头，麦克有话要说。"

"'我们'都有谁？"杜安低头瞥了一眼笔记簿。早饭后他一直在练习人物速写，这个专项练习他从4月份就开始做了，现在他的本子上记满了零散的细节和指代，也有完整的段落和写好又划掉的句子，空白处随处可见备注的小字。他知道，和其他所有事情一样，这样的练习永远不可能达到完美。

"就那几个，"戴尔回答，"麦克、凯文、哈伦，可能还有戴辛格。我不知道。他把纸条夹在报纸里，我刚刚才收到。"

"那劳伦斯呢？"杜安望向窗外正在生长的玉米——现在差不

多齐膝高了——长长的石子路从他家门前出发，穿过大片的玉米地通向外面。杜安的母亲活着的时候不许任何人在房子前面20英亩内种植任何比豆子还高的植物。"玉米长得太高，让我感觉自己被隔绝了，"她告诉阿特叔叔，"特别幽闭恐惧。"虽然老头子常拿这事儿取笑她，不过他还是种了豆子。但杜安记不清从什么时候开始，每年夏天，越来越高的玉米都会将麦克布莱德家的农舍与外面的世界渐渐隔离开来。"国庆玉米齐腰高。"老话是这么说，但在伊利诺伊州的这个区域，7月4日玉米的高度往往已经超过了杜安的肩膀。再往后走，玉米更是一路疯长，反倒让人产生房子一天比一天矮的错觉。到头来茂盛的玉米甚至遮住了石子路尽头的县公路，你必须爬到二楼才能望到外面，但杜安和老头子已经很久不上二楼了。

"劳伦斯怎么？"戴尔没回过神来。

"他去吗？"

"他当然去了。你又不是不知道，他就爱跟我们一块儿玩。"

杜安笑了。"我只是提醒你一句，怕你忘了自己还有个弟弟。"他说。

电话那头的声音有些恼怒："喂，杜安，你到底去不去？"

杜安想了想今天农场里要干的活儿，就算现在就开始动手，到天黑能干完也算他走运："我很忙，戴尔。你刚才说，你不知道麦克打的是什么主意？"

"呃，我不太确定，但我觉得肯定跟老中心学校有关。塔比·库克失踪了，你知道吧？"

杜安顿了一下："那我来。9点30分对吧？就算我现在出发，那也得10点才能走到。"

"老天爷，"戴尔尖叫一声，"你还没弄到一辆自行车吗？"

"如果上帝打算给我一辆自行车，"杜安一本正经地说，"那他应该让我生在史温家。山洞见。"没等到戴尔回答，他就挂断了电话。

杜安下楼找出那本描述老中心学校的笔记簿，然后戴上一项印着"CAT"字样的帽子，出门去唤狗。听到主人的召唤，维特立即出现了。这个名字是"维特根斯坦"的简称，老头子和阿特叔叔时常为这位哲学家争论不休。如今这条老边牧几乎已经瞎了，关节炎带来的疼痛让它失去了往日的灵敏，但感觉到杜安要出门，它立即摇着尾巴满怀期待地迎上前来，表示自己完全做好了出门探险的准备。

"不行。"天气太热，杜安担心这位老朋友走不了那么远，"今天你乖乖留下来看家，维特，我中午就回来。"

老边牧因白内障而变得混浊的眼睛里充满了悲伤和失望。杜安拍拍它的头，把它送回谷仓里，重新加满了它喝水的碗："别让窃贼和玉米地里的怪物闯进我们家，维特。"

老边牧龇牙呜咽一声，没精打采地趴在铺着毯子的稻草堆上，那是它的床。

杜安沿着石子路慢慢走向县6号公路，天真的很热，他挽起法兰绒格子衬衫的袖子，琢磨着老中心学校和亨利·詹姆斯。他刚读了《螺丝在拧紧》，现在他满脑子都想着书中的布莱庄园和詹姆斯巧妙的暗示：那地方能产生某种邪恶的共鸣，所以"鬼魂"才能蛊惑那两个名叫迈尔斯和芙罗拉的孩子。

老头子是个酒鬼，也是个失败者，但除此以外，他还是审慎的无神论者和坚定的理性主义者，他的这些特质也传给了儿子。自杜安记事起，他一直认为宇宙的运作机制虽然复杂，但自有其规律：以人类有限的智慧，我们对这些规律的理解并不全面，甚至可以说相当贫乏，但规律就是规律。

他打开笔记簿，翻到描写老中心学校的那页。"那种感觉更像某种……凶兆？或者邪恶的气息？这样形容可能有点夸张。或者我应该说，这两个地方似乎都有自己的意志……"杜安叹了口气，将这页纸撕下来塞进灯芯绒长裤的裤兜。

终于走到了县6号公路，他转而向南。阳光照耀着路上白花花的石子，也灼烧着杜安露在外面的胳膊。在他身后那条小径两侧蓬勃生长的玉米地里，昆虫发出窸窸窣窣的声响。

戴尔、劳伦斯、凯文和吉姆·哈伦一起骑着自行车去山洞。"真见鬼，我们为什么非得去那么远的地方碰头？"哈伦低声抱怨。他的自行车比别人的小，车轮只有17英寸，所以他必须加倍卖力才跟得上大家。

他们穿过奥罗克家门前的大片树荫骑向北面的水塔，随后向东拐进宽阔的石子路；凯文、戴尔和劳伦斯并排靠左骑，哈伦一个人落在右边。路上没有车也没有风，周围安静得只能听见他们的呼吸声和车轮碾过石子的嘎吱声。这里离县6号公路差不多有1英里，路口东北面是山丘和茂密的树林。沿着水塔那条路一直向前，你会进入镇外的丘陵地带，穿过丘陵便是几乎已被废弃的朱比利学院镇。顺着县6号公路往南走1.5英里是151A高速公路，也就是横穿榆树港的哈德路，但这条捷径其实只是田野间的泥泞车辙，不是什么正经道路。冬春两季的大部分时间，这条路根本无法通行。

他们向北经过黑树酒馆，然后呼啸着冲下第一道陡峭的山坡，下坡的时候，男孩们紧捏刹车，整个人几乎站了起来。公路两旁树冠织成的穹顶在窄路上投下浓重的阴影。四年级老师格罗胜特太太在课堂上给他们读过《沉睡谷传奇》，戴尔一直觉得故事里的廊桥就坐落在这里的树荫下。

但这条路上没有廊桥，石子路两旁只有腐烂的木栅栏。孩子们在坡底停了下来，推着自行车拐进公路西边草丛中一条狭窄的小径。这里的野草差不多有齐腰深，草叶上沾满了过往车辆扬起的尘土。阴暗的树林和路边的茂密植物之间拦着一道铁丝网。他们把自行车藏在灌木丛下面，检查确认了公路上的人肯定看不见，然后才沿着弯曲的小路钻进了溪边凉爽的树荫。

来到谷底之后，溪边蜿蜒的小路几乎消失在了高高的野草和低矮的树木下面。戴尔领着大家走向山洞。

其实那不是山洞，至少不完全是。不知为何，县里在公路路基下方挖了一条涵洞，洞壁是用预制水泥板铺的，而不是随处可见的30英寸波纹钢管。也许是为了预防春天的洪水，也许他们自己也不知道到底为了什么，总而言之，这个洞真的很大——直径足足有6英尺——洞底留了一道14英寸宽的槽，溪水从中汩汩流过，所以孩子们可以坐在涵洞的弧形底面上肆意伸展双腿，不必担心弄湿鞋袜。哪怕是夏天最热的时候，山洞里依然凉爽，洞口几乎被灌木和野草完全盖住了，头顶10英尺外传来的车声反倒让这个秘密据点显得更加隐蔽。

溪水在山洞另一头形成了一片小小的池塘。夏天池塘的宽度大概有七八英尺，深度只有这个数的一半。但这片小池塘美得惊人：来自涵洞的潺潺溪水在塘边形成了一道微型瀑布，池塘的水面被周围的树荫映衬得黑幽幽的。

麦克给这条小溪起了个名字，叫作"尸体溪"，因为人们常常把公路上被撞死的动物尸体扔到下面这片小池塘里。戴尔记得，他们在池塘里发现过的尸体包括负鼠、浣熊、猫和豪猪，甚至还有一条巨大的德国牧羊犬。他还记得自己当时趴在山洞边缘，胳膊肘顶着凉爽的水泥洞壁，望向水底那具尸体：透过4英尺深的清澈池水，德牧黑色的眼睛直勾勾地盯着戴尔，唯一能证明这条狗已经死掉的线索——除了它正躺在池底以外——是它微张的嘴边一道类似小石子的白色痕迹，看起来就像它吐了一串石头出来。

麦克在山洞里等着他们。一分钟后，杜安·麦克布莱德也喘着粗气赶到了，这条小路不好走，男孩帽子下面的胖脸涨得通红。涵洞里突然暗下来的光线让他情不自禁地眨了眨眼。"啊，海鲜乱炖死亡学会开会啦。"开口说话的时候，他的气还有点没喘匀。

"啊？"吉姆·哈伦没回过神来。

"没事。"杜安回答。他一屁股坐下来，撩起法兰绒衬衫下摆擦了擦脸。

劳伦斯正举着捡来的树枝戳一大片蜘蛛网。听到麦克开口说话，小男孩立即回过头来。

"我有个主意。"

"哇哦，让印刷机停下来等等，"哈伦说，"明天的报纸得换个头条。"

"闭嘴。"麦克的声音里没有一丝怒意，"昨天科迪和她妈去学校找塔比的时候，你们大家都在场。"

"我不在。"杜安说。

"好吧。"麦克点点头，"戴尔，你跟他说说。"

戴尔描述了库克太太、罗恩先生和J.P.康登对峙的情景。"老肥特也在。"他总结道，"她说她看见塔比离开了学校，但科迪妈说她放屁。"

杜安抬起一边眉毛。

"你到底有什么主意，奥罗克？"哈伦问道。他用树枝和叶子在洞底的沟槽里搭了一道小水坝。溪水开始回流汇集。

趁着运动鞋还没弄湿，劳伦斯挪了挪脚。

"莫非你想让我们亲科迪一口来哄她高兴？"哈伦戏谑地问道。

"没那回事。"麦克否决，"我想找到塔比。"

凯文刚才一直在朝池塘里扔鹅卵石，现在他停了下来。男孩身上刚洗过的T恤在幽暗的光线中显得特别白："既然康登和巴尼都找不到他，我们上哪儿找去？还有，我们为什么要找他？"

"这是自行车巡逻队的职责，"麦克回答，"我们成立俱乐部就是为了完成这样的使命。而且我们有能力找到他，因为我们能去的那些地方、能看到的那些东西，康登和巴尼去不了，也看不见。"

"我没听懂。"劳伦斯问道,"要是塔比跑了,我们能去哪儿找他?"

哈伦倾身向前,作势要抓劳伦斯的鼻子:"你可以当我们的寻血猎犬,小傻蛋。我们扔一双塔比的臭袜子给你,你就能闻出他的去向。怎么样?"

"闭嘴,哈伦。"戴尔不耐烦地说。

"来啊。"吉姆·哈伦弹了戴尔一脸的水。

"你们俩都给我闭嘴。"麦克呵斥道,他继续说了下去,就像完全没被打断一样,"我们可以跟踪罗恩、老肥特、范·锡克和其他人,看看他们是不是对塔比做了什么。"

杜安在自己兜里找到了一根绳子,刚才他正在自得其乐地玩翻绳:"他们有什么理由要对塔比·库克做什么?"

麦克耸耸肩:"我不知道。也许因为他们不太正常。你不觉得他们都很怪吗?"

杜安没笑。"我觉得很多人都很怪,但这并不意味着他们有动机绑架胖孩子。"

"那是,"哈伦说,"不然你早就失踪了。"

这回杜安笑了,但他微微转向哈伦——这个男孩比杜安矮1英尺,体重却只有他的一半——说了句拉丁文:"还有你吗,布鲁图?"

"什么意思?"哈伦眯起眼睛问道。

杜安低下头继续翻绳:"这句话是恺撒说的,当时布鲁图问他有没有吃过哈伦汉堡。"

"喂,"戴尔说,"我们赶快把这事儿定下来吧,我还得回去割草坪呢。"

"今天下午我也得帮我爸清理牛奶车上的罐子。"凯文说,"要做决定就快点儿。"

"决定什么?"哈伦反问,"要不要跟踪罗恩和老肥特,看他们是不是把塔比·库克杀死吃掉了？"

"没错，"麦克回答，"或者他们是不是知道塔比的去向，然后出于某种原因掩盖了这件事。"

"难道你愿意跟踪范·锡克？"哈伦质问麦克，"虽然老中心学校的怪胎不少，但有胆量杀孩子的恐怕只有他一个。他要是发现我们跟踪他，铁定会杀了我们。"

"那范·锡克就归我吧。"麦克回答，"谁去跟踪罗恩？"

"我。"凯文自告奋勇，"除了学校和他租的那间屋子，罗恩哪儿都不去，所以跟踪他应该不难。"

"达比特太太呢？"麦克继续问道。

"我！"哈伦和戴尔同时请缨。

麦克指指哈伦："你去跟踪她，但千万别被她发现。"

"我会藏在树后面的，哥们儿。"

劳伦斯伸出树枝捣毁了哈伦的水坝："那戴尔和我干什么？"

"得有人去跟进一下科迪和她家的情况，"麦克说，"我们在外面乱转的时候，塔比没准儿会自己跑回去。"

"啊，"戴尔说，"可他们家住在垃圾场那边。"

"又没让你一直盯着。隔一两天去看一眼就行，要是科迪来了镇上，注意一下她去了哪里，这就差不多了。"

"好吧。"

"那杜安呢？"凯文问道。

麦克朝池塘里扔了块石头，望向胖男孩："你想做什么，杜安诺？"

现在杜安翻的绳花已经复杂得像劳伦斯的蜘蛛网一样了。他叹了口气，放下手里的绳子："你们真正想做的事太离谱了，大家心里都清楚得很。你们心里真正想的是：这事儿是不是老中心学校在背后捣鬼？所以我去跟老中心学校。"

"你能行吗，胖子？"哈伦问道。他走到涵洞边缘，朝着幽黑的池塘撒尿。

"什么意思？你打算怎么跟老中心学校？"麦克追问。

杜安搓搓鼻子，扶了扶眼镜："我也觉得那所学校很奇怪。所以我打算研究研究，挖掘一下背景信息。没准儿还能顺便挖到罗恩和其他人的把柄。"

"罗恩是个吸血鬼。"哈伦抖掉最后几滴尿，拉好裤链，"范·锡克是狼人。"

"那老肥特呢？"劳伦斯追问。

"她是个爱留家庭作业的老浑蛋。"

"喂，"麦克抗议道，"别在孩子面前爆粗口。"

"我不是孩子了。"劳伦斯反驳。

麦克转向杜安："你打算去哪儿研究？"

胖男孩耸耸肩："榆树港那座号称图书馆的可怜建筑里什么都没有，我还是去橡树山吧。"

麦克点头："好吧，呃，我们可以过几天再来这儿碰头……"他突然闭上了嘴。就在男孩们说话的这段时间里，头顶有一两部汽车呼啸而过。每当有车经过，他们总能听见飞溅的石子打在树叶上发出的簌簌声，看见飘落的大片灰尘，但是现在，男孩们感觉到了一阵更深沉的颤抖，就像一辆半挂拖车正从头顶辘辘碾过。伴随着刺耳的刹车声，那辆卡车停了下来。

"嘘！"麦克轻声提醒，涵洞里的六个男孩全都趴了下来，仿佛这样就能藏得更隐蔽一点。哈伦从洞口退了回来。

发动机在他们头顶懒洋洋地空转，男孩们听见车门开了，随之而来的是一股令人作呕的恶臭，如看不见的毒气般盘旋弥漫。

"噢，真该死。"哈伦低声抱怨，"是收尸车。"

"闭嘴。"麦克压低声音斥道。这次吉姆没有反驳。

头顶传来一阵靴子踩在碎石路上的声音，然后寂静再次降临。范·锡克或者其他什么人在池塘正上方的公路旁边停了下来。

戴尔捡起劳伦斯扔掉的小树枝，把它当成一根细棍握在手里。麦克的脸像奶油一样苍白。凯文环顾伙伴，喉结上下移动。杜安将双手交叠在膝盖之间，耐心等待。

一样很重的东西穿过枝叶哗啦一声砸进池塘，水花溅到了哈伦身上。

"他妈的！"哈伦惊叫一声，然后破口大骂，麦克一把捂住他的嘴。

又是靴子碾过碎石的声音，然后草丛里传来窸窣的声响，范·锡克似乎朝山坡下面走过来了。

头顶传来另一辆汽车的引擎声，应该是从骷髅地墓园下山的轿车或者皮卡。然后是刹车声和喇叭声。

"他来不了了。"凯文低声说。

麦克点点头。草丛中的窸窣声停了下来，然后开始后退。卡车门再次砰的一声关上，收尸车沿着山坡爬向高处的黑树酒馆，变速箱发出刺耳的摩擦音。后面的小车又按响了喇叭，但一分钟后，周围再次安静下来，氤氲的恶臭也差不多消失了。就差一点。

麦克起身走到涵洞边缘。"他妈的，真险。"他低声叹道。麦克几乎从不说脏话。

其他几个男孩也挤到了洞口。

"这是什么鬼玩意儿？"凯文喃喃问道。他掀起 T 恤下摆捂住自己的脸，试图挡住黑水里冒出来的臭气。

戴尔越过凯文的肩膀望向外面，水面的涟漪刚刚平息，泥泞渐渐沉淀，池塘里的水还不是很清，但他已经看见了那一大团惨白的肉，还有鼓胀的肚皮、纤细的胳膊和手指，以及池底那双无神的棕色眼睛。

"噢，上帝啊，"哈伦倒抽一口凉气，"是一个婴儿。他扔了一个死婴下来。"

杜安夺过戴尔手里的棍子，趴在涵洞边缘，伸出棍子戳了戳池底的死物，将它翻了个身。尸体手臂上的毛发随波荡漾，纤细的手指看起来像在扭动。杜安几乎将死尸的头挑到了水面上。

其他男孩情不自禁地后退了几步。劳伦斯早就躲到了山洞另一头，嘴里不知咕哝着什么，似乎随时可能吓哭。

"不是婴儿，"杜安说，"至少不是人类婴儿，应该是某种猴子。我猜是猕猴。恒河猴之类的。"

哈伦很想上前看个清楚，但他不敢靠近："如果真是什么见鬼的猴子，那它怎么没毛？"

"应该叫'毛发'。"杜安心不在焉地纠正道。他伸出另一根树枝将尸体又翻了过去，现在它的脊背完全露出了水面，男孩们看到了它的尾巴。尾巴上也没有毛。"我不知道它的毛发去哪儿了。可能它生了病。或者有人把它的毛发烫掉了。"

"烫掉了。"麦克喃喃重复，脸上满是厌恶。

杜安松开树枝，男孩们目送尸体沉回池底。它的手指还在扭动，仿佛在发送什么信息，或者跟他们挥手道别。

哈伦神经质地拍打着头顶的水泥洞壁："喂，麦克，你还想跟踪范·锡克吗？"

麦克没有回头："当然。"

"我们快走吧。"凯文提议。

男孩们争先恐后地钻出草丛找回自行车，一分钟后，他们已经跨上车准备爬坡了。收尸车留下的恶臭仍挥之不去。

"要是它回来了，我们该怎么办？"哈伦小声问道。戴尔也正在担心这事儿。

"先把自行车扔进草丛，"麦克说，"然后钻进小树林，去找戴尔的亨利叔叔和丽娜阿姨。"

"要是它回来的时候我们已经骑到了通往镇子的公路上，那又该怎么办？"劳伦斯的声音有些发抖。

"那就躲到玉米地里。"戴尔回答，他拍拍弟弟的肩膀，"喂，范·锡克又没跟踪我们。他只是去小溪边扔一只死猴子而已。"

"我们还是快走吧。"凯文催促道。男孩们脚踩踏板,准备迎接前方陡峭的上坡。

"等等。"戴尔喊了一声。杜安·麦克布莱德刚刚爬回公路边上,胖男孩的脸涨得通红,嘴里呼哧呼哧喘着粗气。戴尔掉转自行车车头:"你还好吧?"

杜安做了个手势:"没事。"

"要不我们先陪你回农场?"

杜安笑了:"然后你们打算留下来握着我的手,一直待到老头子回家?哪怕得等到半夜以后,甚至明天?"

戴尔犹豫了。他觉得或许应该邀请杜安一起回家,他们应该始终待在一块儿。然后他意识到自己的想法有多傻。

"老中心学校的事儿,我找到线索就跟你们联系。"杜安说。他挥挥手,转身慢吞吞地爬上了回家的第一道陡坡,这样的坡前面还有一道。

戴尔也挥手道别,然后和其他朋友一起骑着自行车开始爬坡。只要过了黑树酒馆,前面的路就像伊利诺伊的大多数公路一样平坦了。男孩们奋力踩着脚踏板,刚刚离开县 6 号公路拐进朱比利学院路,远处的水塔就映入了他们的眼帘。

骑回榆树港的路上,他们没遇到任何一辆车。

7

免费电影要等到天黑才开场,但性急的人们早已动身赶往舞台公园。低垂的夕阳挂在主街上,就像一只眷恋温暖人行道的黄猫。从乡下赶来的几家人把他们的皮卡和旅行车倒进公园旁边布罗德大道沿街铺着小石子的停车场里,等到放电影的人将画面投影到公园咖啡馆侧墙上的时候，这个地方的视野最棒；停好车以后，他们会坐在草地或者舞台上野餐，和镇上好一阵子没见面的朋友聊聊天儿。大部分本地居民要等到太阳完全落山以后才会陆续到达，布罗德大道两旁的榆树搭成了一条黑黢黢的隧道，一头是灯光闪烁的主街，另一头通往充满光明和欢声笑语的公园。

第二次世界大战之初，离榆树港最近的一家电影院，即橡树山的伊瓦茨宫关门歇业以后，免费电影就成了这座小镇的一项传统。当时伊瓦茨的儿子加入了海军陆战队，他是那座电影院唯一的放映员。第二远的电影院位于40英里外的皮奥里亚，由于汽油管制的缘故，大部分人没法跑那么远。于是在1942年的那个夏天，每个星期六的夜晚，老阿什利-蒙塔古先生都会从皮奥里亚搬来一台放映机，在舞台公园里播放新闻、战争债券广告、动画片和热门电影。雪白的帆布银幕挂在公园咖啡馆旁，20英尺高的画面就投影在那上面。

1919年，如今这位阿什利-蒙塔古先生的爷爷自杀身亡，阿什利大宅也烧成了一片废墟，从那以后，阿什利-蒙塔古家就从榆树港搬走了；但这个家族的男性成员偶尔还会回到这里，为公共事业捐款，看顾这座小镇，就像老派的英国乡绅照看依附于自家庄园的村庄。1942年6月，榆树港最后一位阿什利-蒙塔古先生的儿子为这座小镇带来了周六夜晚的第一场免费电影，十八年后，他的儿子继承了这项传统。

时至今日，1960年夏天，6月的第四个夜晚，阿什利-蒙塔古先生的长款林肯驶进舞台西边的老位置，泰勒先生、斯珀林先生和市议会的其他成员帮他把沉重的放映机抬到舞台的木质底座上。人们在自己的毯子和公园长椅上安顿下来；淘气的孩子在嘘声中跳下低垂的树枝，或者从舞台下面钻了出来；皮卡车斗里的大人开始调整折叠椅，传递爆米花。榆树上方的天空变得越来越暗，整个公园陷入了电影开场前的寂静之中，公园咖啡馆墙边那块长方形的帆布渐渐亮了起来。

　　戴尔和劳伦斯出来得很晚，兄弟俩本来盼着父亲能及时回家，带着全家人一起去看免费电影，结果他却没赶回来。不过8点30分刚过，他就从州际线上打来了电话，说他正在往回赶，让大家不必等他。戴尔的妈妈给两个儿子做了爆米花，兄弟俩都得到了一个棕色的袋子和一枚银币，可以去公园咖啡馆买杯软饮料喝。妈妈叮嘱他们，看完电影就赶快回家。

　　他们没骑车。正常情况下，他们俩不管去哪儿都爱骑车，但走路去看免费电影，这是两兄弟的传统。很久很久以前，他们就养成了这个习惯，那时候劳伦斯还小，不能骑车，所以戴尔只好带着他一起走着去公园，兄弟俩手牵着手穿过寂静的街道。

　　现在街道也很安静。薄暮的天空中，夕阳的余晖已经散尽，但星星还没开始出现。榆树树冠之间的缝隙漆黑一片，移动的云朵遮住了仅存的些许天光，厚重的空气中洋溢着新割过的草坪和花朵的气息。蟋蟀在黑漆漆的花园和茂密的树篱中哼唱着夜曲，穆恩太太房后那棵枯死的杨树枝丫上，一只猫头鹰正在初试啼声。老中心学校的巨大黑影屹立在废弃的操场中央，两个男孩快步穿过第二大道，向西转入教堂街。

　　每个街角的路灯都亮着，但榆树下的长街却漆黑一片。戴尔恨不得跑起来，他们眼看就要赶不上开场动画了，但人行道上坑坑洼洼，劳伦斯担心踢到石头，弄撒爆米花，所以兄弟俩在树叶投下的阴影中快步前行，枝叶在他们头顶微微招摇。教堂街两侧的高大房屋要么一片漆黑，要么只能透过飘窗和纱门看见电视机闪烁的蓝白色微光。有几处门廊上点缀着烟头的火光，但天太黑了，完全看不清那到底是谁。罗恩先生在第三大道和教堂街交叉口处萨姆森太太的老公寓里租了个二楼的房间，这幢阴暗的砖房里本来有个溜冰场，但夏天并不开业。戴尔和劳伦斯小跑着穿过路口，向左拐进布罗德大道。

"感觉就像万圣夜。"劳伦斯的声音压得很低,"大家似乎都装扮得整整齐齐,藏在阴影里我们看不见的地方。我这个袋子也像是'不给糖就捣乱'的糖果袋,但每个人都不在家,而且……"

"闭嘴。"戴尔打断了弟弟的话。他已经听到了免费电影欢快愉悦的音乐声:是华纳兄弟公司的动画片。布罗德大道榆树掩映的隧道已经被他们甩在身后,远处只看得见几幢维多利亚式大宅闪烁的灯光。其中一幢是长老会第一教堂,斯图尔特家常去那儿做礼拜,空荡荡的教堂坐落在邮局对面的街角,里面透出微弱的灯光。

"什么声音?"劳伦斯猛地停下脚步,抓紧了手里的爆米花袋子。

"没有吧。怎么了?"戴尔跟着弟弟停了下来。

头顶的树荫中传来轻微的窸窣声,就像有什么东西正在悄然滑行。

"没事啦。"戴尔拉着劳伦斯试图继续往前走,"可能是鸟。"但劳伦斯站在原地不肯挪步,于是戴尔只好停下来又听了听:"要么就是蝙蝠。"

现在戴尔已经看见它们了:深黑的阴影掠过枝叶间的浅色缝隙,长翅膀的纷飞身影映衬在长老会第一教堂的白色墙壁上,清晰可见。"只是蝙蝠而已。"他拉起弟弟的手。

但劳伦斯不肯挪步。"你听。"他低声说。

戴尔恨不得揍他一顿,把他踢进公园的放映场里,或者揪住弟弟的大耳朵,拖着他走过最后这个街区。但他什么也没做,反倒真的开始侧耳倾听。

树叶沙沙作响。距离和潮湿的空气稀释了动画片夸张的配音。他听见了带蹼的翅膀扇动的声音。还有别的一些声音。

这绝不是高处的蝙蝠接近超声频段的鸣叫,躁动不安的暗夜里潜藏着某种尖锐但微弱的声音。像是哭声,又像惊叫,或者咒骂、脏话。大部分音节像是支离破碎的单词，你明明能听见，却分不清具体的字句，仿佛隔壁房间里有人正在高声争吵。但有两种声音格外清晰。

戴尔和劳伦斯僵在人行道上，紧抓手中的袋子，抬头直愣愣地望着天空。这群蝙蝠正凄厉地呼唤着他们的名字，刺耳的尖叫就像牙齿摩擦黑板。远处飘来了动画片里猪小弟的声音："就——就——就——就是这样，伙计们！"

"跑！"戴尔低声下令。

吉姆·哈伦本来看不成免费电影。他妈妈不在家——又上皮奥里亚约会去了——她说他是个大孩子了，用不着再请保姆，但却不能独自出门。哈伦把自己的床伪装了一番，腹语艺人玩偶代替他躺在床上，脸冲着墙壁；被子下面塞着一条牛仔裤，假装是他的腿；万一妈妈先回家，他的安排就派上了用场。但这种可能性很小，她再早也要到凌晨1点到2点才会回来。

哈伦从碗柜里抓了一把巧克力糖果棒，准备看电影的时候吃，然后他从车棚里推出自行车，沿着德宝街飞快地骑了出去。刚才他一直在看电视里的《荒野大镖客》，没想到天黑得这么快。他不想错过动画片。

街道上空无一人。哈伦知道，年龄大得足够开车又小得不满足于劳伦斯·维尔克秀和公园免费电影的人早就上皮奥里亚或者盖尔斯堡寻欢作乐去了。哈伦发誓，等他的年纪再大一点，他也绝不会在星期六的晚上留在榆树港。

无论如何，吉姆·哈伦觉得自己待在榆树港的日子屈指可数。要么他妈妈会嫁给某个滑头的男朋友，也许是个全副身家都穿在身上的汽修工，然后带着哈伦搬去皮奥里亚，要么再过一两年，他自己也会跑掉。哈伦嫉妒塔比·库克。那个胖男孩就像哈伦的妈妈安在后门廊上那盏25瓦的灯泡一样不起眼，但他懂得抓紧机会逃离榆树港。当然，考虑到塔比的老爹总是喝得醉醺醺的，他妈又是那副德行，哈伦不打算步塔比的后尘。哈伦有他自己的问题。

他讨厌妈妈恢复了闺姓，只留下他一个人顶着父亲的姓氏，而且她甚至不准他在她面前提起父亲。他讨厌她每个周五和周六都要出去，而且打扮得花枝招展，看到她的低胸村姑上衣和性感黑裙，他总觉得滑稽……感觉妈妈变成了他藏在衣柜后面那些杂志上的女人。他讨厌她抽烟，也讨厌她留在烟头上的口红印，他总会情不自禁地想象，他从未谋面的那些浑球脸颊上也沾着同样的唇印……还有他们身上。他讨厌她喝得太多又极力掩饰，试图装出一副良家妇女的样子，但咬文嚼字的口音、迟缓的动作和拥抱他的企图总会暴露她的真正状况。

他讨厌自己的妈妈。如果她不是这么个……如果她能当个更好的妻子，那么他的父亲或许不会跟秘书幽会，更不会跟她私奔。

哈伦的自行车掠过布罗德大道，他一边努力踩着脚踏板，一边举起衣袖恼怒地擦了擦眼睛。街道左侧有个白色的东西在几幢大宅之间一闪而过，他不经意地瞥了一眼，然后又瞥了一眼，最后他的自行车划出一条弧线，在路边的石子地上停了下来。

有人在宽阔庭院之间的小巷里移动。在那个矮胖的身影被漆黑的小巷再次吞没之前，哈伦看到了她苍白的手臂和裙子。活见鬼，是老肥特。小巷这边是达比特太太那幢古老的大房子，另一侧高耸的粉红色维多利亚式建筑曾是杜甘太太的家。

老肥特在巷子里鬼鬼祟祟地干什么？哈伦本来准备不管这事儿，继续骑车去看免费电影，但他很快想了起来，他的任务就是跟踪这位老师。

真是活见鬼。奥罗克脑子里装的是不是驴屎蛋？难道他以为我会成天跟着这头老恐龙到处转悠？今天下午我也没看见他或者别人执行自己的跟踪任务。麦克就喜欢发号施令……偏偏那几个傻瓜还总是听他的……我可没空陪他们玩这种幼稚的把戏。

不过天都黑了，达比特太太为什么要钻进巷子里？

大概是扔垃圾吧，蠢货。

但收垃圾的车星期四才来。而且她手里什么都没拿。事实上，老肥特打扮得十分隆重……她身上穿的好像是那条粉红色的漂亮裙子，圣诞放假前那天她还穿过。当然，这头老肥牛才不会费心给学生办什么派对，她只是花了三十分钟时间给秘密圣诞老人名单上的孩子分发礼物。

她这到底是要去哪儿？

既然他们那个自命不凡的自行车巡逻队里人人都有跟踪任务，那么要是吉姆·哈伦成了唯一一个真正有所发现的人，奥罗克肯定会大吃一惊吧？这会儿大家都去看免费电影了，没准儿老肥特是去跟罗恩先生或者那个阴森森的范·锡克幽会。

想到这里，哈伦不禁有点反胃。

他骑着自行车穿到街对面，把车扔在靠近杜甘太太家的灌木后面，透过枝叶的缝隙向内张望。他立即看到了那个白色的身影，这会儿她差不多已经走到小巷和第三大道的交叉口了。

哈伦蹲在原地思考了一秒钟。自行车车轮碾过煤渣和石子的声音太响，他决定步行去追。哈伦借着高高的树篱掩饰身形，他在阴影间穿梭，小心地避开路边的垃圾桶，以免发出声响。他本来有点担心引发狗叫，但很快他就想起来了，周围只有吉布森家的后院里养着狗，但德克斯特已经很老了，就算它叫了起来，大家也只会觉得它在胡闹。再说了，这会儿德克斯特没准儿和主人一起待在屋子里看劳伦斯·维尔克秀。

老肥特穿过第三大道，经过罗恩租住的公寓，最后穿过操场直奔老中心学校南侧。

真见鬼，哈伦暗忖，她只是去学校里取点东西。然后他想起来，这不可能。下午在山洞里跟那群蠢货开完会回来以后，他和戴尔还有其他几个男孩注意到，有人用木板把老中心学校一楼的窗户全都封了起来——也许是担心哈伦这些痛恨学校的孩子去搞破坏——校舍南北两头的大门都挂上了铁链和锁。

达比特太太——借着街角路灯的光线，哈伦看清了她的脸——消失在消防楼梯下方的阴影中，哈伦藏在学校对面的一根柱子后面。哪怕隔着两个街区，他也能听到免费电影正片开场的音乐声。

学校那边传来高跟鞋踩在金属楼梯上的声音，达比特太太正沿着消防楼梯往二楼爬，哈伦瞥见了她苍白的手臂。二楼的门嘎吱一声打开了。

她竟然有钥匙。

哈伦努力猜想，这么大晚上的——星期六的晚上，而且又是暑假——老肥特摸回学校是想干吗？现在已经放假了，校舍早已腾空，而且随时可能拆掉。

老肥特肯定跟罗恩先生有一腿。

哈伦努力在脑海中描摹：达比特太太躺在橡木办公桌上，罗恩先生朝她俯下身来。但哈伦的想象力到此为止。

哈伦的心一阵狂跳，他等待着学校二楼有灯光亮起，但灯始终没亮。

他朝着学校摸了过去，小心翼翼地藏在校舍墙角下，就算达比特太太从窗户里探出头来，恐怕也很难发现他。

还是看不到任何灯光。

等等。校舍西北角透出一点微弱的光芒，莹莹的磷光来自角落那间教室的高窗。是达比特太太的教室。这一年哈伦一直在这间教室里念书。

该怎么摸上去看看呢？楼下的大门都上了锁，地下室的窗户也被金属格栅封死了。哈伦考虑了一下要不要爬消防楼梯，从老肥特刚刚打开的那扇门里钻进去。可是当他想到自己可能在消防楼梯上或者——更糟糕——二楼漆黑的走廊里迎面撞上老肥特，他立即就打消了这个主意。

哈伦站在原地犹豫了一会儿，二楼的磷光从一扇窗户移向另一扇窗户，就像那个老肥婆正捧着一罐萤火虫在教室里走动。三个街区外传来隐约的笑声，今晚放的肯定是部喜剧。

哈伦望向校舍角落。那边有个装垃圾的大铁箱，他可以踩着箱子爬到人行道上方6英尺高的窄窗台上，然后借助固定下水管的金属支架爬上一楼窗户上方的石檐。接下来的事情就简单了，大楼外立面繁复的石头线条和窗框间总有落脚的地方，只要他的运动鞋能找到坚固的支撑点，他就能一路爬上二楼窗户下面的窗台。

窗台差不多有6英寸宽——这一点他很有把握，因为他常常望着窗外发呆，课间休息的时候，他还会掏出兜里的小玩意儿喂窗外的鸽子。这个宽度不够他站稳——更别说顺着外立面往前走……但如果有下水管支架做额外的支撑，问题就迎刃而解了。他只需要沿着窗台挪动2英尺左右，就能探头窥视窗户里面。

那扇透出磷光的窗户。幽幽的磷光时隐时现。

哈伦爬到垃圾箱顶上抬头望了望。这可是两层楼啊……离地足有20多英尺。周围的地面全是坚硬的石板和碎石子。

"喂，"哈伦低声给自己打气，"上吧。换了你能行吗，奥罗克？"

他开始向上攀爬。

舞台公园放免费电影的这天晚上，麦克·奥罗克留在家里照顾外婆。他的父母去了银叶舞厅参加哥伦布骑士会举办的舞会，那幢古老的建筑坐落在通往皮奥里亚的哈德路旁一大片银叶树下，离榆树港差不多有12英里。麦克、他的四个姐妹和姆姆都留在家里。从理论上说，现在家里管事儿的人是麦克的大姐，17岁的玛丽，但奥罗克夫妇刚出门十分钟，玛丽的男朋友就来了。父母不在的夜晚，按理说玛丽不能出门约会——她一个月的禁足期还没结束，至于她为什么会被禁足，麦克既不清楚也不关心。不过当她那位满脸青春痘的男朋友开着一辆1954年的雪佛兰出现在门前，玛丽立即迫不及待地飞了出去，当然，她没忘了逼迫妹妹们发誓保守秘密，威胁麦克不准告密，不然就要了他的小命。麦克耸耸肩。现在他手里又多了一个玛丽的把柄，没准儿哪天就用得着。

接下来应该轮到15岁的玛格丽特掌控大局。可是玛丽出门十分钟后，黑乎乎的后院外面就传来了年轻人的叫嚷声，那是三个念高中的男孩和佩格的两个女朋友——他们都还太小，没资格拿驾照——于是佩格也出门去看免费电影了。两姊妹都知道，她们的爸妈每次出去跳舞都得玩到凌晨才会回家。

于是13岁的邦妮正式成了临时家长，但邦妮从没管过任何事。"邦妮"这个词的意思是"美人儿"，但麦克有时候会觉得，他的三姐简直是全世界最名不副实的女孩。奥罗克家的其他几个孩子，甚至包括麦克在内，都继承了父母漂亮的眼睛和富有爱尔兰风情的优雅外貌，但邦妮却长了一身肥肉，棕色的眼睛黯淡无光，一头棕发更是比眼睛还黯淡。如今她蜡黄的皮肤上又添了几处痘印，又臭又硬的脾气结合了她妈妈清醒时最刻薄的一面和她爸爸喝醉后的毒舌。两个姐姐刚出门，她立即拖着沉重的身子回到了她和7岁的凯瑟琳共享的卧室里，然后眼明手快地锁上了房门，哪怕门外的凯瑟琳急得大哭，她也无论如何都不肯开门。

凯瑟琳是奥罗克家的女孩儿里面长得最漂亮的一个——红发蓝眼，玫瑰般红润的脸颊上生着几点雀斑。每次看见她动人的笑容，麦克的老爸总会情不自禁地开始回忆爱尔兰的乡下姑娘，虽然儿子从没拜访过老爹故乡的村庄。凯瑟琳是个美人。但她的脑子有些迟钝，所以这个7岁的小姑娘至今还在上幼儿园。看到凯瑟琳拼尽全力也弄不懂一些最简单的事情，麦克只能强忍眼泪躲到屋子外面。每天早上帮卡瓦诺神父主持弥撒的时候，麦克都会祈求上帝治好小妹，但上帝一直没有回应他的祈祷。随着年龄的增长，凯瑟琳的缺陷变得愈加明显。同龄的小姑娘已经开始学习阅读和简单的算术了，她却依然懵懂，被同伴们甩得越来越远。

现在麦克好不容易哄好了凯瑟琳，做了炖菜给她当晚饭吃，又把她安顿在了阁楼里玛丽的床上，这才走下楼梯去照顾姆姆。

麦克9岁那年，姆姆遭遇了第一次中风。厨房里喋喋不休的老太太突然变成了蜷缩在客厅角落等死的女人，他记得当时家里乱了好一阵子。姆姆是他母亲的母亲，虽然麦克并不认识"女家长"这个词，但他从小就生活在女家长的权威之下。老太太永远套着一件波点围裙，她要么在厨房里忙碌，要么在客厅里缝补，什么问题她都能解决，家里的大小事情都归她做主。玛丽·玛格丽特·霍利亨抑扬顿挫的爱尔兰口音常常透过暖气出风口传进麦克的房间，有时候她会温言抚慰他的母亲，劝她别太悲观，有时候又会严厉批评他的父亲，要他少跟狐朋狗友喝酒。麦克6岁的时候，约翰·奥罗克被帕布斯特啤酒厂解雇了一年，是姆姆拯救了这个家庭濒临崩溃的财政——麦克记得自己不小心听到大人们在厨房里争执，他的父亲执意不肯动用岳母一生的积蓄，姆姆却坚持要给他们——麦克8岁、凯瑟琳4岁那年，一条疯狗闯进德宝街那次，也是姆姆救了兄妹俩的命。当时麦克觉得那条狗有点奇怪，于是他退了回来，也叫凯瑟琳别靠近。但小妹喜欢狗，她不理解这只动物可能会伤害她，于是她浑然不觉地迎着猖猖咆哮的疯狗跑了过去。双方的距离还有一臂之遥，疯狗糊满眼屎的双眼紧盯着小女孩，仿佛随时准备冲锋，麦克吓得放声惊叫，颤抖的声音听起来完全不像是他自己发出来的。

然后姆姆出现了，她的波点短围裙在空中飞舞，右手紧握扫帚，方巾包裹的日渐灰白的红发都快散开来了。她一只手护住凯瑟琳，另一只手猛挥扫帚，疯狗竟被她挑得飞起来，落到了4英尺外的街心。姆姆一把将凯瑟琳推向麦克，命令他立即带着妹妹回家，她的声音冷静却不容拒绝。等到疯狗爬起来再次弓腰准备冲锋，姆姆早已回过头严阵以待。麦克一边跑一边回头看，他永远不会忘记那一幕：姆姆站在那里，双腿跨步分开，脖子上系着一条方巾。她就这样一直守在那里。后来治安官巴尼说，他从没见过被扫帚拍死的狗——而且还是条疯狗——但霍利亨太太差点儿把那怪物的脑袋拧了下来。

巴尼当时就是这么说的——怪物。从那以后，麦克打心底里相信，无论潜伏在黑暗中的是什么怪物，它们都绝不是姆姆的对手。

然而不到一年后，姆姆就倒下了。第一次中风来势汹汹。疾病麻痹了她的身体，也切断了控制肌肉的信号，那张生机勃勃的脸骤然失去了神采。威斯克斯医生说，姆姆恐怕只有几周时间了，甚至可能只有几天。麦克还记得，客厅——那曾是不知疲惫的姆姆最活跃的舞台——一夜间变成了病房，那种感觉真是奇怪极了。他和全家人一起提心吊胆地等待末日的降临。

但她活过了那个夏天。秋天的时候，她已经能通过眨眼来告诉别人她的需求了。到了圣诞节，姆姆甚至能说话了，虽然只有家里人才能听懂她的话。复活节来临的时候，她和身体的战斗又取得了更辉煌的成果：她可以活动自己的右手，也能在客厅里坐起来了。然而复活节刚过三天，第二次中风狠狠砸在了她头上。一个月后又是第三次。

最近一年半的时间里，躺在客厅里的姆姆不过是一具会呼吸的尸体，那张蜡黄的脸看起来松垮垮的，手腕弯曲得像是死鸟的爪子。她不能动，也不能控制自己的身体机能，只能通过眨眼和外界交流。但她还活着。

麦克走进客厅的时候，外面的天刚刚开始变黑。他点亮煤油灯——他家有电灯，但姆姆住在楼上的时候就喜欢用油灯，现在他们也延续了这一传统——姆姆躺在一张高床上，麦克弯下腰查看她的情况。

姆姆和往常一样向右侧躺，脸朝着他这边。他们每天都会小心地给她翻身，以减轻不可避免的褥疮。她的脸上满是皱纹，肤色蜡黄，看起来完全不像人类。阴郁无神的眼睛微微向外凸出，仿佛内部承受着巨大的压力，又或者只是因为无法传达主人的想法而倍感挫败。她正在流口水，麦克从床下抽出一条干净毛巾，轻轻帮她擦了擦嘴。

他检查了姆姆是不是需要换尿布——这活儿本来该他的几个姐姐干，但她们照顾姆姆的时间加起来也没他多，所以姆姆的肠子和膀胱的需求对他来说不是什么秘密——结果发现她依然干净清爽，于是麦克坐在床边的矮凳上，握住姆姆的手。

"今天我在外面疯了一天，姆姆。"他低声告诉她。他不知道自己在她面前为什么总会放低声音，但他注意到其他人也是这样，甚至包括他妈。"这才像是真正的夏天。"

麦克环顾房间，厚重的窗帘遮住了窗户，桌上放着几个药瓶，柜子顶上摆着姆姆一辈子积攒的照片，有的老照片已经发黄褪色。那时候她还很灵活。现在她甚至没法转动眼睛去看自己的照片，这样的日子她已经过了多久？

角落里放着一台老式维克多牌留声机，麦克挑了一张姆姆最喜欢的唱片。卡鲁索唱的《塞尔维亚的理发师》。高亢的歌声和唱针更高亢的刮擦声在客厅里流淌，虽然姆姆毫无反应，连眨眼和抽搐都没有，但麦克觉得，她还能听见。他擦掉姆姆嘴角和脸颊边的唾液，帮她把枕头整理得更舒服一点，然后重新坐回矮凳上，再次握住她的手，感觉就像握着一把没有生命的干柴。麦克小时候，姆姆在万圣节给他讲过《猴爪》的故事，吓得他在接下来的六个月里睡觉都必须留着夜灯。

如果我用姆姆的手许愿，他漫无边际地想道，那会发生什么？麦克摇摇头甩掉脑子里无情的臆想，忏悔地念了句"万福玛利亚"。

"爸妈去银叶舞厅了。"他低声告诉姆姆，努力让自己的语气显得轻快一点。留声机里的歌声十分轻柔，但唱针吱吱呀呀的摩擦声几乎盖过了人声，"玛丽和佩格看电影去了。戴尔说，今晚的免费电影放的是《时间机器》。他说这部片子讲的是一个人闯进未来的故事。"麦克突然闭上了嘴巴，他感觉姆姆的身体似乎在动。男孩仔细查看了一下：姆姆的臀部在床单下面不受控制地微微一动。他听到了她放屁的轻响。

为了掩饰自己的难堪，麦克加快了语速："听起来有点奇怪，对吧，姆姆？闯进未来？戴尔说，人类总有一天能做到，但凯文觉得不可能。小凯还说，这不像俄罗斯人把斯普特尼克送上太空那么简单……几年前我们一起看过天上的那颗卫星，你还记得吧？我说他们下一步没准儿会把人送上太空，你说你也想去。

"呃，无论如何，反正小凯觉得，去往未来和回到过去都是不可能的事情。他说这会造成太多悖——"麦克努力想了想那个词。他讨厌在姆姆面前显得很蠢。他念四年级的时候留过级，全家人里只有姆姆不觉得他是个蠢货。"悖——悖论。比如说，要是你回到过去，却不小心杀死了自己的外祖父，那会发生什么……"意识到自己在说什么之后，麦克立即闭上了嘴巴。他的外祖父——姆姆的丈夫——三十二年前死于一次运粮机事故。当时他正在打扫运粮机的主舱室，一扇金属门突然开了，11吨小麦倾泻而下。麦克听父亲跟别人说，老德温·霍利亨在打着旋儿上升的麦浪中拼命向上游，就像被洪水冲走的狗，但他最后还是难逃淹死的厄运。尸检表明，他的肺里塞满了固体和灰尘，就像两袋压得结结实实的麸皮。

麦克低头看了看姆姆的手。他抚摸着外婆干枯的手指，回想起自己六七岁时那个秋天的夜晚，姆姆坐在这间客厅的摇椅上，一边做着针线活儿，一边跟他说话："迈克尔，你外公是被死神带走的。那个身披黑袍的男人走进运粮机，带走了我的德温。但他没有乖乖就范——噢，我亲爱的德温，他跟死神恶斗了一场！将来我也打算这样，我最亲爱的迈克尔。如果那个身披黑袍的男人出现在这里，我绝不让他进门。我不会乖乖就范。不，迈克尔，我绝不轻易就范。"

从那以后，麦克脑子里的死神就成了一个身披黑袍的男人，在他的想象中，姆姆一定能赶走死神，就像她当年拍死那条疯狗一样。现在他低下头凝视她的眼睛，仿佛拉近距离有助于他和姆姆的交流。他从姆姆的瞳孔里看到了自己的脸，眼球的弧度和跳动的灯焰让这张脸显得有些失真。

"我不会让他进来的，姆姆。"麦克低声保证。他看见自己呼出的空气吹得姆姆脸颊边的灰发微微颤动："我不会让他进来，除非得到了你的允许。"

透过窗帘和墙壁之间的缝隙，他看到黑夜沉甸甸地压在窗格上。楼上传来隐约的嘎吱声，老房子里常有这样那样的声响；外面似乎有什么东西在抓挠窗户。

歌剧已经放完，客厅里只余唱针划过唱片的刺耳声音，听起来就像一只爪子正在抓挠石板。但麦克依然坐在原地，他的脸紧挨着姆姆的脸庞，手紧握着她的手。

戴尔·斯图尔特和弟弟并肩坐在舞台公园里看《时间机器》，刚才那群蝙蝠引发的闹剧显得遥远而可笑，几乎被他彻底抛在了脑后。戴尔早就听人说过，今晚放的很可能是这部片子。阿什利-蒙塔古先生在皮奥里亚开了家剧院，他常常把刚下映的片子带到榆树港来放。戴尔很想看《时间机器》，因为去年他刚读过这部经典漫画。

一阵轻风拂过公园里的树木，银幕上的罗德·泰勒从溪水里救起了险些淹死的伊薇特·米米亚克斯，冷漠的埃洛伊人却面无表情地袖手旁观。劳伦斯跪坐在地——他一激动就这样——嚼着最后几颗爆米花，时不时喝一小口他们刚才在公园咖啡馆里买的"胡椒博士"汽水。罗德·泰勒进入莫洛克人的地下世界时，劳伦斯瞪大眼睛，情不自禁地往哥哥身边靠近了一点。

"没事，"戴尔低声安慰弟弟，"他们怕光，那个人手里有火柴。"

银幕上莫洛克人的眼睛闪烁着黄色的光芒，就像公园南边灌木丛里的萤火虫。罗德·泰勒擦亮一根火柴，那群怪物畏缩地向后退去，举起蓝色的胳膊挡住自己的眼睛。头顶的树叶还在沙沙作响，戴尔抬起头，发现天上的星星都被云挡住了。他开始担心今晚的免费电影会不会被暴雨冲散。

除了便携放映机内置的喇叭以外，阿什利－蒙塔古先生还带来了两台外置音箱，但电影的声音还是没有真正的剧院里那么响亮。风越来越大，树叶的窸窣声渐渐盖过了罗德·泰勒的怒吼和莫洛克人怒气冲冲的喊叫，拍打着翅膀的黑影从公园上空的枝叶间掠过。

劳伦斯又朝哥哥身边挤了挤，他不停搓着牛仔裤上的草渍，连爆米花都忘了嚼。小男孩摘下头顶的鸭舌帽，无意识地咬着帽檐，他一紧张就这样。

"没事的，"戴尔捏起拳头在弟弟肩头轻轻捶了一下，"他会把薇娜从洞里救出去的。"

风越来越大，但银幕上的彩色图像还在继续跳动。

卡车的声音从车道上传来的时候，杜安正在吃夜宵。

正常情况下，他应该待在地下室里开着收音机，完全听不到引擎的声音。但今天他没关纱门和窗户。外面十分安静，只有蟋蟀和池塘边的树蛙仍在夏夜里不知疲倦地鸣唱，猪舍那边偶尔传来金属门磕在自动加料槽上的哐哐声。

老头子提前回家了，他刚想到这里，然后立即发现引擎的声音不太对劲。这不是老头子的皮卡，应该是一辆更大的车——至少是一台更强的引擎。

杜安探头望向纱门外面。未来几周，越长越高的玉米将彻底隔断农舍和车道之间的视线，不过现在，他仍能看到小径尽头最后100英尺左右的景象。他没看见老头子的皮卡，也没听见车轮碾过石子的声音。

杜安皱起眉头咬了一口猪肝肠，然后穿过纱门走到农舍和谷仓之间的拐角处，这里可以更清楚地看到门前的车道。有时候路人会误入这条小径，但这种事并不常见。刚才他听到的声音肯定来自一辆卡车；阿特叔叔从不开皮卡。他说住在乡下已经够倒霉了，他可不愿意再钻进底特律有史以来出产的最丑陋的交通工具里。他那辆凯迪拉克绝不会发出这样的声音。

杜安站在温暖的夏夜中，嚼着手里的三明治望向小径尽头。形状变幻不定的云层像天花板一样遮住了漆黑的夜空，低矮的玉米地里十分安静，只听得见暴风雨来临前如丝绸般柔滑的窸窣声。田间的沟渠和通往县6号公路的车道在黑暗中隐约可见，车道两旁的野苹果树看起来就像两排低矮的影子，萤火虫在树木的枝丫间闪烁。

一辆大卡车纹丝不动地停在车道入口大约100码外的石子路上。车头灯没开，杜安看不清细节，但这辆车真的很大，狭窄的车道几乎容不下它。

杜安停顿了几秒，一边咬着最后几口三明治，一边回想有哪个开卡车的熟人可能在星期六的晚上来访。但他一个都没想起来。

难道老头子喝醉了，别人把他送了回来？这样的事以前发生过，但没这么早。

南边的天际线上划过一道闪电，但隔得太远，听不见雷声。一闪而逝的电光没能进一步揭露卡车的细节，黑乎乎的影子仍停在原地。

有什么东西轻轻磨蹭着杜安的大腿。

"嘘，维特根斯坦。"他单膝跪下，伸出一只胳膊搂住老边牧的脖子。维特浑身发抖，喉咙里咕哝着什么，听起来绝不像是咆哮。"嘘，别出声。"杜安拍着老狗瘦骨嶙峋的脑袋，轻轻搂着它。但维特还是抖个不停。

如果刚才有人下了车，那他们现在应该快走到这儿了，杜安琢磨着。然后他想道，会是谁呢？

"跟我来，维特。"他低声吩咐。杜安拉着边牧的项圈回到屋子里，关掉所有的灯，紧接着钻进老头子遍地垃圾的所谓书房，找到放在书桌抽屉里的钥匙，然后走进餐厅打开放枪的柜子。他只犹豫了一秒，然后径直跳过双筒短枪、春田步枪和 12 口径的霰弹枪，取了支 16 口径的泵动式霰弹枪。

维特根斯坦在厨房里低声哀鸣，爪子不停地刨着油毡。

"嘘，维特。"杜安轻声安抚，"没事，孩子。"他检查确认了后膛里没有子弹，然后拨动泵机复查一遍，又举起空弹夹对着透过窗帘缝隙漏进来的微光查看一番，最后才打开了柜子下面的抽屉。子弹装在一个黄色的盒子里，杜安猫腰靠在餐桌旁装填了五发子弹，又在法兰绒衬衫的衣兜里揣了三发。

维特根斯坦开始叫了。杜安把它留在厨房里，自己推开餐厅的纱门，悄无声息地溜进庭院侧面的黑暗中，慢慢朝着农舍正面迂回。

挂在杆子上的夜灯照亮了屋子的转角和靠近正门的十来码车道，杜安蹲在黑暗中等待。他意识到自己的心脏跳得比平常快，于是他缓慢地深深吸了几口气，让心跳逐渐恢复正常。

蟋蟀和其他昆虫的鸣唱骤然停歇。地里的数千株玉米纹丝不动，空气陷入了绝对的凝滞，一道闪电再次照亮南方的天际，十五秒后，他听到了滚滚而来的雷声。

杜安仍在等待，他微微张开嘴巴浅浅地呼吸，拇指紧扣保险。霰弹枪闻起来有一股枪油味儿。维特根斯坦已经不叫了，但杜安仍能听见厨房里的老边牧从一扇紧闭的房门奔向另一扇紧闭的房门，爪子绝望地抓挠着油毡。

杜安仍在等待。

至少过了五分钟，那辆卡车的引擎轰隆隆地启动了，沉重的车轮碾压着路面的石子。

杜安快步跑到玉米地边缘，猫腰躲在一排玉米后面顺着车道追了上去。

卡车还是没开灯。退回县6号公路以后，它停顿片刻，然后向南驶去——墓园、黑树酒馆和榆树港都在那边。

杜安从玉米地里直起腰来极目眺望，但他看不到卡车的尾灯，只听见它沿着县6号公路渐渐远去。于是他钻回地里蹲下身子，将霰弹枪放在膝盖上，屏息静听。

二十分钟后，第一滴雨开始落了下来。杜安又等了三四分钟，这才从玉米丛中钻了出来，绕着农舍和谷仓巡查了一整圈。他谨慎地沿着玉米地的边缘绕行，以免被闪电照出身形。谷仓里的麻雀异常安静，猪舍里的猪倒是和往常一样哼哼唧唧。最后杜安终于再次推开了厨房的门。

维特根斯坦像小狗一样摇着尾巴迎了上来，它紧盯着男孩手中的霰弹枪，兴奋地在主人和房门之间来回奔跑，完全停不下来。

"不不不，"杜安将弹夹里的子弹一颗颗卸了下来，整整齐齐地摆在厨房餐桌的格子桌布上，"我们今晚不打猎，小傻瓜。但你还是有一顿加餐……然后今晚你到楼下来，和我待在一起。"杜安走向碗柜，维特的尾巴欢快地拍打着油毡。

窗外骤雨渐歇，但狂风仍毫不留情地鞭挞着地里的玉米和路边的野苹果树。

吉姆·哈伦发现，要爬上二楼窗台其实并不容易。尤其是考虑到风越来越大，碎石铺成的操场和学校停车场里的尘土全都被风卷了起来。顺着下水管往上爬的时候，哈伦停下来揉了好几次眼睛。

呃，至少呼啸的狂风可以帮他掩饰不小心踢到这根蠢管子发出的声音。

意识到这个主意有多傻的时候，哈伦正进退维谷地悬在一楼和二楼之间，离脚下的垃圾箱差不多有 20 英尺。要是范·锡克、罗恩或者其他什么人——比如说巴尼——突然出现，他该怎么办？哈伦试图想象，要是老妈约会完了回家，却发现唯一的儿子进了 J.P. 康登的拘留所，正准备移送去橡树山的监狱，她会怎么说？

想到这里，哈伦笑了。老妈铁定会惊掉下巴。他顺着下水管往上又爬了几英尺，右边膝盖触到了二楼的窗台；于是他停下来歇了一小会儿，脸颊贴在砖墙上。狂风撕扯着他的 T 恤。他甚至看到了正前方榆树枝叶缝隙间闪烁的灯光，那是学院街和第三大道交叉口的路灯。他已经爬得很高了。

哈伦不怕高。去年秋天，男孩们在康登家的花园后面爬那棵大橡树的时候，奥罗克、斯图尔特和其他所有人都不是他的对手。事实上，那天他爬得特别高，男孩们在树下大声嚷嚷着劝他赶紧下去，但他还是坚持爬上了最高的树枝——那根树枝特别细，看起来似乎连一只鸽子都可能把它踩断——站在那棵橡树的树梢，他看到了遮蔽整个小镇的连绵树荫，如大海般无边无涯。比起那次，现在这点高度简直就是小儿科。

但哈伦瞥了一眼脚底，暗自开始后悔。除了下水管和校舍墙角的装饰线条以外，他没有任何可供借力的落脚点，脚下的铁皮垃圾箱和水泥人行道离他现在的位置足足有 25 英尺。

哈伦闭上眼睛集中精力，努力在狭窄的窗台上保持平衡；然后他睁开双眼，抬头望向二楼窗户。

这段距离绝对不止 2 英尺，更像是 4 英尺。要爬上二楼窗户，他只能先松开这根见鬼的管子。

而且刚才那抹磷光肯定已经消失了。他很有把握。一幅画面突然浮现在哈伦的脑海中：老肥特绕过校舍墙角，抬头望着黑暗中的男孩大喊："吉姆·哈伦！你马上给我下来！"

然后呢？他已经念完六年级毕业了，难道她还能重新给他打个不及格，或者取消他的暑假？

想到这里，哈伦不禁笑了起来。他深吸一口气，将全身的重量压在膝盖上，身体紧贴砖墙；现在他全靠4英寸宽的窗台和一点摩擦力支撑着自己。

男孩的右手摸到了二楼的窗户边缘，他伸出手指抓紧窗沿下方的奇怪纹饰。他抓得很稳。一定没问题。

哈伦脸颊紧贴砖墙，低头稳住身体。现在他只需要抬起头就能看到教室里面。

最后那刻，脑子里有个小小的声音告诉他：别，千万别抬头。算了。去看免费电影吧。看完电影赶紧回家，趁着老妈还没回来。

风吹着他脚下的叶子，将更多灰尘送进他的眼睛。哈伦回头看了看下水管。他能爬下去，完全没问题；顺着水管溜下去应该比爬上来简单得多。哈伦想到了格里·戴辛格和其他几个男孩，他们老叫他胆小鬼。

他们不需要知道我爬到过这里。

那你为什么要爬上来呢，蠢货？

哈伦想了想该怎么向奥罗克和其他男孩吹嘘这段冒险——如果老肥特只是心血来潮跑回教室里取她心爱的粉笔或者别的什么破玩意儿，他还得想法子添油加醋一番。如果他告诉他们，他历尽艰险爬上二楼，亲眼看见老肥特和罗恩在她的办公桌上乱搞，就在他们的教室里，那群娘娘腔该惊讶成什么样啊……

哈伦抬头望向窗户里面。

达比特太太不在教室另一头的办公桌后面，实际上，她就坐在窗边的小工作台旁，离哈伦还不到3英尺。教室里没开灯，但整个房间充盈着幽幽的磷光，惨白的光芒仿佛来自黑森林里腐烂的木头。

达比特太太不是一个人。磷光来自她身边的人影。这个人也坐在小工作台旁，离哈伦紧贴窗玻璃的脸不过一臂之遥。他立即认出了她。

是杜甘太太，达比特太太曾经的搭档，她一直那么瘦。圣诞节前的几个月里，癌症的侵袭又让她变本加厉地瘦了下去。哈伦记得，她的胳膊上简直没有一点肉。圣诞假期之后，杜甘太太再也没回过学校，直到她2月份去世，然后下葬，没有哪个同学再见过她。桑迪·惠塔克的妈妈倒是去她家拜访过，后来还参加了葬礼。她告诉桑迪，老太太最后已经瘦得皮包骨头了。

哈伦立即认出了她。

他瞥了老肥特一眼。女老师倾身向前笑得热情洋溢，她的全副注意力都放在桌边的搭档身上。然后他再次望向杜甘太太。

桑迪说，杜甘太太下葬时穿着她最漂亮的丝绸裙子，她最后一天上课的时候在圣诞派对上也穿过。现在她身上穿的正是这条裙子。但丝裙上有几处已经腐烂，破洞里透出隐隐的磷光。

老太太的头发仍规规矩矩地梳在脑后，哈伦熟悉的玳瑁发卡别在发间，但她的大部分头发已经脱落，露在外面的头皮散发着惨白的磷光。和腐烂的丝裙一样，她的头皮上也有洞。

隔着3英尺的距离，哈伦看见了杜甘太太放在桌面上的手。修长的手指上松垮垮地套着金戒指，裸露的白骨微微发光。

达比特太太俯身凑到朋友的尸体耳边说了句什么。她看起来有点迷惑，但她还是转头望向窗户。哈伦正趴在这扇窗户外面，双膝跪在冰冷的窗台上。

最后那个瞬间，哈伦骤然明悟，她肯定看见他了。磷光会照亮他贴在窗玻璃上的脸，就像它照亮了杜甘太太手腕上裸露的肌腱，惨白的纤维就像隐隐透光的一束意大利细面。除此以外，磷光还同样轻松地描摹出了这具躯体半透明的血肉下方正在滋长的菌落黑暗的轮廓。或者应该说，残存的血肉。

眼角的余光告诉哈伦，老肥特已经看见他了，但他紧盯着杜甘太太的后颈，完全挪不开视线。老太太的皮肤像羊皮纸一样起了褶皱，他清晰地看到了下面移动的脊椎，惨白的骨头上仿佛只盖着一层霉烂的破布。

杜甘太太转头直视男孩。隔着两英尺的距离，哈伦清晰地看到她左眼窝幽黑的液面下闪烁着莹莹的磷光，原来的眼球早已不见踪影。她咧开森森白牙露出无唇的微笑，身体前倾，仿佛打算隔着窗棂给他一个吻。玻璃上看不见呼气的雾痕。

哈伦站起来转身想跑，他完全不记得自己正跪在狭窄的窗台上，脚下 25 英尺外才是坚硬的石头和水泥。就算他记得，他也会毫不犹豫地转身逃跑。

摔下去的时候，他没有哭喊。

8

麦克热爱弥撒仪式。这个星期日——和非节庆的每个星期日一样——他协助卡瓦诺神父完成了 7 点 30 分的日常弥撒以后，又留下来担任了 10 点那场大礼弥撒的首席祭坛侍者。当然，参加第一场弥撒的人比较多，因为大礼弥撒流程冗长，如非必要，榆树港的大部分天主教徒不愿意多花这半个小时。

麦克在祭坛后面的小房间——卡瓦诺神父称之为"内殿"——里放了一双牛津鞋。老神父哈里森不介意祭坛侍者的白袍下面露出网球鞋，但卡神父说，帮忙准备圣餐的时候，你应该表现出更多尊重。这笔花费让麦克的父亲嘀咕了半天，麦克以前从没穿过新的正装鞋。老爸总是说，保证四个女儿穿得体面就已经够难了。不过到头来，就连他爸也不能反对尊重上帝。这双牛津鞋成了麦克的弥撒专用装束，他绝不会穿着它离开圣马拉奇教堂。

麦克热爱弥撒仪式的方方面面，他参加仪式的次数越多，这份热爱就越浓烈。大约四年前，麦克第一次担任祭坛侍者的时候，哈里森神父对这几个男孩几乎没有任何要求，只要他们按时出现就好。麦克和其他同伴一起列队完成动作，嘴里喃喃念着拉丁语的祷辞应答。跪在祭坛前面的时候，男孩几乎从来不看贴在台阶上的祷文翻译卡。帮忙准备圣餐礼的时候，他们心不在焉地把一个个装着酒和水的小瓶子递给司铎，根本不会认真去想这象征着怎样的奇迹。他只是在完成一项天主教家庭的好男孩应尽的职责……虽然榆树港很多天主教家庭的男孩总能找到借口逃避这项职责。

不过大约一年以前，哈里森神父退休了——或者说，被迫退休了。这位老司铎有酗酒的习惯，随着年龄的增长，他的布道也变得越来越混乱。卡瓦诺神父接替了他的位置，对麦克来说，这是个重大的转折。

从很多方面来说，同为神职人员的卡神父和哈神父截然相反。哈里森神父是个头发灰白、脸色红润的爱尔兰老头，但他的思维、语言和态度都显得老态龙钟。对哈神父来说，应者寥寥的弥撒不过是一项重复过无数次的日常工作，和刮胡子一样普通。去教徒家拜访、应邀参加晚宴，这才是他真正感兴趣的事情。哪怕邀请他上门的是病人或者垂死之人，老司铎也毫不介意。他很高兴能有个机会坐下来聊聊天儿，呷着咖啡讲几个故事，回忆回忆早已去世的老邻居。麦克陪着哈神父参加过这样的拜访，通常是为病人举行圣餐礼，哈神父觉得带上一位祭坛侍者能为简单的流程增添一点仪式感。这样的场合总让麦克无聊得要命。

而卡瓦诺神父是个黑头发的年轻人——麦克知道，哪怕这位司铎每天剃两次胡子，到了下午5点钟，阴影般的胡楂儿仍会浮现在他黝黑的脸上——而且充满热情。卡神父十分重视弥撒，他说这是基督邀请我们和祂共进最后的晚餐，也要求担任祭坛侍者的男孩们付出同样的重视。或者说，要求那些愿意继续留下来的男孩。

麦克就是愿意留下来经常帮忙的寥寥几个男孩之一。卡神父的要求很多：祭坛侍者必须理解他说的话，而不仅仅是含糊地念几句拉丁文。为了学习基础的拉丁文和弥撒仪式的历史渊源，麦克专门上了六个月的教义问答课，这门课程由卡神父亲自执教，每周四晚上开讲。除此以外，祭坛侍者们还得真正参与到仪式当中，用心做好每一个细节。卡神父脾气暴躁，要是哪个男孩没精打采、敷衍塞责，他准会大发雷霆。

哈里森神父热爱美食，更热爱美酒，全教区，不，全县的人都知道，这位老司铎酗酒。但卡神父除了圣餐礼外滴酒不沾，而且他似乎觉得进食是桩逃不掉的苦差。他倒是同样热爱拜访教徒。哈里森神父跟谁都能聊上几句，聊天儿的内容也无所不包，有时候他会跟公园旁边的退休农民聊上一下午的庄稼和天气，但卡神父聊天儿的主题只有一个：上帝。哪怕是在拜访病人和垂死之人的时候，他也表现得像是耶稣会的突击队员，面对这些即将迎来终极试炼的教徒，他总是抓紧时间，拷问一番他们的灵魂。

要麦克来说的话，卡神父只有一个弱点，那就是吸烟。这位年轻的司铎是个老烟枪，哪怕是在偶尔不吸烟的时候，他似乎也很想来一支。麦克不介意这个。他的父母都吸烟，确切地说，他几乎所有朋友的父母没一个不吸烟的。凯文·格鲁姆班彻家除外，但他们德国人总有些怪癖。吸烟的习惯反而让卡神父显得更加亲切。

今天是夏天真正来临后的第一个星期日，麦克帮忙主持了上午的两场弥撒，凉爽的圣堂和仪式上的人们回应祷辞时催眠般的呢喃令他心旷神怡。麦克的拉丁文清晰，准确，音量恰到好处，完全符合卡神父的教导，没有枉费他们在教区的神父宅邸里上课的那么多个长夜。

"上帝的羔羊，除去世人罪的主……怜悯我们……上主，求你垂怜，上主，求你垂怜，上主，求你垂怜……"

麦克喜欢这样的氛围。一部分的他正在全神贯注地准备圣餐奇迹，但另一部分的他却在四处游荡，就像他真的离开了自己的身体，和姆姆一起待在那间幽暗的客厅里。只是现在，姆姆又能说话了，他可以像小时候一样和她聊天儿，她会给他讲家乡的故事；有时候他觉得自己飘浮在骷髅地墓园和山洞那头的田野和森林上空，像渡鸦一样自由自在地飞翔，但同时又保留了人类的思想；他在空中俯瞰下方的树冠、溪流和孩子们称之为"比利羊山"的采石场，他无欲无求地飘浮在吉卜赛小径上空，地面上的马车车辙已经模糊，蜿蜒的古道穿过树林和草场……

圣餐礼结束了。麦克每次都会等到星期日的大礼弥撒才领圣餐。最后的祷辞和应答余音已散，圣餐被封进了祭坛上方的神龛，卡瓦诺神父祝福了参与仪式的信众，领着人们列队退出圣堂。麦克回到他们平时换衣服的小房间里，把自己的法衣和白袍放到一边。卡神父的女管家会把这些衣物收去清洗。他又将擦得锃亮的牛津鞋小心翼翼地塞进雪松衣柜下面。

卡瓦诺神父走了进来。他已经脱掉自己的黑色法衣，换上了宽松的便装裤、蓝色工装衬衣和灯芯绒运动外套。每次看到不穿制服的卡瓦诺神父，麦克总会大吃一惊。

"干得漂亮，和往常一样完美，迈克尔。"虽然卡瓦诺神父算得上不拘小节，但他从不叫他麦克。

"谢谢你，神父。"麦克努力寻找话题。他仰慕的人只有卡瓦诺神父一个，所以他真的很想跟神父多待一会儿："今天参加第二场弥撒的人不太多呢。"

卡神父已经点燃了一支雪茄，小房间里烟雾弥漫。他站在窄窗旁边，望着外面已经空无一人的停车场。"嗯？是啊，没几个人。"他转头望向麦克，"你的小朋友今天来了吗，迈克尔？"

"啊？"麦克不太认识同龄的其他天主教男孩。

"你知道的……米歇尔，她姓什么来着……斯塔夫尼。"

麦克的脸一下子红到了脖子根。他从没跟卡神父提起过米歇尔。确切地说，他从没跟任何人真正提起过她，但做弥撒的时候，他常常偷偷寻找她的身影。米歇尔很少来这边，她和她的父母爱去皮奥里亚的圣玛丽大教堂，但每当这位红发姑娘破天荒出现在教堂里的时候，麦克总是很难集中注意力。

"我和米歇尔·斯塔夫尼都不是一个班级的。"麦克努力装出满不在乎的样子。他暗自思忖，如果是唐尼·埃尔森那只老鼠在卡神父面前胡说八道，那我非得把他揍得屁滚尿流不可。

卡瓦诺神父点点头，笑了。虽然这个笑容浅得几乎看不见，但麦克的脸又红了。他低下头，假装专心地系着运动鞋的鞋带。

"我的错。"卡神父将雪茄烟头按熄在了办公桌上的烟灰缸里，轻轻拍打衣兜寻找下一支，"今天下午你和朋友有什么安排吗？"

麦克耸耸肩。他本来打算跟戴尔和其他男孩一起玩一会儿，然后开始调查范·锡克。想到他们这个小小的间谍游戏有多傻，他的脸又涨红了。"没有，"他说，"没什么打算。"

"我想在5点左右去拜访克兰西太太，"卡神父说，"我记得去年春天，她丈夫去世前刚在农场池塘里放了一批鱼苗。也许她不会介意我们带上鱼竿，瞧瞧那些鱼长得怎么样了。你想跟我一起去吗？"

麦克点点头，快活的情绪在他的身体里升腾，就像圣堂西边墙上画的那只象征圣灵的鸽子一样。

"很好。那我4点45分左右开教皇专车去接你。"

麦克又点了点头。那辆黑色的林肯城市轿车是教区的财产，卡神父总叫它"教皇专车"。刚开始的时候，麦克被这个称呼吓了一大跳，但后来男孩意识到，除了他以外，卡神父恐怕不会在任何人面前开这样的玩笑。事实上，要是他把这事儿告诉了别人，卡神父可能会惹上麻烦。麦克曾经想象过，没准儿会有两位红衣主教乘着直升机从天而降，把卡神父关进神父宅邸严加盘问，最后给他套上脚镣把他抓走。所以这个玩笑其实是一种信任，卡神父通过这种方式告诉他："咱们都是懂规矩的人，哥们儿。"

麦克跟神父挥手道别，然后离开教堂，走进星期日正午的阳光下。

杜安几乎一整天都在干活儿，他修好了农场的拖拉机，把种子撒进挖好的土垄，又把西边牧场的奶牛赶到了谷仓和玉米地之间。最后他还在田垄间转了一圈，虽然现在还没到除草的时候。

老头子大约凌晨3点才回来。杜安留了地下室的一扇窗户没关——虽然它没有纱窗——所以他听见了皮卡的声音。老头子喝得不少，但还没到神志不清的地步。他骂骂咧咧地走进屋子，然后在厨房里做了个三明治，嘴里越骂越凶。杜安和维特根斯坦待在地下室里，老边牧一直低声呜咽，虽然它的尾巴仍拍打着水泥地面。

平时的周日上午，如果老头子没有宿醉的话，中午之前他都会陪杜安下棋。但这个周日他们肯定下不了棋。

杜安从田垄里回来的时候，差不多已经半下午了，他发现老爸靠在南草坪那棵白杨树下的木躺椅里，身边的草地上摊着一份《纽约时报》周日版。

"差点儿忘了，昨晚我还在皮奥里亚买了报纸。"老头子咕哝着搓了搓脸。他已经两天没剃胡子了，灰胡楂儿在阳光下看起来甚至有点泛银。

杜安蹲下来翻了翻报纸书评版："这是上周日的报纸？"

老头子开始嚷嚷："你以为呢？难道还能是今天的？"

杜安耸耸肩，开始读头条书评。上个礼拜阿道夫·艾希曼在布宜诺斯艾利斯被捕，这篇文章花了很多篇幅介绍夏勒的《第三帝国兴亡史》和其他相关书籍。

老头子清了清嗓子："我不是有意……啊……昨晚我不是有意那么晚回来。我本来只是去亚当斯街那家小酒吧喝一杯，结果遇到了一个从布拉德利来的狗屁教授，我们聊起了马克思，然后就吵了起来……呃，昨晚家里没事吧？"

杜安闷着脑袋点了点头。

"那个大兵在我们家过夜了吗？"

杜安放下报纸："什么大兵？"

老头子又搓了搓脸和脖子，显然正在努力分辨自己脑子里的记忆和幻想。"啊……我记得我捎了一个大兵一段路。他是在斯蓬河大桥附近上车的。"他再次搓了搓脸，"你知道……我很少捎人……但当时正在下雨……"他闭上嘴巴，回头看了一眼自家的房子和谷仓，仿佛觉得那个大兵没准儿还坐在皮卡里，"对了，现在我想起来了。坐在车上的时候，他一个字都没说过。我问他是不是刚退伍，他也只是点了点头。最见鬼的是，当时我知道他穿的衣服不对劲，只是我太……啊……太累了，所以我也没放在心上。"

"怎么个不对法？"杜安问道。

"他的制服。他穿的不是现在的制服，甚至不是艾森豪威尔式的夹克。他穿的军装是厚羊毛呢的……棕色毛呢军装，老式宽檐毡帽，还打着绑腿。"

"绑腿。"杜安重复了一遍，"你是说第一次世界大战时步兵打的那种绑腿？"

"没错。"老头子咬着食指指甲回答。琢磨新发明或者暴富绝招的时候，他总会不自觉地开始咬指甲。"事实上，那个大兵浑身上下的打扮都像是那会儿的……绑腿、钉靴、老式宽檐毡帽，甚至还有萨姆·布朗式的武装带。现在想想，他真的很年轻，但估计不是真当兵的……那身制服肯定是他爷爷的，要么就是参加了什么化装舞会。"老头子盯着杜安，"他留下来吃早饭了吗？"

杜安摇摇头："昨晚他没跟你一起进屋。你肯定在外面哪儿把他放下去了。"

老头子专心想了一会儿，然后坚定地摇了摇头。"不可能。我很确定，直到我拐进车道的时候，他还在车上呢。我记得自己当时的想法：天哪，我差点儿忘了车里还有个人，他实在太安静了。我打算给他做个三明治，然后安排他睡沙发。"老头子瞪着杜安，眼睛里满是血丝，"我知道，我拐进车道的时候他还在车里，杜安尼。"

杜安点点头："呃，反正我没听见他跟你一起进屋。也许他走去镇上了。"

老头子眯起眼睛望向玉米地那头的县 6 号公路："半夜三更的走去镇上？而且我记得他好像说过，他就住在附近的某个地方。"

"你刚才还说他一个字都没说过。"

老头子还在咬指甲："他是没……我确实不记得他说过话……呃，管他的呢。"他低下头继续读财经版。

杜安读完书评版就回了屋。维特钻出谷仓，显然刚打完盹儿，它成天都在打盹儿。现在它已经做好了跟着杜安出门的准备。

"喂，哥们儿，"杜安说，"你有没有看见一个'一战'步兵在我们的谷仓里转悠？"

维特呜咽着低下了头，似乎没听懂主人问的是什么。杜安揉了揉老边牧的耳朵后面，然后走到皮卡车旁，打开副驾驶的门看了看。热烘烘的驾驶舱里弥漫着威士忌和臭袜子的气味。副驾驶的座椅凹下去了一块，就像上面坐着一个看不见的人，但这辆车从他们买回来就是这样。杜安戳戳座椅下方，检查了一下地板和手套箱。车里乱七八糟的东西很多，破布、地图、老头子随手乱扔的平装本、几个空的威士忌酒瓶、一个三角形开罐器、几个啤酒罐，甚至还有一枚霰弹枪的空弹壳，但没有任何线索。没有不小心留在车里的轻便手杖和西班牙毛瑟枪，也没有索姆河附近的战壕草图或者贝劳森林地图。

杜安暗自笑了笑，然后回到院子里继续读报纸，陪维特玩耍。

麦克和卡瓦诺神父的钓鱼之旅还没结束，天已经快黑了。克兰西太太是个脾气古怪的老妇人，向卡神父忏悔的时候，她不愿意让其他任何人待在屋子里，所以麦克只能待在外面的池塘边上，一边扔石子打水漂，一边后悔刚才没吃晚饭。能让麦克省掉星期日晚餐的事情不多，但帮助卡神父正是其中之一。听到司铎问他"你应该吃过了吧"，麦克只能点头。下次忏悔的时候，他会把这事儿笼统地概括到一句话里：有时候我没对大人说实话，神父。随着年龄的增长，麦克渐渐明白了教士为什么不能结婚。谁愿意定期向自己的伴侣忏悔呢？

　　晚上7点，卡神父终于来池塘边上找他了，还取来了教皇专车里的钓鱼工具。6月的太阳已经偏西，但还挂在树梢，感觉似乎还不太晚。他们钓了一个多小时的鱼，但有所收获的只有麦克一个，他钓到了几条太阳鱼，不过又扔了回去。他们聊了很多事儿，多得让麦克有些头晕：三位一体的本质，卡神父在芝加哥南部度过的青年时代，街头黑帮长什么样，为什么万事万物都是被创造出来的，只有上帝亘古长存，为什么老人总会回归教堂，还有其他好多好多话题，卡神父还向麦克解释了帕斯卡的赌注，虽然麦克没怎么听懂。麦克喜欢跟神父聊这些事儿。和戴尔、杜安以及其他不那么傻的同龄人聊天儿固然有趣，他们总会想出一些奇奇怪怪的主意，但卡神父的生活经验十分丰富。他的智慧不仅限于拉丁文和教堂事务，还包括芝加哥生活中残酷而玩世不恭的一面，很多东西完全超乎麦克的想象。

　　树影在长满青草的池塘岸边越拉越长，眼看已经伸到了水面上，卡神父看了一眼手表，失声叫道："天哪，迈克尔，瞧瞧这都多晚了。要是我们再不回去，麦考夫迪太太就该担心了。"麦考夫迪太太是神父宅邸的女管家。她曾无微不至地照顾哈里森神父，就像姐姐看顾任性的弟弟。等到卡神父搬来，她更是把他当成了自己的儿子。

他们收起工具，开始往镇子里赶。教皇专车沿着县6号公路向南行驶，车轮在石子路上扬起一阵阵灰尘，麦克瞥见了右边远处杜安·麦克布莱德的家，没过多久，戴尔家亨利叔叔的农场也从他们的左手边掠过。紧接着他们冲下第一个陡坡，然后又重新开始爬坡，骷髅地墓园就坐落在山坡上。暮光为空旷的墓园镀上了一层金色，路边的草地上一辆车都没有，就在这时候，麦克突然想了起来，今天他应该去查查范·锡克。他请求卡神父停车，司铎一转方向盘，教皇专车开进了公路和熟铁黑栅栏之间的草地停车场。

"怎么了？"卡神父问道。

麦克飞快地转着脑筋："我……呃……我答应了姆姆今天要来看看外公。你知道的，检查一下草有没有割，上周我们带过来的花还在不在，这些零零碎碎的事情。"又一个需要忏悔的谎言。

"那我在这儿等你。"神父回答。

麦克涨红了脸，为了掩饰自己的慌乱，他只得转头望向墓园，盼望神父听不出他的心虚："呃……我想一个人待一会儿，做点祷告什么的。"干得漂亮，麦克，听起来太合理了。你想做祷告，所以让神父先回去。这种事儿你也敢撒谎，算不算不可恕之罪？"还有，我想去树林里摘几朵花，可能要花一点时间。"

卡瓦诺神父望向公路对面，夕阳像红色的气球一样低低挂在西边的玉米地上方。"天快要黑了，迈克尔。"

"天黑之前我一定回家。我保证。"

"可是从这里到镇上至少还有1英里。"神父的声音有些迟疑，他觉得麦克似乎在打什么鬼主意，却说不准到底是什么主意。

"没问题的，神父。我们几个男孩成天骑着自行车到处疯跑，这片树林我熟得很。"

"你不会在天黑之后钻到树林里去吧？"

"不会。"麦克一口答应，"做完了跟姆姆说好的事，我马上就走回去。我喜欢走路。"他暗自琢磨，难道卡神父怕黑？但他立即否决了这个想法。有那么一秒钟，他考虑了一下实话实说，把他们的直觉告诉神父，告诉神父老中心学校有些东西不太对劲，和塔比·库克的失踪有关，然后将他的计划和盘托出：他打算去墓园后面的工具房查看一番，据说范·锡克有时候会在那边过夜。但这个想法也被他否决了，他不想被卡瓦诺神父当成疯子。

"你确定吗？"卡神父问道，"你家里的人都以为你跟我在一起。"

"他们知道我答应过姆姆。"这会儿麦克觉得撒谎没那么难了，"天黑之前我一定回家。"

卡瓦诺神父点点头，俯身帮麦克打开副驾驶车门："好吧，迈克尔。谢谢你陪我钓鱼聊天儿。明天一早弥撒上见？"

他这么问完全是出于礼节，麦克从不会错过任何一次晨间弥撒。"当然，明天见。"他关上沉重的车门，趴在打开的车窗边上跟神父道别，"谢谢你……"他迟疑了一下，一时想不起来该感谢神父什么。作为一个大人却愿意跟我说话？"谢谢你借我鱼竿。"

"乐意效劳。"卡神父回答，"下次我们去斯蓬河那边，大鱼都在河里。"他并起食指和中指敬了个礼，教皇专车倒回公路上，很快消失在南边的山坡后面。麦克在原地站了一分钟，眨眨眼抖掉睫毛上的灰尘，感觉矮草丛中的蚱蜢从脚边四散逃开。然后男孩转身望向墓园，他的影子和铁栏杆带刺的格栅融合在一起。好极了。老天爷，如果范·锡克恰巧在这儿，你打算怎么办？

他完全没想过那位学校守门人兼墓园杂务工有可能出现在这里。凝滞的空气中充盈着玉米的气味和6月薄暮潮湿的尘土气息。这地方看起来、听起来、感觉起来都空落落的。他握住行人通道大门上的圆形把手，推开门走了进去。他清晰地感觉到自己的影子在身前跳跃，感觉到高大的墓碑投下一道道影子，尤其感觉到，连续交谈了几个小时以后显得格外突兀的寂静。

他真的在外公坟前停了下来。整个墓园占地4英亩，外公的坟墓差不多在正中间。长着青草的石子路将墓园一分为二，从小路往左手边数三块墓碑，他的外公就长眠在这里。奥罗克家的墓地集中在这一片，母亲那边的亲戚更靠近另一侧栅栏。外公的坟墓离小路最近。旁边还有一大块草地，麦克知道，这是留给他父母的。还有他的姐妹，以及他自己。

上周一阵亡将士纪念日那天他们送来的花还在——虽然已经枯死，但它还在——美国退伍军人协会插在墓前的小国旗也安然无恙。每年纪念日他们都会换一面小旗，麦克对季节的感觉有一部分来自外公墓前旗帜的褪色程度。老霍利亨在"一战"中当过兵，但没去过海外，只是在佐治亚的营地里待了十四个月。麦克很小的时候听姆姆讲过大战期间外公的朋友在海外的冒险故事。姆姆还告诉他，外公没有参加过真正的军事行动，这是老头子一生中最大的遗憾之一。

国旗的颜色十分鲜艳。有了青草的映衬，红白色的条纹显得格外生动。夕阳西垂，暮光几乎已经和地面平行，在这样的光线中，眼前的一切都变得更加鲜艳饱满。隔着一座山和四分之一英里的距离，戴尔家亨利叔叔的农场附近传来一阵低沉的牛叫，在寂静的空气中听起来分外清晰。

麦克低下头念了几句祷文。也许他不必再为这个小小的谎言忏悔。然后他在胸前画了个十字，沿着小路举步走向墓园后方范·锡克的小屋。

实际上那不是范·锡克的屋子，而是墓园里屹立多年的一座旧工具房。那地方离墓园后围栏不远，小屋和最后一排墓碑之间隔着一大片割得整整齐齐的草地，麦克觉得这片草地早晚也会被墓碑填满。浓郁的阳光像黄油一样抹在石砌的西墙上。

麦克一眼就看见了门上的锁，他慢吞吞地从屋子前面走了过去，假装自己只是抄近路去树林和墓园后面山里的采石场——孩子们常常这样干——然后又折回来，闪身躲进小屋西侧浓重的阴影里。矮草坪上的蚱蜢四处乱跳，脚下传来运动鞋踩碎草种的脆响。

这面墙上有一扇小窗。整幢屋子只有这一扇窗户，高度和麦克的脖子差不多。他凑近了一点，手搭凉棚向内张望。

但他什么都没看见。玻璃上的灰太厚，屋里又太暗。

麦克双手插在兜里，一边吹着口哨，一边绕着屋子转了一圈。他回头看了好几次，生怕有什么人出现在身后的小路上。卡神父开车走了以后，公路上一辆车都没有。墓园里十分安静。公路对面深红的夕阳还在缓缓西沉，只有伊利诺伊的日落才能如此优雅。失去了太阳的天空依然明亮，但6月的暮光正在渐渐退去，真正的黄昏和夏夜很快就将降临。

麦克检查了门上的锁。耶鲁式挂锁十分牢固，但门框上安装锁扣的金属片已经开始生锈剥落。麦克低声吹着口哨来回摇晃金属片，直到三颗生锈螺丝中的一颗，然后是两颗，从门框上掉了下来。最后一颗螺丝逼得麦克掏出了兜里的小折刀，但它最后还是屈服了。麦克左右瞥了一眼，确认附近有可用的石头。离开之前他得把螺丝装回原地。然后，他这才钻进了小屋。

屋里很黑。空气中弥漫着新鲜泥土的气息，还有一种更酸的气味。麦克转身掩上房门，但留了一条透光的缝，要是有车驶近前门他也能听见。他站在原地眨了一会儿眼睛，好让自己适应室内的光线。

范·锡克不在。这件要紧的事情麦克进门前就确认过了。屋里没多少东西：一堆铲子和铁锹——墓园工具房的标准设备——架子上摆着肥料和几罐黑色的液体，墙角堆着几根生锈的带刺铁栅栏，显然是从墓园围栏上拆下来准备修理的，除此以外还有割草机的配件和两个小箱子，其中一个箱子上面放着一盏灯笼，看起来似乎是当桌子用的。看到屋子里的厚帆布带，麦克疑惑了好一会儿，然后他突然意识到，这些布带是用来将棺材放进墓穴里的；灰蒙蒙的窗户下面摆着一张很矮的简易床。

麦克走过去检查了一番。整个床铺散发着浓烈的霉味儿，上面搭的毯子也没好到哪儿去。但这张床显然不久前还有人睡过，墙边扔着一份皱巴巴的《皮奥里亚每日星报》，日期是星期三。毯子有一半拖在地上，那个人似乎走得很匆忙。

麦克跪在床边揭开报纸，下面还有一本杂志，光滑的铜版纸和廉价新闻纸混排在一起。麦克捡起来翻了几页，然后吓得赶紧扔掉了。

铜版纸上印的都是性感女人的黑白照片。麦克不是没见过女人，他有四个姐妹，也不是没见过印在杂志上的女人：格里·戴辛格偷偷给他看过一本这种杂志。但这样的照片他真的从没见过。

麦克感觉自己脸上的红潮渐渐退去，但与此同时，虽然没有再把那本杂志捡起来，他还是情不自禁地伸手触摸它，一页页地往后翻。

更多女人。更多张开的大腿。麦克做梦也没想到，竟然有女人愿意在镜头前面做这种事。难道她们不怕这些照片被家人看到吗？

他感觉自己心跳得很快。麦克不是没有感受过这种感觉。那是一年前的事儿了，当时那种感觉令他惊诧极了，但哈里森神父详细解释过它的后果，包括精神上的和身体上的，麦克不想发疯，也不想长一脸纵欲者专属的痤疮。另外，以前他为自己犯下的这桩罪忏悔过几次。但是，在黑暗中向哈里森神父痛哭流涕地忏悔，这是一回事，但要向卡瓦诺神父坦承同样的罪孽，那就完全是另一回事了。麦克知道，他宁可变成下地狱的无神论者，也不愿为这种事情向卡神父忏悔。要是他真的犯了这桩罪，却没有忏悔……呃，哈里森神父也描绘过堕落的罪人将在地狱里受到怎样的惩罚。

麦克叹了口气，把杂志放回原地，原样盖好报纸，然后站了起来。他得赶快跑下山坡，再以最快的速度翻过镇外的最后一座小山，这应该能帮他摆脱脑子里的糟糕想法，让自己平静下来。

麦克起身的时候，毯子从小床上滑了下去，一股生涩的气味顿时在房间里弥漫开来。

麦克本能地退开两步，随后他又凑到床边，掀开了那张毯子。

床底下升起一阵新鲜泥土的腥臭味……似乎还夹杂着某种更糟糕的味道。麦克屏息一秒钟，然后直接掀开小床，将它倚在了旁边的柳条箱上。

床底有个洞。宽约 2 英尺的洞口呈完美的正圆形，看起来就像城市街道上敞开的检修口，只是洞口周围堆了一圈土。麦克四肢着地趴在地上，望向里面。

洞里的气味糟糕极了。麦克去过橡树山附近的屠宰场，屠宰场有个房间专门用来堆放内脏和其他卖不掉的边角碎料，现在他闻到的气味就有点儿像是那个房间的。同样的血腥味。再加上浓郁的生土气息，麦克被熏得头晕眼花。他闭上眼，感觉天旋地转。

再次睁开眼睛的时候，他看见洞穴深处微微一动，就像有什么东西正慌乱地逃开洞口的光线。麦克眨了眨眼。洞口边缘十分奇怪，猩红的泥巴堆成了一条整齐的土垄，这些泥巴似乎不是陶土，上面隐隐有些条纹。麦克心中一动，眼前的一幕看起来有些眼熟。然后他想起来了。

戴尔·斯图尔特有一套《康普顿图画百科》。男孩们特别爱看介绍人体的章节，里面有许多详细的透视图。其中一幅图专门介绍消化系统，包括各个器官的横截面和彩色剖面图。

洞口边缘看起来特别像人类肠子的剖面。猩红的颜色恰似新鲜的血肉。

在麦克的注视下，洞口边缘的红色土垄似乎还在缓缓移动，先是收缩，然后舒张。腥臭的气味愈加浓郁。

麦克手足并用往后退了几步，他没法彻底屏息，只能尽量少吸入空气。不知何处传来瘆人的抓挠声。是外面的老鼠，还是洞里的什么东西？

麦克突然觉得，这个洞说不定通往外面的墓园，和某处墓穴相连。他想象范·锡克头朝下爬进洞里，消失在大地的肠道深处，在他看不见的地方，范·锡克像蛇一样游动。就在一分钟前，他听到了麦克的口哨声。

范·锡克，或者其他更可怕的东西？

麦克打了个冷战。透过灰蒙蒙的窗户，他看到外面的天几乎已经黑了，但门缝里还透着一点微弱的光线。

麦克重新把小床放了下来，确保报纸和杂志都在原地，然后他抖开毯子盖住床底的洞。就在这时候，他意识到，这样做完全是多此一举。屋里很黑，就算没有这张床，外人大概也看不见地上有个洞，如果不是它散发的气味太糟糕的话，没人能发现它。

麦克跪在地上，不禁再次想象，一条苍白的手臂从床底的黑暗中探了出来，无声无息地抓住他的手腕、他的脚踝。

刚才的性冲动早已荡然无存。有那么一秒钟，麦克觉得自己快要吐了。他闭上眼睛张开嘴巴，试图减轻那股恶臭带来的冲击，然后他拼命集中精神，默诵了几句"万福玛利亚"和主祷文。

但这毫无帮助。

他觉得自己听到屋外的草地上传来了轻微的脚步声。

麦克猛地推开门，连滚带爬地逃了出去，毫不在乎是不是真的会撞见什么人，他只想远离那个洞，远离这个地方。

墓园里空荡荡的。天空又变暗了一点，一颗星星挂在东方的树梢；树林看起来漆黑一片，但夏日的暮光尚未褪尽。一只红翅黑鹂蹲在20码外的一块高墓碑上，它似乎正盯着麦克。

麦克匆匆往前走了几步打算离开，然后他想起了门上的锁。男孩犹豫了一下，觉得自己刚才真是个傻瓜，于是他反身回来，开始动手装那几颗螺丝。每颗螺丝都必须拧好，干活的时候，麦克发现自己握着小刀的那只手有些发抖。

要是有什么东西从洞里钻了出来，它该怎么离开这座小屋呢？也许它会从窗户里溜出来。

打住，蠢货。刀锋一滑，割破了他的小指。麦克没有理会，径自将最后一颗螺丝往里拧了最后四分之一英寸，丝毫没发现自己的血滴到了木头门框上。

好了。他的活儿干得不太完美。如果仔细观察，大概仍能发现这道门闩是被拆过又重新装回去的。不过那又怎样？麦克转身沿着小径走向墓园大门。

县6号公路上还是没车。麦克快步走下山坡，暗自希望坡底的影子不像现在这么浓重，公路两边黑得就像茂密的森林深处。

黑树酒馆的门关着，不见一丝灯光。星期天不能卖酒。这幢小房子外面竟然一辆车都没有，看起来真是不太习惯。爬上山顶路过酒馆车道的时候，麦克放慢了脚步。他的左边仍是连绵的树林，吉卜赛小径就藏在林子里的某个地方，但他的右手边是开阔的玉米地，这边的光线要亮得多，麦克已经看见了前面几百码外县6号公路和朱比利学院路相交的岔口，只要走到那里，他离西边榆树港的水塔就只有四分之三英里了。

身后的石子路上传来嘎嘎吱吱的声音，麦克又放慢了一点脚步，暗自骂了自己几句懦夫。这声音不像是汽车，更像是轻柔的脚步。

麦克没有停步，只是转过身子倒退着走，双手不由自主地紧握成拳。

是另一个孩子，刚看到那个身影从山顶树下的黑暗中冒出来的时候，麦克想道。他没有认出对方是谁，但他看到了老式的童子军帽子和制服。后面那个男孩离他大概有15码远。

然后麦克意识到，那不是一个孩子，更可能是个20岁以上的男人。他穿的也不是童子军制服，而是某种军服，麦克在老照片里看到过类似的制服。昏暗的光线下，男人的脸看起来像蜡一样光滑，而且毫无特征，说不出的古怪。

"嗨！"麦克高喊一声，挥了挥手。他不认识这个大兵，但他还是松了口气。刚听到脚步声的时候，他还以为是范·锡克追了上来。

年轻的士兵没有挥手回应。麦克看不见他的眼睛，但这哥们儿似乎是个瞎子。他没有奔跑——只是僵硬地快步向前，双腿诡异地绷得笔直。他走路的速度真的很快，现在两人之间的距离已经缩短了一点，大概只有 10 码了。麦克清晰地看到了他棕色制服上的铜扣和腿上奇怪的卡其绑带，那就像绷带一样。士兵的平头钉靴踩在石子路上，发出刺耳的嘎吱声。麦克再次努力试图看清他的脸，但光线实在太暗，那顶宽檐帽投下的影子又太深。

年轻男子走得太快了，麦克几乎确信他在追赶自己……他急着想追上来。

真他妈该死，麦克暗忖。然后他有些茫然地想道：我又说了脏话，需要向卡神父忏悔的事又多了一件。

麦克转身沿着朱比利学院路拔腿就跑，远处那片模糊的树影就是榆树港。

戴尔的弟弟劳伦斯怕黑。

据戴尔所知，除了这一点以外，这个 8 岁的小男孩简直天不怕地不怕。他敢爬的地方谁都不敢去——可能除了吉姆·哈伦以外。劳伦斯身上有股狠劲儿，所以他才敢对抗比自己高一半的恶霸，哪怕被按在地上打也绝不退缩，反倒还在闷头挥拳。哪怕是比他大的孩子，面对同样的情况恐怕也早就哭鼻子了。劳伦斯喜欢刺激的把戏，他敢骑车飞跃男孩们堆出来的最高的斜坡。大伙儿在后院里玩极限运动的时候总要安排一个人躺在斜坡前面，每次都只有劳伦斯愿意自告奋勇，让其他人骑着自行车越过他的身体飞出去。他爱和大孩子们玩橄榄球，对他来说，最有趣的玩法就是让伙伴们把自己绑进硬纸板箱，从比利羊山的采石场悬崖上推下去。有时候戴尔甚至觉得，就凭这股不怕死的劲头，劳伦斯总有一天会快快活活地送掉自己的小命。

但他怕黑。

而且他特别害怕自家楼梯顶上那条黑暗的走廊，更怕漆黑的卧室。

斯图尔特家的房子——五年前从芝加哥搬来的时候，他们就租下了这幢房子——很老。楼梯下面的开关只能控制一楼门厅顶上那盏小小的枝形吊灯，但二楼的小平台仍被黑暗浸渍。要想回到卧室里，男孩们必须穿过楼梯上方半明半昧的小平台。对劳伦斯来说更糟糕的是，卧室里的电灯开关不在墙上。要打开悬挂在房间中央的灯泡，男孩们必须走进黑暗，在半空中四处摸索灯绳，然后把灯拉亮。劳伦斯痛恨这件事，所以每次他都要求戴尔上楼去替他开灯。

戴尔问过弟弟为什么讨厌摸黑开灯——当时他们躺在床上快睡着了，但屋里的夜灯还亮着——你怕的到底是什么？这是我们自己的房间呀。起初劳伦斯不肯回答，不过到了最后，他睡意蒙眬地说："也许屋里有人。他正等着我们。"

"有人？"戴尔轻声反问，"什么人？"

"我不知道。"劳伦斯已经快要睡着了，"就是有人。有时候我觉得，当我走进房间到处摸灯绳的时候——你知道的，那根绳子不好找——也许我摸到的不是灯绳，而是他的脸。"

戴尔脖子一凉。

"你知道吧，"劳伦斯继续说道，"他长得很高，只是他的脸……不太像人类……于是我被困在黑暗中，手摸到了他的脸……他的牙齿很光滑，感觉很冷，我摸到他的眼睛像死人一样睁得很大……然后——"

"别说了。"戴尔压低声音打断了弟弟的话。

哪怕开着夜灯，劳伦斯还是害怕屋里的东西。这幢房子太老，本来不应该有壁橱。戴尔老爸说过，那年头的人都用立式大衣柜装衣服。但前一任房主或者租客在男孩们的卧室里加装了一口壁橱。

壁橱做得十分粗糙，只是用上过漆的松木板在角落里搭了个顶天立地的大盒子。劳伦斯说，这活像是摆在房间里的一口棺材。戴尔也觉得壁橱有点像棺材，但他不会承认。哪怕是在白天，劳伦斯也不肯去开壁橱的门。戴尔只能想象，弟弟大概觉得壁橱里也有什么东西在等着他。

但劳伦斯最怕的大概是床底。

每天晚上，两个男孩分别睡在自己的小床上，两张床相隔几英尺，上面铺着一模一样的罗伊·罗杰斯毯子。但劳伦斯总觉得床底下有什么东西正等着他。

如果妈妈在房间里，劳伦斯会乖乖跪在床边做完晚祷；但要是屋里只有兄弟俩，他会飞快地换好睡衣直接跳上床，甚至不敢靠近黑暗的床底一步。然后他会熟练地掖好毯子的边边角角，确保任何东西都不能把他拖到床底下去。如果他正在读的漫画书或者其他什么东西掉到了地上，他会叫戴尔帮他捡起来。要是戴尔不肯，漫画书就会在地板上一直待到第二天天亮。

多年来戴尔一直试图跟弟弟讲道理。"你看，小傻瓜，"他说，"你的床底下什么都没有，只有成团的灰尘。"

"床底下说不定有个洞。"有一次，劳伦斯小声告诉他。

"一个洞？"

"没错，一条隧道，诸如此类。有什么东西在里面等着抓我。"劳伦斯的声音压得很低。

戴尔大笑起来。"傻瓜，我们住的是二楼，二楼上怎么可能有洞，更别说隧道。还有，我们的地板都是很硬的木头。"他弯下腰屈起指节敲了敲地板，"你瞧，硬得很呢。"

劳伦斯吓得闭上了眼睛，仿佛戴尔的手腕随时可能被床底下突然伸出来的手抓住。

最后戴尔只能放弃，不再试图说服劳伦斯床底下没什么可怕的。戴尔一点也不怕黑乎乎的二楼。他只怕地下室，尤其是那个装煤的小房间。每一个冬天的晚上，他都得下去铲煤。但这事儿他从没告诉过劳伦斯或者其他任何人。戴尔喜欢夏天，因为不必去地下室。但劳伦斯一年到头都怕黑。

暑假第一个星期日的夜晚，劳伦斯又让戴尔上楼去开灯。戴尔叹了口气，合上自己正在读的《人猿泰山》，陪弟弟一起上楼。

黑暗中根本没有什么脸，床底下也没东西。戴尔打开壁橱门，帮弟弟把条纹衫挂进去的时候，也没有什么怪物突然跳出来或者把他拖进去。劳伦斯换上佐罗睡衣，戴尔这才意识到，虽然现在还不到晚上9点，但他也有点困了。于是他换上自己的蓝睡衣，把脏衣服扔进篮子，爬上床继续读泰山和失落城市欧帕的故事。

伴随着一阵脚步声，男孩们的父亲出现在门口。他戴着阅读眼镜，黑色的镜框让他看起来比平时更老，也更严肃。

"嗨，老爸。"劳伦斯躺在床上跟父亲打了个招呼。他刚完成了掖毯子的流程，现在他的毯子绝不会松开垂落，把床底下的怪物引出来。

"你们好啊，小老虎。今晚睡得这么早？"

"我打算再看会儿书。"戴尔回答。然后他突然觉得不太对劲。老爸一般不会上楼来跟他们道晚安，而且今晚他的眼角和唇角似乎绷得很紧。"怎么了，爸爸？"

父亲走进房间摘下眼镜，仿佛刚刚意识到自己还戴着它。他坐在劳伦斯的床边，左手搭在戴尔床头："你们俩听到电话响了吗？"

"没有。"戴尔回答。

"听到了。"劳伦斯说。

"是格鲁姆班彻太太……"父亲欲言又止。他摆弄着手里的眼镜，把它叠起来又展开。然后他停止动作，把眼镜放回衣兜："格鲁姆班彻太太打电话来说，今天她在橡树山看到了詹森小姐……"

"詹森小姐，"劳伦斯重复道，"你是说，吉姆·哈伦的妈妈？"劳伦斯一直不明白，哈伦的妈妈为什么和儿子不是一个姓……更不明白这位"小姐"为什么有个儿子。

"嘘。"戴尔示意弟弟闭嘴。

"是的。"父亲隔着毯子拍了拍劳伦斯的腿,"吉姆的妈妈。她告诉格鲁姆班彻太太,吉姆出了点意外。"

戴尔觉得自己的心骤然往上一提,然后猛地沉了下去。今天下午他和凯文还去找过哈伦——麦克不在,他们凑不够人打球——但哈伦家房门紧锁,里面黑漆漆的。他们还以为哈伦跟妈妈走亲戚去了,或者趁着周日办点别的什么事情。

"出了意外,"过了足足一分钟,戴尔才重复了一遍,"他死了吗?"直觉立即告诉他,哈伦肯定死了。

戴尔的父亲眨了眨眼:"死了?没有,孩子,吉姆没死。但他伤得很重。今天格鲁姆班彻太太碰见他妈妈的时候,他还人事不省地躺在橡树山医院里。"

"到底出了什么事?"戴尔问道。他感觉自己的声音又干又涩。

父亲搓了搓脸:"他们也不确定。看起来像是吉姆爬上了学校教学楼的外墙……"

"老中心学校!"戴尔倒吸一口凉气。

"是的,他沿着街对面那幢校舍的外墙爬了上去,结果摔了下来。今天早上穆恩太太发现他躺在那里。当时她本来打算去学校的垃圾箱里翻找报纸和易拉罐……呃,吉姆要么是昨天晚上摔下来的,要么是今天一大早。现在他还没清醒过来。"

戴尔舔了舔嘴唇:"他伤得有多重?"

父亲犹豫了一下,似乎正在组织语言。他隔着毯子拍了拍两个儿子的腿:"格鲁姆班彻太太说,詹森小姐告诉她,吉姆不会有事的。虽然他还没有恢复意识。她说他摔到了头,有些严重的脑震荡……"

"什么是脑震荡?"劳伦斯瞪大眼睛问道。

"就像你的脑子摔出了瘀青，或者头骨摔裂了，"戴尔低声解释，"别插嘴，听爸爸说。"

他们的父亲微微笑了一下："他也不算是彻底昏迷，只是还没有清醒。医生说，对于头部严重受伤的病人来说，这种情况很正常。我猜他的肋骨也断了几根，某条手臂还有几处骨折……格太太没说是哪边。看起来，吉姆从挺高的地方摔了下来，然后砸在了垃圾箱边缘。要不是箱子里比较软的垃圾帮他缓冲了一下……呃……"

劳伦斯霍地坐起身来："他会摔成一摊烂泥，就像麦克的小猫一样，对吧，爸爸？去年夏天，那只猫就是在哈德路上被碾死的。"

戴尔使劲拍了弟弟的胳膊一下。没等老爸开口责骂，他抢先说道："我们可以去橡树山看看他吗，爸爸？"

父亲又取出了兜里的眼镜。"当然。我没理由不让你们去。不过咱们得等几天。等到吉姆清醒过来，医生检查确认了没事再说。要是他的病情恶化，或者一直没醒过来，他们可能会把他转去皮奥里亚的医院……"他站起来，最后一次拍了拍劳伦斯的腿，"不过要是他感觉好点了，我们这周就去看他。你们俩看书别看太久，好吗？"他走向门口。

"爸爸，"劳伦斯喊了一声，"如果哈伦是昨天晚上出去的，他妈妈怎么会不知道呢？为什么直到今天早上都没人找过他？"

一丝怒意从他们父亲的脸上闪过，但他生的不是劳伦斯的气："我不知道，孩子。也许他妈妈以为他在家睡觉，或者吉姆是今天早上跑出去爬学校的楼的。"

"不可能。"戴尔说，"在我认识的所有孩子里，哈伦是睡得最晚的一个。我敢打赌，他肯定是昨晚跑出去的。"戴尔想到了昨晚的免费电影，想到了当时的闪电和第一波雨滴，观众纷纷躲进车里或者蜷缩在树下，冒着雨继续看罗德·泰勒大战莫洛克人。但雨下得太大，第二场电影被迫取消，他和劳伦斯只能跟着麦克的姐姐和她那个傻瓜男朋友一起走回了家。

哈伦为什么会跑去爬老中心学校？

"爸爸，"戴尔说，"你知道哈伦爬的是哪儿吗？教学楼的哪个位置？"

父亲皱起眉头："呃，他摔到了停车场旁边的垃圾箱里，所以我猜，他爬的应该是这边的墙角。今年你们的教室就在这个位置，对吧？"

"嗯。"戴尔回答。他推测了一下哈伦的攀爬路线——那家伙可能是顺着下水管和角落的石脊爬上去的，而且他肯定爬到了教室外面的窗台。天哪，就是这条路。真是活见鬼，哈伦去那儿干吗？

父亲仿佛知道戴尔在想什么似的，他问道："你们知道吉姆为什么会爬到老教室外面去吗？"

劳伦斯摇着头抱紧了怀里破破烂烂的熊猫玩偶，他一直叫它"泰迪"。戴尔也摇头答道："我不知道，爸爸。也想不出来为什么。"

父亲点了点头："明天晚上和星期二我都得出差，但我会打电话回来关心你们——我也会关注你们那位小朋友的情况……如果你们想去的话，这周晚几天我们就去看望吉姆。"

两个男孩都点了点头。

父亲离开以后，戴尔试图继续看书，但泰山在失落城市里的冒险之旅突然显得很蠢。当他终于决定起身关灯的时候，劳伦斯的手越过两张床之间的空隙探了过来。睡觉的时候，劳伦斯总爱拉着哥哥的手，为此他甚至甘冒被床底怪物抓住的风险。大多数情况下，戴尔不会同意，但是今天他握住了弟弟的手。

两扇窗户的窗帘都没拉紧。树叶的影子在纱窗上投下斑驳的图案，戴尔听到了蟋蟀的鸣唱和树叶的轻响。从这个角度，他几乎看不见老中心学校，但却能看见学校北门附近那唯一一盏街灯昏暗的光晕。

戴尔闭上眼睛，但就在他快要睡着的那个瞬间，一幅画面浮现在他眼前：哈伦躺在垃圾箱里，周围全是破碎的板子和其他垃圾。黑暗中范·锡克、罗恩和其他人簇拥在垃圾箱旁边，低头看着昏迷的男孩，心照不宣地露出诡秘的笑容，老鼠般的牙齿和蜘蛛般的眼睛闪闪发亮。

戴尔一下子醒了过来。劳伦斯已经睡着了，他依然紧抱着怀里的泰迪，鼻子里微微打着鼾。一条细线从他嘴角垂落下来，打湿了枕头。

戴尔静静地躺在那里，连大气都不敢出。他没有松开劳伦斯的手。

9

星期一一大早，杜安·麦克布莱德天还没亮就醒了。他迷迷糊糊地觉得自己必须赶紧起床干完杂活儿，再跑到小路尽头去坐校车。就在这时候，他终于想起来了，今天是星期一，暑假的第一个星期一，而且他再也不用去老中心学校了。想到这里，男孩立即觉得肩膀一松，于是他吹着口哨上了楼。

老头子留了张纸条：他一大早就得去公园咖啡馆跟朋友共进早餐，但下午他会早点回来。

杜安开始干上午的杂活儿。去鸡舍里捡蛋的时候，他想起自己小时候最怕好斗的母鸡。但那是一段美好的记忆，因为母亲在他脑子里留下的印象不多，这恰好是其中之一，哪怕他只记得她的波点围裙和温暖的声音。

吃完两个鸡蛋、五片培根、吐司面包、炸薯饼和一个巧克力甜甜圈组成的早餐以后，杜安终于做好了再次出门的准备。后院牧场的水箱泵需要清理，还得换个新滑轮。就在这时候，电话响了，是戴尔·斯图尔特。听到吉姆·哈伦受伤的消息，杜安没有说话。戴尔停顿了一秒，却没等到期待的回应，于是他继续告诉杜安，麦克·奥罗克让大家早上10点去鸡舍碰头。

"为什么不来我家鸡舍碰头呢？"杜安反问。

"你家鸡舍里有鸡。另外，要去你家，我们全都得骑上一大段路。"

"我没有自行车，"杜安说，"只能自己走过来。要不就去涵洞里那个秘密据点，你觉得如何？"

"你是说山洞？"戴尔问道。杜安听出了电话对面那个同样11岁的男孩声音里的迟疑。其实今天就连杜安自己也不太想去涵洞。

"好吧。"最后杜安还是妥协了，"10点鸡舍见。"挂断电话以后，他在厨房里坐了一会儿，琢磨着下午的杂活儿又多了一倍。最后他耸耸肩，找出一根糖果棒预备路上补充能量，然后出了门。维特摇着尾巴在院子里等他，这次杜安不打算把老伙伴留在家里。高高的云层遮挡了些许暑热，气温只有80华氏度出头，他觉得让维特锻炼一会儿也不是坏事。

杜安回到屋里，在自己的裤兜里装满了狗饼干，又拿了一根糖果棒准备当午饭吃。一人一狗沿着门前的小路向外走去。杜安自己从来没想过，但远远望去，这对搭档看起来十分古怪——男孩走得慢吞吞的，心不在焉；由于关节炎的缘故，维特根斯坦已经有点瘸了，所以它走起路来小心翼翼，就像赤脚踩在滚烫石子上的四足动物，如果它闻到了什么气味却看不清楚，它总会睁大眼睛凑上前去试图分辨。

山坡底下的树荫让他们喘了口气，但沿着台阶爬往坡顶的黑树酒馆时，杜安的格子法兰绒衬衫已被汗水浸透。酒馆门前停了好几辆车，老头子的皮卡不在其中，但杜安猜测，他和朋友共进"早餐"的地点大概已经从公园咖啡馆换成了镇上的卡尔家酒馆。

男孩带着狗向西拐进朱比利学院路的时候,云层已经散开,远处的水塔在热浪中闪烁着微光。杜安望着左右两侧的玉米地,跟自家玉米的长势比较了一下。他家的玉米比这里的高几英寸。他又沿着铁丝网找了找黄色的标牌,试图弄清这些玉米的牌子和品种。犹如实质般的阳光沉甸甸地砸在他的脸上和肩上,杜安无声地骂了自己几句,他竟然忘了戴帽子。维特闷头跟着主人往前走,只是偶尔闻到一丝有趣气味的时候才会抬起头寻找一番,或者一头扎进路边排水沟沾满灰尘的野草丛里。但它的调查常常被铁丝网阻断,于是老边牧只能一瘸一拐地跑回公路上耐心等待的主人身边。

碰到那辆卡车的时候,杜安离镇子北面的水塔和弯道已经不到四分之一英里了。他的鼻子和耳朵几乎同时捕捉到了线索,肯定是那辆收尸车。维特抬起头,睁开半盲的眼睛四处寻找气味和噪声的来源,杜安抓住它的项圈,把它拉到了石子路边上。走在公路上的时候,杜安最讨厌有卡车从身边经过;沙砾会钻进他的眼睛、鼻子和头发,让他难受好几个小时。要是路上遇到的车太多,有时候他甚至不得不洗个澡。

杜安站在草丛边缘,突然意识到卡车逼近的速度快得异乎寻常。没错,肯定是那辆收尸车。方圆几英里内,驾驶室和栏板都漆成红色的卡车能有几辆?挡风玻璃像镜子一样反射着炫目的阳光,这辆车不仅时速高达五六十迈,而且不像普通车辆那样靠着路左或者中间行驶。想到飞溅的石子,杜安拉着维特又往后退了几步,现在他们已经被逼到了排水的浅沟边缘。

卡车贴着公路右侧呼啸而来,保险杠毫不留情地擦过野草丛,庞大的车身以50迈的时速径直冲向杜安和他的狗。

杜安没时间思考。他弯腰抱起维特,不假思索地跳到排水沟对面,差点儿一头撞上带刺的铁丝网。卡车从他们身边3英尺外擦了过去,扬起一大团灰尘、石子、垃圾和植物残桩,惊慌的老边牧拼命挣扎，杜安险些没抱住它。

收尸车带着一阵尘雾再次拐回公路，杜安看到了车厢里的尸体：几头牛、一匹马、两头猪，似乎还有一条苍白的狗。

"妈的！"他怒吼着跑到石子路上，怀里依然抱着吓坏了的老狗。他的双手都被占着，没法挥拳，所以杜安只能愤愤地朝卡车的背影吐了一口唾沫。就连他的唾沫都裹满了灰尘。

卡车开到水塔下面就向左拐了个弯，轮胎轧在柏油路面上的声音清晰可闻。

"该死的蠢货。"杜安喃喃咒骂。平时他几乎从不说脏话，但现在他只想骂个痛快："白痴，胆小鬼，混账东西。"维特呜咽着在他怀里挣扎，杜安突然意识到这条老狗真的很沉，他还感觉维特的心脏怦怦直跳，强有力的脉搏一阵阵冲击着他的小臂。他走到车辙密布的公路中间把维特放了下来，然后温和地抚摸它的皮毛，轻声安抚着它。

"没事的，维特。别怕，我的老朋友。"他柔声呼唤，"那个头脑简单的看门人是个蠢货，文盲，混账！他没有伤到我们，对吧？没有。"轻柔的嗓音让老边牧渐渐平静下来，但强劲的心跳仍有力地冲击着它的肋骨。

事实上，杜安刚才没看见方向盘后面的范·锡克。卡车呼啸而来的时候，他只顾得上抱起维特退到铁丝网边上，根本没时间朝驾驶室里张望，但他毫不怀疑，开车的铁定是那个疯子看门人兼流氓收尸人。哼，他的恶行很快就会传遍全镇。往小溪里扔猴子尸体，吓坏了一群小孩，这是一回事，试图杀死某个孩子，那又完全是另一回事了。

杜安突然意识到，范·锡克，或者说刚才那个司机的确想杀他。这不是什么恶作剧，也不是什么疯子的警告。那辆车径直朝他冲了过来，只是它的速度实在太快，撞上浅沟以后车身又歪了一下，所以他才幸免于难。只差36英寸。要不是这样，很快大家就会在野草丛里发现我的尸体，杜安想道。还有维特的。他们不会知道凶手是谁。粗心大意的孩子加上肇事逃跑的司机，这只是一场意外而已。杜安记得刚才自己的背狠狠擦在带刺的铁丝网上，他反手摸了摸，结果看到了一手鲜红的血。更糟糕的是，他的衬衫也撕破了两道大口子，只能回头自己缝补。

杜安继续安抚着维特，但是现在，男孩自己抖得比刚才的老边牧还厉害。他腾出一只手从裤兜里掏出一块狗饼干喂给维特，然后又给自己拿了根糖果棒。

收尸车绕过水塔，掉头开了回来。

杜安目瞪口呆地站在原地，完全忘了嚼嘴里的糖果棒。的确是那辆收尸车，他清晰地看到了尘雾前方的红色驾驶室和巨大的保险杠。现在卡车的速度放慢了一点，但时速至少还有30迈。在这样的速度下，重达3吨的车身足以在瞬间将维特和他变成路边的尸体。

"见鬼。"杜安真心实意地骂了一句。维特呜咽着试图挣脱，但杜安紧紧抓着它的项圈。

杜安拖着老狗奔向公路左侧，仿佛打算钻进南边的玉米地。排水沟里长满了野草，而且实在太浅，几乎不可能阻挡卡车。

收尸车沿着公路右侧摇摇摆摆地开了过来，正对着杜安的方向。转眼间它已经碾过了一半距离，杜安看到了驾驶室里司机的身影。那个男人个子很高，现在他正躬身向前，专心致志地开车，或者说瞄准。

杜安抓住维特的项圈，拖着惊恐的边牧穿过公路。维特的前腿绷得笔直，完全动弹不得，低垂的爪子划过路面的石子。他把维特推到了沟里。

收尸车向左转了个弯，直接冲出路面，颠簸着碾过沟渠，左边的轮子几乎轧到了铁丝网上。前保险杠下方破碎的草叶四处飞溅，空气中全是车轮扬起的尘埃。

杜安回头望了一眼，绝望地期盼另一个方向正好有车路过，某个大人突然出现，或者他自己赶紧醒来。

现在卡车离他已经不到100英尺了，而且它似乎正在加速。

杜安意识到，他没时间抱着维特再穿到公路对面了。就算他的动作够快，在他努力翻越铁丝网的时候，卡车很快就会追到他们身后。

维特根斯坦疯狂地叫了起来，浑身痉挛的老边牧已经吓得完全失去了理智，它甚至狠狠咬了杜安的手腕一口。电光石火间，杜安想了想要不干脆把它放下，让它自生自灭，然后他意识到，维特一点机会都没有。这条老狗的关节太僵，视力又太差，恐慌带来的大量肾上腺素也于事无补。

收尸车就在20码外，而且还在继续逼近。它的左前轮卡在了铁丝网腐烂的固定桩上，但沉重的车身直接把那根桩子从地里拔了出来。整片铁丝网像破碎的竖琴般嗡嗡颤动起来。

杜安弯腰抱起维特，然后举起老伙计奋力扔向铁丝网另一面的田野。维特侧身摔倒在三排玉米后面，挣扎着试图站起来。

没时间观察了，杜安抓住一根细木桩，借力往上一蹿，整片围栏都摇晃起来。铁丝上的尖刺扎进了杜安的左手，他的脚太大，很难塞进方形的网格，运动鞋卡在了铁丝网上。

天地间仿佛只剩下收尸车的轰鸣声和满天的灰尘，那道猩红的金属墙正在不怀好意地朝他逼近。挡风玻璃反射着耀眼的阳光，驾驶室里司机的身影淹没在刺目的光晕中。现在收尸车和他之间的距离只剩下不到30英尺了，巨大的卡车颠簸前行，一根又一根木桩被滚滚的车轮拔出地面。

杜安干脆甩掉运动鞋，打着赤脚耸身向上，感到铁刺从自己的肚皮上划过，然后重重栽倒在玉米地边缘的软泥中。男孩喘着粗气顺势一滚，几株玉米被他压在身下。

卡车失去了目标，杜安刚刚借力的那根桩子也被拔出了地面，碎裂的铁丝、草叶和石子四下飞溅。

杜安跪坐在地，肥沃的泥土支撑着他的膝盖，他觉得头晕目眩。法兰绒衬衫早就撕成了破布，上腹部撕裂的皮肤渗出的鲜血滴落在灯芯绒裤子上，他的双手更是血肉模糊。

收尸车趔趄着转回了公路那边。透过浓重的尘雾，杜安看见它的刹车灯亮了起来，就像一双血红的眼睛。

杜安转头四顾，寻找维特的身影。老狗躺在两排玉米后面，似乎还没清醒过来。于是他又回头望向卡车。收尸车笨拙地向左一拐，一头栽进了排水沟里。它的后轮仍在转动，搅得地上的石砾像鸟枪子弹一样向外飞溅。杜安听到小石子砸得对面田间的玉米叶噗噗作响。随后卡车往后倒了一点，趔趄着碾过公路对面的排水沟，长长的引擎盖转向杜安这边，车身再次开始加速。

杜安连滚带爬地奔向维特的方向，男孩一把抱起软绵绵的老狗，拼命钻向玉米地深处。这里的玉米还没长到齐腰高，维特的尾巴无力地拖在地上。北边1英里内除了玉米什么都没有，远处竖着另一道铁丝网和几棵小树。

杜安没有停步，更没有回头，虽然他已经再次听见了卡车越过沟渠、破开铁丝网的声音，听见车轮毫不留情地碾过玉米秆。

几天前刚下过雨，杜安一边艰难地跋涉，一边想道。维特软绵绵的身体沉甸甸地压在他臂间。只有微弱的喘息声和肋骨的轻微颤动表明它还活着。两三天前刚下过雨，所以地面大概有1英寸厚的浮尘，但下面全是……泥巴。上帝保佑，下面一定得是泥巴。

现在那辆卡车和他一起钻进了地里。杜安已经听见了发动机的轰鸣和变速箱刺耳的摩擦声，就像一头巨大而疯狂的野兽在他身后紧追不舍。牲畜死尸的恶臭愈加浓郁。

杜安拼尽全力向前挪动。他考虑了一下是不是应该停下脚步转身直面卡车，等到最后一秒再朝侧面纵身一跃，就像身手敏捷的斗牛士一样，绕到那辆该死的卡车背面，找块石头砸它的挡风玻璃。

但他的身手不够敏捷。再说他还抱着维特。他只能一步步向前挣扎。

身后的卡车离他只有40英尺，然后是20英尺、15英尺。杜安迈开脚步试图奔跑，但他最多只能加大一点步伐。玉米叶抽打着他的皮肤，维特的皮毛上沾满了花粉。他意识到刚才自己跨过的那排土垄又宽又湿，原来这里有一条粗糙的灌渠。他没有停步。

在他身后，引擎和轮胎的轰鸣突然变成了低沉的呜咽，随后又化作不甘的怒吼。

杜安回头瞥了一眼。卡车的车身歪成了一个奇怪的角度，右后轮正在疯狂地转动，泥巴和破碎的植物顺着旋转的车轮在空中划出一道道弧线。

杜安继续向前，尽量踢开可能刮到维特眼睛的玉米秆。当他再次回头的时候，卡车已经被他甩开了100英尺，车身的角度依然奇怪，但它已经开始前后挪移，试图摆脱泥泞。

杜安望着北边散落的田地，脚下丝毫没有停顿。铁丝网另一面是约翰逊家的牧场……再往前就是东北面的小树林，绵延的树林一直通往黑树酒馆。那边有山。溪边还有一条深沟。

往前走十排再回头。

现在他浑身汗如雨下，再加上血和灰尘，他觉得两片肩胛骨之间的后背痒得要命。维特的身体抽搐了一下，腿微微一抖，它小时候梦到抓兔子或者其他什么猎物的时候也会这样。随后，维特的身体再次放松下来，安心地将一切托付给了主人。

八排。九排。杜安踢开一株玉米，回头望去。

卡车已经摆脱了那片泥泞，车轮重新开始滚动。但现在它正在后退。收尸车在玉米地里后退，车身左摇右摆，但它真的在退。

杜安没有停步。他继续挪向北边的铁丝网。现在他离那道围栏已经不到100码了。虽然他已经听见了轮胎的哀鸣和变速箱换挡的声音，听见远处传来卡车加速时车轮摩擦石子的声音。

这里没有路。它追不上我。只要我钻进树林，远离公路和车道，就能一路逃回自家后院的牧场。

杜安尽量温柔地将维特送到铁丝网另一面，然后翻过铁丝网，浑然不顾身上又添了几处伤口。直到这时候，他才允许自己休息了一小会儿。

他蹲在维特身边，手腕撑着受伤的膝盖大口喘气，听见自己激烈的心跳冲击着脆弱的鼓膜。片刻之后，他才抬头望向来路。

水塔清晰可见。再往南四分之一英里，他还能看到榆树港浓密的树荫。公路上空荡荡的，周围静得出奇。只有远处尚未落定的尘埃和田野尽头残破的铁丝网告诉杜安，刚才的一切不是他的梦。

他俯身拍了拍维特。但老边牧没动。它的双眼像玻璃一样无神。杜安低头屏息，脸颊贴向维特的肋骨，生怕自己粗重的喘息声淹没了其他细微的声音。

他没有听到心跳。也许早在他们翻过第一道铁丝网之前，维特的心脏就停止了跳动，只是陪伴主人的渴望让他继续挣扎着呼吸了那么长时间。

杜安抚摸着老伙伴窄窄的头颅，轻触它耳后稀薄的皮毛，试图用手指帮它合上双眼。但维特的眼睑固执地不肯合拢。

杜安跪在那里，巨大的疼痛充斥着他的胸腔和喉咙，但这份疼痛与他身上的伤口和瘀青全然无关。胸腔里的疼痛骤然膨胀，梗塞的情绪瞬间炸开，但他既不能把它吞下去，又无法通过泪水将它宣泄出来。他觉得自己快要窒息了，他只能张开嘴巴大口大口地吞咽空气，抬头望向云彩散尽的湛蓝天空。

杜安跪在玉米地里，伸出仍在流血的双手无力地拍打地面。他向维特和上帝起誓，他不信有人会为此付出代价。

整个自行车巡逻队只有麦克·奥罗克和凯文·格鲁姆班彻按时出席了麦克发起的会议。凯文紧张地从鸡舍这头踱到那头，神经质地摆弄着手里的橡皮筋，但麦克只是耸了耸肩。他意识到，在这么个夏天的上午，戴尔和其他人有更好的事情可以做，所以他们才没有傻乎乎地跑过来开会。

"算了，小凯。"他四仰八叉地躺在弹簧外露的破沙发上说道，"下次见面的时候我再跟他们聊。"

凯文停下脚步嘟囔了一句，然后再次沉默下来。就在这时候，戴尔和劳伦斯突然出现在门口。

戴尔显然十分激动：他双眼放光，一头短发乱得像鸡窝。劳伦斯也很兴奋。

"怎么了？"麦克问道。

戴尔喘着粗气抓住了门框："杜安刚才打来了电话——范·锡克想杀他。"

麦克和凯文瞪大了眼睛。

"真的。"戴尔吸了口气，"他打电话给我的时候，警察刚刚到场。他先是打电话去卡尔家酒馆叫他爸回家，然后才打给了巴尼。杜安本来以为范·锡克可能会追杀到他家里，结果那个浑蛋没来，所以他爸回来以后不太相信他的话，但他的狗死了——不是范·锡克杀的，不过从某种程度上说，也可以算是他杀的，因为——"

"等等。"麦克打断了他的话。

戴尔愕然闭嘴。

麦克站起身来："从头开始说，我们去野营的时候你不是挺会讲故事的吗，重要的事情放在最前面。杜安现在没事吧，范·锡克是怎么追杀他的？"

戴尔一屁股坐在麦克刚腾出来的沙发上，劳伦斯在地板上找了块垫子，凯文一动不动地站在原地，手里的橡皮筋无意识地翻着复杂的花样。

"好吧。"戴尔停顿了几秒钟，想了想该怎么说，"杜安刚才打电话说，大约半小时前，范·锡克——他认为那是范·锡克，不过他也没真正看见对方——有人在朱比利学院路上开着范·锡克的收尸车，想把他撞死。就在离水塔不远的地方。"

"天哪。"凯文低声惊叫。麦克瞥了他一眼，他立即闭上了嘴巴。

戴尔点点头，双眼微微有些失神，因为他正在努力回忆。然后他想起来了："杜安还说，那辆车本来想在公路上撞他，但他逃进了玉米地里，于是卡车冲破铁丝网追了过去。他说他的狗就是那时候死的——可以说是吓死的。"

"维特？"劳伦斯问道。小男孩的声音有几分痛楚。每次跟哥哥去杜安家，劳伦斯都要跟那条老边牧玩上好几个小时。

戴尔又点了点头："最后杜安只能借道约翰逊家的玉米地，沿着尸体溪穿过树林回到了自己家里。奇怪的是——"

"怎么？"麦克轻声问道。

"奇怪的是，杜安说他把那条狗一路抱回了家。他没把维特留在原地，回头再去处理。"

劳伦斯点点头，仿佛完全理解杜安的做法。

"他就说了这么多？"麦克追问，"那他有没有说，范·锡克为什么要追杀他？"

戴尔摇摇头。"他说当时他什么都没干，就是走在路上而已。之前我打电话跟他说了碰头的事。他说那辆车不像是在开玩笑——不像J.P.康登或者其他混——"戴尔瞥了弟弟一眼，"不像那些开皮卡的老家伙，总爱转个急弯吓你一跳。杜安还说，不管当时是谁开的那辆收尸车，那个人是真的想杀了他和维特。"

麦克点点头，显然沉浸在自己的思绪里。

戴尔用手指梳了梳乱蓬蓬的头发："然后他就挂了电话，因为巴尼去了他家。"

凯文收起指尖的翻绳："他是从家里给你打的电话？"

"没错。"

凯文望向麦克："这和你想跟我们说的事有关吗？"

个子最高的男孩猛地甩开自己脑子里的幻想。"也许。"他瞥了一眼屋子外面，他们的自行车横七竖八地躺在院子里，"咱们走吧。"

"去哪儿？"劳伦斯问道。他正咬着自己的羊毛棒球帽帽檐。紧张或者心不在焉的时候，他总会习惯性地咬东西。

麦克微微一笑："你觉得杜安会带巴尼和他爸去哪儿？如果那辆卡车追着他开进了地里，现场应该会留下很多车辙之类的痕迹。"

四个男孩奔向院子里的自行车。

巴尼果然在场。他那辆绿色的庞蒂克停在路边，车门上"治安官"几个金字早已褪色；杜安老爸的皮卡和 J.P. 康登的黑色雪佛兰也停在旁边。杜安和他爸站在铁丝网撕开的豁口旁，杜安正低声说着什么，偶尔抬手指指玉米地里深深的车辙。巴尼一边点头，一边在他的小线圈本上做着笔记。J.P. 站在旁边抽雪茄，他望向杜安的眼神特别阴森，仿佛这个男孩才是嫌犯。

戴尔和其他几个孩子在 30 英尺外停了下来。康登暂时丢下杜安，往草丛里吐了口唾沫，大声呵斥远处的男孩，想把他们赶走。麦克和其他男孩胡乱点了点头，但却不肯挪步。

杜安的父亲正在说话："我希望你立即逮捕他，霍华德。"巴尼的真名叫霍华德·西尔斯。"那个天杀的蠢货竟想杀我儿子。"

巴尼一边点头一边做着笔记："事实上，马丁，我们没有任何证据能证明开车的人就是卡尔·范·锡克……"

麦克瞥了戴尔、凯文和劳伦斯一眼，男孩们也都看着他。他们以前从没听人提起过范·锡克的名字。

"而且你儿子说，他也没看清楚。"趁着麦克布莱德先生再次发火之前，巴尼快速说完了这句话。

杜安老爸的脸涨得通红，眼看他马上就要发作，J.P. 康登将雪茄从一边嘴角挪到另一边嘴角，开口说道："肯定不是卡尔。"

巴尼转了转自己的帽子，朝着太平绅士抬起一边眉毛。戴尔站在30英尺外琢磨，巴尼长得一点都不像电影里那个警官。霍华德·西尔斯警长个子不高，头顶微秃，佝偻的身姿和总是瞪得溜圆的眼睛倒真有几分唐·克诺茨的神采。不过说真的，他完全不像《安迪·格里菲斯秀》里的警长。但人人都叫他巴尼。

"你怎么知道不是卡尔？"巴尼质问身材肥硕的太平绅士。

康登又挪了挪嘴角的雪茄，轻蔑地瞥了杜安和他爸一眼，似乎完全不想在这两个白人垃圾身上浪费时间。"我当然知道，因为我一上午都跟卡尔待在一起。"他取下嘴里的雪茄，又吐了口唾沫，咧嘴笑了，他的牙齿颜色跟雪茄差不多，"卡尔和我在斯蓬河的高速公路桥下钓了会儿鱼。"

巴尼点点头。"开收尸车的一般都是范·锡克。"他的声音没有丝毫起伏，"我问过比利·戴辛格，他说他从去年夏天起就没碰过那辆车。"

康登耸耸肩，又吐了口唾沫："今天早上卡尔告诉我，昨晚有人从炼油厂附近把那辆车偷走了。"

麦克·奥罗克瞥了伙伴们一眼。破旧的炼油厂坐落在废弃的运粮机北面，离垃圾场不远。以前所有的牲畜尸体和公路上撞死的动物尸体都会被运到炼油厂去处理，虽然现在炼油厂已经荒废，但那股气味仍徘徊不去，有时候甚至会飘到镇子西北边缘，哈伦家就住在那片。

巴尼挠了挠短小的下巴："那你们怎么没说，J.P.？你和卡尔都没报案。"

康登耸耸肩，显得很不耐烦。他耳朵后面那撮仅存的短发楂儿看起来就像黄鼠狼的湿毛，戴尔想道，他的头顶似乎永远都晒不黑，反倒像鲤鱼肚皮一样泛着白光。

"我说过了，我们很忙。"小镇太平绅士傲慢地回答，"另外，我刚才还说过，某些天杀的小孩就爱捉弄人，你怎么知道这事儿不是那帮小浑蛋干的呢？"他冲着远处骑在自行车上的男孩们做了个手势。

巴尼漠不关心地抬头瞥了他们一眼。

康登跷起拇指指向杜安，声音提高了几分："谁又敢说这孩子不是跟他们一伙的？跟朋友合起伙来胡闹，浪费我们的时间，借此掩饰他们自己的失败和失控。说不定萨默森家的围栏和这里的一切都是他们……"

杜安的父亲大步踩过地上残存的铁丝网碎片，现在他的脸色阴晴不定，与其说涨得通红，不如说气得发紫："去你的，康登，你就是坨臭狗屎，撒谎成性的资本家。你该知道，我儿子——这几个孩子——这事儿绝不可能是他们干的。有人想谋杀杜安，想在这儿把他撞死。我只知道，你给那个名叫范·锡克的没进化好的野猴子找了那么多借口，其实那辆卡车就是你们俩偷的。这事儿你干得出来，为了赚点啤酒钱，你把那么多所谓的'超速者'送上了法庭，你这个蠢——"

巴尼挺身隔开两个男人，伸出一只手按在麦克布莱德先生肩头。他的动作看似漫不经心，但实际上应该不轻，因为杜安父亲的脸唰地变白了，他闭上嘴巴转开了头。

"啊，去他妈的。"太平绅士大步走向自己的车。

"叫卡尔来见我。"巴尼叮嘱。

康登甚至没有点头，他啪地甩上黑色雪佛兰的车门，转动钥匙开始打火。专门调试过的引擎轰鸣着醒了过来，太平绅士一溜烟奔向镇上，车轮后方的石子被甩出去足足20英尺。康登开着车呼啸而过，男孩们忙不迭地推着自行车跳到排水沟里。

麦克布莱德先生又跟警长说了几分钟话，他冲着玉米地不停比画，偶尔还会怒骂几句，但最后他的声音还是变成了低低的呢喃，只是仍有几分焦虑。巴尼低头做着笔记。杜安一直站在几英尺外的玉米地里，双臂交叉抱胸，厚镜片后面的眼睛显得十分冷漠。杜安的父亲和警长一边说话一边走回公路，男孩们把自行车扔在沾满灰尘的野草丛里，快步穿过铁丝网上的豁口冲到朋友身边。

"你没事吧？"戴尔第一个问道。他想伸手拍拍胖男孩的肩膀，但又觉得有些失礼。

杜安点点头。

"他真的杀了维特？"劳伦斯追问。8 岁男孩的声音有些发抖。

杜安又点了点头。"维特的心脏停止了跳动，"他澄清了一句，"它很老了。"

"真的有人想撞死你？"凯文问道。

杜安继续点头。

杜安的父亲开始叫他。胖男孩放下抱胸的双臂，轻声告诉伙伴们："情况不太对劲。我晚点再跟你们聊，如果能抽出空来的话。"他蹒跚穿过围栏上的豁口，走到父亲身边。巴尼跟他说了会儿话，最后警长将手放在杜安肩头，男孩们听见他说："我为你的狗感到遗憾，孩子。"然后巴尼似乎叮嘱了杜安的父亲几句，这才跳进庞蒂克离开了现场。小车沿着石子路开了出去，治安官特地放慢速度，免得其他人被灰尘呛到。

杜安和他爸在原地站了片刻，父子俩望着远处的田野，然后钻进皮卡，掉头沿着朱比利学院路驶向县 6 号公路。杜安没有挥手。

四个男孩在玉米地里待了一会儿，他们都看见了地里深陷的车辙和碎裂的玉米秆。男孩们不时抬头张望，仿佛杜安那条边牧的鬼魂随时可能穿过齐腰高的玉米朝这边跑来。

"喂。"凯文转头四顾，最后才喊了一声。地里没有一丝风，天上的云朵重新开始聚集，周围听不见任何声音，也看不见任何动静。"要是那辆收尸车又回来了该怎么办？"

八秒钟内，男孩们全都跳上自行车奔向镇子，车轮后面扬起一小片石子。戴尔刻意控制速度，生怕劳伦斯掉队，但8岁男孩17英寸的自行车冲得很快，他先是飞快地掠过了哥哥的大车，然后又超过了凯文，最后将麦克那辆红色的破车也甩在了后面。

直到安全地回到镇上，男孩们这才放慢了速度。榆树和橡树的枝叶在高处招摇，他们喘着粗气，惬意地坐直身体松开车把，胳膊垂在身侧，任由自行车轻快地掠过德宝街，经过戴尔家和老中心学校门前。路过凯文家的时候，男孩们竞相跳到凉爽的草地上，让自行车一头撞上车道旁边的小坡。他们还在微微喘气，乱糟糟的短发湿淋淋的。

"哎，"等到劳伦斯终于能开口说话的时候，他好奇地问，"什么是资本家啊？"

10

男孩们热烈讨论了一会儿杜安·麦克布莱德遇袭事件，不过半小时后，他们就对这个话题失去了兴趣，决定一起去打球。麦克推迟了自行车巡逻队开会的时间，要么等到大家打完球，要么看杜安什么时候能回到镇上。

镇上的球场在凯文和戴尔家后面，要去球场，镇上的大部分孩子需要翻过斯图尔特家的篱笆，栅栏粗壮的木桩间呈对角线钉着一道道斜拉的木条。正是出于这个原因，对孩子们来说，斯图尔特家的车道和狭长庭院的西侧简直就是通衢大道。戴尔和劳伦斯对此并不介意，他们家也顺理成章地成了孩子们的据点。戴尔的妈妈不反对孩子们在他家碰头，事实上，她常常拿三明治、柠檬水和其他零食招待儿子的小伙伴。

这一天刚开始的时候，他们的即兴比赛进展缓慢。第一个小时里场上只有四个人，凯文和戴尔对阵麦克和劳伦斯，双方轮换投球。不过到了午饭时分，格里·戴辛格、鲍勃·麦康、唐娜·卢·佩里和桑迪·惠塔克也来了，桑迪击球的技术不错，只是投起球来女孩气十足，不过她是唐娜·卢的朋友，而唐娜·卢是两支队伍都想要的香饽饽。又过了一会儿，来自所谓"高尚社区"的孩子们也加入了游戏：查克·斯珀林、迪格尔·泰勒、巴里·福斯纳还有汤姆·卡斯塔纳蒂。另一些孩子也听到了球场上的喧闹，看到了聚集的人群，总而言之，到了半下午的时候，他们的比赛已经进行到了第三场，两支队伍都扩展成了人员齐备的球队，甚至还有人轮换替补。

查克·斯珀林想当队长。他每次都想当队长。他的父亲组织了榆树港唯一的小联盟球队，所以查克顺理成章地当上了队长兼投手，虽然他投球的技术只比桑迪·惠塔克好那么一点。不过今天，谁也没买他的账。第四场比赛开始的时候，麦克做了第一支球队的队长，第二个站出来挑人的是卡斯塔纳蒂，这个安静的大块头男孩拥有全镇最好的球棒（他击球的技术确实不赖，但他之所以能当上队长，主要还是因为那支漂亮的灰白色路易斯维尔牌球棒，那是他爸爸托芝加哥白袜队的朋友给他弄回来的）。

麦克先挑了唐娜·卢，大家都心服口服。唐娜是全镇最棒的投手，要是小联盟允许女孩加入的话，队里的大部分男孩，或者至少是不怕查克·斯珀林他爸的那些男孩，都会主动要求让她来当投手，好让球队赢上几场比赛。

即兴比赛最后多少演变成了镇北的穷孩子——也就是戴尔他们这边——对阵镇南的富孩子。虽然大家都穿着一样的牛仔裤和白 T 恤，但两拨孩子的手套大有区别：斯珀林和南边来的孩子们都戴着崭新的棒球手套，这些手套相对比较大，看起来也很挺；而戴尔和其他孩子戴的都是父亲传下来的手套，旧得连手心里接球的凹窝都被压平了。它们看起来更像是普通手套，不像斯珀林和泰勒的棒球手套那么轮廓分明，皮革味儿十足，所以接起球来很疼，但男孩们并不在乎。这是比赛的一部分，和他们在球场上收获的瘀青和擦伤没什么两样。这群孩子从来不玩垒球，除非达比特太太或者学校里的哪头老母羊执意坚持。哪怕他们有时候被迫选择了垒球，但只要老师一走开，孩子们立即就会改玩棒球。

可是现在，玩得起劲的孩子们早就把老师丢到了脑后，斯图尔特太太给大家送来了一篮熏肉肠和花生果酱三明治，还有满满一罐酷爱牌饮料，比赛因此进入了第七局的暂停时段，虽然现在他们才打到第二局。经过短暂的休息，孩子们又回到了球场上。天空还是灰蒙蒙的，但热意早已卷土重来，气温回升到了 90 多华氏度，湿气像一堵墙一样结结实实地压在每个人身上，但孩子们不在乎。他们大声喊叫玩耍，挥棒击球，奔跑抢垒，在替补区和球场间来回蹦跳，为谁该上场轮换、谁霸占位置的时间太长吵架拌嘴，但总的说来，现在球场上的气氛比大部分小联盟球队和谐。有时候大家会善意地起起哄，尤其是在斯珀林坚持要当投手，却在 4 局之内丢掉了 5 分的时候，也会互相开开玩笑，不过大多数时候，场上的所有男孩和两个女孩都玩得很认真，无言的专注笼罩着整个球场，甚至有几分禅和诗的意境。

在这场镇南富孩子和镇北中下层孩子——虽然他们自己完全没有意识到这样的分野——的对决中，北边的孩子大占上风。第一场比赛里，卡斯塔纳蒂击球成绩良好，他们队得到的 6 分里有 4 分是他拿下的，但其他击球员基本都不是唐娜·卢的对手。麦克、戴尔和格里·戴辛格大展雄风，每个人至少拿下了 4 分。第二场 9 局比赛结束后，麦克的队伍大获全胜，两场比分分别是 15：6 和 21：4。然后他们打乱队伍重新分配队员，开始进行第三场比赛。

如果迪格尔·泰勒、麦康和其他几个孩子没跟唐娜·卢分到同一支队伍里的话，事情或许不会发生。比赛进行到第三局，唐娜已经连续做了 21 局的投手，但她的手臂还是一如既往地强壮有力。查克·斯珀林第一百万次被她三振出局，麦克的队员们小跑着回到场边。劳伦斯第一个站了起来，其他人也有样学样，他们靠在挡球网上，双腿伸得老长：十个孩子都穿着白色的 T 恤和褪色牛仔裤，乍看之下简直一模一样。桑迪玩得有点累，所以当贝姬·克莱默和几个朋友从场边路过，她就跟她们一起走了，现在场上的女孩只剩下了唐娜·卢一个。

"真讨厌，我们这两支队伍简直分不清。"迪格尔·泰勒抱怨道。

麦克撩起 T 恤擦了擦额头上的泥巴和汗："什么意思？"

泰勒耸耸肩："我是说，咱们穿的衣服一模一样，感觉不太愉快。你看，你根本分不清谁和谁一边。"

凯文清了清嗓子，和往常一样小心翼翼地吐了口唾沫："你觉得我们需要队服之类的东西？"这主意听起来很蠢。就连镇上的小联盟也没有带球员编号的正经队服，只是在衣服上印了个球队标志，而且那个标志洗上十几次就没了。

"也不是。"泰勒回答，"我只是觉得我们可以选一队不穿衣服。"

"咦，这主意不错！"鲍勃·麦康响应。鲍勃和戴辛格是邻居，他们两家的房子都是防水布搭的，丑得不相上下。"反正我也快热死了。"他脱掉 T 恤。"喂，拉里！"他冲着劳伦斯喊道，"咱们都打赤膊吧！快把你的衣服脱掉，不然就别玩了！"

劳伦斯不满地瞥了大孩子一眼，他讨厌别人叫他"拉里"，但他还是脱掉了 7 码的上衣，回到场上准备击球。小小的脊骨像剑龙的骨板一样从他苍白的脊背上一块块凸了出来。

"是啊，热死了！"福斯纳家的双胞胎嚷嚷着脱掉了 T 恤。两个男孩的肚皮都圆滚滚的，看起来特别显眼。

麦康拍拍自己赤裸的胸膛，转头望向身旁的凯文："你是想脱衣服还是想换去他们那边？"

凯文耸耸肩，脱掉 T 恤叠起来放在身旁的凳子上，他凹陷的胸口点缀着几颗黯淡的雀斑。

接下来是戴辛格，他用力一挥，上衣像船帆一样鼓起来飞到了挡球网最上面，离地足足有 12 英尺，孩子们欢呼起来。一个名叫迈克尔·肖普的 10 岁男孩——别看他在学校里是个捣蛋鬼，到了球场上却总是笨手笨脚的——也有样学样地将脱下来的上衣掷向挡球网，白 T 恤刚好落在戴辛格的衣服旁边。这是今天戴尔看见他扔出的第一个好球。

下一个是麦克·奥罗克。他似乎有些犹豫，但还是脱掉了 T 恤。麦克的皮肤是小麦色的，皮肤下面的肌肉鼓鼓囊囊。

紧接着是戴尔·斯图尔特。戴尔利落地摘掉了自己的羊毛棒球帽，可就在他伸手去撩 T 恤的时候，他突然意识到了下一个是谁。他的动作停顿了一秒。长凳上坐的最后一个人是唐娜·卢。她没有看他，实际上，她似乎什么都没看。女孩穿着脏兮兮的运动鞋、褪色的牛仔裤和白 T 恤。虽然她身上的衣服比哪个男孩都要宽松，但戴尔还是看出了 T 恤下面的曲线。这个冬天，唐娜·卢的身体已经开始发育。去年暑假她的 T 恤还和队里的所有男孩一样平板，没有任何起伏。她的胸部虽然还算不上挺拔，但看起来已经颇为显眼。

戴尔迟疑了一秒。其实他并不清楚自己到底在犹豫什么。唐娜·卢要不要脱衣服，那是她自己的问题，对吧？但他就是觉得不太对劲。这几年他最亲密的球友一直是麦克、凯文、哈伦、劳伦斯和她，而不是现在场上这些浑蛋。

"你怕什么？"查克·斯珀林远远地站在一垒上。做不了投手，他只能纡尊降贵。他大喊："难道你身上有什么见不得人的东西，斯图尔特？"

"是啊，赶紧的！"迪格尔·泰勒也在长凳另一头附和，"我们打赤膊，斯图尔特。"

"闭嘴。"戴尔斥道。但他能感觉到自己的脸一直红到了耳朵根。部分是为了掩饰脸红，他开始脱衣服。空气热得滚烫，但他感觉自己的皮肤冷浸浸的。他转头看了唐娜·卢·佩里一眼。

她终于回过头望向别人。劳伦斯已经三振出局，现在他站在长凳另一头附近。小男孩瘦骨嶙峋的身体上沾满了灰尘，手腕和脖子比身上还要黑一圈，看起来分外滑稽。劳伦斯把球棒扛在肩上，突如其来的寂静让他皱起了眉头。击球员准备区空着，但似乎没人打算上前，球场上鸦雀无声。长凳边的男孩闭紧了嘴巴，但所有人都不约而同地转头望向唐娜·卢。他们坐在那里，泰勒、凯文、比尔、巴里、麦康、戴辛格、迈克尔·肖普、麦克和戴尔，九条牛仔裤，九双运动鞋，九个赤条条的上半身。

"快点啊，"迪格尔·泰勒小声催促，他的腔调有些古怪，"我们都打赤膊，佩里。脱了吧。"

唐娜·卢睁大眼睛瞪着他。

"是啊。"戴辛格附和，他抬起胳膊肘捅了捅鲍勃·麦康，"快点儿，唐娜·卢，你到底跟不跟我们玩？"

一丝微风拂过球场中央，卷起一小片尘埃，卡斯塔纳蒂站在投手丘上没动。场上没人说话。

"抓紧时间，"迈克尔·肖普压低声音，听起来像是什么虫子在叫，"快点儿脱了，不然他们该说我们拖延比赛啦。"

没人指出他混淆了棒球规则和橄榄球规则。谁都没有说话。戴尔离唐娜·卢最近，他的胳膊肘几乎能碰到她——刚才他真的无意间碰到了一次。现在，他望向女孩的眼睛，突然发现那双蓝眼睛里盈满了泪水。她还是什么都没说，只是坐在那里，右手紧抓着破旧的一垒手手套，投球的左手虚弱地蜷在手套里面。

"别磨蹭了，佩里，快点儿。"迪格尔再次催促，现在他的腔调里多了一丝老成和刻薄，"赶紧脱了。我们又不在乎你身上有啥。我们都脱光啦，你要么跟我们一起，要么去那边。"

唐娜·卢又在原地坐了十秒钟。周围如此安静，戴尔甚至能听见北边田野里玉米叶沙沙的轻响。一只老鹰在头顶的高空中叫了一声。戴尔看见了唐娜·卢小巧鼻梁上的几点雀斑，蓝色的羊毛帽遮住了她的前额，但阴影中的汗珠清晰可见，还有她的眼睛，那么湛蓝，那么明亮。她的视线从他、麦克和凯文脸上一一扫过。戴尔觉得她的眼神似乎蕴含着某种疑问，或者说乞求，但他不知道那到底是什么。

迪格尔·泰勒又嘟囔了两句，可是当看到女孩站起身来，泰勒立即闭上了嘴巴。

唐娜·卢在原地站了一秒，然后走向挡球网，取回自己的球和球棒，头也不回地转身走了。

"完蛋。"查克·斯珀林站在一垒上抱怨。他冲着密友泰勒挤了挤眼睛。

"是啊。"迪格尔笑道，迈克尔·肖普和福斯纳家的双胞胎跟着笑了起来。

劳伦斯转头看了一圈，然后皱起了眉头。他不太明白眼下的状况："球赛结束了吗？"

麦克走到戴尔身边，重新穿上衣服。"嗯。"他的声音听起来疲惫而厌恶，"结束了。"他取回自己的手套、球棒和球，转身走向戴尔家后面的栅栏。

戴尔坐在原地，感觉十分——怪异——似乎有些兴奋，又有几分悲伤，还有一种说不出来的古怪感觉，仿佛刚才那阵风从他体内带走了什么。与此同时，他觉得自己似乎错过了某件非常重要的事情——劳伦斯也一样——但这件事余韵犹在，就像8月的老开拓者节庆典结束后，你总觉得心里空落落的，尤其是想到，可怕的开学已经近在眼前。他觉得有点想笑，但更想大哭一场，而且他完全不知道自己为什么会同时产生这两种情绪。

"胆小鬼！"迪格尔·泰勒冲着麦克的背影大喊。

麦克没有回头。他把自己的东西扔到栅栏对面，抓住木桩轻松翻过高高的篱笆，然后捡起装备穿过庭院，消失在戴尔家车道旁的榆树树荫中。

戴尔坐在那里，等到一局结束之后比赛暂停，他告诉劳伦斯他们必须回家了。虽然晚饭时间还没到，但灰蒙蒙的天空似乎越来越暗，地平线隐没在朦胧的雾气和暮光中。

比赛还在继续。

杜安直到黄昏后才重新出现。

戴尔已经吃过了晚饭，正躺在二楼的床上看一本史高治·麦克老鸭的旧漫画。透过纱窗溜进房间的光线渐次暗淡，黄昏的微风裹挟着新剪草坪的浓郁气息，就在这时候，他听见麦克在前院里叫他。

"咕，咕！"

戴尔翻身下床，双手在嘴边卷成喇叭。"叽，叽！"他奔下楼梯冲出前门，一步就蹦过了门廊前的四级台阶。

麦克双手插兜站在外面："杜安在鸡舍里。"

麦克没骑车，所以戴尔也没有。两个男孩沿着德宝街一路小跑。

"劳伦斯呢？"麦克边跑边问。他的呼吸还算轻松。

"陪穆恩太太和妈妈散步去了。"

麦克点点头。86岁的穆恩太太依然热爱在黄昏时散步，她做图书管理员的女儿穆恩小姐没空的时候，邻居们就轮流陪她。

麦克家的后院里树影横斜，有的影子来自街道两旁高大的橡树和榆树，有的来自屋后的苹果树。萤火虫在奥罗克先生占地半英亩的花园边缘眨着眼睛，黑暗中的鸡舍看起来隐隐发白，它的门却是个黑洞洞的长方形。戴尔抢在麦克前面钻了进去，让自己的眼睛适应了一会儿昏暗的光线。

杜安站在落地式收音机的空壳子旁边，凯文躺在沙发上，身上的T恤白得刺眼。戴尔找了一圈也没看到哈伦，然后他终于想起来了，他们的朋友还躺在医院里。

戴尔弓着背连气都没喘匀，麦克已经走到了房间中央。"劳伦斯不在也好。"麦克说，"杜安要说的事儿有点吓人。"

"你没事吧？"戴尔问胖男孩，"你怎么来的镇上？"

"我爸去了卡尔家酒馆。"杜安扶了扶眼镜，他看起来比平时还要心不在焉。"这是真的，"他补充说，"今天那辆收尸车真的想撞死我。"胖男孩的声音一如既往地轻柔冷静，但戴尔还是听出了一丝紧张。

"我为维特感到难过，"戴尔说，"劳伦斯也是。"

杜安再次点点头。

"跟他们讲讲那个大兵的事儿。"麦克说。

杜安告诉大家，上周六晚上——实际上是周日凌晨——他爸回家的时候，有个穿着奇怪制服的年轻男人搭了一段便车。

凯文十指交叉，双手伸到脑后："然后呢？有什么不对吗？"

麦克接着讲了昨天晚上，同一个人在朱比利学院路上跟了他一段路。"当时我很害怕，"他说，"所以我拔腿就跑。我平常就跑得很快，但不知道为什么，那个男人看起来只是在走，但总能跟上我。最后我甩开了他五六十英尺的距离，可是当我转过水塔那个弯以后，就再也看不到他了。"

"当时天很黑吗？"戴尔问道。

"和现在差不多，肯定没黑到一下子就看不见人的程度。我甚至走回拐弯处看了一下，但来路上一个人都没有。"

凯文开始哼唱新电视剧《迷离时空》的主题曲。

戴尔一屁股坐在窄窗下面那把弹簧外露的安乐椅上："也许那家伙躲到了地里，他可以躺在玉米下面。"

"好吧，"麦克说，"可是为什么呢？他到底想干什么？"他告诉了大家他在骷髅地墓园工具房里发现的那个洞。

凯文坐起身来："天哪，奥罗克，你真的撬了门？"

"嗯。但这不是问题的重点。"

凯文吹了声口哨："要是被康登或者巴尼逮到，这就变成了重点。"

麦克重新将手插进衣兜，他看起来比杜安还要心烦意乱："巴尼倒是个好人，但我觉得康登有问题。你今天看见他和杜安他爸吵架了。我觉得范·锡克的事儿他撒了谎。"

戴尔探身向前："撒谎？为什么？"

"因为他们是一伙的，"麦克说，"或者他在帮他们的忙。"

"他们是谁？"凯文问道。

麦克走到门口向外望了望，手依然插在兜里。外面已经很黑了，微弱的光线刚够映出男孩站在门框里的剪影。"他们。"他重复道，"罗恩先生、范·锡克，可能还有老肥特。他们都和这事儿有关。"

"还有那个大兵。"戴尔补充道。

杜安清清嗓子："那个大兵穿得和'一战'步兵一模一样。"

"什么是步兵？"麦克问道。

戴尔和杜安同时开口试图解释，然后杜安点点头，把机会让给了戴尔。

"那场战争是什么时候的事儿？"麦克追问，虽然这个问题的答案他早就从姆姆的故事里听到过。

杜安告诉了他。

站在门口的麦克猛地转过身来，在门框上狠狠拍了一巴掌："好极了，真有个穿着'一战'步兵制服的家伙在附近转悠？"

"也许他只是从家里出来散个步。"凯文嘲讽的腔调依然不改。

"他家住在哪里？"戴尔问道。

"墓园。"

凯文本来只是想开个玩笑，但夜色太黑，杜安的狗又刚刚死于非命，一时间谁也没说话。

麦克率先打破沉默："有谁知道哈伦现在如何吗？"

"嗯，"凯文回答，"我妈今天下午在橡树山碰见了他妈。当时她正在医院广场对面的药店里吃晚饭。她告诉我妈，哈伦还是昏迷不醒。他的胳膊断成了好几截，多处反复骨折。"

"很糟糕吗？"戴尔刚开口就意识到自己的问题有多蠢。

麦克点点头。在戴尔认识的所有人里，麦克拿的童子军急救徽章比谁都多。"反复骨折意味着他的胳膊折断了不止一次，说不定连骨头都露了出来。"

"哎哟哟。"凯文惊呼。戴尔光是想想就觉得有点恶心。

"最糟糕的可能还是脑震荡，"麦克继续解释，"如果哈伦一直昏迷不醒，那情况可能十分严重。"

男孩们再次沉默下来。一只老鼠或者鼩鼱从地板下面匆匆跑过。现在屋里几乎已经黑透了，戴尔只能看到其他几个男孩的轮廓。凯文的 T 恤还是白得发亮，但杜安的深色法兰绒上衣已经变成了黑暗中的剪影。门窗外闪烁的萤火虫越来越多，仿佛黑暗中的点点余烬，或者一双双眼睛。

"我明天去橡树山。"最后杜安终于开口说道，"我去看看吉姆，回来再告诉你们情况。"

凯文的 T 恤在黑暗中动了一下："要不我们一起去？"

"不行。"杜安断然拒绝，"你们在这儿有别的任务，还记得吧？你去跟踪罗恩了吗？"黑暗中他的词锋直指凯文。

格鲁姆班彻嗫嚅着回答："我不是一直忙着吗？"

"是啊，"杜安毫不留情地说，"大家都忙。但既然上星期六我们在山洞里都说好了，那该办的事儿总得办。现在的情况的确不太对劲。"

"也许哈伦看见了什么东西。"戴尔说，"他们是在老中心学校后面的垃圾箱边上找到他的。当时他可能正在跟踪老肥特，诸如此类的事情。"

"也许。"杜安表示赞同，"我明天想办法查查。还有，吉姆不在的时候，我们最好另外派个人去跟踪达比特太太。"

"我去吧。"戴尔惊讶地听见自己挺身而出。

门框里麦克的影子说道："我在墓园里没看到范·锡克，但明天我一定把他给找出来。"

"小心。"杜安提醒，"我的确没看清驾驶室的人，但我觉得肯定是他。"

男孩们又七嘴八舌地追问起了上午那场灾难的细节。杜安尽量简洁地总结了一番。"我得走了。"最后他说，"我不想让老头子在卡尔家喝得烂醉。"

三个男孩难为情地挪了挪身子，暗自庆幸黑暗掩饰了尴尬。"这些事儿我能告诉劳伦斯吗？"戴尔问道。

"当然。"麦克回答，"不过你可别吓着他。"

戴尔点点头。会议结束，大家各有去处，但一时间似乎谁都不想走。奥罗克家的一只猫钻进谷仓跳上戴尔的膝头，蜷起身子咕噜起来。

凯文叹了口气。"这些狗屁事情简直毫无道理。"他难得地骂了句脏话。

男孩们谁都没接茬儿，大家在黑暗中沉默了片刻。沉默即是默认。

那天晚上，麦克·奥罗克一直躺在床上数窗外的萤火虫。睡眠就像一条隧道，他一点也不想钻进去。

前院的椴树下面有什么东西微微一动。麦克俯身向前，鼻子紧贴纱窗，试图透过枝叶的缝隙查看小小的前门廊。

姆姆窗外那棵椴树下的阴影里的确有人在动，那个人似乎走到了外面的公路上。麦克努力聆听了一会儿，但却没发现柏油路上传来脚步声，也没听见鞋子踩过路边石子发出的嘎吱声，只有玉米叶子的簌簌轻响。

麦克只瞥到了那个人影一眼,但他看到了帽顶浑圆的轮廓。这顶帽子实在太圆,绝不可能是牛仔帽,更像是幼童军的制服帽。

或者杜安口中步兵专属的宽边毡帽。

麦克躺在窗边,心脏怦怦直跳。他坚持不肯入睡,仿佛是在苦苦抵抗某个不能越雷池一步的敌人。

11

星期二一早,杜安·麦克布莱德干完杂活儿就准备去图书馆。老头子已经醒了,而且没有宿醉,所以他的脸色也一如既往地阴沉。杜安走进老头子的工作间,告诉他自己打算出门。

"活儿都干完了?"当爹的不满地问道。他正在捣鼓最新改进款的"学习机"。老头子的工作间原本是家里的餐厅,但自从杜安和父亲把吃饭的地方换成厨房——他们一起吃饭的机会本来就不多——以后,老头子就把餐厅改成了工作间。六扇门板搭在锯木架上权充桌子,宽阔的桌面上凌乱地摆着各个版本的学习机和其他原型机。

老头子是个真正的发明家。他拥有五项专利,但其中只有一项邮箱自动报警器为他赚到过钱。他的大部分发明都不怎么实用,就像现在这台学习机一样:巨大的金属盒子上装着曲柄、可视面板、按钮、穿孔卡槽和各种各样的灯,老头子觉得它将掀起一场教育革命。只需要对合适的阅读/提问材料进行恰当的编程,再插入记录学生回答的穿孔卡片,这台机器就能提供长达几小时的教学选择和个性化指导。问题在于——杜安曾反复指出——一台学习机加上必要的印刷材料,总价超过1000美元,而且这台机器全靠手工操作。

杜安一直认为,未来的电脑完全能实现学习机的功能,但老头子对电子产品的深恶痛绝正如杜安对它的热爱。你知道要多大的一台电脑才能完成最简单的自动教学任务吗？父亲总是这样质问他。跟整个得州一样大，杜安每次都诚实地回答。而且它需要的冷却水流量相当于尼亚加拉瀑布。不过紧接着他会补充道：但我们说的是真空管电脑，老爸。现在他们正在用晶体管和电阻实现许多了不起的功能。

然后老头子会咕哝几句，继续改进他的学习机原型。杜安必须承认，这些机器很有趣。8岁时他跟着一台机器念完了整个高中的所有政治学课程。但它们看起来都很笨重，一点也不讨人喜欢。迄今为止，老头子的学习机只卖出去了一台，那已经是差不多四年前的事儿了，买家是布利姆菲尔德学区，阿特叔叔认识他们的采购员。与此同时，工作间桌子上摆的原型机越来越多，到头来这些机器全都搬进了走廊和楼上的空卧室里。

杜安觉得这是老爸的嗜好。永动学习机至少没什么坏处，不像20世纪50年代中期老头子企图创办的乡村二十四小时全天候购物中心那么伤筋动骨。所谓的"购物中心"其实只有两家店，其中一家是日杂店，另一家是老头子开的"万能超市"，超市的主要商品只有面包和牛奶，但送货全靠老头子自己。那时候家里的电话总在半夜里响起，老头子成天开着车在碎石公路和泥泞的小路上来回奔波，凌晨4点跑到诺克斯县去给老太太送面包，结果却发现她只能靠"万能超市即时信贷计划"来付账。购物中心倒闭的时候，阿特叔叔——日杂店是他开的——和杜安一样松了口气。直到今天，老头子仍坚持说他的"购物中心"前程远大，只是当时显得有点儿超前。瞧瞧皮奥里亚的舍伍德购物中心，现在他们已经开了九家店！老头子还预测，有朝一日，购物中心会变成大型室内商场，巨大的玻璃屋顶下开着十几家专门商店，就像战后他在意大利见过的商业街廊一样。听到他描述的愿景，大部分人会疑惑地问一句为什么，但杜安和阿特叔叔早就学会了闭紧嘴巴一股脑儿点头。

"活儿都干完了？"老头子又问了一遍。

杜安赶紧摆脱了学习机引发的联想："嗯。我想去一趟图书馆。"

老头子抬起眼睛，他的封闭式工作眼镜从鼻梁上滑了下来："图书馆？为什么今天突然想起来要去图书馆？星期六你不是才去过？"

"没错，但我忘了查他们那儿有没有小马达修理手册。"

老头子皱起眉头，老风车上的泵的确需要修理："我以为你会修。"

杜安耸耸肩："那台马达太旧了，当时我们这儿恐怕连电都没通。如果只是换换皮带和刷子，那倒是无关紧要，但要想动别的东西，我最好还是查查手册。"

老头子的视线失去了焦点，杜安完全猜得出他在想什么：昨天那辆卡车企图杀死他儿子，这事儿让老头子吓得不轻。下午埋葬维特的时候，杜安甚至觉得自己看见了老头子眼里的泪花，但当时正在刮风，没准儿只是沙子迷了他的眼睛。不过从另一方面来说，老头子不可能整个夏天都把杜安关在家里，或者去哪儿都管接管送。

"你能不走公路吗？"

"当然可以，容易得很，"杜安回答，"我只需要绕到南边的牧场后面，沿着约翰逊家的地界就能走到图书馆。"

老头子低下头继续摆弄手里的齿轮和滑轮："那好吧，晚饭前能回来就行，听明白了吗？"

杜安点点头，走进厨房给自己做了两个熏肉肠三明治，找了个油腻的袋子装好食物，然后将灌满咖啡的膳魔师杯子挂在腰带上，检查确认笔记簿和钢笔都好好地揣在兜里，这才慢慢走了出去。他习惯性地走向谷仓的方向，想跟维特说声再见，迈出四步以后他才回过神来。杜安扶了扶眼镜，穿过大门走向南边的牧场，就像刚才他跟老头子说的那样。

他的确打算沿着约翰逊家的地界尽量往西走，这点他没撒谎。但他说的也不全是实话：他想去的不是两英里外的榆树港小图书馆，而是橡树山图书馆，距离农场超过 8 英里，按照杜安今天挑选的路线，单程至少得走 10 英里。

杜安拿出平常走远路的劲头，不疾不徐地向前踱步。保温杯随着他的步伐不断拍打左边大腿，黑色的运动鞋惊得草丛中的蚱蜢四下逃窜。太阳已经升起，这是今年夏天最热的一个上午。杜安解开法兰绒衬衫最上面的两颗扣子，突然觉得想吹口哨。

最后他还是决定算了。

从杜安家去橡树山的最佳路线是沿着县 6 号公路往北走，经过巴明顿农场以后再向西拐进那条没有编号的碎石公路，一直走到 626 号州高速公路。人们更习惯叫它"橡树山路"。这个路口离镇上只有 4.5 英里。但这是走公路的情况。

杜安穿过榆树港北面的第一条公路，过马路的时候他走得很快，这条往南延伸的碎石路其实就是第一大道。然后他径直钻进了镇北球场边缘一排排储粮筒仓组成的金属森林。水塔西侧的松树遮挡了杜安的视线，所以他看不到朋友们今天是不是在外面打球。

离开筒仓群以后，他再次转而向北，刻意避开了镇子和布罗德大道北延线。

按理说，卡顿路走到尽头以后，他只能沿着灌木丛里的小径穿到铁路边上，但他没法想象那辆收尸车能披荆斩棘追到这儿来。这时候他终于意识到，现在他离那座废弃的炼油厂只有几百码。按照康登的说法，收尸车就是在那儿"被偷"的。但树林十分茂密，杜安连厂房的铁皮屋顶都看不见。

离开灌木丛看到铁路的路基，杜安终于松了口气。他放慢脚步，解开保温杯给自己倒了杯咖啡。他边走边喝，没有停步，任由咖啡溅落在自己的衬衫和裤子上。呃，反正这条裤子的颜色也跟咖啡渍差不多。

还没看见垃圾场，他已经闻到了那股气味。几乎同一时间，垃圾场南门外那片脏兮兮的窝棚出现在他眼前。科迪·库克家就住在这里——如果水泥砖地基上用防水布和铁皮搭起来的棚子也能叫家的话——但杜安不太确定她家的具体位置。铁路西侧的灌木丛里似乎有什么东西在动，但杜安回过头去也没看见动物的踪影。

他慢吞吞地绕过场外的一堆堆垃圾。场内比树梢还高的垃圾山清晰可见。他穿过林间低悬的栈桥，东边3英里外就是尸体溪。他的运气不错，今天刮的是北风，所以只要走出垃圾场的范围，他就再也闻不到这股酸臭味了。

从垃圾场出发，只需要在碎心县的田野和森林里走上7英里就能到橡树山，这段路杜安走了两小时出头一点。

橡树山差不多比榆树港大三倍，号称拥有5500位居民。镇上有一家小医院，一间比鸡笼大不了多少的图书馆，一家近郊小工厂，还有一座县法院大楼和一个街区的市郊住宅，算得上应有尽有。

铁路在镇外向东拐了个弯，杜安离开路基走向镇里。走在橡树山树荫掩映的大街上，他一点都不害怕，只是每次有轿车或者卡车从他背后经过，他总会迅速回头瞥上一眼，用眼角余光搜寻一番附近哪家的门廊可以藏身。

走到法院大楼外的草坪边上，杜安停下了脚步。一尊铜炮耸立在旁，他站在阴凉的橡树树荫里吃了个熏肉肠三明治，喝了点咖啡。他觉得很热，今天的气温至少有90华氏度，但他的法兰绒衬衫并没有粘在身上。吃饱喝足以后，杜安重新将保温杯挂回腰间，穿过广场走向南侧的医院。

这位女士胸前的绿徽章上写着"阿努特小姐"，她的桌子摆在唯一通往病区的走廊正中央，而且她丝毫不肯通融。"你不能进去。"她的嗓音带着老处女特有的粗嘎，头顶风扇卷起的丝丝微风将滑石粉和苍老皮肤的气味送进杜安的鼻孔，"你太小了。"

杜安点点头："您说得对，女士。但吉米是我唯一的表哥，他妈妈说，我可以进去看他。"

阿努特小姐不屑地抬起头来。"你太小了，16岁以下的孩子不得进入病区，这事儿没的商量。"透过鼻梁上的半副眼镜，她居高临下地瞥了他一眼，"还有，外来的食物和饮料也不能带进病房。"

杜安低头看看自己的保温杯，麻利地把它从腰带上解了下来："好的，女士。我可以把它留在这里。我只想进去看看他，一两分钟就好。我保证，我就看他一眼，然后马上出来。"

阿努特小姐不耐烦地挥了挥青筋毕露的手腕，低头开始整理小文件盒里的卡片。刚才第一次询问的时候，杜安已经瞥见了哈伦的房号，现在他只得说了句"谢谢你，女士"，然后慢吞吞地转身回到大厅里。

唯一一部付费电话装在通往公共休息室的走廊尽头，大厅里只有前台桌子上摆着一部电话。杜安所处的位置离走廊入口大约有二十步，而且需要拐一个弯。为防万一，他带了5毛钱，现在他只需要一枚5分镍币。他从破烂的电话簿里翻到了前台的电话。

他们没用对讲机呼叫她。一位护士离开大厅往病区的方向走出几步，压低声音喊了阿努特小姐一声。老处女小跑着奔向前台，护士也跟在她身后走了回来。这毕竟是个紧急电话。

杜安绕过无人值守的桌子快步走进病区，努力压抑自己想吹口哨的冲动，这是今天的第二次。

吃过早饭以后，戴尔·斯图尔特借了老爸的双筒望远镜，沿着德宝街一直走到仓库，然后顺着铁路前往科迪家。其实他很不想去。镇子的这一边总让他有些发怵，因为康登就住在这里，垃圾场外的树林也总是阴森森的。可是昨晚在鸡舍开完会以后，戴尔隐约觉得自己义不容辞。不过戴尔自己也说不清楚科迪和塔比·库克跟昨天开着收尸车吓唬杜安的那个浑蛋能有什么关系。

J.P.康登的破房子和哈伦家位于同一个街区，但他那辆黑色雪佛兰没像往常一样停在院子里，杂草丛生的后院没有一丝动静。其实戴尔不怎么怕太平绅士，虽然那个老浑球昨天吓得他够呛。他怕的是 J.P. 正值青春期的恶霸儿子 C.J.。镇上的孩子没有哪个不怕 C.J.。

去年 C.J. 康登终于退了学。16 岁了还在念八年级，谁能责怪他呢？那天榆树港的大部分男孩简直想开一场庆功派对。康登活脱脱是个动画片里的小镇恶霸：大背头梳得和鸭屁股一样，脸色焦黄，青春痘多得像是得了什么热病，油腻腻的 T 恤袖子里总是藏着一盒香烟。他是个瘦高个，但肌肉相当发达，一双大手强壮有力，脏兮兮的牛仔裤吊儿郎当地挂在胯上，让你不由得疑心他的裤子随时可能掉。他走起路来总是拖着脚步，笨重工装靴的金属磨带在水泥地上擦出一溜火花，他的牛仔裤后袋里随时塞着一罐鼻烟，前袋里也总是揣着一把折叠刀……戴尔私下里跟凯文嘀咕，C.J.康登这副派头没准儿是从"恶霸手册"之类的指南读物里学来的。

但在可能被别人听到或者传出去的场合，戴尔从不敢开 C.J. 的玩笑。四年前斯图尔特家刚从皮奥里亚搬到榆树港的时候——当时戴尔正在念三年级，劳伦斯刚上一年级——戴尔就犯过这样的错：他惹毛了 C.J.。那时候 12 岁的康登还在念五年级，但他已经是操场上的霸主，就像一条在彩虹鱼群中游弋的鲨鱼。

在学校里挨了第二顿揍以后，戴尔向父亲求助。爸爸告诉他，所有恶霸都是懦夫，只要你奋起反抗，他们就会退缩。于是第二天，戴尔开始奋起反抗 C.J.。

那天戴尔失去了两颗乳牙，另外几颗恒牙也松动了不少。接下来他断断续续地流了三天鼻血，屁股上的伤疤直到今天也没褪掉，当时他已经倒在地上缩成了一团，但 C.J. 还是狠狠踢了他几脚。从那以后，戴尔再也不肯全盘听信父亲的建议。

戴尔尝试过行贿。康登倒是收下了他的夹馅儿面包和午饭钱，但揍起人来还是力度不减。戴尔还试过服从，他甚至跟着那个恶霸鞍前马后地转悠了几天，一门心思做个跟屁虫兼马屁精。但无论如何，康登每周至少还是会痛揍他一顿。

更糟糕的是，康登手下的一个嫡系小弟阿奇·科雷克正好跟戴尔同班。如果没有康登，阿奇恐怕就是镇上的一霸：他的一身行头和康登如出一辙，靴子上也同样装着铁钉。这个生性刻薄的男孩长得又矮又壮，看起来有点像米奇·鲁尼的邪恶双胞胎弟弟，他还有一只玻璃假眼。

没人知道阿奇的眼睛到底是怎么瞎的。传言 C.J. 康登用削笔刀亲手挖掉了阿奇的一只眼睛，以此作为某种残酷的效忠仪式，当时阿奇只有六七岁。但阿奇那只玻璃左眼用处不小。豪太太在地理课上喋喋不休的时候，阿奇偶尔会把玻璃眼珠掏出来放在课桌前面的铅笔槽里，假装自己哪怕睡着了也睁着一只眼。

第一次看见这一幕的时候，戴尔忍不住笑出了声，可是等到校长巡查结束后，阿奇立刻就把戴尔堵在了男厕所（或者按照老中心学校那块牌子上写的，偶厕所）里。阿奇把戴尔的脑袋按在小便槽上方，问他还敢不敢笑，足足等到厕所冲了五次水才肯放开。那天放学后，阿奇和 C.J. 一起在操场边上等他。戴尔从来没有跑得这么快过。他一溜烟地钻进穆恩太太家后面的小巷，抄近路穿过麦克家的鸡舍和格雷森家的花园，横穿马路跑回自己家里砰地甩上了前门。两秒钟后，那两头脚踩工装靴的人形杜宾犬就气势汹汹地追到了门口。

可是没过两天，戴尔还是被他们逮住揍了个半死。不管当爹的怎么说，当妈的如何看不明白，你就是无法摆脱恶霸。而且这两个恶霸完全是世界级的。

康登家的房子终于被他甩到了身后，戴尔的心情十分舒畅：C.J. 自己没车，他爸也不准他开家里那辆改装过的雪佛兰，但戴尔看见他开过很多"朋友的"车。小镇恶霸学会了开车，这可真是件大好事。这样他就不会老在这几条街上转悠了。

哈伦家和康登家隔着三幢房子，离老粮仓只有100码。戴尔将自行车停在前门台阶下，上前敲了敲门。整幢房子门窗紧闭，鸦雀无声，也没人来应门。戴尔推着自行车继续往前走，一路东张西望，确保C.J.和阿奇不会突然从哪儿冒出来。爸爸的皮革双筒望远镜随脚步敲打着他的胸口。

去科迪·库克家有两条路：要么推着自行车横穿铁路路基，再穿过草丛拐上通往垃圾场的碎石公路；要么找个地方扔下自行车，沿着铁路一直向前走。

戴尔不想把自行车留在这一片。以前劳伦斯的自行车丢过一次，直到两周后，哈伦才在康登家后面的果园里帮他把车找了回来。但他也没忘记杜安昨天的惊魂一幕。

戴尔把自行车藏在粮仓后面的草丛里，拽过几根树枝把它完全盖了起来。他举起双筒望远镜查看一番，确认了C.J.不会突然从哪儿冒出来，然后小心翼翼地沿着铁路路基西侧继续前行，直到将运粮机甩在身后。然后他捡起一根树枝踩着铁轨摇摇摆摆地继续往前走，一路吹着口哨，不断将脚下的鹅卵石踢到铁路两旁的田野里。他不担心有火车经过：这条铁路上很少有车。哈伦就住在附近，他说有时候隔上好几周才有一列货车开过。

穿过卡顿路以后，树木逐渐稀疏，只剩下溪边的杨树和田野间零星的小树林。戴尔开始琢磨下面的行动。要是被人发现他举着望远镜偷窥库克家，那该怎么办？这应该犯法吧？如果被科迪的酒鬼老爸逮了个正着……或者撞见住在垃圾场外的某个怪人呢？万一望远镜被他弄坏了呢？

戴尔扔掉树枝继续往前走，一只手紧紧抓住皮革望远镜盒。

别胡思乱想。

他已经看到了左边炼油厂的屋顶，但那辆猩红的收尸车并没有突然从灌木丛里冲出来。就在这时候，他闻到了垃圾的臭味，透过林木的缝隙，他看到了科迪家的房子。

戴尔离开路基钻进茂密的草丛，找了个枝叶最繁茂的地方藏身。这里离科迪家还有100码左右，他觉得这么远的距离还算安全。哪怕有人沿着垃圾场外的公路或者他背后的铁路走来，他们也不会发现草丛里的戴尔。谁也别想偷偷摸到他身边，因为周围到处都是干枯的树枝，一踩就会嘎吱作响。戴尔在两棵树和一丛灌木之间找了个隐蔽的位置，调好望远镜焦距对准科迪家，然后开始耐心等待。

科迪家简直一塌糊涂。她家的两位叔叔也和他们住在一起，但那房子小得让人不敢相信里面竟然挤得下四个大人和一群孩子。相比之下，戴辛格家的防水布棚子和康登家的老鼠窝都成了宫殿。

垃圾场大门外的空地上挤着三幢旧房子，科迪家是其中最破的一幢，但另外两家也没好到哪儿去。三幢房子的地基都是水泥砖，但科迪家的后半部分已经开始倾斜，看起来摇摇欲坠，就像风暴后搁浅在沙滩上的船只。屋子后面30码外的树林和小溪边上长满了茂盛的青草，但她家的院子里到处都是泥巴，间或点缀着深深的泥坑，垃圾更是扔得遍地都是。

和大部分男孩一样，戴尔喜欢垃圾。要不是垃圾场里的老鼠太多，附近住的又全是科迪和康登这样的怪人，他和伙伴们肯定会常常跑过来玩耍寻宝。事实上，每到垃圾回收日，自行车巡逻队的孩子们总会乐此不疲地走遍大街小巷，四处寻宝，这是他们最爱的活动之一。垃圾都是宝贝。人们扔掉的东西最有意思。戴尔和劳伦斯捡到过货真价实的坦克手头盔。头盔里面有一层真皮缓冲衬垫，内侧还印着德文字母。后来它成了劳伦斯在橄榄球赛上以一当十的专用装备。还有一次戴尔和麦克捡了个大水槽，他们费了九牛二虎之力把它拖回了麦克家的鸡舍，结果奥罗克先生大发雷霆，逼着他们把它送回原地。

垃圾都是宝贝。

但这里的垃圾除外。科迪家的后院里堆满了生锈的弹簧和坏掉的马桶。不过戴尔清晰地记得,科迪告诉过他,她家有个户外厕所。破碎的汽车挡风玻璃斜插在野草丛中,生锈的汽车零件看起来就像某种机械怪兽的内脏,还有几百个生了锈的破罐头,锋利的盖子像锯条一样直愣愣地翘在空中,破碎的三轮脚踏车仿佛被大卡车来回碾过,洋娃娃粉红的塑料脸上长着点点霉斑,无神的眼睛呆滞地望向天空。戴尔至少花了十分钟时间仔细查看科迪家后院的垃圾,然后他终于放下望远镜揉了揉眼睛。他们要这么多垃圾干吗?

戴尔发现,当间谍实在是件无聊的事情。还不到半小时,他就觉得自己的腿都麻了。小虫子不停往他身上爬,天气热得让他头痛,费了这么大劲儿,他只看见科迪的妈妈出门收了一趟衣服,他们家的床单已经洗成了灰色,上面还留着污渍。她还顺便冲着院子里玩耍的两个孩子嚷嚷了一通:库克家的两个脏小孩坐在最深的泥坑里互相泼水,一边抠鼻子一边在短裤上擦手。

他没看见科迪的身影,也没发现任何有价值的线索。话说回来,什么才算有价值的线索?活见鬼,既然麦克想知道科迪·库克的行踪,那他自己怎么不来?

戴尔正准备收工,就在这时候,他听见铁路那边传来一阵脚步声。他赶紧蹲了下去,手搭凉棚护住望远镜,以免镜片的反光暴露他的位置。他调整了一下角度,想弄清来人究竟是谁。透过枝叶的缝隙,他看见了一条灯芯绒裤子和熟悉的懒散步伐。

杜安跑到这儿来干吗?

戴尔试图换个位置,矮树丛不可避免地发出沙沙的声响,可是铁路在北边100英尺外拐了个弯,等他挪到那个视野更开阔的位置,杜安早已消失在视线尽头。

戴尔正打算返回刚才的观察点,但前面的树丛中突然闪过一道灰影，他本能地躲进灌木下面，重新举起望远镜。

科迪正大步流星地穿过树林，她显然想去铁轨那边。女孩肩上扛着一支双筒猎枪。

戴尔觉得自己的膝盖有些发软。万一被她看见，他该怎么办？科迪是个疯子。这不是侮辱，而是事实。去年他们还在上五年级的时候，学校里新来了一位音乐老师，来自芝加哥的阿莱奥先生。科迪不喜欢他，所以她给他写了封信，说她打算放狗咬他，撕掉他的胳膊、大腿和其他零件。她在操场上当着全班同学把这封信念了一遍，然后才把它交给了阿莱奥先生。

科迪之所以没有立即采取行动，可能是因为她还没想好"其他零件"到底包括什么。学年还没结束，阿莱奥先生就放弃榆树港的工作逃回了埃文斯维尔。

科迪是个疯子。事实如此。要是被她发现，她能轻而易举地要了戴尔的命。

戴尔躲在草丛下面，尽量趴平身体屏住呼吸，他甚至试图掐掉自己脑子里的念头，因为他总觉得疯子都会心灵感应。

科迪径直穿过树林，丝毫没有左顾右盼。她爬上南边 50 英尺外的路基——刚才戴尔就是从那儿下来的——似乎打算走去镇里。扛着那支比她自己还长的猎枪，科迪看起来像个侏儒战士。

一直等到科迪从视线中消失，戴尔这才动身跟了上去，但他还是小心翼翼地隐藏着自己。他们已经走了一半的路程，前面是炼油厂，后面是废弃的运粮机，科迪一直走在前面，离他大约有 200 英尺。她一直没有回头，也从不左顾右盼，只管踩着一根根枕木闷头向前走，就像裹着一条脏灰裙子的发条玩具。可是刚转过一个弯，戴尔突然发现科迪不见了。

戴尔犹豫了片刻，他举起望远镜仔细查看前方的路基和小树林，又小心地抬头望向铁路东侧的树木。

一个熟悉的声音在他背后响起："喂，斯图尔特家的小屁孩，你这是迷路了吗？"

戴尔慢慢回过头去，手里还握着老爸的望远镜。

C.J.和阿奇都在那里，离他还不到10英尺。他一直小心翼翼地不让科迪发现，完全没想过查看身后。

阿奇没穿上衣，额头上扎着一条鲜红的印花大手帕，油腻的头发乱蓬蓬的。他的肥脸涨得通红，玻璃眼珠反射着近午的阳光。C.J.一只脚踏在铁轨上，另一只靴子踩着路边的煤渣。这个姿势让戴尔不由得想起了游猎队伍里满脸痤疮的白人猎手，看起来倒是很配C.J.挎在胳膊上的那支步枪。

天哪，戴尔暗自叫苦。他突然觉得双腿发软，就算眼下有机会逃跑，恐怕他也迈不开步子。这是什么情况，全国持枪日吗？他想象自己大声调侃，听起来愚蠢透顶。他想象C.J.和阿奇放声大笑，或许他们俩之中的某一个会拍拍他的背，放他一马，转头去垃圾场里射老鼠取乐。

"你他妈在笑什么，蠢货？"榆树港太平绅士的独子C.J.康登大声呵斥。

他端平步枪，隔着10英尺的距离瞄准了戴尔的脸。步枪的保险栓咔嗒一声拉开了，或者那是击锤抬起的声音。

戴尔很想闭上眼睛，可他连这都做不到。他意识到自己正在努力护住望远镜，哪怕子弹穿透了他的胸膛也伤不到老爸的宝贝。他感觉到一阵强烈的冲动，想赶快躲到什么东西后面，就像忍无可忍的尿意……但他唯一能找到的掩护只有自己。

戴尔的右腿开始微微发抖，他的心脏怦怦直跳，似乎随时可能震破鼓膜。C.J.说了句什么，但他完全没有听见。

康登上前两步，步枪枪口抵住了戴尔·斯图尔特的喉咙。

杜安·麦克布莱德没费多大劲就找到了吉姆·哈伦的病房。这是个双人间，但隔帘没放下来，第二张床也空着。6月明亮的阳光透过窗户照进病房，在瓷砖地板上绘出一个白色的长方形格子。

哈伦正在睡觉。杜安查看了一番，走廊上没人。拐角那边传来护士轻柔的脚步声，他立即关上了身后的门。

杜安向前走了两步，然后又停了下来。一时间他不知如何是好。哈伦戴着氧气面罩，透明的塑料让他的脸微微有些变形，病床边上簇拥着高高的氧气瓶，两年前杜安的祖父临终前也是这副阵仗。但吉姆睡得十分平静，浆得笔挺的床单和薄薄的毯子下面几乎没有任何起伏，只有男孩左臂厚厚的石膏和头顶白色绷带缠成的冠冕才能证明他的确身受重伤。杜安站在原地，直到走廊上的脚步声渐渐远去，他才凑到哈伦床边。

哈伦立即睁开眼睛，就像一只猫头鹰醒了过来，他说："嗨，麦克布莱德。"

杜安吓得差点儿跳了起来。他眨眨眼，定住心神回答："嗨，哈伦。你还好吧？"

哈伦扯扯嘴角，试图露出一个微笑，杜安注意到，男孩薄薄的嘴唇几乎没有一丝血色。"嗯，我没事。"哈伦说，"只是我一醒过来，头就痛得厉害，胳膊也断成了好几截。除此以外倒是没什么大事。"

杜安点点头。"我们以为你……"他停顿了一下，不想说"昏迷不醒"。

"死了？"哈伦反问。

杜安摇摇头："我们以为你还没恢复意识。"

哈伦的眼珠抖了几下，仿佛随时可能再次陷入昏迷。男孩努力睁大眼睛皱起眉头，尽量集中精力。"你们也没猜错。我是说昏迷。几小时前我才醒过来，脑袋疼得要命，我妈坐在窗边。当时我以为现在还是星期日上午。活见鬼，有那么几分钟，我甚至不知道这是哪里。"他环顾四周，似乎还是拿不准自己身在何方。

"你妈现在去哪儿了，吉姆？"

"她去广场对面吃午饭了，顺便给她老板打个电话。"哈伦说话的速度很慢，嘴里吐出的每一个字似乎都令他感到痛苦。

"那你还好吧？"杜安又问了一遍。

"嗯，我觉得没事。今天早上来了一大帮医生，他们拿手电筒照我的眼睛，让我从1数到50，折腾了好一会儿。他们甚至还问我知不知道自己是谁。"

"那你到底知不知道？"

"当然。我告诉他们，我是该死的德怀特·艾森豪威尔。"哈伦强忍痛苦咧嘴笑了起来。

杜安点点头，他的时间不多："吉姆，你还记得你是怎么受伤的吗？当时发生了什么？"

哈伦盯着他看了很长时间，杜安注意到，男孩的瞳孔放得很大。现在哈伦的嘴唇微微发抖，稀薄的笑容仿佛随时可能消散。"不。"最后他终于答道。

"你不记得自己是怎么跑到老中心学校去的？"

哈伦闭上眼睛，声音里几乎带上了哭腔。"我什么都不记得。"他说，"至少从我们在山洞里开完那个活见鬼的会以后，我就什么都不记得了。"

"山洞。"杜安重复了一遍，"你是说，星期六在涵洞里开的那个会。"

"没错。"

"那你记得星期六下午的事儿吗？离开山洞以后？"

哈伦霍地睁开眼睛，眼神里多了几分怒意："我刚才说过，我什么都不记得，胖子。"

杜安点点头："星期天一早他们发现你的时候，你躺在老中心学校的垃圾箱里……"

"我知道，我妈跟我说了。她边说边哭，就像那是她的错一样。"

"但你不知道自己为什么会出现在那里？"杜安听见外面的大厅里传来医生对讲机的声音。

"嗯。星期六晚上的事儿我一点都不记得。要我来说的话，没准儿是你、奥罗克和其他几个浑球把我从床上拖了出来，一棍子把我敲晕，然后把我扔在了那里。"

杜安瞥了一眼哈伦胳膊上厚厚的石膏："凯文他妈说，你妈妈告诉她，你的自行车停在布罗德路上，离老肥特家不远。"

"是吗？这事儿她没告诉我。"哈伦的声音干巴巴的，似乎一点也不好奇。

杜安十指轮流轻敲柔软的毯子边缘："也许你把自行车留在那里，是因为你跟着达比特太太去了别的地方？比如说学校？你觉得会不会是这样？"

哈伦再次抬起左手捂住眼睛，他的指甲早就被咬秃了："听着，麦克布莱德，我说过了，我什么都不知道。所以请你放过我，行不行？你甚至不该来这儿，难道不是吗？"

隔着皱巴巴的病号服，杜安拍了拍哈伦的肩膀。"我们都想知道你怎么样了，"他说，"等你恢复一点，麦克、戴尔和其他人也想来看你。"

"嗯嗯。"哈伦一直用手捂着下半张脸，所以他的声音听起来闷闷的。男孩的手指无意识地捻着绷带边缘。

"知道你没事，他们一定很高兴。"杜安瞥了一眼走廊的方向，外面的脚步声越来越密集，也许是医院里的人吃完午饭回来了，"需要我们给你带点什么东西吗？"

"不穿衣服的米歇尔·斯塔夫尼。"哈伦的手还是捂着脸。

"好吧。"杜安起身走向门口，现在走廊里暂时没人，"我们回头再来看你，炸薯块。"他们上四年级的时候最爱开这个玩笑。

哈伦叹了口气："麦克布莱德？"

"我在。"

"你可以做一件事。"大厅那边再次传来对讲机的声音。窗外有人打开了割草机，杜安等着哈伦的下文。"能帮我开一下灯吗？"受伤的男孩问道。

杜安眯起眼睛望了望满屋子的明媚阳光，但他还是打开了灯。阳光如此强烈，多出来的一点灯光如同沉入了深海，了无痕迹。

"谢谢。"哈伦说。

"你的眼睛没问题吧，吉姆？"杜安柔声问道。

"没事，我看得见。"哈伦放下左手望向杜安，他的表情高深莫测，"只是……呃……要是我过一会儿又睡着了，我不想醒来的时候发现周围一片漆黑，你明白吧？"

杜安点点头，又等了一会儿，但他不知道还能说什么。最后他终于跟哈伦挥手道别，溜出房间奔向侧面的出口。

戴尔·斯图尔特紧盯着枪管和C.J.康登长满青春痘的脸，脑子里只有一个念头：天哪，我要死了。这个全新的想法让他周围的一切都陷入了凝固，无论是康登、阿奇·科雷克、照在他脸上的温暖阳光、阴影般的树叶、C.J.背后和头顶的蓝天、枕木和铁轨反射的热度，还是发蓝的步枪枪管和那微弱却令人晕眩的枪油味儿。这一刻，周围的一切都凝成了一块纯粹的晶体，就像麦克那块一百万年前遗留下来的裹着蜘蛛的琥珀。

"我在问你问题，你这个蠢货丑八怪。"C.J.厉声咆哮。

戴尔觉得康登的声音似乎来自很远很远的地方。强劲的心跳仍然敲打着他的鼓膜。他必须集中全部注意力才能勉强抵挡不断袭来的晕眩感，但他还是强打精神反问："啊？"

康登冷笑起来。"我说，你在笑什么？"他将枪身抬上自己肩头，但枪管始终没有离开戴尔的喉咙。

"我没笑。"戴尔听见了自己颤抖的声音，他觉得自己应该为此感到羞愧，但现在他顾不了那么多。他的心都快从胸口里跳出来了，脚下的大地似乎正在倾斜，他只能努力保持平衡。

"还不承认！"阿奇·科雷克吼道。这位替补恶霸的脸微微侧向一边，戴尔看出来了，他的玻璃眼睛比那只真正的眼睛要大一点。

"闭嘴。"C.J.心不在焉地呵斥。他抬起步枪，戴尔喉间的压力遽然消失。现在他感觉到刚才被枪口压住的位置一阵疼痛，那里肯定留下了一圈红印。然而，黑洞洞的枪口又对准了男孩的脸。"你还在笑，丑八怪。不如让我在你的笑脸上开个洞，你觉得如何？"

戴尔拼命摇头，但他就是止不住脸上的笑意。他能感觉到自己的嘴角完全不受控制地向上翘起，现在他的右腿抖得厉害，膀胱胀得快要憋不住了。他只能集中全部精力保持平衡，控制自己别尿裤子。

步枪枪口离他的脸只有10英寸。戴尔简直不敢相信，黑洞洞的枪口大得遮天蔽日。他知道这支点22口径的步枪弹仓位于枪身后方，每次只能上一发子弹，很适合打垃圾场里的老鼠，这两个獐头鼠目的家伙原本应该是这样打算的。恍惚中他仿佛看到那枚点22的弹壳静悄悄地躺在枪管末端等待击锤落下，随后弹头呼啸而出，穿透戴尔的牙齿、舌头、上颚和脑子。他努力回忆点22的弹头会对动物大脑造成怎样的损伤，但他唯一能想起来的是，老爸带他去打猎之前跟他讲过，点22口径的长步枪弹射程可达1英里。

戴尔很想问问C.J.，现在这支枪里装的是不是长步枪弹，他拼命按捺着这样的冲动。

"你觉得如何啊，丑八怪？"C.J.再次挑衅地问道，他瞄了瞄准星，仿佛准备挑一颗牙齿当靶子。

戴尔再次摇了摇头。他的双臂垂在身体侧面，他觉得自己是不是应该举起手来，但这两只手似乎一点也不想动弹。

"开枪射他！射他，C.J.！"阿奇的破锣嗓音充满青春期的亢奋，"杀了这个小王八蛋。"

"闭嘴。"康登斥道。他眯起眼睛望向戴尔："你就是斯图尔特家的那个蠢货，没错吧？"

戴尔点点头。多年来 C.J. 一直是他心头的噩梦，每次挨打后的愤怒和暴躁总让他错觉自己和这个恶霸很熟，所以想到康登可能根本不知道他叫什么名字，这感觉真是太奇怪了。

C.J. 又斜睨了他一眼："你得好好跟我说说，你他妈为什么要监视我们，又为什么挂着一脸贱笑。或者你更愿意让我扣下扳机？"

对现在的戴尔来说，这一连串的问题过于复杂，他只能再次摇了摇头。在他看来，这几个问题里面最重要的部分应该是他想不想让康登扣下扳机。他不想。

"算你有种，丑八怪，这是你自找的。"C.J. 恼怒地说。看来他把戴尔的动作当成了拒绝回答。康登拉开单发步枪的枪栓，所有人都听到了那一声清脆的咔嗒，然后他俯下脸贴向枪把。

戴尔屏住呼吸，胸口完全僵住了。他想抬起手捂住自己的脸，就在这个瞬间，他仿佛已经看到了子弹穿透手掌钻进他的嘴巴。有生以来，戴尔第一次认清了死亡的实质：你再也不能沿着铁轨向前走，永远告别了今天的晚餐和妈妈，也没法继续追看电视剧《海底追捕》。你甚至不能在下个星期六继续割草坪，等到秋天到来，你也不能帮爸爸清理落叶。

在这个瞬间，你没有任何选择，只能躺在铁轨旁的煤渣中死去，让鸟儿像啄食浆果一样啄食你的眼睛，任由蚂蚁爬上你的舌头。你没有选择，没有决断，也没有未来。就像永恒的禁足。

"再见。"康登说。

"你敢动一下扳机，我就打爆你的头。"一个声音从戴尔身后传来。

康登和阿奇都蹦了起来，就像在黑屋子里被人吓了一跳。

C.J. 朝左边瞥了一眼，但没放下手中的步枪。

戴尔依然不敢呼吸，但他发现自己的头能动了，于是他往右偏了偏，想看清身后的人是谁。

科迪·库克已经走出了树林，现在她一只脚还站在草丛里，另一只脚踩在煤渣路基上。女孩瘦弱的肩膀稳稳地扛着双筒猎枪的枪身，两根枪管同时瞄准了 C.J. 康登。

"库克，你这个小浑……"阿奇·科雷克扯着破锣嗓子嚷道。

"闭嘴。"C.J. 厉声打断了他的话。但大男孩的声音十分平静："你这是想干吗，科迪？"

"我正端着我爸的 12 口径猎枪对准你那张肥脸，蠢货。"科迪的声音一如既往地单薄粗糙，就像一支细细的粉笔划在旧石板上，但她的声线非常稳定。

"把枪放下，笨蛋，"C.J. 命令，"这事儿跟你没关系。"

"你先。"科迪回答，"把枪放在地上，你自己走开。"

C.J. 又瞥了她一眼，仿佛在掂量掉转枪口对准女孩需要耗费多少时间。在那个瞬间，尽管戴尔非常感激科迪的突然出现，但他还是热切盼望 C.J. 真能掉转枪口。只要别被黑洞洞的枪口指着，他觉得怎么都行。

"就算我开枪打了这个小王八蛋，又跟你有什么关系？"C.J. 轻佻地问道，步枪枪口离戴尔的脸还是只有 10 英寸。

"把枪放下，康登。"科迪的声音和戴尔在班上听过的没什么两样——虽然她在学校里很少说话——柔和，心不在焉，隐隐有些厌倦，"放下枪，退回去。你可以等我走了再回来捡枪，我不会碰它。"

"我这就开枪打死他，然后再来收拾你，小浑蛋。"C.J. 吼道。现在他真的发怒了，男孩脸上灌了脓的一簇簇青春痘先是变得一片青灰，然后再次涨红。

"你那支雷明顿是单发的，康登。"科迪提醒道。

戴尔再次瞥了她一眼，女孩的手指紧扣着古董猎枪的扳机。这支枪看起来巨大而沉重，枪管上蒙着一层淡淡的锈色，破旧的木头枪托已经开裂。但戴尔毫不怀疑，枪筒里的子弹早已上膛。他漫无边际地想着，要是霰弹真的打爆了C.J.的脑袋，自己会不会被流弹波及。

"那我就先打你。"C.J.色厉内荏地咆哮。但他没有掉转枪口。

戴尔看到小阿飞赤裸的上臂肌肉越收越紧，这才意识到原来康登和他自己一样吓得动弹不得。

"弄她，阿奇。"C.J.下令。

但科雷克有些犹豫，他转了转头，似乎打算用那只仅存的好眼看清场间的状况，然后终于点了点头，从松垮垮的牛仔裤里掏出一把折叠刀，弹出5英寸长的刀刃，慢吞吞地穿过铁路走向科迪。

"他要是敢跨过第二根铁轨，你就会变成一堆狗食。"科迪警告康登。

"停！"C.J.断然喝道。这个含糊的命令听起来更像纯粹的尖叫，但阿奇立即停下了脚步。他望向自己的头儿，等待下一步指示。

"退后，你这个该下地狱的蠢货。"C.J.厉声呵斥密友。

阿奇退回第一根铁轨后面。

戴尔意识到，现在他又能呼吸了。时间重新开始流动，虽然还是比平常慢，但的确在动。他一时不知道自己现在该做什么。这样的情景他在牛仔电视剧里看过上百万次，如果被枪指着的是《糖脚》或者《野马巷》或者其他哪部电视剧的主角，他们一定会干脆利落地将坏蛋手里的枪夺过来。这事儿很简单：枪口离戴尔的脸还有10英寸，而且现在康登的全副注意力都放在科迪身上。他只需要抓住枪管掉转枪口就好。

戴尔意识到，现在要叫他动一下简直比空中行走还难。

"别磨蹭了，"科迪还是一副懒洋洋的腔调，"动一动你的蠢脑子，拿个主意出来，康登。我的手指头有点累了。"

C.J.脸上的肌肉开始抽搐。戴尔看到恶霸的鼻尖和下巴渗出涔涔的汗水。

"我绝不会放过你，你应该知道吧，科迪？你知道我不会善罢甘休，你就等着瞧好吧。这事儿我跟你没完。"

科迪似乎耸了耸肩，但枪管依然纹丝不动："不管你打算怎么报复，C.J.，只要你弄不死我，我早晚会扛着我爸的12口径猎枪找到你头上。既然去年我都敢放狗招待阿莱奥先生，今年我也不介意杀掉你。"

戴尔听说过音乐老师和狗的那档子事儿。镇上人人都知道。科迪为此停学了十个星期，等她回到学校，阿莱奥先生已经去了芝加哥。

"妈的。"C.J.骂了一句，小心翼翼地将步枪放在枕木上，然后退到一边。他的动作很慢。"还有你，斯图尔特，丑八怪斯图尔特，别以为我会放过你。"C.J.退后几步，冲阿奇点了点头。阿奇快步走到同伴身边，手里还握着那把折叠刀。两个恶霸离开了铁路，走到草丛边缘时，他们回头望了一眼，然后迅速钻进了树林。

戴尔在原地站了一秒，他盯着脚边的步枪，仿佛它还会突然跳起来重新指着他一样。但步枪纹丝不动，戴尔终于感觉地球的引力恢复了正常。一时间他觉得天旋地转，好不容易才稳住身体；男孩蹒跚走出几步，一屁股坐在铁轨上，膝盖抖个不停。

等到C.J.和阿奇完全消失在小树林里，科迪这才掉转猎枪枪口对准戴尔。确切地说，枪口并没有直接瞄准戴尔，但差不多就是那个方向。

戴尔没有注意。他正忙着打量科迪，大量肾上腺素让他的观察力变得格外敏锐。女孩长得又矮又胖，脏兮兮的灰裙子松垮垮地挂在身上，她上学的时候就总穿着这条裙子。女孩的运动鞋沾满了泥巴，连大拇指都露在外面。她的指甲和胳膊肘很脏，头发结成了油

156

腻腻的几股，扁平的圆脸就像一坨面团，小眼睛、薄嘴唇和肿鼻头在中间挤成一团，仿佛应该属于另一张更瘦的脸。

但在这个瞬间，她在戴尔眼里简直美若天仙。

"你跟着我是想干吗，斯图尔特？"

戴尔发现自己的声音还在发抖，但他还是努力试图回答："我没有……"

"别想糊弄我。"猎枪枪口又往男孩那边挪了挪，"我看见你拿着间谍望远镜偷窥我家。然后你还偷偷摸摸跟在我后面，真以为我又聋又瞎吗？回答我的问题。"

戴尔紧张得连谎都不会编了："我跟着你是因为……我们有人想找到塔比。"

"你们想找塔比干吗？"科迪的眼睛一旦眯起来简直就完全消失了。

戴尔意识到，咚咚的心跳已经不再充斥他的鼓膜："我们不想干吗，只是想……找到他。确定他平安无事。"

科迪打开猎枪后膛，重新将枪管倚在自己粗短的右臂上："难道你们觉得是我把他怎么样了？"

戴尔摇摇头。"没。我只是想看看你家那边的情况。"

"你们为什么会在乎塔比？"

我才不在乎，戴尔暗自想道。但他嘴里却说："我只是觉得有些事不对劲。罗恩先生和达比特太太那帮人没说实话。"

科迪朝铁轨吐了口唾沫："你刚才说'我们'。除了你以外，还有谁想找到塔比？"

戴尔瞥了女孩怀里的猎枪一眼，现在他比以往任何时候都更确信，科迪·库克是个疯子："几个朋友而已。"

"哼，"科迪嗤之以鼻，"肯定是奥罗克、格鲁姆班彻和哈伦那几个家伙，你们总是混在一起。"

戴尔眨眨眼。他没想到科迪竟会注意他爱跟谁玩。

女孩走向戴尔，捡起雷明顿步枪，退下一颗点22子弹扔进树林，然后把枪搁在了草丛里。"走吧，"她说，"趁那两个浑蛋还没壮起胆子滚回来。"

戴尔站起身来，跟着女孩匆匆走向镇里。沿着铁路走了50码以后，她径直穿过树林走向外面的田野。

"如果你想找的是塔比，"她说话的时候完全没看戴尔，"那你去我家干什么？你明明知道他不可能在家。"

戴尔耸耸肩："你知道他在哪儿？"

科迪厌恶地瞥了他一眼："要是我知道他在哪儿，你觉得我还用得着像个没头苍蝇一样到处找吗？"

戴尔吸了口气："你有没有想过，他到底出了什么事？"

"想过。"

他们往前又走了20步，但女孩一个字也没说。"然后呢？"戴尔终于忍不住追问。

"那所天杀的学校里有什么东西或者什么人把他干掉了。"

戴尔觉得自己的呼吸再次凝固了。虽然自行车巡逻队的男孩们一心想找到塔比，但他们从没想过，那个男孩可能已经死了。按照他们的设想，塔比可能自己跑了，或者被人绑架。戴尔从来没有真正想过，他的同学死了。刚才被枪口指着的经历在他的脑子和身体里留下了深刻的烙印，"死亡"这个字眼也由此获得了全新的意义。他一个字也说不出来。

他们俩已经走到了卡顿路和另一条小路的交叉口，再往南走就是布罗德大道。

"你们最好识相一点，"科迪说，"我正在找我弟弟，你和你那帮童子军朋友别想碍我的事儿。"

戴尔点点头，瞥了女孩怀里的猎枪一眼："你打算带着它去镇上？"

科迪没有回答这个问题，她不屑的表情说明了一切。

"你带着枪干什么？"

"我要去找范·锡克那伙人，让他们告诉我塔比的下落。"

戴尔咽了口唾沫："他们会把你扔进监狱的。"

科迪耸耸肩，撩开飘落在眼前的几缕头发，转身走向镇子的方向。

戴尔站在原地张望。直到那个身穿灰色布袋裙的小小身影快要消失在布罗德大道尽头的榆树阴影中，他才突然扯着嗓子喊道："喂，谢谢你！"

科迪·库克没有停步，也没有回头。

12

见过吉姆·哈伦以后，杜安在法院广场的树荫里坐了几分钟，一边喝咖啡一边思考。虽然吉姆说了周六晚上的事他一点都不记得，但杜安对这个男孩不够了解，所以他拿不准对方说的是不是实话。如果吉姆没说实话，他又是为什么要撒谎呢？杜安呷着保温杯里的咖啡，想到了几种可能性：

（A）哈伦看到的东西把他吓得够呛，所以他不敢说……或者不能说；

（B）有人不让哈伦说实话，他造成的威胁足以让男孩闭嘴；

（C）哈伦想保护某个人。

喝完咖啡，杜安旋紧保温杯的盖子，决定先排除第三个可能性最低的选项。第一个选项的可能性最高，不知为何，杜安的直觉告诉他，吉姆·哈伦在撒谎。但能让人昏迷二十四小时以上的严重脑外伤当然有可能彻底抹去当事人脑子里关于受伤的所有记忆。

最后杜安决定，最保险的办法是暂且相信吉姆真的什么都不记得。也许过段日子他会想起来。

他穿过广场走向图书馆，不过迈进大门之前，他又有些犹豫。塔比失踪，范·锡克鬼鬼祟祟，哈伦莫名受伤，杜安自己刚刚遇袭，这么多怪事儿，他打算从哪儿入手呢？图书馆里能找到什么资料？他为什么想来图书馆？这些看似随机的事件显然跟某个疯子有关，说不定就是范·锡克那个变态。那么在这个节骨眼儿上，他跑来翻查老中心学校的历史又有何益？

杜安知道自己为什么想来图书馆。从小到大，这里一直是他寻找资料的圣地。太聪明的孩子脑子里总有许多不足为外人道的谜团，只有图书馆才能为他提供答案，它就像一位从不提问但又无所不知的私人导师。只是再好的图书馆也没法解答所有谜题，不管你是跑一趟还是无数趟，但截至目前，杜安·麦克布莱德还没遇到过这样的难题。

除此以外，他还意识到，眼前的谜团就像茶杯里的风暴，一切的根源都在于他和朋友们觉得老中心学校不太对劲。其实早在塔比·库克失踪之前，这事儿已经困扰了他们很长时间。他早该来图书馆查一查。

杜安叹了口气，将保温杯藏在台阶旁的灌木丛后面，走进图书馆大门。

研究工作花费的时间超出了杜安的预计，但最后他还是找到了自己想要的大部分东西。

橡树山图书馆只有一台缩微胶片机，配套的资料也少得可怜。要查阅榆树港，尤其是老中心学校的历史，他只能回去翻查碎心县历史学会存放在图书馆的本地出版物和装订成册的资料。杜安知道，历史学会其实只有一个人挑大梁。保罗·普莱斯特曼博士，这位本地历史学家曾是布拉德利大学的教授，只是他已经过世大半年了，但还有几位女士继续支撑着学会的运转，普莱斯特曼博士的著作也是她们募资出版的。杜安发现，最后一卷著作的出版日期是博士过世之后，所以历史学会现在还存在着，哪怕只剩下了一块招牌。

老中心学校在榆树港——杜安发现，还有碎心县——的历史上占据着举足轻重的地位，相关资料他记录了足足半本笔记簿。每次来图书馆，杜安都盼着馆里能引进一台新近流行起来的施乐牌复印机，它能大大简化从参考书上摘抄资料的工作。

杜安盯着普莱斯特曼博士介绍老中心学校的一张张老照片。不过在 1876 年，它还只是"中心学校"。早期慢速摄影的照片墨色深邃，气质庄重，他看到了 1876 年夏末的开学仪式：那年 8 月，老开拓者野餐会在学校操场上举行，中心学校也迎来了第一批学生。教学楼大得离谱儿，这 29 个人肯定扔进去就找不着了。另外还有夏天早些时候，那口钟抵达榆树港时人们在火车站仓库举行的庆典。

最后一张照片下方印着一行大字：阿什利夫妇和威尔逊市长为中心学校迎来波吉亚钟。下面还有一排小字：这口颇具历史意义的大钟将让榆树港成为全县瞩目的学习之都。

杜安停顿了一下。从他记事时起，老中心学校的钟楼就已封锁。他从没听人提起过任何钟，更别说什么波吉亚钟。

杜安凑近资料仔细查看。老照片里的钟安放在平板货车的板条箱里，阴影掩盖了波吉亚钟的真身，但它显然很大：照片中央的两个男人站在平板货车上握手，大钟的高度差不多是他们身高的两倍。一个男人衣冠楚楚，留着小胡子，他身旁的女人也穿得很漂亮。这位男性大概就是阿什利先生。另一个留着络腮胡子的男人略矮一点，头戴圆顶礼帽，他应该是威尔逊市长。这口钟的底面直径看起来有 8 至 9 英尺。老照片成像质量太差，细节完全看不清楚，铁轨对面那辆马车前面拴着的两匹马看起来像幽灵一样，这是因为相机曝光时间太长，无法准确捕捉马匹的运动。即使如此，杜安还是拿自己的眼镜权充放大镜研究了一番，钟身从下往上大约三分之二的高度镌刻着一圈金属涡形花纹，又或者是某种铭文。

他重新坐回椅子里，想了想一口高 10 到 12 英尺、直径 8 英尺的大钟该有多重。具体的数字杜安算不出来，但只要想到这么多年来，他和其他孩子头顶的烂木梁上一直挂着这个庞然大物，他就感觉脖子一阵发凉。那口钟绝不可能现在还挂在原地。

接下来的几个小时里，除了继续研读历史学会的著作以外，杜安还去了"档案室"。这间狭长的屋子位于图书馆深处，弗雷泽太太和图书馆的其他职员常在隔壁房间吃午饭。高高的书架上覆盖着一层浮灰，上面堆着历年来的《橡树山守望时报》。提起这份本地报纸，杜安的老爸总说它是"《乌龟守望报》"。

1876 年夏天的报纸提供的信息最多，记者用维多利亚式的夸张语气对波吉亚钟大加吹捧，不遗余力地描述了它在历史上的重要地位。阿什利夫妇显然是在罗马郊区的仓库里发现这件工艺品的，当时他们正在度蜜月。这同时也是一次壮游。无论是当地历史学家还是外来的专业人士都对它的真实性作出了背书，于是阿什利夫妇花 600 美元买下了这口钟，希望它能成为新学校的点睛之笔。他们的家族为这幢宏伟的建筑付出了无数心力。

杜安草草做着笔记，一本笔记簿很快就写满了，好在他还带了新的。波吉亚钟从罗马运抵榆树港的故事至少花费了五篇文章来报道，另外还在普莱斯特曼博士的书里占了好几页的篇幅：这口钟似乎——至少那些耸人听闻的维多利亚式报道是这么说的——会给所有和它扯上关系的人和物带来厄运。阿什利夫妇买下这口钟并准备将它送往美国以后，存放大钟的仓库莫名其妙被烧成了平地，三个当地人葬身火场，他们显然都住在那幢老房子里。仓库内存放的没有名字也没有目录的工艺品大部分惨遭焚毁，波吉亚大钟本身却安然无恙。将这口钟运到美国的货船——这艘英国船只名叫"幽冥"号——在加那利群岛附近遭遇了一场反季节风暴，险些葬身海底：受损的货船被拖回港口，船上的货物也转移了出去，但在此之前已有五位船员葬身大海，还有一名船员被突然松脱的货物意外砸死，船长也遭到了贬斥。

大钟在纽约存放了一个月，这段时间里似乎什么事情都没发生，但工作人员贴错了标签，差点儿导致大钟遗失。好在阿什利家族驻纽约的律师把它找了回来，还在纽约历史博物馆为它举行了盛大的欢迎仪式，与会名流包括马克·吐温、P.T.巴纳姆和第一代的约翰·D.洛克菲勒。然后他们把这口钟送上了一列开往皮奥里亚的货运火车。厄运的魔咒再次显灵：货运列车在宾夕法尼亚的约翰斯敦附近脱轨，紧接着大钟换乘的另一列火车又在印第安纳州的里士满郊外遭遇了桥梁垮塌。这段报道语焉不详，但两场事故显然都没有造成人员死亡。

1876 年 7 月 14 日，波吉亚钟终于抵达了榆树港，几周后人们将它安放在了加固过的钟楼里。那年夏天，这口钟成了老开拓者节的镇场之宝，人们为它献上了无数溢美之词，皮奥里亚和芝加哥的历史学家和名流甚至专程坐着卧铺火车来瞻仰它的丰采。

那一年的 9 月 3 日，大钟显然已在钟楼上安放就位。在碎心县开学日的锡板新闻照片里，杜安看到老中心学校矗立在榆树港核心区域，但照片上的小镇连一棵树都没有，看起来格外突兀。大字标题写道：伴随着历史性的钟声，本地学校的孩子们进入了学习的新纪元。

杜安坐在档案室的椅子上，撩起法兰绒衬衫下摆擦擦脸上的汗，合起硬邦邦的报纸合订本，恨不得自己刚才对着弗雷泽太太随口扯的借口是真的。他说他想去档案室做点研究，因为他打算写一篇关于老中心学校和那口钟的论文。

但似乎没人记得那口钟。接下来的一个半小时里，杜安只找到了三条和钟有关的消息，而且没有任何一条消息明确提起过"波吉亚钟"这个名字。普莱斯特曼先生在书中援引了最早的报道，称其为"波吉亚钟"，但除此以外，这位本地历史学家自己从未提起过那口钟。杜安能找到的最接近的线索只有一段话："据称，那口大钟源自15世纪，这个说法颇为可信。1875年冬，查尔斯·卡顿·阿什利先生和妻子在欧洲旅行期间为本县买回了这件工艺品。"

浏览了历史学会的四卷著作以后，杜安才发现这套书缺了一册。1875年至1885年的那卷倒是完整无缺，不过里面收录的主要是照片和重要事件。普莱斯特曼博士将这十年里的其他历史细节和学术讨论放在了另一个题为"专著、文献和主要资料来源"的目录下面，书架上依次标着日期，但1876年的那册却不见踪影。

杜安去楼下问了问弗雷泽太太："打扰了，女士，您能不能告诉我，历史学会的其他文献存在哪里？"

女图书馆员微笑着摘下系着珠链的眼镜："不客气，亲爱的。你肯定知道，普莱斯特曼博士过世了……"

杜安点点头，热切地望着她。

"呃，学会的筹款工作一向由卡贝莉太太和埃斯特哈齐太太全权负责，但这两位女士都不愿意或者无法继续推进普莱斯特曼博士的研究工作，所以她们把他搜集的文献和其他资料都捐了出去。"

杜安再次点点头："捐给了布拉德利大学？"将文献捐给老学者执教多年的母校，这个推测合情合理。

弗雷泽太太看起来却很惊讶："什么？噢，不是，亲爱的。所有文献都交给了多年来真正支持普莱斯特曼博士研究的家族。我相信这事儿他们早有安排。"

"这个家族……"杜安刚开口就被打断了。

"是阿什利-蒙塔古家族。"弗雷泽太太解释道，"当然，他们来自榆树港，或者那个镇子附近的某个地方。你肯定听说过阿什利-蒙塔古这个姓氏。"

杜安点点头，谢过女图书馆员，然后将自己查阅过的所有资料放回原地，收好笔记簿，走出图书馆取回保温杯。直到这时候他才注意到自己竟花费了这么多时间，不由得大吃一惊。天色已晚，拉长的树影穿过法院广场一直延伸到了主街上。高速公路上还看得见几辆汽车，它们的轮胎沙沙碾过正在冷却的水泥地面，车身经过路面上填着沥青的伸缩缝，发出噗噗的声响。但空荡荡的市中心已被黄昏前的寂静笼罩。

杜安想了想要不要回医院再跟吉姆聊聊，但晚饭时间快要到了，哈伦的妈妈大概正待在病房里。除此以外，他还得走上两三个小时才能到家，要是天黑了他还没回去，老头子可能会担心。

杜安一边吹着口哨沿着铁路走向回家的方向，一边想着波吉亚钟。大钟挂在被木板封死的黑暗钟楼里，仿佛尘封已久的秘密。

麦克决定放弃。

从星期一下午到星期二的整个白天，他一直试图找到卡尔·范·锡克，但那个男人就像凭空消失了一样。麦克在老中心学校附近转悠了好一阵子，星期二上午8点30分以后，罗恩先生出现过一小会儿。一小时后，一群工人开着吊车，开始给二楼和三楼的窗户钉木板，但范·锡克不在其中。麦克不死心地在学校附近逗留了片刻，直到半上午的时候，罗恩亲自出来把他赶走。

范·锡克经常出没的地方麦克一个都没放过。市中心的卡尔家酒馆里还是坐着那几个常客——其中包括杜安·麦克布莱德的老爸，麦克不由得为朋友感到一阵难过——但范·锡克仍不见踪影。麦克还借用超市的电话打去黑树酒馆问了问，酒保说范·锡克已经好几周没有出现过了。他疑惑地问了一句打电话的人是谁，麦克赶紧挂断了电话。他甚至跑到德宝街的J.P.康登家看了看，因为他知道，范·锡克和肥佬太平绅士常常厮混在一起。但那辆黑色雪佛兰不见踪影，康登家似乎一个人都没有。

麦克想了想要不要顺着铁路去炼油厂看看，但他有一种感觉，范·锡克肯定不在那里。一时间他不知道接下来该怎么办，只得躺在球场外高高的草丛里嚼起了草茎。第一大道上偶尔有几辆车从水塔边上呼啸而过，其中大部分是农民脏兮兮的皮卡和破旧的大车。范·锡克那辆收尸车始终不见踪影。

麦克叹了口气，翻身仰面望向天空。他知道自己该去骷髅地墓园后面的工具间看看，但他就是无法说服自己。关于那座小屋的记忆、那个士兵和昨晚前院里的人影沉甸甸地压在麦克胸口，几乎让他喘不过气来。

他又翻了个身，正好看见凯文·格鲁姆班彻老爸那辆铬银色的运奶车沿着朱比利学院路驶来。这会儿还没到中午，但格鲁姆班彻先生差不多已经完成了一整天的工作——搜集全县奶场的牛奶。麦克知道，运奶车的目的地是东边12英里外坐落在斯蓬河谷口的卡希尔乳业。送完奶以后，格先生就可以打道回家，清洗卡车，再用他家西边那台油泵重新加满油箱。

如果麦克朝左侧躺，他就能看见格鲁姆班彻家的新房子坐落于戴尔家那幢老式维多利亚大宅旁的榆树下。大约五年前，也就是在戴尔一家搬到榆树港之前不久，格先生买下了德宝街上卡迈克尔太太那幢废弃的老宅。旧宅被彻底推倒重建，于是格鲁姆班彻家最终住进了小镇老街区里唯一的牧场风格的新房。格鲁姆班彻先生亲自开着推土机垫高了地基，所以他们家平房的地面比东侧戴尔家的窗户还高。

麦克去凯文家玩过几次，每次他都觉得十分新奇。凯文家装着空调——此前麦克只在橡树山的伊瓦茨电影院里见识过这种设备——屋子里的气味闻起来却有些古怪。隐约有种不新鲜的气息，但又不完全是。感觉空气中始终氤氲着2×4的水泥松木板和新地毯冰冷的气味，虽然凯文一家已经在这幢房子里住了四年。当然，在麦克看来，这幢房子一直不像是有人居住的样子。格鲁姆班彻家的起居室地板上铺满了塑料地垫，昂贵的沙发和椅子上也盖着一层皱巴巴的塑料布，明亮的厨房一尘不染——麦克还是头一回看到有人在家里装洗碗机和吧台——餐厅里的樱桃木长餐桌光可鉴人，仿佛格太太每天早上都会给它打蜡。

麦克和其他孩子偶尔也会获准进入凯文家玩耍，但每次他们都会直接钻进地下室，或者说"破坏室"。不知道为什么，凯文就喜欢这么叫。地下室里有乒乓球桌和一台电视，凯文说楼上还有两台电视。一套精巧的电动火车模型占据了整整半间地下室。麦克每次都想玩火车，可是大人不许凯文碰火车模型的控制板，除非有他爸在场，但格先生几乎每天下午都在睡觉。地下室里还有一条很长的马口铁水槽，拼砌水槽的金属板和这幢房子里的其他所有东西一样干净得发亮。凯文说这是他爸装的，有空的时候父子俩会在水槽里玩电动船。那几艘船就放在地下室里，但麦克、戴尔和其他孩子只能看不能碰，更不能摆弄精致的无线电控制设备。

孩子们很少去凯文家玩。

麦克一骨碌爬了起来，走向戴尔家后院的栅栏。他知道自己的担忧十分无稽，但他只想摆脱脑子里那个大兵的身影。

戴尔和凯文正躺在格鲁姆班彻家和斯图尔特家车道之间长满青草的斜坡上，等着劳伦斯向外投掷木飞机模型。一旦飞机从戴尔家的车道上起飞，两个大男孩就会争先恐后地朝它扔石子儿，看谁能把它从天上打下来。所以每次投掷的时候，劳伦斯必须迅速扔出飞机然后马上缩回去，以免被"流弹"误伤。

麦克抓了几颗石子儿，仰面躺到戴尔和凯文身旁。这个游戏的诀窍似乎在于，投掷石子儿袭击飞机的时候，你的脑袋不能离开草地。劳伦斯扔出一架木飞机，然后立即缩了回去。石子儿在空中飞舞。飞机转了个圈，飞向二楼戴尔卧室窗外那棵大橡树，然后毫发无伤地降落在车道上。劳伦斯跑过去捡回飞机，捋直机翼和机尾，趁着这个机会，三个大男孩开始补充弹药。

"咱们在侧院里扔了这么多石子儿，"麦克对戴尔说，"等到你割草坪的时候就有苦头吃了。"

"我向妈妈保证过，我们玩完了以后一定把石子儿都捡走。"

戴尔抬起胳膊做好发射准备。

这次劳伦斯的飞机扔得很高。虽然第一轮地对空攻击全数落空，但每个男孩在投弹时都情不自禁地模仿着开枪或者发射导弹的声音。麦克的第二轮火力终于奏效，右翼受损的木飞机打着旋儿坠落在草地上，三个男孩同时发出引擎失效飞机坠落起火的音效。劳伦斯拆掉受损的机翼，奔向老树桩旁边的那堆备件。

"我找不到范·锡克。"麦克突然说道。他感觉自己像是在忏悔。

小凯正忙着搜集适合投掷的石子儿，在身旁的草地上摆成一堆。他的父母永远都不会允许儿子在自家院子里扔石头。"这有什么。"他说，"今早我倒是看到了罗恩，但他什么都没干，只是在那儿监督工人钉死教学楼的窗户。"

麦克瞥了凯文一眼。三层楼——算上地下室就是四层——的窗户全都封起来以后，老中心学校顿时变了副模样。麦克只知道他们先是拆掉了纱窗，等到窗户钉死以后又把纱窗装了回去。如今的教学楼看起来十分古怪，感觉像是瞎了一样。现在只有陡峭的斜屋顶上那几扇小天窗还没封死，据麦克所知，没有哪个孩子能爬到那么高的地方去砸窗户。学校里的钟楼更是早就封死了。

"也许分头跟踪不是什么好主意。"麦克说。劳伦斯正在用胶布加固第二架飞机的零件。"给它套上铠甲。"他说。

"对今天早上的我来说，这主意真是糟糕透顶。"戴尔附和。他说了上午在铁路边发生的事儿，另外两个男孩听得忘了摆弄手边的弹药。

"天哪，"凯文低声叹道，"这简直就是犯罪。"

"接下来科迪打算怎么办？"麦克问道。他试着想象被步枪指着的滋味。低年级的时候C.J.康登也找过几回麦克的碴儿，但每次他都在第一时间做出了激烈的报复，现在那两个小阿飞根本不敢惹他。麦克瞥了学校一眼："她真打算拿枪打罗恩先生？"

"反正我们没听到枪声。"戴尔说。

"也许她用了消音器。"麦克推测。

小凯做了个鬼脸:"别傻了。猎枪装不了消音器。"

"我只是开个玩笑而已,格鲁姆软蛋。"

"你还不如说格鲁姆班长呢。"凯文没好气地反击。他不喜欢别人拿他的姓氏开玩笑,但镇上的男孩都爱这么叫他。

"随你。"麦克咧嘴笑道。然后他朝着戴尔的膝盖轻轻扔了一块石头:"然后呢?"

"没有然后了。"戴尔回答。他的语气隐隐有些后悔,似乎觉得自己不该跟朋友说这么多:"我一直担心 C.J. 突然从哪儿冒出来。"

"你没告诉你妈?"

"没。要是她问我为什么要拿着我爸的望远镜去监视科迪·库克家,我该怎么解释?啊?"

麦克做了个鬼脸,点了点头。客串一下偷窥狂或许不算什么大事儿,但偷窥科迪·库克,这就太奇怪了。"如果他真来找你,"他告诫戴尔,"我绝不会袖手旁观。康登虽然凶狠,却是个蠢货。阿奇·科雷克更蠢。哪怕真的打起来,你只要瞅准他看不见的那边下狠手,保管能赢。"

戴尔点了点头,但还是闷闷不乐。麦克知道,他的这位朋友不太擅长打架。这也是麦克喜欢他的原因之一。戴尔低声咕哝了一句。

"什么?"麦克问道。就在这时候,站在车道另一头的劳伦斯也说了句什么。

"我说,我的自行车还扔在那边没取回来呢。"戴尔重复道。

他的语调十分沉重,麦克只有在忏悔最严重的罪孽时才会祭出这样的语气:"那车现在在哪儿?"

"我把它藏在老粮仓后面了。"

麦克点点头。要取回自行车，戴尔必须再次经过康登家附近。"我去帮你取。"他说。

戴尔望向他的眼神里夹杂着解脱、难堪和愤怒。麦克意识到，戴尔之所以感觉愤怒，正是因为自己的提议让他松了口气："为什么？为什么要你帮我去取？那是我的车。"

麦克耸耸肩，发现自己身上还沾着几片球场里的草，于是他摘下一段草根扔进嘴里嚼了起来："随你，我无所谓。不过我回头去教堂的时候正好会经过那边，所以让我去取比较合理。想想看吧……康登要找的人又不是我。另外，要是今天被步枪指着的人是我，这会儿我可不会再去冒险。听着，吃完午饭我会去教堂帮卡神父跑腿，正好顺便取车。"麦克暗自想道：我又撒了个谎。这次需不需要忏悔呢？他觉得不用。

现在戴尔的表情里只剩下纯粹的解脱，他不得不低头假装数石子儿来掩饰情绪。"那好吧。"他低声回答，然后又用更低的声音补充道，"谢谢你。"

劳伦斯站在20英尺外，"套着铠甲"的飞机已经蓄势待发："喂，你们到底准备好了没有啊？难道你们打算聊一整天？"

"好了！"戴尔叫道。

"发射！"凯文大喊一声。

"蹲下！"麦克警告。

空中弹雨如织。

杜安赶在日落之前回到了家里，但老头子不在，所以他转身穿过田野走向维特根斯坦的坟墓。

每次吃完晚饭，维特总会拖着剩下的骨头跑到东边牧场这块平坦的草地上，在溪边的小山坡顶上挖个坑，再把骨头埋进松软的泥土。所以杜安决定把它葬在这里。

越过牧场和西边的玉米地，地平线上的夕阳正在缓缓西沉。伊利诺伊的落日浑圆而凝重，杜安完全无法想象没有它的日子。薄暮灰蓝的空气笼罩在他周围，就连远处传来的声音都变得懒散起来。哪怕隔着北边的小山，杜安仍能听到山坡另一面的牧场里奶牛慢吞吞的脚步声和粗重的喘息声。南边1英里外的栅栏边烟雾缭绕，那是老约翰逊先生正在放火烧野草，升腾的烟尘仿佛氤氲着黄昏特有的疲惫和甜蜜。

杜安坐在维特小小的坟头旁，落日西沉，夜色一点点吞没了黄昏的柔光。东边地平线上金星开始闪烁，就像以前的无数个夜晚，杜安坐在这片草地上等候的UFO。只是那时候，维特总是耐心陪在他身旁。紧接着其他星星次第出现在夜空中，在这远离一切散射光源的乡间，每一颗星星都那么清晰。空气踟蹰着一点点变凉，吸收了潮气的衬衫紧贴在杜安宽阔的躯干上，白日的暑气开始消散，男孩手边的土堆终于冷却到了可以触摸的程度。他最后一次轻轻拍了拍维特的坟头，摇摇摆摆地慢慢走回屋里，再次体会到少了半盲老边牧的陪伴，独个儿走在高草丛中的异样感觉。

波吉亚钟。他想跟爸爸聊一聊这个话题，但在卡尔家或者黑树酒馆厮混了一整个下午的老头子肯定没那个心情。

杜安开始给自己做晚饭。他用大号长柄锅煎了几块猪肉，然后一边熟练地切土豆和洋葱，一边打开收音机，听了一会儿得梅因的WHO电台。这个时段的新闻还是老样子：由于演员权益协会发起的罢工，百老汇继续停演；约翰·肯尼迪议员手下的工作人员表示，这位曾经和未来的总统候选人将于下周在华盛顿发表关于外交政策的重要演讲，但艾克似乎打算抢掉所有候选人的风头，因为他准备在远东发起一次重要行动；阿根廷正在呼吁以色列释放阿道夫·艾希曼。运动新闻播音员告诉听众，印第安纳波利斯500英里大赛宣布场内禁止搭建自制脚手架，因为在阵亡将士纪念日的赛车比赛中，挤满了观众的脚手架突然坍塌，最终导致两人死亡，近100人受伤。接下来播音员又讨论了一会儿弗洛伊德·帕特森和英格玛·约翰逊即将展开的第二次对决。

杜安调高音量，独自坐在长餐桌旁开始吃晚饭。他喜欢拳击。他希望自己将来有机会写一个拳击主题的故事。也许和黑人有关——黑人在赛场上通过拳击寻求平等。多年前杜安听老爸和阿特叔叔聊过杰克·约翰逊的事，这段记忆深深镌刻在他的脑子里，就像他最爱的小说情节。如果我知道该怎么把它写出来，杜安想道：它一定能成为一部优秀的小说。而要完成这样一部作品，他需要尽可能地了解拳击、黑人、杰克·约翰逊、生活和其他方方面面的事情。

波吉亚钟。吃完晚饭，杜安清洗了碗碟、咖啡杯和老头子早上留下的餐具，把它们一一收进碗柜，这才离开了厨房。

除了厨房的灯光以外，周围一片漆黑，整幢房子显得比平常更加破旧、怪诞。二楼的房间全都空着，老头子和杜安的卧室都没人住，因此显得格外阴沉。波吉亚钟，难道这么多年来，它一直挂在我们头顶？杜安摇摇头，打开餐厅里的一盏灯。

一台台蒙尘的学习机骄傲地挺立在桌上，老头子发明的其他小玩意儿摆满了工作台和地板。不过插着电或者说能工作的机器只有一台，就是老头子几年前拼装的电话答录机，当时他为错过的电话烦恼了好一阵子：这台机器其实只是电话零件和开盘式磁带录音机的简单组合，只要给它插上电话接头，它就能播放一段录好的信息，邀请来电者留言。

听到录音以后，几乎所有人——除了阿特叔叔以外——都会愤怒或迷惑地马上挂断电话，但有时候老头子可以通过录音里的咒骂或者含混不清的嘀咕听出来是谁打的电话。除此以外，人们的反应也让老头子乐在其中，尤其是电话公司。玛贝尔公司的人专程来过两趟农场，他们威胁说要停掉麦克布莱德家的电话，除非麦克布莱德先生立即停止违法行为，不再干扰电话公司的设备和线路。他们还郑重警告，未经许可录制他人的谈话，这种行为严重违反了联邦法规。

老头子告诉他们，这是他和别人的谈话，那些人打电话找的是他；联邦通信委员会的确要求电话录音必须事先告知被录音者，但他明明在预先录制好的提示里说得明明白白。所以就这件事而言，玛贝尔公司就是个该死的垄断资本家，活该抱着自己的威胁和设备滚回去吃屎。

但他们的威胁也不算全无效果，至少老头子从没想过将答录机——他的"电话管家"——推向市场。对杜安来说，电话没断他已经觉得谢天谢地。

最近杜安帮老头子改进了一下设备，现在如果答录机记录了新的信息，机器上的灯就会闪个不停。实际上，按照他的设想，这台机器最好能识别磁带上的人声，由此决定灯光的颜色。阿特叔叔是绿灯，戴尔和其他孩子闪蓝灯，要是声音来自电话公司的工作人员，那就闪红灯，诸如此类。但他解决不了语音识别的难题。杜安尝试过将重组后的音频发生器连接到基于历史电话信息的身份识别电路中，通过简单的反馈回路实现不同语音控制灯光颜色的功能，但这套设备需要的零件太贵，最终他选择了退而求其次，只要机器每记录一通新电话，灯光能闪烁一次就好。

答录机上的灯没亮。一条留言都没有。这种情况十分罕见。

杜安走到纱门边上，望向谷仓旁的路灯。明亮的弧光灯照亮了车道转角和农舍的附属建筑，而在灯光照不到的地方，外面的田野显得更黑。今晚的蟋蟀和树蛙叫得格外响亮。

杜安在门口站了一分钟，琢磨着明天该怎么说服阿特叔叔开车送他去布拉德利大学。但在返回餐厅去打电话之前，他做了一件以前从来没做过的事情：他扣好纱门的门闩，检查确认了平时无人进出的前门的确上了锁。

虽然这样一来，他就不能提前睡觉，免得老头子进不了家门，但没关系。他们从来不锁门。极罕见的情况下，杜安和老头子会跟阿特叔叔一起去皮奥里亚或者芝加哥度周末，但哪怕这样他们也不会锁门。他们脑子里就是没这个概念。

但今天晚上，杜安不想让自己家的门畅通无阻。

将门闩插进轻木门框时，杜安突然意识到，只要有人从外面用力一推，或者踹上一脚，纱门肯定会应声而开，这道门连他自己都拦不住。男孩为自己的愚蠢暗笑起来，然后他转身回到餐厅，去给阿特叔叔打电话。

麦克的小卧室楼下正对的客厅早就改成了姆姆的卧室。二楼没有直接供热的设备，热气只能透过金属格栅升到楼上。透过床边的格栅，他能看到姆姆房间里终夜不灭的小煤油灯在他自己的天花板上投下微弱的光线。麦克的妈妈每晚都要去看姆姆几次，这盏小夜灯让她的工作变得轻松了一点。麦克知道，要是他跪在地板上透过格栅向下张望，就能看见裹在被子里的姆姆。但他从来没有这么干过，感觉太像偷窥。

但有时候，麦克觉得自己真的能透过格栅听见姆姆的想法和梦境。不是言语或者图像，更像某种半明半昧的叹息。有时候澎湃的爱意如上升的暖气般拂过他的身体，有时候他又能感觉到焦虑带来的阵阵凉意。麦克常常躺在天花板低垂的房间里，幻想如果姆姆在此时死去，他会不会感觉到她的灵魂透过格栅经过他的身边，温暖地将他拥入怀中？正如麦克小时候，姆姆每天晚上都会帮他掖被角，她的身体低俯在他上方，带来同样的暖意。姆姆房间里那盏小煤油灯的火苗微微跳动，玻璃小烟囱发出轻柔的咝咝声。

麦克躺在那里，望着天花板上摇曳的朦胧叶影，他一点也不想睡。因为昨晚睡得太少，整个下午他都觉得眼睛酸涩，哈欠打个不停，可是现在，尽管夜色已深，但他还是不敢闭眼。他躺在那里，努力保持清醒，想象自己和卡神父聊天儿，回忆妈妈仍会对他微笑、给他拥抱的美好往昔。那时候她的声音还很轻柔，很少对人大喊大叫，浓重的爱尔兰口音总是略带戏谑，但一点也不刻薄。最后他终于想到了米歇尔·斯塔夫尼，想到她的一头红发，和他妹妹凯瑟琳的头发一样柔软可爱，但米歇尔的眼睛和表情都更有灵气，不像他妹妹那么眼神呆滞，动作迟缓。

就在麦克快要睡着的时候，一阵凉风拂过他的身体，他一下子醒了过来。

虽然卧室的小窗户敞开着，但屋里还是很热。整个白天积蓄的热量都升到了楼上，二楼也没有穿堂风能将它带走。但刚才那阵微风仿佛来自1月的寒夜，风中裹挟着冰冷肉体和血液的气味，让麦克不由得想起超市里摆放牛肉的冷柜。

麦克翻身下床，跪在格栅旁边向下张望。煤油灯的火苗疯狂跳动，就像一场风暴正在席卷这个小小的房间。阵阵凉意包裹着麦克的身体，仿佛一只只冰冷的手扼紧了他的手腕、脚踝和喉咙。他以为母亲很快就会顶着一头乱发抓着睡袍冲进姆姆的房间，检查什么地方出了问题，但整幢房子依然安稳平静，后面的卧室里隐隐传来父亲打鼾的声音。

那股凉意开始动摇，仿佛打算穿过格栅缩回楼下，再借助1月寒风的力量透过敞开的窗户重新闯进二楼。煤油灯的火苗跳动了最后一次，终于黯然熄灭。黑暗中麦克似乎听到姆姆躺着的角落传来一声呻吟。

麦克跳起来一把抓起墙角的路易斯维尔牌球棒，三步并作两步冲下陡峭的木质楼梯，赤裸的双脚几乎没发出任何声响。

姆姆的房门永远留着一道窄缝，但是现在，那扇门关得很紧。

一时间麦克竟隐隐有些期盼这扇门从里面上了门闩。但如果屋里只有姆姆一个人，那她绝对不可能办到。他在门外蹲了几秒钟，手指轻轻按着门扇，就像透过房门试探火焰温度的消防员，只是现在，他的指尖一片冰凉。然后他猛地推开门闯进房间，扛在肩上的球棒随时准备向前挥出。

虽然没有灯，但借着外面透进来的亮光，他还是看清了屋里没有别人，只有角落里的一团阴影。那是姆姆。桌子、柜子和他们特意买的医用托盘桌上摆满了相框和药瓶，姆姆的摇椅里也堆着不少杂物，外公最爱的那把椅子放在角落里，还有那台老当益壮的飞歌牌收音机……似乎一切如常。

但就在这一刻，哪怕麦克举着球棒站在那里，他仍能清晰地感觉到，屋子里除了他和姆姆以外还有别的……东西。冰冷的空气在他身边无声地盘桓，刺骨的气旋散发着浓重的酸腐味。麦克帮穆恩太太清理过一台断电十天、装满鸡肉和碎牛肉的冰箱。现在他闻到的气味和那时候很像，甚至更冷，更令人作呕。

冷风拂过他的脸，裹紧了他的身体，麦克霍地举起球棒：冰冷的指甲抓挠着他裸露在睡衣外面的前胸和后背；他感觉凉凉的嘴唇轻轻拂过自己的后颈窝；一道腐臭的气息迎面向他袭来，就像一张看不见的脸在很近的地方对着他喷了一口坟墓里的腐败空气。

麦克暗骂一声，朝着眼前的黑暗挥出球棒。冷风依然绕着他打转。他几乎能听到它黑暗的咆哮，就像有人在他耳畔嘶声叫嚷。但房间里散落的纸张纹丝不动，周围也没有任何声响，他甚至听见了街对面田野里玉米叶轻柔的摩擦声。

麦克咽下第二句咒骂，但他站在屋子中央，双手握紧球棒再次向前挥出，姿势既像击球员，又有点像职业拳击手。那股黑风似乎退到了角落里；麦克刚往前迈出一步，又回头看了一眼影影绰绰的床单外面姆姆那张苍白的脸，于是他改变主意退了回去。不管那是什么东西，休想绕开他，更别想动她一根汗毛。

他蹲在姆姆床前，感觉她干涩的呼吸喷在他的背上——至少她还活着——试图用他自己滚烫的身躯替她挡开那股凉意。

空气中传来最后一阵扰攘和躁动，仿佛有人在低声轻笑，然后那股凉意穿过敞开的窗户溜了出去，就像污水流进下水道里。

煤油灯突然重新亮了起来，啮啮的金色火苗和晃动的影子吓了麦克一跳，他的心一下子提到了嗓子眼儿。他站在原地又等了一会儿，手中的球棒仍举在空中。

那股凉意的确不见了，敞开的窗户透进来的只有6月的暖风，他突然又听到了蟋蟀的叫声和树叶的轻响。

麦克转身蹲在姆姆身前。她的眼睛瞪得很大，老人湿漉漉的虹膜在灯光中呈现出纯然的黑色。麦克俯身再次确认了她正在急促地呼吸，这才腾出一只手碰了碰她的脸颊。

"你没事吧，姆姆？"有时候她似乎能听懂家人的话，并用眨眼来回答。眨一次眼睛代表"是"，两次代表"不"。不过更常见的是，你说什么她都毫无反应。

她眨了一次眼。是。

麦克感觉自己的心再次狂跳起来。姆姆很久没跟他说过话了，哪怕是以这么原始的方式。

他觉得嘴巴里干得没有一丝水分。他努力挪动紧紧粘住上颚的舌头，强迫自己开口问道："你感觉到它了吗？"

眨眼一次。

"刚才屋里有别的东西？"

眨眼一次。

"它是……真实存在的吗？"

眨眼一次。

麦克深深吸了口气。感觉像是跟木乃伊说话，虽然姆姆还会眨眼，但在煤油灯昏暗的光线下，这样轻微的动作看起来宛如错觉。在这个瞬间，他愿意用自己拥有或得到过的任何东西来交换姆姆开口说话，哪怕只有一分钟。

他清了清突然变紧的嗓子："是什么糟糕的东西吗？"

眨眼一次。

"就像……鬼魂？"

眨眼两次。不。

麦克凝望着姆姆的眼睛。不用回答问题的时候，她的眼皮纹丝不动。感觉像在询问尸体。

麦克摇摇头，摆脱这个大逆不道的想法。

"它是……是死神吗？"

眨眼一次。是。

答完这个问题，她闭上了眼睛。麦克慌乱地倾身向前，确认她还在呼吸，然后再次伸手碰了碰她的脸颊。"没关系，姆姆。"他在她耳畔低声保证，"有我在呢。今晚它不会回来了。安心睡吧。"

他蜷缩在她身边，直到老妇人粗重急促的呼吸渐渐放缓，变得规律起来。然后他起身将外公的椅子拖到床边，一屁股坐了下去。虽然那把摇椅挪起来更方便，但他还是想要外公的椅子。他坐在外公的椅子上，球棒仍扛在肩头，挡在姆姆和窗户之间。

当晚早些时候，麦克家西边隔了一个半街区的那幢房子里，劳伦斯和戴尔做好了上床睡觉的准备。

9点30分的时候，兄弟俩看完了劳埃德·布里奇斯主演的《海宫猎奇》。他们本该9点就上床睡觉，看这部电视剧时算是唯一的例外。然后结伴上楼，戴尔第一个走进黑黢黢的卧室，四处摸索灯绳。虽然现在已经是晚上10点，但时近夏至，天还没黑透，隐约的微光透过窗户溜了进来。

戴尔和弟弟躺在两张相距只有18英寸的小床上聊了会儿天儿。

"你怎么就不怕黑呢？"劳伦斯小声问道。熊猫玩偶紧紧搂在他的臂弯里。尽管戴尔反复告诉他，这是一头熊猫，不是泰迪熊，但劳伦斯还是坚持叫它"泰迪"。这只玩偶是他们几年前在芝加哥河景公园玩猴子赛跑游戏的时候赢回来的，现在它已经很破了：一只眼睛松垮垮地挂在脸上，左耳几乎撕成了碎片，胸口的软毛被六年来的无数次拥抱磨得光秃秃的，代表嘴巴的黑线已经开始松脱，所以泰迪的嘴角总是歪着，看起来一脸傻笑。

"怕黑？"戴尔反问，"屋里一点也不黑呀。夜灯还亮着呢。"

"你知道我的意思。"

戴尔的确知道弟弟的意思。他也知道，对劳伦斯来说，承认自己的恐惧是一件多么艰难的事情。白天这个 8 岁的男孩简直无所畏惧，可是到了晚上，他常常需要让戴尔握着他的手才能入睡。

"我不知道。"戴尔回答，"我比你大。也许等你再长大一点就不怕黑了。"

劳伦斯沉默了片刻。他们听见楼下传来隐约的脚步声，那是妈妈正在离开厨房穿过餐厅。脚步声在起居室的地毯边上停了下来。他们的爸爸出差还没回来。"可你以前也怕。"劳伦斯说。这不是一个问题。

比起你来可就差得远了，你简直就像一只受了惊的猫。戴尔险些脱口而出，但现在不是开玩笑的时候。"嗯。"他低声回答，"是有点儿怕。有时候。"

"怕黑？"

"嗯。"

"不敢走进来摸灯绳？"

"小时候我们住在芝加哥的公寓里，我的房间——我们的房间——没有灯绳，开关装在墙上。"

劳伦斯将泰迪贴在自己脸上："真希望我们现在还住在那里。"

"算了吧。"戴尔把双手垫在脑后，望着天花板上摇曳的树影，"这幢房子比那间公寓整洁一百万倍。而且榆树港比芝加哥好玩多了。那时候我们想出门玩只能去加菲尔德公园，而且必须有大人带着。"

"我记得一点。"劳伦斯说。搬家的时候他只有 4 岁。紧接着他又执着地继续追问："可你以前也怕黑，对吧？"

"嗯。"那时候他怕黑吗？实际上戴尔并不记得，但做哥哥的不想让弟弟觉得只有他自己特别胆小。

"那你也怕壁橱吗？"

"那时候我们有一个真正的衣柜。"戴尔瞥了一眼角落里漆成黄色的松木壁橱。

"但你以前也怕它吧？"

"我不知道，不记得了。你为什么害怕壁橱？"

劳伦斯没有马上回答。他似乎往床单深处缩了缩。"那里面有声音。"过了好一会儿，他才嗫嚅着说。

"老房子里当然有老鼠，小傻瓜。你知道爸妈成天到处安放捕鼠器。"收拾捕鼠器捉到的老鼠，这是戴尔的工作，他对此深恶痛绝。哪怕睡在二楼上，夜里他也常常听见老鼠从墙缝中匆匆跑过的声音。

"不是老鼠。"劳伦斯的声音十分坚定，但他听起来似乎有些困了。

"你怎么知道？"戴尔条件反射地问道，但弟弟的话还是让他不由得打了个寒战，"你怎么知道那不是老鼠？那你觉得会是什么，怪兽吗？"

"不是老鼠。"劳伦斯睡意蒙眬地喃喃重复，"有时候和床底下的东西一样。"

"床底下什么都没有。"戴尔断然反驳，他不想再聊下去了，"只有灰尘结成的球。"

劳伦斯没有说话，只是伸了一只手过来。"求你了。"他的声音带着浓浓的睡意。劳伦斯的半截小臂露在外面，他最爱的罗伊·罗杰斯睡衣已经太小，但他坚决不肯穿别的衣服睡觉。

有时候戴尔会拒绝弟弟的要求。归根结底，对他们这么大的孩子来说，这样的举动实在有些幼稚。但今晚他决定做个好哥哥。而且戴尔意识到，他自己也需要安抚。

"晚安。"他低声说道，并不指望得到回应，"好梦。"

"你什么都不怕，这真是太好了。"劳伦斯嘟囔着回答。隔着睡眠的轻纱，他的声音仿佛来自另一个地方。

戴尔伸出左手握住劳伦斯的手，弟弟的手指还是那么细小。他闭上眼睛，立即看见C.J.康登那支点22步枪黑洞洞的枪口正对着自己的脸。戴尔吓得一激灵，立即醒了过来，心脏怦怦直跳。

戴尔知道，他的确害怕某些黑暗。但那是真实的恐惧，来自真正的威胁。接下来的几周里，他都得格外小心，尽量避开C.J.和阿奇。

一瞬间戴尔清醒地意识到，寻找塔比·库克、跟踪罗恩和其他人，这个游戏该结束了。至少对他来说，游戏已经结束。再这么瞎玩下去，早晚会有人受伤。

榆树港没有什么神秘的谜团。没有南茜·茱儿，没有乔·哈迪，更没有密道和巧妙的线索，只有康登父子这样的浑蛋，如果你挡了他们的路，他们真的会伤害你。吉姆·哈伦已经断了一条胳膊，很可能就是因为这个愚蠢的侦探游戏。其实从下午开始，戴尔就隐约感觉到，麦克和凯文大概也玩累了。

不知过了多久，劳伦斯叹了口气，在睡梦中翻了个身。小男孩仍紧抓着怀里的泰迪，但松开了哥哥的手。戴尔也朝右边翻了个身，思绪变得飘忽起来。隔着两扇窗户的纱窗，大橡树的叶子窸窣作响，草丛中的蟋蟀仍在不知疲倦地鸣唱。薄暮的最后一丝微光早已散尽，但幽暗的枝叶间仍有不少萤火虫闪烁着点点光芒。

就在戴尔快要睡着的时候，他觉得自己听到了妈妈在楼下厨房里熨衣服的声音。有那么一小会儿，房间里寂静无声，只听得见两个男孩均匀的呼吸。窗外的猫头鹰或者鸽子发出咕咕的低鸣。紧接着，在更近的地方，角落里的壁橱深处有什么东西开始抓挠，这声音停顿了片刻，然后再次响起，最后终于陷入沉寂。

13

杜安·麦克布莱德说服了阿特叔叔，星期二是个适合去大学图书馆的好日子。这些年来阿特的大部分钱都花在书上，但他还是喜欢时不时去"像样的图书馆"逛逛。所以那天早上，叔侄俩刚过8点就上路了。

除了买书以外，阿特叔叔的钱都花在了车上。他这辆凯迪拉克刚买了一年。看到这辆尺寸堪比战舰的大车，杜安只能发出由衷的赞叹。它配备了底特律所有的尖端技术，其中包括自动大灯调光器，造型酷似射线枪的传感器支在仪表台上，看起来倒像是杜安老爸的杰作。阿特叔叔开车时只用三根手指搭在方向盘最下方，沉重的身体舒舒服服地塞在驾驶座里。

杜安喜欢这位叔叔。阿特的圆脸永远容光焕发，表情也总是乐呵呵的，就像刚听了或者即将听到什么有趣的事情。杜安的老爸看什么都觉得有阴谋，无论是政府、电话公司、退伍军人管理局还是榆树港所谓的"上流家庭"，阿特叔叔却认为大部分人和所有官僚的智商根本不足以搞什么阴谋诡计。

这对兄弟各有各的失败之处。杜安的父亲觉得自己创业之所以屡战屡败，全都是因为计划不周和时机不当。尽管老头子每次都尽心尽力，但他的管理技巧从来就没什么效率可言。除此以外，尽管明知某些人或者组织能决定项目的生死，老头子还是忍不住要羞辱他们。而阿特叔叔创业的次数倒是不多。他的确赚到过钱，只是这些收益都花在了三任妻子身上，但她们现在全都死了。不过，后来他觉得自己实在不适合做生意。需要钱的时候，他就去皮奥里亚附近的卡特彼勒工厂打工。虽然阿特拥有工程学和工商管理学位，但他更喜欢生产线。

杜安从阿特叔叔身上学到了一件事：对戏剧化辞职的爱好和承担责任的能力有时候无法并存。

"你想去布拉德利图书馆查什么小秘密啊？"阿特叔叔问道。

杜安伸出中指推了推鼻梁上的眼镜："噢，我只是想找一些橡树山没有的资料。"

"你去榆树港图书馆试过吗？那可是继亚历山大图书馆之后最棒的知识庇护所。"

杜安笑了。他和阿特叔叔常拿布罗德大道上那座只有一间屋子的"图书馆"开玩笑。榆树港图书馆大约拥有400册藏书，而阿特叔叔自己的藏书就不止3000册。想查波吉亚钟的资料，杜安本来应该先去叔叔家的藏书室看看，但他了解阿特的喜好，叔叔的藏书里关于那个年代的内容不多。

"我刚才是不是说了'知识庇护所'？"阿特叔叔继续开着玩笑，"其实我想说的是'屁股所'。算你走运，孩子，最近我正好失业。"

"嗯。"杜安回答。生产线对工人的需求时多时寡，所以阿特叔叔一年里倒有大半年失业，但他似乎并不介意。

"说真的，你到底想查什么？"阿特叔叔关掉空调降下车窗，温暖潮湿的空气一下子涌进了车里。他伸出一只手挠了挠自己的短发，茂密的白发微微打着卷儿。杜安记忆中的阿特几乎从来不留长发，大部分时候他都剪着现在这样的平头。杜安还记得自己小时候，阿特叔叔的第三任妻子去世后，他又出去旅行了整整一年。等他再次回到家乡，4岁的小男孩差点儿把留着一脸络腮胡子的叔叔认成了圣诞老人。

杜安叹了口气："我想查一查波吉亚家族的事儿。"

阿特叔叔饶有兴味地眨了眨眼睛："波吉亚家族？你是说卢克雷齐亚、罗德里戈、切萨雷……那一大家子？"

"是的。"杜安坐直了身体，"你很了解他们？或者你有没有听说过，他们家有一口钟？"

"没。我对波吉亚家族的了解不多，也就是大家都知道的那些事儿，下毒啦，乱伦啦，邪恶教皇啦，诸如此类。我更感兴趣的是美第奇家族。看来你终于找到值得研究的家族了。"

杜安点点头。他们正沿着哈德路驶向东南方向，离开榆树港以后，这条州高速公路就进入了通往斯蓬河谷的漫长下坡。两侧的山崖相距大约 1 英里，山坡上郁郁葱葱，茂盛的林木甚至伸到了公路上方。开阔的洼地里积满了连绵的洪水带来的肥沃黑土，所以这里的玉米长得比榆树港附近的高了足足 1 英尺。放眼望去，视野中仅存的建筑物只有几座存放玉米的仓库和横跨河流的高速公路金属大桥。桥上狭窄的人行道尽头是一座筒仓形状的波纹钢塔，直径不超过 4 英尺。塔下耸立着 30 英尺高的混凝土基桩。杜安知道，基桩内部只有一条逼仄的螺旋楼梯，通往河床上的路政库房。

"还记得吗？有一次我们开车去皮奥里亚的时候，你和爸爸吓唬我说，要是我再刨根究底问个没完，你们就把我扔到那儿去。"杜安指指远处的铁塔，"你们告诉我，那是一座监狱，专门关押话多的小孩，还说要等到回家的时候再来接我。"

阿特叔叔点点头，借着点烟器的火光燃起一支香烟。他眯起蓝色的眼睛，望向前方热气蒸腾的窄路："我说的现在还作数，孩子。只要再问一个问题，恐怕你在囚塔里待的时间就要超过托马斯·莫尔啰。"

"谁是托马斯？"杜安假装没有听懂。其实他和阿特叔叔都是托马斯·莫尔的忠实粉丝。

"现在有这样一个人！"阿特叔叔拿腔拿调地念起了独白。

进入 150 号高速公路以后，他们向东穿过齐卡卜小镇驶向皮奥里亚。杜安缩回凯迪拉克深深的座椅里，开始琢磨波吉亚钟的事。

那天早上，戴尔、麦克、凯文和劳伦斯刚吃过早饭就离开镇子，向东钻进了骷髅地墓园后面的树林。男孩们骑着自行车穿过墓园。麦克悄悄瞥了一眼工具间上锁的门，但他什么也没说。然后他们把车留在墓园后面的栅栏旁边，走路穿过草场钻进茂密的树林。往前走了四分之一英里以后，他们终于来到了比利羊山的露天采石场。接下来四个男孩一边爬山，一边叫喊着投掷土块，痛痛快快玩了一个小时以后，他们脱掉衣服，跳进浅塘里游了会儿泳。

大约10点，戴尔和伙伴们刚穿好衣服，格里·戴辛格、鲍勃·麦康、比尔和巴里·福斯纳、查克·斯珀林、迪格尔·泰勒也带着几个人来了。福斯纳家的双胞胎头一个叫了起来，在他们的带领下，入侵者纷纷开始投掷土块。幸亏麦克和戴尔他们早在下水前就做好准备，提前占领了采石场东边的一块地盘。双方隔着池塘互相叫骂，交换了一会儿远程火力之后，新来的孩子分成两拨，沿着林木葱茏的山崖分头包抄了过来。

"他们想左右夹击我们。"麦克一边拉着牛仔裤的拉链一边喊道。

凯文扔出一团土块，但他的武器没飞多远就掉了下去，离北面悬崖还有10码之遥。戴辛格嚷嚷了几句脏话，继续沿着悬崖边缘一路小跑，时不时停下来从地上捡块石头扔向这边。

戴尔催促劳伦斯赶紧把运动鞋穿上。他扔了一块泥巴，心想可惜不是石头，然后高兴地看到查克·斯珀林狼狈地缩了回去。

泥巴和石块仍不断在他们身边坠落，哗啦啦地掉进浅塘，在男孩们身后的土丘里砸出一个个坑洞。入侵者已经跑到了采石场对面，现在他们正在从南北两个方向同时逼近。但采石场20英尺外就是绵延好几英里的茂密树林。

"记住，"麦克叮嘱，"除非真的被他们死死按住，否则绝对不要投降。只要有机会就赶紧跑。"

"没问题，"凯文瞥了树林一眼，"咱们走吧？"

麦克抓住伙伴们的衣服："不过就算被他们抓到，也千万不要泄露营地的位置和我们的暗号。明白？"

凯文做了个不耐烦的表情。吉姆·哈伦出卖过他们一次，所以五号营地算是废了，但其他人从没当过叛徒，戴尔甚至为此和迪格尔·泰勒干过一架。

现在偷袭者离他们已经很近了。那帮家伙大概觉得夹击战术胜利在望，呼啸而来的土块不断溅落在低矮的灌木丛中。劳伦斯转身瞄准反击，一块泥巴狠狠砸在格里·戴辛格身上，尽管他离这边足足有30步之遥。大男孩一屁股坐在地上，嘴里爆出一串咒骂。

"三号营地！"麦克叫道，一旦摆脱了袭击者，大家得在三十分钟内赶到碰头点，"走！"

男孩们冲过矮灌木奔向密林深处，戴尔紧紧跟着劳伦斯，凯文和麦克奔向南边的吉卜赛小径，尸体溪所在的层岩崖谷也在那个方向。戴尔和弟弟拼命冲向墓园北边的小溪，越过小溪再往前走就是亨利叔叔和丽娜阿姨的农场，那边有一片隐蔽的池塘。

福斯纳双胞胎、麦康和其他偷袭者在他们身后大声叫嚷，亢奋得像一群追逐狐狸的猎犬。但森林里到处都是新长出来的树苗、丛生的灌木、茂密的野草和纠结的毒葛，每个人都忙着奔跑追逐，或者一边逃跑一边抽冷子回头丢几块泥巴。

戴尔拖着弟弟没命地往前跑，时不时转个急弯拐进某条旧道或者爬上山坡，这种时候他总得拉上劳伦斯一把。他要做的不仅仅是甩开追兵，还得设法绕回三号营地，而且不能迎面撞上那帮浑蛋。

山林间回荡着孩子们追逐逃亡的叫喊。

布拉德利大学的图书馆算不上一流，毕竟这所学校的强项是教育学、工程学和商科，但杜安熟悉这里的情况，所以没过多久，他就找到了一点头绪。他在卡片目录、缩微胶卷和成堆的参考资料中忙碌，与此同时，阿特叔叔一直坐在大阅览室的安乐椅里，悠闲地翻阅两个月来落下的期刊和报纸。

这里关于波吉亚家族的资料确实不多，提到大钟的则更少。杜安匆匆翻阅了无数资料，终于找到了第一条线索。在一大段介绍教皇加冕礼的文字中，他敏锐地发现了一条微不足道的记录：

　　在 1455 年的教宗选举会议上，作为巴伦西亚大主教暨四殉道堂红衣主教，77 岁的唐·阿方索·波吉亚阁下被推举为教皇，这个消息震惊了整个意大利，连他自己的西班牙亲戚也感到意外至极。人们普遍认为，这位红衣主教最大的优势在于他的年龄和虚弱的病体。枢机团需要一位过渡教宗，所有人都相信，尽管意大利人决意垂青这个粗鄙的西班牙姓氏，但波吉亚的使命仅此而已。

　　然而在成为教皇嘉礼三世以后，波吉亚似乎在这个位置上重新找回了生命的活力。他不仅巩固了自己的权力，还对占据君士坦丁堡的土耳其人发起了新的十字军东征。后来我们发现，这也是最后一次。

　　为了彰显自己的宗教权威、宣扬波吉亚家族的令名，嘉礼三世决定用来自传说中阿拉贡山脉的金属铸造一口大钟。这口钟真的铸成了。传说它使用的铁由著名的科罗纳蒂星石提炼而来，这块石头（它可能是一块陨石）一直是巴伦西亚和托莱多金属匠人心目中品质最佳的材料。1457 年，这口大钟在巴伦西亚亮相，随后被隆重地送往罗马。它将在这里暂存一段时间，再送往阿拉贡和卡斯提尔的所有主要城市巡回展出。后来我们才发现，这段"暂存"的时间拖得实在太长。

　　1458 年 8 月 7 日，嘉礼三世的大钟运抵罗马，但年届八十的教宗本人却没能亲眼看见它的丰采。就在前一天深夜，老教宗在紧闭的房门后溘然长逝。

　　杜安翻了翻目录，又草草浏览了这本书剩余的部分，但嘉礼三世的这口钟再也没有出现过。他迅速查阅卡片目录做了几条笔记，又跑回来查阅嘉礼三世教皇之侄罗德里戈的信息。

关于罗德里戈的资料相当丰富。杜安一边飞快地做着笔记，一边庆幸自己今天带了好几本小笔记簿。

1458 年，嘉礼三世去世后，27 岁的红衣主教罗德里戈·波吉亚成了教宗选举会议最主要的推动人。尽管他本人绝无可能当选，但这位年轻的波吉亚明智地认清了自己的处境，所以他选择了支持艾伊尼阿斯·西尔维乌·比科罗米尼。这位主教成功地通过枢机团的推举，成了教皇庇护二世。庇护二世没有忘记雪中送炭的年轻红衣主教，接下来的几年里，罗德里戈·波吉亚收获了丰厚的回报。

但没有任何资料提到过钟。浏览了三本书以后，杜安才找到了下一条线索。

这段历史出自比科罗米尼本人之手。看来庇护二世是天生的编年史撰写者，他更像一位历史学家，而不是神学家。他详细记录了1458 年的教宗选举会议——尽管这样的记录完全不合规矩，也违背了传统——毫不遮掩地描述了他如何催促罗德里戈·波吉亚支持自己，这份支持又是多么关键。时间跳到四年后的 1462 年，在另一段关于棕枝主日的记录中，庇护二世描述了圣安德烈的头颅送抵罗马的隆重场面。读到这里，杜安不由得失笑。他们竟会为一颗头颅举行庆典。

这段描写相当啰唆：

> 沿途的红衣主教都大肆装饰了自己的房屋，但花费最多、最尽巧心的还得数副教长罗德里戈。他那幢坐落在铸币厂旧址上的恢宏大宅里挂满了奢华的美丽挂毯，天花板上也绘满了精致的宗教故事和神迹，前任教皇——也是副教长的叔叔——铸造的大钟悬挂在装饰华美的穹顶之上。尽管这口钟是新铸的，但传说它是波吉亚家族的护符和力

量之源。

　　游行的队伍在副教长的城堡前停了下来，甜蜜的歌声和赞美声响彻云霄，人人都称颂这座大宅像尼禄的宫殿一样金碧辉煌。罗德里戈不仅装饰了自己的家，还将附近的所有房子粉饰一新，整个广场看起来就像狂欢的公园。我们主动提出要祝福罗德里戈的房子、土地和那口钟，但副教长告诉我们，早在两年前这座宫殿落成的时候，大钟就已接受了献祭。面对一片欢腾的街道和虔诚的人群，我们没有时间提出疑虑，只能簇拥着队伍中的无价之宝继续前行。

　　杜安往上推了推眼镜，摇头笑了。想到这口被遗忘的大钟如今孤零零地待在老中心学校封锁的钟楼上，他感觉十分不可思议。

　　他检查了一遍刚才做的笔记，在书架间逡巡一番，取下几本书，又回到了刚才的小阅览室里。

　　他要查的东西还有很多。

　　三号营地位于墓园东北方向四分之一英里外的小山坡上。这里的树木长得特别茂密，很多地方的树枝离地面不到 4 英尺，无所不在的灌木又进一步增加了行走的难度，只有最熟悉地形的人才能找到猎人和野兽在灌木丛中踩出的小道。无论从哪个角度观察，三号营地看起来都不过是另一丛茂盛的灌木：粗如儿臂的树干围成一圈，纠结的枝叶和头顶的树荫几乎融为一体。但只要你在合适的位置单膝跪下，找到正确的角度，四肢着地爬过荆棘和枝干组成的迷宫，神秘乐园的入口就会出现在你眼前。

　　戴尔和劳伦斯率先到达，他们喘着粗气回头张望，麦康和其他袭击者在他们身后紧追不舍，听起来大概只隔了 100 码。确认了视线内没有别人，兄弟俩果断地趴在小山坡的草地上，手脚并用爬进了三号营地。

枝叶掩映的三号营地像真正的圆顶帐篷一样隐蔽安全，灌木丛中的空地近乎圆形，直径约有 8 英尺。树篱上有几个能看到外面的小孔，但外面完全看不见里面的情形。虽然这片山坡算得上陡峭，但营地里的地面却几乎是平的，这可能是外围那圈树篱的功劳。栅栏般的灌木围着一小片低矮的柔软草坪，整个营地像高尔夫球场的果岭一样平缓。

戴尔曾经躺在三号营地里躲过了一场夏天的暴风雨，尽管外面大雨如注，但他身上一点都没弄湿，就像他一直待在自己家的卧室里一样。一个下雪的冬天，戴尔、劳伦斯和麦克费了不少劲才在树林中重新找到了这片营地。掉光了叶子的灌木和乔木看起来和平常完全不一样。爬进来以后，他们发现营地里几乎没有积雪，枝干织成的树篱一如既往地茂密而坚固。

现在，他和弟弟躺在营地里，尽量压低自己喘气的声音，听着麦康和其他追击者在树林里大呼小叫地四处寻找。

"他们从这边跑了！"这是查克·斯珀林的声音，他应该找到了离三号营地不足 20 英尺的那条小道。

树丛中突然传来一阵窸窸窣窣的声响，戴尔和劳伦斯立即举起手中权充长矛的树枝。麦克·奥罗克出现在低矮的隧道入口处，他的脸涨得通红，蓝眼睛闪闪发亮；树枝刮伤了男孩的脸，在他的左太阳穴上留下了一道纤细的血痕，但他笑得开心极了。

"他们去哪儿……"劳伦斯刚想开口说话，麦克赶紧伸手捂住了他的嘴。大男孩摇着头低声告诫："他们就在外面。"三个男孩平躺在草地上，脸挨着灌木的枝丫。

"活见鬼，"迪格尔·泰勒的声音听起来近在咫尺，"我刚才明明看见奥罗克从这边过来了。"

"巴里！"查克·斯珀林在树篱外喊道，"你看见他们了吗？"

"没有。"双胞胎里比较胖的那个大声回答，"我这边没看见过人。"

"狗屎，"迪格尔骂道，"我真的看见他了。斯图尔特家那两个活宝也是朝这边跑的。"

三号营地里，劳伦斯紧捏着拳头，忍不住想站起来。尽管营地里的空间足够让小男孩站直身体而不至于被外面的人发现，但戴尔还是一把拉住了弟弟。他做了个"安静"的手势，不过看到劳伦斯的脸憋得血红，他还是忍不住笑了起来。毫无疑问，他的弟弟这会儿热血上头，只想找个靶子闷头冲上去。他的这副表情戴尔再熟悉不过。

"没准儿他们朝山上的墓园跑过去了，或者绕回了采石场那边。"格里·戴辛格离营地的距离绝不会超过15英尺。

"先搜一搜这边。"斯珀林发出的号令总是这么瓮声瓮气，在小联盟里打球的时候也这样，谁让他爸是教练呢。

麦克、戴尔和劳伦斯将棍子像步枪一样端在手里，听着外面那几个孩子像没头苍蝇似的转来转去，胡乱拍打树丛和倒在地上的树干，徒劳地寻找他们的下落。有个孩子甚至真的在三号营地南面的树篱上戳了好几下，但厚厚的树篱像墙一样坚固，整个营地唯一的漏洞是东边如迷宫般曲折的隧道，但隧道入口比下水道还窄，不知道底细的人根本不可能钻得进来。

至少现在躲在营地里的三个男孩这样热切地期盼。

山坡上的小道那边突然爆发出一阵叫喊。

"他们抓到了小凯。"劳伦斯低声说。戴尔点点头，再次对弟弟做了个噤声的手势。

靴子和运动鞋杂乱的脚步声沿着小路奔向山坡上方。喊叫声变得愈发响亮。麦克坐起身来，拍掉条纹马球衫上的草叶和小树枝。

"你觉得小凯会出卖我们吗？"戴尔问道。

麦克咧嘴笑了："至少不会出卖三号营地。他可能会告诉他们五号营地或者山洞的位置。但三号营地，想都别想。"

"五号营地去年夏天就暴露了。"劳伦斯终于学会了压低声音，虽然现在已经没有必要，"山洞我们也很久没去过了。"

麦克笑了笑，但什么也没说。

他们在营地里又躲了半个小时。之前玩了那么久，男孩们本来就有点累了，追逐带来的大量肾上腺素退去以后，他们更是觉得疲惫至极。他们一边留意近处的叫嚷声，一边为凯文深感惋惜。既然他不肯加入对方，那就只能沦为囚犯。与此同时，他们开始在兜里翻找食物。谁也没带什么正经口粮，但麦克在牛仔裤兜里揣了个苹果，戴尔找到了一块化过又重新凝固的好时扁桃仁巧克力棒，劳伦斯的糖果盒里也还有点存货。他们津津有味地吃了顿"午饭"，然后躺在草坪上，透过密不透风的枝叶望向头顶被切割得支离破碎的天空和太阳。

男孩们开始讨论要不要现在出去，在采石场附近找个地方埋伏起来，等到那帮家伙过来，就让他们尝尝土块的滋味。正说得热闹，麦克突然指指山顶的方向示意大家："嘘！"

戴尔趴在地上，脸贴着灌木的树干，试图找到一个合适的角度观察外面那条小道上的动静。

他看到了一双靴子。成年男人穿的靴子，棕色，尺码很大。有那么一瞬间，戴尔觉得这个人腿上缠着一条沾满泥巴的绷带，然后他突然意识到，这应该就是杜安说过的军用绑腿。当时杜安怎么说的来着？裹腿。有个人站在三号营地6英尺外，他穿着沉重的靴子，打着绑腿。戴尔瞥见了绷带似的绑腿上方棕色的羊毛裤脚。

"怎么——"劳伦斯挤上前来问道。

戴尔霍地转身捂住弟弟的嘴巴。劳伦斯挣脱出去，不满地捶了哥哥一拳，但他还是乖乖地闭上了嘴。

等到戴尔重新凑到缝隙上往外看的时候，那双靴子已经不见了。麦克拍拍他的肩膀，指了指东边的树篱。

秘密入口的位置传来靴子踩碎枝叶的轻响。

杜安找到的波吉亚家族的资料多得超乎预期。

他飞快地翻着手边的书本，需要在最短的时间内囫囵吞枣记下超量信息的时候，这是他最习惯的做法。这种感觉十分奇妙。杜安觉得自己的脑子成了家里那台自制矿石收音机，调频不稳定的时候，它会同时收到几个电台的信号，就像现在这样。超负荷的快速学习特别费神，杜安觉得有点头晕，但他别无选择。阿特叔叔可不会整天都待在图书馆里。

关于波吉亚家族的所有"常识"都是错的，或者遭到了严重扭曲，这是杜安学到的第一件事。认识到这一点以后，他停下来咬着眼镜腿发了会儿呆。所谓的常识一般不够可靠，这应该同样适用于多年来他研究过的其他大部分严肃课题。世事绝不像愚蠢的俗人猜想的那么简单，杜安思考了一下，这是不是一条放诸四海而皆准的真理。如果真是这样的话，在未来的漫长岁月里，要想真正学点什么东西，你必须先忘记自己知道的一切，想到这里，杜安感到一阵由衷的疲惫。他转头环顾地下室里层层叠叠的一摞摞书籍，不由得开始气馁，这么多书，他一辈子都读不完，何况还有那么多相互矛盾的意见、事实和观点，光是这个小小的地下室里就有这么多东西，更别提他向往的普林斯顿、耶鲁、哈佛等著名学府的大型图书馆。

杜安努力摆脱消沉的思绪，重新戴上眼镜，开始回顾自己刚才做的笔记。

首先，卢克雷齐亚·波吉亚似乎完全是谣言的受害者，而不是传说中罪孽累累的毒妇。她从不曾利用戒指里的毒药杀害情人和前来参加晚宴的客人，更不会在宴会上的甜品环节请客人们欣赏堆积如山的尸体。不，卢克雷齐亚只是深受恶毒的历史学家之害。杜安瞥了一眼堆在阅览桌上的几部参考资料：圭恰迪尼的《意大利史》，马基雅维利的《君主论》《论李维》和《佛罗伦萨史》摘选，比科罗米尼／庇护二世琐碎的《闻见录》，格雷戈罗维乌斯为卢克雷齐亚撰写的传记，还有布尔夏德描述那个时代教廷日常琐事的《日记》。

但这些资料里都没提起过那口钟。

然后杜安灵机一动，开始查找本韦努托·切利尼的原始资料。切利尼是老头子最爱的历史人物之一。虽然杜安知道，这位命运坎坷的艺术家生于1500年，早在他出生之前八年，罗德里戈·波吉亚就当上了教皇亚历山大六世，但他还是隐隐觉得，切利尼可能是个突破口。

切利尼描述过自己被关押在圣天使城堡中的经历，这座落成于公元2世纪的巨石堡垒曾是罗马帝国皇帝哈德良为自己的家族修建的陵墓。亚历山大六世——罗德里戈·波吉亚——将这座巨型陵墓加固改造成了自己的住所。一千多年来，城堡里的石头房间和天井一直与尸体和黑暗为伴，谁能料到它竟摇身一变，成了教皇波吉亚的家园和要塞。

切利尼曾这样写道：

> 我被关押在比花园地面还低的一间地下水牢里，这里的光线十分昏暗，蜘蛛和毒虫随处可见。他们扔给我一张破烂的粗麻床垫，然后立即锁上了四道房门。没人给我送晚饭。每天有一个半小时的时间，一缕微弱的光线会透过一道狭窄的缝隙射进这间阴冷的牢房，而在其余的时间里，我只能没日没夜地蜷缩在黑暗中。不过和别的牢房相比，我这间还算是好的。那些不幸的狱友告诉我，某些可怜的家伙只能在腐臭的地穴中度过生命的最后一段时光，他们的牢房位于臭名昭著的邪恶教皇波吉亚之钟的通风井下方。关于这口钟的流言早已传遍了罗马和其他省，据说这口钟用邪恶的金属铸成，以恶行为祭品，它实际上是前教皇与恶魔立约的证物。我们这些被关押在恶臭的水牢

里、以腐败的残羹冷炙为食的囚犯都知道，那口钟敲响之时便是世界末日。我承认，我热切期盼着那一天的到来。

杜安飞快地做着笔记，心中的好奇不减反增。切利尼的自传和笔记都没再提起过这口钟，但前面有一段介绍画家宾杜里乔——比起切利尼本人，他生活的年代和教皇波吉亚显然更近——的文字似乎有点关系：

应教皇之请……

杜安检查确认了一下，这里的"教皇"指的确实是亚历山大六世，即罗德里戈·波吉亚。

应教皇之请，这位又聋又矮的画家……

杜安再次检查确认，切利尼说的就是波吉亚的御用画家宾杜里乔。

尽管画家本人形容猥琐，为人刻薄，他为波吉亚塔绘制的壁画却金碧辉煌，气势恢宏，其中以阴森的波吉亚大宅里那间七宗密室的画作为最。

杜安暂时放下切利尼的著作，查了查波吉亚塔的底细。一本介绍梵蒂冈建筑的手册告诉他，梵蒂冈宫殿里的这座巨塔由教皇亚历山大六世下令加建。在此之前，教皇思道四世曾在宫里加盖过一个阴凉通风的大房间，人称"西斯廷礼拜堂"。教皇英诺森也在梵蒂冈花园深处修过一座可爱的夏日小屋。而波吉亚建了一座塔。1886 年出版的一部建筑学著作中提到，圆柱形的波吉亚塔在最高处设计了一座巨大的钟楼，但除了教皇本人和他的私生子以外，任何人都无权穿过迷宫般的通道和上了锁的门登上塔顶。

杜安回过头继续看切利尼的笔记：

宾杜里乔听从了教皇的命令，进入城市下方的死城，为波吉亚大宅的壁画寻找灵感和原型。但这里的地下墓穴埋葬的不是基督徒的圣骨，而是罗马衰亡时期异教徒的遗骸。

据说，宾杜里乔领着学徒和好奇的同行在地底寻古探幽：想象一下吧，火炬的光芒穿过恺撒时代砾石遍地的隧道，照进地下的石室和通道，居室和街道上随处可见罗马人的尸体，这些街巷被埋葬在地面杂草丛生的萧瑟城市下方，犹如被遗忘的动脉网络……想象一下吧，见识了地下城里以黑暗和腐烂的内脏为食的巨型老鼠和成群的蝙蝠以后，宾杜里乔手中的火把照亮了一千五百多年前的死者留下来的富有异教风情的画作，在那一刻，他该如何心潮澎湃。

这位不敬神灵的矮子艺术家将他领悟到的异教画面和设计融入了教皇波吉亚的建筑。在这位堕落教皇最私密的房间里，异教徒的画作几乎占据了每一处表面，无论是墙壁、拱顶还是天花板，甚至包括塔中高悬的那口据说是波吉亚家族护符的巨大铁钟。

直到今天，这批失落的画作仍被视为无知和怪诞的象征，因为罗马地底黑暗的罪恶洞穴才是它们的源泉。

阿特叔叔走到杜安身后俯身问道："可以走了吗？"男孩吓得跳了起来，他勉强镇定心神，扶了扶鼻梁上的眼镜，挤出一个微笑。

"稍等一下。"

阿特叔叔在书架间百无聊赖地来回踱步，杜安迅速翻完了剩下的几本书。但他只找到了一条和大钟有关的信息，而且还是和那位名叫宾杜里乔的矮子壁画家脱不了干系：

> 七宗密室外的这间过厅连接着通往下方钟楼的上锁楼梯，虽然只有波吉亚家族的人有资格踏足此地，但壁画家将他在火炬光芒和滴水碎石中领悟的精髓尽数倾泻在了这里。七幅伟大的壁画成就了"圣人厅"的令名，在这间小小的过厅里，宾杜里乔用数百头公牛——有的专家甚至说有数千头——的轮廓填满了每一幅画、每一处拱顶、每一个角落、每一根立柱的所有空白。
>
> 宾杜里乔为什么会在密室的壁画中加入这么多公牛，这倒不算什么谜团。众所周知，公牛是波吉亚家族的徽章，长久以来，和善的公牛一直象征着教皇的势力。
>
> 但出现在七宗密室幽暗的过厅、洞室和秘密楼梯入口处的几乎无穷无尽的公牛绝不是徽章上的那些动物。
>
> 它们不是波吉亚家族高贵的象征，与仁慈和善更是扯不上任何关系。壁画中的大量公牛虽然经过了高度的抽象，但仍保留着鲜明的特征——它们是献给奥西里斯的祭品，这位埃及的神明统领着死者的国度。

杜安合上书，摘下眼镜。

"准备好了？"阿特叔叔问道。

杜安点点头。

"咱们今天去战争纪念大道那家麦当劳汽车餐厅试试，"叔叔兴致勃勃地提议，"他们的汉堡包很贵，四个就要1块钱，但味道很好。"

杜安点点头。他还沉浸在自己的思绪中。男孩跟着阿特叔叔离开地下室,走进阳光下。

三号营地外的脚步声停了下来。没有离开,没有远去,只是——停了下来。麦克、戴尔和劳伦斯蹲在低矮的入口旁等待,他们连大气都不敢喘,生怕弄出什么动静。树林里的声音格外清晰。一只松鼠在小山坡上发出叽叽喳喳的叫声,沿着那个方向再往前走就是戴尔家亨利叔叔的农场。偶尔还能听到查克·斯珀林那帮人的叫喊,但他们现在已经走远了,可能到了采石场南面。骷髅地墓园的乌鸦站在树梢嘎嘎地叫唤。但灌木丛外那个看不见的士兵所在的方位鸦雀无声。

戴尔缩回最开始的位置透过枝叶缝隙向外张望,但他什么都没看见。

突然外面传来一阵嘈杂的声音。纷乱的脚步匆匆踏过林间小道,树叶沙沙作响,三号营地东面的灌木开始剧烈摇晃,似乎有人正在强行闯入隧道。戴尔赶紧跳到入口旁边举起棍子,麦克在他对面摆出同样的姿势。劳伦斯猫腰躲在一旁,紧紧抓着手里的树枝。

树枝向上弯曲,树叶晃个不停,凯文·格鲁姆班彻爬进了绿草如茵的小圈子里。

戴尔和麦克交换了一个眼神,放下木棍吐出一口长气。

凯文咧嘴一笑:"你们这是干吗,准备一棍子把我敲晕?"

"我们以为来的是那帮家伙。"劳伦斯的表情有些悻悻,他最喜欢混战。

戴尔眨了眨眼,这才意识到只有他看见了外面那个人的靴子和绑腿。麦克和劳伦斯没准儿以为刚才的脚步声来自斯珀林的同党。

"就你一个人?"麦克猫腰望向隧道里面。

"当然就我一个,不然我怎么会回来?"

劳伦斯不满地瞪着大男孩:"你没告诉他们营地的位置吧?"

凯文不屑地看了戴尔的弟弟一眼，转头对着麦克说道："他们说，只要我乖乖坦白营地的位置，他们就收我入伙。我没说。所以那个姓福斯纳的蠢货找了一根晾衣绳，把我的双手反绑起来，拖着我满地乱跑，就好像我成了他们的奴隶。"凯文举起胳膊，给伙伴们看手腕和小臂上勒出的红痕。

"那你是怎么跑掉的？"戴尔追问。

凯文又咧嘴笑了，露出一口大牙。他挠挠刺猬似的平头，喉结上下滚动，看起来颇有几分自得："他们追着你们朝这边跑的时候，因为拖着我，福斯纳有点赶不上大部队，所以那个蠢货把我绑在一棵树上，沿着小路爬到山坡上寻找同伙去了。我的手指还能活动，所以我靠在树干上解开了绳子。"

"你们先别动。"麦克低声叮嘱，然后小心翼翼地顺着隧道钻了出去，灵活的身体没有碰到哪怕一根树枝。三个男孩默默地坐了几分钟，小凯不停揉着手腕，劳伦斯开始吃自己带来的奶味糖豆。戴尔提心吊胆地等着外面传来惊呼，或者扭打的声音——他坚信刚才看到的那个男人没有离开。

但麦克很快就重新钻了进来："周围没人。我听见他们的声音从县6号公路那边传过来，斯珀林和迪格尔似乎打算回去了。"

"嗯。"凯文表示赞同，"他们也玩够了。有人提议回家，但戴辛格想把他们都留下来。福斯纳兄弟跟斯珀林同进退。"

麦克点头。"戴辛格和麦康没走，大概是想埋伏起来打我们一个措手不及。"他抓起一根小树枝，在入口附近裸露的地面上画了一幅地图，"按照我对格里的了解，他会回到采石场附近设伏，那里有很多土块。要是我们从戴尔叔叔的农场或者吉卜赛小径的方向回来，那肯定躲不过他的视线。他和鲍勃很可能藏在这片高地上……"刚才他已经在地上画出了几条小路和采石场池塘的轮廓，现在他又在采石场西边添了一座土丘，"就是最高的山坡顶上凹下去的那一块，你们都记得吧？"

"几年前我们在那儿扎过营。"戴尔说。

劳伦斯摇了摇头:"我没印象。"

戴尔戳了他一下。"那时候你还太小,不能跟我们一起去外面过夜。"他重新望向麦克,"你接着说。"

麦克在地图上画了一条线,他们可以从三号营地出发,翻过山坡,穿越墓园背面的树林和草场,最后绕到戴辛格和麦康藏身的那座小山后面。"他们会观察这三个方向,"他在南边、东边和西边分别画了一个箭头,"但要是我们借助南边山坡上的松树掩饰行踪,就可以不露痕迹地爬到他们上方。"

凯文盯着地图皱起眉头:"但最后差不多还有 50 英尺的距离没有任何掩护,那边山顶上光秃秃的,什么都没有。"

"没错。"麦克丝毫没有气馁,"所以我们不能弄出一点动静。不过别忘了,山顶上他们那个小堡垒的观察口对着别的方向,只要不出声,我们就能神不知鬼不觉地摸到他们的上风处。"

戴尔感觉自己一点点兴奋起来:"我们可以一边爬山一边捡土块。那里的弹药十分充足。"

凯文的眉头还是没有松开:"要是在开阔地带被他们逮住,我们就死定了。我是说,那帮家伙爱扔石头。"

"如果真的发生这种情况,"麦克说,"我们也可以用石头反击。"他环顾一圈:"谁愿意跟我一起?"

"我!"劳伦斯几乎吼了起来,他的脸上满是热切的期待。

"行。"戴尔还在研究地图,他简直不明白麦克怎么能在眨眼间就拿出这么个复杂的计划来。按照麦克画出的路线,从三号营地到那座小山的每一步都很隐蔽。戴尔在这片树林里厮混了好几年,但他从没想过墓园后面那条小沟还能拿来做掩护。"行,"他重复了一遍,"咱们这就出发。"

凯文耸耸肩:"只要别让他们再把我抓住就行。"

麦克笑着冲大家挥了挥拳,然后低头顺着隧道钻了出去。其余几个男孩尽量小心地跟在他身后。

"你好像有点心不在焉，孩子。"回家的路上，阿特叔叔说道。此时他们刚刚进入斯蓬河谷的漫长下坡。天空中没有一丝云彩，在恒温恒湿的图书馆里待了这么久以后，6 月的酷热变得格外难忍。尽管车载空调还在卖力地工作，阿特叔叔还是打开了车窗，外面的风一下子涌了进来。他瞥了杜安一眼："我能帮上什么忙吗？"

杜安有些犹豫。要是将前因后果全盘告诉阿特叔叔，感觉似乎不太妥当。可是为什么不呢？他只是想查一查老中心学校的背景信息而已。凯迪拉克轻快地掠过斯蓬河大桥，杜安望着桥下幽深的水面，河水蜿蜒流向北边低垂的树枝，他的视线又回到了叔叔身上。为什么不呢？

杜安从报纸上的文章开始讲起。波吉亚钟的来龙去脉。还有他在图书馆里查到的切利尼的笔记。一口气讲完以后，他感到一阵古怪的疲惫和难堪，就像自我揭露了什么可耻的事情。但与此同时，他又觉得轻松多了。

阿特叔叔吹着口哨沉默了片刻，手指无意识地敲着方向盘。他的蓝眼睛里满是专注，但这双眼睛现在看到的似乎不仅仅是眼前的哈德路。很快他们就开到了县 6 号公路北边的土路上，向右转弯的时候，阿特叔叔特地放慢了车速，所以他们没有听见小石子暴雨般敲打底盘的声音。"你觉得那口钟现在还挂在那里吗？"最后他终于开口问道，"还挂在学校里？"

杜安扶了扶眼镜："我不知道。我从没听人说起过它，你呢？"

阿特叔叔摇了摇头："我在这儿住了这么多年也从没听人说过。当然，我是战后才搬过来的，你妈才是正经的本地人。不过话又说回来，要是这口钟真的那么出名，我无论如何都该听到点风声。"他们已经开到了县 6 号公路和朱比利学院路的交叉口，阿特叔叔踩下刹车。沿着石子铺成的朱比利学院路往东再走3英里就是他家，但他得先把杜安送回去。前方左侧，榆树和橡树掩映下的黑树酒馆清晰可见。虽然现在正午刚过，但酒馆门前已经停了几辆皮卡。还没看清老头子的车是不是也在其中，杜安就已转开了视线。

"听我说，孩子，"阿特叔叔说道，"我这就去镇上打听打听，问问那几个老伙计，再回家翻翻藏书室里的资料，看看能不能找到点蛛丝马迹。你觉得怎么样？"

杜安的眼睛一下子亮了起来："你有把握找到线索？"

阿特叔叔耸耸肩："这玩意儿听起来不像真的，倒是更像传说。我对超自然的东西一直很有兴趣。我总想戳穿它们。所以我会查查参考资料，克劳利之类的东西。你看这样行吗？"

"太好了！"杜安由衷地回答。他感觉如释重负。

凯迪拉克翻过第一座小山之前，他转头瞥了一眼。老头子的车没停在黑树酒馆外面！没准儿今天真是个好日子。经过墓园的时候，杜安看见后栅栏旁停着几辆自行车：大概是戴尔他们留下来的，如果现在下车，他说不定还能在树林里找到他们。但杜安摇了摇头。今天耽搁了这么多时间，他得赶紧回家干活儿。

老头子在家，而且没有喝酒。他正在打理占地四分之三英亩的菜园，一张脸被灼热的阳光晒得通红，两只手都起了水泡，但他的心情很好。阿特叔叔留下来喝了瓶啤酒，杜安呷着皇冠可乐听兄弟俩互相戏谑。但阿特叔叔没有提起那口钟。

叔叔离开以后，杜安卷起法兰绒衬衣的袖子，和老头子一起拔起了地里的野草。他们默默地配合着干了一两个小时的活儿，然后回家冲了个凉，准备吃晚饭。老头子钻进餐厅继续摆弄他的新机器，杜安做了汉堡包和米饭，又煮了一壶咖啡。

吃晚饭的时候，他们聊了会儿政治。老头子描述了自己在前几次大选中为阿德莱·史蒂文森工作的经历。"我不了解肯尼迪，"他说，"当然，他获得了提名，但我从来都不相信这些有钱人。不过话又说回来，天主教徒终于当上了总统，这也算是件好事，有助于打破这个国家的部分歧视。"他顺便给杜安讲了讲1928年阿尔弗雷德·E.史密斯竞选总统失败的事情。

杜安从书上读到过这件事，但他还是听得很专心，时不时赞同地点头。老头子能清醒地聊天儿，而不是醉醺醺地破口大骂某人，光是这就够让他高兴的了。

"所以天主教徒当选的概率微乎其微。"老头子最后总结道。他在原地坐了一会儿，时不时点一点头，仿佛正在回顾自己刚才的分析有没有漏洞。然后他起身把桌上的碗碟收到水槽里冲了冲，放到一边准备进一步清洗。

杜安望向窗外。时间刚过5点，天色还很明亮，但屋后的杨树投下的阴影已经遮住了窗户。整个下午杜安脑子里一直盘桓着一个问题，直到现在，他才故作轻松地随意问道："你今晚会出去吗？"

老头子清理碗碟的动作停顿了一下。蒸气模糊了他的眼镜，他顺势把它摘下来，撩起衣角擦了擦，仿佛在思考该怎么回答。"大概不出去吧，"最后他终于说道，"我得留在工作间里处理点事儿，再说我们还有一盘棋没下完，棋盘都快积灰了。"

杜安点点头："那我赶紧去把杂活儿干完。"他一口喝光咖啡，把杯子放回台面上。拎着水桶走向谷仓的时候，他才准许自己咧开嘴微笑起来。

他们的突袭大获全胜。

虽然最后30英尺左右的路程颇有几分艰难，男孩们不得不趴在没有任何遮掩的山坡上爬了过去，如果这时候躲在堡垒里的麦康或者戴辛格正好回过头来，后果不堪设想，但麦克、小凯、劳伦斯和戴尔还是成功完成了任务，尽管劳伦斯总是控制不住自己神经质的轻笑。直到他们爬上山顶，格里和鲍勃还紧盯着另一个方向，身边的土块堆了足足 6 英尺高。

麦克首先开火，他扔出的土块正中鲍勃·麦康的背心，恰好砸在腰带上方的位置。随后六个男孩开始了混战，他们一边拼命地朝对面扔土块，一边努力用手挡住自己的脸。没过多久，他们干脆在小山坡顶上扭成了一团。最先摔倒的是凯文、戴辛格和戴尔，三个男孩顺着 30 英尺高的斜坡骨碌碌滚了下去。凯文头一个站起来奔向平地上的堡垒和弹药库，但麦康扔出的土块阻碍了他的步伐，直到麦克从后面将矮个子和身扑倒，于是裹挟着尘雾滚下山坡的就变成了他们俩。

大约一刻钟的时间里，山顶的制高点多次易主，不断有人滚下山坡，又挣扎着爬回去重夺大权，这样的争斗通常伴随着冰雹般密集的土块。被赶下山坡的戴辛格和麦康已经退到了采石场的池塘边，只能远远地投掷土块；但为了争夺山坡之王的宝座，麦克这边也爆发了内讧，游戏立刻进入了各自为战的阶段。

戴尔的胸口被土块狠狠砸了一下，他不得不坐在地上喘了足足三分钟的粗气，周围的混战仍在继续，似乎谁也没有注意他的缺席。紧接着麦克在滚下山坡时撞到了一块半埋在土里的石头，眉毛上划了一道口子；伤口不深，但流的血不少。戴辛格从山顶上探出头来观察，结果嘴巴挨了下狠的，他忙不迭地捂着嘴退向山脚，嘴里还在含混不清地骂骂咧咧。片刻之后，戴辛格终于发现自己的牙一颗都没少，于是他恍若无事地擦了擦下嘴唇再次发起冲锋，虽然他的下巴上还沾着泥巴和血迹。麦克投掷土块的时候，凯文正好从他身后经过，前队长的拳头不偏不倚地砸中了小凯的额头，两个人都愣住了，山顶上的其他孩子探出头来，好奇地看着他们的反应。格鲁姆班彻灵机一动，把这个小小的意外当成了喜剧表演的大好舞台。只见他的眼睛慢慢发直，脚下跟跄着开始转圈。他转的圈子越来越小，直到左脚和右脚绊在一起，男孩终于直挺挺地仰面倒在山坡上，双腿像尸体一样绷得笔直。其他孩子大笑起来，纷纷向他投掷土块以示赞赏。

劳伦斯重新找回了这个游戏的精髓。

在那个闪光的时刻，比他大的那些孩子全都你拉我扯地滚下了山坡，山顶上只剩下劳伦斯一个人。小男孩站在堡垒的土丘顶上，双臂挥过头顶兴奋地大喊："我是山坡之王！"

短暂的沉寂之后，大团的泥巴从三个方向争先恐后地向他飞来，少说有六七块正中靶心。最后那一刻，劳伦斯及时扭开了脸，但他脏兮兮的衣服上又增添了不少灰土，飞舞的土块像机枪子弹般落在8岁男孩的背上和腿上，就连他的棒球帽都被砸得飞了出去。

"喂！"戴尔着急地挥手呼吁大家停火。劳伦斯已经被打得僵在了原地，戴尔知道，要是弟弟开始哭了，那说明他真的很疼。

劳伦斯的身体缓慢而优雅地转了半圈，密集的土块仍不断砸在他身上，扬起阵阵尘埃，最后小男孩终于向前倒了下去。

实际上他的动作不能算是倒下，倒更像是拼尽全力跃向前方，宛如一只垂死的天鹅。男孩的身体在空中划出一道完美的弧线，重重地砸在山坡上，然后他的腰身立即弹了起来，像极了死前的痉挛。他的四肢狂乱地在空中挥舞，随后无力地垂了下去。男孩的身体不由自主地滚下山坡，终于在池塘边缘的平地上停了下来，一条胳膊软绵绵地浸在水里。这一幕让其他孩子情不自禁地往后退了几步。

"哇哦。"凯文低声叹道。另外几个孩子大呼小叫地赶了过来。

劳伦斯若无其事地从地上爬起来，掸了掸衣服和头发里的灰尘，郑重其事地向大家鞠了一躬。

接下来的几个小时里，男孩们开始竞相装死。他们轮流站在山顶接受土块的洗礼，一旦被击中，精彩的表演就此登场。他们玩了很长时间，直到下午的阳光渐渐失去了热度，暮气开始在林间弥漫。

毫无疑问，凯文的表演最具喜剧效果，虽然有些刻板。他就像个上了年纪的演员，只要中了弹就肯定倒下。而且顺着山坡往下滚的时候，他绝不会忘记按紧头顶的帽子。戴辛格和麦康特别擅长叫嚷，跟跄着死去的时候，他们总是呻吟叫骂，嘴里永远不会闲着。麦克倒地的动作扭曲而优雅，"死"后保持姿态的时间也最长，就连土块的二次洗礼也无法让他挪动分毫，除非他自己失去了兴趣。戴尔头一个尝试了俯面栽倒的死法，他的勇敢赢得了同伴的喝彩，可惜鼻子擦破了一块。

但谁也无法撼动劳伦斯的冠军地位。他最经典的谢幕表演是这样的：男孩跟跄着退后几步，从大家的视线里消失了半分钟，另外五个人已经开始嘀咕他到底去了哪里，就在这时候，小男孩重新出现在山顶，但这一次，他没有继续向前跑，而是纵身跳下了山崖。戴尔倒抽一口凉气：看见弟弟跃向离地30英尺的半空，他的心一下子提到了嗓子眼儿。天哪，他会死的。这是戴尔脑子里的第一个念头。接下来的第二个念头是，妈妈肯定会杀了我！

但劳伦斯没死。至少还留着一口气。小男孩跳得很用力，所以他的身体径直栽进了采石场的池塘，离岸边坚硬的石块只有3英寸，巨大的水花溅了麦康和凯文一身。

这里正好是池塘最浅的位置，深度还不到5英尺。戴尔已经开始在脑海中描绘弟弟头朝下埋在池底淤泥中淹死的画面，他手忙脚乱地脱掉上衣准备跳下去救人，可是一想到要给那个小浑蛋嘴对嘴做人工呼吸，他又忍不住觉得好笑。就在这时候，劳伦斯呼哧一声冒出水面，咧开龅牙，露出灿烂的笑容。

这次大家真的发出了由衷的喝彩。

小凯将这套动作命名为"死亡之跃"，每个人都得表演一回。轮到戴尔的时候，他临阵退缩了足足三次，最后让他跳下去的原因只有一个：大家都在下面看着呢！他别无选择。池塘看起来那么遥远。尽管六年级生的腿比三年级的劳伦斯长得多，他也必须助跑很长一段距离，然后使出吃奶的力气拼命跃向前方，才有可能越过下方坚硬的湖岸。如果不是亲眼看见劳伦斯做出了示范，戴尔绝不会尝试这么危险的游戏，其他大孩子也不会。试了三次以后，戴尔终于咬牙跳了出去，这样的勇气令他自己也惊叹不已。与此同时，他不由得隐隐开始佩服弟弟。

在那短暂的几秒钟里，戴尔·斯图尔特的身体在空中飞行。现在他的位置依然和山顶齐平，离下方的伙伴们足足有 25 英尺。池塘看起来远得不可思议，池边的泥巴被太阳烤得发白。然后重力重新攫住了他的身体，他感觉自己正在坠落，戴尔的四肢开始胡乱挥舞，看起来就像在空中骑车一样，他当然能做到。但强烈的恐惧接踵而来，他怎么可能做得到？然后他真的做到了，坚硬的湖岸就在几英寸外，但绿幽幽的湖水暖暖地包围了他，没过他的身体，争先恐后地涌进他的鼻孔；他屈腿蹬开湖底的水草，骤然间他又回到了阳光和空气之中。极致的喜悦让他情不自禁地欢叫起来，其他孩子七嘴八舌地夸赞着他的勇敢。

最后一个上场的是凯文。大家等了足足十分钟，就看着他磨磨蹭蹭地测试风向，鞋带系了一遍又一遍，还把坡顶又堆高了一点，最后才像出膛的炮弹一样冲了出去。但他是所有人中跳得最远的。凯文双腿并紧，一头扎进离湖岸 4 英尺的水面，手指紧紧堵着自己的鼻孔。小凯也是唯一记得脱掉牛仔裤和 T 恤的孩子，下水的时候，他身上只穿了条紧身内裤和一双网球鞋。

凯文吐着泡泡露出水面，脸上挂着灿烂的微笑。伙伴们一边起哄，一边把他的牛仔裤、T 恤和袜子都扔进了水里。他喃喃地用德语发了几句牢骚，差点儿没看见劳伦斯的第六次表演。这一次，小男孩在空中翻了个完整的筋斗。

反正衣服也湿了，孩子们索性踩着水淋淋的网球鞋在采石场周围玩了一会儿，然后迫不及待地再次跳进池塘里游起了泳。男孩们爬上 8 英尺高的矮崖，一个猛子就扎进了池塘最深的位置。平时孩子们很少在这儿游泳。这里的水蝮蛇太多，"无底采石场"的传说也让父母放心不下，所以想游泳的时候，他们往往更愿意搭便车去橡树山路的哈特利池塘。正是出于这个原因，傍晚时分的跳水游戏反倒显得格外有趣。

直到大家都玩够了，他们才爬到岸上晾了一个小时。戴尔甚至真的睡着了，只是没过多久他就自己醒了过来。然后孩子们又在树林里玩起了捉迷藏。虽然大家的衣服差不多已经晾干了，但穿在身上还是显得皱巴巴的。麦克笑着问道："谁跟我一边？"

最后劳伦斯和麦康跟他分到了一组。戴尔、格里和凯文给了他们五分钟时间藏身，按照童子军的办法，从一数到三百，然后才开始四处找寻。戴尔心里清楚得很，麦克和劳伦斯绝不会动用他们的秘密营地。

他们在树林和草地上互相追逐了差不多一个半小时，想起来了就重新分一下组，偶尔暂停一会儿，用麦康带来的杯子喝水。水是从池塘里打来的，尽管池水绿幽幽的颜色让凯文有些犯怵。直到最后，玩得筋疲力尽的男孩们才沿着采石场南边的吉卜赛小径转了回来。

他们的自行车还停在墓园的后栅栏旁。通红的夕阳像个球一样挂在西边约翰逊老头的玉米地上方。厚重的空气中充盈着傍晚的薄雾、花粉、尘埃和湿气，但不知为何，随着地面的光线越来越昏暗，蔚蓝的天空反而显得格外辽远清澈。

"谁最后一个骑到黑树酒馆谁就是娘娘腔。"说完这句，格里·戴辛格第一个冲了出去，自行车飞快地驶向坡底朦胧的阴影，轮胎骨碌碌地碾过碎石公路深深的车辙。

其他男孩嚷嚷着追了上去，他们呼啸着冲下山坡，掠过坡底的阴影，任由凉爽的空气拂过自己的脸颊和平头，然后站起身来拼命踩着脚踏板，迎接前方的上坡。如果遇到从黑树酒馆那边开过来的汽车，男孩们只能让到车辙外侧更深的沟里，身上的衣服和裸露的膝盖难免会被飞溅的石子擦破，但他们不在乎。他们奋力蹬着踏板，憋足了劲儿冲向最后 20 码的上坡，热闹的喊叫声暂时沉寂下来，男孩们喘着粗气骑上了酒馆车道旁的平地。

麦克夺得了冠军。他回头看了一眼，冲着伙伴们咧嘴笑笑，然后低下头继续骑向前面几百码外的朱比利学院路。

拐上西边通往榆树港的大路以后，男孩们开始放松下来。六辆自行车分成前后两排，劳伦斯第一个松开车把，双臂抱胸坐直身体，但他的脚还在继续蹬着踏板。紧接着六个男孩全都抱起了胳膊，自行车轻快地掠过公路两侧越长越高的玉米。

路过杜安·麦克布莱德差点儿出事的位置时，戴尔甚至没有扭头去看。路边的铁丝网已经修好了，但被碾倒的玉米和卡车的车辙还留在原地，但是戴尔没看。他正望着西边的榆树港，渐沉的夕阳低低挂在小镇成片的树荫上方。

戴尔累了，他身上的十多处瘀青和拉伤的肌肉开始酸痛，四肢的擦痕火辣辣的，浸透了汗水的牛仔裤正在变得越来越硬，磨得皮肤微微发痒。他感觉口干舌燥，隐隐还有些头疼，肚子里也空空如也，自从十三个小时前吃过早饭以后，一整天他都没有正经吃过什么东西。但他的心情愉快极了。

自从放假以来，他便觉得周围的阴影越来越浓重，不安的梦境如影随形，可是今天，所有阴霾一扫而空，C.J. 和步枪带来的恐惧也开始消散。麦克和伙伴们心照不宣地决定了放弃追查塔比和老中心学校，戴尔由衷地松了口气。

这才像是真正的夏天。

自行车离开砾石公路拐上第一大道逐渐冷却但依然柔软的柏油路面，六个男孩这才重新握住车把。戴尔远远望见了路口处麦克家门口那排大树，隔着城市公园宽阔的球场，他甚至瞥见了自家后院的一角。

麦康和戴辛格跟大家挥了挥手，急急忙忙地骑着车跑了。戴尔、小凯、麦克和劳伦斯慢吞吞地滑过最后50码的开阔路段，驶入榆树港外围第一排高大的老树浓密的树荫下。

兄弟俩挥别了麦克，轻松地沿着德宝街骑向回家的方向，戴尔觉得十分快活。这才是夏天该有的样子。未来的每一天都洒满阳光。

戴尔从来没有错得这么离谱儿过。

14

这个礼拜剩下的几天里，杜安的老爸一次都没喝醉过。这样的事儿算不上破天荒头一回，但对杜安来说，暑假第一个完整的礼拜还是因此变得愉快多了。

6月9日星期四，从布拉德利大学图书馆回来的第二天，阿特叔叔打来电话留言说，他正在调查杜安的钟，别担心，他一定能找到线索。当天傍晚，阿特在电话里亲口告诉杜安，他给榆树港市长罗斯·卡顿打了电话，但无论是市长还是他联系的其他人都对那口钟一无所知。他甚至问了图书馆员穆恩小姐，她答应回去问问自己的母亲。后来穆恩小姐回电说，老太太一直在摇头，但这个问题似乎让她很是恼怒。当然，穆恩小姐又补充道，最近似乎什么事儿都能让老太太生一会儿气。

也是在当天傍晚，老头子去了趟超市。尽管杜安十分怀疑超市不是他真正的目的地，但他回家时的确滴酒未沾。父子俩在厨房里收拾面粉和罐头的时候，老头子说："噢，奥罗克太太告诉我，昨天你们有个同学好像被抓了。"

杜安的动作一下子僵住了，沉甸甸的青豆罐头还抓在他的右手里，他腾出左手推了推鼻梁上的眼镜："啊？"

老头子点点头，舔了舔嘴唇，又抓了抓自己的脸颊，似乎有些难堪。"嗯，好像是姓科迪。奥罗克太太说，那个女孩比她儿子麦克高一个年级。"他抬头望向杜安，"所以她应该跟你一个班，对吧？"

杜安点了点头。

"总而言之，"老头子继续说道，"她也不算是正式被捕。巴尼逮到她拖着一支上了膛的猎枪在镇上转悠，于是他缴了她的枪，把她带回了家里。她不肯说自己想干什么，只是表示跟她弟弟塔比有关。"老头子又抓了抓脸，有些惊讶地发现自己今天竟然刮了胡子："塔比就是几周前离家出走的那个孩子，对吧？"

"嗯。"杜安回过神来，开始继续收拾罐头。

"你知道他姐姐为什么会带着猎枪跑到镇上跟踪别人吗？"

杜安的动作再次停顿下来："她跟踪的是谁？"

老头子耸耸肩："内莉·奥罗克说，是那个校长——他叫什么来着？罗恩先生打电话向巴尼投诉，他说那个小姑娘扛着枪在学校和他租的公寓附近转悠。一个孩子为什么会干这样的事？"

杜安点点头。老头子对这个问题很感兴趣，他站在那里盯着儿子，显然是想听听他的意见。杜安将最后几个罐头放进碗柜，转身从吧台旁的椅子上面跳了下来，这才说道："科迪不是什么坏人，只是脑子不太正常。"

老头子点点头，似乎接受了这个答案，但他又在原地站了一分钟，这才举步走向自己的工作间。

星期五那天，杜安又走路去了一趟橡树山。为了赶在中午之前回来，太阳刚露头他就出发了。他想查一查图书馆里的书籍和报纸，跟前几天在布拉德利做的笔记对照一下，但却没什么新发现。1876年的《纽约时报》上描绘迎接大钟那场宴会的文章十分有趣，进一步佐证了这口钟的确存在于榆树港之外的世界，但他找不到其他任何参考资料。他试图向图书馆员打听阿什利－蒙塔古家的电话，借口说自己必须查阅历史学会捐给他们家的资料才能完成论文，但弗雷泽太太表示，她也不知道他们家的号码。富豪家庭的电话号码绝不会出现在公共黄页里，至少现在杜安找到了一个活生生的例子。她亲昵地拍拍杜安的头，对他说道："不管怎么说，暑假里还整天忙着做功课，这可不够健康。你应该去外面晒晒太阳……算了，还是找个凉快的地方玩吧。说实话，要是你妈妈还在的话，她肯定不会让你穿成这样。想想看吧，今天都90多华氏度啦。"

"好的，女士。"杜安彬彬有礼地回答，然后扶了扶眼镜，转身离开。他及时赶回家里，帮着老头子把四头猪装上车送去了橡树山市场。刚才他花了整整四个小时才走完的路，老头子开着车十分钟就跑到了。望着公路两旁的风景，杜安不由得叹了口气。下次步行出门之前，他得跟老头子确认一下当天的日程。

夏天第二场周六免费电影放的是《赫拉克勒斯》，这部电影的拷贝显然是阿什利-蒙塔古先生从皮奥里亚那几家三片连放的汽车影院弄来的。杜安很少看免费电影，虽然家里有电视，他和老头子也几乎从来不看，这两件事背后的原因完全一样——他们觉得书和广播节目比电影电视的画面更有意思。

但杜安爱看意大利黑帮电影。译制片的配音令他深深着迷：演员的嘴疯狂地翕动了足足两分钟，音轨里却只蹦出来几个单词。除此以外，杜安还在哪儿读到过，这些电影里的所有音效，无论是脚步声、武器碰撞声、马蹄声还是火山爆发的声音，所有这一切都出自罗马某家工作室的一位老配音演员。这让他惊叹不已。

但在这个星期六的傍晚，他步行前往榆树港并不是为了看电影。杜安想跟阿什利-蒙塔古先生聊聊，但要找到那位大人物，这是他唯一能想到的地方。

杜安本来可以请求父亲开车送他，但老头子刚吃过晚饭就跑去捣鼓他的学习机了，想到开车去公园肯定会经过卡尔酒馆，杜安立即改了主意，他可不愿意冒这个险。

杜安走进餐厅汇报去向的时候，老头子连头都没抬。"去吧，"他说，电路板上升腾的烟雾笼罩了他的脸，"不过天黑以后你可别走路回家。"

"好的。"杜安一口答应，但他不由得开始琢磨，既然老头子这么叮嘱，那他觉得杜安该怎么回家呢？

结果杜安发现，他来回都不用走路。刚走到戴尔家亨利叔叔的房子外面，他就看见了一辆皮卡，亨利叔叔和丽娜阿姨坐在车上。

"你这是要去哪儿啊，孩子？"亨利叔叔知道杜安的名字，不过在他眼里，40 岁以下的所有男性都是"孩子"。

"去镇上，先生。"

"是去看免费电影吗？"

"是的，先生。"

"上来吧，孩子。"

丽娜阿姨打开万国皮卡车门，杜安爬了上去。驾驶室里很挤。

"我坐后面就挺好。"发现自己一个人就占了半张凳子，杜安立即主动提议。

"别闹，"亨利叔叔说，"挤着才亲热呢。抓紧了！"皮卡顺着第一道山坡像过山车一样飞驰而下，车身颤抖着穿过坡底的阴影，然后重新爬向骷髅地墓园所在的山头。

"靠右边开，亨利。"丽娜阿姨提醒道。杜安不由得想到，恐怕他们每次走这条路——也就是每次去镇上或者其他任何地方——老太太都会做出同样的提醒，六十年来，这句话她一共说过多少次？有没有一百万次？

亨利叔叔认真地点了点头，但皮卡的轨迹丝毫未变，还是继续走在公路中间。他不打算给任何人让路。这里的光线比坡底更亮一点，虽然太阳二十分钟前就下山了。卡车在山顶附近崎岖的车辙中颠簸，然后咆哮着驶入尸体溪上方幽深的树荫。公路两边的野草吃了整整一天灰，看起来就像得了什么白化病。能搭上亨利叔叔的便车，杜安感觉十分庆幸。

皮卡驶向镇外的水塔，杜安用眼角的余光瞥了一眼奈奎斯特家的老两口。亨利叔叔和丽娜阿姨已经 70 岁以上了。杜安知道，他们俩是戴尔妈妈那边的亲戚，实际上戴尔应该叫他们叔祖和叔婆。碎心县的所有人一直叫他们亨利叔叔和丽娜阿姨。这对老夫妇很受欢迎，你在他们身上几乎完全看不见年龄摧残的痕迹。丽娜阿姨的头发早就白了，但她的一头长发依然茂密，布满皱纹的脸颊如玫瑰般饱满红润，眼睛也十分明亮。亨利叔叔的头发倒是掉了不少，但前额角还留着一缕卷发，这为他的表情增添了几分俏皮，看起来活像个担心被大人抓住的淘气男孩。父亲告诉杜安，亨利叔叔是位老派绅士，但这并不妨碍他就着啤酒跟朋友交换下流故事。

"前几天你是不是在这儿差点儿被车撞了？"亨利叔叔指了指路边的田野，玉米地里的车辙仍清晰可见。

"是的，先生。"杜安回答。

"双手握紧方向盘，亨利。"丽娜阿姨提醒道。

"他们抓到那个家伙了吗？"

杜安吸了口气："没有，先生。"

亨利叔叔不满地轻哼一声。"我愿意押个五赔一的赌注，这事儿绝对是卡尔·范·锡克那个坏坯子干的。婊……"好在老头儿及时发现了老婆警告的眼神，"标准的浑蛋，配不上任何正经工作，更没资格当学校和墓园的看门人。要我说，整个冬天和大半个春天我们都能看见这边的情形，那个……那个名叫范·锡克的家伙从来就没出现过。要不是圣马拉奇的人每个月都过来打理，这地方早就被荒草淹没了。"

杜安点点头，但他什么都不想说。

"嘘，亨利。"丽娜阿姨柔声说道，"小杜安不想听你抱怨范·锡克先生。"她转向杜安，伸出长满皱纹的手轻轻碰了碰他的脸颊："听说你的狗死了，我们都很难过，杜安。当年你爸爸从维拉·惠塔克的狗窝里把它抱回去的时候，还是我帮他挑的呢。那时候你还没出生，那只小家伙是他送给你妈妈的礼物。"

杜安点点头，强迫自己转头望向公路右边的城市球场。他目不转睛地盯着窗外的草坪，就像从来没见过这片球场一样。

今晚的主街特别热闹。斜线停车场里早就挤满了车，拎着食物篮和毯子的人群拖家带口地赶往舞台公园。几个男人坐在卡尔家门外高高的马路牙子上大声谈笑，通红的手里紧捏着啤酒瓶。街上的人实在太多，亨利叔叔不得不把车停在远处的超市门外。老头儿咕哝着抱怨他们带来的折叠椅坐起来太难受，他更愿意待在车里，假装这是一家汽车影院。

杜安谢过老夫妇，快步走向公园。电影快要开始了，阿什利-蒙塔古先生恐怕没时间跟他长谈，但他希望至少能占用这位先生一分钟时间。

戴尔和劳伦斯本来不打算去看电影，但今天爸爸回来了。这个星期六他难得地休了一天假。电视里只有《荒野大镖客》和重播的节目，他们的父母都想出去看电影。全家人带着一条毯子和一大袋爆米花，穿过薄暮的微光走向镇中心。戴尔注意到树冠上方有几只蝙蝠，但那只是蝙蝠而已，上周的惊魂一幕似乎已经成了遥远的噩梦。

今天来看电影的人比平时还多。舞台东边和银幕正前方的草地上几乎铺满了毯子，所以劳伦斯跑到最前面的老橡树下占了一块地方。戴尔寻找了一会儿麦克的身影，然后他想起来了，今晚麦克多半又去看他外公了，他几乎每周六都去。凯文从来不看免费电影。他家有一台彩色电视，这种稀罕玩意儿全镇一共只有两台，另一台在查克·斯珀林家。

夜幕已经落下，但第一段动画还没开播，公园里逐渐安静下来。就在这时候，戴尔看见杜安·麦克布莱德沿着舞台侧面的阶梯走向台上。戴尔低声跟家人交代了一句，小跑着穿过公园奔向舞台。一路上他不知跳过了多少条伸长的腿，甚至还跨过了一对儿整个人都趴在毯子上的年轻情侣。戴尔三步并作两步爬上舞台。通常只有阿什利－蒙塔古先生和他带来的放映员才会到这儿来。他本来打算跟杜安打个招呼，却看见胖男孩正在跟放映机旁的富翁说话。于是他靠在栏杆上没吭声，反倒竖起耳朵听了起来。

"你打算拿这本书来干什么呢，如果它真的存在的话？"阿什利－蒙塔古先生刚说到这里。在他身旁，一位系着领结的年轻人已经插好了外接音箱，正在往放映机里装正片前的动画短片。杜安站在小镇恩人身前，看起来仿佛只是一道宽阔的剪影。

"正如我刚才说过的，我正在写一篇关于老中心学校历史的论文。"

阿什利－蒙塔古先生说："学校已经放假了，孩子。"然后他转身对着助手点点头，公园咖啡馆侧墙外的银幕突然亮了起来。不知是谁领头从 10 开始倒数，草坪、卡车和汽车里高声附和的人越来越多。银幕上放起了《猫和老鼠》的动画片，助手开始调整影片的焦距和音量。

"求求您了，先生，"杜安·麦克布莱德急切地向前迈出一步，"我保证，查完了资料一定原书奉还。我只是需要它来帮我完成研究。"

阿什利－蒙塔古先生坐在助手搬来的户外椅里，戴尔从来没有在这么近的距离观察过这位百万富翁。他原以为阿－蒙先生是个年轻人，但借着放映机侧面漏出的光线和银幕的反光，他发现这位富翁至少已经年过四十，庄重的领结和一丝不苟的衣着让他显得更老。今晚他穿着一套白色亚麻西装，雪白的布料在薄暮中看起来仿佛镀了一层柔光。

"研究？"阿什利－蒙塔古先生轻笑起来，"你多大了，孩子？有14岁吗？"

"再过三个礼拜就满12岁了。"杜安回答。戴尔还不知道，他的这位朋友原来是7月份生的。

"12岁。"阿什利－蒙塔古先生重复了一遍，"12岁的孩子不需要做研究，我的朋友。想完成学校报告，你去图书馆随便查一查就好啦。"

"我去过图书馆了，先生。"杜安回答。虽然他毕恭毕敬地喊着"先生"，声音里却没有太多尊敬。戴尔觉得听起来倒像是两个成年人之间的对话。"那里没有我需要的资料。橡树山的图书馆员告诉我，县历史学会的其他文献都交给了您。在我看来，历史学会的资料仍应向公众开放……我想查阅的只是和老中心学校有关的内容，只要几个小时就够了。"

阿什利－蒙塔古先生双臂抱胸，望向屏幕上正在追逐杰瑞的汤姆。说不定汤姆才是被追的那一个……戴尔永远分不清楚这对猫和老鼠到底谁是谁。过了好一会儿，坐在椅子里的男人终于开口说道："确切地说，你的这份报告到底想写什么？"

杜安似乎吸了口气。"波夏钟。"他郑重地回答。至少戴尔觉得自己听到的是这么个词儿。就在这一刻，正在播放的动画片突然爆发出一阵嘈杂的巨响，几乎彻底淹没了下面的对话。

阿什利－蒙塔古先生倏地从椅子里站了起来，他紧紧抓住杜安的上臂，然后立即松开手往后退了两步，仿佛觉得十分难堪。"没这回事。"透过音箱里机枪的爆音，戴尔听见男人这样说道。

杜安说了一句什么，但动画片里的猫正好点燃了一个大爆竹，戴尔一个字都没听见。就连阿什利－蒙塔古先生也得弯下腰来才能听清胖男孩的话。

"是有那么一口钟，"等到动画片的声音终于平息下来，戴尔听见富翁说道，"但很多年前它就不在学校里了。几十年前吧，我想是在第一次世界大战之前。当然，那是一件赝品。我的祖父……上了当，可以这么说。他被人骗了。"

"呃，我的报告需要的正是这样的资料。"杜安说，"不然的话，我只能在文章里写，这口钟现在下落成谜。"

阿什利－蒙塔古先生在放映机旁来回踱了几步。动画片已经放完，助手正忙着换上主题短片——二十世纪影业的这部新闻片由沃尔特·克朗凯特主持，戴尔抬头瞥了一眼，正好看见那位黑发记者坐在一张办公桌旁。这部短片是黑白的，去年戴尔正好在学校里看过。

"没什么谜不谜的，"阿什利－蒙塔古先生断然否认，"我想起来了。进入新世纪以后没多久，祖父那口钟就被取下来存到了某个地方。那时候它已经敲不响了，我相信，因为裂纹太多。后来'一战'爆发，这口钟也被找出来熔化掉了，所有金属都拿去造了武器弹药。"他一口气说完，转身重新坐下，仿佛是在宣布这个话题到此为止。

"要是我能直接从书里引用这段话，或许再翻拍几张旧照片，那就再好不过了。"杜安说道。

富翁叹了口气，仿佛是在感慨银幕上的剧情。音箱里沃尔特·克朗凯特的声音骤然提高，就像刚才的动画片一样响亮。"年轻人，没有这样的书。普莱斯特曼教授交给我的只是一大堆没有任何标签也没经过勘验的原始材料，跟这口钟一点关系都没有。如果我没记错的话，那些资料装满了好几个纸箱子。我向你保证，它们已经不在我那里了。"

"能不能告诉我，您把这些资料捐给……"杜安还没说完就被打断了。

"我没把它捐出去！"阿什利－蒙塔古先生提高声音，几乎喊了起来，"所有东西都被我烧了。我的确资助过那位好教授的研究，但对我来说，他的成果一点用都没有。我向你保证，那些资料里没有什么不可告人的秘密，它们也不可能为你的论文提供一个明确的结论。如果你非要引用的话，那就引用我的话吧，年轻人。那口钟是个错误——它不过是祖父从欧洲的蜜月之旅里带回来的众多无用之物之一 ——进入新世纪后不久，他们就把它从老中心学校里取下来存进了某座仓库……芝加哥的某个地方，应该是……1917年，我们参战以后，这口钟被熔化铸成了子弹之类的东西。听我说，事情就是这样。"

二十世纪影业的短片也放完了，助手匆匆忙忙地换上第一卷厚厚的《赫拉克勒斯》。场间暂时安静下来，阿什利－蒙塔古先生的声音顿时显得格外响亮，好几个人转头朝这边望了过来。

"我只想——"杜安开口说道。

"没什么'只想'，"富翁压低声音打断男孩的话，"不要再说了，年轻人。那口钟已经不在了，事情就是这样。"他朝着舞台旁的阶梯做了个优雅的手势，但戴尔觉得这个动作有点娘娘腔。他的下一个手势招来了助手。银幕外又有人领头开始倒数，电影马上就要开始了。杜安现在面对的是一个袖口卷起的6英尺高的男人。这位助手可能是管家，也可能是保镖，或者是阿－蒙先生麾下某家影院的工作人员。

他看到杜安耸了耸肩，转身顺着阶梯慢慢爬了下去；要是被成年人大吼一顿的人是戴尔自己，他的动作肯定比现在的杜安麻利几倍。戴尔突然意识到，自己所在的位置正好是舞台后方最阴暗的角落，对话双方谁都没发现他；于是他小心翼翼地翻过栏杆，手足并用地跳到下面的草地上，差点儿一头栽进亨利叔叔和丽娜阿姨怀里。

他小跑几步试图追上杜安，但胖男孩已经离开了公园，沿着布罗德大道向外走去。他的双手插在兜里，嘴里吹着小调，显然是想去南边两个街区外的阿什利大宅废墟。现在戴尔不怕黑了，莫名的恐惧已经过去，但他还是不想钻进老榆树枝叶织成的黑暗隧道。

另外，音乐声和急促的台词已经在他身后响起，他想看《赫拉克勒斯》。

戴尔转身回到公园里，琢磨着看完电影再跟杜安聊聊，要是今晚找不到机会……呃……那就过几天再说吧。没什么可急的。夏天还长。

杜安沿着布罗德大道向西走去，这会儿他心潮澎湃，根本没注意电影已经开场。浓重的树荫遮蔽了街道，向南延伸的两排街灯被密不透风的枝叶挡得严严实实。北边有一排低矮的房屋，简朴的庭院彼此相连，通往南面铁路拐弯处的野草丛。铁路对面是一望无垠的玉米地，巨大的阴影矗立在黑暗的小路尽头，这片废墟曾经属于阿什利－蒙塔古家族，直到今天，榆树港的人们仍习惯性地叫它"阿什利大宅"。

杜安盯着废墟看了一会儿。弧形车道早已被过度生长的树枝和无人打理的灌木淹没，曾经气派的大宅如今只余三两根焦黑的石柱和烟囱，烧焦的木梁横七竖八地搭在残垣断壁之间，下面的地窖已经成了老鼠的乐园。杜安知道，戴尔和其他孩子常常骑着自行车跑到这里玩耍，他们会呼啸着掠过前庭，毫不减速地从车座上站直身体，努力伸手触摸石柱或者门廊上的阶梯。但这里真的很黑，哪怕荆棘丛生的弧形车道深处闪动着萤火虫的点点光芒也完全于事无补。隔着两个街区和遮天蔽日的树木，公园里人群的喧嚣和免费电影的声光都显得那么遥远。

杜安不怕这里的黑暗。他真的不怕。但今晚他也不想深入车道尽头。男孩吹着口哨，转身向南走向新街路口，查克·斯珀林就住在那边。

在他身后，车道上生长得过于茂盛的枝叶深处，有什么东西动了起来。树叶微微摇晃，那东西匆匆掠过草丛和废墟中久被遗忘的喷泉边缘。

15

6月12日，星期天，空气温暖，云层厚重，整个天空看起来像是个倒扣的灰碗。早上8点，气温还只有80华氏度，可是一到中午，气温就飙升到了90华氏度以上。老头子一大早就起床去了地里，所以杜安不得不先干完一部分杂活儿才有空读《纽约时报》。

他在谷仓后的一排排豆苗中穿行，拔掉长过了界的玉米秆子，就在这时候，他看见一辆汽车拐进了门前的长车道。起初他以为那是阿特叔叔，但很快他意识到，这辆白车比叔叔的凯迪拉克小得多。直到这时候，他终于看见了车顶的红灯。

杜安离开豆子地，撩起敞开的衬衣下摆擦了擦脸。白色的警车不是巴尼那辆，驾驶室门外的绿色字母写着"碎心县警长"。一个皮肤黝黑、脸庞瘦削的男人探出头来，反光的飞行员墨镜遮住了他的眼睛。男人开口问道："麦克布莱德先生在吗，孩子？"

杜安点点头，转身返回豆子地边缘，将两根手指放进嘴里，大声吹起了口哨。他看见远处父亲的身影停顿了一下，回头望向这边，然后走了过来。这一刻，杜安隐隐盼望着维特根斯坦会拖着瘸腿从谷仓里跑出来。

警长已经从车里下来了，杜安注意到，他是个大块头，身高至少有6英尺4英寸。陌生男人戴着一顶宽檐骑警帽，他的身高、突出的下巴、墨镜、枪带和皮靴让杜安不由得想起了征兵海报，但卡其衬衫胳肢窝里半月形的汗迹多少破坏了这副形象带来的压迫感。

"出什么事了吗？"不知为何，杜安总觉得这位警官是阿什利－蒙塔古先生派来收拾自己的。昨天晚上那位富翁显然很不高兴，杜安回到公园准备搭亨利叔叔和丽娜阿姨的车回家时，他已经离开了。

警长点点头："恐怕是的，孩子。"

杜安站在那里，汗水顺着他的下巴往下流淌，老头子终于摇摇摆摆地穿过最后30码的豆子地走了过来。

"麦克布莱德先生？"警长问道。

老头子点点头，掏出手帕擦了擦自己汗津津的脸，脏兮兮的手帕在他的灰胡楂儿中留下了一道泥痕："是我。如果你想说的事和那部该死的电话有关，那我早就跟玛贝尔公司……"

"不，先生。我要说的是一场意外。"

老头子像被扇了一巴掌似的僵在了原地。杜安盯着老头子的脸，看见他犹豫片刻，然后露出一副了然的表情。现在全世界只有一个人会把老头子的名字写在自己钱包里的紧急联系卡上。

"阿特。"老头子的口气相当笃定，"他死了吗？"

"是的，先生。"警长和杜安几乎同时伸手扶了扶鼻梁上的眼镜。

"怎么死的？"老头子的眼神仿佛聚焦在警长身后的田野中。又或者他什么都没看。

"车祸。大约一小时前。"

"在哪儿？"老头子微微点着头，仿佛一切都不出所料。杜安熟悉这个动作，老头子每次听广播新闻或者抨击政治腐败的时候都会这样点头。

"朱比利学院路，"警长的声音虽然坚定，却不如老头子那么平静，"石头溪公路桥。大约两英里外……"

"我知道那座桥的位置。"老头子打断了他的话，"阿特和我去那儿游过泳。"他的眼睛恢复了一点焦距。父亲转头望向杜安，似乎打算说点什么或者做点什么，但他迟疑片刻，终究还是回过头面对警长："他现在在哪儿？"

"我离开的时候他们正在搬运遗体。"警长回答，"如果你愿意的话，我现在就带你去。"

老头子点点头，钻进警车副驾驶座。杜安小跑着坐进后排。

这不是真的。警车呼啸着经过亨利叔叔和丽娜阿姨门前，以至少 70 迈的速度翻过第一座山坡，掠过墓园时，杜安脑子里只有这一个念头。汽车再次下坡冲向树林，杜安的头差点儿撞上车顶。我们也会送命的。超速的警车扬起的尘埃和石子溅出去足有 30 英尺。汽车爬上山坡驶向黑树酒馆，公路两旁的树木、野草、灌木和树枝都蒙着一层粉笔灰似的苍白尘土。杜安知道，这些尘埃只是之前经过的那些车辆留下来的，但灰白的植物和天空却让他不由自主地想到冥界。死亡的阴影潜藏在灰涩的虚无中，杜安小时候，阿特叔叔给他讲过奥德修斯勇敢地潜入冥界，拨开灰雾与亡母和曾经的盟友相会的故事。

县 6 号公路和朱比利学院路的交叉口竖着一块停车标志，但警长丝毫没有减速，白车一个甩尾，径直拐进坚硬的碎石公路。杜安这才意识到他们头顶的警灯一直在闪，但他没听到警笛声。他很想知道警长为什么这么急。坐在前排的老头子脊背挺得笔直，头微微前倾，只有在汽车转弯的时候才会跟着晃动一下。

他们向东疾驰了 2 英里。杜安转头望向左边，大片的田野尽头是绵延的树林，吉卜赛小径就藏在那里。公路两旁的玉米地一望无际，只有一座座小山脚下点缀着零星的小树林。

杜安默默数着下坡的次数，他知道石头溪就藏在第四座小山谷里。

第四次下坡的时候，警车骤然减速驶向公路左侧，迎着对面来车的方向停了下来。但公路上没别的车。星期天上午特有的宁静笼罩着溪边的洼地和草木稀疏的山坡。

杜安注意到，混凝土公路桥附近的路肩上还停着几辆车：一辆拖车、J.P. 康登那辆丑陋的黑色雪佛兰、一辆他不认识的黑色旅行车，最后还有榆树港东头厄尼家的德士古加油站派来的另一辆救援车。没有救护车！也没看到阿特叔叔的车！没准儿他们搞错了！

杜安一眼就看见了公路桥栏杆上的豁口。这座混凝土旧桥修建于四五十年前，3 英尺高的桥架下方留着类似栏杆的空隙。现在，公路桥东头的混凝土护栏缺了4英尺长的一块，破碎的桥栏边缘露出几根锈蚀的钢筋，如同一只嶙峋的怪手张牙舞爪地指向下方的河岸。

杜安站在父亲身旁，越过护栏望向桥底。加油站的厄尼站在河堤上，旁边还有另外三四个人，其中包括獐眉鼠目的太平绅士。他看到了阿特叔叔那辆凯迪拉克。

看到眼前这一幕，杜安立即明白了事情是怎么发生的。进入自行车道公路桥之前，凯迪拉克的位置过于靠右，大车的左前方径直撞上了桥头的混凝土护栏，引擎瞬间被挤进驾驶室，整辆车像扭曲的玩具一样打着旋儿飞向桥下的石头溪。重达两吨的汽车撞向对岸的小树林，砸断了好几棵树苗和一棵10英寸粗的橡树以后，它终于被山坡上另一棵更粗的榆树挡了下来。杜安仍能看见山坡上狰狞的伤痕，树干上长达3英尺的伤口汁液横流。他不着边际地想道，不知道这棵榆树会不会死。

紧接着凯迪拉克还顺着山坡往上冲了三四十英尺，右后门和右翼子板撞得凹了进去，山坡上的灌木和小树也被它连根拔起，最后汽车撞上一块巨石，车身整个弹了起来。这时候挡风玻璃终于支撑不住，在巨石旁边碎了一地。重力加上另一棵大树的撞击，剩余的残骸终于顺着山坡滚落到了溪水里。

现在它正仰面朝天地躺在那里。左前轮已经不见了，其他三个轮胎赤裸裸地暴露在光天化日之下，看起来很不体面。杜安注意到，胎面上的花纹还很深；阿特叔叔最怕轮胎磨损。尽管底盘上的一部分变速驱动桥不知所终，但整个底盘相当干净，甚至可以说很新。

凯迪拉克的一扇车门开着，而且弯得几乎折成了两半。副驾驶座淹着1英尺深的水，不过还没完全沉入水下。虽然阳光不算明亮，但山坡上四处散落的金属片、镀铬条和碎玻璃依然闪闪发光。杜安还看到了别的一些东西：草地上搭着一只菱形图案的彩袜、一包散落在巨石旁边的香烟、几幅杂乱无章地摊在灌木丛里的公路地图。

"他们已经把尸体搬走了，鲍勃。"厄尼在桥下喊道，他正忙着将一根缆绳系在凯迪拉克的前轴上，"唐尼和默瑟先生开车跟……噢，你好啊，麦克布莱德先生。"他匆匆打了个招呼，然后立即低下头继续干活儿。

老头子舔了舔嘴唇，头也不回地对警长说："你们来的时候他已经死了？"

杜安看到小树林和山脊线的影子映在警长的墨镜上："是的，先生。凯特先生开车路过这里，发现桥底下似乎有东西。当时他已经死了。差不多半小时后，我赶到了现场。默瑟先生——他是县里的验尸官，你知道吧——他说，麦克布莱德先——呃，你的弟弟……在撞击中当场身亡。"

J.P.康登气喘吁吁地爬上山坡，嘴里的威士忌味儿浓得呛人。他提了提腰间松垮垮的工装裤，开口说道："我深感抱歉……"

老头子没有搭理太平绅士，自顾自地顺着陡峭的山坡走向桥底。山坡上的湿泥有点滑，他抓着树枝借了点力。杜安跟在父亲身后。警长小心翼翼地挑选着下坡的路线，生怕弄脏自己熨得笔挺的棕色休闲裤。

老头子蹲在溪边，直愣愣地望着那辆不成模样的凯迪拉克。车顶向内凹陷了一大块，倒灌的水淹没了仪表板。杜安看见，射线枪般的调光传感器已经被扯了下来。副驾驶舱还算完整，就连凹陷的车顶也没影响这边；但整个驾驶座已经被挤到了后排。方向盘不见了，不过支撑它的那根杆子还摇摇欲坠地挂在原地，仿佛随时可能掉进下方两英尺外的水里。一大团扭曲的金属引擎和撕裂的隔火板占据了曾经的驾驶舱，看起来就像一具被谋杀的机器人尸体。

警长提起裤脚蹲在老头子身边，擦得闪闪发亮的靴子小心避开岸上的泥泞和混浊的溪水。他清了清嗓子："车辆失控后，你弟弟撞上了桥边的护栏，然后……啊……你应该能看出来，撞击的瞬间他就已丧生。"

老头子一如既往地点了点头。他的脚踝以下都没在溪水中，两只手腕撑在膝盖上。他低头盯着自己的手指看个没完，就像那是什么天外来客一样："他现在在哪儿？"

"默瑟先生把他送去了泰勒殡仪馆。"警长回答，"他有……呃……有一些东西需要清理，接下来的事情你可以跟泰勒先生联系。"

老头子轻轻摇了摇头："阿特从来就不想要什么葬礼，更别说什么泰勒殡仪馆。"

警长推了推鼻梁上的墨镜："麦克布莱德先生，你弟弟平时爱喝酒吗？"

老头子转过头，第一次直视警长："他不会在星期天一大早喝酒。"他的声音依然平和冷静，但杜安能听出下面潜藏的怒火。

"好的，先生。"警长回答。厄尼奋力摇动手柄，救援车上的绞盘慢慢收紧缆绳，所有人都避到了一边。凯迪拉克的车头向上升起，虽然车窗还在往外滴水，但车头开始慢慢地转向岸边。"呃，也许他的心脏病突然发作，或者有一只蜜蜂钻进了车里。车里的昆虫经常搞得人心烦意乱，失控也很正常。要是我告诉你这方面的案例到底有多少，你肯定会大吃一惊……"

"他当时的速度有多快？"杜安问道。听到自己的声音，他简直吓了一跳。

老头子和警长同时转头望向他，杜安注意到，自己在警长的墨镜中的倒影竟是那么苍白肥胖。

"我们推测，出事时的速度差不多有 75 迈，甚至 80 迈。"警长回答，"虽然我只是大略地查看了一下刹车痕，还没仔细测量，但他的速度绝对不慢。"

"我弟弟不爱超速，"老头子凑到警长身边说道，"他是个遵纪守法的人，虽然我总说他这样很傻。"

警长和老头子对视了一会儿，然后抬头望向桥头破损的护栏："呃，不管怎么说，今天早上他肯定超速了。所以我们需要做点测试，看看他是不是喝了酒。"

"当心！"厄尼突然喊了一声，三个人后退几步，整辆凯迪拉克被拉出了水面。杜安看见一只蝲蛄和着脏水和泡胀的地图顺着车窗滑了下来，他一下子想起来了，几年前他和戴尔、麦克以及镇上的另外几个孩子在这儿抓过蝲蛄。

"会不会是别的什么人把他从桥上撞下来的？"杜安问道。

警长盯着他看了很久："我们没有发现这方面的线索，孩子。也没人报警。"

老头子嗤了一声。

杜安走到凯迪拉克的残骸旁边，现在车身转了个方向，他们正好能看到司机侧的情况。他指指驾驶室门外那道清晰可见的红色擦痕："这道油漆会不会是把阿特叔叔挤下桥的那辆车留下来的？"

警长上前两步，推起墨镜仔细打量还在滴水的残车。"我觉得这道擦痕像是旧伤，孩子。不过我们会调查的。"他退回原地，双手搭在枪带上轻笑起来，"能把这么一辆凯迪拉克挤下桥的车可没多少。"

"收尸车那种尺寸就够了。"杜安回答。他抬起头，正好迎上J.P.康登居高临下的视线。

"我们得把这个见鬼的玩意儿吊到上面，这会儿最好谁都别挡道！"厄尼没好气地高声嚷嚷。

"走吧。"老头子说道。自从警长出现以后，这是他跟杜安说的第一句话。父子俩踩着滑溜溜的堤岸向上爬去，老头子握住了杜安的手，这也是五年来的第一次。

父子俩回到家里，整座农场似乎变了副模样。空中的乌云散开了一点，充沛的阳光洒满田野。他们的房子和谷仓沐浴在阳光中，看起来就像刚刚漆过，就连停在车道上的旧皮卡都变得焕然一新。杜安若有所思地站在鸡舍门外，老头子还在听警长的最后几句叮嘱。警车离开以后，杜安才从沉思中回过神来。

"我得去镇里一趟，"老头子说，"你在家等我回来。"

杜安举步走向皮卡："我也去。"

父亲轻轻按住他的肩膀："不行，杜安尼。我得赶在泰勒动手给阿特涂脂抹粉之前阻止那只秃鹫。我还得问他们几件事。"

杜安刚准备开口抗议，然后他看到了父亲的眼神，于是他终于意识到，这个男人希望独处。他需要独处，哪怕只是开车去镇上的短短几分钟。杜安点点头，转身坐在门前的台阶上。

他想了想要不要继续清理最后几排豆子里的玉米秆，然后决定算了。就在这时候，他满怀愧疚地发现自己饿了。尽管他的喉头火辣辣的，比维特死的那次严重得多，胸口也被不断膨胀的压力挤得快要爆炸，但杜安还是饿了。他摇摇头，拖着脚步走回屋里。

嚼着肝泥香肠、奶酪、培根和生菜做的三明治，他信步走进老头子的工作室，琢磨着那份《纽约时报》被他放到了哪里。与此同时，那辆凯迪拉克扭曲的画面在他脑子里不断回放，散落的镀铬条和玻璃从他眼前掠过，还有驾驶室门外那道猩红的擦痕。

老头子的电话答录机绿灯闪烁。杜安嚼着三明治，心不在焉地按下了倒带回放。

"达伦？杜安？活见鬼，你们就不能关掉机器好好接电话吗？"是阿特叔叔的声音。

杜安张着嘴僵在原地，条件反射地按下了暂停键。他的心脏漏跳了一拍，然后骤然加速——他甚至听见了自己胸腔里的咚咚声——紧接着又被巨大的痛苦淹没。杜安艰难地吞下嘴里的三明治，深深吸了口气，再次按下倒带回放按钮。

"接电话吗？杜安，这通电话是打给你的。我找到了你要的线索。那口钟的事。原来所有来龙去脉都藏在我的书房里。杜安，真是太惊人了。真的。非常精彩，但也让人不安。我问了榆树港的差不多10位老朋友，但谁也不记得有这么一口钟。不过没关系，这本书上说……呃，我还是直接跟你面谈吧。现在是……呃……9点20分左右。10点30分之前我准到。一会儿见，孩子。"

杜安把这段留言重放了两遍，然后关掉机器，摸索着找到身后的椅子，一屁股坐了下去。胸口胀得无法忍受，他只能任由那股压力冲破藩篱。泪水顺着男孩的脸颊潸潸而下，无声的啜泣让他的整个身体都抽搐起来。他时不时摘下眼镜，用手背揉揉眼睛，再咬一口手里的三明治。过了很久以后，他才起身走回厨房。

电话簿上警长办公室的号码无人接听，但杜安最终打通了他家里的电话。今天是星期天，他差点儿忘得一干二净。

"书？"警长疑惑地反问，"呃，我没看见什么书。这东西重要吗，孩子？"

"是的。"杜安回答，然后他补充说，"对我来说很重要。"

"嗯，我在现场真没看见。当然，整个现场还没清理完毕，那本书说不定掉进了树丛……但肯定不在车里。"

"现在那辆车在哪儿？厄尼家？"

"是的。不然就在J.P.康登家。"

"康登？"杜安把面包皮扔进垃圾桶，"为什么要把车送到康登先生家里？"

杜安听见警长吐出一口长气，仿佛有点反胃："呃，J.P.平时就很留意警务频道里的车祸，有时候他会跟厄尼做买卖。J.P.付钱给厄尼买下受损车辆残骸，再倒手卖给橡树山的废旧汽车处理场。至少我们认为他是这样操作的。"

和镇上的大部分孩子一样，杜安也听大人说过太平绅士倒卖赃车的传言。杜安有些好奇，难道撞成这样的车还能拆出来有用的零件？他追问道："那你知道今天这辆车到底拖去哪儿了吗？"

"不清楚。"警长回答，"大概在厄尼的停车场，归根结底，他总得把救援车开回去。星期天只有他一个人看店，他老婆讨厌加油站的活儿。不过别担心，孩子，我们找到的所有私人物品最后都会交给你和你爸。毕竟你们是他最近的亲属，不是吗？"

"是的。"杜安回答。"亲属"，真是个出人意料却又光荣的称呼。他记得乔叟——阿特叔叔简直就是这位作家的翻版——在书中将这个词写作"cyn"。阿特叔叔是他的亲属。"是的。"他低声重复了一遍。

"好啦，别担心，孩子。如果你说的那本书真的放在车里，我们肯定会还给你，和别的所有东西一起。明天一早我就亲自去厄尼那边查看。另外我还得确认几件事情，报告里要写。今晚你和你爸在家吗？"

"在的。"

挂断了电话，屋里顿时显得空落落的。杜安听见炉子上方的大钟嘀嗒嘀嗒往前走，西边远远传来牧场上母牛哞哞的叫声。乌云再次开始聚集，天气依然炎热，但阳光已经敛去。

当天下午，戴尔·斯图尔特从母亲那里听说了杜安叔叔的死讯。戴尔妈妈的消息来自格鲁姆班彻太太，后者又是从斯珀林太太那里辗转听说的，那位女士是泰勒太太的好朋友。当时戴尔和劳伦斯正在制作叶绿素仪模型，妈妈低声告诉了他们这个消息。劳伦斯的眼睛立刻盈满了泪水，他说："天哪，可怜的杜安。他的狗才死了几天，现在又轮到了他的叔叔。"

戴尔情不自禁地在弟弟肩上狠狠擂了一拳，但他并不知道自己为什么要这样做。

他酝酿了好一会儿才鼓起勇气走进前厅，拿起电话开始拨杜安的号码。共用线路的电话响了两声，然后咔嗒一声，那台古怪的答录机接通了，他听见杜安的声音毫无感情地说："你好，我们现在没法接电话，不过你可以在录音里留言，回头我们再给你回电。请默数到三再开始讲话。"

戴尔默默数了三声，然后挂断了电话。他觉得自己的脸颊滚烫。这会儿要跟杜安通话就够为难他了，更别说要让他对着一台录音机表达哀悼。劳伦斯还在专注地摆弄模型，他无意识地吐着舌头，眼睛差点儿就瞪成了斗鸡眼。戴尔留下弟弟一个人继续干活儿，自己骑上自行车去了麦克家。

"咕——咕！"戴尔跳下车大声叫喊，任由自行车向前滑行几码，一头栽倒在草坪上。

"叽——叽！"高大的枫树浓密的树荫深处传来了麦克的回答。

戴尔后退几步，顺着仅有的几级阶梯爬上离地15英尺的树屋，然后继续穿过树枝爬向30英尺外的秘密平台。麦克背靠粗壮的树杈，双腿垂在三块木板搭成的平台边缘。戴尔奋力爬上平台，靠着树干的另一面坐了下去。他低头向下看了一眼，但浓密的枝叶遮挡了他的视线，他知道地上的人也看不见自己。"喂，"他说，"我刚刚听说……"

"嗯，"麦克打断了戴尔的话，他的嘴里嚼着一片长长的草叶，"我刚才也听说了一点。我正打算一会儿过来找你。你和杜安比较熟。"

戴尔点点头。他和杜安四年级时就交上了朋友，因为他们都喜欢书和火箭。区别在于戴尔只会梦想火箭，杜安却真正动手做过。戴尔对书的口味算得上早熟，四年级他就开始读《金银岛》和全本的《鲁滨孙漂流记》了，但杜安的书单深奥得令人难以置信。尽管如此，他们俩还是成了朋友。暑假里他们常常一起玩耍，隔几天总会见上一面。杜安想当作家，这个梦想他可能只跟戴尔一个人说过。"我刚给他打了个电话，"戴尔做了个无奈的手势，"但没人接。"

麦克盯着自己刚才嚼的那片草叶研究了好一会儿，然后才把它扔向了脚下的层层树叶："嗯，今天下午我妈也给他们家打过电话。是那台机器接的。待会儿她们几位女士准备送点吃的过去，说不定你妈也会跟她们一起。"

戴尔再次点了点头。只要镇里或者附近的农场死了人，总会有一大帮女士带着食物像女武神一样从天而降。女武神的故事还是杜安给我讲的。戴尔不太记得女武神的具体事迹，只知道她们会在死人的场合从天而降。他说："杜安的叔叔我只见过几次，不过他看起来很好相处。聪明但随和，不像杜安老爸那么难搞。"

"杜安的老爸是个酒鬼。"麦克说。他的语气里毫无批判谴责的意味，只是陈述事实而已。

戴尔耸耸肩："他的叔叔……头发全是白的，以前还留过白胡子。我去农场玩的时候跟他说过一次话，那个人……很有趣。"

麦克摘下一片树叶，一点一点撕着："我听萨默塞特太太跟我妈说，泰勒太太告诉大家，他整个人被方向盘撕成了两半。她还说泰勒太太信誓旦旦地保证，他们绝不可能在葬礼上敞开棺材给大家瞻仰遗容。她说杜安的老爸赶到殡仪馆威胁泰勒先生，不许他碰他弟弟，不然就给他开个新的屁眼。我是说，麦克布莱德先生的弟弟。"

戴尔自己也摘了一片叶子。他点了点头。"开个新屁眼"的说法过于新鲜，他好不容易才忍住没笑。真是个生动的比喻。然后他想起了现在他们聊的主题，笑意立即消失得无影无踪。

"卡瓦诺神父去了殡仪馆，"麦克继续说道，"谁也不知道麦克布莱德先生——我是说杜安的叔叔——信什么教，所以为防万一，神父给他做了临终傅油礼。"

"什么是临终……什么来着？"戴尔问道。他手里的树叶所剩无几，于是他又摘了一片。几个女孩蹦蹦跳跳地从树下经过，她们绝不会想到，头顶40英尺外有两个人正在窃窃私语。

"就是最后的仪式。"麦克回答。

戴尔点点头，虽然他还是和刚才一样懵懂。天主教徒总以为人人都懂他们那套古怪的礼仪。四年级的时候，戴尔亲眼见过格里·戴辛格拿麦克的念珠开玩笑。格里把念珠挂在自己脖子上，怪模怪样地跳起了舞，他取笑麦克成天戴着项链。麦克什么都没说，只是在戴辛格脸上狠狠揍了一拳，然后摁着他的胸口小心翼翼地把那串念珠取了下来。从那以后，再也没人敢拿这事儿跟麦克开玩笑。

"杜安老爸赶到的时候，卡神父正好在场。"麦克继续说道，"麦克布莱德先生根本不想沟通，他只是警告泰勒先生不许碰他弟弟，还让他们直接把尸体送去火葬场。"

"火葬场。"戴尔喃喃念道。

"就是把你烧掉，而不是直接装进棺材下葬。"

"我知道什么是火葬场，蠢货。"戴尔突然发起了脾气，"我只是……有点惊讶。"还有一点解脱，他恍然惊觉。刚才的十五分钟里，他满脑子想着去泰勒殡仪馆参加葬礼的情景，他得坐在杜安身边，和大家一起瞻仰遗容。不过火葬……这意味着没有葬礼，难道不是吗？"他们准备什么时候送去？"他问道，"我是说火葬。"这个代表生命终点的词语听起来格外严肃。

麦克耸耸肩："你想去看他？"

"看谁？"戴尔反问。他知道迪格尔·泰勒有时候会在告别仪式之前带着朋友溜进存放棺材的房间偷看尸体。查克·斯珀林曾经吹嘘说，迪格尔亲眼见过杜甘太太赤身裸体地躺在防腐室里。

"谁？当然是杜安。"麦克回答，"不然你觉得我们还能看谁，傻蛋？"

戴尔一时语塞。他扔掉最后一片碎叶子，擦擦沾在手上的树汁，透过头顶稀薄的树冠看了看天："天就快黑了。"

"早着呢。至少还有几个小时。这一周的白天是一年里最长的，傻瓜。只是今天云有点厚。"

戴尔想了想，骑车去杜安家还有很长一段路，他记得杜安说过，那辆收尸车想撞死他。现在他们要走的就是那条路。但他觉得自己必须跟麦克布莱德先生或者在场的其他大人说几句话。还有什么事能比拜访死者家属更艰难呢？

"好吧，"他说，"我们这就走。"

他们爬到树下，骑上自行车直奔郊区。东边的天空一片漆黑，仿佛正酝酿着一场暴风雨。空气凝滞如死。快到县6号公路的时候，他们望见一辆卡车拖着滚滚烟尘疾驰而来。戴尔和麦克忙不迭地远远避到路边，就差没跳进沟里。

皮卡车载着杜安和他的父亲飞驰而过，他们没有停留。

杜安看见了骑自行车的两位朋友，他也知道他们多半是去农场看他的。胖男孩回过头，正好看到戴尔和麦克站在路边目送皮卡远去，紧接着车轮扬起的灰尘淹没了他们的身影。老头子甚至没注意到路边还有两个人。杜安也没有开口。

那本书真的很重要，他好不容易才说服了老头子连夜去找。杜安甚至特地给他听了电话留言。

"这他妈说的到底是什么？"老头子问道。从泰勒殡仪馆回来以后，他的心情一直非常糟糕。

杜安只犹豫了一秒。他可以告诉老头子一切，就像之前对待阿特叔叔那样。但现在时机不对。老头子刚刚痛失亲人，波吉亚钟的天方夜谭和他现在的情绪格格不入。所以杜安只是简单地解释了几句，他和阿特叔叔正在研究这口钟……这件工艺品是阿什利－蒙塔古家的人从欧洲带回来的，但现在似乎大家都把它忘了。杜安极力轻描淡写，仿佛这不过是他和阿特叔叔合作完成的无数项目之中的一个，就像有一阵子他们迷上了天文学，然后开始动手自制望远镜，或者那年秋天他们干劲十足地想把莱奥纳多·达·芬奇设计的所有小玩意儿都造出来一样。诸如此类。

老头子接受了杜安的说法，但他不认为有必要连夜赶去镇上搜查凯迪拉克的残骸。杜安知道，暂时的清醒正撕扯着老爸的灵魂，就像数不清的钢针扎在他的身上。他还知道，如果他任由老头子离开自己的视线，一头扎进卡尔家或者黑树酒馆，那恐怕他几天内都不会再露面。从理论上说，星期天酒馆不开门，但某些主顾总能轻而易举地溜进后门。

"也许我可以找找那本书，你也能顺便出门喝点酒，"杜安提议道，"你知道的，为阿特叔叔干一杯。"

老头子盯着儿子的脸，但他的表情慢慢放松下来。他很少和自己妥协，但这并不代表他缺乏这方面的判断力。杜安知道，老头子内心正在天人交战，一方面他觉得自己有必要在阿特的事情尘埃落定之前保持清醒，但从另一方面来说，现在他真的很需要喝一杯。

"好吧，"最后老头子回答，"我们去那边看一眼，顺便买点喝的带回来。你也可以敬他一杯。"

杜安点点头。迄今为止，他最怕的东西只有一样……那便是酒精。他一直担心自己传承了家族的弱点，只消一杯他就会沉沦，就像三十多年前的老爸一样。但他还是点了点头。父子俩盯着晚餐看了半天，但谁都没碰，最后他们终于收拾碗碟，开车前往镇上。

加油站已经打烊了。星期天厄尼关门的时间通常不会超过下午4点，今天也不例外。后院里停着三辆破车，但阿特的凯迪拉克不在其中。杜安把警长在电话里说的事告诉了老头子。

老头子开始掉头，但杜安分明听见他喃喃骂了一句："他妈的小偷资本家。"

皮卡沿着第二大道掠过阴影笼罩的老中心学校，然后拐进了德宝街。杜安看见戴尔·斯图尔特的父母坐在长门廊上，看到飞驰而过的皮卡，他们霍地站起身来，显然是认出了这辆车。父子俩沿着德宝街继续向西，穿过布罗德大道。

康登那辆黑色雪佛兰既不在院子里，也没停在破房子旁边下陷的泥地上。那里可能曾经有过一条车道。老头子敲了敲门，但迎接他们的只有一阵疯狂的吠叫，这条狗的个头听起来不小。杜安跟着老头子绕向屋后，杂草丛生的停车场里乱七八糟地扔着弹簧、啤酒罐、一台旧洗衣机和各种生锈的零件，一座窝棚孤零零地立在角落里。

这里一共停了八辆车。其中两辆勉强算是完整，似乎还有修复的可能，其他几辆像金属尸体一样死气沉沉地趴在高草丛中，阿特叔叔的凯迪拉克离窝棚最近。

"别进去。"老头子警告道，他的声音有点古怪，"看到了那本书就告诉我，我去把它取出来。"

现在凯迪拉克重新翻了过来，整辆车遭到的破坏看起来更加触目惊心。车顶几乎被压到了齐门的高度，现在他们面对的正好是副驾驶的位置，虽然这一侧的损伤相对较小，但也不难发现，与桥梁的撞击直接将这辆沉重的汽车拧成了麻花。前引擎盖不见踪影，康登或者别的什么人已经把发动机零件拆出来摆在了草地上。杜安绕到司机那边。

"爸。"

老头子闻声而来，驾驶座车门和左后门都不见了。

"他们把车从水里吊起来的时候，这两扇门都还在。"杜安说，"我还指给警长看过门上那道红色的擦痕。"

"我记得。"老头子捡起一根金属拉杆，开始拍打周围齐腰深的野草，仿佛觉得失踪的车门就藏在草丛里。

杜安俯身查看，然后绕到后面，透过破碎的后车窗张望了一番，最后拉开右后门，钻进去检查后排的残骸。

扭曲的金属、撕裂的衬垫、无数弹簧、各种织物和绝缘件像钟乳石一样倒挂在车顶，破碎的玻璃，车里充盈着血液、汽油和机油的复杂气味。没有书。

老头子在屋后的树林里绕了一圈："我没看到那两扇门。你找到书了吗？"

杜安摇摇头："我们得去车祸现场找找。"

"不行。"老头子断然否决，他的口气十分坚定，"今晚不行。"

杜安转过身，失望沉甸甸地落在他的肩膀上，一时间甚至压过了刀锋般锐利的悲伤。他举步走向角落里的窝棚，不由得想到了即将到来的长夜和老头子的酒。这笔买卖他真是赔了个底儿掉。

走到窝棚角落的时候，他的手还揣在兜里。所以当他看到那条狗迎面扑来，他甚至来不及抽出双手。

电光石火间，杜安甚至没认出那是条狗。他只感觉一个黑色的庞大物体咆哮着冲了过来，杜安从来没听过这么凶狠的叫声。然后那东西跳了起来，闪着寒光的白牙几乎和他的眼睛一样高，一惊之下，杜安仰面摔倒在弹簧和碎玻璃中，大狗从他的身体上方飞跃而过，然后立即转身，猖狂地再次冲了上来。

那个瞬间，杜安再次体会到了直面死亡的感觉。他躺在满地的垃圾中间，双手已经从兜里抽了出来，但却抓不到任何能用的武器。时间仿佛凝固了，而他自己也凝固在时间之中，天地间会动的物体只剩下那条大狗。它的动作如此之快，看起来就像一道黑色的旋风。它正在扑向杜安，庞大的身影高得像一座山，狰狞的大嘴唾液飞溅，惨白的牙齿即将撕开杜安·麦克布莱德的喉咙。

老头子挡在大狗和摔倒的儿子之间，果断地挥出手中的铁棍。金属拉杆狠狠砸在杜宾犬胸口，带着它的身体向后飞出了足足10英尺远。大狗发出一声令人牙碜的惨叫，听起来就像齿轮错位的变速箱。

"起来。"老头子喘着粗气说道。他猫腰守在儿子和挣扎起身的大狗之间，一时间杜安有些拿不准父亲说话的对象是自己还是那条杜宾。

大狗再次冲上来的时候，杜安刚刚跪坐起来。这次杜宾必须先过了老头子那关才能扑倒男孩，它显然极力想要达成这个目标，大狗咆哮着飞身跃起的时候，杜安吓得差点儿尿了裤子。

老头子双手紧握铁棍，踮起脚尖让开半个身子，任由大狗从他身边飞掠而过，就在这个瞬间，他手中的棍子向上一挥，杜安觉得父亲的姿势像极了打出内野高飞球的击球手。

铁棍正中杜宾犬的下颚，大狗的脑袋以一个不可思议的角度向后仰起，整个身体向后划出一道完美的弧线，狠狠砸在窝棚的墙壁上，然后顺着墙滑了下去。

杜安终于站起身来，跌跌撞撞地往后退了几步，但这次杜宾犬没有再站起来。老头子走过去踢了踢那头畜生的下巴，大狗的脑袋无力地歪向一边，像是被一根绳子松松地系在脖子上一样。它的眼睛瞪得很大，眼珠外已经蒙上了一层死气。

"天哪。"杜安低声咕哝。他迫切地感觉自己必须开点玩笑，不然他只能再次跌倒在地号啕大哭："康登先生一定会大吃一惊。"

"去他妈的康登。"老头子骂道，但他的声音里毫无情绪。自从八小时前警长的车驶入农场以后，他似乎第一次放松下来："跟着我，别离太远。"

老头子领着儿子离开后院，那根铁棍依然紧握在他手中。他狠命砸了几下前门，但房门紧锁，屋里还是没人应声。

"听到什么声音了吗？"老头子停止砸门，轻轻弹了弹手里的铁棍。

杜安摇摇头。

"我也没听到。"

杜安一下子明白了。要么是刚才在屋里叫的那条狗现在聋了，要么它已经变成了躺在后院里的尸体。之前有人把它放了出来。

老头子走到街边，顺着德宝街向远处张望。街道笼罩在浓重的树荫中，东方的天边不时传来沉闷的隆隆声，暴风雨随时可能到来。"走吧，杜安尼，"老头子说，"我们明天再来找你那本书。"

皮卡车开到水塔附近的时候，杜安终于停止了颤抖。然后他想起来了。"你的酒。"他说。他不想提醒老爸，但他觉得老头子配得上这份回报。

"去他妈的酒。"老头子瞥了杜安一眼，微微一笑，"我们可以敬阿特百事可乐。你们俩最爱喝那玩意儿，不是吗？我们可以为他干杯，讲一讲他的光荣事迹，共度一个货真价实的守灵夜。然后我们早点上床，明天才能一大早起来，把该修的东西都修好。如何？"

杜安点了点头。

不多不少住了整整一周院以后，吉姆·哈伦在星期天出院回家了。他的左臂仍打着沉重的石膏，脑袋和胸口还缠着绷带，瘀青的双眼黑得像浣熊，每天依然需要靠药物止痛，但医生和母亲还是决定让他回家。

但哈伦自己不想回家。

他不太记得事故到底是怎么发生的。当然，实际上他记得的东西比他自己愿意承认的要多一点：星期六的晚上，他没去看免费电影，反而偷偷摸摸地跑去跟踪老肥特，甚至决定爬到教学楼外面偷窥。但他到底是怎么掉下去的，以及导致坠落的原因，哈伦真的一点也不记得。在医院里的时候，他每晚都喘着粗气从噩梦中醒来，心脏和脑袋突突直跳。男孩双手紧紧抓住病床两侧的金属栏杆，仿佛这样才能得到一点支撑。头几个晚上，他的母亲一直守在床边，后来他学会了按铃呼唤护士，他只希望病房里能有个大人。医院里的护士，尤其是年纪比较大的卡朋特太太总爱取笑他，但她们还是留了下来，有时候还会摸摸他头顶的短发，直到他再次入睡。

哈伦不记得是什么样的梦让他尖叫着惊醒，但他记得那种感觉，这足以让他恶心反胃，起满一身的鸡皮疙瘩。一想到要回家，他也同样感到恐惧。

母亲的一位朋友——哈伦从没见过他——开车送他们回家。哈伦躺在旅行车后排，觉得自己愚蠢透顶；胳膊上的石膏也让他感觉难堪，他勉力从一堆枕头里抬起头来，望着窗外掠过的风景。从橡树山到榆树港只有十五分钟车程，旅行车每向前行驶 1 英里，他就觉得外面的光线暗淡了一分，仿佛他们正在一步步奔向幽冥。

"看起来好像快下雨了。"他母亲的男朋友说道，"老天保佑，地里的庄稼正需要这个。"

哈伦不满地咕哝了一声。不管这个蠢货是谁——哈伦已经忘了他的名字，虽然母亲刚才故作轻松地向他介绍了一番，就像这个来历不明的男人是哈伦熟悉爱戴的家庭老友一样——不管这人是谁，他肯定不是农民。打了蜡的干净旅行车、男人不见一点老茧的双手和花里胡哨的都市风西装都确凿无疑地证明了这一点。这个笨蛋根本不知道庄稼是不是需要雨水和肥料，当然他也不在乎。

他们到家的时候差不多已经 6 点了。妈妈本来应该 2 点来接他，但她迟到了好几个小时。那个蠢货殷勤地把哈伦搀回了楼上的房间里，仿佛他摔断的不是胳膊而是腿一样。哈伦不得不承认，虽然只爬了短短几级楼梯，但他还是觉得头昏脑涨。他坐在自己的床上，环顾自己的房间。它看起来那么奇怪而陌生。他眨着眼睛试图摆脱头疼，他妈已经飞奔下楼找药去了。哈伦听见楼下的人压低声音交谈了几句，然后是长时间的静默。他想象他们在楼下接吻。那个蠢货的舌头伸进他母亲的嘴巴，她情不自禁地屈起右腿，高跟鞋在半空中晃悠，就像她和之前的那么多蠢货吻别时，哈伦躲在卧室窗户后面看到的那样。

病态的昏黄光线透过窗户照进房间，给所有东西镀上了一层硫黄的颜色。哈伦突然意识到自己的房间看起来为什么那么奇怪：母亲帮他整理了房间。地上成堆的衣服和漫画书，玩具兵和坏掉的模型，还有床底下的垃圾全都不见了，就连角落里放了好几年的那叠《男孩生活》也不见踪影。突如其来的内疚感暖暖地攫住了哈伦，不知道妈妈有没有发现他藏在衣柜深处的裸体杂志。他试图走过去查看，但眩晕和头痛重新将他压回了床上。真他妈见鬼。仿佛是为了凑热闹，他的胳膊也开始痛了起来，每天傍晚他都能体会到这种深入骨髓的疼痛。天哪，他们在他的骨头里面钉了一根钢钉。哈伦闭上眼睛，试图想象那根和铁路道钉差不多长的钢钉如何穿过自己破碎的肱骨。

谁也别想拿我的肱骨开玩笑。吉姆·哈伦愤愤不平地想道，然后他蓦然惊觉，自己刚才差点儿哭了。她到底去哪儿了？这会儿到底去哪儿了？

就在这时候，妈妈走进了他的房间。这会儿她的心情十分愉快，她的小吉米终于回家了。哈伦看见了她脸上搽得厚厚的粉底。半夜查房的护士身上总氤氲着柔和的花香，但母亲身上的香水闻起来却完全不一样，她闻起来就像某种麝香味浓重的夜行穴居动物。可能是貂，或者热腾腾的黄鼠狼。

"来，把你的药吃了，我这就去做晚饭。"她尖声说道。

妈妈直接把整个药瓶塞进他手里，而不是像护士那样按照处方剂量数出几粒。哈伦一口气吞了三片可待因，虽然平时护士只给他吃一片。去他的疼痛。妈妈忙着在房间里来回穿梭，拍松枕头，整理刚从医院里带回来的行李箱，压根儿没空注意儿子吃了几片药。哈伦意识到，就算她打算郑重其事地处理那些下流杂志，至少不会是今天。

反正他也不在乎。她大可以现在就下楼去，烧焦她准备做的晚饭。她一年大约会下两次厨，每次结果都很糟糕。哈伦已经感觉到了药物带来的昏昏睡意，他迫不及待地想飘进那片温暖惬意的无墙空间。刚进医院的头几天，他们给他用的止痛药比可待因更强，所以他大部分时间都沉浸在那片天堂里。

他咕哝着问了妈妈一句。

"什么，亲爱的？"她正在往衣柜里挂他的睡袍。

哈伦意识到，自己的声音太含糊了，于是他又问了一遍："我朋友来过吗？"

"你的朋友？噢，来过的，宝贝，他们都很担心你，希望你早日康复。"

"谁？"

"你说什么，亲爱的？"

"都有谁？"哈伦不耐烦地重复了一遍，然后他努力控制了一下声音，"都有谁来过？"

"呃，那个有礼貌的农场孩子……他叫什么来着，唐纳德？上周他来过医院……"

"杜安。"哈伦纠正道，"他不是我的朋友，只是个耳朵后面夹稻草的农场孩子而已。我是说，有谁来过我们家吗？"

他的母亲皱起眉头，心烦意乱地绞着手指。哈伦觉得鲜红的指甲油将她雪白的手指变成了染血的树桩。想到这里，他不禁又觉得有些好笑。"是谁？"他继续追问，"奥罗克？斯图尔特？戴辛格？还是格鲁姆班彻？"

他的母亲叹了口气："我记不住你那些小朋友的名字，吉米，但他们确实打过电话。至少他们的妈妈打过电话。他们都很担心你，尤其是那位在 A&P 超市上班的好心女士。"

"那是奥罗克太太。"哈伦叹了口气，"可是麦克和其他人都没来过我们家吗？"

她把他在医院里穿过的睡衣叠起来夹在胳膊下面，仿佛眼下的头等大事就是清洗这几件衣服，虽然哈伦住院之前，他的脏睡衣和内裤常常在地板上一扔就是几个星期："我相信他们肯定来过，亲爱的，可我一直……呃，一直很忙，你看，我在医院里守了那么长时间，除此以外，我还需要处理一些……别的事情。"

哈伦试图翻身向右，打着石膏的左臂直挺挺地戳在他的身体侧面。虽然他的手肘还能弯曲，但整条手臂沉重而僵硬。他感觉可待因正在慢慢起效。或许他可以哄骗母亲把整瓶药都留下来，让他自己对付身体的疼痛。医生才不在乎你痛不痛，哪怕你在半夜吓醒，疼得差点儿尿裤子，他们也毫不在乎。就连那些浑身散发着好闻香气的护士也不在乎你的死活。如果你按响床头的铃铛，她们的确会应声而来，但很快她们又会踩着瓷砖地板从容不迫地离开交班，回家去应付别人。

母亲给了他一个吻，他从她身上闻到了那个蠢货的古龙水味。他厌恶地把脸转到一边，她呼吸里的烟味和那个蠢货留下的气息都让他恶心想吐。

"你好好睡吧，宝贝。"她帮他掖了掖被角，就像他还是个小婴儿一样。只是毯子根本盖不住他胳膊上的石膏，她只得尽量用被单偎紧他的左臂，就像垫在圣诞树脚下的地毯。疼痛突然消失了，哈伦暖洋洋地飘浮在舒适的麻木中，这周以来他从没感觉这么轻松过。

天还没黑。哈伦允许自己在白天入睡……他痛恨天杀的黑暗。他需要小睡片刻，这样才有精力继续默默守望，时刻保持警惕，万一它来了……

万一谁来了？

药物解放了他的思绪，包裹那团迷雾——他到底看见了什么——的藩篱变得摇摇欲坠。帘幕即将升起。

哈伦试图翻身，但石膏再一次阻碍了他。他断断续续地呻吟了几声，疼痛似乎变得十分遥远，但却始终挥之不去，就像一只小狗不停地撕扯他的衣袖。他不会放任那道藩篱倒塌，让帘幕真正升起。不管是什么东西夜夜将他惊醒，让他大汗淋漓心跳加速，他都不愿意再看到它回来。

去他的奥罗克、斯图尔特和戴辛格。让他们都见鬼去吧。反正他们也不算什么真朋友。谁稀罕他们？哈伦痛恨这座该死的小镇，痛恨痴肥的镇民和该死的蠢小孩。

还有那所学校。

吉姆·哈伦迷迷糊糊地睡着了。卧室墙纸上硫黄般昏黄的光线开始慢慢变红，随后又逐渐转黑。伴着呜咽的风声，暴风雨正在迫近。

德宝街东边几个街区外，戴尔和劳伦斯坐在门廊栏杆上，抬头仰望撕裂夜空的热闪电。天已经黑了差不多一个小时，他们的父母坐在柳条编织的休闲椅上，有一搭没一搭地说着话。每当无声的闪电划破天空，街对面树荫掩映的老中心学校就会被蓦然照亮，闪电给古老的砖石墙壁镀上了一层幽幽的蓝光。空气凝滞而沉重，暴雨前的狂风尚未抵达。

"这天气感觉不太像龙卷风。"戴尔的爸爸说道。

他们的母亲呷着柠檬水，没有回答。暴风雨即将来临，空气厚重得令人窒息。每当无声的闪电照亮学校、操场和向南伸向哈德路的第二大道，她总会微微瑟缩一下。

突如其来的闪电给草地、房屋、树木和柏油街道涂上了一层古怪的颜色，这一幕令戴尔深深着迷。感觉就像家里的黑白电视突然变成了彩色——哪怕每次只有短短的一瞬。

闪电的涟漪顺着东方和南方的地平线扩散，在树冠上方如狂野的北极光般骤然炸开。戴尔记得，亨利叔叔给他讲过"一战"期间炮火封锁的瑰丽景象。"二战"时戴尔的爸爸也在欧洲服过役，但他从来不提战场上的事儿。

"看哪！"劳伦斯指着学校操场轻声喊道。

戴尔弯下腰，顺着弟弟伸长的手臂向外望去。一道热闪电划过，他看见一条土垄切开了校园里的棒球场。自从学校放假后，球场上就多了几条这样的土垄，好像有什么人在那里挖沟埋设管道。但戴尔和他的家人从没在白天看见过球场上有人干活儿。话又说回来，既然这所学校早晚要拆，为什么现在还要给它铺管子呢？

"跟我来。"戴尔低声招呼。他和弟弟跳下栏杆跨过石阶，奔向前院的草坪。

"别跑太远！"妈妈在他们身后叮嘱，"马上就要下雨了。"

"我们不会走远的！"戴尔回头应声。兄弟俩小跑着穿过德宝街，跳进街道旁边权充雨水管的浅沟，踩着丛生的野草向前跑去。哨兵般的高大榆树伸出嶙峋的树枝，遮住了浅沟上方的天空。

戴尔环顾四周，第一次意识到这些巨树结成了一道多么坚固的屏障。虽然他可以轻松穿过树干之间的缝隙进入操场，但感觉像是走进了一座城堡围墙高耸的庭院。

夜色中的老中心学校就是这样一座庄严的城堡。闪电在高处没有封死的采光窗上跳跃，又被窗玻璃反射回来，石头和砖块砌成的墙壁在电光中呈现出一种怪诞的绿色。大门的拱顶下只有吞噬一切的黑暗。

"就是这里。"劳伦斯说。现在他的位置离球场正中的土垄还有6英尺。看起来像是有人在校园里铺了一条管道，这条管子从教学楼出发——戴尔已经看见了地下室某扇窗户旁边土垄与砖墙相交的位置——穿过棒球场二垒，径直通往投手丘。但土垄却在球场中央戛然而止。

戴尔转头顺着中断的土垄原本应该延伸的方向向外望去。看不见的虚线对准了30码外他家的前门廊。

劳伦斯惊叫一声，往后跳了两步。戴尔霍然回过头来。

借助天空中短暂的电光，戴尔看到地面的泥土被什么东西顶了起来，但泥土上方的青草还在，地上的土垄瞬间向前延伸了4英尺，又在他脚边骤然停了下来，隆起的土丘离他的运动鞋还不到1码。

闪电从窗帘外划过的时候，麦克·奥罗克正在喂姆姆吃饭。给老太太喂饭的任务并不愉快。虽然她的咽喉和消化系统还能勉强工作，不然他们就没法在家照料她，只能把她送去橡树山的养老院了，但她只能吃流质的婴儿食品，而且每吃一口都需要有人帮她把嘴巴掰开再合拢。吞咽的动作更是艰难无比，喂下去的大部分食物最终总会顺着老太太的嘴角流出来，滴落到他们给她戴的宽围嘴儿上。

但麦克喂她吃饭的时候总是很有耐心，老太太每吃一口都需要休息很久，借着这段时间，他会跟她唠叨几句日常小事。星期天给大家送报纸啦，外面快要下雨啦，还有他那几位姐妹的光荣事迹。

刚刚吞下一口食物，姆姆的眼睛突然瞪大了，她开始疯狂地眨眼，仿佛拼了命地想说点什么。麦克时常希望在姆姆中风前他们全家能学会摩斯电码，但谁又能预料到他们会有这样的需求呢？如果能用摩斯电码，大家交流起来就方便多了，老太太只需要眨眨眼，暂停一下，然后再眨眨眼，这样就行。

"怎么了，姆姆？"麦克俯身用手帕擦了擦姆姆的下巴，低声问道。他回头望了望，隐隐期盼会在窗边看到某个黑影，但窗外只有无尽的黑暗。紧接着，一道热闪电呼啦啦照亮了椴树的叶子和街对面的田野。"没事的。"麦克轻声安慰姆姆，又给她喂了一勺胡萝卜泥。

但姆姆显然觉得有事。她的眼睛越眨越快，喉头的肌肉上下颤动，麦克甚至开始担心，她会不会把刚才吃的东西全都吐出来。他凑上前检查了一番，生怕她呛到，但她的呼吸似乎依然顺畅。眨眼开始变成疯狂的痉挛，麦克不禁想道，她该不会是又中风了吧，这次她会死吗？但他还是没有出声呼唤爸妈。暴风雨前的宁静似乎悄悄渗入了他的情绪和动作，让他整个人僵在椅子里，保持着身体前倾、将勺子送到姆姆嘴边的姿势。

眨眼突然停了，姆姆的眼睛瞪得极大。就在这个瞬间，老房子的地板下面传来了令人牙碜的抓挠声。虽然麦克知道，地板下面什么都没有，只有低矮的逼仄空间。抓挠声最初出现在房屋西南角的厨房下面，然后快速——比猫或者狗奔跑的速度更快——穿过厨房、起居室一角、半条走廊和客厅，也就是姆姆的房间，出现在麦克和老太太躺着的这张巨大黄铜床下面。

麦克低下头，越过自己仍未收回的手臂望向两只运动鞋之间的旧地毯。那声音响亮得像是地板下面有什么人正坐着一辆轨道推车飞奔而来，手中的长刀或金属棍毫不留情地划过地板下方的每一根加强筋和龙骨。现在抓挠声变成了猛烈的敲击，就像那个人正试图用同一把刀凿开地板。

麦克目瞪口呆地盯着自己脚下，等待那东西冲出破碎的地板。在他的想象中，刀锋般的手指已经抓住了他的双腿。他抽空瞥了一眼姆姆，老太太早已紧紧闭上了眼睛。

突然间，地板下的骚动骤然平息。麦克重新找回了自己的声音。"妈！爸！佩格！"他高声喊道，尽量压抑自己尖叫的冲动。他握着勺子的手仍伸向前方，但现在这条手臂却止不住地颤抖起来。

他的父亲从走廊后面的厕所闻声赶来，连裤子背带都没来得及系好，肥硕的肚皮和贴身的汗衫松垮垮地垂在腰带外面。母亲也从卧室里出来了，她一边走一边匆匆系着身上的旧睡袍。楼梯那边传来一阵响动，不过探出头来的却不是佩格，而是玛丽，女孩靠在门框上，朝着客厅的方向张望。

一大堆问题劈头盖脸地朝他砸了过来。"你这是在鬼叫什么？"父亲抓住空子重复了一遍自己的问题。

麦克环顾几位家人的脸："难道你们没听见吗？"

"听见什么？"母亲的声音一如既往地严厉。

麦克低头望向两只运动鞋之间的地毯。他有一种感觉，那东西还在那里。它正在等待。他望向姆姆，老太太的眼睛依然紧闭，身体僵得像石头一样。

"那个声音。"麦克越说越觉得心虚,"屋子下面传来的可怕声音。"

父亲摇摇头,掀起毛巾擦干脸上的水。"我在厕所里什么都没听见。肯定又是那些见——"他瞥了一眼眉头紧皱的妻子,"那些见不得人的野猫。不然就是黄鼠狼。我这就拿手电筒和扫把去把它赶走。"

"别!"麦克情不自禁地喊道,声音大得连他自己都吓了一跳。玛丽做了个鬼脸,他的父母表情都很困惑。"我是说,快下雨了。"麦克说,"明天白天再说吧。到时候我自己就能下去把它赶走。"

"小心碰上黑寡妇蜘蛛。"玛丽故作夸张地打了个寒战,咚咚咚跑回楼上。麦克听见她的收音机正在放摇滚音乐。

父亲转身折回厕所,母亲走进客厅摸了摸姆姆的头,轻抚她的脸颊,然后说道:"看来妈妈睡着了。如果你想上楼准备睡觉的话,我可以在这儿守一会儿,等她醒了再继续喂饭。"

麦克咽了口唾沫,放下颤抖的手臂紧紧按住自己发软的膝盖。他能感觉到,地板下面有东西。那东西和他之间只隔着四分之三英寸厚的木板和一块足有四十年历史的旧地毯。他能感觉到,它就潜藏在地板下方的黑暗中,等待他离开。

"不,"他拒绝了母亲,"我会留在这里,喂姆姆吃完这顿饭。"他露出微笑,母亲摸摸他的头,自己回了房间。

麦克坐在原地等待。片刻之后,姆姆重新睁开眼睛。窗外的热闪电无声地划过。

16

星期天晚上没有下雨,星期一也没有,但天一直很灰,湿润的空气黏稠厚重。杜安的父亲决定星期三在皮奥里亚火化阿特叔叔的遗体，现在他需要处理各种琐事，通知各色人等。至少有三个人——其中一位是阿特叔叔的老战友，另一位是他熟识的表亲，还有他的一位前妻——坚持亲自前来送行，所以老头子还是在皮奥里亚唯一有火化设备的殡仪馆安排了一场简短的纪念仪式，时间是下午3点。

星期一一整天，老头子给J.P.康登打了无数个电话，但却一直没找到人。当天下午，治安官巴尼驱车来访，杜安站在门道里听到了他和老头子说的话。

"我说，达伦，"巴尼对老头子说，"J.P.正在到处宣扬，说你杀了他的狗。"

老头子龇了龇牙："那只天杀的畜生想咬我儿子。那条蠢货杜宾空长了个大块头，但脑子恐怕只有康登的老二那么大。"

巴尼揉搓着手里的帽子，手指摩挲着帽子边缘的吸汗带："J.P.还说，那条狗一直被他关在家里。而且他是在屋子里面发现尸体的。有人破门而入，杀了他的狗。"

老头子朝着路边的灰尘吐了口唾沫："去他妈的，你清楚得很，J.P.康登完全就是睁着眼睛说瞎话，就跟他硬赖着说别人超速一样。我们敲门的时候，那条狗的确在屋子里面。后来我和儿子绕进后院看了一眼阿特那辆凯迪拉克。不管怎么说，那辆车不该出现在康登的院子里。你肯定知道，第三方在事故调查结束前购买涉事车辆，这是违法行为。总而言之，我们进入后院以后，那条狗才朝杜安扑了过去，这说明它是被康登那个王八蛋放出来的，他就是想让它咬我们。"

巴尼紧盯着老头子的眼睛："但你没有证据，对吧？"

老头子笑了："凭什么他就能向你投诉这事儿？难道康登能证明那条杜宾是我杀的？"

"他说有邻居看见你了。"

"狗屎。住在康登隔壁的杜蒙特太太是个瞎子，那一片的人只有米兹·詹森认识我，但她带着儿子吉米去了橡树山。另外，我进入后院是完全合法的。为了掩饰事故真相，康登非法扣押了我弟弟的车，还把车门给拆了。"

巴尼把帽子扣回头上，拉了拉帽檐："这话从何说起，达伦？"

"我是说，那辆凯迪拉克司机侧的两扇车门都不见了，但那两扇门上有重要的事故证据。红漆。上星期一想撞死我儿子的那辆卡车喷的也是红漆。"

巴尼从口袋里掏出一本笔记簿，捏着秃铅笔头写了几个字，然后抬起头来："这事儿你告诉康威警长了吗？"

"我他妈当然告诉他了。"老头子激动地搓着自己的脸颊，今天早上他刚剃过胡子，没了粗糙的胡楂儿，指尖传来的异样触感似乎让他有些迷惑，"他说他得'了解一下情况'，我回答说，你最好了解一下情况，要是你们的调查不够彻底，我会像投诉康登一样投诉你。"

"所以你觉得，这不是一场事故？"

老头子回头看了一眼站在门口的杜安。"我敢打赌，我弟弟绝不可能自己开着那辆凯迪拉克以 70 迈的速度撞到桥上。"他转头直视治安官巴尼，"阿特是个从不超速的傻瓜，哪怕在朱比利学院路这样的烂路上也不例外。所以他一定是被人撞下去的。"

巴尼走回自己车旁："我会给康威打电话，告诉他我也在调查这事。"

站在纱门后面的杜安眨了眨眼。县高速公路上的命案不归镇治安官管。所以巴尼完全是在帮他们的忙，仅此而已。

"与此同时，"治安官继续说道，"我也会告诉我们那位太平绅士，他的邻居肯定弄错了。没准儿那条狗是自然死亡的。那个浑球一直追着我问这事儿。"他向老头子伸出一只手："阿特的事我真的非常遗憾，达伦。"

老头子惊讶地跟治安官握了握手。杜安走出大门站到父亲身边，和他一起目送治安官的车顺着长车道渐渐远去。杜安知道，要是这时候他扭过头去，准能看见父亲眼里的泪水，这是出事后的第一次。但他没有转头。

那天晚上，他们去阿特叔叔家取一套西服，好在第二天一早给他送到皮奥里亚的殡仪馆去。

"天杀的蠢货，"4英里的车程里，老头子坐在皮卡方向盘后面咕哝，"他们干吗要把他摆在那儿给人看，直接把他和棺材一起火化就行了。要我说的话，阿特没准儿更愿意什么都不穿。"

杜安觉得老头子的抱怨大约只有一半出于悲伤，另一半则是因为没有酒喝，所以他的心情很坏。他连续清醒的时间已经快要打破两年来的纪录了。

皮卡到达目的地的时候，天已经黑了。阿特叔叔住在一幢小小的白色农舍里，离大路差不多有几百码。农舍周围的土地归房东耕作，今年夏天他们种了豆子，只有屋子后面的菜园由阿特自己打理。走进后门之前，老头子盯着菜园看了一会儿，杜安知道，他多半是在发愁，以后他们该怎么照料这些作物。再过几周，阿特叔叔钟爱的番茄就该上桌了。

房门没锁。走进大门的时候，悲伤和失落突然再次袭来，杜安眨眨眼，扶了扶眼镜。他意识到，这份感觉来自沉闷凝滞的空气中残余的熟悉烟草味。刹那间杜安真切地体会到了生命有多短暂，一个人留存在世间的东西又是多么有限：几本书、你无法再舒心享用的烟草气味、还能回收利用的几件衣服、在所难免的几张快照、法律文件，以及对别人来说几乎毫无用处的个人信件。杜安震惊地意识到，作为一个人类，你不可能在这个世界上留下无法磨灭的痕迹，这就像用手去拂水，一旦抽出手来，水立即就会填满所有空隙，仿佛什么都没有发生过。

"我马上就好。"老头子说。虽然父子俩都不明白为什么要小声说话，但他们还是默契地压低了声音："你可以待在这儿等我。"他们穿过厨房，走进光线更暗的"书房"。

杜安打开电灯，点了点头。老头子消失在卧室门后，杜安听见了衣柜门打开的声音。

阿特叔叔的房子很小：只有一间厨房，一间权充"书房"的空置餐厅，一间勉强能放下单人皮沙发的起居室，很多书架，一张配有两把扶手椅的棋盘桌。杜安一眼就认出了他和阿特叔叔三周前留下的残局。一台巨大的遥控电视，最里面还有一间小卧室。前门小巧的水泥门廊外是方圆大约2英亩的院子。客人们从来不走前门，但杜安知道，阿特叔叔喜欢在傍晚坐在前门廊上，抽着烟斗眺望北边的田野。这里可以轻松听见朱比利学院路上的车声，但由于山坡的遮挡，你看不见路上的车辆。

杜安摇摇头，甩掉漫无边际的思绪，努力集中精神。阿特叔叔以前说过，他有写日记的习惯。从1941年开始，他每年都会写一本日记。杜安觉得，哪怕叔叔在电话里提到的那本书真的丢了，被康登或者别的什么人拿走了，但他或许会在日记里留下一笔。

他打开了凌乱书桌上的台灯。改成"书房"的餐厅是整幢房子里最大的一间屋子，顶天立地的书架上摆满了大部头精装本，房间中央权充书桌的门板两头放着好几个矮架。

杜安匆匆翻了翻书桌，各式账单、电话、信件、芝加哥和纽约的象棋专栏剪报、杂志和《纽约客》漫画摆得到处都是。一个相框里镶着阿特第二任妻子的照片，另一个相框里装的则是达·芬奇画的某种机械草图，看起来有点像直升机，然后还有一罐弹珠、一罐红色甘草糖。从小到大，这个罐子一直是杜安劫掠的对象。乱七八糟的纸片里有过期的购物清单，有卡特彼勒工厂的工会会员名单，还有诺贝尔奖得主名录，林林总总，不一而足。但没有日记。

这张书桌没有抽屉。杜安环顾四周，他听见老头子正在翻卧室里的抽屉，可能是在找阿特的内裤和袜子。没准儿下一分钟他就会出来。

阿特叔叔会把日记本放在哪里呢？杜安考虑了一下卧室的可能性。不，阿特绝不会在床上写日记，这样的事他一定会放到工作桌边完成。但这里没有书，也没有抽屉。

书。杜安坐在书桌旁的老船长椅，扶手上的清漆早已被叔叔的胳膊磨得一点不剩。他每天都会坐在这里写日记。很可能是每天晚上。杜安伸出左手。阿特叔叔是左撇子。

他的手正好能够着书桌左侧的矮书架。实际上这是一个双层书架，架子上的书有的书脊朝外，有的书脊朝里，还有十多本没有标题的册子，它们藏在书桌下方的阴影中，看起来毫不起眼。杜安抽出其中一本：皮革封面，厚重的纸张很有质感，一共大约 500 页。书里没有印刷的文字，只有老式钢笔密密麻麻的手写字迹。这些字迹填满了每一页纸，看起来不光潦草，而且根本无法辨认。真真正正的天书。

杜安将翻开的册子往台灯底下凑近一点，抬手扶了扶鼻梁上的眼镜。这些字迹不是英文，倒像是印地语或者阿拉伯语的某个变种，密密麻麻的字母、无所不在的圆圈和飞扬的弧线看得人头昏眼花。他甚至分不出独立的词语，连绵不断的曲线绘成了无数看不懂的符号。但每一栏文字上方都标着明文数字，杜安看了看现在翻开的这一页，上面写着 19.3.57。

杜安知道，阿特叔叔常说，包括欧洲在内的世界上绝大部分地方人书写日期的时候先写几号，然后写月份，最后才是年份，这种方式比美国人的习惯合理得多。"从小到大。"他告诉 6 岁的侄子，"这样简单得多。"杜安一直赞同叔叔的意见。所以这篇日记是1957 年 3 月 19 日写的。

他放下这本日记，抽出书架上最靠左边也是最好拿的那一册。第一页上的字迹写着 1.1.60，最后一页题头标着 11.6.60。看来阿特叔叔星期天上午没写日记，但星期六晚上他写了一篇。

"好了吗？"老头子拎着一套西装出现在卧室门口，衣服外面还套着干洗袋，他的另一只手抓着阿特叔叔的旧健身包。父亲走进台灯投下的光圈，冲着杜安刚刚合上的那本日记点了点头："这就是阿特准备带给你的那本书？"

杜安只犹豫了一秒："应该是吧。"

"那就带上。"老头子举步走向厨房。

杜安关掉灯，站在原地想了想留在书桌下面的日记本。阿特叔叔十八年来的私人想法都藏在这里，他不知道自己现在做的是对还是错。这些日记显然使用了某种私人密码，但破译密码是杜安的长项。只要解开了密码，他就能读到阿特叔叔本来不打算让他或者其他任何人知道的东西。

但他想把自己的发现告诉我。他听起来很兴奋。严肃，但兴奋。可能还有一点恐惧。

杜安吸了口气，抓起沉重的日记本。他感觉叔叔的气息洋溢在他周围，无论是那熟悉的烟草味儿，还是几千册藏书散发的淡淡霉味儿，或者皮革封面独有的气味，甚至包括那一缕似有若无的汗味儿。工人阶级清爽的汗水气味闻起来令人愉悦。

现在屋子里很黑。阿特叔叔强烈的存在感让杜安有些不安，就像逝者的鬼魂正站在他身后，催促他现在就坐下来，打开台灯翻开日记认真阅读，而阿特叔叔会弯下腰来看着他。杜安甚至有些期盼，那只冰冷的手会轻轻拂过他的后颈。

他终于开始挪步。杜安不紧不慢地穿过厨房走向门外的皮卡车，去跟父亲会合。

尽管乌云低垂，空气潮湿得令人窒息，戴尔和劳伦斯还是玩了一整天的球；到了晚饭时分，兄弟俩满身的灰尘已经被涓涓流淌的汗水浸成了泥浆。妈妈透过厨房窗户看见他们回来，立刻勒令他们

254

在后门楼梯下面脱掉衣裤，只准穿着内裤进屋。戴尔奉命将两个人的衣服送到地下室最里面的房间，他们家的洗衣机就放在那里。

戴尔讨厌地下室。这幢陈旧的大房子里只有这一个地方让他觉得神经紧张。夏天倒是还好，可是到了冬天，每天吃完晚饭他都得爬到地下室里，把取暖的煤炭铲进料斗。

通往地下室的每一级楼梯至少有两英尺高，感觉完全是为巨人准备的。外墙和厨房墙壁之间巨大的水泥楼梯向左下方划出一道弧线，无形中拉长了一楼和地下室之间的距离。劳伦斯直白地叫它"地牢楼梯"。

楼梯上挂着一盏光秃秃的灯，但微弱的光线几乎完全无法照亮通往锅炉的走廊。锅炉后面倒是还有一盏灯，但它的开关是一根拉绳，和煤仓里的那盏一样。经过煤仓入口的时候，戴尔往右瞥了一眼。这个入口根本没有门，只是在墙上开了一个 4 英尺宽的门洞，踏上阶梯才够得到高处的煤箱。小小的煤仓层高只有 5 英尺，戴尔知道，蜷缩在这么小的空间里铲煤，对他的父亲来说实在是件苦差。锅炉料斗和煤仓走廊之间有一个角度，铲进料斗里的煤会直接滚到锅炉的燃料箱里，但这扇小门现在关着。料斗后方的古旧锅炉几乎填满了走廊尽头的所有空间。如今戴尔就站在这条短短的走廊里。锅炉看起来只是一大堆粗糙的金属，触手似的管路张牙舞爪地通往四面八方。

寒冷的冬夜里，铲煤这项任务最让戴尔厌恶的地方倒不是干活儿——虽然他的手每到冬天总是长满老茧——也不是喉咙里连刷牙都无法去除的煤灰味儿。其实这些都无关紧要，他真正讨厌的是煤仓后面的低矮空间。

隔开那片空间的后墙其实只有半堵，最下端离水泥地板差不多有 3 英尺，墙头再往上两英尺左右就是天花板，所以戴尔能看见墙后积满灰尘的石头地板、水管和蜘蛛网。戴尔知道，这片空间上方是他父亲的办公室和宽敞的前门廊。铲煤的时候，他常常听见老鼠和某些体形更大的啮齿动物匆匆跑过的声音,某个寒冷的冬夜,他猛地转过头去,正好看到一双血红的小眼睛死死盯着自己。

戴尔的父母常常夸奖他铲煤又快又好,可是对戴尔来说,每个冬夜里的那二十分钟是一天里最糟糕的部分,所以他总是拼命加快速度,只求赶紧填满料斗,好离开这个鬼地方。他最喜欢煤仓刚填满的时候,他只需要站在料斗旁边不停铲煤就行。可是到了月底,煤仓里的存货只剩下角落里的一小堆,他就只能穿过整个煤仓,舀起满满一铲煤块,再转身背对后墙,穿过9英尺宽的房间,将煤填进料斗里。

不用铲煤,这是戴尔热爱夏天的众多原因之一。只消一瞥,他已经看见煤仓里只有一小堆黑乎乎的无烟煤。楼梯顶上那盏电灯的光几乎照不进煤仓,墙后的低矮空间更是漆黑一团。

戴尔摸到了第一根灯绳,突如其来的亮光让他不由自主地眨了眨眼,随后他绕过庞大的锅炉走进第二个房间。这间屋子唯一的用途就是容纳锅炉的炉膛。第三个房间的工作台上摆着他父亲的几件工具,往右再拐一个弯,妈妈的洗衣机和干衣机都放在最里头的小房间里。

戴尔的爸爸曾经说过,当初他不知道费了多大劲才把洗衣机和干衣机搬进这里,要是哪天他们打算搬走,这两台机器还是留给房东算了。这话不假。戴尔记得,搬机器的时候他爸、西尔斯公司的送货员、萨默塞特先生和另外两位邻居一起折腾了差不多一个小时。最里面的洗衣房没有窗户,地下室的所有房间都没有,灯绳垂在房间正中央,南墙根下有个直径3英尺的圆坑,里面装着一台大型抽水泵。这幢房子的地下室挖得比本地的地下水位还深,虽然有抽水泵,但在他们搬进来以后的四年半里,地下室还是淹过四次,其中一次戴尔的爸爸不得不踩着两英尺深的积水下来修泵。

戴尔把脏衣服扔在洗衣机顶上,拉熄电灯,飞快地原路返回。从最里面的房间钻进工作间,然后穿过锅炉房进入走廊。这次他没有转头去看煤仓。他爬上十级陡峭的楼梯，终于回到了一楼。离开阴冷潮湿的地下室，再次触摸到透过纱门吹进房间的暖湿空气，看到格鲁姆班彻家西侧天际的温柔暮光，他简直有一种再世为人的感觉。

戴尔快步穿过厨房，现在他浑身上下只有一条内裤，这让他觉得很不自在。劳伦斯已经跳进了浴缸，这会儿他正在模仿潜艇攻击的激烈音效。幸好妈妈已经离开厨房去了外面的门廊，戴尔赤着脚一路小跑穿过门厅爬上二楼，趁着妈妈回来之前钻进卧室披上了浴袍。他打开小阅读灯，趴在床上翻开一本旧的《惊奇科幻》杂志，等着弟弟从浴室里出来。

杜安·麦克布莱德回到地下室的安静角落里打开电灯，只花了不到五分钟时间，他已经解开了日记的密码。

乍看之下，阿特叔叔的日记似乎是用印地语写的，但实际上他写的只是简单的英语，连词序都没换过。当然，杜安和叔叔都钟爱莱昂纳多·达·芬奇，这为他提供了极大的帮助。

文艺复兴时代的那位天才采用一种简单的密码来写日记：他的每一行字都是从右往左倒着写的，阅读时可以借助镜子。杜安带了一面手镜下来，所以他立即发现，阿特叔叔也采用了同样的方法，只是他故意省掉了每个词之间的空格，以免被人一眼看穿。除此以外，他还把每个字母顶部的线条串在了一起，所以整段文字看起来就像变形的阿拉伯语或者吠陀梵语。句号也被替换成了倒写的 F 前面加上两个点，逗号则是倒写的 F 加一个点。

杜安随意翻开几页试了试，有些日记讲的是工作上的事，某位工会领袖被怀疑挪用了工会资金，另外还有一段阿特和哥哥讨论政治问题的对话。杜安瞥了一眼，立即想起了当时的情景，老头子喝得烂醉如泥，大声疾呼应该暴力推翻统治。然后他迅速翻到最后一页：

11.6.60

发现了杜安想找的那口钟的信息！就在阿莱斯特·克劳利那本《经外书：律法之书增补》里。我早该想到克劳利，作为我们这个时代自封的先知，他肯定知道这方面的事情。

今晚我坐在门廊上想了几个小时。起初我不想把这事儿告诉任何人，但小杜安那么努力地想要解开榆树港深藏的谜团，我觉得他有权利知道。明天我就带着书过去，给他看介绍"魔宠"的整段章节，这里面关于波吉亚家族的内容相当怪异。

其中两段这样写道：

"美第奇家族喜欢借助传统的动物魔宠来与魔法世界沟通，不过据说在文艺复兴最多产的那个年代（从艺术创作的角度来看），波吉亚家族选择了一件无生命的物体来充当护符。

"传说它便是伟大的昭示之碑，这座埃及的铁方尖碑曾供奉在奥西里斯圣殿里。早在 5 世纪或者 6 世纪（基督教崛起的年代），这件宝物就被人从圣殿里偷走了，几百年来，它一直是西班牙瓦伦西亚波吉亚家族的权势之源。

"1455 年，来自这个古老家族的一位巫师登上了教皇的宝座，但最具讽刺意味的是，由于这位教皇在政治上的崛起离不开原始的护符提供的黑暗力量，所以在登上大位以后，他许下的第一个宏愿是铸造一口大钟。大钟运抵罗马之时，波吉亚家族的这位教皇不幸辞世，很少有人怀疑，这口钟竟脱胎于昭示之碑：仆从熔化了异教徒的圣物，重新将它铸造成了罗马城里翘首以盼的教徒更欢迎的模样。

"当时摩尔和西班牙的每一个权贵家族几乎都有自己

的魔符，但这口大钟绝非凡物：波吉亚家族将它视为'万物吞噬者暨万物创造者'。而在埃及文化里，昭示之碑被称为'死神的皇冠'，《深渊之书》还曾预言过它的变身。

"有生命的魔宠通常只是一种媒介，但昭示之碑需要接受献祭，哪怕它已化身为钟。传说1455年，唐·阿方索·波吉亚在奔赴罗马之前将自己刚刚出生的孙女献给了这口钟，随后他果然——出人意料地——被枢机团选为教皇。但在成为嘉礼三世教皇之后，不知道是缺乏进一步的野心，还是相信自己获得的成就并未耗尽昭示之碑的力量，无论如何，唐·阿方索没有继续献上祭品。嘉礼三世薨逝后，大钟被他的侄子罗德里戈·波吉亚送进了宫殿的钟塔，这位罗马红衣主教接过瓦伦西亚大主教的位置，成为波吉亚王朝第一位真正的继承人。

"不过根据传说，直到这时候，昭示之碑，或者说它化身而成的大钟，仍未得到足够的献祭。"

洗完澡以后，戴尔·斯图尔特回到楼上的卧室里。劳伦斯已经爬到了床上。或者更确切地说，小男孩盘着腿坐在小床中央，他的表情看起来有些古怪。

"怎么了？"戴尔问道。

白得吓人的脸色衬得劳伦斯脸上的雀斑格外明显："我……我不知道。刚才我走进来打开电灯，然后……呃，我听见了一点声音。"

戴尔无奈地摇了摇头。他记得几年前有一次，妈妈出门买东西去了，他和弟弟独自在家看电视。那是一个冬天的周六下午，他们看的是一部惊悚片，《木乃伊的复仇》。刚看完电影，劳伦斯立即"听见"厨房里有声音——缓慢而拖沓的脚步声，和电影里那个蹩脚的木乃伊一模一样。当时戴尔还跟弟弟一起恐慌了一会儿；随着

"脚步声"逐渐逼近，他们吓得放下防风窗逃到了外面的院子里。妈妈回家的时候，兄弟俩只穿着袜子和 T 恤，站在前门廊上瑟瑟发抖。

呃，现在戴尔已经 11 岁了，不是 8 岁。"你听见什么了？"他问道。

劳伦斯惊慌四顾："我不知道。其实我也没有真的听见什么……而是感觉到了那个东西。房间里好像不止我一个人。"

戴尔叹了口气。他把袜子扔进脏衣篮，拉熄了头顶的电灯。

壁橱门开着一条缝。戴尔一边走向自己的小床，一边随手把它按了回去。

但门没有关上。

也许是被拖鞋之类的东西挡住了，戴尔停下脚步，手上加了点劲。

门缝开始扩大。壁橱里有什么东西想要出来。

地下室里，杜安用一张大手帕擦了擦脸。哪怕在夏天最热的时节，这里也很凉爽，但现在他浑身都在冒汗。摊开的日记本放在门板搭成的"写字台"上，刚才杜安一直在奋笔疾书，尽可能地把相关的信息抄到自己的笔记簿里，但是现在，他索性放下铅笔，开始专心阅读。

熟悉了叔叔倒写的字迹以后，他不必借助镜子也能流畅阅读，但杜安依然没有放下小手镜：

> 波吉亚家族的第一位教皇献祭了自己的孙女，借此激活了昭示之碑——现在它已经被重新熔铸成了一口钟——的部分威力。不过根据《奥塔维亚诺之书》的描述，波吉亚家族的人害怕昭示之碑蕴含的力量，传说它的彻底觉醒意味着天启的降临，但他们还没做好准备。根据《律法之

书》的记载，昭示之碑会赋予供奉者强大的力量，但与此同时，一旦获得了足够的牺牲，这件护符本身将化为末日的丧钟。在昭示之碑的推动下，最后的天启将于六十年零六个月零六天后降临。

作为波吉亚王朝的第二位教皇，罗德里戈将这口钟送进了梵蒂冈宫殿他主持加建的钟楼里。传说为了镇压大钟，避免它彻底觉醒，亚历山大六世——这是罗德里戈的封号——请一位名叫宾杜里乔的侏儒疯癫画家在波吉亚塔里画满了神秘的壁画。这些怪诞的画面来自罗马的地下洞穴，它们能够抑制昭示之碑的邪恶气息，同时不影响波吉亚家族继续汲取这件护符的力量。

至少亚历山大六世教皇曾经这样以为。

《律法之书》和奥塔维亚诺的秘本都曾提及，有迹象表明，昭示之碑开始逐渐控制波吉亚家族的成员。多年后，亚历山大六世将这口钟送去了墙高壁厚的圣天使堡，然而即便他将这件工艺品深深埋进了巨石和白骨垒成的坟墓，也完全无法减轻那些曾经试图控制它的人遭到的反噬。

奥塔维亚诺简短地记载了波吉亚家族和罗马那几十年的疯狂历史：谋杀和阴谋层出不穷，即使以当时的残酷标准而言也算得上骇人听闻；恶魔在罗马地下墓穴中游荡的流言从未停歇；神秘的非人之物在圣天使城堡和城市的街道上出没；随着昭示之碑不断觉醒，它的力量也变得越来越强大。

但在奥塔维亚诺不幸横死之后，昭示之碑的传说便湮没在了黑暗之中。我们只读到了波吉亚家族覆灭的记载。据说几十年后，美第奇家族的第一位教皇登上宝座以后，他颁布的第一道命令就是将这口钟从罗马运走销毁，大钟熔化后的金属汁液也被视为不祥之物，最终它们都被埋葬在了远离梵蒂冈的圣地里。

　　时至今日，昭示之碑最后的下落和命运早已无从追寻，但在巫术的世界里，它"吞噬万物，创造万物"的传说却一直流传到了今天。

　　杜安放下阿特叔叔的日记。他能听见老头子在楼上的厨房里忙忙碌碌，紧接着传到他耳边的是几句含糊的咕哝和纱门被甩上的声音；然后杜安听见皮卡轰鸣，伴随着轧轧的换挡声，汽车沿着车道开了出去。看来老头子终于决定跟酒精握手言和。杜安听不出来老头子去的是卡尔家还是黑树酒馆，但他知道，父亲至少要过好几个小时才会回来。

　　杜安坐在台灯的光晕里望着桌上的日记本和笔记簿发呆了几分钟，然后起身上楼锁好纱门。

　　壁橱的门慢慢开了。

　　4英寸宽的门缝里只有绝对的黑暗，戴尔整个人顶在门上阻止门板继续打开，他回头望向劳伦斯。他的弟弟坐在床上，眼睛瞪得老大。

　　"来帮忙啊。"戴尔低声喊道。门板另一侧的力量越来越大，门缝又扩大了1英寸，戴尔的短袜在光滑的木地板上缓缓向后滑动。

　　"妈妈！"劳伦斯跳下床奔向哥哥，嘴里大声叫喊。兄弟俩齐心协力用肩膀顶住门板，将它往前推了两英寸。"妈！"现在他们俩都喊了起来。

　　门板停了下来，但涂着黄漆的木板后面力量还在不断积聚，没过多久，柜门又开始倔强地向外移动。

　　戴尔和劳伦斯交换了一个眼神，他们的脸颊贴在粗糙的木板上，兄弟俩都感觉到了门板后面几乎无从抵挡的巨大力量。

门缝又扩大了3英寸。壁橱里一片死寂，听不见一丝声响。门板外面的两个男孩倒是大口大口地喘着粗气，戴尔的袜子和劳伦斯的赤脚在地板上擦出刺耳的声音。

门又往外开了几英寸。现在门缝已经扩大到了1英尺，一股阴冷的气息从里面透了出来。

"老天爷啊……我……顶不住了。"戴尔喘着气抱怨。他的左腿死死顶在旧门板上，但就算这样也无法将它推动分毫。不管壁橱里的东西是什么，它的力气至少相当于一个成年人。

门又往外开了两英寸。

"妈！"劳伦斯喊得撕心裂肺，"妈妈，救命啊！妈！"

前门廊上有人应了一声，但戴尔绝望地意识到，他们恐怕撑不到妈妈赶过来了。"跑吧！"他竭力喊道。

劳伦斯看了哥哥一眼，他惊慌的脸庞离戴尔只有几英寸远。小男孩转身就跑，但他没有离开房间，而是三步并作两步跳到了自己床上。

少了劳伦斯的助力，戴尔一个人根本顶不住。门板后方传来的力量强得不像话，他干脆松开手转身跳上4英尺高的梳妆台，然后迅速把腿收了上去。原本放在桌面上的台灯和几本书哗啦啦地砸向地板。

骤然弹开的门板撞到了戴尔的膝盖，劳伦斯尖叫起来。

戴尔听见了楼梯上母亲的脚步声，她似乎大声问了句什么，但他还没来得及回答，就感觉一股冷风扑面而来，就像他刚刚推开了一扇通往冻肉仓库的门，有什么东西从壁橱里面钻了出来。

那东西又矮又长，长度至少有4英尺，看起来像影子一样虚无，却比影子黑得多。细长的阴影蜿蜒滑过地板，就像刚刚从罐子里放出来的歇斯底里的虫子。戴尔甚至看到了影子两侧疯狂挥舞的细丝，那应该是它的腿。他拼命将自己的脚收到梳妆台上面，一个相框啪地摔到地板上。

"妈！"他和劳伦斯再次齐声喊道。

黑色的影子在地板上灵活地扭动，快得令人眼花。戴尔觉得它就像一只蟑螂，如果蟑螂能长到 4 英尺长、几英寸高，样子也和一团黑雾差不多的话。影子两侧纤细的肢体还在疯狂地刮擦地板。

"妈！"

那东西飞快地游进了劳伦斯的床底。

劳伦斯一声不吭地跳到戴尔床上，动作比蹦床杂技演员还要利落。

他们的母亲出现在门口，疑惑的视线从一个尖叫的男孩扫向另一个尖叫的男孩。

"有东西……从壁橱里……它钻到了床底下……"

"床底下……黑色的东西……很大！"

妈妈转身回到走廊壁橱旁取出一把扫帚。"出去。"她一边吩咐儿子，一边拉亮了头顶的灯。

戴尔犹豫了一秒，然后立即跳下梳妆台奔向妈妈背后的门口。劳伦斯不敢下地，他直接从戴尔床上跳到自己床上，最后才跳到母亲身后。两个男孩径直冲进走廊，一路跑到了二楼的栏杆边上，直到这时候，戴尔才敢回过头朝着卧室的方向张望。

妈妈整个人趴在地板上，掀开了劳伦斯床脚的防尘褶边。

"妈！别去！"戴尔吓得惊叫起来，他立即冲上前想把她拉回来。

母亲放下扫帚，伸出双臂搂住了大儿子："戴尔……戴尔……冷静一点。别怕。床底下什么都没有。你看。"

戴尔大口喘着粗气，喉头甚至有些呜咽，但他还是鼓起勇气看了一眼。劳伦斯的床底下空空如也。

"它可能钻到戴尔的床下面去了。"劳伦斯站在门口喊道。

妈妈搂着戴尔，转身掀开另一张床的防尘褶边。那个瞬间，戴

264

尔的心脏差点儿停止了跳动，妈妈趴在地上望向床底，扫帚摆在身前。

"看，"她起身拍了拍裙子和膝盖，"这里什么都没有。现在跟我说说，你们以为自己看见了什么。"

两个男孩抢着说了起来。听到自己的声音，戴尔这才意识到，他的描述落到旁人耳朵里是这样的：某个又大又黑又矮的长得像影子一样的东西推开壁橱门钻了出来，然后像只大虫子一样溜进了床底。

啊哈。

"也许它又回到壁橱去了。"劳伦斯猜测。小男孩拼命忍着眼泪，鼻子还有点抽搐。

妈妈盯着他们看了好一会儿，然后默不作声地走到壁橱旁边，霍地拉开柜门。戴尔情不自禁地往门口退了两步。母亲挪开挂在横杆上的衣服，踢开柜底的网球鞋，顺着柜门边缘检查了一圈。壁橱其实一点也不深，里面没有任何异样。

妈妈双臂抱胸，什么也没说。兄弟俩站在门口，回头望了望楼梯口、父母卧室黑漆漆的门洞和另一个空房间，似乎觉得那抹黑色的影子随时可能从背后的硬木地板上冒出来一样。

"你们俩肯定是在互相吓唬，没错吧？"妈妈问道。

两个男孩都不承认，他们争先恐后地把那个可怕的东西又描述了一遍，戴尔还示范了他们刚才怎么顶住柜门不让它出来。

"但那只虫子还是把门推开了？"妈妈嘴角浮出一缕笑意。

戴尔叹了口气。劳伦斯抬头望着哥哥，仿佛是在说，无论如何，那东西还在我的床底下，只是我们看不见它。

"妈，"戴尔尽量冷静地说，他的语气听起来既正式又合理，"今晚我们能不能去你的卧室里睡觉？我们可以带着睡袋打地铺。"

母亲迟疑了一秒。戴尔猜测，她大概想起了兄弟俩因为害怕"木乃伊"而把自己锁在屋子外面的事情，又或者去年夏天，他们俩大晚上跑到球场附近的野地里，试图用心灵感应联系外星飞船，结果被一架飞机的灯光吓得一溜烟跑回了家里。

"好吧。"她说，"带上你们的睡袋和折叠帐篷。我得出去告诉萨默塞特太太一声，我家的两个大男孩之所以会惊声尖叫打断我们聊天儿，完全是因为他们看到了一只影子虫。"

她一手牵着一个儿子下了楼。等到母亲回屋，兄弟俩才跟着她重新上楼。两个男孩在空房间里寻找睡袋和帐篷的时候，妈妈一直站在门口等着他们。

她拒绝留一盏长明夜灯，哪怕走廊上的灯也不行。妈妈走进男孩们的卧室拉熄顶灯的时候，兄弟俩同时屏住了呼吸，但她毫发无伤地回来了，离开房间之前，她把扫帚倚在床头板旁，仿佛那是一件武器。戴尔想到了父亲收在柜子里的泵动式霰弹枪和他自己的双筒猎枪。子弹放在那只雪松箱子最底下的抽屉里。

戴尔搭的帐篷紧挨着床边，几乎没留下一丝缝隙。虽然妈妈很久以前就已经睡着了，但戴尔能感觉到，他的弟弟还醒着，而且神经紧绷，满怀警惕，和他自己一样。

所以当劳伦斯的手从毯子下面悄悄伸进他的帐篷时，戴尔没有把他推开。当然，他确认过了，那的确是他弟弟的手和手腕，而不是从床底黑暗中钻出来的什么东西。然后他紧紧握住了劳伦斯的手，直到他终于沉入梦乡。

17

6月15日，星期三，送完报纸以后，去圣马拉奇教堂帮卡神父做弥撒之前，麦克钻进了屋子地下。

清晨的光线十分充沛，初升的朝阳在庭院里的榆树和桃树脚下拉出长长的影子，麦克拆开一楼检修口的金属盖板，钻进了下面的低矮空间。除了他自己以外，戴尔认识的每一个人家里都有地下室。呃，他想道，别人家还有室内的上下水管路呢。

他带了童子军手电筒，现在手电筒的光束照亮了这片低矮的空间。蜘蛛网、脏地板、管子、地板下方2×4的龙骨、更多蜘蛛网。这里的层高不到18英寸，空气中夹杂着陈年猫尿的臊味和新鲜泥土的腥味。

蜘蛛网多得超乎想象。麦克四肢着地艰难地爬向前门廊，尽量避开那些又粗又韧的奶白色蛛丝，他知道那很可能是黑寡妇蜘蛛的杰作。要爬到门廊那边，他必须从父母的卧室和短走廊下面穿过去。一阵恐慌突然涌上他的心头，麦克挣扎着转了个身，看见身后亮堂堂的方形入口，他的心这才略微安定下来，至少他随时可以掉头回去。虽然入口看起来很远。麦克继续向前爬去。

爬到客厅正下方的时候——他已经看见了前面3码外的石头地基——麦克停下来侧身喘了几口气。他的右臂碰到了地板背面的一根木质加强筋，左手摸到了一堆蛛网。扬起的灰尘飘进男孩的头发之间，刺得他眨了眨眼。一团团尘埃悬浮在手电筒细细的光束之中。

天哪，我现在这副模样该怎么去教堂帮卡神父主持弥撒？他暗自想道。

麦克艰难地转向左边，光束照亮了15英尺外的北墙，墙上的石头看起来黑漆漆的。活见鬼，他要找的到底是什么东西？麦克在附近转了一圈，仔细查看地上的灰尘有没有动过的痕迹。

这很难判断。脏兮兮的石头地板遍布沧桑，奥罗克家养过的一代又一代猫咪和其他钻进来寻求庇护的小动物在地板上留下了各种痕迹，到处都能看到风干的猫屎，再加上天气的侵蚀，你很难说什么才叫异常。

应该是一只猫，要不就是黄鼠狼，麦克默默松了口气，就在这时候，他看见了那个洞。

起初他以为那不过是另一团影子，但在手电筒的照射下，那块地面依然漆黑一片。于是麦克又觉得那可能是一块深色的塑料圆片，或者他爸爸扔在地板下面的防水布，诸如此类的东西。他往前爬了4英尺，然后停了下来。

　　那是一个浑圆的洞口，直径可能有20英寸。如果麦克愿意的话，他甚至能把头伸进去。但他不愿意。

　　他已经闻到了那股气味。麦克眨眨眼，强压下满心的厌恶，脑袋不情愿地又往前探了一点。洞里飘出来的腐臭味和停尸房一模一样。

　　麦克捡了块石头扔进洞里，但没听见任何回响。

　　他开始觉得有点喘不过气来，心跳声响得连头顶的姆姆都能听见，他尽量将手里的手电筒举高了一点，试图看清洞里的情形。

　　刚开始他以为隧道的洞壁是红色的陶土，但他立即看见了洞壁上肋条似的东西，猩红的软骨沿着隧道盘绕，看起来就像某种生物的肠道内壁。和墓园工具房里那条隧道一模一样。

　　麦克情不自禁地往后退去。他胡乱扒开挡道的蜘蛛网和猫屎落荒而逃，乱蹬的双腿扬起一团团灰尘。有那么一个瞬间，他转过头去，却没看见远处那片方形的亮光。完了，入口被什么东西封住了，这是他脑子里的第一个念头。

　　不，入口还在。

　　麦克屈起手肘和膝盖拼命向前爬行，他的脑袋不时撞上地板背面的龙骨，蜘蛛网不断扑在他的脸上，但他一点也不在乎。手电筒几乎被他压在身子下面，平射的光束照不见任何东西，恍惚间麦克觉得左边几码外的厨房下面似乎还有几个洞，但他没有爬过去查看。

　　一个人影出现在一楼入口，挡住了外面的光线。麦克看见了两条胳膊，那个人似乎还打着绑腿。

　　他侧身滚了半圈，警觉地举起手里的铁棍。外面的人影将半个身子探进地板下面，彻底堵住了入口。

"麦基？"是他妹妹凯瑟琳的声音，慢条斯理、柔和纯净而无辜，"麦基，妈妈说你要是想去教堂的话，就得赶紧出发啦。"

麦克几乎瘫倒在潮湿的泥地里。他的右臂抖个不停："好的，凯西，你往后退一点，这样我才能出去。"

入口处的人影让开了。

狂跳的心脏撞得麦克的胸腔隐隐作痛，刚从狭窄的检修口里钻出来，他立即封上盖板，钉死了周围的钉子。

"天哪，你怎么搞得这么狼狈，麦基？"凯瑟琳笑着对他说。

麦克低头看了看。现在他浑身沾满灰尘和蜘蛛网，胳膊肘还在流血。他伸出舌头舔舔嘴唇，立即尝到了一嘴泥味儿。但他还是紧紧抱住了妹妹。她兴高采烈地回应了他的拥抱，毫不在意自己也被蹭得浑身脏兮兮的。

虽然名为"私人"纪念仪式，但皮奥里亚的豪厄尔殡仪馆还是迎来了四十多位访客。对于这样的局面，杜安觉得老头子似乎有点失望，也许他更愿意独自送弟弟最后一程。但除了几个电话以外，老头子还在皮奥里亚的报纸上发了讣闻，于是就连芝加哥和波士顿也有人闻讯赶来。阿特叔叔在卡特彼勒工厂的几位同事也出席了简短的仪式，其中一位甚至当众痛哭失声。

仪式上没有神父，秉持家族传统的阿特叔叔是个顽固的不可知论者，但仍有几个人发表了简短的悼词：那位痛哭的同事（致辞时他又哭了一次）、专程从芝加哥赶来的卡萝尔表姨（当天晚上她又连夜赶了回去），还有一位来自皮奥里亚的中年漂亮女士，根据老头子的介绍，这位名叫德洛丽斯·史蒂芬斯的女子是"阿特叔叔的朋友"。杜安十分好奇，阿特叔叔跟她谈了多久的恋爱。

最后一个致辞的是老头子本人。杜安觉得父亲的悼词真切而动人。他丝毫没有提到所谓的来世或者好人的一生应该得到的奖赏，只是以兄长的身份悲恸地描述了一位从不虚情假意，却以最大的真诚妥善对待生命中每一个人的绅士。最后，老头子读了一段莎士比亚的作品。那是阿特叔叔最爱的作家。杜安原本以为父亲会挑"愿天使送你安息……"那段，因为他知道阿特叔叔肯定懂得欣赏其中的反讽意味，但出乎意料的是，他听到了一支歌。老头子有几次险些破音，但他还是坚持着唱了下去，歌曲渐渐走向古怪的尾声，他的声音越发洪亮：

> 不用再怕骄阳晒蒸，
> 不用再怕寒风凛冽，
> 世间工作你已完成，
> 领了工资回家安息，
> 才子娇娃同归泉壤，
> 正像扫烟囱人一样。

> 不用再怕贵人嗔怒，
> 你已超脱暴君威力，
> 无须再为衣食忧虑，
> 芦苇橡树了无区别，
> 健儿身手学士心灵，
> 帝王蝼蚁同化尘埃。

> 不用再怕闪电光亮，
> 不用再怕雷霆暴作，
> 何须畏惧谗人诽谤？
> 你已阅尽世间忧乐，
> 无限尘寰痴男怨女，
> 人天一别埋愁黄土。

没有巫师把你惊动！
没有符咒扰你魂魄！
野鬼游魂远离坟冢！
狐兔不来侵你骸骨！
瞑目安眠归于寂灭，
墓草长新永留记忆！

　　小礼拜堂里的啜泣声此起彼伏。老头子既没拿纸条也没带书，全凭记忆唱完了整支曲子，然后他低下头走回自己的座位。

　　帘幕低垂的壁龛后有人开始奏乐，客人们陆续起身离开，有人三三两两结伴而行，有人形单影只。只有卡萝尔表姨和寥寥几位客人留到了最后，和老头子聊上几句，拍拍杜安的头。带纽扣的衣领和领带感觉十分陌生。他觉得阿特叔叔仿佛随时可能走进礼拜堂里对他说："看在上帝的分儿上，孩子，你戴着这些傻乎乎的玩意儿干啥？快摘掉吧。会计师和政客才打领带呢。"

　　最后小礼拜堂里只余下杜安和老头子两个人。他们一起走进殡仪馆地下室目送阿特叔叔被送进烈焰之中。大功率火化炉就装在这里。

　　团契结束后，卡神父像往常一样邀请麦克去神父宅邸喝杯咖啡，吃几个贝果。直到这时候，麦克才决定好好跟神父聊聊。

　　三年前卡瓦诺神父开始邀请几位可靠的祭坛侍者去家里吃贝果。在那之前，麦克从没见过这种硬面包圈，现在他已经学会了娴熟地铺上几片熏三文鱼，再涂上厚厚的一层奶油芝士。他花了不少工夫才说服了卡神父，11岁的孩子完全可以喝咖啡。就像"教皇专车"的称呼一样，这也是他们俩之间的小秘密。

　　麦克一边嚼着贝果，一边琢磨该怎么措辞：卡神父，我有一个小问题。似乎有个死掉的大兵在我家房子下面爬来爬去，他的目标是我的外婆。对于这方面的事情，教堂有什么办法处理吗？

最后他开口说道："神父，你相信恶魔吗？"

"恶魔？"皮肤黝黑的神父从报纸里抬起头来，"你是说抽象的邪恶？"

"我不知道。"麦克回答。卡神父常常让他觉得自己很笨。

"就是说，某种邪恶的存在或者力量，与人的行为全然无关？"神父换了个问法，"或者你指的是这样的恶魔？"他举起报纸，指了指版面上的一张照片。

照片上的家伙名叫艾希曼，他被关在一个名叫以色列的地方。麦克对这个人一无所知。"我觉得我想说的应该是前者。"他答道。

卡瓦诺神父把报纸叠了起来："啊，恶魔的化身，这真是个古老的问题。呃，我们在课堂上其实讲过。"

麦克的脸唰地红了，但他还是摇了摇头。

"嗯，既然如此，"神父显然是在开玩笑，"恐怕你得重修教义问答了，迈克尔。"

麦克点点头："没问题，可是关于恶魔的事儿，教堂到底是怎么说的？"

卡瓦诺神父从工装衬衫口袋里掏出一包万宝路，抖出一支香烟点燃。他摘掉舌头上的一缕烟丝，声音变得严肃起来。"呃，你应该知道，教堂认为恶魔的存在是一种独立的力量……"他瞥了一眼麦克求知若渴的眼睛，"比如说，撒旦。他就是邪恶的化身。"

"噢，这样啊。"麦克想起了隧道里冒出来的气味。撒旦。整件事突然显得有点傻。

"长达几个世纪的时间里，阿奎那和其他神学家一直在思考这个问题：按照《圣经》的谕示，既然三位一体全知全能，恶魔又如何能够成为一股独立的力量呢？所有答案都不尽如人意，但有一点确凿无疑：按照教义，我们必须相信，恶魔拥有自己的天地，自己的代理人……你听明白了吗，迈克尔？"

"嗯，基本上。"其实麦克心里没什么把握，"所以可能存在某种……邪恶的力量，就像天使的反面？"

卡瓦诺神父叹了口气："呃，现在我们说的听起来很中世纪，不是吗，迈克尔？但你理解的没错，从本质上说，按照传统，教堂的确这样认为。"

"那么这种邪恶的力量到底长什么样呢，神父？"

神父修长的手指叩击着自己的脸颊："长什么样？当然，你肯定听说过魔鬼。还有梦魇、女妖、但丁笔下的各式恶魔、那些奇奇怪怪的生物，什么达其惹索——这个名字的意思是'长得像巨龙'，巴尔巴利希亚——'留着弯胡子'，路比冈德——'抓狗者'，还有——"

"但丁是谁？"麦克打断了神父的话，镇上竟然有这方面的专家，他感到十分激动。

卡神父又叹了口气，按熄了手里的烟头："我忘记了咱们这儿是第七圈层的穷乡僻壤，教育资源实在有限。迈克尔，但丁是生活在大约六个世纪以前的一位诗人。不过我们现在讨论的内容恐怕有点离题了。"

麦克喝光了剩余的咖啡，将马克杯放进水槽仔细清洗干净："那么这些东西……这些恶魔……会伤人吗？"

卡瓦诺神父皱起眉头："我们现在讨论的这些生物是蒙昧时代的人们在想象中虚构出来的，迈克尔。如果有人生病，他们认为那是恶魔在作祟。当时他们治疗疾病的唯一方法是将水蛭贴在病人身上……"

"那种会吸血的虫子？"麦克惊讶地问道。

"是的。疾病和精神失常都是恶魔在作祟……"神父迟疑了一下，可能是想起了祭坛侍者家里的妹妹，"中风、坏天气、精神疾病……任何无法解释的事情都是恶魔造成的。而他们能解释的事情实在有限。"

麦克放好杯子回到桌边："可是，你觉得那些东西真的……存在吗？现在它们还会害人吗？"

卡瓦诺神父叠起双臂："我认为教堂的神学解释相当精彩，迈克尔。但你不妨把教堂想象成在河床上掘金的一台巨型蒸汽挖土机。它当然能挖出很多金子，但中间难免夹杂着大量的淤泥和垃圾。"

麦克皱起眉头。卡神父的比喻总让他听得云里雾里。神父热爱比喻，但麦克觉得这只会让问题变得更加扑朔迷离。"那它们到底存不存在？"

卡瓦诺神父摊开双手："看得见摸得着的恶魔可能并不存在，迈克尔，但从比喻的层面上说，它们当然存在。"

"如果恶魔真的存在，"麦克追问，"教堂里的东西能克制它们吗，就像电影里对付吸血鬼那样？"

神父脸上露出一抹笑意："教堂里的东西？"

"你知道吗……十字架、圣餐面包、圣水……这些东西。"

卡神父抬起漆黑的眉毛，似乎被逗乐了。但麦克正热切盼望着他的回答，所以完全没注意神父的表情。

"当然。"神父一本正经地回答，"既然教堂里的这些东西……能对付吸血鬼，那么它们当然也能克制恶魔，难道不是吗？"

麦克点点头。他觉得自己的疑惑已经得到了圆满的解答。聊了半天恶魔和吸血鬼，要是这时候再提起那个大兵，卡神父肯定觉得他的脑子有问题。卡神父邀请麦克星期五晚上来家里参加"单身汉晚餐会"，他们差不多每个月都要这么约上一次，但今天麦克只能拒绝。他已经跟戴尔约好了，星期五去亨利叔叔的农场。这次他们发誓要找到传说中的私酒贩洞窟，自从认识斯图尔特家的人以来，这一直是麦克的夙愿。虽然现在他有点怀疑私酒贩洞窟可能并不存在，但他爱去亨利叔叔的农场玩耍。除此以外，亨利叔叔家的晚餐总是特别丰盛——虽然星期五麦克不能吃牛排——桌上摆满了刚从园子里摘下来的新鲜蔬菜。

麦克告别神父，拼命踩着自行车脚踏板奔向家里。他得赶紧干完割草坪之类的杂活儿，下午才能痛痛快快地玩耍。经过老中心学校的时候，他突然想起来吉姆·哈伦已经出院好几天了，然后略带愧疚地意识到，自己和其他伙伴还没去看望他。顺着这缕思绪，他又想起了另一件事，杜安今天去了皮奥里亚参加叔叔的葬礼。

想到死亡，麦克的思绪又飘回了姆姆身上。这会儿家里很可能只有她一个人，当然，除了凯瑟琳以外。

想到这里，麦克加快了脚下的速度。自行车掠过学校，驶向回家的方向。

星期三晚上，戴尔给杜安·麦克布莱德打了个电话，但他们没说几句话，而且聊得颇为痛苦。杜安的声音听起来十分疲惫，戴尔的安慰又让两个人都陷入了尴尬。戴尔告诉杜安，大家约好了星期五晚上去亨利叔叔家玩，在他的极力游说下，杜安也答应尽量到场。打完电话，戴尔沮丧地爬到床上。

"你觉得那东西还在床底下吗？"一小时后，劳伦斯嗫嚅着问道。

"我们那天就检查过了，"戴尔低声回答，"你亲眼看见，床底下什么都没有。"这几天劳伦斯都坚持要握着哥哥的手才肯睡觉。戴尔只得略加妥协，允许弟弟抓着自己的睡衣袖子。

"可是我们看见它了……"

"妈妈说那可能只是影子或者别的什么东西。"

劳伦斯重重地哼了一声："藏在壁橱里面推门的也是影子吗？"

戴尔感到一阵恶寒。他还记得门板后面那股难以抗拒的巨力。不管那是什么东西，它不肯安安分分地待在壁橱里面。"不管那是什么东西，"他听出了自己的犹疑，"反正它现在已经跑了。"

"不，它没跑。"劳伦斯的声音低得几不可闻。

"你怎么知道？"

"我就是知道。"

"那你说，它现在去哪儿了？"

"它在等待。"

"在哪儿等？"戴尔的视线越过两张床之间的狭窄空隙，发现弟弟也正盯着自己。摘掉了眼镜以后，劳伦斯的眼睛显得又黑又大。

"它还在床底下。"小男孩睡意蒙眬地低声回答。现在他闭上了眼睛。戴尔任由弟弟握住了自己的手，而不是袖子。"它在等待。"劳伦斯喃喃坚持。他快要睡着了。

戴尔望向两张床之间10英寸宽的空隙，这几天他们把床推近了一点。兄弟俩本来打算干脆把两张床拼到一起，但妈妈说那样没法吸尘。10英寸的距离伸手可及，而且绝不会有什么庞然大物能从这么窄的缝里突然冒出来。

但这么宽的缝隙足够伸出一条胳膊。一只长着爪子的手。或许还有一个连着长脖子的脑袋。

戴尔又打了个寒战。别再想这些蠢事了。妈妈说得对，那个影子完全就是他们自己想象出来的，就像几年前他们想象自己听到了木乃伊的脚步声，或者有不明飞行物来抓自己。

但当时我们并没有真正看到那些东西。

戴尔闭上了眼睛。可是就在他入睡之前，一个念头悄悄溜进他的脑海，让他一下子惊醒过来，瞪大眼睛望向两张床之间的缝隙。他的手现在就悬在这条漆黑的缝隙上面，和劳伦斯的手握在一起。

天哪。现在我们的床隔得这么近，那个东西完全可以趁着我们看不见的时候钻到我的床底下。它可能挥舞着细细的黑腿爬上我们的床，同时抓住我们俩。

劳伦斯轻柔地打着呼噜，一小滴口水洇湿了罗伊·罗杰斯图案的枕套。戴尔瞪着远处的墙壁，一根根数着墙纸上的桅杆。他试图压低自己呼吸的声音，这样更能听清周围的动静。如果那东西在暴起突袭之前发出了哪怕一丝轻微的响动，他也能听得清清楚楚。

18

星期四老头子又去了阿特叔叔家一趟，他需要找几份法律文件。尽管儿子在场让他感觉不太自在，但杜安还是坚持要去。

这几天老头子一直脾气暴躁，随时可能再次堕入酒精的怀抱。杜安知道，他之所以能坚持这么久，很大程度上是出于对弟弟的爱；除此以外，他也不愿意在儿子面前丢脸。

老头子的焦虑还有一部分源于他不知该如何处理阿特叔叔的骨灰。殡仪馆的工作人员将那个华美而沉重的罐子交到他手里的时候，他看起来简直魂飞魄散。骨灰罐最终被他放在车上，从皮奥里亚带回了家，就像一位不受欢迎的沉默的客人。

星期三傍晚吃过晚饭以后，戴尔·斯图尔特打来电话之前，杜安特地进屋打开罐子看了一眼。老头子跟着他走进屋子，手里捏着点燃的烟斗。

"这些看起来有点像粉笔的白块就是骨头。"老头子嘬了一口烟嘴，红色的烟头亮了起来。

杜安重新盖好骨灰罐。

"火化炉的温度接近太阳表面，"父亲絮絮叨叨地继续说着，"你可能以为这样的高温能彻底消灭肉体，只余下灰烬和记忆。但骨头是很顽固的东西。"

杜安一屁股坐在壁炉旁边那把少有人用的椅子上面。突然间他的双腿变得十分沉重，但同时又虚弱得没有一点力气。"记忆也是很顽固的东西。"他一边回应父亲，一边疑惑自己为什么要说这种陈词滥调。

老头子咕哝了一声："我真不知道该把这玩意儿撒到哪儿去。想想看吧，这个习俗太野蛮了。"

杜安转头望向骨灰罐。"我觉得骨灰应该撒在死者生命中比较重要的地方，"他轻声提议，"某个让他快乐的地方。"

老头子又咕哝了一声："你知道吧，阿特留下了一份遗嘱，杜安。但他就是没告诉我该把他的骨灰撒到哪里。让他快乐的地方……"老头子吸着烟斗陷入了沉思。

杜安说："布拉德利图书馆的大阅览室就不错。"

老头子大笑起来。"阿特肯定也会笑的。"他放下烟斗出了会儿神，"还有别的什么想法吗？"

"他爱去斯蓬河边钓鱼。"杜安感觉滚烫的悲伤再次攫住了自己的喉咙和心脏，于是他起身去厨房接了杯水。等他回来的时候，老头子正在清理已经熄灭的烟斗，将烟灰抖进壁炉的炉膛。灰。

"你说得对，"老头子突然开口说道，"他最喜欢的地方没准儿真是那里。阿特从芝加哥搬过来之前，我们俩就去那儿钓过鱼。后来他也常常带你去钓鱼，对吧？"

杜安点点头，举起杯子喝了口水，这样他就不必说话了。就在这时候，电话响了，等到杜安跟戴尔打完电话，老头子已经回到工作室里继续折腾他那台第五代的学习机了。

太阳刚刚升起，他们已经到了斯蓬河边。看到水面上觅食的鱼儿激起的圆圈涟漪，杜安顿时开始后悔自己没带鱼竿。他们没有举行什么仪式。老头子捧着罐子发了半天呆，就像突然不想撒掉里面的东西似的。直到初升的朝阳照亮头顶的柏枝和柳条，老头子终于有了动作。他倒转骨灰罐轻拍罐底，让最后一点骨灰顺着河水漂走。

灰烬中夹杂的骨头溅起的小水花引来了一群鲇鱼，透过岸边的浅水，杜安还看见了至少一条鲈鱼。起初那些灰烬还聚集在一起，水面上那层薄薄的灰膜一直绕着河底的障碍物打旋儿。这几年杜安常来这儿钓鱼，所以他熟悉河底每一处障碍的位置。没过多久，灰膜就被快速流动的河水扯得分崩离析，一条条灰线顺水流向下游的公路桥，最终渐渐与河水融为一体，再难分辨。

杜安朝河里扔了块石头，小时候他没事就爱这么干。虽然这可能吓跑河里的鱼，但阿特叔叔从没抱怨过。

然后他擦了擦手，顺着小路爬上陡峭的河岸，走向停在路边的皮卡；往上爬的时候，杜安注意到父亲单薄的身影。这几周他真的瘦了很多，整个人晒得黝黑，脖子后面也多了几条纹路，再加上刚冒头的灰色胡楂儿，杜安终于发现，父亲老了。

小小的农舍里，阿特叔叔的气息已经散尽，现在这里只剩下空屋子独有的霉味儿。

老头子检查抽屉和文件柜的时候，杜安偷偷翻起了叔叔的旧笔记簿和垃圾桶。对于笔记、备忘录和档案之类的东西，阿特叔叔有一种强迫症式的洁癖，这一点和杜安一模一样。

果然。那张揉皱的笔记静静地躺在雪茄包装纸和其他垃圾下面。这几段话很可能是阿特叔叔星期六晚上写的，也就是出事的前一天。

1. 归根结底，被诅咒的波吉亚钟（或者昭示之碑，管它叫什么呢）最终幸存了下来。《律法之书》里介绍美第奇家族的章节里提到了它。

2. 六十年零六个月零六天。假如真有这么荒谬的事，那么杜安提起的那些事件之所以会发生，是因为那口钟在沉睡了几个世纪以后终于被"激活"了，照此推算，它获得献祭的时间应该是世纪之交，大约在1900年元旦以后。这一点需要确认，去镇上问问那些可能有印象的人。

有眉目之前先别告诉杜安。

3. 克劳利说，那口钟，或者那块碑，会利用人。它还会召唤"黑暗世界的代理人"，天知道这是什么意思。波吉亚教皇和美第奇家族掌权的年代，"罗马街道上的非人之物"指的到底是什么，需要进一步核查。

4. 联系阿什利－蒙塔古。设法撬开他的嘴巴。

杜安吸了口气，叠起这张纸收进法兰绒衬衫的衣兜，走向外面的门廊。庭院里的青草正在疯长，昆虫四处蹦跶，树篱边缘聒噪的蝉鸣吵得他头晕目眩。杜安坐在金属椅子上面，抬起腿搁在矮栏杆上陷入了沉思。片刻之后，老头子刚走出前门就停在了原地，他的手还放在纱门的把手上面；直到这时候，杜安才意识到自己所坐的位置和姿势……看起来像是谁。

老头子找到了那几份文件。父子俩仔细地锁好房门，他们下次再来恐怕是几周甚至几个月以后的事了。拍卖之前，他们需要把屋子里的东西清理一下。

皮卡车颠簸着离开的时候，杜安没有回头。

杜安选中了穆恩太太。

图书馆员穆恩小姐的母亲已经 80 岁以上了，这位老妇人在榆树港生活了一辈子，她从年轻时起就住在德宝街和第二大道东南角的老中心学校对面。但是严格说来，杜安并不认识这位老妇人，只是他去镇上的时候偶尔会看见穆恩小姐陪母亲散步。

不过对于穆恩小姐，他就很熟悉了。杜安 4 岁那年，阿特叔叔就带他去镇上办了借阅卡。

当时穆恩小姐眉头微皱，看着办公桌前矮墩墩的小男孩摇了摇头："我们这里没多少图画书，麦克布莱德先生。我们推荐……呃……学龄前读者……的父母用自己的卡帮孩子借书。"

阿特叔叔什么也没说，只是从书架上抽出最近的一本，递给了4岁的杜安。"读吧。"他说。

"第一章……我来到这个世上。"杜安读道，"让人们明白本书的主人公是我而不是别人，这是本书必须做到的。我的传记就从我一来到人间时写起。我记得（正如人们告诉我的那样，而我也对其深信不疑）我是在一个星期五的夜里12点出生的。据说钟刚敲响……"

"好了。"阿特叔叔打断了侄子的朗读，把书放回书架上。

穆恩小姐眉头紧锁，手指无意识地拨弄着眼镜链，但她终究还是给杜安·麦克布莱德办了一张借阅卡。多年来这张卡片一直是杜安的宝物，尽管穆恩小姐对待他的态度相当冷淡。她总是严格地限制这位胖胖的小男孩借书的数量，要是杜安还书的时间晚了几天，准会招来一顿训斥。实际上他逾期还书并不是因为读得慢，每次借回农场的书他没几天就读完了，可是要等老头子抽出时间开车带他去镇上还书，那往往得拖上好几个星期。

上到二年级的时候，杜安迷上了南茜·茱儿。那段时间他将C.S.福里斯特和罗伯特·路易斯·史蒂文森完全丢到了脑后，满心只想着那位女侦探的冒险故事。但穆恩小姐告诉他，南茜·茱儿的故事是给女孩看的，这是她的原话，还问他有没有姐妹。

杜安扶了扶眼镜，咧嘴笑着回答："没有。"那次他借满了五本书的限额，主角全都是南茜·茱儿。读完女侦探系列以后，他又发现了埃德加·赖斯·巴勒斯。整个夏天他都游荡在巴松的草原和金星的丛林里，格雷斯托克子爵的"中央平原"更是令他流连忘返。杜安不太确定中央平原到底长什么样，但他还是试图在溪边的矮橡树丛里重现这片自由的王国。杜安学着泰山的样子从一根树枝荡向另一根树枝、蹲在枝头吃午饭的时候，维特总是歪着头迷惑地望着主人。

第二年夏天，杜安的兴趣转向了简·奥斯汀。但这一次，穆恩小姐没再强调这种书是给女孩看的。

干完上午的杂活儿，杜安立即步行去了镇里。老头子的自留地每年都在萎缩，340英亩的土地大部分被他租给了约翰逊先生，所以他们要干的活儿不多。虽然杜安还是需要照料牲畜，确保屋后的牧场有足够的水，但现在所有牲畜都是放养的，比圈养省了不少事。清理粪便的苦活儿5月份就干完了，现在杜安不需要操心这方面的事儿。

这天一早，他给六行松土机做了例行的日常保养，机器后面的液压升降机下降速度太快，所以杜安调整了便携式升降机的活塞，给它上了点油，又紧了紧安装设备的框架。杜安忙着折腾松土机的时候，巨大的玉米联合收割－脱粒机一直高悬在他头顶。老头子把这台二合一的机器开到了谷仓中央的维修机位，因为他觉得收割单元还有改进的余地。他总爱折腾农场里的机器，没完没了地调整、改造、拼装，直到把它们折腾得面目全非。比如说现在，杜安就注意到，老头子正在捣鼓收割机的采摘配件。八行玉米采摘头外面的护罩已经被他拆了，机器内部闪闪发亮的摘穗辊筒、传送带和汇总链条全都露了出来。

附近的大部分农民会把玉米收割机装在拖拉机头后面，或者直接购买自带动力的机器，但老头子却买了一台全尺寸的老式联合机，还给它加装了八行采摘头。这样的结构意味着它的确能在丰收的年头高效工作，但要保证老式联合机正常运行，你得付出大量精力去维护它。除此以外，这台巨型机器里负责剥皮、脱粒、清洁的部件也需要不断"调整"。

有时候杜安觉得，老头子之所以还在种地，完全是因为他热爱摆弄农机。

这天早上，修好松土机以后，杜安一回头就发现巨大的联合收割机耸立在自己身后，雪亮的摘穗辊筒在他头顶反射着阳光，宛如一柄刻着螺纹的长剑。杜安曾经想过要不要对这台机器做点简单的调整，好给父亲一个惊喜，但最后他还是决定不要破坏老头子的乐趣。再说了，这会儿他连自己的活儿都还没干完，菜园需要除草，牲畜也得喂食，而且他希望能在 10 点之前赶到镇上。

要是有便车可搭的话，杜安本来愿意等上几天——直到现在，朱比利学院路上最后 1.5 英里的路程仍让他心里有些发怵，但他知道老头子憋了整整一个星期，就为了星期五晚上能去卡尔家或者黑树酒馆狂欢一场，他不愿意在那时候搭车。

所以他选择步行。天空清澈明亮，沉闷的空气热得令人窒息。杜安解开格子衬衫最上面的三颗纽扣，露出胸口晒得黝黑的 V 字形阴影，但被衬衫遮挡的皮肤仍然一片苍白。

走到镇子边缘，他在麦克·奥罗克家门外停下了脚步。麦克不在家，但他的某个姐姐同意让杜安借用后院的抽水机。杜安痛痛快快喝了个饱，又撩起水冲了冲自己的脑袋和胳膊，地下水里夹杂着铁和其他元素的味道。

他敲了敲穆恩太太的纱门，老妇人挂着双拐蹒跚迎上前来，几只猫儿在她脚边逡巡。

"我认识你吗，年轻人？"杜安觉得穆恩太太的声音听起来不像真正的老妇人，倒像是某种拙劣的模仿，高亢，颤抖，音调也有些古怪。

"是的，夫人。我名叫杜安·麦克布莱德。以前戴尔·斯图尔特和迈克尔·奥罗克陪您去散步的时候，我和他们一起来过几次。"

"你说谁来着？"

杜安叹了口气，提高声音把刚才的话又重复了一遍。

"我还没有做好散步的准备，连晚饭都还没吃。"穆恩太太听起来不太高兴，似乎还有点疑惑。猫儿绕着她的拐杖钻来钻去，拐杖的下半截被肉色的胶带裹得鼓鼓囊囊，杜安不由得想起了那个打着绑腿的大兵。

"不是的，夫人，"他说，"我只是想问您几个问题。"

"问题？"老妇人往昏暗的客厅里退了一步。这幢老旧的白色木屋真的很小，而且闻起来就像养过无数代从不出门的猫一样。

"是的，夫人。就两三个问题。"

"关于什么的问题？"老妇人眯起眼睛望着他，杜安这才意识到，现在穆恩太太眼里的自己恐怕只是门洞里一个圆乎乎的影子而已。他往后退了一步……聪明的推销员都会这招儿，表明自己安全无害，和那些急于进门的家伙完全不一样。

"关于……以前的一些事。"他答道，"我正在写一篇小论文，介绍世纪之交榆树港的生活风貌。不知道您能不能发发善心，为我提供一点当时的……呃，氛围。"

"一点什么？"

"一点细节。"杜安回答，"好吗？"

老妇人犹豫片刻，拄着双拐僵硬地转身退回屋里，那群猫儿不离不弃地跟在她脚边。杜安一时间有些踯躅，不知道自己是不是应该进去。

"喂，"阴影中传来了穆恩太太的声音，"别傻站在那里。进来吧。我去煮一壶茶。"

杜安坐在客厅里喝着茶嚼着饼干，时不时问上几个问题。穆恩太太絮絮叨叨地描述着她的童年，她的父亲，还有榆树港美好的旧时光。说话的同时，老妇人一直慢慢啃着饼干，细细的碎屑在她膝头缓慢而坚定地渐渐堆积起来，猫儿轮流跳上沙发舔食饼干屑，穆恩太太心不在焉地抚摸着它们的皮毛。

"您还记得那口钟吗？"最后杜安终于问道。听了这么半天，他觉得老妇人的记忆还算可靠。

"钟？"穆恩太太的嘴唇停止了嚅动。一只猫弓着腰往上一跳，似乎打算抢走女主人手里剩下的一小块食物。

"您刚才提到了镇上那些特别的事情，"杜安提示道，"那您还记得学校钟楼里的那口大钟吗？当时大家是怎么说的？"

穆恩太太似乎有些迷糊："钟？镇上什么时候有过一口钟吗？"

杜安叹了口气。这个谜团简直就是异想天开。"1876年，"他柔声提醒，"阿什利先生从欧洲带回来了一口钟……"

穆恩太太咯咯笑了起来。她的假牙有点松了，所以她伸出舌头顶了顶牙齿："你这个傻孩子。1876年我刚刚出生，我怎么会记得那一年发生的事呢？"

杜安眨了眨眼。他努力想象，在卡斯特的部属惨遭屠戮的那一年，眼前这位满脸皱纹的老妇人还是个初临人世的、粉红色的、皱巴巴的婴儿。他还想到，她这一生在德宝街的榆树下亲历过多少变故。不用马拉的车、电话、第一次世界大战、美国的崛起，再到斯普特尼克。

"所以您完全不记得那口钟的事？"杜安一边说，一边开始收拾铅笔和笔记簿。

"怎么，我当然记得那口钟。"老妇人又拿了一块女儿为她准备的饼干，"那口美丽的大钟是阿什利先生的父亲从某次欧洲之旅中带回来的。我在老中心学校上学的时候，那口钟每天早上8点15分都会敲响，下午3点还会再敲响一次。"

杜安瞪大了眼睛。他注意到自己的双手正在微微颤抖。男孩飞快地掏出刚刚揣进兜里的笔记簿，运笔如飞地写了起来。这是他第一次在书本以外的地方确认了波吉亚钟的存在。

"您还记得那口钟有什么特别的地方吗？"

"噢，老天，我亲爱的，在那个年代，关于那所学校和那口钟的所有事情都很特别。每个星期五上课之前，我们都会选出一个人，一个孩子，去敲钟。我记得我被选中过一次。噢，那真是一口美丽的大钟……"

"那您知道那口钟后来怎么样了吗？"

"啊，当然。我是说，其实我也不太确定……"一丝古怪的表情在穆恩太太脸上一闪而逝，她茫然地将手里的饼干放在自己膝盖上，抬起颤抖的手指捂住了嘴唇。两只猫儿迅速吞下了突然出现的食物。"穆恩先生……我是说，我的奥维尔，不是爸爸……穆恩先生跟那件事无关。一点关系都没有。"她突然伸出手，瘦骨嶙峋的手指重重地戳在杜安的笔记簿上，"你给我好好写下来。那……那件可怕的事情发生的时候，奥维尔和爸爸都不在场。"

"好的，夫人。"杜安停下手里的铅笔，"当时发生了什么事？"

穆恩太太的双手开始颤抖。猫儿从她的膝头跳到地上。"啊，可怕的事情。你知道吧，我们不愿再提及的坏事。你这样的好孩子怎么会想写那样的事呢？"

"别担心，夫人。"杜安几乎屏住了呼吸，"我只想忠实地记录每一件事。您真是帮了我的大忙。刚才您说的可怕的事情到底是什么？和那口钟有关吗？"

穆恩太太似乎忘了屋里还有别人，她紧盯着墙角的阴影，在那昏暗的光线下，游荡的猫儿看起来只是几团移动的影子。"可是，不……"她的声音嘶哑而低沉，杜安听见一辆卡车轰鸣着驶过门外的街道，但穆恩太太连眼睛都没眨。"不是那口钟，"她说，"虽然他们是在那儿把他吊死的，不是吗？"

"谁被吊死了？"杜安也情不自禁地压低了声音。

穆恩太太霍然转头望向他，但她眼里还是一片茫然："当然是那个魔鬼。他杀死了……"她的喉头咕哝了一声，杜安这才发现，穆恩太太的脸上挂着泪水。一缕泪痕顺着崎岖的皱纹滑入了她的嘴角。"他杀死了那个小女孩，还把她吃掉了。"她的声音变得清晰了一点。

杜安惊得停下手里的笔，瞪大了眼睛。

"你现在就记下来。"老妇人再次伸出手指点了点他的笔记簿，不容置疑地下令。她的视线重新找回了焦点，现在这双眼睛正目光炯炯地盯着杜安："是时候把这些事写下来了。你记好了，报告里一定得写上，当时奥维尔和穆恩先生都不在场……哼，那件可怕的事情发生的时候，他们甚至不在县里。你给我记下来，就是现在！"

老妇人的声音听起来像久未翻开的书本里羊皮纸窸窣的轻响，杜安忠实地记下了她说的每一个字。

19

戴尔亲自去了哈伦家一趟，邀请他星期五一起去亨利叔叔家玩。直到这时候他才意识到，这些日子哈伦有多孤单。哈伦的母亲詹森小姐本来有些担忧，外出这么长时间，吉米的身体撑不撑得住，但戴尔带来的纸条也邀请了她，她架不住儿子的恳求，最终还是答应了下来。

大约2点，戴尔的爸爸回到了家里，3点30分的时候，大队人马向着农场出发了。哈伦手臂上沉重的石膏还没拆，所以他跟着妈妈和小凯一起坐在旅行车后排，麦克、戴尔和劳伦斯则挤在最后面。大家的心情都很好，汽车呼啸着翻过山坡经过墓园，大人和孩子齐声欢唱。

亨利叔叔和丽娜阿姨早就在庭院的树荫下安好了椅子，人们热情地招呼寒暄，就连亨利叔叔那条巨大的德国牧羊犬比夫都兴奋得满地打转。大人们在宽扶手的阿迪朗达克椅上安顿下来的时候，男孩们早已从谷仓里翻出几把铲子，一溜烟儿奔向了后面的牧场。实际上他们的速度比平时慢得多，因为哈伦只能走门，没法爬栅栏，但在小伙伴的照料下，受伤的男孩还是跟上了大部队。

孩子们沿着南边流过来的小溪一路走到牧场和树林的交界处，终于找到了前几年夏天留下的记号，于是他们开始继续挖掘私酒贩洞窟。

私酒贩洞窟原来只是一个传说，脱胎于多年前亨利叔叔讲的一个故事，不过现在，男孩们早已将它视为真实。事情看起来似乎是这样的：20世纪20年代禁酒令颁行期间，那时候亨利叔叔还没买下这座农场，这里的主人曾把农场边缘的老洞窟借给邻县的私酒贩子存放货物，于是这个洞窟成为周边地区的一座中央仓库。人们为它修建了一条土路，洞窟不断扩大，入口越挖越宽，最后这里甚至发展出了一家正儿八经的地下酒吧。

"芝加哥许多叫得上名号的黑帮大佬都在这儿歇过脚，"亨利叔叔告诉他们，"我敢对着《圣经》发誓，约翰·迪林杰来过这里。还有一次，艾尔·卡彭的三个手下在这儿设下陷阱，想干掉米基·肖夫尼西……但米基听到风声，转头就去了斯蓬河边他姐姐家里。卡彭的手下没逮着人，只好端着汤普森冲锋枪把仓库打了个稀巴烂，最后还抢走了一批烈酒。"

最精彩的还得数这个故事的结局。传说在禁酒令废除前夕，税务人员查封了私酒贩洞窟，但他们没把这里的违禁品全都搬走，而是直接炸毁了洞窟入口。存放私酒的仓库、酒吧的桌子、桃花心木吧台、钢琴，甚至包括仓库边上停放的三部卡车和一辆福特A型车，统统被埋在了倒塌的洞窟里。最后他们捣毁了公路，从此以后再也没有人能找到这处曾经辉煌的私酒据点。

戴尔和伙伴们坚信，私酒贩洞窟并没有完全倒塌，真正遭到破坏的只是入口而已。可能只需要挖上6英尺或者8英尺深的土，这片遗迹就将重见天日。如果他们能找准地方的话……

这些年来，亨利叔叔帮了他们不少忙。他领着男孩们看过野地里的陈年车辙和生锈的金属，告诉他们私酒贩洞窟应该就在附近。除此以外，他还对孩子们说，山坡上那几处奇怪的凹坑说不定就是入口，或者至少是酒吧的紧急出口。每当男孩们在烈日下兴致勃勃地挖了好几天却一无所获，逐渐开始泄气的时候，他总能回忆起更多细节，为大家带来新的鼓舞。

"亨利，"丽娜阿姨警告过他一次，当时她的语气十分严厉，完全不像平时那么和蔼可亲，"别再拿虚无缥缈的传说蛊惑这些孩子啦。"

亨利叔叔直起身子，将嘴里嚼着的烟草块顶到另一边，开口说道："这可不是什么传说，老妈。私酒贩洞窟真的就藏在附近。"

孩子们只需要这句话就够了。这些年来，亨利叔叔农场里最东边的这块牧场——他那头牛原来就养在这里——被孩子们挖得千疮百孔，就像1849年的萨特克里克一样。戴尔、劳伦斯和伙伴们挖遍了每一处洼地、浅坑和凸檐，每一次他们都坚信，入口就在这里。戴尔常常在梦中看到最后一铲子挖出宝藏的情景：黑漆漆的洞窟在他们面前豁然敞开，洞里的煤气灯说不定还亮着，私酿金酒氤氲了三十年的浓郁气息顺着气流暖洋洋地扑在他脸上。

杜安差不多6点才到。老头子去黑树酒馆的时候顺便把他捎了过来。他在树荫笼罩的庭院里跟大人们聊了半个小时，这才穿过谷仓走向屋后的牧场。谁也没有注意到杜安身上的棕色灯芯绒长裤和红色法兰绒衬衫，阿特叔叔送给他的这两件圣诞礼物是他最新的一套衣裳。

一直走到牧场边缘，他终于看到了山坡上深达3英尺的洞和周围的一圈土。男孩们已经累成了一摊，洞里挖出来的大石头在他们周围扔了一地。

"嗨。"杜安拣了块比较大的石头一屁股坐了下来，"看来你们这回找对地方了？"夕阳投下的影子越拉越长，阴影开始笼罩山坡的这一面。脚下20英尺外的小溪只余一股涓涓细流，戴尔一直坚信，溪边那片平地就是曾经的"私酒路"。

戴尔擦了擦脸，沾满泥巴的手指在额头上留下了一抹泥痕："应该没错。你看……我们在那块大石头后面找到了这块腐烂的木头。"

杜安点点头:"一块烂木头,嗯。"

"才不是呢!"劳伦斯愤怒地反驳,他的 T 恤一塌糊涂,"这肯定是撑起洞窟入口的木梁。"

"也可能是打基础的木桩。"麦克补充道。

杜安点点头,伸出黑色运动鞋,用脚尖推了推地上的木头。木块边缘还残存着树枝生长的疤痕。"啊——哈。"

"我早就说了,他们脑子里装的都是狗屎。"吉姆·哈伦快活地说。他挪了挪身子,试图稍微减轻石膏带来的不适。他的胳膊显然还在痛,缠着绷带的脑袋让杜安想起了克莱恩那部《红色英勇勋章》。胖男孩开始在脑子里将吉姆·哈伦描摹成书中主角亨利·弗莱明的样子。

"你也跟他们一起挖了?"杜安问道。

哈伦嗤之以鼻:"我从来就没挖过。不过要是咱们真找到了那个洞,卖酒的活儿归我。"

"你觉得洞里的酒还能喝?"杜安的声音听起来很无辜。

"喂,那可是陈年老酒,不是吗?"哈伦反驳道,"酒之类的东西越老越值钱,没错吧?"

麦克·奥罗克咧嘴笑了:"我可不知道金酒是不是也这样。你觉得呢,杜安?"

杜安捡起一根树枝,在男孩们刚挖出来的新鲜土堆上画起了示意图。洞口很深,劳伦斯把整个身子都探了进去,只剩膝盖以下的小腿还露在外面。不过杜安注意到,这并不是一条真正的隧道——再深的洞终究有个底——只是山坡上的一个洞口,和他们以前挖的无数个废洞没什么两样。

"我觉得最值钱的恐怕是埋在仓库里的古董车。"他决定加入男孩们的游戏。归根结底,想象几码厚的软泥下面藏着一座完整的私酒仓库,这有什么坏处?难道还能比他这两周做的"研究"更异想天开？

只是现在，杜安知道，他的研究一点也不异想天开。他摸了摸衬衣口袋，这才想起自己把笔记簿放在了家里，和以前那些小册子藏在一起。

"没错，"戴尔附和道，"其实光是卖门票就能赚一大笔钱。亨利叔叔说，我们可以给洞里装上电灯，其他的地方尽量保持原样。"

"好主意。"杜安赞同，"噢，你妈妈让我叫你们回去把身上都拾掇拾掇。牛排已经烤上了。"

男孩们迟疑了一会儿，正在消逝的希冀和愈演愈烈的饥饿厮杀片刻，最终饥饿获得了胜利。

男孩们迁就着哈伦的步调开始往回走，铲子像步枪一样扛在肩头。孩子们一路说说笑笑，正在缓步踱回谷仓的奶牛疑惑地转头看了他们一眼，然后默默拉开了距离。离最后一道栅栏还有 100 码的时候，六个男孩已经闻到了晚风送来的煎得嗞嗞作响的牛排香气。

他们坐在农舍东边的石砌庭院里吃晚餐，阴影渐渐吞噬了草地上的金辉。木栅栏旁水泵那边的烧烤场里升起了烟雾，尽管麦克一再表示玉米、沙拉、肉卷和甜点做晚餐就已足够丰盛，丽娜阿姨还是给他煎了两条鲇鱼，还在鱼身外面裹了厚厚一层香脆的面包糠。桌上的蔬菜是一小时前刚刚从菜园里摘下来的，除此以外，男孩们还得到了两大篮配菜吃的洋葱圈。当天刚挤的牛奶凉丝丝的，又香又浓。

白日的暑热渐渐消散，傍晚的微风带走了多余的湿气，吹得庭院上方的树枝沙沙作响。公路西边和北边一望无际的玉米声声的叹息如丝绸般柔滑。

孩子们三三两两地坐在石头台阶和花坛上。丽娜阿姨的花草错落有致地散布在方圆 3 英亩的庭院里。大人们围成一圈，盘子搁在膝头或者木椅的宽扶手上。亨利叔叔早就把事先冻在车库冰箱里的一小桶自制啤酒和马克杯取了出来。

暮色中的每个声音都是那么熟悉，戴尔甚至无法想象，没了这些声音，哪怕只是其中一个声音的夏夜该是什么样子：小凯高亢的笑声和激动的叫嚷，哈伦拿腔拿调的冷嘲热讽常常激起一片笑声，麦克低声帮腔，劳伦斯的声音永远那么急促尖厉，好像说慢了别人就听不见一样，除此以外还有杜安偶尔的一两句点评。大人们的声音也同样熟悉：亨利叔叔粗嘎的嗓音正说着他上个月在后院牧场里捡到了1928年款的皮尔斯·阿罗车标，这辆下场凄凉的豪车肯定是当年某位大佬开到私酒贩洞窟来的；丽娜阿姨沙哑的笑声，戴尔有生以来从没听过这么肉感独特的人声；还有他母亲和父亲的声音，熟悉得像是拂过树梢的轻风，现在他的父亲比平时还要放松，他正在讲旅途中的滑稽故事；哈伦母亲略略的笑声如少女般急促而亢奋，仿佛喝得太多，又或者像劳伦斯一样，觉得自己说慢了就没人能听见。

餐刀在纸碟上留下暗红色的印记。每个人都回去盛了第二轮食物，甚至有人盛了三轮。大碗里堆积如山的沙拉越来越少；烧烤架上裹着锡纸的玉米一扫而空。亨利叔叔往炉子上又添了几块牛排，他嘴里的调笑和戏谑一刻也没停过，长长的烤肉叉在他手中挥舞，围裙上印着"来拿吧"。

吃完晚饭以后，男孩们捧着自制的蛋黄派和巧克力蛋糕——谁也不肯只吃一块——爬到了露台上。

这些年来，亨利叔叔和丽娜阿姨一直在折腾这幢房子，修缮和加建从来没有停过，只是不断地从一个项目换成另一个：戴尔记得自己6岁那年，参加完祖母的葬礼以后，他跟着父母从芝加哥过来的时候，出现在眼前的还只是一幢四间卧室的白色小木屋；现在这幢农舍已经整体改成了砖房，除了一楼的四间卧室以外还有一层完整的地下室。斯图尔特一家搬到榆树港的第一年，亨利叔叔加建了一座车库；戴尔还记得自己在刚搭好的框架间玩耍，看着亨利叔叔将一块块水泥砖砌到合适的高度。现在这座巨大的车库——除了三辆轿车以外，里面还停了另一台车——建在农舍主体所在的小山南侧，你可以穿过车库直接走进地下室的工作间，工作间头顶就是露台，露台旁则是宽敞的客房和更宽敞的主卧。

孩子们热爱傍晚的露台，他们知道，大人们早晚会离开石头庭院爬到这儿来。大得像网球场（虽然这群男孩里只有戴尔和杜安见识过真正的网球场）一样的露台由层层叠叠的平台、步道和台阶组成，遥遥对着西边的公路和约翰逊先生的土地。露台南侧俯瞰着车道、树林和亨利叔叔挖的游泳池，秋天树叶凋零的时候，你甚至能瞥到骷髅地墓园的一角。东面是低矮的谷仓、玉米仓和干草棚，戴尔常常把自己想象成中世纪的骑士，露台是他的瞭望台，下面的猪舍、饲养场、食槽、鸡舍和晒坝正好充当城堡的雉堞。

露台上也摆着几把阿迪朗达克椅。这种用木条拼的大椅子外形古怪，但坐起来很舒服，每年冬天亨利叔叔都会在地下室的工作间里打上几把——但孩子们最爱的还是吊床。露台最南端有三张吊床：其中两张撑在金属桩上，最后一张则挂在高耸的木杆上面，木杆顶端的感应灯俯瞰着脚下 15 英尺外的车道。冲在最前面的几个孩子，劳伦斯、小凯和麦克抢占了这张吊床，现在他们晃动的幅度已经超过了露台栏杆，仿佛随时可能掉下去。这一幕总让妈妈们深感不满，逼得爸爸高声警告，但截至目前，还没有人真的掉下去过。不过亨利叔叔赌咒发誓说，某个夏夜里他躺在吊床上睡着了，第二天一早，本——农场里最大的那只公鸡——把他吵醒的时候，他迷迷糊糊地向前，以为那是浴室的方向，迈出一步，结果直接栽进了露台下方的皮卡车斗，幸好那天车斗里堆了不少袋装狗粮。

男孩们挤在吊床上一边摇晃一边聊天儿，全然忘了他们本来打算吃完晚饭就回去接着寻找私酒贩洞窟。反正现在天也黑了。天空中仍残留着一抹灰蓝，但几颗星子已经开始浮现，池塘南侧一棵棵挺拔的树木渐渐模糊成了一排黑色的剪影，萤火虫开始在黑暗的背景中闪烁。池塘周围的小山脚下，青蛙和树蛙唱起了忧伤的歌谣。看不见的燕子拍打着翅膀掠过谷仓，树林深处传来一只猫头鹰咕咕的鸣叫。

随着夜晚的到来，后院里大人们的高谈阔论模糊成了轻柔的嗡嗡声，就连孩子们都放慢了语速，一时间四下无声，只有吊床仍在嘎吱作响，夜空中繁星渐稠。

亨利叔叔已经关掉了自动感应灯，但露台上的风灯还没打开，所以戴尔不禁开始想象，他们正躺在热带夜空下一艘海盗船的尾楼甲板上。公路对面成排的玉米发出轻柔的簌簌声，宛如海浪的呢喃。戴尔真希望自己有一架六分仪。他仍能感觉到白日的太阳留下的余热灼烧着自己脸颊和脖子上的皮肤，小臂和小腿上被晒伤的地方还在隐隐作痛。

"看，"麦克轻声说，"一颗卫星。"

吊床上的男孩们同时伸长了脖子。刚才的半个小时里，天空迅速黑了下去，在这远离城市灯光的农场里，夜空中的银河清晰可见。银雾般的星辰间有什么东西正在移动，这个渺如尘埃的光点太高，太小，太暗，绝不可能是飞机。

"也许是'回声'号。"凯文猜测道。他拿出专业的腔调，向伙伴们介绍了美国即将发射的这枚能在全球范围内反射无线电波的巨型气球。

"我认为'回声'号还没有发射，"尽管杜安十分清楚，在场的所有人里只有自己知道真相，但他的口气永远留有余地，"我想它的预定发射日期是在8月。"

"那这东西会是什么？"凯文反问。

杜安推了推鼻梁上的眼睛，抬头望向天空："如果它真是一颗卫星的话，那很可能是'泰罗斯'号。'回声'号应该更亮一些……和天上的恒星亮度差不多。我期盼着早日看到它。"

"8月我们再来亨利叔叔这儿玩一趟吧，"戴尔提议，"我们可

294

以开个'回声'号观星派对，然后再去找找私酒贩洞窟。"

男孩们七嘴八舌地表示赞同，就在这时候，劳伦斯喊了一声："看哪！它快要消失了！"

那颗卫星的亮度正在减弱。男孩们默默地望着它在空中飞了一会儿，然后麦克说道："我想知道，以后我们能不能把人送上天去。"

"俄国佬正在干这事儿。"吊床另一头传来杜安的声音，戴尔和哈伦坐在他对面。

"哈……俄国佬！"凯文嗤之以鼻，"我们能把他们甩开1英里远。"

大块头黑影——那是杜安——挪了挪身子，运动鞋轻点露台地面："我不这样认为。斯普特尼克的事儿你们应该还没忘吧？他们已经给了我们一个惊喜。"

戴尔没忘。他记得三年前那个10月的夜晚，他站在后院里。他本来是去外面扔垃圾的，但爸妈听到收音机里说，俄国人的卫星即将经过头顶，于是他们俩也冲了出来。三个人就那样站在院子里，透过几乎已经掉光了叶子的树枝死死盯着夜空，直到那个渺小的光点从星辰间划过。"不可思议。"父亲喃喃叹道。但戴尔一直不知道，他惊叹的到底是人类终于将卫星送上了太空，还是俄国佬抢先达成了这一成就。

他们望着天空看了一会儿，直到杜安打破了沉默："你们一直盯着范·锡克和罗恩那几个家伙吧？"

麦克、凯文和戴尔交换了一个眼神。戴尔惊讶地发现他竟然有些心虚，仿佛觉得自己偷了懒或者违背了承诺："呃，我们本来打算去盯的，但是……"

"没事。"杜安打断了他的辩解，"这事儿确实挺傻的。但我有些事想告诉你们。明天我们能不能碰个头……我是说，等到天亮以后？"

"去山洞那边如何？"哈伦提议。

男孩们立即鼓噪起来。

"我可不打算回那个鬼地方去，"小凯反驳，"还是去麦克家的鸡舍吧？"

麦克点点头，杜安也表示同意。

"10 点？"戴尔问道。到时候他和劳伦斯最爱的周六晨间动画——《哈克与杰克》《拉夫与雷迪》——应该已经放完了。

"还是晚点吧。"杜安说道，"上午我得先干点活儿。下午 1 点怎么样，吃过午饭以后？"

大家纷纷表示赞同，只有哈伦反对。"我有更好的事可以做。"他咕哝着说。

"那当然，"凯文附和，"比如说，去找米歇尔·斯塔夫尼，让她在你的石膏上签个名？"

这一次，男孩们的笑闹还没停歇，大人们已经爬上了露台。

这天晚上接下来的时间里，杜安玩得很开心。他很高兴自己今晚没有提起波吉亚钟的事，尤其是穆恩太太揭露的秘密，因为孩子们和大人们聊起了星星和太空旅行，太空生活会是什么样子；他们望着夜空聊得兴高采烈，时间过得飞快。戴尔跟他爸说了 8 月想开个"回声"号观星派对的事。当然是等到那颗大卫星升空以后。亨利叔叔和丽娜阿姨立即热烈响应。凯文答应到时候带一架望远镜过来，杜安听见自己也主动把自制的望远镜贡献了出来。

11 点左右，派对渐近尾声，杜安打算动身走路回家，反正只有 1.5 英里的路程。他知道老头子起码要到凌晨才会回来。但戴尔的父亲坚持要开车送他回去。杜安在自己家的厨房门外跳下车，拥挤的旅行车终于显得宽松了一点。

"天真够黑的，"斯图尔特太太说，"你爸已经睡了吗？"

"也许吧。"杜安回答。傍晚他出门前忘了留灯，这会儿他恨不得踢自己一脚。

一直等到杜安打开厨房的灯，走到窗口跟大家挥手道别，斯图尔特先生才重新发动了汽车。杜安目送着旅行车的红色尾灯顺着车道远去。

虽然知道自己完全是在杞人忧天，杜安还是仔细检查了整个一楼，锁好后门，然后才回到地下室里。他脱掉一身新衣，走进楼梯角落的厕所冲个澡。但接下来他没换睡衣，而是穿上了旧灯芯绒裤子、拖鞋和一件打着补丁的干净法兰绒衬衫。杜安觉得很累，漫长的一天沉甸甸地压在他肩上，但他的头脑依然十分活跃，于是他决定再写点东西。反正现在他也没法睡——后门锁了，一会儿他得替老头子开门。他把收音机调到得梅因的 WHO 电台，摊开笔记簿开始工作。

或者说，试图开始工作。现在他觉得自己的草图和笔记过于空泛，不成系统，于是他开始琢磨，是不是应该试着用这些素材编织一个完整的故事。不，他还没有准备好。按照他的计划，撰写完整故事的尝试最早也得等到明年。杜安看着笔记簿里的人物速写、描绘动作的练习稿和模仿各位作家——海明威、梅勒、卡波特、欧文·肖，他们都是他的英雄——风格的习作。他叹了口气，把笔记簿塞回角落里的秘密天地，重新躺回床上。他的拖鞋搭在床尾的铁栏杆上，去年冬天杜安的身高就已经超过了小床的长度，所以现在他必须用脚抵着墙睡成对角线，否则就只能把腿蜷起来。但这事他从没跟老头子说过。现在他们买不起新床。杜安知道，二楼上有一张闲置的空床，但那是他母亲生前和老头子共用的。杜安不想向老头子开口。

他盯着天花板，开始琢磨穆恩太太和那口钟的事，事实、幻想、推断和猜测渐渐交织成一张扑朔迷离的大网。阿特叔叔曾经看见了这张大网的轮廓。要是叔叔知道了 1900 年 1 月发生的事，他又会怎么想呢？杜安思考了一会儿，这件事要不要告诉他的小伙伴们。

是的，他们有权知道。无论当时发生了什么，现在他们也面临同样的境地。

杜安已经快要睡着了，就在这时候，他听见车道上传来老头子那辆皮卡的声音。

他迷迷糊糊地爬上一楼，穿过黑乎乎的厨房，打开纱门。直到沿着地下室楼梯往回走了一半，杜安这才意识到，屋子外面皮卡的引擎还没熄火。老头子的车少了一个汽缸，他绝不会听错那独特的引擎声。杜安转身爬上楼梯，重新走向门口。

皮卡停在院子中央，驾驶室的门开着，大灯没关。借着驾驶室的顶灯，杜安看清了车里没人。

谷仓那边突然传来一阵轰鸣，惊得杜安往后退了一步。男孩循声望去，正好看见那台联合收割机从宽敞的南门里轧轧开了出来，30英尺宽的采摘头横在机身前方，就像推土机锋利的铲斗。摘穗辊筒和链条在路灯的照耀下反射着闪烁的银光，杜安这才意识到，原来老头子没把八行采摘头外面的红色金属罩装回去。

他却打开了通往南边玉米地的大门。杜安眼睁睁地看着巨大的机器咆哮着离开谷仓，开向外面的玉米地。老头子讨厌新式农机的玻璃小房间，所以他保留了老式的开放式驾驶舱。透过敞开的驾驶舱，他瞥见了父亲的侧影，紧接着收割机呼啸着冲进了玉米地。

杜安不由自主地发出一声呻吟。以前老头子喝醉后最多开着皮卡横冲直撞，但他从来没有撞坏过农机。无论是新买一台联合机，还是给拖拉机加装采摘单元，都得花一大笔钱。

杜安穿着拖鞋匆匆跑过晒场，放声喊叫，想要盖过机器的轰鸣，却一点用都没有。联合收割机已经闯进了第一排玉米地，它正在所向披靡地驶向南方。地里的玉米大约只有20英寸高，而且还没开始抽穗，但负责收割的采摘头对此一无所知；看到柔弱的嫩秆一根根弯曲折断，被八个采集头送上传送链，最终掉进长长的金属摘穗辊筒，杜安不由得再次发出呻吟。虽然玉米秆上连一个穗都没有，环环相扣的机器仍兢兢业业地履行着职责。

收割机忽而向左，忽而往右，随后又颠簸着径直向前，在玉米地里开辟出一条30英尺宽的通道。空气中充盈着浓重的尘埃和玉米秆溅出的细碎液滴。杜安顺着敞开的谷仓大门追了上去，一边挥手一边大声叫嚷。但老头子没有回头。

巨大的收割机在玉米地里差不多开出去了200码，然后它突然轧轧地停了下来，咆哮的引擎也陷入了沉寂。杜安停下脚步，大口大口喘着粗气。这会儿老头子没准儿正趴在方向盘上抽泣，不知道自己今天到底中了什么邪。

杜安吸了口气，蹒跚走向终于安静下来的收割机。

驾驶舱上方的行驶灯没亮，舱门倒是开着，但舱内的顶灯早就坏了，而且现在里面没人。杜安走得很慢，玉米茎秆锋利的断茬儿不断戳着他的拖鞋。他奋力爬上收割机驾驶舱左外侧的小平台。

舱内空空如也。

杜安回头望向外面的田野。地里的玉米高度还不及膝盖，但除了背后的谷仓以外，其他方向的庄稼至少绵延到了半英里外。虽然星光不算明亮，但收割机身后的狼藉仍清晰可见。晒场里的路灯看起来和头顶的星星一样遥远。

因狂奔而加速的心跳尚未平息，杜安的心又提到了嗓子眼儿。他趴在平台边缘的金属护栏上向下张望，隐约盼望能看见老头子跟跄下车时留下的人形压痕。但玉米地里什么也没有。

玉米长得很密，长长的叶子竞相交叠，很难分出清晰的行列。杜安知道，再过几周，齐肩高的玉米就将长成浑然一体的丛林。

但是现在，他没有道理看不见老头子去了哪里。杜安走到平台前方，尽可能地越过采摘头朝收割机右侧张望。

"爸？"他的声音听起来很小。于是他又喊了一声。

没有人回答。玉米地里只有窸窣的风声，完全听不出老头子去了哪里。

晒场那边传来一阵轰鸣，杜安赶快跑到平台后面，正好看见那辆皮卡出现在晒场里。汽车先是退到屋后看不见的位置，很快又重新开到农舍前方，最后顺着车道退了出去。车上的大灯已经熄灭，但车门依然开着。飞速后退的汽车看起来就像倒放的电影。杜安喊了两声，然后很快意识到，这完全没用。于是他默默地望着皮卡退到长车道尽头，最后消失在县6号公路上，车灯始终没亮。

那不是老头子。这个念头像一盆冷水泼在他的背上。

杜安钻进收割机驾驶舱，试图把这台该死的机器开回谷仓里去。

控制台上没有钥匙。杜安闭上眼睛，努力回忆老头子给这台机器的点火系统做过什么改装。他试着点火，但徒劳无功。这台收割机必须有钥匙才能启动，他记得老头子把钥匙挂在谷仓某处的钉子上。

杜安拨动开关，打开亮得刺眼的工作灯。电池电量飞速下降，但耀眼的灯光照得周围200英尺犹如白昼。

但他什么也没看见。杜安想起来了，这会儿钥匙一定不在谷仓里面。

他离开驾驶舱回到外面的平台上，感觉自己脸上全都是汗。他缓缓地深吸了几口气，好让自己冷静下来。几小时前他还觉得地里的玉米比膝盖还矮，现在这些庄稼看起来却高得足以掩盖任何东西。只有收割机后面的玉米秆被放倒了一大片，30英尺宽的通道歪歪扭扭地伸向后方的谷仓。

但杜安不打算走这条路。

他踏上驾驶舱后方的一块金属挡板，奋力爬到空荡荡的储粮箱上方。金属盖子被他的体重压得嘎吱作响，杜安探身向前，抓住把手翻到驾驶舱顶上。现在他离地面足足有12英尺，脚下的田野就像一块黑色的毯子，自顾自地向着世界尽头延展。西边的牧场在他右侧半英里外，正前方几百码外有一道黑线，那是约翰逊先生的树林。左边的公路和收割机之间隔着四分之一英里的玉米地，刚才那辆皮卡的声音就是从那里消失的。杜安望向东南边，1英里外亨利叔叔农场的路灯若隐若现。

一阵微风拂来，杜安冷得打了个哆嗦。他伸手扣好衬衫最上面的几颗纽扣。我就待在这里。他们肯定希望我走回去，但我就待在这里，哪儿都不去。他很想知道自己脑子里想的"他们"到底是谁。

玉米地里突然有了一点动静，杜安瞪大眼睛倾身向前，低矮的庄稼丛中有什么东西在动……它在滑行……他找不出其他词语来形容自己看到的东西：大约15码外，某个又长又大的东西从玉米丛中滑过，你必须非常留心才能看出玉米秆轻微的摇晃。

如果我是在海上，杜安想道，那么我会以为这是一头跟着船只向前游动的海豚，它光滑的背鳍偶尔会划破水面，露出一点粼粼的反光。

游走于玉米丛中的那个东西的确会反射星光。湿漉漉的微光看起来更像鳞片，而不是皮肤或者毛发。

杜安原本觉得，也许是老头子在低矮的玉米丛中蹒跚前行，但眼前的景象彻底打消了他的侥幸：那东西在地里沿逆时针方向绕出了一个大圈，人类走路绝不可能有这么快的速度。杜安觉得它看起来就像一条巨蛇，它的直径应该和杜安的胸围差不多大小，长度恐怕有好几十码。

杜安发出一声似笑非笑的呻吟。他觉得自己快要疯了。

那东西绕着收割机转过四分之一圈，前面便是被割掉的玉米留出的空地。

刚刚触到空地边缘，那东西立即像鱼儿一样灵活地转了个弯，沿着看不见的轨迹毫不迟疑地掉头向南。一阵轻柔的簌簌声引得杜安转头望向驾驶舱另一侧，收割机西侧的玉米丛中第二条同样大的东西正在无声地游动。他还注意到，它们每转完一圈，每次触到空地边缘，圆圈的直径就会向内收缩 1 英尺左右。

啊，完蛋。杜安把涌到嘴边的咒骂硬生生地吞了回去。留在原地果然没错。要是他刚才决定走回去，现在这两个东西就会悄无声息地出现在他身边。

太疯狂了。他努力试图掐掉这个念头，但它还是不断地重新钻进他的脑子里。一定是他疯了，这不可能，但这一切都是真的。杜安感觉到了手掌和小臂下方冰冷的金属，闻到了凉爽的空气与湿润泥土的气息，他清楚地知道，无论眼前的一切看起来有多么不可思议，它都是真的。他必须直面现实，而不是否认逃避。

巨蛇般的怪物仍在不知疲倦地来回绕着圈子，修长而光滑的身体反射着点点星光。杜安不由得想起了他和阿特叔叔在斯蓬河边钓鱼时见过的七鳃鳗。那玩意儿简直就是一张活生生的大嘴，一圆圈锋利的牙齿嵌在猩红的消化道内壁上。七鳃鳗耐心地埋伏在暗处，一旦有猎物经过，它会立即咬住对方，吸干猎物的鲜血。见识了那一幕以后，杜安做了整整一个月的噩梦。现在，他眼睁睁地望着地里滑行的两条怪物错身而过，只有借助叶子最轻微的颤动你才能找到它们的行踪。

我可以在这儿一直待到天亮。然后呢？杜安知道，现在还没到午夜。就算他能继续坚持五个小时一直等到天亮，然后又该怎么办呢？也许那玩意儿见到天光就会逃跑。就算不行，他也可以脱下衬衫充当旗帜，朝着县 6 号公路上来往的车辆挥舞。总会有人看见他。

杜安从驾驶舱顶棚爬到储粮箱上方，朝着收割机背后张望。周围没有异常。如果转圈的怪物靠近了收割机，他可以立即回到驾驶舱顶上。

车道那边远远传来一阵轰鸣，似乎还是那辆皮卡，但他依然没有看见车灯。

是老头子！他回来了。

杜安刚意识到引擎的声音不太对劲，几乎是在同一个瞬间，借着晒场里的路灯，他看到了那辆皮卡。

红色的油漆。高高的车厢栏板。破破烂烂的驾驶室。

收尸车碾过晒场，然后小心翼翼地穿过大门，闯进了玉米地里。

杜安不假思索地跳回驾驶舱顶上，胃里突然一阵翻江倒海，他不得不一屁股坐了下来。噢，天杀的。

收尸车顺着折断的玉米秆留出的通道向前开了100码，然后停了下来；车身横在宽阔的通道中央，仿佛是为了拦住他的退路。虽然那辆车离收割机差不多还有100码，但顺着东南方拂来的微风，杜安已经闻到了车厢里尸体的恶臭。

就停在那里，千万别动，他在心里默默指挥那辆卡车。

收尸车真的停在了原地，但借着晒场路灯的微光，杜安看见车厢里开始有了动静。灰色的影子翻过高高的栏板，跳下卡车车尾，然后他们开始跌跌撞撞地走向收割机。

杜安一拳砸向驾驶舱顶棚。灰影还在不断逼近，借着微弱的灯光，他逐渐看出了人形。但这些人走路的姿势特别奇怪，东倒西歪，看起来举步维艰。一个，两个……他数出了六个人影。

杜安钻进驾驶舱，一把拎出老头子放在驾驶座后面的工具箱。他先将一支9英寸的螺丝刀掖进腰带，然后找出了箱子里最大、最重的工具，一把14英寸长的扳手。杜安拎起扳手，回到外面的平台上。

滑行的怪物还在逼近，现在它们离收割机已经不到10码了。六个人影顺着收割机清出的通道继续前行，这会儿他只能数出四个影子，而且他们已经走出路灯的照射范围，融入了漆黑的夜幕，距离杜安绝不会超过20码。

"救命！"杜安扯着嗓子喊道，"救命啊！"他朝着1英里外亨利叔叔农场的方向放声叫喊："救救我，求你了！"

叫声戛然而止。他的心怦怦直跳，如果再不冷静下来，狂跳的心脏随时可能破开他的胸膛。

藏到储粮箱里去。不行。掀开面板就得花费不少时间，而且储粮箱里根本没有能藏人的地方。

短接控制电路，强行启动收割机。突如其来的希望骤然攫住了他的心脏。他单膝跪下，摸索着小开关面板下方。通往方向盘柱的电线乱七八糟地缠成一团，所有线路都被老头子改装重接过。没有灯，杜安完全看不见电线绝缘层的颜色，更无从判断哪根线通往点火回路，哪根线控制的只是车灯和电扇，或者其他无关痛痒的东西。他只得胡乱拉出四根电线，咬开绝缘层，手忙脚乱地开始拼接。第一个组合没有激起任何反应，第二组也同样如此。接到第三组的时候，越来越清晰的脚步声逼得他暂时放下电线，趴在舱门上向外张望。

那几个人影离收割机尾部已经不到20英尺了。

冲在最前面的身影似乎是两个男人。最高的那个说不定是范·锡克。第三个影子看起来像是个披着烂布或者尸衣的女人，破破烂烂的衣襟拖在她身后。杜安眨了眨眼，这才意识到星光照亮的似乎是她脸上惨白的骨头。

另外三个人影已经走进了齐膝高的玉米地里。最前面的身影比另外两个矮一些，宽边毡帽投下的阴影遮住了他的脸庞。

杜安叹了口气，离开驾驶舱走向外面的平台，举起沉重的扳手。六个。至少。

他翻过栏杆跳向长长的采摘头，双脚惊险万分地踩在狭窄的支撑杆上。八组采摘单元反射着冷冽的星光，长长的摘穗辊筒和汇总链条一直拖到地上，收割机最前方还顶着刚才险些遭受灭顶之灾的那排玉米秆。

杜安身后的金属阶梯发出轻微的呻吟，似乎有人正在爬向机器上方的平台。一个身影出现在收割机右侧几码外，收尸车的恶臭从来没有这么浓郁过。

杜安耐心等待，直到玉米地里滑行的怪物再次错身，转向圆圈的最远端。就是现在。

他毫不迟疑地翻过采摘头跳下收割机，刚接触到柔软的泥土，他立即顺势打了个滚儿，被压断的玉米秆发出清脆的噼啪声。杜安翻身爬起向前狂奔，腰间的螺丝刀硬邦邦地顶着他的肚皮，他不由自主地握紧了扳手。

七鳃鳗似的怪物破开玉米丛林朝他绕了过来，左右两侧不时传来茎秆折断的脆响。铿锵的脚步声在他身后紧追不舍，玉米秆被踩碎的声音听起来格外清晰。

杜安拼尽全力一路狂奔，他从没想过自己竟能跑得这么快。正前方的黑线离他越来越近，那是约翰逊先生的树林边界，他已经看见了林荫中闪烁的萤火虫。

有什么东西从他右边掠了过去，男孩身前的玉米叶子如波浪般起伏。杜安猛地收住脚步，险些直接摔在那玩意儿身上。

他和老头子曾经帮阿特叔叔给一位喜迁新居的朋友送过地毯。那张地毯哪怕卷起来也差不多有 35 英尺长、3 英尺高，重达 1 吨。但是现在，拦住杜安去路的玩意儿比那卷地毯还长。

怪物转身扑向男孩，杜安脚下打了个趔趄。刚才它一直潜伏在玉米秆下方，唯一的原因是它的大部分身体始终埋在湿润的泥土里，就像一条巨大的蛆虫。现在，它的前半截身子离开了地面，锋利的牙齿反射着微弱的星光。

和七鳃鳗一模一样。

那东西倏地扑向杜安，就像一条奋勇的看门狗。男孩像斗牛士一样单脚着地转了半圈，沉重的扳手狠狠砸向怪物的颅骨。

但这玩意儿没有颅骨。扳手立即被弹了回来，瞬间的触感厚重而潮湿。感觉就像砸到了一根埋在地下的电缆，奇怪的念头在杜安心中一闪而逝，怪物的大嘴再次钻入地下，它的后半截身子像海蛇一样高高弓起，细碎的鳞片映着星光，杜安不由得想起了鲇鱼滑溜溜的鱼皮。

急促的脚步声和玉米秆折断的声音离他背后只有十几步了。

大兵苍白的双手平平抬起，僵硬地举在胸前。

杜安灵巧地转了个身，借着这股势头将沉重的扳手扔了出去。穿着制服的男人完全没有躲闪的意思。宽边毡帽飞了出去，扳手砸在骨头上，发出一声怪异的闷响。

大兵没有停步，脚下甚至连个顿都没打。他的手臂依然向前伸出，手指弯曲得像爪子一样。另一个人影出现在杜安右侧，一个黑沉沉的高个子。第三个身影奔向远方，切断了杜安的后路。阴影中还有什么东西正在蠢蠢欲动。

杜安拔出腰间的螺丝刀，猫腰挪向左边，试图藏进玉米丛中。就在这时候，他感觉脚下有些异样，男孩立即转身跳向右侧。

他的动作慢了半拍。蛆虫般的怪物险险擦过杜安的左腿，旋即再次没入泥土之中。

杜安在玉米丛中打了好几个滚儿，终于挣扎着站了起来；他感觉左腿一阵刺痛，就像被电了一样。男孩紧握手中的螺丝刀，靠着右腿勉强站稳，这才低下头看了一眼。

他的左边小腿被撕掉了巴掌大的一块肉，灯芯绒裤子上有个狰狞的破洞，小腿上的伤口看起来更加狰狞。看到暴露在外的肌肉组织，杜安情不自禁地咽了口唾沫。星光下的鲜血看起来是黑的。

杜安单腿蹦跶着掏出衣兜里的印花大手帕，紧紧裹住膝盖以下的左腿。现在他不能深想这事。

男孩跌跌撞撞地奔向树林，影影绰绰的黑线看起来格外遥远。前方的玉米秆再次晃动起来，他不得不朝着左边的公路转了个弯。

三个人影守在这边。惨白的牙齿冷冷反射着星光。最矮的人影——那个大兵——开始向前移动，但他前进的方式特别怪异，就像脚下踩着一个缆绳拉动的滚轮平台。士兵僵硬的身体绷得笔直，双腿几乎纹丝不动，但他冲向杜安的速度快得不可思议。

杜安没有试图逃跑。惨白的手指伸向他的喉咙，杜安半是呻吟半是咆哮地吼了一声，低头伸出螺丝刀径直戳向大兵穿着卡其制服的肚皮。螺丝刀瞬间直没至柄，他感觉自己的武器像烤肉叉一样毫无阻力地穿过了某种柔软的东西，就像锋利的刀子切开腐烂的甜瓜。

杜安深吸一口气，踉踉跄跄地向后退去。黑色的人影仍站在原地，鹰爪般的双手牢牢锁住男孩的左臂。杜安试图挣脱，但却徒劳无功，于是他毫不犹豫地举起螺丝刀对准那双手戳了下去。

他的后颈挨了重重的一击。杜安俯面跌倒在地，双腿狠命乱蹬，左腿的血浸透了灯芯绒长裤，开始溅到他的衬衣上面。他的眼镜飞了出去，两只拖鞋也不知所终，数不清的人影朝他围拢过来，他拼死反抗，全然不知自己的双脚裹满了泥巴。湿漉漉的长东西从他脸上滑过，然后再次钻进泥土。他努力想去戳它，却发现螺丝刀已经不在自己手中。不知多少根手指抓扯着他的手臂。

围上来的人影至少有四个。一只瘦骨嶙峋的手捂在他脸上，将他的脸颊按进泥地。杜安张嘴狠狠咬了一口，血肉的味道尝起来就像在大太阳底下曝晒了一周的鸡肉。男孩开始干呕，他感觉自己的牙齿咬到了骨头。但那只手丝毫没有退缩。他瞥见了一张被麻风和腐败侵蚀的老妇人的脸庞。

我一定是在做噩梦，杜安暗自祈祷，但他知道，这不是梦。有什么东西——不是那条蛇怪——正在啃食他完好的右腿，低沉的咆哮听起来就像一条疯狗。

维特，洪水般的绝望终于没过他的头顶，快救救我。

有人蹲在他的脑袋旁边，一只靴子重重地踩在他的脸上，让他的鼻子朝着泥地又往下陷了几分。一根玉米秆的断茬儿戳进他的头皮，怪异的声音听起来像一只大猫咳出了毛球。

还有另一种声音。整个世界都在围着他旋转咆哮，尽管杜安已经徘徊在失去意识的边缘，但他的脑海深处仍保留着一小块清明，全然不受恐惧或惊吓的影响，就连失血也无法撼动它分毫。凭借着仅存的一丝理智，他认出了那咆哮的声音。

收割机启动了。夜色中它正在朝他碾来。没有护罩的摘穗辊筒张开大嘴，撕咬吞噬所过之处的一切，他听见了被挤压的玉米秆折断破碎的声音。空气中交织着腐尸的恶臭与刚收割的植物茎秆清新的气息。

杜安挣扎着试图爬起身来，他拼了命地撕咬踢打，想要挣出一只手来，紧紧抓住某个将他死死按在地上的黑影。踩在他脸上的那只靴子又加了几分力道。杜安听见自己的颧骨破碎的声音，但这丝毫没有阻挡他疯狂的挣扎，他想挣脱身上的重压，想打倒那些东西，想重新站起来。

有什么东西突然动了一下，笼罩在他周围的恶臭开始旋转，他看见了星星。下一秒钟，收割机的咆哮和重量充斥了整个世界。

靴子离开太阳穴的那一刻，杜安从泥泞中抬起头来。一股巨力正在撕扯他的双腿，无法抗拒的力量托起他的身体不断翻转，将他送入一个巨大的旋涡，男孩体内的每一根纤维都能感受到那个旋涡的力量。但在那个瞬间，那个短暂无比的刹那，他是自由的，他能看见星星。男孩奋力转头望向星空，尽管他的身体正在跌入咆哮的黑暗深渊。

榆树港镇，麦克·奥罗克在姆姆的房间里睡着了。男孩坐在窗边铺着软垫的椅子上，一根球棒横在他膝头。突如其来的声音将他惊醒过来。

镇子最南端，吉姆·哈伦从噩梦中醒来，梦中贴在窗户上的脸令他不寒而栗。屋子里很黑，他的胳膊疼得厉害，嘴里弥漫着一股糟糕的味道。直到这时候他才意识到，他是被一个遥远但响亮的声音吵醒的。

凯文·格鲁姆班彻正在做梦。绝对黑暗的房间中，男孩霍地坐起，大口大口地吸着空气。刚才他分明听见了某种声音，但是现在，凯文侧起耳朵，却只听到通风管里传来中央空调嘈杂的嗡嗡声。然后他终于听见了。一声，又一声。

戴尔一个激灵醒了过来，就像在刚刚入睡时梦见自己从高处坠落一样。他的心跳得厉害，仿佛有什么可怕的事情正在发生。影影绰绰的房间里，他眨了眨眼，望向墙角的夜灯。他感觉旁边那张床也有了动静，劳伦斯暖暖的手指扯着他的睡衣袖子，问他出了什么事。

戴尔掀开被子，琢磨着自己为什么会突然惊醒。

然后他听见了。可怕的声音在戴尔脑海深处沉沉炸响。他望向劳伦斯，小男孩捂着耳朵，惊惶地瞪大眼睛看着哥哥。

他也听见了。

可怕的声音再次响起。是钟声……比榆树港任何一座教堂的大钟更加洪亮、低沉、富有共鸣。将他惊醒的是第一声钟声，随后响起的第二声钟声在潮湿的暗夜中回荡。第三声钟声让戴尔痛苦地扯了扯嘴角，他捂住耳朵缩进床单下面，仿佛这样就能躲开那个声音。他以为自己会听见爸爸妈妈匆匆跑来，或者听见邻居惊慌的叫嚷，但除了钟声以外，周围一片寂静，仿佛只有他和弟弟能听到那可怕的声音。

那口大钟似乎就挂在他们的房间里。第四声震耳欲聋的钟声接踵而来，然后是第五声、第六声……连绵不绝。大钟敲了整整一个小时，直至午夜方才停歇。

20

星期六一早听到消息的时候，戴尔正在跟朋友们一起打棒球。查克·斯珀林和他的狐朋狗友骑着昂贵的自行车出现在球场外。

"喂，你的朋友杜安死了。"斯珀林冲着站在投手丘上的戴尔嚷嚷。

戴尔瞪了他一眼。

"你脑子有毛病吗？"最终戴尔勉强回了一句，他突然觉得嘴里很干，然后他才意识到斯珀林刚才说了什么，"你说的是杜安的叔叔？"

"才不是呢，"斯珀林回答，"我说的绝对不是他的叔叔。他叔叔是上周一出的事，没错吧？我现在说的是杜安·麦克布莱德。他被车撞死了。"

戴尔张开嘴，却不知道该说什么。他想吐一口唾沫，但嘴里干得发苦。"你是个撒谎精。"他搜肠刮肚地骂了一句。

"不，"迪格尔·泰勒——他父亲是榆树港的送葬人——插了句嘴，"他没撒谎。"

戴尔眨眨眼，可怜巴巴地望向斯珀林，仿佛指望高个子男孩能主动结束这个玩笑。

"我没胡说。"斯珀林将棒球扔到空中，然后重新接住，"今天早上他们打电话请迪格尔的老爸去了麦克布莱德家的农场。那个胖孩子摔进了收割机里……天哪，那可是一台收割机。他们花了一个多小时才把他的尸体从机器里弄出来。惨不忍睹。你爸说，葬礼上绝对不会开棺瞻仰遗容，没错吧，迪格尔？"

迪格尔没有回答。他只是望着戴尔，灰蒙蒙的眼睛里没有一丝情绪。查克·斯珀林继续自顾自地抛接棒球。

"收回去。"戴尔放下手套和球棒，慢慢走向高个子男孩。

斯珀林把球揣回兜里，皱紧眉头："你这是犯什么病，斯图尔特？我好心好意来告诉你……"

"把你的话收回去。"戴尔低声说道，但他不打算等待回答。男孩低下头径直撞向查克·斯珀林，高个子男孩敏捷地伸手在他脖子后面一撑，整个人越过戴尔头顶跳了过去。一击不中，戴尔迅速转身绕了回来，一拳揍向斯珀林的肚皮。高个子男孩不由自主地吐出一口长气，紧接着他的胸口又狠狠挨了三四下，其中一下正好砸在心脏的位置。

斯珀林深深吸了口气，踉跄着靠在身后的拦球网上。他的胳膊无力地垂在身侧，戴尔的拳头迎面而来，砸向他的脸庞。脸上挨的第二拳揍得斯珀林鼻血飞溅，第三拳砸到了他的牙齿，戴尔的关节也被撕开了一个口子，但他一点都不觉得痛。斯珀林弓起身子，呜咽着用前臂护住自己的脸，双手紧紧抱住脑袋。

戴尔在他身侧狠狠踢了两脚。等到斯珀林再次放下手臂，戴尔立即掐着他的喉咙，借着拦球网的支撑将他整个人向上举了起来。他的左手扼住高个子男孩的喉咙，右手还在不断挥拳，没头没脑地砸向斯珀林的耳朵、前额和嘴巴……

惊叫声似乎从很远的地方传来。有人抓着戴尔的手，拽住了他的衣服，但他没有理会。斯珀林疯狂挣扎，胡乱挥舞的手掌拍在戴尔脸上。戴尔眨眨眼，用尽全身力气握拳砸向高个子男孩的左眼。

戴尔的腰间突然传来一阵剧痛，一只手捏住他的下巴，将他拖到了一边。

迪格尔·泰勒挡在他和斯珀林之间。戴尔大声叫喊，挣扎着想要推开矮男孩冲上去继续厮打。迪格尔垂下肩膀，拳头毫不留情地砸向戴尔的胸口。

戴尔摔倒在泥地上，喘着粗气不停干呕。他朝着拦球网的方向打了个滚儿，试图借力重新站起来。他感觉自己的肺完全无法吸入空气，就连心脏也停止了跳动。

劳伦斯尖叫着从栅栏旁边的旧长凳上跳了起来。他一蹦就是6

英尺高，直接骑到了迪格尔背上。迪格尔一个过肩摔，8岁的小男孩飞向拦球网。

劳伦斯被弹得飞了出去，但他最后好端端地落在了地上，仿佛那张网子不过是一张垂直的蹦床。他低下头胡乱挥着胳膊，摇摇摆摆地冲向泰勒。迪格尔让开半个身子，试图抓住劳伦斯的脑袋把他甩开。结果他们俩双双摔倒在抽泣的查克·斯珀林身上，三个人叠成一摞，劳伦斯的四肢仍在胡乱挥舞，踢得泥巴四下飞溅。巴里·福斯纳慢吞吞地走了过来，扭扭捏捏地冲着劳伦斯的脑袋踢了一脚。

"喂！"凯文再也无法袖手旁观，终于上前推了福斯纳一把。巴里又想踢凯文，但小凯抓住胖男孩的脚，直接将他掀翻在本垒板后面的泥地里。比尔·福斯纳吼叫着作势欲冲，不过凯文刚刚转过身来，他就嗫嚅着退了回去。鲍勃·麦康和格里·戴辛格倒是喊得热闹，汤姆·卡斯塔纳蒂干脆就待在场上没挪过窝。

迪格尔一把抓住劳伦斯的T恤，把他扔回长凳那边。随后他拉起斯珀林，挽着高个子男孩退向停在场边的自行车。劳伦斯握紧拳头一跃而起。

戴尔扶着拦球网艰难地站了起来，虽然他的气还没喘匀，但他还是倔强地再次举起了拳头。他朝着泰勒和斯珀林的方向蹒跚迈出三步，这一次他下定决心，要是斯珀林不肯收回谎话，他绝不会停手，除非他们能要了他的命。

一双沉重的大手从戴尔身后落在他的肩头。他耸了耸肩试图甩开，但却徒劳无功；戴尔骂骂咧咧地往后踢了一脚，转过身打算解决这个障碍。不能让斯珀林跑了。

"戴尔！住手，戴尔！"父亲居高临下地伸出胳膊，搂住了戴尔的腰。

戴尔本来打算挣扎，可是当他抬头看见父亲的眼睛，他一下子就全都明白了。他只觉得双膝一软，要不是父亲的手臂紧紧搂着他的身体，他铁定会一头栽下去。

迪格尔·泰勒和查克·斯珀林骑上自行车跑了，斯珀林的车骑得歪歪扭扭，因为他还在佝偻着身子不断抽泣。福斯纳兄弟迈开大步追了上去。劳伦斯站在停车场边缘，朝着那几个男孩的背影丢了好几块石头，直到父亲命令他住手。

戴尔不记得自己是怎么走回家的。也许是被父亲搀着。也许是自己走的。他只记得自己没哭。至少在那时候，他还没哭。

听说杜安的死讯时，麦克正准备协助神父为一位老妇人举行安魂弥撒。今天来帮忙的祭坛侍者一共只有两个，他刚在法衣外面披上白袍，就听见那个名叫罗斯提·拉米雷兹的男孩说："天哪，今天早上农场那边有个男孩被杀死了，你听说了吗？"

麦克僵在了原地。不知为何，他立即知道了对方说的是谁。但他还是开口问道："你说的是杜安·麦克布莱德？"

拉米雷兹告诉他："他们说他掉进了什么农机里面。可能是今天早上才出的事。我爸是义务消防队员，一大早他们就全都被拉过去了。谁也救不了那孩子……他已经死了……而且他们花了不少时间才把他从那台机器里弄了出来。"

麦克一屁股坐在脚边的长椅上，他的双腿和胳膊软得像是化成了水，眼角隐隐有些发黑，于是他不得不低下头，胳膊肘勉力撑在膝盖上。"你确定吗，真的是杜安·麦克布莱德？"他不死心地追问。

"噢，是的。我爸认识他爸。昨晚他还在黑树酒馆见过他。我爸说，那孩子肯定是想开着那台机器去收玉米，你知道吧？没准儿他的脑子有问题，要知道这才6月。结果他不知怎么从驾驶舱里掉出来，摔进了采摘单元里面……你知道吧，就是装研磨辊筒那些零件的地方？我爸不肯告诉我所有细节，不过他说，他们简直没法把他完整地弄出来，他的胳膊……"

"够了！"卡瓦诺神父出现在门口，"罗斯提，你去准备酒水。现在就去。"男孩离开后，神父走到麦克身边，伸出手轻轻搭在他的肩头。这会儿麦克的眼睛已经恢复了正常，但不知为何，他开始止不住地颤抖。他紧紧抓住自己的大腿，试图阻止身体的抖动，却无能为力。

"你认识他吗，迈克尔？"

麦克点点头。

"你们关系很好？"

麦克吸了口气。他耸耸肩，然后还是点了点头。现在身体的颤抖似乎转移到了他的骨头里面。

"他是天主教徒吗？"卡神父继续问道。

麦克再次低下了头。谁他妈在乎？这是他的第一反应。"不是，"他说，"我觉得不是。他从没来过我们的教堂。我觉得他和他爸应该什么都不信。"

卡神父轻叹一声："没关系。做完这场弥撒我就去看看他。"

"你现在见不到麦克布莱德先生，神父。"罗斯提再次出现在门口，手里捧着几个装水和酒的小瓶子，"警察已经把那孩子的父亲送去橡树山了。他们觉得他的嫌疑很大。"

"别说了，罗斯提。"麦克从没听见过卡神父这么低沉的语气。紧接着，神父出乎意料地说："现在你赶紧滚出去，我和迈克尔很快就来。"

罗斯提惊得连下巴都快掉了。他睁大眼睛瞪着卡神父看了一秒，这才像见了鬼一样小跑着奔向祭坛。麦克听见，外面为莎兰扎太太送行的人群已经开始入场。

"做弥撒、向上帝祈求慈悲的时候，我们可以在心里默想你的朋友杜安。"卡瓦诺神父柔声说道，最后一次轻拍麦克的肩膀，"准备好了吗？"

麦克点点头，托起倚在墙边的长十字架，跟在神父身后迈着庄严的步伐走向祭坛。

当天傍晚，戴尔的父亲去楼上跟他说了会儿话。戴尔躺在床上，一群更小的孩子正在街对面的校园里玩耍，他们肆意追逐，喊叫笑闹。但这些快活的声音听起来那么遥远。

"你没事吧，小老虎？"

"还好。"

"劳伦斯正在吃晚饭，你真的不要一起吃点吗？"

"不用了，谢谢。"

爸爸清了清嗓子，坐在劳伦斯的床边。戴尔仰面躺在床上，手指搭在额头上，望着天花板上细小的裂缝发呆。听见父亲坐下的声音，他隐隐有些期盼床底传来异响。但透过纱窗飘进来的只有屋外的喧哗，天阴得厉害，湿腻的空气格外厚重。

"我又给西尔斯治安官打了个电话，"爸爸告诉他，"总算把事情弄清楚了。"

戴尔没有说话。

"农场里的确出了事。"爸爸沙哑的嗓音绷得很紧，"非常可怕的事故，跟那台收割玉米的机器有关。杜安……呃，巴尼认为事情应该发生得很快。无论如何，杜安至少没有受苦……"

戴尔微微瑟缩了一下，他努力集中精神，仿佛打算从天花板的裂缝里看出什么图案来。

"整个上午警察一直在现场调查。"爸爸继续说道，他很清楚，现在戴尔需要知道真相，无论有多可怕，"调查还没结束，但他们基本已经确定，这是一场意外。"

"那他爸呢？"戴尔嘶声问道。

"什么？"

"杜安的父亲。警察不是把他抓起来了吗？"

戴尔的爸爸挠了挠自己的上唇："你听谁说的？"

"麦克来过一趟。他也是听其他孩子说的。他们说，杜安的爸爸被警察抓走了，因为他涉嫌谋杀。"

戴尔的父亲摇了摇头："治安官说，达伦·麦克布莱德只是接受了讯问。昨晚他……一直在外面喝酒，所以他根本说不清今天早上自己到底干了什么。但泰勒先生和验尸官都说……戴尔，你可能不想听到这个……"

"请告诉我。"戴尔坚持要听。

"呃，我猜他们可以通过某种方式判断……死者过世的具体时间。起初他们觉得出事的时间是今天早上，也就是麦克布莱德先生回到家里，睡着以后……"

"你是说醉得不省人事以后？"戴尔纠正。

"是的。呃，起初他们认为出事的时间是今天早上，但后来验尸官斩钉截铁地说，事故发生在昨天晚上，大约午夜前后。而麦克布莱德先生直到凌晨都还待在黑树酒馆里。现场有很多证人。还有，巴尼说，现在那个人几乎已经疯了……他完全丧失了理智……"

戴尔再次点了点头。午夜，没错。他还记得那疯狂的钟声，一直敲到了 12 点。在榆树港并不存在的那口钟。他说："我想过去看看。"

父亲倾身向前，肥皂和烟草的气息顺着他的双手飘进戴尔的鼻孔："去农场？"

戴尔点点头。天花板上崎岖的裂缝真的组成了一个图案，看起来就像一个大大的问号。

"今天去似乎不太合适，"爸爸轻声劝他，"我一会儿再打个电话，看看麦克布莱德先生的情况，问问他是不是打算举行纪念仪式或者葬礼。然后我们可以送点吃的过去。或许明天……"

"我必须去。"戴尔说道。

父亲以为戴尔说的是葬礼，所以他点点头，摸摸儿子的额头，起身下了楼。

戴尔躺在床上思考。他肯定睡着了一会儿，等他再次睁眼的时候，昏暗的屋子已经变得灰蒙蒙的，蟋蟀的鸣唱和夜间熟悉的声响取代了孩子的笑闹，黑暗从墙角悄悄开始蔓延。戴尔一动不动地躺在那里，屏住呼吸，等待劳伦斯的床底传来奇怪的声音，等待那口大钟突然敲响，等待……

大雨如坏掉的水龙头般喷涌而下的时候，戴尔正坐在窗边。无声的闪电勾勒出树叶的轮廓，急促的水流汩汩汇入落水管，雨势渐渐转弱，雨点轻快地敲打着树叶和煤渣车道。一道闪电照亮了夜色中湿漉漉的德宝街，街道对面，老中心学校的钟楼屹立在哨兵般的榆树上方。

透过纱窗迎面吹来的微风带着丝丝凉意。戴尔微微打了个战，但他执意不肯钻回被子里面。还不是时候。他还得想想。

第二天，各自去过了熟悉的教堂以后，他和麦克碰了个头。米勒教士的布道听起来就像一群苍蝇在远处盘旋。开车回家的路上，妈妈不停称赞教士对麦克布莱德家不幸遭遇的评判是多么贴心，但戴尔完全不知道他说了什么。

他告诉妈妈自己要去麦克家的鸡舍，但他不知道麦克是怎么跟家里说的。戴尔连暗号都用不着打——麦克早就在他们第一次见面的大榆树下面等着了。麦克穿着一件橡胶雨衣，这是《皮奥里亚每日星报》发给报童的制服。

"要不了多久你身上就会湿透了。"戴尔的自行车划过一道弧线，停在人行道上。看到他的打扮，麦克提醒了一句。

戴尔透过树枝望向天空。雨还是下得很大，他刚才竟然一直都没注意。不过他穿了一件防风夹克。羊毛棒球帽的帽檐已经开始滴水，但他只是耸了耸肩："我们走吧。"

两个男孩骑着自行车经过水塔，向东进入朱比利学院路，然后沿着县6号公路再次转而向北。雨点敲打着地里齐膝高的玉米，他们把车子藏在亨利叔叔屋后高高的野草丛中。现在雨下得更大了，麦克有些担心车会被淋湿。

"走吧。"戴尔低声催促。

他们翻过围栏，钻进约翰逊先生的小树林。后方山顶的墓园依稀可见，灰色的天空下，漆黑的铁栅栏看起来寒冷刺骨。戴尔和麦克在湿淋淋的风车草和齐膝高的野草中跋涉，雨水不断透过树枝滴在他们头上，戴尔感觉脚下的网球鞋越来越沉重。山坡很滑，遇到坡度比较大的地方，他们不得不抓住树枝或者野草，才能借力向上攀爬。

离开树林的时候，他们已经走到了麦克布莱德家农场南面那片狭长的牧场。麦克带头走向西边的田野，隔着1英里左右的玉米地，他已经看见了杜安家的农场。深深浅浅的灰色涂满了天空，如斑驳的天花板般低低压在他们头顶。两个男孩在农场的围栏外停下脚步。

"我觉得这好像违法。"麦克低声嘀咕。

戴尔耸耸肩。

"不光是非法侵入。"麦克抖了抖雨衣的兜帽，水珠扑簌簌地滑落下来，"我说的是破坏罪案现场这一类的罪名。"

"他们说这是一场意外。"戴尔发现自己的声音压得很低，尽管方圆1英里内完全没有人烟，"既然是意外，哪里来的罪案现场？"

"你知道我的意思。"麦克掀开兜帽，举目远眺，视野内完全看不见收割机的影子，确切地说，他什么都没看见。麦克布莱德家的谷仓矗立在远方，看起来和其他任何一座谷仓没什么两样。

"那你到底干不干？"戴尔问道。

"当然。"麦克重新戴好帽子，两个男孩翻过围栏。

他们猫着腰在玉米地里穿行。现在他们离公路还有好几百码，但低矮的玉米让人觉得无所遁形。戴尔感觉自己就像战场上的士兵，他弯着腰一路小跑，不时回头示意麦克跟上。两个男孩就这样穿过了田野。

看到玉米地里那片瘌痢头般的空地时，他们已经走完了一大半路程。这片空地看起来就像被割草机刈过，湿润的土壤中只余横七竖八的断茬儿，被周围的新绿衬得分外显眼。然后他们看见了黄色的胶带。

两个男孩伏下身子爬过最后20码，膝盖和手上都沾满了泥巴。

"老天爷啊。"麦克低声叹道。

黄胶带上印着"警方现场——不得擅入"，简短的信息重复了一遍又一遍，胶带大致圈出了一个长方形，每条边的长度至少有50英尺。长方形中间有一片光秃秃的泥地，里面一根断茬儿都没有，只有一大片纷乱的脚印。

走到黄胶带前面，戴尔迟疑了一秒，然后猫腰钻了进去。他快步走向那片泥地，麦克跟在他身后。

"天哪。"麦克再次叹道。

戴尔不知道自己想看到什么，停在原地的收割机，还是地面上粉笔画出的人形轮廓，就像电视里那样？但这里只有被踩烂的玉米秆……他看见了那台巨大的机器转弯时留下的痕迹，地面上深深的车辙被雨水冲得一片泥泞，看起来倒有点像每年8月老开拓者节被几千双脚踩过的会场。湿淋淋的玉米秆已经面目全非，烟头、装烟草的红袋子、纸屑和塑料包装纸胡乱扔了一地，你很难判断收割机最后停留的位置，或者说事故发生的确切地点。

"这里。"麦克轻轻喊了一声。

戴尔挪了过去，他低低猫着腰，以免被麦克布莱德先生或者农场里别的什么人看见。虽然晒场和车道上都看不见那辆皮卡的踪影，但农舍和谷仓挡住了很大一部分视线。

"什么？"他问道。

麦克指了指。这里的一大堆玉米秆看起来像是被红褐色的油漆泼过。虽然一部分颜色已经被雨水冲掉了，但压在下面的断茬儿仍红得瘆人。

戴尔蹲下身子摸了摸染色的玉米秆，然后举起手指查看。雨水很快冲走了指尖淡淡的锈色痕迹。

是杜安的血？光是想想他已经觉得无法忍受。他站起身来，绕着现场的狼藉转了一圈，整个场面惨不忍睹。戴尔想起来了，之前他无意中听见爸爸告诉妈妈，巴尼抱怨说，州里的警察和义务消防员把现场破坏得太厉害，橡树山警局根本没法重现当时的情景。重现，戴尔在心里念了一遍。真是个怪词儿。警察需要通过这种方式来调查某样东西或者某个人是如何被毁灭的。

"我们要找的到底是什么东西？"麦克站在 20 英尺外压着嗓子喊道，"这里只有一大堆垃圾。"

"接着找。"戴尔低声回答，"看到你就知道了。"他越过警方封锁线钻进外面的玉米地里，猫着腰在一行行玉米秆中穿行。

五分钟后，他找到了线索，就在离现场不到 10 码的地方。那东西藏在茂密的叶子下面，本来很难发现，但戴尔的运动鞋踢到了什么东西，于是他弯下腰来看了一眼。看到同伴挥手招呼，麦克也跑了过来。两个男孩手脚并用趴在地上，雨点急促地敲打着他们耳畔的玉米茎秆。

"这里有个洞。"戴尔轻声说道。他伸出双手比画了一下，洞口直径还不到 1 英尺，但周围隆起的土堆看起来十分古怪。他正打算把手伸进洞口，麦克一把把他拉了回来。

"别。"

"为什么？"戴尔问道，"我只想摸摸洞口里面，看它是不是比外面宽。感觉像是这样。"

麦克只是摇了摇头。

"洞壁看起来也很古怪，"戴尔说，"似乎有点硬。洞口周围还有一圈土垒。"他抬起头来，麦克布莱德家的农场毫无动静，但他总有一种被窥视的感觉："我们再找找，看还有没有别的。"

他们又找到了六个洞。最大的直径超过 18 英寸，最小的和地鼠洞差不多。洞口的分布似乎没什么规律，只是大部分都沿着收割机刈出的路径散落在靠近农场的位置。

戴尔想溜进谷仓，看看那台收割机是不是停在里面。

"这是为什么……你为什么想看这个？"麦克一边低声抱怨，一边拉了拉戴尔，示意他再伏低一点。现在他们离农场已经很近了，谷仓后面那几头奶牛耳朵上的标签数字清晰可见。

"我只是想……我需要……"戴尔吸了口气。

门被甩上的巨响惊得两个男孩直接趴进了玉米丛的泥泞之中。听着卡车引擎启动的声音，戴尔这才意识到，雨差不多已经停了。空气中仍弥漫着细小的雾珠，但几乎看不到坠落的雨滴。

"它顺着车道开出去了，"麦克低声说，"但我觉得屋里还有人。我们还是回树林里去吧。"

"我就看谷仓一眼。"戴尔轻声回答，作势准备起身。

麦克把他拽回原地："我以前见过那种东西。"

戴尔蹲在地上，盯着裹在雨衣里的麦克眨了眨眼："什么东西？"

"那几个洞。或者说隧道。"

"你在哪儿见过？"

麦克掉头开始往回走："跟我回去，我这就告诉你。"他弓着身子拨开身前的玉米秆钻了进去。

戴尔有些犹豫。现在他离谷仓差不多只有 100 英尺。那种被窥视——被观察——的感觉依然很强，但他想看那台机器的欲望也同样强烈。这种欲望绝不是病态的好奇。想到要亲自查看夺走朋友生命的锋刃和齿轮，他就觉得恶心，但他必须认识它们，然后才能试着去理解。

雨又开始下了。戴尔望向南边，麦克的雨衣在玉米丛中一闪而过，他转身追了上去。

来日方长。

21

雨断断续续下了三个礼拜。每天早上阳光和乌云都在来回争夺天空中的地盘，可是到了上午 10 点，细雨就淅淅沥沥地落了下来，吃过午饭以后，低垂的天空中雨势愈发猛烈。

6 月 25 日和 7 月 2 日的免费电影都取消了，虽然第二个星期六的时候，天空已经放晴，夜色格外温柔，但第二天一早，细雨还是卷土重来。榆树港周围，伊利诺伊州的土地如饥似渴地汲取着雨水，仿佛永远不会满足。黑土地变得更黑。美国大部分地区的农民常说"7 月 4 日的玉米齐膝高"。伊利诺伊州中部的人们更习惯于"7 月 4 日的玉米齐腰高"。而在这个夏天，7 月 4 日的玉米已经长得和肩膀差不多高了。

7 月 4 日是个星期一，虽然大人们似乎还是十分享受难得的三天假期，但由于雨势连绵，镇里的游行和晚上的烟火表演都被取消了，这多少破坏了人们的兴致。榆树港政府没有足够的预算举办正式的烟火表演，但一个世纪以来，镇民们早已形成了独特的传统：大家各自带上罗马焰火筒、冲天火箭和爆竹，聚集在学校操场上。今年夏天也有一些人打算固守传统，但那天晚上的风实在太大，火柴总被吹灭，引线根本点不燃，原本准备纵情享乐的人们只得不欢而散。

戴尔和劳伦斯安安稳稳地坐在自家前门廊上，眼睁睁看着雷电交加的风暴取代了烟火表演。白色的闪电在西南边的天际线上炸开，惨白的电光勾勒出树木的轮廓和屋顶的山形墙，也照亮了如巨兽般屹立的老中心学校。而在两道闪电的间歇，教学楼里似乎仍有隐隐的亮光。微弱的真菌荧光在地面上投出蓝绿色的幽幽光晕，就连街道两侧古老的榆树周围都笼罩着一层静电网。7 月 4 日那天晚上，戴尔和劳伦斯亲眼看见一棵榆树轰然倒下，但他们并不知道，那是闪电的杰作还是狂风的手笔。哪怕隔着 60 码的距离，树木倒塌的声音依然震耳欲聋。残余的半截树桩仍屹立在原地，狰狞的断茬儿犹如择人而噬的利齿。枝繁叶茂的树冠轰然砸在学校操场上。

戴尔和劳伦斯一直等到风暴平息后才回到屋子里。他们在门廊上放了几个爆竹，又在石头台阶上玩了会儿手提烟花和发光的萤火虫，但风真的很冷，兄弟俩都有些心不在焉。

暴风雨之后的小镇恢复了宁静。榆树港周围数百万英亩的玉米越长越高，茂密的青纱帐将县公路变成了一道道绿墙之间的狭窄走廊，远方的地平线被彻底遮蔽起来。铺天盖地的绿意仿佛吸干了次日的阳光，榆树的浓荫笼罩着整个小镇，哪怕最明亮的光斑，最终也只能化作阴沉的暗影。

戴尔的父母给麦克布莱德先生送去了食物。镇上有一半的人家做出了同样的举动。熟悉的县公路突然奇怪地变得陌生起来，戴尔骑着自行车跟着开车的父母驶过墓园和亨利叔叔的农场，拐进杜安家门前的长车道。这里的玉米似乎比附近几块地里的更高，车道已经变成了一条逼仄的隧道。

他们前两次来访的时候，尽管麦克布莱德先生的皮卡就停在院子里，但屋里一直没人应门。第三次他开门收下了炖菜和派，含含糊糊说了几句感谢的话。面对戴尔父母的慰问，他也咕哝着答了两声。以前戴尔一直觉得杜安的老爸比其他伙伴的父母更老，但看见麦克布莱德先生现在的样子，他还是狠狠吃了一惊：过去的一个月里，他仅存的一点头发全都变成了灰色，混浊的眼睛里布满血丝，左眼几乎完全睁不开，看起来像是中过风一样；他脸上的沟壑已经不能用皱纹来形容，倒像是一座打碎又用胶水重新粘起来的雕像，灰色的胡楂儿顺着他的脸颊朝着脖子蔓延，一直钻进脏兮兮的汗衫里面。

开车回家的路上，戴尔的父母一直在用悲伤的语气低声交谈。谁也不知道杜安的葬礼或者纪念仪式是怎么安排的。有传言说，泰勒先生把男孩的遗体交给了皮奥里亚的一家殡仪馆，也就是火化杜安叔叔的那家。人们还说，杜安最后也是火化的，告别仪式规模很小。

谁也不知道麦克布莱德先生如何处置的骨灰。

那天晚上，戴尔在半梦半醒间想到，他的朋友已经化作一捧灰烬，这个念头让他一下子坐了起来，心脏怦怦直跳。他深深地感觉，这个世界错了。

有时候——在暴风雨的间歇中割草坪的时候，或者做其他不需要动脑子的事情时——戴尔会幻想杜安·麦克布莱德还活着，他只是伪装了自己的死亡。实际上胖男孩正藏在某个隐秘的地方，就像连载漫画里的闪灵侠，或者想抓墨迹幽灵的米老鼠。每次想到这里，戴尔总是隐隐期盼，也许他会突然接到杜安打来的电话，这位朋友像往常一样冷静地叮嘱他："去山洞碰头。我有事要说。"

戴尔很想知道，当时杜安打算第二天去鸡舍说的到底是什么事情。他们再也没有机会碰头了。他实在想不出，那个成天泡在农场和图书馆里的男孩能找到塔比或者学校的什么线索。可是根据四年来戴尔对杜安的了解，他知道那个胖男孩永远不可低估。

上次麦克跟他说了墓园工具房和他家房子底下那几处隧道的事以后，男孩们就很少见面了。每个人似乎都缩回了家庭和琐事的小圈子里，仿佛这样就能躲开日益逼近的黑暗。

劳伦斯比以前更怕黑了。最近他有时候会在睡梦中哭泣，昏暗的夜灯已经没法满足他的需求，现在他每天都得在梳妆台上留一盏40瓦的台灯。劳伦斯睡着以后，妈妈常常走进来关掉台灯，但

8岁的小男孩因此尖叫着惊醒了好几次。

他们的父亲又要出差了，这次是去印第安纳和肯塔基北部，一共要待八天。父亲出发前，妈妈带着劳伦斯和戴尔去看了本地的医生，因为他们总是没有来由地害怕；而且有一天，戴尔在晚餐桌上无缘无故地指控说，大人们是杀死杜安和塔比·库克的凶手。威斯克斯医生是从匈牙利来的难民，十八个月前，他才刚刚进入这个国家，直到现在，他的英语说得还不是很利索。镇上的孩子都叫他"毒医生"，因为他收费太低，所以买不起新的注射针头，只能把旧的针头反复消毒使用，扎起人来疼得要命。

威斯克斯先生为孩子们的无理取闹开出的药方是多劳动，呼吸新鲜空气。戴尔不小心听见医生对他妈说，麦克布莱德家叔侄的事的确令人遗憾，但祸事似乎总是成双。

祸事还会成三，戴尔想道。

其他几个孩子偶尔还会碰面。7月4日之后的五天里，小凯、麦克、戴尔和劳伦斯几乎一直在斯图尔特家长长的前门廊上玩《地产大亨》，外面大雨如注。晚上回家前，他们会用石头压住各人的代币和卡片。如果有人破产了，孩子们就修改规则，让他继续留在场上"闲逛"，直到银行放给他一笔贷款，或者某处产业有了租金收益。这样一来，游戏永远不可能结束，他们就能一直玩下去。每天吃完早饭，男孩们就聚到一起，一直玩到妈妈高声喊他们回家吃晚餐。

戴尔两天晚上都梦见了《地产大亨》，这让他十分高兴。

到了第五天，男孩们回家吃晚饭以后，格鲁姆班彻家傻乎乎的拉布拉多犬布兰迪跑到前门廊上，把代币拱得一地都是，还吃掉了四张卡片。男孩们心照不宣地结束了游戏，接下来的两天，他们再也没有碰面。

7月10日，这个星期天一点也不像星期天，因为戴尔的爸爸还在芝加哥出差，但他们家的地下室被水淹了。

一切如常只是假象。

淹水的事让戴尔的妈妈忙活了足足两天，她手忙脚乱地把地板上的东西搬到工作台上，还试着启动了抽水泵。他们住在这里的四年里，地下室一共淹过两次，但那两次戴尔的爸爸都在家，水最多涨到几英寸深就被他控制住了。然而这一次，水位一直在上涨。

星期二一早，抽水泵罢工了。到了午饭时分，整幢屋子都断了电。

听见妈妈叫他，戴尔离开房间去了楼下。宽阔的地下室楼梯底部一片漆黑，妈妈站在倒数第二级台阶上，头上裹着一块印花大手帕，身上的裙子被水浸得透湿，她看起来都快哭了。

戴尔目瞪口呆。地下室里的水已经淹没了最后一级台阶，水深至少有 2 英尺，可能还不止。起伏的水面在他妈妈脚边荡漾，她看起来就像站在一片黑色的海上。

"噢，戴尔，该死，这太让人心烦了……"

戴尔直愣愣地望着母亲，他从没听过她骂人。

"对不起，宝贝，可我修不好那台水泵，现在水已经淹到了洗衣机的位置，我还得去最里面的房间换保险丝，还有……真该死，要是你爸爸在家就好了。"

"让我去吧，妈妈。"戴尔惊讶地听见自己这样说道。哪怕在平时，天杀的地下室也是他最讨厌的地方。

一个东西漂到了台阶旁边，也许只是一团纠缠的垃圾，可它看起来很像被淹死的老鼠的脊背。

"换上你最旧的那条牛仔裤，"妈妈叮嘱道，"别忘了带手电筒。"

戴尔昏昏沉沉地回到楼上去换衣服。自从杜安出事以后，他就缩回了自己的小天地里；这种疏离感沉甸甸地压在他身上，就像一层厚重的绝缘带。他低头望着双手，就好像那不是他自己的一样。

去地下室？走进黑暗中？他换好衣服，穿上最破的一双旧运动鞋，卷起裤腿，从旁边的空房间里找出手电筒试了试，最后迈着沉重的步子走下楼梯。

妈妈把保险丝交到他手里："就在干衣机上面……"

"我知道位置。"刚才的几分钟里，水位似乎没有明显的上升，但现在它已经淹没了倒数第二级台阶。通往锅炉房的短走廊看起来就像没有灯的地窖入口。

"接保险丝的时候千万别站在水里。你可以爬到干衣机旁边的操作台上去。手一定要擦干，记得拉掉总闸，还有……"

"我都知道，妈妈。"他踩进了水里。再不行动他恐怕就会失去所有勇气，转头奔回一楼冲出后门。

冰冷的水瞬间淹没了他的膝盖，冻得他的脚趾隐隐作痛，他一个趔趄，差点儿摔倒。

"整套排水系统应该有备份才对……"沿着狭窄的走廊向前走的时候，戴尔听见母亲还在唠叨。手电筒微弱的光束照在水泥砖墙上，他真该换几节电池。

煤仓入口就在他的右手边，看起来只是一个黑洞洞的长方形，底边恰好位于水面上方。黑水在料斗周围打着旋儿，漂浮在水面上的块状黑色物体看起来像人类的粪便。应该是煤，戴尔想道。昏黄的光束照亮了锅炉张牙舞爪的触手。

值得庆幸的是，水还没淹到锅炉的进料格栅。要是炉膛进了水，戴尔真不知道会怎么样。

右手边传来一阵响动，戴尔霍然转身退向墙边，身边溅起哗啦啦的一大片水花。手电筒的光束照进了煤仓。

煤仓里面是干的，但最里面的天花板上方似乎有动静，就是半堵墙后面没修完的那块低矮空间。黑暗中有什么东西反射着针尖般的光斑。只是些管子而已。要不就是隔离层。绝不会是眼睛。不可能是眼睛。

他转身绕向锅炉左侧。里面的水看起来似乎更深一点，但戴尔心里知道，这只是他的错觉。但也许不是。也许越往前走，地势越低。也许最里面的房间已经完全被水淹了。

"你找到地方了吗？"妈妈的声音从他身后传来，经过弧形石壁和水面的反射，她的声音听起来有些失真。

"快了。"他喊了一声，虽然现在他还没走到一半。

戴尔家的地下室没有窗户，因为它完全位于地面以下。手电筒的光束越过漂着油花的污水，只照亮了锅炉房的一小片地方。到处都是管子，水面上漂着的杂物，是一块木头，然后是更多的管子，一团泡胀的纸被冲到了墙边，通往工作间的门就在那里。

宽阔的工作间里漆黑一片。水位似乎又上涨了一点，牛仔裤的裤裆都被浸湿了。戴尔不由得想到，走进最里面的小房间以后他更得多加小心，因为抽水泵装在一个直径至少有18英寸的洞里——勉强可以算是一口井。它能将多余的污水排进偷工减料的下水系统。

就像麦克见过的隧道。杜安家农场的隧道。

戴尔意识到，手电筒的光束正在颤抖。他伸出左手稳住右手，继续朝着工作间深处前进。他注意到，父亲挂在高处的工具还没被水浸到，但角落里被遗忘的木头小工具箱已经漂到了长凳下面。这个箱子是去年冬天劳伦斯做的。

"我可以请格鲁姆班彻先生过来帮忙！"妈妈的声音听起来隔了足足一光年的距离，就像某个遥远的房间里隐约传来的唱片声。

"不用。"戴尔大声回答。或者说，他觉得自己大声回答了，但实际上他可能只是在喉咙里咕哝了一声。

地下室的所有房间大致排成S形，楼梯位于S的最末端，锅炉房在中间，工作间窝在顶部的曲线下方，而洗衣房藏在曲线的尽头，正好跟煤仓和未完工的低矮空间连成一线。

手电筒的光束照进了洗衣房。

这间屋子看起来似乎比亮着灯的时候更大一点。黑暗中看不到最里面那堵墙，幽暗的空间仿佛能够无限延展……穿过整幢房子和庭院下方，越过街道和校园，径直通往教学楼。

戴尔找到了那台抽水泵，笨重三脚架上的马达正好位于水面上方。他特意绕开水泵的位置，艰难地涉水走向南墙边的洗衣机、干衣机和操作台。

爬到干燥的操作台上，双脚终于离开了水面，他感到十分愉快。现在他冷得发抖，手电筒的光束扫过头顶结着蜘蛛网的椽子和错综复杂的管路，但至少最糟糕的部分已经过去了。只要换上新的保险丝，灯就能点亮，抽水泵也将重新开始工作，到时候不用手电筒他也能走回去。

冻僵的手指在衣兜里笨拙地摸索，保险丝差点儿掉进了水里，他赶紧双手抓牢那个小东西，小心翼翼地把它取了出来。戴尔用下巴夹住手电筒，检查确认总电源已经关闭，这才打开了电箱面板。

只消看上一眼，他立即找到了症结所在。第三根保险丝烧了。每次出问题的都是这根。妈妈在后面远远地喊了句什么，但戴尔实在没空理会。一旦他开口说话，手电筒铁定会掉下去。他换上新的保险丝，重新合上电源开关。

灯亮了。最里面那堵墙还在。装满衣服的篮子放在桌子边缘的老地方。借着灯光，他终于看清了洗衣机和干衣机顶上那些不怀好意的影子，原来只是他和妈妈胡乱扔在那儿的旧杂志和熨斗，甚至还有劳伦斯弄丢的棒球……总之都是些垃圾。

妈妈又喊了一声。戴尔听到了她的掌声。

"弄好了！"他画蛇添足地吼了一嗓子。戴尔将手电筒插到腰带里，将湿透的裤腿又挽高了一点，这才跳进地上的水里。一圈圈涟漪向外荡开，就像一条鲨鱼正在苏醒。

想到自己刚才莫名的恐惧，戴尔暗自笑了笑，然后举步向外走去。他已经开始在脑子里描摹，等到爸爸回家以后，他该怎么跟他吹嘘这事儿。听到咔嗒一声脆响的时候，他几乎已经走到了工作间门口。

灯灭了。鸡皮疙瘩瞬间爬满了戴尔全身的每一寸皮肤。

有人关掉了总电源。他绝不可能听错那声脆响。

妈妈又喊了起来，但那遥远的声音一点用都没有。戴尔张开嘴猛地吸了口气，试图忽略正在敲打鼓膜的狂野心跳，努力分辨周围的声音。

1英尺外的水面动了起来。他先是听到了哗啦啦的水声，随后感觉阵阵涟漪拂过他赤裸的小腿。

戴尔快步后退，直到他的脊背狠狠地撞到了墙。蛛网扑簌簌地落在他的头发和额头上，但他顾不上理会，只管慌乱地掏摸腰间的手电筒。千万别丢了，拜托，手电筒千万不能丢了，老天爷，求求你了。

他的拇指揿下了开关。但手电筒毫无反应。黑暗犹如实质。

前方5英尺外传来什么东西划破水面的声音，就像一条短吻鳄从岸边滑进了幽暗的水里。

戴尔使劲拍了拍手电筒尾部，又拿手电筒狠命戳向自己的大腿。影影绰绰的光束虚弱地照亮了头顶的椽子，他将手电筒当成武器举在胸前，昏暗的光束来回扫射。

远处的干衣机。洗衣机。黑漆漆的后墙。无声无息的抽水泵。保险盒。总电源关着。

戴尔大口大口喘着粗气。他突然觉得头晕目眩，很想闭上眼睛定一定神，但他担心自己立刻就会失去平衡，一头栽倒。摔倒在水里。脚下这片黑水。黑水里的东西正等待着他。

停，天杀的！别想了！这个想法在他脑子里大声疾呼，有那么一个瞬间，他满以为那是妈妈在叫喊。停！冷静下来，你这个该死的胆小鬼。他急促地吸了几口气，命令自己停止恐慌。他的心跳平复了一点。

也许开关没有完全推到位，现在它自己掉了下来。

怎么可能？我明明把开关推到了最上面。

不，你没有。重新推一下就好。

手电筒灭了。戴尔又拍了拍，颤巍巍的光束再次亮了起来。现在整个房间里的水面都在汹涌起伏，就像一大群蜘蛛从天花板的椽子上钻进了水里。手电筒扫过房间里的每一个角落，但他什么也没发现。无论光束照到那里，他看到的影子都比实体更多。蜘蛛腿。

戴尔一边暗骂自己胆小鬼，一边向前迈出了一步。水波在他脚下荡漾。他又往前走了一步，手电筒的光束看起来随时可能熄灭。现在水已经涨到他的腰那么高了。这不可能。但事实如此。小心抽水泵井。他挪向左边，尽量靠近墙脚。

戴尔转了个身，不太确定自己的方向。手电筒的光线太弱，他根本看不到后墙、洗衣机或者干衣机。他突然开始担心，等到自己走到洗衣房最里面，却发现那堵墙不在那里，闪烁的小眼睛躲在低矮的空间里紧盯着他，哪怕在有灯的时候都……别想了！

戴尔停下脚步，使劲拍了拍 L 形的手电筒尾部，光束霍然亮了一秒。操作台在他左边十步以外，他的确走错了方向。要是再往前走三步，他就会一脚踩进抽水泵的坑里。戴尔转过身，涉水走向工作台。

手电筒又灭了。戴尔还没来得及在大腿上拍它，就感觉另一样东西碰到了自己的腿。冷冰冰的东西似乎很长。它轻轻拱着他的小腿，就像一条老狗一样。

戴尔没有尖叫。也许是漂过来的报纸或者工具箱，他努力不去想其他可能。那个冰冷的东西往后退了一点，然后加大力道再次蹭了过来。他还是没叫。他拼命拍着手电筒，反复揿下开关，左右拧动聚光碗。一道微光颤抖着亮了起来，看起来更像奄奄一息的烛火，而不是手电筒的光束。

戴尔弯下腰，竭力将微弱的光束照向水面。

塔比·库克的尸体悬浮在水面下几英寸的深度。戴尔立即认出了那个男孩，虽然他赤身裸体，浑身的皮肉泡得发白，白得就像正在腐烂的蘑菇，而且肿胀得厉害。就连他的脸也肿得足有正常人的两三倍大，就像发酵得快要炸开的白面团。水底下的那张嘴张得很大，但没有冒泡，发黑的牙龈早已萎缩，臼齿和门牙全都孤零零地凸了出来，看起来就像一颗颗发黄的毒牙。尸体轻盈地悬浮在水面下方，仿佛已经在这儿待了好几个礼拜，而且还将一直待下去。一只手恰好漂得很高，戴尔甚至看清了一根根肿胀的手指，就像得了白化病的香肠。伴着轻柔的水波，塔比的手指似乎正在扭动。

然后，就在戴尔眼前18英寸外的水面下，这个像是塔比的东西睁开了眼睛。

22

绵延三个礼拜的阴雨天里，麦克知道了那个大兵的身份和来历，也学会了该怎么对付它。

杜安·麦克布莱德的死深深困扰着麦克，哪怕他和杜安的关系不如戴尔那么亲近。麦克意识到，自从四年级那次留级以后——主要是因为阅读对他来说实在太难，无论他多么努力地集中精神试图理解书上说的东西，那些词语里的字母还是会调皮地自己调换位置，让他完全摸不着头脑——他一直觉得自己和杜安·麦克布莱德截然相反。杜安的读写能力比他认识的任何一位大人都强，可能只有卡瓦诺神父除外，而麦克连他自己每天送的报纸都看不懂。对此麦克倒是安之若素。杜安生来就是这么聪明，这又不是他的错。麦克尊重这个事实，就像他尊重天赋惊人的运动健将或者戴尔·斯图尔特这种天生就会讲故事的人一样，但这两个年龄相仿的孩子之间的确存在巨大的鸿沟，比表面上的年级差异深远得多。杜安·麦克布莱德真正让麦克感到嫉妒的是，他面前有那么多扇敞开的大门：不是特权之门——麦克知道，麦克布莱德家和奥罗克家差不多穷——而是认知与理解的大门，麦克自己只能通过与卡神父的谈话一瞥这些门里面的风景。他觉得杜安生活在崇高的思想国度之中，随时可以聆听那些逝去已久的哲人在书中留下的睿智声音，就像他在地下室里听午夜电台一样。这事儿杜安提过一次。

所以杜安的死让麦克觉得特别——不是失落，虽然的确有失落——失衡。自从他和杜安·麦克布莱德一起跨入布莱克伍德太太的幼儿园，他们俩就成了一体两面。现在天平另一端的砝码突然消失，曾经的平衡一去不返。

只有那个比较蠢的孩子留了下来。

大雨无法阻挡大兵的脚步，也掩盖不了地板下的抓挠声。

麦克不傻。他跟爸爸说了，有个怪人正在窥视他们家。他甚至告诉了父亲地板下面那些隧道的事。

奥罗克先生长得太胖，没法钻到地板下面，但他让麦克带着绳子下去测量一下隧道的深度，又做了各种有毒的诱饵让儿子撒到隧道里面，就像那是什么巨型负鼠的窝一样。麦克提心吊胆地再次打开格栅钻了下去。实际上他用不着害怕。那几个洞已经不见了。

爸爸相信他的确看见了穿军装的怪人，因为麦克从没对父亲撒过谎。但当爹的觉得那不过是某个想追他女儿的小流氓而已。麦克还能怎么说呢？不，不是这么回事，那家伙的目标是姆姆？没准儿那真是佩格或者玛丽在皮奥里亚认识的某个大兵。但他的几个姐姐都不肯承认。她们宣称自己认识的大兵只有一个，那就是巴兹·惠塔克，而且他八个月前就归队了。众所周知，巴兹·惠塔克驻扎在德国的恺撒斯劳滕，他妈妈时常拿着他狗屁不通的家信和偶尔寄来的彩色明信片到处炫耀。

那个人肯定不是巴兹·惠塔克。麦克认识巴兹，大兵的脸一点都不像他。严格地说，那个大兵根本没有脸。

4日深夜，麦克听见了楼下的声音。确切地说，他感觉到了楼下的声音。于是他拎着球棒急匆匆地跑下楼梯，他觉得这会儿姆姆应该像婴儿一样蜷在床上，煤油灯亮得刺眼，窗外的蛾子不停拍打玻璃，想扑向那炫目的火焰。麦克猜得没错，但除了蛾子以外，出现在窗外的还有大兵，他的脸紧紧贴在窗玻璃上。

麦克瞪大眼睛呆在原地。

外面大雨如注，客厅窗户只开了一条小缝，好让公路对面潮湿田野的清新气息透进来一点，但大兵的脸紧紧贴在纱窗上，压得纱网向内凹陷，触到了窗户上的玻璃。麦克看见那顶宽边毡帽的帽檐不停往下淌水，短短两英尺外的煤油灯照亮了大兵身上湿漉漉的卡其衬衫、萨姆·布朗式武装带和黄铜扣子。

鬼戴的帽子恐怕不会淌水。

大兵的脸压在窗上：不是外层的纱窗，而是直接压在玻璃上面。尽管麦克惊得连嘴都合不拢，但他还是强迫自己提起球棒，挡在姆姆和窗外的恶灵之间。现在那个人影离他还不到3英尺。

上次见到大兵的时候，麦克觉得那个年轻人的脸油腻腻的，过于光滑，看起来不像真人，倒更像是软蜡捏成的。现在，这张软蜡捏成的脸庞挤过纱窗细密的格子，直接贴在了玻璃上面。拉长变形的脸庞流动性十足，就像某种蜗牛肉色的伪足。

就在麦克目瞪口呆的时候，大兵举起手贴在纱窗上，他的指头和手掌像迅速熔化的蜡烛一样毫无阻碍地穿过了纱网，然后贴着窗玻璃重新恢复了原来的形状。软蜡质感的手指被压得扁扁的，掌心泛着油光。大兵的手像缓慢移动的软蜡喷泉一样从卡其衬衫的袖子里流了出来，沿着窗玻璃向下蠕动。麦克的视线抬高了一点，正好看见那张脸也在重新成形，眼珠漂浮在难辨形状的一团物质上面，就像嵌在肉布丁里的葡萄干。那双手还在继续向下蠕动。

离窗缝越来越近。

麦克终于尖叫起来。他大声喊着爸爸和妈妈，同时向前跨出一步，球棒猛地砸向悬窗横格。窗户啪地关上了，堪堪挡住了已经爬到窗缝边的那十根融化的手指。大兵软蜡般的胳膊和双手现在已经拉到了1码多长，像肉色的触须一样顺着窗框伸向侧面，不死心地摸索着可能的缝隙。

麦克听见了母亲的声音，父亲也从床上跳了下来，床垫弹簧发出痛苦的呻吟。楼下传来佩格的喊叫和凯瑟琳的哭声。他的父亲吼了几句，然后他赤足的脚步声出现在走廊里。

大兵的手指和脸庞迅速离开窗格退回纱窗外面，重新凝成人形，快得就像电影里的加速镜头。麦克又喊了一声，他扔下球棒扑过去死死压住窗户，却不小心带翻了桌上的煤油灯。灯罩啪一声打得粉碎，油灯摔向地面。麦克眼明手快地一把将它捞了起来，以免泼洒的灯油引燃地毯。

就在这个瞬间，他的父亲出现在门口，窗外的人影遽然消失。大兵双臂下垂，笔直地坠向窗框下方，就像坐着电梯一样。

"这是怎么回事？"乔纳森·奥罗克恼怒地吼叫。他的妻子冲进房间查看姆姆，火光跳动，老人躺在床上，拼命地眨眼。

"你看到他了吗？"麦克举起没有灯罩的煤油灯，跳动的火焰危险地逼近了破旧的窗帘，"你看到他了？"

他的父亲目瞪口呆地看着破碎的灯罩、一团乱的桌子、紧闭的窗户和地板上的球棒："天杀的，你闹够了没有？"他一把拉开窗帘，力气大得连窗帘杆都被拽了下来。长方形高窗外只有无尽的暗夜和屋檐下坠落的雨滴。"外面没人，活见鬼。"

麦克望向母亲："他想闯进来。"

父亲推开窗户，扑面而来的新鲜空气冲淡了煤油的刺鼻气味和恐惧。他在窗台上重重地拍了一巴掌。"纱窗闩得好好的，他打算怎么闯进来？"他紧紧盯着麦克，就像觉得儿子疯了一样，"难不成那个……那个大兵想把纱窗整个拆掉？要是真有那么大动静，我肯定早就听见了！"

既然电灯已经亮起，麦克吹灭煤油灯，用颤抖的手把它放回桌上。"不，他能透过……"听见自己说出更荒谬的话之前，麦克识趣地闭上了嘴巴。

母亲走上前来抚摸着他的肩膀，试了试他的额头。"你身上很烫，宝贝。你在发烧。"

麦克的确觉得头晕目眩。整个房间似乎都在旋转，他的心跳得很快。他尽量平静地望向父亲："爸，我听见响动就下了楼，正好看见他……紧紧贴在纱窗上。整个纱网都凹了下去，随时可能破裂。我发誓，我没撒谎。"

奥罗克先生盯着儿子看了一分钟，然后一言不发地转身走了出去。等到他重新出现的时候，他的睡裤外面已经套上了一条长裤，脚下的拖鞋也换成了工作靴。"待在这儿别动。"他低声嘱咐。

"爸！"麦克拉着父亲的胳膊叫了一声，然后把球棒递给了他。

母亲轻抚着姆姆的头发，低声打发女孩们回楼上去。趁着等待的间隙，她帮姆姆换了枕套。一道人影出现在窗外，麦克惊恐地往后退了两步。他的父亲站在那里，手里握着手电筒，窗户最下沿差不多和他的胸口一样高。麦克眨了眨眼；刚才他明明看见了大兵的大半个身子，可上次麦克在朱比利学院路上见过那个大兵，他比麦克的父亲矮得多。那为什么父亲现在看起来这么矮？难道那个大兵脚下踩着什么东西？所以他才会突然消失……

父亲的身影也消失了。五分钟后，他踩着沉重的脚步走进了厨房，麦克跑到走廊里去迎接他。

父亲的睡衣和长裤都湿透了，靴子沾满泥巴，头上所剩无几的红发软塌塌地搭在耳朵旁边，光秃秃的头顶和前额上挂着晶亮的水珠。他伸出大手，一把将麦克拎进了厨房。"外面没有脚印。"他低声说道，显然不想让麦克的母亲和姐妹听见，"到处都是泥，麦克。这些天雨一直没停过。但窗户下面没有脚印。房子这一侧有10英尺长的花坛，里面一个脚印都没有。院子里也没有。"

麦克觉得自己的眼睛火辣辣的，胸口也隐隐作痛。如果他还是个小男孩，那他现在已经哭了。"我看到他了。"最后他只透过发紧的嗓子憋出了这么一句。

父亲盯着他看了很久："也只有你看到过他。他是不是只出现在姆姆的窗户外面？"

"他还在县6号公路和朱比利学院路上跟踪过我。"话刚出口，他立即觉得自己早该把这事儿告诉父亲，要么现在就什么都别说。

父亲意味深长地看着他。

"也许他踩着梯子之类的东西。"麦克听见自己绝望地辩解。

父亲缓缓摇了摇头。"没有痕迹，也没有梯子。什么都没有。"他伸出大手，摸了摸麦克的额头，"你身上很烫。"

麦克又感觉到了那种由内而外的颤抖，然后他意识到，自己恐怕得了流感："那个大兵绝对不是我想象出来的。我发誓。我看到他了。"

奥罗克先生长着一张和善的国字脸，宽阔的方脸上点缀着儿时残留的上千颗雀斑，孩子们完完整整地继承这些调皮的斑点。他的四个女儿里有三个为此深感沮丧。现在他重重地点了一下头，双颊上的肉也跟着抖动起来："我相信，你确实看到了什么东西。但我觉得你之所以会感冒，正是因为你老是晚上爬起来想抓住这个偷窥狂……"

麦克很想开口抗议。那绝不是什么偷窥狂。但他知道，现在他最好闭上嘴巴。

"……你先回床上去吧，让你妈帮你量一量体温。"父亲继续说道，"我会把楼下的行军床搬到姆姆的房间里，陪她睡上几晚。从昨天开始，接下来的一个礼拜我都不用去啤酒厂上夜班。"他放下球棒，走向上了锁的碗柜，从窗台上方的缝隙里摸出钥匙，取出了姆姆的"松鼠枪"。那是一支带有手枪式握把的单筒霰弹枪。

"如果那个……那个大兵……还敢出来转悠，我就请他尝尝比球棒更厉害的玩意儿。"

麦克本来想说点什么，但如释重负的感觉令他头晕目眩，他这才察觉体内的高热正突突敲打着他的鼓膜，让他的脑袋变得轻飘飘的。他拥抱了父亲，趁着眼泪夺眶而出之前赶紧转过身去。

母亲也走进了厨房，尽管她眉头紧皱，但在催促他上楼回屋的时候，她的语气还是那么温柔。

麦克在床上躺了四天。有时候他烧得太厉害，他以为自己已经从梦中醒来，结果却发现这不过是另一场梦而已。他没梦到那个大兵，也没梦到杜安·麦克布莱德，或者这些日子里困扰他的其他事情：大部分时候他梦见自己待在圣马拉奇教堂里，和卡瓦诺神父一起做弥撒。只是在他的热梦里，他自己——麦克——才是神父，卡神父反倒成了孩子，穿着大得过头的法衣和白袍，老是念错应答祷辞，哪怕印着经文的卡片就嵌在他跪着的圣坛台阶上。麦克梦见自己亲手奉献圣餐，他高高举起圣体，这是任何一名天主教徒生命中最神圣的体验，更遑论亲身主持……

奇怪的是，梦里的圣马拉奇教堂变成了一座宽广的洞穴，礼拜堂里没前来朝圣的人群，圣坛蜡烛投下的光圈外，他只能看见一些晃动的影子。而且在他的梦里，麦克知道，祭坛助手卡神父之所以总是念错拉丁祷辞，是因为他害怕黑暗，还有藏在黑暗里的东西。但梦里的迈克尔·奥布莱恩·奥罗克神父知道，只要他手中仍捧着圣餐，嘴里仍念着大礼弥撒富有魔力的神圣祷辞，那他就是安全的。

圣坛蜡烛投下的光晕外，那些庞然大物不知疲倦地绕着圈子，耐心等待。

吉姆·哈伦觉得这个暑假简直糟糕透顶。

首先他摔断了天杀的胳膊，脑袋上开了个大口子，而且他一点都不记得这一切是怎么发生的。那张脸只是一个噩梦而已。等到他好不容易康复了一点，能够出去到处转悠的时候，他认识的一个家伙又在愚蠢的农场事故中送了命，于是剩下的几个男孩都像缩头乌龟一样躲回了自己家里。当然，还有讨厌的雨。一连下了好几个星期。

哈伦刚回家的那几个礼拜，他妈妈每晚都待在家里，殷勤伺候他的吃喝，陪他坐在沙发上看电视。感觉就像以前的好时光，只是家里少了个爸爸，当然。斯图尔特一家邀请他妈妈一起去戴尔家亨利叔叔的农场度假时，哈伦紧张得要死，他妈总是喝得太多，笑得太响，而且一喝醉就爱出洋相，但实际上，那一晚他们过得愉快极了。虽然哈伦没怎么说话，但他爱听朋友们聊天儿，尽管麦克布莱德家那孩子说的东西他完全听不懂，什么星际旅行啦，时空连续体啦，诸如此类，但那的确是个美丽的夜晚——如果杜安·麦克布莱德没有死于非命的话。

自从哈伦意外受伤，在医院里住了那么久以后，他对死亡产生了全新的认识；那段日子里，死亡成了他身边耳濡目染、触手可及的东西——某天半夜，一大群医生和护士推着小车冲进了隔壁病房，第二天一早，原来住在那间屋子里的老家伙就不见了——他不想再尝到这种滋味，可能六七十年后再说吧，多谢合作。他承认，麦克布莱德的死的确令他深受触动，但既然你住在农场里，成天跟拖拉机和犁之类的危险玩意儿打交道，那这种事总是在所难免。

如今哈伦的母亲不再每晚留在家里陪他。要是他忘了整理床铺，或者没有及时收拾早餐的碗碟，那她肯定会毫不客气地吼他一顿。虽然哈伦还是经常抱怨头疼，但他手臂上沉重的石膏已经拆掉了，尽管他的手臂还挂在胸前。哈伦觉得这个造型相当浪漫，要是14日米歇尔·斯塔夫尼肯请他参加她的生日宴，他没准儿能靠这个博取她的好感。虽然他的胳膊还挂在脖子上，但至少石膏已经换成了轻型的，所以无法再像以前一样激起他母亲的同情。或者她的同情心早已消耗殆尽。偶尔她也会表现得相当贴心，用那种略带歉意的温柔口气跟他说话。杜安出事后的一个礼拜里，她差不多一直这么温柔。但是现在，她的吼叫变得越来越频繁，或者干脆一言不发，这么久以来，他们早已习惯了这样的相处方式。

很多个周末的晚上，她压根儿就不在家。

刚开始她还会花钱请莫娜·谢泼德过来照看他。实际上哈伦更想看莫娜。有时候莫娜也会逗逗他，比如说，上厕所的时候让厕所的门敞开一条小缝，等他蹑手蹑脚地靠近门口，她就大吼一声，吓得他魂飞魄散。不过大多数时候，她直接当他是空气，跟他妈在家的时候差不多。她常常催他早点上床睡觉，这样她才能打电话把她的蠢货男朋友叫过来。哈伦讨厌起居室里传来的那些声音，更讨厌自己的反应。他很想知道奥罗克说的是不是真的：要是你做那事儿的次数太多，你的眼睛就会瞎掉。无论如何，他威胁莫娜，要把她在长沙发椅上干的那些气喘吁吁的勾当告诉妈妈，所以后来她再也不肯来了。莫娜总是推说有事，哈伦的妈妈对此十分恼火，今年夏天的临时保姆特别难找，奥罗克家的几个女孩原本都是理想人选，但今年暑假她们总是忙着在汽车后排鬼混。

所以哈伦常常一个人待在家里。

有时候他会骑车外出。医生嘱咐过他，第二套石膏拆掉之前不能骑车，但也无法阻止他。单手骑车一点也不难。去他妈的，他双手离开车把的时候多了去了，这一招儿自行车巡逻队里的傻瓜人人都会。不过现在他手上还打着石膏，感觉确实不太方便。

7月9日傍晚，哈伦骑车去看免费电影，他盼着今晚阿-蒙先生会重放《回头是岸》。这部拳击电影几年前放过一次，大家都爱看，所以每年夏天都会重映。可是舞台公园里空荡荡的，没有电影，只有从乡下赶来的几家人，他们和他一样，消息不灵通，不知道由于天气恶劣，最近三个礼拜的电影都取消了。

但今天的天气不算糟糕。尽管这段日子里，暴风雨几乎夜夜来访，今天它却缺席了。低垂的夕阳给宽阔的庭院镀上了一层金光，你几乎能看见院子里的青草正在疯狂地生长。哈伦讨厌公园周围宽得像田野一样的草坪，尽管这些草坪都修剪得十分整齐。庭院之间没有栅栏，你很难分清各家草坪之间的界限。哈伦不明白自己为什么心存厌恶，但他知道，这些庭院和他心目中的完全不一样。青翠的草地和他爱看的电视节目——例如《赤裸都市》——大相径庭。《赤裸都市》里的房屋完全没有院子。故事倒是有八百万个，但没有该死的院子。

那天晚上，哈伦骑着自行车在镇子里转悠，完全没有注意到夜色渐浓，直至蝙蝠开始掠过天空。他习惯性地避开了学校所在的街区。出于同样的原因，最近他也很少去找斯图尔特和其他几个傻瓜。但他发现，随着夜幕的降临，哪怕只是在主街或者布罗德大道上骑车都令他精神紧张。

他向左拐进教堂街，特地绕开了达比特太太家，虽然他根本不知道自己为什么要这样做。哈伦努力踩着踏板，盼望着早点离开这片街区，因为这里的房子比较小，街灯稀稀拉拉，相邻的两幢房子隔得也很远。奥罗克常去的小教堂和旁边的神父宅邸灯火通明，哈伦停在街角喘了会儿气，这才重新踩动踏板拐进西区大道。这条窄路上没什么灯，但却是通往他家和旧仓库的必经之路。

他骑得很快，哪怕有人不怀好意地藏在路灯之间的阴影里，他们也绝对抓不住他。除非他们伸出胳膊卡住车轮辐条，让他整个人翻着筋斗飞出去，再扑上来把他按住。不，谁也别想抓住他。他甩了甩头，试图摆脱脑子里荒唐的想法，潮湿的空气轻轻拂过他的短发。那个见鬼的女人。1点之前她绝不可能回家。今晚我只能一个人看深夜节目。不，去他的。19频道要放《怪兽博览》。我不能看。

哈伦决定把收音机的声音调到最大，没准儿还能去老妈藏酒的地方偷点儿存货。他早就学乖了，只要他小心一点，倒完酒以后重新把水灌到她做记号的位置，那她就永远不会发现他做的手脚。就算他偷完酒以后不做任何掩饰，恐怕她也发现不了，因为她没事就往那里面塞几个瓶子，喝醉后更是常常直接拎起酒瓶对着嘴喝。他可以听会儿收音机，大声播放摇滚乐，然后偷点儿酒混在可乐里喝，这是他最爱的搭配。

自行车全速掠过老仓库。哈伦从小就觉得这地方阴森森的，说不出的吓人。他转过宽阔的街角，进入德宝街，看到了前方三个长长的街区。哈伦知道，要是放到大城市里，这段距离能分成七八个街区，但榆树港没有那么多街道。深邃的长街笼罩在浓密的树荫下，就连路边的街灯都被枝叶遮住了大半，斯图尔特家和老唠叨鬼格鲁姆班彻家的门廊都在这条街上。

还有学校。

他摇摇头，拐进自家车道，在车库门外停了下来，把自行车倚在屋檐下面。

老妈果然还没回家，那辆漫步者不在车道上。所有灯都开着，和他离开时一样。哈伦迈步走向后门。

楼上他的房间里，有什么东西从电灯下方一晃而过。

哈伦愣在了原地，一只手仍握着门钮。原来老妈在家。那辆天杀的破车大概又坏了，要么就是她的某个男朋友把她送了回来，因为她已经喝得烂醉如泥。天哪，天黑以后出门还被她逮住，这回他死定了。不过他可以告诉她，戴尔和他那鸡飞狗跳的一家子带上自己一起去看了免费电影。她永远不可能知道今晚的电影取消了。

灯下的人影又晃动了一下。

活见鬼，她在他的房间里干吗？哈伦突然觉得一阵心虚，他从阿奇·科雷克那儿买的几本新杂志还藏在地板下面。哈伦住院的时候，老妈把他珍藏的旧杂志全都找出来扔了。不过直到他出院回家两周以后，她才为这事儿狠狠骂了他一通。

想到要和老妈对质，尤其是在她喝醉以后，哈伦浑身一激灵，情不自禁地往车库的方向退了三步。他必须想个主意。要不就说是莫娜的。没错，要不就是她男朋友的。那些杂志是她藏在那儿的。要是她不肯承认，我就告诉老妈，上次莫娜过来以后，我在马桶里发现了什么。

他吸了口气。这个借口并不完美，但总比没有强。他抬头望向窗户，想弄清她是不是正在翻他的衣柜。

那不是他妈。

长方形的窗户里再次映出了那个女人的身影。他瞥见了正在腐烂的毛衣、微驼的脊背，还有小得不成比例的脑袋上面微微反光的白色卷发。

哈伦跌跌撞撞地从后门边退开，一直退到自己的自行车旁边。自行车撞在车库门上，发出一声巨响。

楼上的身影再次遮住了房间里的灯光。一张脸出现在窗边，她正低头望着他。

那张脸……正望着他……转过头来望着他。

哈伦双膝跪倒，哇一声吐在了人行道的石砾上。然后他抬起袖子擦了擦嘴，跳上自行车疯了似的骑了出去，哪怕那个人影仍留在二楼窗边没有动弹。自行车呼啸着掠过德宝街，一路上他竭力试图靠近路边的街灯，车轮划出一条歪歪扭扭的轨迹，就像后面有人正追着朝他开枪一样。哈伦没有回头。J.P家脏兮兮的院子里停着几辆车，C.J.康登、阿奇·科雷克和他们的几个小阿飞朋友坐在汽车顶上，车里的无线电响得震耳欲聋。看见哈伦飞车而过，他们冲着他吼了几句下流话。

但哈伦没有回头，更没有停留。一直骑到德宝街和布罗德大道之间宽阔的街口，他才猛地停了下来。正前方是老中心学校。达比特太太和杜甘太太的家在他的右手边。

窗户里的那张脸。眼睛所在的位置只余孔洞。舌头下面白蛆翻涌。牙齿闪闪发光。

在我的房间里！

哈伦趴在车把上喘着粗气，努力控制自己不要再吐一次。隔着一个街区，学校的灯光透过榆树树荫照亮了路面，一辆卡车的剪影离开第三大道拐进德宝街，朝他这边开了过来。

是收尸车。他已经闻到了那股气味。

哈伦踩动踏板，骑进北面的布罗德大道。这条路上的榆树格外粗壮，层层树荫在30英尺宽的路面上投下浓重的阴影，但这里的街灯更多，大路两旁的门廊上也有不少灯光。

他能听见身后那辆卡车转过街角的声音，变速箱的齿轮轧轧作响。哈伦冲上人行道，车轮在凹凸不平的石板上颠簸，最后拐进一条车道。这一片全是谷仓和车库，没有栅栏的后院彼此相连，绵延不绝。刚才他经过的应该是斯塔夫尼医生家，一条狗冲着他叫个不停，后门廊昏黄的灯光照亮了它的尖牙，要是没有狗链的束缚，恐怕它早已扑了上来。

哈伦向左拐了个弯，自行车冲进谷仓和车库后方煤渣铺成的小巷，继续骑向北方。整个街区里疯狂的狗叫此起彼伏，但他还是听见了那辆卡车驶过布罗德大道的声音。他不知道自己现在该去哪里。

他得赶紧想个主意。

戴尔·斯图尔特扔掉手电筒拼命往回跑，水已经淹到了他的大腿；他大声喊着妈妈，黑暗中男孩撞到了一堵墙，整个人被震得往后退了几步，惊慌中他彻底失去平衡，一下子摔倒在水里。冰冷刺骨的黑水瞬间淹没了他的脖子，他感觉水下有什么东西轻轻推着自己赤裸的手臂，戴尔再次放声尖叫起来。他挣扎着重新站起，不顾一切地向前奔跑，尽管他完全不知道自己面朝的是哪个方向。漆黑的地下室里没有一丝亮光。

万一我又跑回了最里面那间屋子呢？说不定下一步我就会踩进泵井里！

但他不在乎。他不能站在午夜般的黑暗中，任由脚边的黑水如冰凉的油液般荡漾，被动地等待那个可怕的东西找上门来。在他的想象中，那个长得和塔比一样的怪物张开死去的嘴巴，长长的尖牙啪地咬向他泡在水下的大腿。

戴尔逼迫自己忘掉脑子里的画面，全神贯注地向前奔跑；黑暗中他撞上了什么东西，可能是第二间屋子里老爸的工作桌，也可能是洗衣房的操作台。男孩整个人朝左边转了半圈，再次四肢着地摔倒在水里。黑水的温度似乎升高了不少，暖洋洋的感觉就像尿液，或者鲜血。戴尔跌跌撞撞地向前爬去，他看见了，或者他以为自己看见了前方有个不那么暗的方框，也许那是工作间和锅炉房之间的门。

他一头撞上了什么东西，发出咚一声空洞的回响。他的额头肯定破了，但他一点也不在意。是锅炉！从右边绕过去！找到煤仓旁边的走廊。他又喊了一声，这次他听见母亲高声应答。母子两人的喊叫在空旷的地下室里交相回荡。身后传来什么东西在水里游动的细碎声响，戴尔回过头去，但却什么都没有看见；就在这时候，他又撞上了一个比锅炉和料斗更硬的东西，这次男孩俯面栽进水里。下水道和黑土混杂的酸臭味与咸甜的血腥味瞬间充满了他的口腔。

一双手臂圈住了他的身体，两只手把他往下一按，很快又把他整个人提出了水面。

戴尔拼命踢打反抗。他的头再次向下一栽，但这一次，男孩的脸颊触到了湿漉漉的羊毛。

"戴尔！戴尔，住手！快停下来！冷静……是妈妈。戴尔！"她没有扇他一巴掌，但这番话起到了同样的效果。戴尔双腿一软，他努力忍住眼泪，却忍不住去想周围茫茫的黑水。它会把我们俩都困在这里。它会设法拆开我们，再把我们拖到水里。

母亲扶着他蹒跚穿过走廊，不知道为什么，这里的水比里面浅得多。现在他已经看到了盘旋的楼梯上方微弱的光线。戴尔情不自禁地颤抖起来，母亲更紧地搂住了他的身体。

"没事了。"她说，尽管她自己也在发抖。母子两人爬上高高的楼梯。"都过去了。"她低声抚慰儿子。母子俩离开地下室，但却没有走进厨房，而是径直穿过后门，摇摇晃晃地走进了午后强烈的阳光中，就像两个刚刚死里逃生的幸存者，一心只想远离事故现场。

他们瘫倒在小苹果树下的草坪上，两个人都浑身湿透，不停地发抖。戴尔眨眨眼，光线如此强烈，他觉得自己快要瞎了。阳光的热度和颜色都那么地不真实，像个过于美好的幻梦，和刚才那场真实的梦魇形成了强烈的反差：无尽的黑暗，水下的死物……他闭上眼，努力抑制身体的颤抖。

格鲁姆班彻先生正推着割草机在庭院里刈草，戴尔听见割草机的引擎熄了火，男人朝这边喊了几声，问他们出了什么事，然后跨过草坪大步流星地走了过来。戴尔尽量用正常的语言解释了一番，他不想被当成疯子。

"水、水、水底下有……有……有东西，"他的牙齿不受控制地咯咯作响，这让戴尔有些恼怒，"那东西想抓、抓、抓住我。"母亲抱着他不停地安慰，她试图开几个玩笑，但她的声音听起来都快哭了。格鲁姆班彻先生低头看了他们一会儿——这位先生个子很高，每天他开车出去收牛奶的时候都穿着一身灰色的制服，今天也不例外，这身打扮让他显得十分威严——然后转身走开了。妈妈再次拥抱了戴尔，告诉他现在没事了，就在这时候，格鲁姆班彻先生又回到了苹果树下。凯文站在他们家那座平房门口，好奇的视线越过宽阔的庭院，打量着苹果树下的这对母子。一张毯子裹住了戴尔和母亲的肩膀，随后格鲁姆班彻先生走进斯图尔特家的后门，直奔地下室……

"别！"戴尔失声惊叫起来，"千万别下去，求你了。"

格鲁姆班彻先生回头望了望仍然站在自家门口的凯文，挥手示意他回去。男人拍了拍手里五节电池的长手电筒，关上身后的纱门。地下室楼梯入口藏在厨房旁边隐蔽的小厅里，这样的结构在冬天比较保暖。斯图尔特家的人爱把多余的外套挂在楼梯间的钉子上。它正藏在地下室里等待他们。格鲁姆班彻先生一点机会都没有。

尽管戴尔的身体仍在颤抖，但他还是挣扎着站起身来，甩掉肩膀上的毯子。母亲一把抓住他的手腕，但他轻轻挣脱了她的掌握："我得去告诉他那东西在哪儿……还有，我必须警告他……"

纱门开了。凯文的父亲从屋里走了出来，熨得笔挺的灰色工装裤膝盖以下的部分都湿透了，工装靴踩在院子里的石板上，发出嘎嘎吱吱的水声。男人左手握着的长手电筒已经关掉了，他的右手里拎着一样东西。那东西看起来很长，苍白的身体还在滴水。

"他死了吗？"戴尔的母亲问道。真是个蠢问题。这具尸体已经膨胀到了正常尺寸的两倍大。

格鲁姆班彻先生点点头。"可能不是淹死的。"他的声音轻柔但不容置疑，戴尔曾无数次听到他用同样的语气指挥凯文，"也许是误食了毒药，或者别的什么东西。尸体可能是被下水道回流的污水冲上来的。"

"是穆恩太太家的吗？"戴尔的母亲向前迎了几步，戴尔能感觉到，现在她的身体也在颤抖。

格鲁姆班彻先生耸耸肩，将那具尸体放在车道旁的草地上。戴尔听见一声咕叽的轻响，一小股污水从它锋利的牙齿之间流了出来。男孩凑上前去，伸出运动鞋用脚尖戳了戳它。

"戴尔！"妈妈叫道。

他把脚收了回来。"我、我看见的不是这个。"他努力控制身体的颤抖，试图让自己说的话听起来正常一点，"我看到的绝对不是猫。但这是、是一只猫。"他又伸出脚尖捅了捅肿胀的尸体。

格鲁姆班彻先生微微一笑："除了浮在水面上的一只工具箱和几样垃圾以外，下面没别的东西。电已经重新接通，抽水泵也开始工作了。"

戴尔抬头望向自家的房子。电源开关明明被拉了下来——被关掉了。

凯文已经冲下山坡跑了过来，男孩双臂抱胸站在那里，这个动作说明他有点紧张。看着戴尔苍白的脸庞、湿透的衣服和乱麻般的头发，凯文舔了舔嘴唇，似乎打算嘲讽两句，但父亲的眼神让他闭上了嘴巴，最后他只是冲着戴尔点了点头。然后他也用运动鞋的脚尖戳了戳那只死猫，更多的水从尸体嘴里涌了出来。

"我觉得这只猫应该是穆恩太太家的。"戴尔的母亲又说了一遍，这次她的语气十分肯定。

格鲁姆班彻先生拍拍戴尔的背："不要责怪自己，你不过是吓了一跳而已。地下室里那么黑，还积着1英尺深的水，这时候踩到奇怪的东西，呃……换了谁都一样会吓得不轻，孩子。"

戴尔很想转身跑掉，他也想大声反驳，说他才不是唠叨鬼格鲁姆班彻的孩子，吓到他的也不是那只死猫。但他只是强迫自己点了点头。刚才他不小心吞了好几口污水，那股酸涩的味道一直在他嘴里挥之不去。塔比还在下面。

"我们先上楼去换衣服吧，"最后妈妈提议道，"这事我们回头再聊。"

戴尔点点头，但他刚朝纱门迈出一步就停了下来。"我们可以走前门吗？"他问道。

吉姆·哈伦在黑暗中拼命踩着踏板，透过整个街区疯狂的狗吠，他努力聆听那辆收尸车的声音。它似乎停在了德宝街和布罗德大道的交叉口。堵死了我的退路。

此时他所在的这条南北向的小巷位于布罗德大道和第五大道之间，小路两旁全是各家的谷仓、车库和庭院。这些庭院格外幽深，房子周围种植着茂密的灌木和其他植物，小巷两旁也点缀着不少花草，近日来在雨水的滋润下，这些植物更是长得枝繁叶茂。哈伦知道，前面有一百个黑暗的角落可供他藏身：谷仓阁楼，没锁的车库，一片片黑漆漆的小树林，米勒家的果园就在他左前方，卡顿路上还有几幢空屋子……

他们正盼着我这样做。

哈伦的自行车在黑乎乎的煤渣小路上停了下来。周围的狗已经不叫了，就连空气中的湿气仿佛都陷入了凝滞，隔着一层薄雾，房屋后门廊上的灯光显得格外遥远，现在他需要做个决断。

哈伦做出了决断。他妈妈养大的儿子绝不是傻瓜。

他径直冲进后院，奋力踩动踏板穿过一片菜园，车轮甩出一大片泥巴，在小巷的路面上留下黑色的印记。自行车从一条惊呆了的拉布拉多犬身旁呼啸而过，大狗条件反射地朝他扑了过来，结果差点儿被狗绳勒断脖子，直到这时候，它才如梦初醒般地叫了起来。

一条晾衣绳横在前方，哈伦忙不迭地往下一缩脖子，躲过了被割喉的厄运，紧接着他倾身向左，避开支撑绳子的木桩。吊在脖子上的左臂险些让他失去平衡一头栽倒。他稳住身体，自行车拐进斯塔夫尼家门前的长车道。她家的老谷仓位于车道旁，看起来只是一大团黑乎乎的影子。他在前门廊外猛地停了下来，挂煤气灯的杆子离他只有4英尺。

半个长街区外，那辆幽灵般的卡车引擎开始轰鸣。沉重的收尸车穿过树荫掩映的街道，朝着哈伦高速冲了过来。它没有开灯。

吉姆·哈伦跳下自行车，跨过五级台阶跳到斯塔夫尼家的前门廊上，整个人扑向小小的门铃。

卡车还在加速。现在它离哈伦不到200英尺，而且车身还在不断靠近宽阔街道的这一面。斯塔夫尼家的房子离路边有六七十英尺，中间隔着一排榆树、一大片庭院和几座花坛。但哈伦心里一点底都没有，面对呼啸而来的收尸车，恐怕只有铁蒺藜和护城河才能确保他的安全。他举起右手完好的拳头狠狠砸门，打着石膏的左手肘拼命按着门铃。

大门猛地开了。米歇尔·斯塔夫尼穿着睡袍出现在门口，灯光从她背后透过薄薄的棉布勾勒出身体的轮廓，也为女孩长长的红发镀上了一层光晕。正常情况下，吉姆·哈伦铁定会盯着她看个没完，但是现在，他一把推开女孩，冲进灯火通明的前厅。

"吉米，你这是……喂！"红发姑娘话刚说了一半，就被哈伦推到了一边。她关上前门，冲着他不满地叫嚷。

哈伦一直冲到吊灯下面才停下脚步，转头四顾。米歇尔的家他只来过三次——7月14日是米歇尔的生日，他们全家都很重视这个日子，每年都会大办派对——但他记得那宽敞的房间、高高的天花板和气派的窗户。很多很多窗户。哈伦正在琢磨，这幢房子的一楼有没有无窗浴室之类的地方，能让他把自己反锁进去，就在这时候，斯塔夫尼医生的声音从楼梯上方传来。"需要帮忙吗，年轻人？"

哈伦摆出一副孤苦无依、泫然欲泣的表情——他发现这并不难——高声喊道："我妈出门去了，家里应该没人。我本来打算去公园看免费电影，可他们取消了，我猜是因为下雨。等我回到家里，却发现二楼上有位奇怪的女士，而且有人正在追我，一辆卡车紧跟在我身后，我想问问……您能不能帮帮我？求您了！"

米歇尔·斯塔夫尼目瞪口呆地望着他，漂亮的蓝眼睛睁得溜圆。她的头微微歪向一边，就像刚看到他冲进她家在地板上撒了泡尿。斯塔夫尼医生站在楼梯顶端，西装裤、背心和领带穿得一丝不苟；他看了哈伦一眼，戴上眼镜，然后又摘下眼镜，顺着楼梯走了下来。"你再说一遍。"他说。

哈伦又说了一遍，着重强调了几个重点。有个奇怪的女人闯进了他家。他没说那是个满大街转悠的死人。有人开着一辆卡车正在追他。而且那是一辆收尸车，但这不重要。他的母亲去了皮奥里亚办一件重要的事情。也许她只是出去鬼混，但现在他没必要实话实说。他吓坏了。根本没有。

斯塔夫尼太太出现在餐厅门口。哈伦听 C.J. 康登，要么就是阿奇·科雷克，或者另外某个家伙说过，如果你想知道某个女孩未来会长成什么样，只需要看看她妈。米歇尔·斯塔夫尼的未来相当值得期待。

米歇尔的母亲殷勤地跟哈伦寒暄了起来。她说她记得他，因为他年年都来参加米歇尔的生日派对，但哈伦知道，派对上人那么多，他不过和全班同学一样收到了例行的邀请而已。趁着斯塔夫尼医生还在给治安官打电话，她坚持邀请他去厨房喝杯热可可。

医生看起来有点——或者说十分——疑惑，但他还是出门查看了一番。哈伦跟在他后面瞥了一眼，视线里果然看不到那辆卡车。然后他走到电话旁边，拨通了巴尼的号码。等待治安官接电话的时候，斯塔夫尼太太坚持锁上了所有的门。哈伦完全赞成她的举措。他巴不得他们把那些大窗户也都关上，不过尽管斯塔夫尼家相当有钱，这幢大房子里还是没有空调，要是窗户全都关了，屋子里恐怕很快就会变得很热。斯太太在厨房里忙着给他热晚餐剩下的炖肉。哈伦说他还没吃晚饭，本来他打算回家去热一热妈妈留在保鲜盒里的意大利细面。他的心逐渐安定下来。忙碌之余，斯太太也没忘了反复盘问他事情的经过，现在她差不多已经问到了第四遍。与此同时，米歇尔的大眼睛一直瞪着他，眼神里的情绪相当复杂，可能是崇拜他英勇逃脱了追杀，也可能是看不起他这个小浑蛋。

不过现在，哈伦一点也不在乎她到底怎么想。

那个老太婆在他的房间里。她的脸贴在窗户上，向下俯瞰着他。起初他以为那是老肥特，但不知为何，他心里知道，那是杜甘太太。那个死人。那个梦。窗边的那张脸。坠落。

哈伦打了个寒战，就在这时候，斯太太为他捧来了一块蛋糕。斯塔夫尼医生不停地追问，他妈妈每隔多久就会出去"办事"，把他一个人扔在家里？她知不知道这是违法的？

哈伦试图回答，却说不出话；他的嘴里塞满了蛋糕，他也不想在米歇尔面前表现得太狼狈。

接到电话以后，巴尼只花了大约三十五分钟就赶了过来：哈伦觉得，这可能创造了镇里的新纪录。

他把刚才那个故事又讲了一遍，只是现在，他已经不那么恐慌了，讲述的方式也变得更加声情并茂。说到窗边那张脸和街上的卡车时，他的声音甚至恰到好处地颤抖起来。事实上，他突然想到，刚才他差一点就顺着巷子骑到卡顿路上，躲进了某座谷仓或者空屋子里面，他很想知道，如果他真的这样做了，等待着他的会是什么。

向治安官描述刚才的惊险遭遇时，如假包换的泪水盈满了他的眼眶，但他努力把眼泪眨了回去。不管怎么说，他绝对不愿意在米歇尔·斯塔夫尼面前流泪。斯太太忙着做热可可的时候，米歇尔跑回楼上换了件法兰绒睡袍，这让他深感遗憾。少女若隐若现的身体轮廓已经和刚才那段恐怖的记忆以及他体内高涨的肾上腺素彻底融为了一体。

治安官巴尼开车送他回家。巴尼搜查屋子的时候，斯塔夫尼医生陪着他坐在车里。这地方看起来和哈伦离开时一样，灯依然开着，门还是没锁，但在进屋之前，巴尼先绕到屋后，把后门锁了起来。锁住了！哈伦本以为他会举着左轮手枪，猫腰闪身钻进大门，就像《赤裸都市》里的警察一样。但实际上，巴尼连左轮手枪都没有，或者就算有他也没带。

斯先生还在追问他妈妈每个周末的行踪，哈伦一边回答，一边凝神倾听屋里随时可能响起的尖叫。

巴尼出现在门口，招手示意他们进去。"没有发现盗窃或者非法侵入的迹象。"三人拾级而上的时候，他说。哈伦意识到，治安官这句话是对着医生说的，而不是他。"这地方看起来像是被人搜过，那个人似乎在找什么东西。"他转向哈伦，"你觉得呢，孩子？还是说家里本来就是这样？"

哈伦像陌生人一样审视着自家的厨房和餐厅。炉子上的平底锅油腻腻的，水槽、台面和餐桌上随处可见用过的碗碟。地板上乱七八糟地堆着旧杂志、盒子和垃圾。垃圾袋满得溢了出来。起居室也好不到哪儿去。哈伦知道那一大堆报纸、电视、餐盘、衣服和杂物下面藏着一张沙发，但他也明白，警察和医生恐怕看不出来。

他耸耸肩。"老妈不是全世界最爱整洁的人。"他讨厌自己现在的语气，就像他应该对这两个浑球感到抱歉一样。

"有没有丢什么东西，吉米？"巴尼提问的口气像是刚想起他的名字。哈伦最恨别人叫他吉米，比这更讨厌的事情只有迎面被人揍上一拳。但他不介意米歇尔这么叫他。他摇摇头，从一楼的这个房间走到那个房间，不动声色地试图稍微整理一下手边的东西。

"没有。"他说，"我觉得应该没丢东西，但我也说不准。"这里有什么东西可偷？老妈的电暖器？我们那台老电视？或者我的裸体杂志？哈伦的脸唰地红了，就像巴尼或者FBI或者别的什么人真的搜查了这幢房子，找到了他藏在衣柜底板下面的那几本杂志。

"那个老太婆出现在楼上，不是这里。"他的语气火药味十足，但他不是故意的。

"我去楼上看过。"治安官回答，他的视线投向斯医生，"上面也是一团乱，但没有盗窃或者明显破坏的痕迹。"

跟着治安官和医生走上楼梯的时候，哈伦感觉更差劲了。他完全可以想象，等到这位神经质的医生回家以后，他会怎么向神经质的妻子和女儿描述自己看到的糟糕景象。没准儿他一回家就会迫不及待地喊醒米歇尔，叮嘱她远离那个名叫哈伦的孩子。她叫我吉米。

"丢了什么东西吗？"巴尼站在走廊里问道。哈伦先是打开老妈的房门看了一眼，然后才走向自己的房间。天杀的，她至少该把那张该死的床整理一下，或者把地板上的面巾纸、杂志和其他垃圾玩意儿收一收。

"没有。"他觉得自己的回答简直傻透了。那孩子是个懒骨头，而且蠢得要命。他想象第二天一早，衣冠楚楚的医生这样告诉斯太太和米歇尔。"我觉得没有。"他补充道，然后他的声音里真的多了一丝焦急，"你检查衣柜了吗？"

"我最先检查的就是衣柜，"巴尼回答，"不过现在我们可以再检查一遍。"

哈伦退后一步，让治安官和医生查看衣柜里面。他们这是在戏弄我。等这两个家伙走了，那具腐烂的尸体就会突然冒出来，一口咬掉我的心脏。

仿佛看穿了他的想法，巴尼开口说道："你妈妈回家之前，我会一直待在这里，孩子。"

"还有我。"医生补充道，他和警察交换了一个眼神，"吉姆，你知道她大概什么时候会回来吗？"

"不知道。"哈伦咬紧下唇。要是听见自己再答出一个"不"字，他宁可翻出老爸的左轮手枪，当着这两个人的面打爆自己的脑袋。那支枪。他是不是把它留给老妈了，让她好好保护自己？他的脑子飞速转动。

"去换睡衣吧，孩子。"治安官说道。哈伦敢用性命发誓，他压根儿不记得巴尼的真名。"家里有咖啡吗？"

"有速溶的。"哈伦回答，"不"字险些再次脱口而出，"就在楼下的厨房台面上。"蠢货，我们刚从厨房里出来，难道他们还能不知道厨房在哪里？

"你去铺床吧。"治安官又嘱咐了一声，然后和医生一起下了楼。

这幢房子真的很小，他能轻而易举地听到楼下的动静。他和老妈都在家的时候，谁放个屁对方都一清二楚。有时候哈伦觉得，也许这就是老爸带着那个女人跑掉的原因。不过今天晚上，这幢房子又显得不够小了。哈伦走到外面的小平台上。

"你检查过床下面吗……先生？"他朝楼下喊道。

巴尼出现在楼梯底下："当然。还有所有角落。楼上楼下，到处都没人。医生刚刚在院子里转了一圈，我这就去车库里看看。你们家应该没有地下室吧，孩子？"

"没。"哈伦答道。该死。

巴尼点点头，回到厨房里。哈伦听见米歇尔的爸爸跟他聊起了卫生部的事。

哈伦回到房间里，但没有关门。他一蹬脚，网球鞋飞向墙角，紧接着他脱下短袜扔在地板上，又剥掉了身上的牛仔裤和T恤。然后他挨个儿捡起地上的袜子和裤子，把它们统统扔进了衣柜里看不见的地方。但他不敢靠近衣柜。她就站在那里。窗户边上。她在这间屋子里来回走动。

哈伦坐在窗边。闹钟显示着10：48。时间还早。不出意外的话，那两个家伙起码得等上四五个钟头。他们真的不会走吗？要是他们提前离开，哈伦铁定会追着治安官的车不放。今晚他绝对不能一个人待在这里。

该死的，那支枪到底被她藏到了哪里？老爸留下的枪不大，但枪身闪着幽幽的蓝光，看起来非常危险。装子弹的盒子是蓝白色的。老爸曾经叮嘱过哈伦，不许碰他的枪和子弹。这两样东西原来都收在老爸的抽屉里，但他带着那个女人跑掉以后，老妈把它们藏了起来。可是藏在哪儿呢？也许这是违法的。巴尼会找到他家藏匿的军火，把他和老妈都送进监狱。

后门哐当响了一声，正在穿睡衣的哈伦被吓得跳了起来。紧接着他听见医生和警察正在说话。

楼下传来脚步声，巴尼响亮的声音顺着楼梯传了上来："睡前想喝杯热可可吗，孩子？"

哈伦的胃还在努力消化刚才斯塔夫尼太太塞给他的起码 1 加仑食物。"好的！"但他还是大声回答，"我马上下来。"他掀开枕头，拽出塞在枕头下面的睡衣上衣。

床单上有一摊鼻涕似的灰色物质。哈伦皱起眉头，在睡裤上擦了擦手，拉了拉床单。

他的床单看起来十分恶心，像是被好几加仑鼻涕或者精液泡过。灰扑扑的黏液反射着台灯和顶灯的微光，整张床就像三明治里垫底的面包，有人用长柄勺往上浇了一大堆灰色的果酱——滑腻厚重的黏液早已浸透了床单，正在干涸的表面逐渐起了皱褶。糟糕的气味闻起来像是有人把一条湿毛巾扔进脏兮兮的洞里发酵了三年，又找了一大群狗在上面撒尿一样。

哈伦跌跌撞撞地后退几步倚着门框，睡衣的上衣早就掉到了地上。他觉得自己快要吐了。木地板似乎正在倾斜，就像汹涌波涛中漂荡的小船甲板。哈伦强迫自己走出房间，整个人趴在二楼摇摇欲坠的扶手上。

"先生？治安官？"

"怎么了，孩子？"巴尼的声音从厨房里传来。哈伦已经闻到了速溶咖啡和热牛奶的香味。

哈伦回头望向自己的房间，隐隐期盼着能看见床单干干净净，或者至少跟他早上起床时一样乱成一团，就像电影里常见的桥段，某人只是产生了幻觉，以为自己见证了奇迹。

昏黄的灯光下，灰色的黏液看起来几乎是白的。

"怎么了？"巴尼走到楼梯下面。男人眉头紧皱，就像他真的很在乎哈伦似的，黑色的眼睛看起来有些……什么？

忧虑？可能是担心。

"没事。"哈伦答道，"我这就下来喝可可。"他回到房间里，一把扯掉床单，尽量不去碰那堆黏糊糊的东西，然后把床单和他的睡衣（包括上衣和睡裤）一起扔进衣柜角落，又从梳妆台最下面的抽屉里翻出了另一套睡衣。这套衣服有些小了，但还算干净。哈伦披上破旧的睡袍，走进厕所洗了洗手，这才下楼去找警察和医生。

直到后来，吉姆·哈伦一直无法解释，他为什么选择了隐瞒。这样的铁证足以证明有人，或者有什么东西闯进过这幢房子。也许他当时就知道，这件事他只能自己处理。又或许他觉得太尴尬，不好意思告诉别人。给大人看自己的床，那感觉就像从衣柜里掏出他珍藏的杂志大肆吹嘘。

她在这里。它就在这里。

热可可十分美味。斯塔夫尼医生已经把厨房的餐桌清理了出来，三个男人坐在桌边，聊到了差不多12点30分，直到这时候，哈伦的母亲终于推开后门回家了。

然后哈伦回了楼上，从衣柜里翻出一条毯子重新铺好了床，他没去管床单的事。听着楼下怒气冲冲的争吵声，哈伦微笑着睡着了。

感觉真像爸爸还在的时候。

23

烧得最厉害的时候，麦克梦见自己正在跟杜安·麦克布莱德说话。

杜安看起来不像个死人，也不像镇里传说的那样整个人被撕成了碎片。他不是一具拖着脚步蹒跚而行的僵尸，实际上，他看起来和麦克认识的杜安没什么两样。这个胖男孩走起路来总是不紧不慢，一年四季都穿着灯芯绒长裤和法兰绒格子衬衫。哪怕在梦里，杜安也会时不时地扶一扶鼻梁上的黑框眼镜。

麦克不知道他们身在何方，但这地方感觉十分熟悉：开阔的牧场一望无垠，茂密的青草长得很高。麦克不太确定自己为什么会来到这里，但他看见了杜安，于是他跟着胖男孩爬上了悬崖边的一块大石头。这座悬崖比麦克在现实中见过的任何地方都高，6岁时父母带他去过饥饿岩州立公园，但就连那里的风景也无法媲美现在他看到的景象。地平线似乎没有尽头，几座城市影影绰绰地屹立在远方，星星点点的驳船缓缓驶过宽阔的河流。但杜安根本没看眼前的风景，他只顾埋着头在笔记簿上奋笔疾书。麦克在他身边坐下的时候，他终于把头抬了起来。

"听说你生病了，真为你感到遗憾。"杜安扶了扶眼镜，放下手里的笔记簿。

麦克点点头。他不知道该如何表达内心的想法，但他还是说了出来："听说你送了命，我也很遗憾。"

杜安耸耸肩。

麦克咬着自己的嘴唇，他忍不住问："感觉疼吗？我是说，送命的时候。"

现在杜安正在啃苹果，他停顿了一下，咽下嘴里的食物："当然疼了。"

"对不起。"麦克不知道该说什么。一只小动物叼着磨牙玩具在杜安身边转悠，但麦克注意到，那不是一条狗，而是一头小恐龙，但他一点也不惊讶，梦里往往就是这样。磨牙玩具是一只绿色的大猩猩。

"那个大兵是个真正的麻烦。"杜安说道。他把苹果递给麦克，示意他咬一口。

麦克摇头拒绝："没错。"

"你知道吧，其他人也遇上了麻烦。"

"是吗？"麦克惊讶地反问。一架飞机滑过山谷上空，酷似鸟儿的机身遮住了太阳。"都有谁？"

"你知道的，就是他们几个。"

麦克听懂了。杜安说的是戴尔和哈伦。说不定还有小凯。

"如果你们继续各自为政，"杜安扶了扶眼镜，他的视线终于投向了外面的风景，"最后只会落得和我一样的下场。"

"我们该怎么办？"麦克问道。他隐约听见某个地方传来狗吠，现实中的狗，嘈杂的背景音时时提醒着他，现在还是下午，他正躺在自己家里，而不是坐在悬崖边的巨石上。

杜安没有看他："找出那些家伙的身份。就从那个大兵开始。"

麦克起身走到悬崖边缘。现在他脚下的景物已经一片模糊，空中似乎笼罩着一层薄雾。"我该怎么做？"

杜安叹了口气："想想看吧，它的目标到底是谁？"

杜安说的是"它"而不是"他"，但麦克一点都不觉得奇怪。那个大兵的确是个"它"。"它的目标是姆姆。"

杜安点点头，这会儿他扶眼镜的动作似乎有些急躁："那就去问姆姆。"

"好的。"麦克表示赞同，"但接下来又该怎么办呢？我是说，我们没有你那么聪明。"

杜安没有动，但不知为何，现在他坐的地方突然变得远了很多。石头还是那块石头，但他和麦克之间的距离拉长了不少。他们所在的位置也不是山顶，而是城市里的街道。周围很黑，还有点冷……也许现在正是冬天。杜安屁股下面的石头原来是一条长凳。他似乎正在等公交。胖男孩皱起眉头，看起来有点生气。"你随时可以问我。"杜安回答，看到麦克一头雾水，他又补充了一句，"还有，你很聪明。"

麦克刚想开口抗议，他想告诉杜安，你平时说的东西我起码有一半听不懂，而且我一年最多能读一本书，但他发现，杜安正在登上一辆公交车。确切地说，那不是公交车，倒更像是某种巨型农机。机器侧面开着一排窗户，顶上有个小驾驶舱，和麦克在漫画里见过的轮船一样。机器正前方的明轮看起来就像旋转的剃须刀片。

杜安从一扇窗户里探出头来。"你很聪明，"他居高临下地朝麦克喊道，"聪明得超乎你自己的想象。除此以外，你还有个很大的优势。"

"什么优势？"麦克一边追着公交车／机器跑，一边大声问道。窗边探出来的头和挥舞的胳膊实在太多，他分不清哪个才是杜安·麦克布莱德。

"你还活着。"杜安的声音远远传来，街道已经恢复了空旷。

麦克醒了。他的身上还是很烫，头疼得厉害，但睡衣和床单都被汗水浸透了。感觉像是午后。反射的阳光和缓慢流动的空气透过纱窗溜进他的卧室，虽然走廊里的风扇呼呼地吹着，但屋里起码有100华氏度。麦克能听见他的妈妈或者某个姐妹正在楼下吸尘。

麦克渴得要命，但这会儿他虚弱得爬不起来，而且他知道，吸尘器的声音这么吵，楼下的人肯定听不见他的喊声。于是他强迫自己艰难地挪向窗边，好让微风拂过他的身体。他能看见前院的草坪，多年前外公送给他们的鸟儿戏水盆就安放在草坪上。

去问姆姆。

没问题。等他有力气穿上牛仔裤走下楼梯的时候，他马上就去。

第二天是7月10日，星期天，哈伦的老妈冲他狠狠发了一通火，就像昨晚训她的人不是巴尼和斯塔夫尼医生，而是这个半大孩子。家里鸦雀无声，但空气中充满火药味，这套流程哈伦相当熟悉，以前他爸妈吵架的时候就总是这样：先是大吼大叫一两个小时，再冷战三个礼拜。哈伦一点也不在乎。如果这样就能让她留在家里，替他挡住窗边的那张脸，那他愿意每天晚上都打电话请治安官过来，把她好好训上一通。

"我根本没有遗弃你。"他去厨房里热了一份汤权充午饭，她突然在他身后说道。自从早上起床以后，这是她对儿子说的第一句话。"老天爷看着呢，我花了那么多时间辛辛苦苦照顾你，照顾这个家……"

哈伦望向起居室。整个一楼所有干净的地方都是昨晚他们三个人清理出来的。巴尼把碗碟全都洗了，现在厨房台面清爽得不像他家。

"你竟敢用这种口气跟我说话，年轻人。"老妈正在怒吼。

哈伦掉头望向她。刚才他一个字都没说。

"你知道我的意思。那两个……不请自来的家伙……闯进我家，大言不惭地教训我该怎么照顾我自己的孩子。他说这叫不顾后果的遗弃。"女人的声音微微颤抖。她停下来点燃一支香烟，她的手也在发抖。老妈晃熄火柴吸了口烟，她站在橱柜旁边，涂着指甲油的手指神经质地敲着台面。哈伦盯着烟嘴上的口红印。他最恨这个。沾着口红印的烟头在整幢房子里扔得到处都是，他每次看到都要发疯，但他完全不知道这是为什么。

"归根结底，"现在她的声音变得冷静了一点，"你已经 11 岁了，差不多是个小伙子了。要我说的话，我 11 岁的时候就得照顾家里的三个弟妹，还得去普林斯维尔的 151 餐厅兼职打工。"

哈伦点点头，他听过这个故事。

妈妈抽了口烟，将头扭向一边，她的左手依然敲着台面上的文身贴纸，另一只手里的香烟挑衅般地向外支棱着。只有女人才会这样夹烟。"那两个蠢货，他们怎么敢？"

哈伦将番茄汤倒进碗里，翻出一把勺子，慢慢将汤搅凉。"妈，他们之所以留在这里，只是因为有个疯女人闯进了我们家。他们担心她还会回来。"

她没有回头看他，只留给他一个僵硬的背影，这样的背影他爸当年看过无数次。

哈伦尝了尝碗里的汤。还是很烫。"真的，妈，"他继续解释，"他们没有别的意思，只是……"

"他们到底是什么意思，用不着你来告诉我，詹姆斯·理查德。"老妈打断了他的话，现在她终于转过身来，一只胳膊抱在胸前，托着举在唇边的另一只手，烟雾仍在袅袅升起，"那完全就是一种羞辱。他们根本不懂，所谓窗户里的东西很可能是你自己想象出来的。他们也不知道，医院里的阿米蒂奇医生跟我说过，你的头部遭受了严重的撞击，造成了硬脑膜下雪……学……"

"硬脑膜下血肿。"哈伦帮她说完了这句话。现在汤已经凉了。

"非常严重的脑震荡。"说完这句，她抽了口烟，"阿米蒂奇医生警告我说，你可能会出现什么来着……幻觉之类的东西。我是说，你看见的并不是现实世界里认识的人，对吧？那个人不是真的。"

那的确不是我在现实世界里认识的人，但那是真的，哈伦很想这样回答。但他没有。他不想再看母亲冷漠的背影。"不是。"他说。

老妈点点头，似乎觉得很满意。她抽着最后几口香烟，转头望向厨房窗外。"我倒想知道，我在医院里二十四小时寸步不离守着你的时候，这两位高大威猛的先生又在哪里呢？"她喃喃地说。

哈伦专心喝完了碗里的汤。他打开冰箱，却只看见一盒放了很久的牛奶。他不打算喝它。于是他只好拿果冻瓶子在水龙头下接了一瓶水。"你说得对，妈妈。不过看见你回来，我还是很高兴。"

母亲突然变得僵硬的背影告诉他，她不想再听到这个话题。"今天你不是得去阿德尔的沙龙做头发吗？"

"要是我真去了，恐怕你马上就会把那个警察叫回来，让他起诉我这个不合格的母亲吧。"老妈的语气充满嘲讽，自从父亲离开以后，哈伦再也没听过她的这种腔调。淡淡的烟雾缭绕在她的黑发上方，在阳光中化作一圈灰色的光晕。

"妈，"他说，"现在是白天。白天我什么都不怕。她不会在白天回来。"事实上，哈伦知道，这三句话里只有第一句是真的。第二句是彻头彻尾的谎话。至于第三句……他不知道。

老妈摸摸头发，在水槽里按熄了烟头："好吧。我差不多一个小时后回来，可能略晚一点。你知道阿德尔的电话。"

"嗯。"

他冲了冲汤碗，把它跟早餐的碗碟放在一起。老妈的车轰鸣着消失在德宝街尽头。哈伦又等了两分钟——她常常会忘记东西，然后慌慌张张地跑回来翻找——确定她真的走了以后，他慢吞吞地爬上楼梯溜进了她的房间。他的心跳得像是疯了一样。

上午趁着老妈还在睡觉的时候，他把床单和枕套泡在浴缸里漂了一会儿，然后扔到了设备间的洗衣机上。弄脏的睡衣被他丢进了车库旁的垃圾桶。他绝不愿意再穿着那玩意儿睡觉。

现在他在母亲的梳妆台抽屉里翻找，一件件丝质内衣被他扒到一边，哈伦感觉自己亢奋极了；就像他第一次从C.J.那里买下那种杂志，偷偷带回家的时候一样。屋子里很热。明亮的阳光照在老妈乱糟糟的床上，他闻到了她浓郁的香水味。星期天的报纸散落在床头，和她离开时一样。

梳妆台里没有枪。哈伦又检查了床头柜。很多空烟盒、一盒几乎没动过的战神牌安全套、几枚戒指、写不出字的圆珠笔、各种夜店的火柴、写着男人名字的纸片和餐巾、某种放松肌肉的按摩器、平装本的书。没有枪。

哈伦一屁股坐在窗边，转头环顾母亲的房间。衣柜里只有她的衣裙鞋子，还有讨厌的……等等。他拖过一把椅子，爬上去摸索衣柜里唯一的架子背面；在一大堆帽盒和叠好的毛衣中间，他摸到了冰冷的金属。哈伦抽出手来，但这只是一个相框。他的父亲满脸笑容，一只手臂圈着老妈，另一只手搂着一个笑得傻乎乎的4岁小孩，哈伦勉强认了出来，那是他自己。小孩的门牙缺了一颗，但他似乎一点也不在乎。照片里的三个人站在一张野餐桌前方，哈伦认出了镇里的舞台公园。免费电影也许正要开场。

他把相框扔在床上，继续摸索架子上的最后一件毛衣。弯曲的柄。金属护弓。

他伸出双手，小心翼翼地把那支枪取了下来，尽量不让自己的手指靠近扳机。这玩意儿重得和它的尺寸一点也不相称。金属部分呈现出一种黯淡的蓝色，枪管短得让人惊讶，可能只有2英寸。枪托是一块漂亮的雕花硬木，很好。它看起来就像哈伦小时候玩过的点38玩具枪，直到一两年前，他都以为那是一支真枪。几年前老爸教老妈握枪的时候，他是怎么叫它的来着？肚皮枪。这个昵称到底是因为它小得足以插在腰带上——如果你是个男人的话，当然——还是它特别适合打人的肚皮，哈伦不太确定。

哈伦跳下椅子，在枪身侧面找到了一根能活动的滑杆，于是他拉开转轮，朝里面看了一眼。他当然不会傻乎乎地对准枪管往里看，让枪口直接冲着自己的脸。与枪管相连的弹仓里没有子弹。他又花了一分钟时间才弄清了怎么拨动转轮。里面一颗子弹都没有。哈伦骂了句娘，将手枪插进腰带，冰冷的金属紧紧贴在他暖和的肚皮上，然后继续寻找子弹。但他什么都没找到。也许老妈把它们全都扔了。他整理好架子上的东西，把椅子放回原地，抽出腰间的手枪，站在原地发呆。

没子弹的手枪有什么用？

他趴下来检查了老妈的床底，又把整个房间翻了个遍，就连那只雪松毛毯箱都没放过。子弹依然不见踪影。他十分确定，它们一定装在某个盒子里。

哈伦最后检查了一遍，确定自己的行动没有留下任何明显的痕迹——房间里这么乱，你很难看出东西有没有动过——这才下了楼。

我该去哪儿买子弹？他们会把子弹卖给孩子吗？我能不能直接走进迈耶斯日杂店或者詹森家的超市，问他们有没有点38的子弹？哈伦觉得超市大概不卖这玩意儿，而且迈耶斯先生不太喜欢他。去年夏天哈伦搭建树屋的时候，迈耶斯先生连钉子都不愿意卖给他，更别说子弹。

哈伦还有最后一线希望。老妈的酒柜从来就没空过，但她总爱在厨房最后一个架子的最上面藏一瓶酒。就像这幢房子随时会被人洗劫一空，她需要留一瓶酒救命似的。除了这瓶救命酒以外，那个角落里还藏着别的一些东西。

哈伦站在厨房台面上摸索，冷冰冰的左轮手枪握在他打着绷带的左手里。老妈的藏宝洞里有两瓶伏特加，一个装大米的罐子，还有个罐子似乎装着豌豆。第三个罐子里有金属的反光，哈伦把它挪到了阳光下。

子弹乱七八糟地散落在罐头瓶底部，瓶盖上打着封口。哈伦数了数，起码有三十颗子弹。他找了把小刀割开封口撬开瓶盖，将所有子弹倒在台面上。现在他比第一次带裸体杂志回家的时候还要亢奋。哈伦只花了几秒钟就搞懂了怎么装填子弹，然后他拨动转轮，确保弹药已经装满。他把剩下的子弹揣进牛仔裤兜，将罐头瓶放回原地，然后从后门溜出院子，翻过栅栏奔向果园。他得找个地方练习。

还得找几个靶子。

姆姆醒着。有时候她的眼睛睁着，但人并不清醒。但今天不是。麦克蹲在她的床边。他妈妈在家。今天是 7 月 10 日，星期天，近三年来，麦克第一次错过了星期天的弥撒。真空吸尘器在二楼他的卧室里欢快地响着。姆姆的一只手像爪子一样蜷缩在毯子下面，她的指节已经膨胀变形，手背上青筋密布。

"你能听见我说话吗，姆姆？"他贴在她耳边轻声问了一句，然后退回来观察她的眼睛。

眨眼一次。是的。眨一次眼代表"是"，两次代表"不"，三次则是"我不知道"或者"我没听懂"。他们通过这种方式和姆姆交流一些最简单的事情：床单和衣服要不要换，是不是需要便盆——诸如此类。

"姆姆，"麦克低声说道，发了四天烧，他的嘴唇干得要命，"你看见窗外那个大兵了吗？"

眨眼一次。是。

"你以前见过他吗？"

是。

"你害怕他吗？"

是。

"你觉得他是来伤害我们的吗？"

是。

"你还觉得他是死神吗？"

眨眼一次。两次。三次。我不知道。

麦克吸了口气。先前的热梦像锁链一样沉甸甸地压在他身上。

"你……你认识他吗？"

是。

"他是你认识的人吗？"

是。

"那爸爸和妈妈认识他吗？"

不。

"我认识他吗？"

不。

"但你认识？"

姆姆闭上眼睛休息了很久，似乎觉得有些痛苦或者恼火。麦克觉得自己傻透了，但他不知道还能问些什么。她眨了一次眼。是。

她的确认识他。

"那他……他现在还活着吗？"

不。

麦克一点也不惊讶："这么说的话，你曾经认识他，但他现在已经死了？"

是。

"但他是个真实存在的人？我是说，他曾经是个活人？"

是。

"你……你觉得他是鬼吗，姆姆？"

三次眨眼。暂停。然后又是一次。

"你和外公都认识他吗？"

暂停。是。

"是朋友？"

她完全没有眨眼。姆姆的黑眼睛热切地望着麦克，要求他问出正确的问题。

"是外公的朋友？"

不。

"是外公的敌人？"

她迟疑片刻，然后眨了一下眼。唾液浸湿了她的嘴唇和下颌，麦克从床头柜上取过亚麻手帕帮她擦干："所以他是你和外公的敌人？"

不。

麦克十分确定，姆姆的确眨了两次眼，但他不明白这是为什么。刚才她还说……

"是外公的敌人。"他喃喃自语。楼上的吸尘器已经停了下来，但他能听见妈妈正在女孩们的房间里哼着歌擦灰。"是外公的敌人，但不是你的？"

是。

"那个大兵是你的朋友？"

是。

麦克挪了挪身体重心。好吧，然后呢？他该怎么去查那个人的身份，弄清他为什么要缠着姆姆？

"你知道他为什么会回来吗，姆姆？"

不。

"但你怕他？"麦克知道，这个问题很蠢。

是。暂停。是。暂停。是。

"那他……他活着的时候，你害怕他吗？"

是。

"有什么办法能让我弄清他的身份吗？"

是。有的。

麦克站起身来，在小房间里来回踱步。一只猫从纱窗外的第一大道上走过，花朵和新修草坪的气息透过窗户钻了进来。麦克满怀愧疚地意识到，在他生病的这几天里，肯定是爸爸割的草坪。他再次蹲到姆姆身边："姆姆，我能翻一翻你的东西吗？你介不介意我检查你的私人物品？"麦克意识到，这两个问题姆姆根本没法回答。她凝视着他，等待他重新组织语言。

"你允许我这样做吗？"麦克低声问道。

是。

姆姆的箱子放在房间角落里，爸妈给家里的所有孩子下了死命令，谁也不许碰姆姆的箱子：那里面装的都是老外婆最珍贵、最私密的个人物品。麦克的母亲把它们保存得很好，就像未来某天，老太太还用得着这些东西似的。

翻开最上面的衣物，麦克找到了一包信件，其中大部分是他外公在外面出差的时候写的。

"在这些信里面吗，姆姆？"

不。

还有一盒大部分都已泛黄褪色的照片。麦克举起盒子。

是。

麦克一边快速翻看照片，一边留神听着楼上的动静。妈妈已经打扫完了女孩们的房间，现在只剩下他的屋子了。母亲打开窗户通风透气、给他换床单的时候，他本来应该在起居室里休息。

盒子里的照片起码有一百多张：椭圆形的肖像里有他认识的亲戚，也有不认识的脸庞。布朗尼相机留下的快照，照片里的外公还是个强壮的高个子年轻人。外公站在他那辆皮尔斯阿罗前面，外公和另外两个男人骄傲地站在橡树山的一间雪茄店——他们曾短暂地拥有过这家店铺，但这个故事的结局相当凄凉——门口，外公和姆姆在芝加哥参观世博会，全家福，野餐和假日留念，一家人在门廊上的随手抓拍，一个婴儿的照片，照片里的孩子身穿白袍，脑袋下面垫着的显然是个丝绸枕头。麦克震惊地发现，这是他父亲夭折的双胞胎兄弟。照片拍摄于婴儿死亡以后。真是可怕的习俗。

麦克加快了翻阅的速度。现在照片里的姆姆已经是个老太太了。外婆正在投掷马蹄铁，麦克儿时的全家福，他的几个姐姐对着镜头露出微笑，更多老照片……

麦克实实在在地抽了一口凉气。他把剩下的照片扔回盒子里，伸直手臂尽量远离那张嵌在纸板框里的照片，仿佛它携带着致命的瘟疫。照片里的士兵骄傲地望着麦克，他身上的卡其制服和绑腿都和麦克见过的一模一样。杜安说那几样装备叫什么来着？还有同样的宽边毡帽和萨姆·布朗式武装带……他就是那个大兵。不过照片里的这张脸不像软蜡捏的，只是个普通人而已：大鼻子，窄下巴，大耳朵上方的头发梳得整整齐齐，小眼睛眯起来望向镜头，薄薄的嘴唇勾勒出一抹微笑。麦克翻过纸板框，照片背面，外婆漂亮的字迹写道：威廉·坎贝尔·菲利普斯，1917 年 11 月 9 日。

麦克举起照片。

是。

"就是这个？那个人就是他？"

是。

"箱子里还有别的东西吗，姆姆，和这个人有关的线索？"麦克没指望得到肯定的回答，事实上，现在他只想赶在妈妈下楼之前收拾好所有东西。

是。

他惊讶地眨了眨眼，举起照片盒子。

不。

还有别的东西？箱子里只剩下一本皮革封面的小笔记簿。麦克捡起这本小册子，随手翻开一页。是外婆的字迹，页面上的日期写着1918年1月。

"一本日记。"他吸了口气。

是。是的。老太太闭上眼睛，再也没有睁开。

麦克猛地关上箱子，收起照片和日记，快步走到姆姆床边低头查看，他的脸颊几乎贴到了她的嘴。干燥柔和的呼吸透过她的双唇喷在他脸上。

他轻轻碰了碰她的头发，然后将日记本和照片藏到自己的衣服里面，转身去外面的沙发上"休息"。

吉姆·哈伦发现，父亲的"肚皮枪"之所以得名，很可能是因为你必须把它直接顶在某人的肚皮上才能打中目标。这支小手枪的准头实在太差。

他家和康登家后面有一片小果园，哈伦往里面走了差不多200英尺，找了一棵看起来很适合做靶子的果树。男孩向前走出20步，抬起完好的右臂稳住姿态，然后扣动了扳机。

什么事都没有发生。确切地说，击锤抬起来了一点，然后又无力地掉了回去。哈伦很想知道，这个见鬼的玩意儿是不是还有保险之类的东西，但他翻来覆去找了半天，除了打开转轮的拉杆以外，枪身上完全没有其他开关。只是扣动扳机需要的力道比他以为的更强。除此以外，左臂上见鬼的石膏也妨碍了他保持平衡。

哈伦微微蹲身，屈起拇指关节拉开击锤，直到击锤发出一声脆响。哈伦挪了挪握枪的手指，瞄准远处的树木——要是短枪管末端的准星再大点儿就好了——再次扣下扳机。

震耳欲聋的巨响吓得他差点儿直接把枪扔了。这支枪看起来那么小，他原以为它的声音和后坐力也不大，类似康登偶尔借给他打一枪的那支点 22，但事实并非如此。

响亮的枪声震得哈伦的耳朵嗡嗡作响。第五大道两旁院子里的狗此起彼伏地叫了起来。一丝火药味儿飘进他的鼻孔。但这种气味闻起来和他上周放的爆竹很不一样。他的手腕隐隐有些发麻。哈伦走上前去查看子弹击中了哪里。

但树干上一点痕迹都没有。他根本没打中。要知道，这棵天杀的果树直径足有 18 英寸。接下来的第二次，哈伦只走出去了 15 步。他再次拉开击锤，更小心地瞄准目标，屏住呼吸扣下扳机。

手枪咆哮着在他手中跳动。狗群再次狂吠起来。哈伦跑向目标，盼着能在树干正中找到一个洞。但他什么都没看见。哈伦盯着周围的地面找了半天，仿佛指望着能在地上发现弹孔。

"妈的。"他低声骂了一句，然后小步退开 10 步，愈加谨慎地瞄准开火。他发现，这次子弹刚好擦过树干右侧，而且比他瞄准的位置高了 4 英尺。这才隔了 10 步！周围的狗吠简直震耳欲聋，果园后面的某个地方传来纱门啪一声被推开的声音。

哈伦抄小路奔向西边的铁轨，然后转而向北出了镇子。铁路西侧，离炼油厂不远的运粮机附近有一片长满树木和灌木的湿地，铁轨旁边的路堤还能充当挡弹墙。想到刚才的疏忽，他情不自禁地打了个冷战：要是某颗子弹直接穿过卡顿路钻进牧场，甚至打中一头奶牛，那该怎么办？没想到吧，奶牛博茜！

安全地躲在垃圾场南边半英里外的密林里，哈伦重新装好了子弹。刚才他在通往垃圾场的公路边捡了几个瓶子和易拉罐，正好摆在长满野草的路堤脚下充当靶子。借助大腿的支撑，他单手艰难地装好了弹药，然后重新开始练习。

这支小手枪真的一点都不准。但至少它还能开火。哈伦的手腕被震得发痛，耳朵里嗡嗡作响，但子弹还是不肯乖乖飞去他瞄准的方向。休·布莱恩扮演的怀亚特·厄普总能轻松击中五六十英尺外的目标。而且完全不用瞄准。哈伦最崇拜的英雄是罗伯特·考普在《追捕》里扮演的得州骑警霍比·吉尔曼。霍比拥有一手漂亮的枪法，哈伦追着这部电视剧一直看到了它去年完结。

都怪这支蠢枪的枪管太短。哈伦发现，无论如何，他至少也得开三四枪才能打中 10 步以内的啤酒罐，或者别的什么东西。经过练习，他用拇指拉开击锤的动作倒是变得熟练多了，但他总觉得正确的做法应该是直接用食指扣下扳机，不需要其他手指的辅助。他尝试了一下，但过度用力却让他的准头偏得更厉害了。

好吧，要是我真想靠这玩意儿自保，那我得找准机会把枪管顶在敌人的头上或者胸前，这样才不会打偏。

打光了 12 发子弹，正准备往弹仓里再填 6 发的时候，哈伦听见身后传来一声轻响。他半举着手枪霍然转身，但转轮的装弹口还没合上，而且里面只有 2 发弹药，其他几颗子弹都掉进了草丛。

科迪·库克从他身后的树丛里走了出来。她扛着一支和她自己差不多高的双筒猎枪，但长枪的后膛没有合拢，哈伦常常看见外出打猎的男人这样扛枪。女孩抬起头来，猪一样的小眼睛冷冰冰地盯着他。

老天爷啊，哈伦想道，我差点儿忘了她有多丑。在他看来，科迪的脸活像一块奶油馅饼，里面嵌着眼睛、薄嘴唇和土豆般臃肿的鼻子。她的短发刚好和耳朵齐平，油腻腻的刘海长得挡住了眼睛。女孩身上松垮垮的裙子和上学时没什么两样，只是现在它沾满了汗水，看起来又脏了不少。她的脚下踩着一双笨重的棕色靴子，灰扑扑的短袜大概曾经是白的，一嘴龅牙的颜色看起来和袜子差不多。

"嘿，科迪。"他垂下枪口，尽量做出一副轻松的样子，"你这是打算干吗？"

她还是斜睨着他。在刘海的遮挡下，你很难说她的眼睛是不是睁着。女孩朝他靠近了三步："你的子弹掉了。"哈伦曾不止一次模仿科迪浓重的鼻音，逗得伙伴们哈哈大笑。

他勉强挤出一个微笑，蹲下去开始捡子弹。但他只找到了两颗。

"你左脚后面有一颗，"她说，"还有一颗被你的左脚踩住了。"

哈伦迅速将失而复得的子弹塞进裤兜，而不是填进弹仓，然后合上装弹口，将手枪插进腰带。

"你最好当心点儿，"科迪慢吞吞地说，"别把自己的小鸡鸡打掉。"

哈伦感觉自己的脸一下子红到了脖子根。他理了理脖子上的吊索，朝女孩皱起眉头："你想干吗？"

她耸耸肩，将沉重的猎枪换到另一侧肩头："我只想看看是谁在这儿闹得鸡飞狗跳。我还以为C.J.弄到了一杆大枪。"

哈伦记得戴尔·斯图尔特和康登对峙的事。"所以你才扛来了这么一尊炮？"他尽量让自己的口气显得更刻薄一点。

"不是，我又不怕C.J.。我提防的是别人。"

"谁？"

她的眼睛眯得更厉害了："狗屎罗恩。范·锡克。带走塔比的那帮家伙。"

"你觉得他们绑架了塔比？"

女孩转开扁平的脸，望向太阳和铁轨路堤："他们没有绑架他。他们杀了他。"

"杀了他？"哈伦的心一下子抽紧了，"你怎么知道？"

她耸耸肩，将猎枪倚在身边的树桩上。女孩的胳膊细得就像两根苍白的管子，她抠了抠自己手腕上的伤疤："我看见他了。"

　　哈伦张大了嘴巴："你看见你弟弟的尸体了？在哪儿？"

　　"我的窗户外面。"

　　窗边的脸。不，那是个老太太……杜甘太太。"你撒谎。"他说。

　　科迪看了他一眼，眼睛灰得像陈年的洗碗水一样："我没撒谎。"

　　"你透过窗户看见了他？你自己家的窗户？"

　　"难道我还有别的窗户，蠢货？"

　　哈伦真想一拳砸凹她那张扁脸。但他瞥了一眼猎枪，决定咽下这口气："警察怎么没来？"

　　"等到警察赶来，他早就不在那儿了。再说我们家没有电话。"

　　"难不成他还能跑掉？"今天是个大热天，下午的太阳火辣辣的。哈伦的 T 恤黏糊糊地贴在背上，裹着石膏的手臂汗水横流，感觉很痒。但他还是忍不住打了个冷战。

　　科迪朝他靠近了一点，压低声音说道："他就是会到处乱跑。我看见他在我窗外，紧接着他就钻到了房子下面。以前那些狗最爱待在那里，但现在它们再也不会去了。"

　　"可是你说，他已经……"

　　"死了，没错。"科迪回答，"我本来以为他们只是把他抓走了，可我一看见他就知道，他已经死了。"女孩退开几步，望向哈伦摆在路堤脚下的瓶子和易拉罐。只有两个罐子上有洞，所有玻璃瓶都完好无损。她摇摇头："我妈也看见他了，但她以为那是他的鬼魂。她觉得他只是想回家。"

　　"那他真的是鬼？"听到自己沙哑的低语，哈伦吓了一跳。

　　"当然不是。"科迪凑上前来，灰蒙蒙的眼睛透过刘海紧盯着他。哈伦闻到女孩身上散发出一股脏毛巾似的酸臭味。"那不是真正的塔比。塔比已经死了。只是他们不知道用什么法子控制了他的身体。他想抓住我。因为我对罗恩干的事情。"

"你对罗恩博士干了什么？"哈伦问道。点38手枪冷冰冰地顶着他的肚子。猎枪后膛大大方方地敞开着，他看见枪管里有两个黄铜色的圆圈。科迪竟然扛着上了膛的猎枪四处转悠。她真是个疯子。他突然有些好奇，如果这时候她合上猎枪后膛朝他瞄准，他能及时抽出手枪吗？

"我开枪打了他。"科迪的语气还是那么平淡，"但没把他打死。真遗憾。"

"你开枪打了罗恩博士？我们的校长？"

"没错。"她突然欠身掀开他的T恤，抽出他腰间的手枪。哈伦大吃一惊，完全来不及阻止。"活见鬼，你从哪儿弄来了这么个小玩意儿？"她把手枪举到眼前，鼻子差点儿就戳到了转轮上。

"我爸……"哈伦刚开口就被打断了。

"我有个叔叔就有一把这样的短管小手枪，射程不超过20英尺。"猎枪仍靠在她的左臂弯里，女孩试着举起手枪，瞄准前方那排玻璃瓶。"啪。"她说。然后她掉转枪口，把枪托递到他手里。"枪不能这样直接别在腰带上，我没开玩笑。"她说，"我叔叔就这么干过。那次他喝醉了，击锤没合拢，结果差点儿把自己的老二打掉。你可以把枪揣在屁股兜里，用上衣遮住就行。"

哈伦听从了她的建议。屁股兜沉沉地直往下坠，但有需要的时候他可以迅速拔枪。"你为什么要开枪打罗恩博士？"

"那是几天前的事了。"她说，"塔比来找我的第二天。我知道是罗恩躲在后面搞鬼。"

"我问的不是时间，"哈伦说，"是原因。"

科迪摇了摇头，仿佛觉得他是天底下最大的傻瓜。"当然是因为他杀了我弟弟，还操纵他的尸体来找我。"她耐心解释，"今年夏天净出怪事，我妈知道。我爸也知道，但他根本不在意。"

"你没杀死他？"哈伦问道。周围的树林突然显得格外阴森险恶。

"谁？"

"罗恩。"

"没。"她叹了口气，"当时我隔得太远。子弹打穿了他那辆老普利茅斯的侧门，在他胳膊上划了道口子。他的屁股没准儿也受了伤，但我说不准。"

"哪儿？"

"胳膊和屁股。"她没好气地重复了一遍。

"不是，我是说你在哪儿朝他开的枪？难道是在镇里？"

科迪坐在路堤上，女孩苍白的大腿瘦巴巴的，双股之间隐约能看见内裤。哈伦从没想过，看到女孩的内裤——穿在身上的内裤——他竟会完全无动于衷。现在他真的毫无兴趣。科迪的内裤和她的袜子一样灰蒙蒙的。"蠢货，如果我在镇里开枪打了他，难道现在我还能跟你说话？他们早就把我抓起来了。"

哈伦点点头。

"我是趁他出门去炼油厂的时候开的枪。当时他刚从车上下来。我本来应该再靠近一点，但树林离那扇大门足有 40 英尺。他一下子跳开了，所以我觉得他的屁股很可能中了枪。除此以外，我还看见他的西装衣袖裂了道口子。然后他跳上那辆卡车，和范·锡克一起离开了。但我觉得他们应该看见了我。"

"什么卡车？"哈伦问道。但他心里早已知道答案。

"你知道的。"科迪叹了口气，"那辆天杀的收尸车。"她突然抓住哈伦的手腕猛地拽了一把。哈伦身不由己地跪倒在她身边的路堤上。树林里一只啄木鸟开始歌唱。哈伦听见一辆卡车从东南方四分之一英里外的卡顿路上驶过。

"听着，"科迪依然抓着他的手腕，"不需要太多脑子也能想明白，你肯定在老中心学校里看见了什么。所以你才会摔得七荤八素。没准儿你还看见过别的什么东西。"

哈伦拼命摇头，但她根本没理他。

"他们也杀了你的朋友。"她说，"杜安。我不知道他们用了什么手段，我只知道，这事儿肯定是他们干的。"女孩挪开视线，表情一片茫然，"真有意思，我从幼儿园开始就跟杜安·麦克布莱德成了同学，但他从来没跟我说过话。不过我一直觉得他人不错。他总在想事情，这不是什么缺点。我曾经想过，也许某天我可以跟他一起散散步、聊聊天儿什么的……"女孩的眼神重新找到了焦点，她低头看看哈伦的手腕，松开了自己的手："你看，你拿着你爸的枪跑到这儿来练习，肯定不是因为厌烦了自己在家打手枪，想出来呼吸点新鲜空气。你只是怕得要命。而且我知道你怕的到底是什么。"

哈伦深深吸了口气。"好吧。"他哑着嗓子说道，"那我们该怎么办？"

科迪·库克点点头，仿佛觉得他们终于进入了正题。"我们先去找你那几个朋友。"她说，"他们多多少少都看见了一点东西。我们得把大家聚到一起，再去找罗恩和其他家伙，不管是死的还是活的。紧追着我们不放的就是他们。"

"然后呢？"哈伦和科迪靠得太近，他甚至看见了女孩上唇边缘的绒毛。

"然后我们杀掉那几个活人。"科迪微笑着露出一口灰牙，"先杀掉活的，至于死的……呃，我们总会想出点办法。"她突然伸手摸向哈伦胯间，隔着牛仔裤狠狠捏了一把。

哈伦一下子跳了起来。从来没有哪个女孩这么干过。面对眼前的姑娘，他开始认真考虑是不是必须开枪才能逼得她松手。

女孩故作诱惑地低声说道："反正这儿也没人。"

哈伦舔了舔嘴唇。"这会儿还是算了，"他逼迫自己开口说道，"要不回头再说。"

科迪叹了口气，耸耸肩，扛着枪站起身来。她啪一声合上猎枪后膛："行吧。我们现在就去镇上找你那几个朋友，把这事儿给办起来，你觉得如何？"

"现在就去？"杀掉那几个活的，科迪的话在哈伦脑子里不停回荡。他还记得昨晚巴尼友善的眼神。等到治安官和州警察冲进屋子给他戴上手铐，因为他枪杀了校长和看门人，天知道还有谁，等到那时候，巴尼的眼神还会那么友善吗？

"当然是现在。"科迪回答，"有什么好等的？要不了多久天就黑了，到时候他们还会出来。"

"好吧。"哈伦听见自己回答。他站起来拍拍牛仔裤，挪了挪裤兜里父亲的手枪，然后跟在科迪身后，顺着铁轨走向镇子。

24

麦克必须去墓园一趟。他绝不愿一个人去，所以他努力说服母亲，他们已经很久没去外公坟前献过花了。爸爸明天就要开始上夜班，所以趁着星期天全家一起去扫墓，这似乎的确是个好主意。

偷看姆姆的日记让他感觉十分心虚，妈妈进屋来看他的时候，他忙不迭地把日记本塞到被子底下。可明明是姆姆让他看的，难道不是吗？

皮革封面的日记本很厚，里面至少记载了姆姆三年的日常生活，从 1916 年 12 月到 1919 年底。麦克想知道的事情全都写在里面。

早在 1916 年，照片里那个名叫威廉·坎贝尔·菲利普斯的男人就出现在了姆姆的日记里。显然，菲利普斯曾是姆姆的同学……确切地说，是她少女时代的恋人。读到这里，麦克停顿了一下。想到姆姆也曾是个女学生，他感觉十分奇怪。

1904 年，菲利普斯和姆姆一起念完了高中，但姆姆去芝加哥念商业学校以后——麦克听家里人说过，正是这个时期，她在麦迪逊街的自动售货机旁认识了外公——威廉·坎贝尔·菲利普斯却留在县里上了朱比利学院，他念的是师范专业。根据日记里的记载，1910年，已经嫁人生子的姆姆从芝加哥回到榆树港的时候，菲利普斯正在老中心学校执教。

不过，姆姆在1916年的日记里提到，即便如此，菲利普斯也从未停止过向她示爱。趁着外公去运粮机那边工作的时候，他带着礼物来过好几次。除此以外，他还写过信，虽然日记里没说信的内容，但麦克完全可以想象。姆姆把那些信全都烧了。

其中一篇日记引起了麦克的注意：

1917年7月29日

今天跟卡特里娜和埃洛伊丝一起去赶集的时候碰到了那位卑鄙的菲利普斯先生。我记忆中的威廉·坎贝尔是个文静温和的男孩，他很少说话，总爱用深邃的黑眼睛观察世界，但现在他完全变了。卡特里娜也有同感。妈妈们曾集体向校长抱怨，菲利普斯先生的脾气实在太坏。他常常拿手杖教训孩子，哪怕他们只是有一点不听话。幸好这几年小约翰不在他班上。

这位先生的求爱实在令人烦恼。今天他坚持要跟我说话，根本不管我表现出了明显的抗拒。几年前我就告诉过菲利普斯先生，如果他继续坚持那些不合适的行为，我们只能彻底断绝往来。但他一点都没听进去。

赖安觉得这件事很好笑。镇上的男人们显然都觉得威廉·坎贝尔还是个孩子，不可能对任何人造成威胁。当然，我从没告诉过赖安那些信的内容，我把它们全都烧了。

麦克还发现，同一年10月的另一篇日记也很有意思：

10 月 27 日

经过收获季节的辛苦劳作，男人们终于开始放松下来，镇上八卦的焦点转向了菲利普斯先生，这位老师即将奔赴欧洲与德国人作战。

起初大家都觉得这是个笑话，因为那位先生差不多已经 30 岁了。可是昨天，他穿着制服从皮奥里亚回到了他妈妈家里。卡特里娜说，他这身打扮看起来挺帅，不过她又悄悄告诉我们，据说菲利普斯先生参军完全是出于无奈，因为学校已经准备开除他了。自从卡顿家那孩子的父母写信向学校董事会投诉菲利普斯先生滥用暴力、过度体罚以后，其他家长的投诉一直就没断过。汤米·卡顿在橡树山住了好几天院，但菲先生坚持说他只是罚那个男孩留堂，汤米是自己从楼梯上摔下去的。

呃，不管出于什么原因，至少他做出了一个光荣的选择。赖安说，要不是放不下约翰、凯瑟琳和小赖安，他恨不得现在就去欧洲。

1917 年 11 月 9 日还有一段：

今天菲利普斯先生来了一趟。接下来的事情我不能写，只能说，他刚到没几分钟，送冰的人恰好也来了，这事儿我会感激一辈子。不然的话……

他说他一定会回来找我。这个男人是个无赖，他既不关心我对婚姻许下的神圣诺言，也不在乎我对三个孩子负有的庄严责任。

人人都说他穿着制服看起来真帅，只有我觉得他十分可悲。他只是个穿着大人衣服的孩子罢了。

我希望他永远不要回来。

1918年4月27日，姆姆最后一次提到了他：

今天，大半个镇子的人都出席了威廉·坎贝尔·菲利普斯先生的葬礼。但我没去，因为我的头很疼。

赖安说，陆军本来打算把他和战争中牺牲的其他士兵一起葬在法国的某处美军墓园，但他的母亲坚持要求政府把他的遗体送回家乡。

直到我们听说他的死讯以后，我才收到了他的最后一封信。我真不该拆那封信，但我当时大概是同情心作祟。写信的时候他还在法国的医院里养伤，全然不知流感即将完成德国人的子弹未竟的使命。他在信中说，经过战壕的磨砺，他的决心变得更加坚定，谁也别想拦住他的脚步，他一定会得到我。他真是这么说的——"得到我"。

但他的脚步终究还是被拦住了。

今天下午我的头疼得厉害。我必须休息了。以后我再也不会提起这位走火入魔又可悲的人。

外公的坟墓离骷髅地墓园的正门不远，从步行通道进入墓园以后，往左边走上三排差不多就能看见。奥罗克家和莱利斯家的人都埋葬在这里，北边还有一片空地，那是为麦克的父母和他们几个孩子预留的长眠之地。

他们把鲜花放在外公墓前，和往常一样默念了几句祷辞。趁着大家清理墓地、拔除野草的时候，麦克顺着墓碑间的通道匆匆向前走去。

他不必仔细查看每一块墓碑，这里的很多人他都认识，不过最有帮助的还是阵亡士兵纪念日那天童子军放在墓前的小国旗。虽然这些国旗已经开始褪色，大雨和艳阳洗掉了它们的颜色，但大部分旗帜还留在原地，醒目地标出了老兵长眠的位置。这里的老兵真多。

菲利普斯埋葬在墓园深处，几乎和外公的坟墓形成了一条对角线。墓碑上刻着：威廉·坎贝尔·菲利普斯，1888年8月9日—1918年3月3日，英雄虽逝，民主长存。

墓碑后面的泥土很新鲜，就像最近有人挖开过这座墓穴，然后又胡乱把土填了回去。附近还有好几处浅浅的圆坑，其中有的坑直径差不多有18英寸。

麦克的父母站在黑栅栏后面的草坪停车场里喊他，男孩匆匆跑回父母身旁。

卡神父很高兴看到他。"罗斯提就算照着读也念不好拉丁祷辞，"神父抱怨道，"来，再吃块饼干。"

麦克的胃口还没有恢复，但他还是接过了饼干。"我需要帮助，神父。"他一边咬着饼干一边说，"您得帮帮我。"

"乐意效劳，迈克尔，"神父回答，"你只管说。"

麦克深深吸了口气，然后将整件事原原本本地讲了一遍。生病的这些天里，只要他的脑子还清醒，他一直在想该怎么跟神父说，可是当他真正开始讲述，却发现这个故事听起来比他原本以为的还要疯狂。但他还是坚持说了下去。

等到麦克终于讲完，房间里陷入了短暂的沉默。卡瓦诺神父眯起眼睛盯着他看了半天，神父腮边刚冒头的胡楂儿格外显眼。

"迈克尔，你说的都是真的吗？你该不会是在跟我开玩笑吧？"

麦克直视着他的眼睛。

"看来你确实没开玩笑。"卡神父叹了一口长气，"所以你觉得自己看见的是这位士兵的鬼魂——"

"不，"麦克立即表示反对，"我是说，我觉得它不是鬼魂。我亲眼看见纱窗被压得陷了下去，它有……实体。"

卡神父点点头，他的视线仍停留在男孩脸上："但无论如何……那不可能是真的威廉·坎贝尔……"

"菲利普斯。"

"威廉·坎贝尔·菲利普斯，没错。那不可能是他，早在四十二年前，他已经……所以我们现在讨论的应该是他的鬼魂，或者某种灵体，对吧？"

这次轮到麦克点头了。

"你希望我怎么做呢，迈克尔？"

"驱魔，神父。我在《真实》杂志和其他地方读到过……"

神父摇摇头："迈克尔，迈克尔……驱魔是中世纪的产物，当时人们认为所有坏事都是恶魔在作祟，无论是疾病还是褥疮，所以他们希望利用民间法术将恶魔从人的身体里驱逐出去。你该不会认为自己发烧时看见的那个——那个幽灵——是恶魔吧？"

虽然神父弄错了麦克看见大兵的时间，但男孩并没有纠正他。

"我不知道。"他真心实意地回答，"我只知道它是冲着姆姆来的，我觉得您应该能做点什么。您愿意和我一起去墓园吗？"

卡瓦诺神父皱起眉头："骷髅地墓园早就接受过净化，迈克尔，该做的已经做了，我也没法再画蛇添足。死者安详地长眠在那里。"

"可是驱魔——"

"驱魔意味着将灵体从某个地方或者某个人的身体里驱逐出去，"神父打断了他的话，"你该不会认为那个士兵的灵魂侵入了你外婆的身体或者你家的房子吧？"

麦克有些迟疑："不……"

"而且驱魔的目标是恶魔的力量，不是死者的灵魂。你应该知道吧？迈克尔，我们常常为逝者祈祷。认为死者的灵魂怀有恶意，应该尽量避开，那是原始部落的信仰，我们不赞成这套说辞。"

麦克摇摇头，现在他很迷惑："可是您愿意跟我去一趟墓园吗，神父？"他不知道自己为何如此坚持，但他就是觉得这件事非常重要。

"当然。我们现在就可以走。"

麦克转头望向神父宅邸的窗户，天差不多已经黑了。"算了，我们还是明天再去吧，神父。"

"明天做完早弥撒我就得赶去皮奥里亚跟一位耶稣会的朋友见面，"神父回答，"很晚才会回来。星期二和星期三我还得去圣玛丽教堂。你能等到星期四吗？"

麦克咬着自己的嘴唇。"那我们现在走吧。"他说。天还没黑透。"您能带点东西吗？"

卡瓦诺神父正打算穿上防风夹克，听见麦克的话，他的动作停了下来："你是指什么？"

"您知道的，十字架，要是能从圣坛上拿点儿圣体，那就更好了。以防万一。"

神父摇了摇头："朋友的死对你的打击可真不小，是吧，迈克尔？难道我们活在吸血鬼电影里？你是真的想让我从圣坛上把我主的圣体取下来吗？"

"那就带点儿圣水吧，"麦克回答，他从兜儿里掏出一个塑料水瓶，"我这就去取。"

"很好。"卡神父叹了口气，"我去把教皇专车从车库里开出来，你去弄点儿液体弹药。我们得抓紧时间，天快黑了，吸血鬼就要出来了。"他轻笑起来，但麦克没有听见神父的笑声。他已经推开门奔向了隔壁的圣马拉奇教堂，塑料瓶紧紧握在他手中。

昨天是星期六，戴尔的母亲请来了威斯克斯医生。匈牙利难民草草检查了戴尔的身体，他注意到男孩的牙齿抖得咯咯作响，恐惧带来的畏缩仍未平息，于是医生宣布"我可不是儿科心理专家"，然后开出了热汤的药方，并叮嘱男孩别再看漫画和星期六的怪物电影。医生离开的时候嘴里一直嘟嘟囔囔，不知道他在跟自己说些什么。

戴尔的母亲很是沮丧，她到处打电话问朋友，橡树山或者皮奥里亚有没有哪位医生擅长儿童心理学，又给丈夫在芝加哥住的酒店留了两次言，最后还是戴尔的安抚才让她平静下来。"对不起，妈妈。"他从床上坐起来，努力抑制身体的颤抖，控制自己的声音。白日的天光帮了他的大忙。"我只是一直有点害怕地下室。"他说，"当时所有灯一下子灭了，我感觉到水里的那只猫……呃……"他试图露出愧疚的苦恼神情，假装自己已经恢复了理智。但要做到这一点真的很难。

他的母亲终于平静下来，然后她开始源源不断地给儿子送来热汤，仿佛想用汤水冲走与那只猫有关的所有记忆。凯文来过一趟，但斯图尔特太太告诉他，戴尔正在休息。劳伦斯从朋友家回来了，等到妈妈下了楼，他才小声问道："你真看见什么东西了？"

戴尔迟疑了一秒。劳伦斯的确有很多小毛病，但告密绝不是其中之一。"嗯。"他回答。

"你看见了什么？"劳伦斯凑到戴尔床边低声问道。小男孩还是不敢太靠近自己的床，哪怕是在白天，他也信不过床底那片黑暗。

"塔比·库克。"戴尔压低声音回答，光是说出这个名字，他就感觉到一阵生理性的恐惧，类似反胃，"他已经死了……但他的眼睛是睁开的。"说出这句话的时候，戴尔暗自庆幸自己没对妈妈或者格鲁姆班彻先生提起这些细节，不然他现在恐怕已经被送进某个铺满软垫的小房间了。

劳伦斯只是点了点头。戴尔震惊地意识到，弟弟毫无保留地相信了他的说法。"今晚之前它大概不会回来，"劳伦斯说，"晚上我们得想个办法，让妈妈把所有灯都开着。"

戴尔呼出一口长气。要是事情真有劳伦斯想的那么简单就好了：只要别关灯，它们就不会再来。

星期六晚上，他们真的没关灯。兄弟俩轮流值夜。确切地说，是躺着值夜。戴尔躺在床上读着超人漫画，时不时瞥一眼角落里的阴影。大约3点，劳伦斯的床底下传出一阵细微的响动，就像一只打盹儿的猫儿伸了个懒腰。戴尔霍然坐起，一把抓住特地放在床边的球棒。

但那声音再也没有出现。直到凌晨，纱窗外黑色叶影之间的缝隙渐渐变得比叶子本身还亮，戴尔终于允许自己睡了过去。到了8点左右，母亲走进男孩的房间想催他们起床去教堂，却发现两个儿子都睡得很沉。她没有吵醒他们。

星期天晚上，吃过晚饭以后，麦克·奥罗克和卡神父开车沿着朱比利学院路前往墓园的同一时间，戴尔和劳伦斯在后院里借着最后一点天光玩抛接球游戏，就在这时候，他们听见前院传来低沉的"咕、咕"声。

吉姆·哈伦和科迪·库克出现在门外。看到这对毫不相称的组合，戴尔大吃一惊。他甚至从没见过他们俩在学校里说话。要不是看见哈伦严肃的表情和打着石膏挂着吊索的左臂，以及库克扛在肩头的猎枪，他没准儿真会笑出声来。

"天哪，"劳伦斯惊叹一声，指了指女孩的枪，"扛着这玩意儿到处瞎逛，你准会惹上大麻烦。"

"关你屁事。"科迪冷冷地回答。

劳伦斯的脸色一下子变了，他刚捏紧拳头朝女孩迈出一步，戴尔立即上前搂住了弟弟的肩膀。"怎么？"他冲着眼前的两个人问道。

"有事情正在发生。"哈伦低声说道。凯文·格鲁姆班彻顺着山坡上的车道走了下来，哈伦抬头看见他，立即皱起眉头。

小凯看了科迪一眼，慢吞吞地对着那支猎枪做了个恍然大悟的表情，两边眉毛差点儿飞到了发际线上面。然后他才双臂抱胸，等着他们继续说下去。

"小凯是自己人。"戴尔说。

"有事情正在发生。"哈伦低声重复了一遍,"我们去找奥罗克,大家一起说。"

戴尔点点头,放开劳伦斯,同时用眼神警告他不许轻举妄动。他们各自从侧院里推出自己的自行车,小凯反身回家,骑着车再次滑下山坡。科迪没车,为了迁就她,四个骑车的男孩也放慢了步调。戴尔真希望他们能走快点,万一有哪个大人开车经过看见科迪扛着猎枪,那他们肯定会被拦下来。

路上没有车。德宝街就像一条空旷的隧道,通往西边明亮的洞口。第二大道和第三大道同样空荡荡的,一眼就能望到哈德路上。所有街道都沉浸在星期天特有的宁静之中。透过树叶的缝隙,他们仍能看见被夕阳最后的余晖映得火红的云朵,但树荫下的街道几乎已经伸手不见五指。德宝街东头的一排排玉米长得比孩子们的头还高,随着白日的天光渐渐退去,枝叶组成的青纱帐变成了一堵深绿色的高墙。

虽然麦克的自行车还停在后门廊外,但他们的"咕、咕"声没有换来任何应答。奥罗克家的灯亮了,孩子们躲到梨树后面,看着奥罗克先生穿着灰色工作服走出家门,开车沿着第一大道向南驶向哈德路。

五个孩子蹑手蹑脚地摸进鸡舍,等着麦克回来。

朱比利县公路已经被两旁高高的玉米秆夹成了一条小道,卡神父的教皇专车载着男孩飞驰而过,麦克觉得眼下的阵仗只有一句话可以形容:等着,我大哥来了。麦克没有哥哥,所以无论是面对恶霸还是险境,从来没有人挺身而出保护过他,他自己倒是常常保护其他更小的孩子。现在能把问题交到别人手上,他感觉好极了。

虽然麦克不愿意在卡神父面前表现得像个傻瓜,但对姆姆的担心部分抵消了这样的恐惧。除此以外，到底是什么力量将那个大兵送到了姆姆窗外，这也让他忧心不已。汽车拐进县6号公路，驶过空无一人的黑树酒馆。星期天晚上酒馆不开门，里面漆黑一片。麦克摸了摸裤兜里的塑料小水瓶。

山脚下漆黑一片，黑黢黢的小树林屹立在路旁，公路两侧茂盛的植被上覆盖着一层灰土。想到路基下方的山洞变成了什么样子，麦克只能庆幸自己这会儿不在那里。相对空旷的山顶倒是没那么黑：太阳已经下山，但高处舒展的云彩仍残留着一缕珊瑚粉色。微弱的天光为花岗岩墓碑镀上了一层温暖的光晕，但光线的强度已经不足以投下影子。

两个人轻轻关上身后的黑门，卡瓦诺神父停顿了一下。他指指长长的墓地尽头那尊青铜基督像，开口说道："你看，迈克尔，这里是一片圣土。他看顾着死者，正如他照看活人。"

麦克点点头，但在这个瞬间，他想到了农场里孤身一人的杜安·麦克布莱德，现在他自己的处境和当初的杜安一模一样。可杜安没有信仰，他脑子里有个声音发出抗议。麦克知道这个想法毫无意义。"走这边，神父。"

他领着神父穿过一排排墓地。微风拂过，吹得栅栏旁边寥寥几棵树木的枝叶和墓碑间的小国旗发出簌簌的轻响。士兵的坟墓还是和他离开时一样，新鲜的泥土撒了一地，就像刚被铲子刨过。

卡瓦诺神父摩挲着下巴："你是觉得这座坟墓看起来不太对劲吗，迈克尔？"

"呃……是的。"

"这很正常。"神父告诉他，"有时候他们会修葺老墓，管理员会从栅栏外面取点新土把它填平。你看，这里还有刚撒的草种。两个礼拜以后，坟头就会重新长满青草。"

麦克咬着自己的指甲。"这里的管理员是卡尔·范·锡克。"他轻声提醒。

"然后呢？"

麦克摇摇头："您能祝福一下这座坟吗，神父？"

卡神父微微皱起眉头。"你还想着驱魔呢，迈克尔？"他轻笑起来，"恐怕事情没那么简单，我的朋友。没几个神父真正懂得驱魔——这套仪式几乎已经废弃，感谢上帝——就算真有人会，他们也必须得到大主教或者梵蒂冈的许可才能举行仪式。"

麦克耸耸肩。"只是祝福一下而已。"他说。

神父叹了口气。渐凉的夜风宛如风暴的前哨，天黑得连颜色都变得黯淡起来：墓碑是灰的，绵延的草坪也笼罩着一层淡灰色，随着最后一缕阳光渐渐消失，路旁的树木化作了一道道黑影。就连天上的云彩也失去了玫瑰的色泽，一颗星星开始在东方的天际线上闪烁。

"对这位可怜的士兵来说，现在才祝福恐怕有点晚了。"卡瓦诺神父说道。

麦克伸手去摸圣水，但神父已经举起了右手。他的三根手指伸得笔直，拇指和小指交叠在掌心，麦克一直觉得这是世上最有力的动作。

"以圣父、圣子、圣灵之名，"神父庄严地说，"阿门。"

麦克忙不迭地递上圣水。卡神父笑着摇了摇头，但他还是在坟前洒了几滴水，然后再次画了个十字。麦克跟着他的动作重复了一遍。

"满意了？"卡瓦诺神父问道。

麦克紧张地盯着坟墓。泥土下面没有传来呻吟声，圣水落地的位置也没有烟雾升起。他觉得自己真是个傻瓜。

两个人缓步走向停车场，卡神父轻声讲着古老的葬俗。

"神父。"麦克抓着神父的夹克袖子停下了脚步。他伸出手指了指。

那几棵常绿乔木和墓园的栅栏之间只隔着几排墓碑，看起来像是某种桧树，枝叶繁密，针状叶宛如荆棘，高度只有 15 英尺左右。它们的年纪和世纪之交的墓碑差不多。三棵乔木大致排成一个三角，中间是一片黑暗的空间。

士兵站在三棵树中间。最后一缕暮光照亮了他的宽边毡帽、萨姆·布朗式武装带的铜扣和沾满泥巴的绑腿。

麦克的心跳骤然加速，但他内心深处有个声音正在欣喜若狂地咆哮：他是真的！卡神父看见他了！他真的存在！

卡瓦诺神父的确看见了那个大兵。神父的身体僵硬了片刻，然后重新放松下来。他瞥了麦克一眼，微微一笑。"是啊，迈克尔，"他低声说道，"我早该知道，不管是谁在捣鬼，你肯定不会骗我。"

大兵站在原地没动。他的脸笼罩在宽阔的帽檐投下的阴影中。

卡瓦诺神父向前迈出三步，麦克想拽住他，但神父甩开了男孩的手。麦克没有跟上去。

"孩子，"神父开口说道，"过来。"他的声音坚定而柔和，就像在哄爬上树的小猫："过来，我们谈谈。"

阴影中没有任何动静。大兵纹丝不动，就像一尊灰石雕成的纪念碑。

"孩子，我们可以谈谈。"卡瓦诺神父继续说道。他又朝那片阴影走了两步，最后他停下的位置离那个沉默的人影大约还有 5 英尺。

"神父。"麦克焦急地低声喊道。

卡瓦诺神父回头看了他一眼，微笑着说："不管这是什么把戏，迈克尔，我觉得我们可以……"

大兵看起来依然毫无动作，但他的身体突然从三棵树形成的圈子里弹了出来。熟悉的咆哮声让麦克想起了姆姆几年前打死的那条疯狗。

卡神父比大兵高了足足 1 英尺，但穿着卡其制服的人影张开四肢盘住了神父的身体，就像一只大猫扑在松脱的泥板岩上。他们翻滚着栽倒在地,震惊之余,神父完全说不出来话,只发出了一声呻吟,大兵低沉的咆哮仿佛来自胸腔深处。两个人滚过剪得短短的草坪,双双撞上了一座古老的墓碑,大兵翻身跨坐在卡神父身上,长长的手指掐住了神父的喉咙。

卡瓦诺神父的眼睛瞪得很大,但他的嘴张得更大,直到这时候,他终于叫出了声,但听起来只是一声含混的呜咽。大兵的帽子还戴在头上,但宽阔的帽檐已经挪到了脑后,麦克看见了那张光滑的蜡脸和白色大理石球般的眼睛。它的嘴也张得很大。不,确切地说,大兵没有张嘴,它的嘴就是一个圆洞,看起来像是用黏土捏出来的一样。麦克看见了它嘴里的牙齿。太多太多牙齿,无唇的圆嘴内侧长着整整一圈短短的白牙。

"迈克尔!"卡神父终于喊出了声。大兵的手指长得不可思议,光是抵挡这双恶毒的手,尽力不被它掐得失去意识,就已耗尽了神父的全部力气。卡神父拼命挣扎,但那个矮小的人影仍死死压在他身上,穿着卡其军裤的双腿仿佛和草地融为了一体。"迈克尔!"

麦克终于回过神来,他迅速跑到 10 英尺外扭作一团的两个人影身旁,开始死命捶打大兵窄窄的脊背。拳头触及的手感不似血肉,倒更像是一袋滑溜溜的鳗鱼,在衬衣的布料遮盖下,大兵的脊背仿佛正在不停地扭动蠕行。它的头顶没有头发,你能直接看到粉白色的头皮,麦克朝着它的脑袋又砸了一拳。

大兵松开卡神父的半边喉咙,腾出一只手猛地挥向身后。麦克的 T 恤刷地裂开一道口子,随后他发现自己被甩到了 6 英尺外桧树脚下的阴影中。

男孩翻身跪坐起来,随手从身旁的树干上掰下一根粗大的树枝。

大兵俯身将脸贴近卡神父的脖子和胸口,它的脸颊鼓胀,仿佛里面填满了烟草,整张嘴向前凸出,仿佛牙龈前方嵌着一副义齿。

现在卡瓦诺神父已经腾出了左手，成年男人硕大的拳头砸向大兵的脸和胸口。麦克看见那东西的脸颊和眉骨上出现了凹痕，就像雕刻家愤怒的拳头在黏土上留下印记。但没过几秒钟，凹痕便已恢复如常。大兵的脸是流动的，随时都在变形重塑。嵌在这张脸上的眼睛死死盯着神父，犹如一对苍白的大理石球。

怪物的嘴越伸越长，就像一只肉质的漏斗，麦克看得目瞪口呆，卡瓦诺神父失声惊叫起来。令人作呕的长吻缓缓伸向卡神父的咽喉，现在它已经长到了5英寸——8英寸——长。

麦克像抢垒一样冲上前去，抡起沉重的树枝砸向大兵耳后。沉闷的响声在墓园中回荡，一直传到树林里。

有那么一瞬间，麦克以为自己真把那玩意儿的头给敲了下来。大兵的头颅和下颌以一个不可思议的角度歪向右肩，软绵绵地挂在拉长的脖子上面。常人的颈骨绝不可能形成这样的角度。

那张脸仍在快速蠕动，就像一团肉色的稀泥，白色的眼睛盯紧了麦克。大兵倏地伸出左臂抓住树枝，把它从麦克手里夺了过去，动作比蛇还要敏捷。3英寸粗的树枝在它手中应声而断，仿佛只是一根脆弱的火柴。

大兵的脑袋已经恢复如初，七鳃鳗般的吻伸得更长，它低头凑向卡瓦诺神父仍在挣扎的身体。

"我的上帝啊！"卡神父喊道。但士兵喷出的东西将他的喊声堵在了喉咙里。一股棕色的洪流从士兵伸长的嘴里涌了出来，麦克后退几步，惊恐地发现，那是无数仍在蠕动的蛆虫。

蠕动的虫子瞬间爬满了卡神父的脸、脖子和胸膛。它们争先恐后地拍打着神父紧闭的眼睑，灵巧地钻进敞开的领口。还有不少虫子直接掉进了神父张开的嘴里。

卡瓦诺神父猛烈地咳嗽起来，他挣扎着试图将头扭到一边，好把嘴里的蛆吐到草地上。但大兵的头垂得更低了，那张脸依然拉得很长，恶毒的手指紧紧捏着神父的下颌，就像情人捧着心上人的脸庞，准备献给她一个酝酿已久的长吻。蛆虫还在源源不断地从它鼓胀的双颊和漏斗般的嘴里向外流淌。

麦克向前迈出一步，但他马上停了下来，棕色的蛆虫在卡瓦诺神父胸前扭动，然后钻进皮肤，消失在神父体内，这一幕将麦克的恐惧推向了新的高峰，他感觉自己的心脏都被冻住了。还有一些蛆钻进了神父的脸颊和紧绷的脖子。

麦克失声惊叫起来，他伸手试图去捡那根折断的树枝，就在这时候，男孩想起了裤兜里的塑料瓶。

麦克一把抓住大兵的衣领，感觉到粗糙的羊毛下面流质般的身体。他将一整瓶圣水顺着大兵的脊背倒了下去，但没指望真能产生什么效果。毕竟刚才神父祝福那座坟墓的时候，圣水没有激发任何反应。

但现在他看到的反应强烈得超乎想象。

圣水发出嗦的一声轻响，仿佛强酸正在腐蚀血肉。大兵的卡其制服被烧出了一串小洞，就像机枪留下的弹孔。大兵喉咙里的声音就像一头大型动物突然掉进了沸水，听起来更像喘息和呻吟，而不是叫喊；它先是挺直了身体，随即向后弯成一个不可思议的弧度，软蜡般的后脑勺几乎触到了军靴的鞋跟，柔弱无骨的手臂像触须一样疯狂地扭动挥舞，10英寸长的手指犹如利刃。

麦克向后跳开，把瓶子里的最后几滴圣水顺势泼向怪物身前。

他闻到了一股硫黄的臭味，大兵的束腰外衣胸前冒出一团绿色的火焰，然后它倒在地上以极快的速度滚了出去，人类的身体绝不可能扭成这种姿势。卡瓦诺神父终于获得了自由，他倚在一座墓碑上，不停地干呕。

大兵连滚带爬地钻进桧树脚下的圈子里，脸和小臂径直扎进裸露的泥土，挖开黑土和腐烂的针叶钻了进去，就像刚才那堆蛆虫钻进卡神父的胸膛一样轻松。麦克刚追出去几步就想起圣水已经用完，于是他在离桧树5英尺远的地方停下了脚步。

短短二十秒内，大兵已经消失得无影无踪。麦克小心翼翼地凑上前查看了一番，圆形隧道的洞口边缘围着一圈土垄，里面散发出下水道和腐肉的恶臭。眨眼间隧道已经开始收缩坍塌，很快变成了一个不起眼的浅坑，只是坑里的泥土还很新鲜。麦克回过头来去看卡神父。

神父已经跪坐起来，但他依然扶着身边的墓碑，低着头不停呕吐，直到胃里空无一物。那些蛆虫完全不见了踪影，只在神父的脸颊和胸口留下了一串串红斑。为了找到它们，他真的撕开了自己的上衣。神父一边干呕一边大口吸气，嘴里不停喃喃低语："噢，耶稣，耶稣，耶稣啊。"听起来就像冗长的连祷。

麦克吸了口气走上前去，伸出手臂抱住了神父。

卡瓦诺神父正在抽泣。他任由麦克搀着自己站起身来，蹒跚走向墓园大门，一路上他一直无力地倚在麦克身上。

现在天已经黑透了。黑色的铁栅栏外，教皇专车看起来只是一团模糊的影子。微风拂过树叶和玉米地，那簌簌的声响总让麦克觉得有什么东西正滑过他身后的草丛，跟着他们的脚步穿行于地面下方。他搀着卡神父尽量加快了脚步。

近距离接触神父需要消耗极大的勇气，麦克总觉得那些棕黑色的蛆虫会从神父身上钻进他自己的身体，但卡神父自己根本站不稳。

他们艰难地穿过大门走进停车场。麦克把卡瓦诺神父搀到方向盘后面坐好，自己也小跑着钻进了副驾驶座；他探身越过仍在呻吟的男人，关上了驾驶室的车门和窗户。下车时卡神父没拔钥匙，麦克轻轻一拧，教皇专车醒了过来，麦克立即打开车灯，雪白的灯光照亮了前方的墓碑和30英尺外的那丛桧树，但墓园后方高耸的十字架远在车灯的照射范围以外。

神父低声说了句什么，但他的话完全被粗重的喘息淹没了。

"你说什么？"麦克觉得自己也有点喘不过气来。墓园里的影子是不是在动？他真的说不清楚。

"只能……你来……开车。"卡瓦诺神父喘着粗气说道。他的身体不受控制地歪倒下去，整个人横在了座椅上面。

麦克默数三声，打开车门跑到驾驶室那边，推开仍在呻吟的神父，自己挤进方向盘后面，然后迅速关上车门。外面真的有东西在动，就在墓园后方的工具棚附近。

爸爸的车麦克倒是开过几次，有一次和卡神父一起外出拜访信徒的时候，走到一条长满青草的小路上，神父也让他试了试教皇专车。坐在驾驶座里，麦克几乎看不见仪表盘和引擎盖前面的路况，但至少他的脚还够得到踏板。谢天谢地，这辆车是自动挡的。

麦克挂上倒挡，教皇专车退入县 6 号公路，他完全顾不上观察往来的车辆，汽车差点儿直接掉进路对面的沟里，麦克忙不迭踩下刹车，车身猛地一顿，发动机熄火了。重新启动引擎的时候，麦克闻到了一股汽油味儿，但教皇专车立即咆哮着重新活了过来。

墓碑间的影子正朝着大门移动。

麦克一脚踩下油门，汽车怒吼着爬上陡峭的山坡，车尾的石子足足被甩到了 30 英尺以外。教皇专车呼啸着掠过山洞上方的公路，驶向坡顶的黑树酒馆，麦克眼角的余光只能瞥见公路两侧黑漆漆的树林，所以他险些错过了拐进朱比利路的岔口。汽车以 78 迈的速度飞驰，直到看见镇外的水塔，他才终于开始减速。

麦克小心翼翼地驶过榆树港漆黑的街道，隐隐期盼巴尼或者其他什么人会发现这辆车的古怪，然后把他给拦下来。卡瓦诺神父静静地躺在前座上，浑身不停发抖。

汽车在神父宅邸外的路灯下面停了下来，关掉发动机的时候，麦克差点儿哭了。但他还是强撑着转到副驾驶那侧，把卡神父从车上扶了下来。

神父脸色苍白，浑身滚烫，颤抖的眼睑下方几乎只剩眼白，胸口和脸颊上的印记就像皮癣留下的伤疤，被头顶的街灯照得一片青白。

　　麦克站在神父宅邸门外喊了几声，暗自祈祷神父的女管家麦考夫迪太太还在等着卡神父回家吃晚饭。门廊上的灯开了，一个矮墩墩的女人匆匆走出大门，她的脸涨得通红，腰间还系着围裙。

　　"天哪，"女人抬起粗糙的双手捂住自己的脸，"这到底……"她怒气冲冲地瞪着麦克，仿佛觉得是他打伤了年轻的神父。

　　"他生病了。"麦克只能这样说。

　　看到卡神父的脸色，麦考夫迪太太点点头，和麦克一起把他扶回了楼上的卧室。神父坐在床边呻吟，女人帮他脱掉衣服，换上一件老式睡衣，这一幕让麦克觉得有些别扭，不过他很快明白过来，对麦考夫迪太太来说，卡神父就像她的儿子。

　　神父终于在干净的床单上安顿下来，他还在不断轻声呻吟，脸上蒙着一层薄汗。麦考夫迪太太已经帮他量了体温，103华氏度，现在她正拿着湿毛巾帮他擦脸。"这些印子是怎么回事？"她的手指几乎触到了一块新月形的皮癣。

　　麦克耸耸肩，现在他根本不敢开口。女人刚刚出去，他立即掀开衣服检查了自己胸口。房间里的穿衣镜告诉他，他的脸上和脖子上都没有印子。那些蛆真的钻进了神父的身体。打斗激发的肾上腺素正在退去，麦克开始觉得反胃，头也有点晕乎乎的。

　　"我这就去给医生打电话，"麦考夫迪太太说，"不是那个威斯克斯，而是斯塔夫尼医生。"

　　麦克点点头。斯塔夫尼医生不在本地执业，他是皮奥里亚圣弗朗西斯医院的骨科医生，但勉强算是天主教徒。麦克每年大约会在弥撒上见到他两次。麦太太根本信不过那个匈牙利医生。

　　"你得留在这里。"她说。这不是一个问题。她希望麦克留下来，把他知道的一切都告诉医生。钻进肉里的蛆。

　　麦克摇摇头。他也想留下，但天已经黑了，他爸爸从今晚开始上夜班。家里没有男人能保护姆姆，只有妈妈和几个姐妹。想到这里，他又摇了摇头。

麦考夫迪太太还没来得及训他，麦克就摸了摸卡神父的手，感觉又湿又冷，然后拖着颤抖的双腿一溜烟奔下楼梯，跑进了外面的黑暗中。

足足跑出去半个街区以后，麦克这才想到了什么。于是他只好气喘吁吁地跑了回去，累得都快哭了。男孩经过神父宅邸门前，径直冲进圣马拉奇教堂的侧门。他在更衣室里找了块干净的亚麻圣餐台布，然后钻进了黑漆漆的圣堂。

教堂里暖烘烘的，十分安静，清晨的弥撒留下的焚香气息仍未散尽，祭坛蜡烛温柔的红光照亮了墙上的耶稣受难像。麦克在门口灌满一瓶圣水，屈膝跪拜，然后再次走向祭坛。

他在祭坛前跪了一会儿，因为他打心底里知道，自己现在要做的事完全不可饶恕。任何情况下他都不得触碰圣体。信众上前领受圣餐的时候，麦克会将小铜盘捧到他们的下颌下方，以防万一，但就算圣体真的掉了下来，小铜盘又没接住，祭坛助手也绝对不能伸手。一旦那块面包被尊为耶稣的圣体，唯一有资格触碰它的人只有卡瓦诺神父，因为他才是主持这间教堂的神父。

麦克默念了一遍痛悔经，这才爬上台阶，从祭坛上方帘幕低垂的小壁龛里取下一块圣餐。然后他又跪拜了一次，念了几句祷辞，用干净的亚麻布将圣体裹起来揣进了兜儿里。

他一路跑回了家。

快要走进后门的时候，他听见鸡舍附近室外厕所背后的阴影中似乎有动静。麦克停下脚步，一颗心狂跳起来，但奇怪的是，这时候他什么也没想，仿佛整个人已经麻木。他掏出圣水揭开瓶盖，将塑料瓶高高举了起来。

鸡舍旁的阴影里确实有动静。

"出来吧，天杀的，"麦克上前一步，"既然你来了，那就出来。"

"喂，奥罗克，"是吉姆·哈伦的声音，"你干吗去了？"一只打火机啪地点燃了，麦克看见了哈伦、小凯、戴尔、劳伦斯和科迪·库克的脸。就连科迪的莫名出现都没让他感到惊讶，他闪身钻进正在重新变暗的小屋。

哈伦的打火机已经灭了，而且没法再次点燃。麦克让自己的眼睛习惯了一会儿黑暗。

"我要说的事你肯定不会相信。"戴尔·斯图尔特的声音绷得很紧。

麦克笑了，但他知道，屋里这么黑，伙伴们根本看不见他脸上的笑容。"你试试看。"他低声回答。

25

一大早男孩们就朝着杜安家的农场出发了。他们骑着自行车，大家都有些心神不定，不过麦克出了个主意：要是真的碰到了收尸车，他们可以一半人跑进北边的田野里，一半人朝南边跑。只有哈伦冷冷地插了一句："当时杜安就在地里，却没能逃过去。"

但谁也没有更好的办法。

去杜安家的主意是戴尔提出来的。星期天晚上他们在鸡舍里聊了一个多小时，每个人都讲了自己的故事。他们决意弄清眼下发生的怪事，所以大家都说好了，谁也不许保留任何秘密。孩子们讲的故事一个比一个奇怪，其中以最后开口的麦克为最，但谁也没有质疑故事的真实性，或者指责别人疯了。

"好吧，"最后科迪·库克说道，"既然该说的都说完了，看来确实有人杀了我弟弟和你们的朋友，现在他们还想把我们全都干掉。那我们该怎么办？"

大家一时语塞，只有凯文问了一句："你们怎么没告诉大人呢？"

"我告诉他们了！"戴尔喊道，"我跟你爸说过，地下室里藏着可怕的东西。"

"他找到了一只死猫。"

"没错，但我看见的不是……"

"我相信你，"凯文说，"但你为什么不告诉他和你妈，你看见了塔比·库克？我是说，他的尸体。对不起，科迪。"

"我也看见他了。"科迪说道。

"所以你为什么不说？"小凯质问戴尔，"还有你，吉姆。你为什么没给巴尼和斯塔夫尼医生看床单上的证据？"

哈伦犹豫了一下："我可能是害怕他们把我当成疯子，然后把我送到什么奇怪的地方去。真相太不合理了。起初我告诉他们那只是个闯空门的，那时候他们倒是听得很认真。"

"没错。"戴尔附和，"你看，我只是在地下室里表现得有点疯癫，我妈就已经准备送我去橡树山看儿科心理医生了。想想看吧，要是我告诉她实话，她该怎么……"

"我告诉我妈了。"科迪低声说道。

黑暗中的鸡舍陷入了短暂的沉默，大家都等待着下文。

"她相信我。"女孩继续说道，"当然，第二天晚上，她也看见了塔比的尸体在院子外面转悠。"

"那她有什么反应？"麦克问道。

科迪耸耸肩："她能有什么反应？她告诉了我爸，但他揍了她一顿，还叫她闭嘴。现在她天一黑就把我们几个关在家里，把门闩得死死的。她还能怎么办？她觉得那是塔比的灵魂想要回家。我妈从小在南方长大，她听那些黑人讲过很多鬼故事。"

戴尔脸上的肌肉抽搐了一下。一时间谁都没再说话。片刻之后，哈伦终于开口说道："你看，奥罗克，你倒是跟大人说了，瞧瞧现在的结果。"

麦克叹了口气："至少现在卡神父知道这事了。"

"是啊，要是他没被那些虫子弄死的话。"哈伦回答。

"闭嘴。"麦克焦躁地来回踱步，"我知道你们想说什么。我告诉我爸，有人在我们家窗外窥视，他相信了我。但要是我告诉他，那是姆姆以前的男朋友，现在它从墓园里爬了回来，我爸肯定会觉得我疯了。他再也不会相信我的话。"

"我们需要证据。"劳伦斯说。

黑暗中大家的视线都转向了他。刚才讲完从壁橱里钻进床底下的东西以后，劳伦斯再也没开过口。

"我们现在知道些什么？"凯文又拿出了那副小教授的腔调。

"我们知道你是个浑球。"哈伦反唇相讥。

"闭嘴，他说得没错，"麦克拦住了哈伦，"我们得想想。现在我们要对付的是谁？"

"你那个大兵，"戴尔说，"除非你的圣水已经要了他的命。"

"圣水。"麦克喃喃念叨，"不，它没死。我是说，它没有被摧毁。我就是知道，它还待在外面的某个地方。"麦克停下脚步，透过窗户望向主屋。

"没事的。"戴尔轻声安慰，"你妈和几个姐妹都还没睡。她们会照看外婆。"

麦克点点头。"大兵。"他重复了一遍，仿佛在列什么名单。

"罗恩，"科迪补充道，"那个王八蛋。"

"你能确定罗恩真的跟这些事有关吗？"哈伦的声音从黑黢黢的沙发上传来。

"嗯。"科迪不容置疑地回答。

"大兵和罗恩，"麦克说道，"还有谁？"

"范·锡克，"戴尔提议，"杜安十分肯定，当时开着收尸车想撞他的人绝对是范·锡克。"

"也许最后把他堵在家里的也是那家伙。"哈伦说道。

坐在落地式收音机前的戴尔发出一声痛苦的呻吟。

"罗恩、大兵、范·锡克。"麦克总结了一遍。

"还有老肥特和杜甘太太。"哈伦的声音绷得很紧。

"杜甘应该跟塔比差不多。"凯文推测,"他们可能是被利用的工具。但达比特太太是怎么回事,我们还不清楚。"

"我亲眼看见,"哈伦断然说道,"她们俩待在一起。"

麦克继续来回踱步:"好吧。老肥特要么是他们的同伙,要么跟他们同流合污。"

"有什么不一样?"凯文在后面的角落里问了一句。

"闭嘴。"麦克没有停步,"现在我们知道的有大兵、范·锡克、罗恩、看起来像是杜甘的东西、达比特太太……还有谁吗?"

"特伦斯。"科迪的声音小得几乎听不见。

"谁?"五个声音同时问道。

"特伦斯·马尔雷迪·库克,"她说,"塔比。"

"噢,没错。"麦克重新整理了一遍名单,把塔比加了进去,"那么他们至少有六个人。还有吗?"

"康登。"戴尔说道。

麦克停下脚步:"你说的是 J.P. 还是他儿子 C.J.?"

戴尔耸耸肩:"没准儿两个都有份。"

"我觉得不是,"哈伦表示反对,"至少 C.J. 不是。他太蠢了。他爹倒是老爱跟范·锡克混在一起,但我不认为他和这些事有关。"

"我们还是先把 J.P. 加进去,"麦克说,"直到他洗清嫌疑为止。好吧,那他们至少有七个人。其中一部分是人类,另一部分是……"

"死人。"戴尔帮他说完了剩下的半句,"他们以某种方式操纵着这些工具。"

"噢,天哪。"哈伦喃喃叹道。

"怎么了?"

"要是他们把杜安·麦克布莱德也弄回来了，就跟塔比一样，那该怎么办？杜安的尸体会不会像塔比一样出现在我们窗外？"

"不可能。"戴尔从牙缝里逼出几个字来，"他爸把他的尸体火化了。"

"你确定吗？"凯文问道。

"嗯。"

麦克走到圈子中间蹲了下来。"所以我们现在该怎么办？"他低声问道。

戴尔打破了沉默："我觉得杜安应该发现了什么，所以那天他才会约我们星期六碰头。"

哈伦清了清嗓子："但他已经……"

"是，"戴尔打断了他的话，"但你应该记得吧，杜安随时都在写东西。"

麦克打了个响指："他的笔记簿！可我们该怎么把他的笔记簿弄到手呢？"

"我们现在就去，"科迪提议，"这会儿还不到 10 点。"

男孩们七嘴八舌找起了借口，总之就是没人愿意晚上出门。大家都有事。麦克得待在家里陪姆姆；哈伦要是再不回去，他妈准会剥了他的皮，谁让他害得她不能出门；凯文家有宵禁，戴尔必须待在家里养病。但谁也没有提起他们不愿出门的真正原因：天太黑了。

"一群胆小鬼。"科迪嗤之以鼻。

"我们明天一早就去。"戴尔说，"最晚不超过 8 点。"

"大家都去吗？"哈伦问道。

"为什么不呢？如果我们所有人都待在一起，他们动手之前就得多想想。那帮家伙爱抓落单的人，不信看看杜安。"

"说得跟真的一样，"哈伦嘲讽道，"没准儿他们正等着把我们一网打尽呢。"

麦克制止了他们的争执："明天一早我们大家都去。但只能让一个人进屋，其他人守在外面，有必要的时候再出手帮忙。"

科迪清了清嗓子，在木地板上吐了口唾沫。"还有一样东西。"她说。

"什么？"

"我是说，真的，还有一样东西。至少一样。"

"你到底想说什么，库克？"哈伦不耐烦地问道。

科迪在破旧的扶手椅里挪了挪身子，随着她的挪动，猎枪的枪管不动声色地转向吉姆·哈伦的方向。"你最好少在我面前耍嘴皮子，"她警告道，"我想说的是，我还见过别的一些东西。它们会钻进房子附近的地里。"

"那个大兵就钻进了地里。"麦克说。

"不。我说的是某种大家伙，长得比人还长，有点像蛇，诸如此类的东西。"

昏暗的鸡舍里，孩子们面面相觑。

"它能钻进地下？"哈伦问道。

"没错。"

"那些洞……"戴尔喃喃自语。想到还有别的怪物，谁都没见过的怪物，戴尔觉得胃里一阵翻涌。

"没准儿它跟钻进我床底下的那东西差不多。"劳伦斯说。

戴尔一直觉得大家说的话听起来十分遥远，他仿佛无意中听到了一群精神病人的交谈，只不过他自己也是病人之一。

"那就这么定了，"麦克说道，"明天一早我们8点碰头，然后一起去杜安家，看看他有没有留下什么线索。"

天这么黑，谁也不愿意独自回家。孩子们结伴离开鸡舍，一直走到自家门前才忙不迭地奔向纱门后的灯光。最后只剩下科迪·库克一个人消失在暗夜深处。

麦克蹬着脚踏板，努力跟上大部队的节奏。虽然时间还早，但气温已经开始升高，空中万里无云，前方漫长的碎石公路热气蒸腾，熏得周围的景物微微有些变形。麦克觉得很累。

他几乎一夜没睡。妈妈回房睡觉以后，他一直守着姆姆。他在窗框周围洒了点圣水，但他不知道这到底有没有用。圣水干掉以后，它的效果是不是也会随之消散？无论如何，这一晚他们过得相当平静，只有那么一次，麦克被地板下面轻微的响动吓了一跳，但那可能只是房屋沉降发出的自然声响。纱窗外的蟋蟀和鸣蝉不知疲倦地大声聒噪，麦克突然想起来了，前几次大兵出现之前，窗外似乎都格外安静。

整个晚上他一共只睡了一两个小时。凌晨时分，麦克打着哈欠送完了报纸，趁着弥撒还没开始，他专程去了神父宅邸看望卡神父。

今天的弥撒取消了。麦考夫迪太太示意麦克噤声，然后领着他去了后门旁边的厨房里说话；神父病得很重；斯塔夫尼医生建议他彻底卧床休息，要是到星期二还不见好，恐怕就得考虑住院了。除此以外，女管家还说，橡树山圣文德教堂的助理神父丁曼答应星期三过来帮忙主持早弥撒。麦克负责通知本堂教友。

麦克争辩说，他必须看看卡神父，这事儿很急，但麦考夫迪太太毫不松口。要是神父感觉好点儿了，没准儿你晚上就能见到他。

于是麦克只得在教堂附近转了一圈，通知了六七位上了年纪的教友。然后他重新灌了一瓶圣水——这次他带上了自己的水壶，这个壶比较大，整个圣水盘都被他倒空了——这才离开教堂去跟戴尔他们碰头。

其实他有点不敢去麦克布莱德家的农场。去杜安家必须经过墓园，这可以算是原因之一。但阳光如此明亮，伙伴们又那么积极，他实在没法拒绝。除此以外，戴尔说得没错：也许杜安真的给他们留下了什么线索。

男孩们把自行车藏进麦克布莱德家车道入口处的玉米地，然后徒步走了过去。他们在最后一排玉米后面停下脚步，远远望向车道尽头的农舍。屋子里黑洞洞的，一片寂静。麦克布莱德先生的皮卡不在院子里，停放收割机和其他农具的谷仓大门紧闭，他们看见了门上沉重的铁链和挂锁。

"我觉得他出门去了。"哈伦低声说道。骑了这么远的车，又猫着腰在玉米地里钻了半天，小个子男孩看起来累得够呛。哈伦的脸上没有一丝血色，颊边挂着一层汗珠。他隔不了多久就会伸手挠挠左臂的石膏和吊索。现在气温更高了，闷热的空气沉重地压在田野上，就像一只灼热的拳头。

"别冒险，"麦克低声提醒，"能借我用用吗？"他转头问道，小凯今天带了一副双筒望远镜。

"我们喝点儿水吧。"哈伦伸手去取麦克挂在肩上的水壶。

麦克把水壶带子抢了回来："劳伦斯带了水，你去喝他的。"

"小气鬼。"哈伦低声抱怨，然后冲着劳伦斯做了个手势。戴尔的弟弟摇了摇头，但还是从幼童军的小背包里取出了一个塑料水瓶。

"我什么都没看见。"麦克把望远镜递给戴尔，"但我们必须假设他今天在家。"

戴尔抢过哈伦手里的水壶漱了漱口，然后将残水吐在灰尘飞扬的地里。透过玉米秆的缝隙，他观察了片刻："让我进去吧。"

麦克摇摇头："我们一起去。"

"不行。"戴尔断然拒绝，"我来看望杜安的父亲，这很合理。要是真有什么麻烦，你们留在外面才能给我支援。"

"我来支援你。"哈伦从吊索缝隙里掏出一支小手枪。

"耶稣啊，"戴尔低声惊呼，"这是真枪？"

"哇哦。"劳伦斯迫不及待地凑了上来。

"噢，活见鬼，"凯文叹了口气，"别拿那玩意儿冲着我。"

"把枪收起来。"麦克断然下令。他的声音十分平静。

"滚回去吸你的鼻涕吧。"哈伦反唇相讥。但他还是收起手枪，转头告诉戴尔："当然是真的。我们大家都该搞点这样的武器。那群家伙可不是开玩笑的。我觉得……"

"这事儿回头再说。"麦克压低声音打断了哈伦。他把望远镜还给凯文，"去吧，戴尔，我们给你望风。"

玉米地到农舍之间的 20 码路感觉格外漫长。停车场和晒场里都不见皮卡的踪迹，但不知为何，戴尔总觉得院子和车道那头有人正在看他。

和以前来找杜安的时候一样，他先是敲了敲后门。戴尔隐隐期盼能听到维特根斯坦的叫声从车库的方向传来，然后看见那条老狗一溜烟奔向自己；闻到戴尔的气味，它会远远地摇起尾巴。然后杜安闻声而出，一边提着灯芯绒长裤，一边扶着鼻梁上的眼镜。

但是现在，屋子里鸦雀无声。门没锁。戴尔犹豫了一秒，然后轻轻一推，纱门吱呀一声开了。

厨房里光线晦暗，但并不凉爽，狭小的空间里热气蒸腾，久未流通的空气和垃圾受热后的气味交织在一起，戴尔看见水槽里堆满了脏盘子，台面上到处都是污渍，餐桌更是一团糟。

戴尔踮着脚尖，尽量小心地穿过房间。整幢房子安静得像是一座废宅，看来杜安的爸爸真的不在家。下楼去杜安住的地下室之前，戴尔朝餐厅里望了一眼。

巨大的餐桌已经改成了工作台，一个人影坐在工作台旁的椅子里，他的手里握着什么东西。戴尔看见霰弹枪黑洞洞的枪管指着自己。

他一下子僵住了。男孩仍保持着踮脚的姿势，但他的心脏先是猛地停止了跳动，然后向上一蹿，最后再次陷入停滞。

"你想要什么，孩子？"

是麦克布莱德先生的声音——缓慢，含糊，因为完全没有重音，所以听起来有些奇怪，但的确是他的声音。

"对不起，"戴尔结结巴巴地说，他感觉自己的心脏突地跳了一下，然后又不动了，"我以为您不在家。我是说，我敲了门……"他的眼睛渐渐适应了昏暗的光线，现在他能看见对面的男人了。坐在椅子里的麦克布莱德先生穿着汗衫和黑色工装裤，肩膀垂得很低，就像被重担压垮了一样。桌子和地板上到处都是玻璃瓶，一支泵动式霰弹枪握在他手中，枪管稳定得像是凝固了一般。

"你想要什么，孩子？"

戴尔迅速编了好几个谎，但又将它们一一否决："我想看看杜安是不是留下了一本笔记。"

"为什么？"

戴尔感觉胸腔里一阵剧痛，他的心脏倏地抽紧了，然后狂跳不已。他想学着电影里的角色举起双手，但却丝毫不敢妄动："我觉得杜安可能留下了一些线索，来帮助我们找到……杀害他的真凶。"他答道。

"你们是谁？"那个人影继续追问。

"其他几个孩子。我们都是他的朋友。"戴尔强迫自己答道。现在他看清了麦克布莱德先生的脸。他的脸色比几周前戴尔父母送食物过来时还要糟糕。灰色的胡楂儿让杜安的父亲显得格外苍老，破裂的毛细血管将他的脸颊和鼻子映得通红，深陷的眼窝里几乎看不见眼珠的反光。戴尔能闻到，这个男人身上散发着一股汗水和威士忌混合的臭味。

"你觉得我的杜安是被人杀害的？"这是一个疑问句，霰弹枪的枪口仍对着戴尔的脸。

"是的。"戴尔回答。他感觉自己双膝发软，根本无法再支撑身体。

麦克布莱德先生放下手里的枪。"孩子，除了我以外，你是唯一有这种想法的人。"他随意抓起桌上的某个瓶子喝了一口，"我反反复复跟他们说了很多遍，不管是那个狗娘养的治安官，还是橡树山的警察，或者州里来的巡警……只要有人肯听，我就告诉他，但没有人愿意听我说话。"他高高举起酒瓶一饮而尽，然后把空瓶子扔在地板上，打了个嗝儿："我叫他们去问那个天杀的康登……他偷走了阿特的车，拆掉了车门，好掩盖门上的漆痕……"

戴尔完全不知道麦克布莱德先生在说什么，但他无意打断男人的倾诉开口询问。

"我叫他们去审审康登，他肯定知道是谁杀了我儿子……"杜安的父亲在桌上的酒瓶中摸索，终于找到了一个留有残酒的瓶子。他立即喝了一大口："我告诉他们，康登肯定知道内幕……他们说，因为阿特的死，我儿子的脑子出了问题……你知道我弟弟死了吗，孩子？"

"是的，先生。"戴尔吸了口气。

"他也是被他们杀掉的。他是第一个。然后他们又杀了我儿子。他们杀了杜安。"男人抬起霰弹枪，就像忘了自己刚才把它放在了膝盖上，然后他又把枪搁回原地，轻轻拍了拍，眯起眼睛望向戴尔。

"你叫什么名字，孩子？"

戴尔告诉了他。

"噢，没错。以前你来我们家找杜安尼玩过，对吧？"

"是的，先生。"戴尔一边回答，一边暗自想道，杜安尼？

"你知道是谁杀了我儿子吗？"

"我不知道，先生。"戴尔说道。现在我没法确定，除非能看到杜安的笔记。

麦克布莱德先生喝光了第二瓶酒："我告诉他们，去问那个天杀的康登，那个假模假样的太平绅士。但他们说，杜安尼死了以后，康登就失踪了，还问我知不知道这事。难道他们觉得是我把他杀了？一群狗娘养的蠢货。"他的手在工作台上摸索，打翻了无数酒瓶，但再也没有找到哪怕一个还没喝空的瓶子。麦克布莱德先生站起身来，蹒跚走向墙边的沙发，扫开坐垫上的垃圾整个人瘫了下去，但那支霰弹枪仍横在他腿间。"我真该杀了他。我应该逼问他，到底是谁杀了阿特和我儿子，然后再把他干掉……"男人突然坐了起来，"刚才你说想要什么来着，孩子？杜安不在家。"

戴尔感觉一阵凉意爬上了他的脊背："是的，先生，我知道。我今天过来是想找一找杜安的笔记簿。可能不止一本。他在本子里留了点东西给我。"

麦克布莱德先生摇摇头，抓着沙发靠背稳住身体。"不可能，孩子，他的笔记簿里只有写小说的灵感，没有留给你的东西，也没有留给我的……"他的头缓缓垂向沙发扶手，眼睛也慢慢闭了起来。"也许我不该把他的葬礼搞得那么低调，"他喃喃自语，"你很容易忘记，他也有自己的朋友。"

"是的，先生。"戴尔低声附和。

"我不知道该把他的骨灰撒到哪里，"麦克布莱德先生继续低声呢喃，仿佛是在梦呓，"你知道吗，孩子？说是骨灰，其实里面还有小块的骨头。"

"我不知道，先生。"

沙发上的男人还在说话。"所以我把他的一部分骨灰撒在了河里，和阿特一样……我觉得杜安尼喜欢那个地方……剩下的撒在了他和那条狗经常玩的地方。他埋葬那条狗的位置。"麦克布莱德先生霍地睁开眼睛，灼灼地盯着戴尔，"你觉得我做错了吗，孩子？"

戴尔咽了口唾沫，他的喉咙疼得几乎说不出话来。"不，先生。"他低声回答。

"我也是。"杜安的父亲喃喃表示赞同，然后再次闭上眼睛。

"能让我看看吗，先生？"戴尔请求。

"什么，孩子？"男人的声音显得心不在焉，睡意蒙眬。

"我想看看杜安的笔记簿，刚才我跟您说过。"

"找不到了。"麦克布莱德先生闭着眼睛回答，"我去楼下找过……到处都找过……但没看见杜安尼的笔记簿。就像凯迪拉克那扇该死的车门一样……"他的声音越来越小，最后彻底消失。

戴尔等了整整一分钟，听着男人的呼吸逐渐化作鼾声，他才向着通往地下室的楼梯迈出了一步。

麦克布莱德先生哗一声拉开了霰弹枪的护杆。"走吧，孩子。"他咕哝着说，"现在就走。别再靠近这里。"

戴尔看了一眼楼梯——近在咫尺——然后回答："好的，先生。"男孩穿过厨房门离开了农舍。

阳光十分明亮。戴尔沿着车道走了100英尺，他的T恤紧紧粘在身上；然后他一猫腰，绕过一排椰榆钻进玉米地里。麦克布莱德先生多半不会专门走进厨房目送他离开，戴尔穿过茂密的玉米绕回屋后，麦克和其他人还等在原地。

"天哪，"哈伦低声说道，"你怎么在里面待了那么久？"

戴尔把刚才发生的事情原原本本讲了一遍。

麦克叹了口气，翻身仰面朝天，眯起眼睛望向玉米叶缝隙间明亮的天空："今天就这样吧。明晚酒醒之前，他恐怕不会去镇上了。"

"不，"戴尔说，"我这就回去。"

地下室的窗户比戴尔记忆中的更窄。虽然脱掉了衣服，但他钻进去的时候还是磨破了几块皮。

窗边摆着另一张工作台。这幢见鬼的房子里似乎到处都是这玩意儿。戴尔小心翼翼地放下双脚，然后整个人踩了上去，木头桌子发出一声痛苦的呻吟。

地下室里比外面凉快得多，气味也十分熟悉：隐隐的霉味里夹杂着洗衣粉、应急排水管、锯末、水泥的复杂气息，还有一股臭氧味儿，可能来自摆满了屋里每一处表面的收音机和电子设备。

戴尔以前来过这里，他知道现在自己所在的位置是整个地下室背面安置浴室和洗衣设备的地方。杜安的"卧室"在楼梯旁边。好极了。楼上的人很容易听到那边的动静，而且他还没法在短时间内翻窗户逃出去。

他踮着脚尖穿过背阴的小屋，站在敞开的门口听了一会儿。楼梯间和一楼都悄无声息。戴尔暗自祈祷，通往楼梯的门千万别开着。

这间屋子比刚才那间更暗，因为它没有窗户，也没有出口。灯倒是有好几盏——低垂的灯绳控制着头顶的灯泡，黑黝黝的床边放着一盏落地灯，床头的大桌子上还挂着一盏艺术气息浓郁的悬吊灯——但他不能开灯，楼上肯定能看到下面的灯光。要是杜安的父亲已经睡着了，那就万事大吉。但戴尔脑子里另一个更谨慎的声音提醒他，如果那个手握霰弹枪的男人还醒着，他一定会看见地下室的灯光。一点轻微的动静就足以把他吵醒。

戴尔蹲在床边，等待自己的眼睛适应几近于无的光线。他觉得有些呼吸困难。要是有什么东西突然从床底下冒出来……一条苍白的手臂……杜安！杜安浮肿的脸死气沉沉，就像塔比一样，当然……迪格尔说，他整个人都被撕成了碎片……

戴尔强行掐断了自己的思绪。这张床铺得整整齐齐，等到戴尔的眼睛终于适应了室内的光线，他看见了床单上细微的皱褶和起伏。床底下没有东西钻出来。

屋里到处都是书。有的书摆在自制的书架上，有的胡乱堆在其他家具上面，桌子和窗台上的书排成整齐的行列，写字台下面塞了好几个装书的纸箱子，就连地下室靠墙的一圈水泥台上也摆满了平装本。除了书以外，屋里最多的就是收音机：闹钟式收音机和台式小型收音机随处可见，古色古香的胶木收音机弧线优美，半自制的套装设备看起来就像一堆裸露的电子元件，晶体管收音机小巧玲珑，杜安的床和书桌之间还摆着一台全尺寸的阿特沃特肯特牌落地式收音机，高度至少有4英尺。

戴尔在书架和纸箱里翻找。他记得杜安的笔记簿都是小开本的线圈本，有的本子和学校里发的笔记簿尺寸相仿，但大部分比那更小。它们肯定藏在屋子里的某个地方。

桌上摆着淡黄色的拍纸簿和装满笔的杯子，甚至还有一叠打印纸和一台史密斯科罗纳牌老式打字机，但没有笔记簿。戴尔蹑手蹑脚地走到床边，摸了摸床垫下方，又抖了抖枕头，却一无所获。他又小心翼翼地打开简易衣橱，在杜安不多的几件法兰绒衬衫和叠得整整齐齐的灯芯绒长裤中翻找。这样大肆翻检过世朋友的遗物，戴尔感觉心里越来越不安。就在这时候，他的膝盖碰到了床边的一张矮桌，一堆书哗啦啦地掉到地上，男孩僵在了原地。

"谁！"麦克布莱德先生的声音听起来还有些迷糊，喉咙里似乎糊满了痰，但他说话的位置仿佛就在他头顶。

"天杀的，谁在下面？"沉重的脚步声蹑过他的头顶，从餐厅移向厨房侧面的短走廊，地下室的楼梯入口就在那里。

戴尔的视线穿过狭长的房间和敞开的门，最远处那堵墙上的窗户看起来只是一道亮线。他根本没时间跑到窗边，更别说还得翻出去。麦克布莱德先生刚从醉梦中醒来，说不定他压根儿不记得戴尔来过。对他来说，戴尔只是地下室里一个鬼鬼祟祟的影子。想到大号铅弹迎面射入自己的身体，再穿过脊骨向后飞出，戴尔觉得背上一阵阵发痒。

脚步声在走廊里停了下来："我这就下来，天杀的。我准能逮到你。"

戴尔又听见霰弹枪护杆哗啦一响。麦克布莱德先生之前上膛的那颗子弹掉在一楼地板上，发出轻快的嗒嗒声。紧接着脚步声移向楼梯上方。

我可以钻进床底下，戴尔想道。不行，他首先检查的肯定是床底。麦克布莱德先生下楼走进这间屋子之前，他大概还有十秒钟时间。

戴尔突然想起来了，去麦克家的鸡舍碰头的时候，他们偶尔会钻进落地式收音机的壳子里玩耍。脚步声已经走到了楼梯中间，戴尔翻身跃过床头，拉开倚在墙边的阿特沃特肯特，钻进去藏了起来。他刚把收音机挪回原地，沉重的脚步声已经走到了楼梯最下端。

"我看见你了，天杀的！"男人厉声喊道，"你以为我有我弟弟和儿子那么好欺负吗？"

脚步声蹒跚走向房间中央，那里挂着一条晾衣绳，戴尔听见有什么东西撞上了绳子。也许是霰弹枪的枪管。然后是绳子被一把拽掉的声音。

"滚出来，狗娘养的！"

这台巨大的收音机还能工作，但除了零件以外，剩余的空间刚好够戴尔蜷在里面。他抬起小臂挡住自己的脸，尽量不让自己呜咽出声，但他总是忍不住去想，霰弹枪从8英尺外瞄准自己的样子。戴尔用过老爸的泵动式12口径猎枪，他自己也有一支点410的猎枪，所以他很清楚，收音机脆弱的木壳根本无法保护他的身体。如果真的被发现了，他只能尖声哭叫，像捉迷藏的孩子那样大喊投降，但他根本喊不出声来。男孩努力压抑自己尖叫的欲望，但他的呼吸正变得越来越粗重。

"我看见你了！"失去了儿子的父亲还在怒吼，但他的脚步已经走向了地下室另一头，"天杀的，我知道这下面有人。给我滚出来！"

他没看见我。尖尖的零件顶在戴尔背上，可能是根管子。他的颧骨紧贴着收音机内部的电子元件，肩膀也被某个架子硌得生疼，但他不打算调整姿势。

脚步声又回到了杜安的卧室里。它们慢慢挪向——几乎算得上鬼祟——远处的墙壁和衣柜，走到楼梯下方，然后又蹑手蹑脚地走向书桌，现在杜安的父亲离戴尔蜷缩的位置绝不超过3英尺。

麦克布莱德先生突然蹲下身来，猛地掀开床单，霰弹枪枪管闪电般伸进床底。随后他一无所获地站起身来，整个人的重量几乎都压在了床头的落地式收音机上。戴尔知道。他闻到了男人身上的气味。他能闻到我吗？

长久的沉默笼罩着整个地下室，周围一片死寂，戴尔甚至怀疑，这位半疯的父亲肯定听到了收音机壳子里的心跳。但紧接着传进戴尔耳朵的声音差点儿让他尖叫起来。

"杜安尼？"麦克布莱德先生喊了一声。男人嗓音里的怒气和威胁都已不见踪影，只余沙哑和破碎："杜安尼，是你吗，孩子？"

戴尔屏住呼吸。

似乎过了永远那么久，沉重的脚步声——现在听起来更沉重了——才挪向楼梯，停顿一下，回到了楼上。餐厅里传来玻璃瓶被砸碎的声音。脚步声。厨房门砰一声开了，然后轰然关闭。没过多久，屋后传来卡车引擎启动的声音。我们都没看见那辆车。轮胎嘎嘎吱吱碾过石砾，沿着车道开了出去。

戴尔又等了四五分钟。他的脖子和脊背疼得厉害，但他必须确认屋里真的没人。最后他推开收音机壳子爬了出来，手不停揉着胳膊上被架子硌疼的地方。

他在床边迟疑了一下，保持着四肢着地的姿势，将落地式收音机从墙边整个拉出来。房间里的光线刚够他看清机壳里的东西。

杜安的线圈本叠放在机壳内的架子上，看起来至少有好几十本。戴尔完全可以想象，如果你靠在床头或者书桌旁，那你一伸手就能够到这些本子。

戴尔脱下沾满汗水的破烂T恤，把所有笔记簿都裹了起来。然后他走进地下室最里面那间屋子，从窗户里翻了出去。其实他可以走楼梯从厨房后门离开，免得身上再添伤痕，但他不确定麦克布莱德先生是不是真的开车出去了。

戴尔急匆匆奔向刚才大家碰头的位置，可是他刚钻进第一排玉米秆，就有好几条胳膊从缝隙间伸出来，七手八脚地把他拉了进去。戴尔被拖得踉跄几步，一只脏手捂住了他的嘴巴。

"上帝啊，"麦克低声叹道，"我们还以为他把你给杀了。放开他，哈伦。"

吉姆·哈伦挪开手掌。

戴尔吐了口唾沫，擦了擦嘴唇上渗出的血丝："你干吗要捂我的嘴？脑子里有屎吗？"

哈伦瞪了他一眼，但没有回嘴。

"你找到了！"劳伦斯接过哥哥手里的一大包笔记簿，兴奋地喊道。

男孩们急切地翻开了本子。

"活见鬼！"哈伦骂了一句。

"喂，"凯文疑惑的视线转向戴尔，"你能看懂？"

戴尔摇了摇头。笔记簿上画满了奇怪的弧线、花体字和符号，看起来像是某种难解的密码，要么干脆就是火星文。

"我们完蛋了。"哈伦说，"还是回家吧。"

"等等。"麦克说道。他盯着一本小笔记簿皱起眉头，然后突然咧嘴笑了："这个我认识。"

"你能看懂？"劳伦斯满怀崇敬地问道。

"不，"麦克回答，"我也看不懂，但我见过这种字。"

戴尔凑上前来："你会破译这种密码？"

"这不是密码，"麦克还在笑，"我那个蠢货姐姐佩格专门上过培训课，这是速记符号……你知道吧，就是秘书常常用来做记录的那种符号？"

男孩们一下子欢呼起来，只有凯文忙不迭地提醒大家小点声。他们将笔记簿装进劳伦斯的背包，小心得像是对待刚从鸡窝里捡来的鸡蛋，然后男孩们掉了个头，争先恐后地跑向刚才藏车的地方。

戴尔感觉阳光灼烧着他的脖子和胳膊，尽管他浑身上下早已晒得黝黑。远处的水塔在蒸腾的热气中微微闪烁，整座镇子像是海市蜃楼，看起来随时可能消失。

那团尘雾出现在他们身后的时候，男孩们离镇子还有一半的路程。一辆卡车朝他们飞速驶来。

麦克做了个手势，他、哈伦和小凯自动靠向公路一侧，戴尔和劳伦斯去了对面。男孩们扔下自行车跨过路边的沟渠，随时准备翻过篱笆逃进田野里。

卡车放慢了速度，幽暗的驾驶室完全笼罩在路面和引擎散发的热气中，里面的人看起来只是一道剪影。卡车慢吞吞地开了过去，司机惊奇地望着路边的男孩，然后踩下刹车，往后倒了几步。

"你们这是在干吗？"凯文的父亲坐在牛奶车高高的驾驶室里问道。正午的阳光下，被车头拖着的金属牛奶罐车亮得让人不敢直视。"你们打算去哪儿啊？"

凯文扯出一个微笑，冲着镇子胡乱打了个手势："骑车出来到处转转而已。"

他的父亲眯起眼睛望向公路两侧，男孩们扒在铁丝网上，就像一群准备起飞的鸟儿。"快回家吧，"他说，"我需要人帮忙清理罐子，还有，下午你妈还想让你把花园里的草拔了。"

"遵命，阁下！"凯文啪地敬了个礼。他的父亲皱了皱眉，拖着长罐子的卡车换挡加速，消失在一片尘雾中。

男孩们推着自行车在路边站了一分钟，这才重新骑上了车。戴尔很想知道，其他几个伙伴是不是和他一样双腿发软。

男孩们一路骑回了树荫笼罩的榆树港，途中没有遇到其他任何车辆。现在已经是午饭时分，虽然层层叠叠的树叶挡住了阳光，但天还是很热，沉重的夏天毫不留情地压在每个人身上。男孩们在鸡舍里简单碰了个头，然后四散回家，该吃饭的吃饭，该干活儿的干

416

活儿。

麦克留下了那摞笔记簿。他姐姐的格里格速记教材还留在家里，他答应伙伴们尽快把这本书找出来，然后开始破译。午饭后戴尔也会过来帮忙。

麦克进屋看了看姆姆，然后找出了佩格的教材，那本书就放在她傻乎乎的日记旁边。要是被她发现他偷偷溜进了她的房间，恐怕他小命不保。他把这些东西全都搬进了鸡舍。

麦克和戴尔决定先破译一两行，以便确认杜安的笔记是不是真用速记符号写的。起初两个男孩还觉得有些困难，但很快他们就掌握了诀窍。杜安·麦克布莱德用的符号和教科书上的不太一样，但十分相似。麦克回屋拿了一本作业本和两支铅笔，然后重新回到鸡舍里。两个男孩默默地开始干活儿。

直到六小时后，麦克的妈妈叫他吃晚饭的时候，他们还在阅读。

26

麦克自告奋勇去找穆恩太太谈话，因为他跟她最熟。

前一天晚饭后，随着白日的炎热和阳光渐渐退去，伙伴们再次来到鸡舍，听麦克介绍笔记簿里写的东西。只有科迪没来。

"那个女孩呢？"麦克问道。

吉姆·哈伦耸耸肩："我去她家那幢破房子看了……"

"你自己去的？"劳伦斯打断了他的话。

哈伦斜睨了小男孩一眼，但没有理他："今天下午我去了一趟，但她家没人。"

"也许他们出门买东西去了。"戴尔猜测。

哈伦摇了摇头。男孩打着石膏的左臂仍挂在吊索里，但今晚他看起来似乎格外苍白脆弱："不，我是说，那幢房子完全空了，垃圾扔了一地。旧报纸、破家具，还有一把斧头。看起来像是这家人把所有家当胡乱扔进卡车车厢，急匆匆地搬走了。"

"这主意倒是不错。"麦克低声说道。他已经破译了杜安的所有笔记。

"啊？"凯文问道。

"你们先听听这个。"麦克·奥罗克取过最重要的一本笔记簿，开始读了起来。

四个男孩听了差不多一个小时，麦克的声音越来越沙哑，戴尔接替他读完了剩下的内容。日志里的东西戴尔早就知道，解码的时候他和麦克交叉校对过，但听到这些事情被大声说出来，哪怕是用他自己的声音，他仍觉得双腿有些颤抖。

"耶稣基督啊。"听完波吉亚钟和杜安叔叔的故事，哈伦低声叹道。"天哪。"他又真心实意地补充了一句。

凯文的双臂抱在胸前。天已经黑了，在场的所有人里，小凯的T恤看起来最白。"我们在学校里念书的时候，那口钟就一直挂在那里……挂了这么多年？"

"阿什利－蒙塔古先生告诉杜安，那口钟被取下来熔掉了。"戴尔说，"杜安的笔记里提到了这件事，我也听他亲口说过，就是上个月放免费电影的那一晚。"

"免费电影很久没放过了。"劳伦斯抱怨道。

"闭嘴。"戴尔教训弟弟，"然后……我先跳过这段……杜安和穆恩太太的谈话从这里开始……这是我们去亨利叔叔家吃晚饭的那天，也是……"

"杜安遇害的那天。"麦克替他说完了剩下的半句。

"是的。"戴尔说，"听着。"他照着笔记簿逐字逐句地念了下去：

6月17日

和爱玛·穆恩太太谈话。她记得那口钟！还谈到了一件可怕的事情。说她的奥维尔和此事无关。关于那口钟的可怕事件。发生在1899—1900年冬。镇上的几个孩子失踪了，她记得其中一个来自农场。阿什利先生（当时蒙塔古家族还没有加入这个姓氏）悬赏1000美元，但没找到任何线索。

然后到了1月——穆恩太太记得非常清楚，那是1900年1月——他们找到了圣诞节前失踪的一位11岁女孩的尸体，她名叫莎拉·里威林·坎贝尔。

查阅文献！报纸上为什么没提过这事？

穆恩太太十分肯定——那个女孩名叫莎拉·L.坎贝尔。她不愿意说太多，但我问了很多问题：女孩是被杀害的，可能遭到过强奸，她的头被砍了下来，身体也被吃掉了一部分。对于最后这一点，穆恩太太相当肯定。

抓到了一个黑——"有色人种"睡在炼油厂后面。自发组织民防团。说她丈夫奥维尔当时甚至不在县里。上盖尔斯堡"买马去了"。出差四天。（回头查一查他是做什么工作的。）

当时榆树港的3K党很有势力。穆恩太太说，她的奥维尔经常去开会——镇上的大部分男人都去——但他不是什么黑骑士。另外他当时根本不在镇里——买马去了。

在阿什利先生（买钟的那位）和他儿子——当时21岁——的带领下，镇上的其他男人把那个黑人拖到了老中心学校里。穆恩太太不知道那个黑人的名字。一个流浪汉。

他们举行了某种审判。（3K党私设公堂？）宣判黑人死刑，当晚立即执行。

他们把他吊死在那口钟里。

穆恩太太回忆说，那天深夜，她听见那口钟敲响了。她的丈夫告诉她，因为那个黑人的身体不停晃动，他一直拼命地挣扎踢打。（穆恩太太忘了，她丈夫当时应该在盖尔斯堡！）（注意：正常情况下，被执行绞刑的犯人会直接折断脖子，但这个人挣扎了很长时间。）

在钟楼上？穆恩太太不知道。她觉得是。要么就在老中心学校的楼梯井里。

最可怕的事情她不肯说……我劝了她很久……

最可怕的事情在于，他们把那个黑人的尸体留在了钟楼里。他们封锁钟楼，将那具尸体永远留在了那里。

为什么？她不知道。她的奥维尔也不知道。阿什利先生坚持要把黑人的尸体留在那里。（必须向阿什利－蒙塔古核实。拜访他家，查阅被他偷走的历史学会文献。）

穆恩太太哭了。为什么？她说还有更可怕的。

我等了很久。饼干真难吃。等待。她更像是对着她的猫说话，而不是我。

她说最可怕的——比绞刑还可怕的——是黑人被私刑处死两个月后，又有一个孩子失踪了。

他们杀错了人。

"后面还有，"戴尔说，"但反复说的都是同样的内容。他在最后几条笔记里说，打算亲自去见丹尼斯·阿什利－蒙塔古先生，追问更多细节。"

鸡舍里的五个男孩面面相觑。

"波吉亚钟。"凯文低声说道，"天哪。"

"真是活见鬼，"哈伦喃喃地说，"看来它还在作祟，那个恶魔。"

麦克蹲在地上,他的手轻轻抚摸着杜安的笔记,就像那是什么护身符一样。"你觉得那口钟是所有事情的核心?"他问戴尔。

戴尔点点头。

"你认为罗恩、范·锡克和老肥特和那些事有关,因为他们都是学校的人?"麦克继续追问。

"是的。"戴尔轻声回答,"我不知道原因,也不知道他们卷入了多深,但绝对脱不了干系。"

"我也这么觉得。"麦克的视线转向吉姆·哈伦,"你的枪还在吗?"

哈伦伸出右手,从吊索的缝隙里掏出那支短管左轮手枪。

麦克缓缓点了点头:"戴尔?你家里有枪,对吧?"

戴尔看了弟弟一眼,然后转头迎上麦克的视线:"嗯,我爸有猎枪,我也有一支萨维奇。"

麦克点点头,没有眨眼:"就是他让你拿去打鹌鹑的那支?"

"不是,那支枪得等我满了 12 岁才能给我。"

"那你说的是那支猎枪,对吗?"

"下面的枪管是点 410 口径,"戴尔回答,"上面的是点 22。"

"每根枪管每次只能装填一颗子弹,没错吧?"麦克的语气十分平淡,甚至有些心不在焉。

"嗯。"戴尔回答,"必须打开枪管才能重新装填弹药。"

麦克点点头:"你能把它弄到手吗?"

戴尔沉默了片刻。"如果我私自把那支枪带出门,我爸会杀了我的。"他望向暗沉沉的门外,萤火虫在麦克家后院的苹果树间眨着眼睛。"可以。"最后戴尔回答,"我可以把那支枪弄出来。"

"很好。"麦克转向凯文,"你呢?"

小凯揉了揉脸:"我不行。我是说,我爸倒是有一支点 45 的制式自动手枪,确切地说,是半自动的,但他把它锁在书桌最下面的抽屉里。"

"你能把它弄出来吗？"

凯文搓着脸颊来回踱步。"那是他的制式佩枪！就像……就像连队里的人留给他的纪念，或者某种战利品。他参加过第二次世界大战……"凯文停下脚步，"你觉得枪能帮我们对付杀了杜安的那些家伙？"

昏暗中麦克蹲在地上的身影看起来像是某种蓄势待发的动物。尽管男孩的姿势张力十足，但他的声音依然没有一丝起伏。"我不知道。"他的声音小得几乎被鸡舍外花园里昆虫的合唱淹没了，"但我觉得，既然罗恩和范·锡克都有份儿，他们总不会刀枪不入吧。你能弄到那支枪吗？"

"可以。"沉默了三十秒后，凯文答道。

"子弹呢？"

"没问题。我爸把子弹也放在同一个抽屉里。"

"我们可以把东西藏在这里，"麦克说，"有需要的时候再来取。我有个主意……"

"那你呢？"戴尔打断了他的话，"我记得你爸不打猎，对吧？"

"是的。"麦克回答，"但姆姆有一支松鼠枪。"

"那是什么？"

麦克双手分开大约18英寸比画了一下："你在电视里见过怀亚特·厄普用的那种长枪吧？"

"你是说那支邦特兰特装？"哈伦失声喊道，"你外婆有一支邦特兰特装？"

"不是，"麦克回答，"只是看起来有点像。大约四十年前，我外公在芝加哥定制了这支枪送给她。实际上它是一支点410的猎枪，和戴尔家的差不多，只是他们把它装在手枪的……那玩意儿叫什么来着……"

"枪柄。"凯文提醒道。

"没错。它的枪管长度差不多有 1.5 英尺，木质手枪枪柄非常漂亮。姆姆总叫它松鼠枪，但我觉得外公之所以会送她一把枪，是因为他们当时住在……西塞罗……那地方很不太平。"

凯文·格鲁姆班彻吹了声口哨："天，那种枪根本不合法。它实际上是一支短筒猎枪。麦克，难道你外公跟着卡彭干过？"

"闭嘴，格鲁姆班彻。"麦克的声音里没有一丝情绪，"就这样，大家各自回去取枪，尽量多弄点弹药，小心别被家里人发现。然后我们把枪藏在……"他环顾四周，指了指弹簧外露的沙发。

"可以藏在那台大收音机后面。"戴尔提议。

麦克慢慢转过身来，尽管光线幽暗，男孩们还是看见了他脸上的微笑。"不错。明天我们还有事要办。谁愿意去跟穆恩太太聊聊？"

男孩们不安地挪动着身体，但谁也没有开口。最后劳伦斯说："我去。"

"不行，"麦克轻声否决，"我们需要你去做另一些重要的事情。"

"比如说？"劳伦斯一脚踢向木地板上的易拉罐，"我不像你们，我连枪都没有。"

"你太小了……"戴尔没好气地开口说道。

但麦克碰了碰他的胳膊，转头告诉劳伦斯："如果你需要的话，你可以和戴尔共用他那支叠排式猎枪。你开过枪吗？"

"当然，开过好多次……呃，好吧，有几次。"

"很好。"麦克说，"我们还需要一个骑车速度特别快的人，去找找罗恩现在在哪儿，然后回来汇报。"

劳伦斯点点头，他显然知道这是一笔交易，但他觉得自己没法再争取到更好的价钱。

"我去找穆恩太太吧，"麦克说道，"我和她很熟，毕竟我经常替她割草坪、陪她散步什么的。我只想问问，她是不是把所有事情都告诉了杜安。"

男孩们又在鸡舍里坐了一会儿，他们知道会议已经结束，但谁也不想摸黑回家。

"要是那个大兵今晚又出现了，你打算怎么办？"哈伦问麦克。

"我这就去找松鼠枪。"麦克低声回答，"但我会先试试圣水。"他打了个响指，就像突然想起了什么事："我可以给你们也准备一点。找几个瓶子来装吧。"

凯文双臂抱胸："为什么只有你们天主教的圣水有用？难道我们路德宗的东西就没用吗？或者戴尔他们长老会的那些垃圾？"

"不许说我们长老会的东西是垃圾。"戴尔断然反驳。

麦克若有所思："你们的教堂里有圣水吗？"

三个男孩同时摇了摇头。哈伦说："只有你们天主教徒才有这种奇怪的东西，蠢货。"

麦克耸耸肩："反正它对那个大兵有用。至少圣水是有用的——我还没试过供奉的圣体。那你们有团契吗？"

"有。"戴尔和凯文异口同声地回答。

"我们可以去弄点儿团契面包。"戴尔跟劳伦斯商量。

"怎么弄？"他的弟弟问道。

戴尔想了一会儿。"你说得对，想弄点团契的东西简直比偷枪还难。"他朝着麦克做了个手势，"好吧，既然我们已经知道你们的玩意儿有用，那就帮我们弄点圣水吧。"

"我们可以把圣水装在气球里。"哈伦提议，"然后拿气球砸那群浑球。它们铁定会浑身颤抖，咝咝冒烟，就像被撒了盐的虫子一样。"

男孩们不知道哈伦是不是在故意反讽。他们决定明天再来讨论这事。

麦克以创纪录的速度送完了报纸，早上7点他就赶到了神父宅邸门外，但麦考夫迪太太已经来了。"他正在睡觉。"她站在楼下的门厅里小声说道，"鲍威尔医生给他用了点药。"

麦克有些疑惑："鲍威尔医生是谁？"

矮墩墩的女管家双手不停地绞着围裙："他是皮奥里亚的一位医生，昨晚斯塔夫尼医生带他来的。"

"有这么严重？"麦克低声问道，但他清清楚楚地记得：棕色的虫子源源不断地从大兵漏斗状的嘴巴里涌了出来，蛆虫蠕动着钻进神父的身体。

麦考夫迪太太举起一只红通通的手捂住自己的嘴巴，好像快要哭了一样："他们不知道他到底得了什么病。我听见鲍威尔医生对斯塔夫尼医生说，要是今天他的烧还不退，他们就必须把他送去圣弗朗西斯了……"

"圣弗朗西斯，"麦克望向楼梯上方，"直接送去皮奥里亚？"

"只有那儿才有铁肺。"老妇人刚说了半句似乎就撑不住了，她的声音小得几乎只有自己才能听见，"我整晚都在念《玫瑰经》，恳求圣处女帮帮这个可怜的年轻人……"

"我能上去看看他吗？"麦克执着地追问。

"噢，不行，他们担心他会传染。除了我和医生以外，任何人都不能上楼。"

"他发病的时候我正和他待在一起。"要是麦考夫迪太太已经被传染了，那她给麦克开了门，这会儿再隔离神父也无济于事，但麦克没提这茬儿，他并不认为那些虫子会跑到另一个人身上……想到这里，他又有些反胃。"求你了。"他换上祭坛助手最纯真、最可怜巴巴的表情，"我连房间都不进，在门口看一眼就好。"

老妇人终究没有挡住他的哀求。两个人踮着脚尖穿过走廊，小心翼翼地推开那扇深色的桃花心木房门。门轴没响。

房间里的气息迎面扑来，甚至比蒸腾的热气还快，麦克情不自禁地往后退了一步。这股气味闻起来很像收尸车的恶臭和隧道里的腐臭，甚至比那还要糟糕。幽暗的房间里，浓郁的臭味裹挟着凝重的热浪喷薄而出，麦克抬起手捂住自己的嘴巴和鼻子。

"我们一直没开窗。"麦考夫迪太太略带歉意地解释，"前两天晚上，他一直在打冷战。"

"这气味……"麦克欲言又止，他已经快要吐了。

女管家皱起眉头："你是说药味？我每天都在换床单……这么一点药味你也受不了吗？"

药味？除非这药是用腐烂的死尸做的，麦克想道。除非铜锈般的血腥味和腐烂了一周的尸臭都能算作药味。他盯着麦太太，她显然闻不到这种气味。难道是我想象出来的？麦克的手依然捂在脸上，他上前一步望向室内，满以为会看见一具腐尸躺在床上。

卡神父看起来病得厉害，但他绝不是什么腐尸。至少现在还不是。不过这位年轻的神父显然病得非常非常重：他紧闭的双眼深深陷在青黑色的眼窝里，苍白干裂的嘴唇像是在沙漠里待了好几天，他的皮肤微微有些反光，但不是健康的小麦光泽，倒更像是体内的高烧向外辐射的热浪，乱糟糟的头发腻成一团，蜷曲的手指放在胸口，看起来就像动物的爪子。卡神父的嘴张得很大，一道细细的口水顺着他的嘴角一直流到了睡衣的领子里面，粗重的喘息撼动着他的喉咙，就像山间松脱的石块。这一刻，他看起来一点也不像神父。

"够了。"麦考夫迪太太低声说道。她坚定地推着麦克走向楼梯。

的确够了。麦克骑着自行车飞速驶向穆恩太太的家，风大得差点儿把他的眼泪吹了出来。

她死了。

当他敲响纱门，却没听见屋里传来应答的时候，他已经想到了这个结果。麦克走进幽暗的小客厅，老太太的猫没有一拥而上，他又再次肯定了自己的判断。

他知道，每天早上8点左右，图书馆员穆恩小姐通常会从她的"公寓"——实际上她和四年级老师格罗胜特太太在布罗德大道上一幢古老的大房子里合租了一层楼——步行过来和母亲共进早餐。但现在还不到7点30分。

麦克穿过这幢小房子的一个又一个房间，他感觉胃里越来越难受，和刚才待在神父宅邸里的时候一样。别瞎想了。她只是一早出门去散步了。猫都跟着她去了。但他知道那几只猫绝不会离开这幢白色的小木屋。好吧，没准儿那些猫夜里跑丢了，所以她出去找它们了。要不就是前几天穆恩小姐终于把她妈妈送去了橡树山的养老院。都过去了。这些答案都很合理。但麦克知道，事情绝对没有这么简单。

他在楼梯顶端的小平台上找到了她。二楼的面积很小，刚够安置穆恩太太的卧室和小得可怜的厕所，平台几乎放不下这具小小的身体。

麦克蹲在最上面的一级楼梯上，他的心脏跳得太狂野，让他感觉自己随时可能失去平衡，骨碌碌地顺着楼梯滚下去。除了几年前参加爷爷葬礼那次以外，他从没见过尸体。如果不算那个大兵的话。现在麦克紧盯着眼前的穆恩太太，心里有点悲伤，有点害怕，还有点好奇。

她应该已经死了一段时间，双手和胳膊已经开始变硬：老妇人的左臂圈着楼梯扶手，她似乎摔了一跤，想借力重新站起来；绿色的地毯上，她的右手竖着伸向空中，弯曲的手指仿佛想要抓住空气，或者挡住什么可怕的东西。

穆恩太太的眼睛睁着，麦克意识到，尽管他在别人家的——通常是戴尔家的——电视里见过几百个死人，却从没见过睁着眼睛的尸体。但是现在，穆恩太太的眼睛瞪得溜圆，几乎从眼眶里爆了出来。当然，她已经什么都看不见了；望着老妇人凝固的视线和混浊的眼球，麦克暗自想道，这就是死亡。

因为皮肤失血的缘故，穆恩太太脸上的老年斑向外凸了出来，看起来就像立体的一样。哪怕是在死后，她的脖子依然绷得很紧，喉间的一束束肌肉和韧带紧张得仿佛随时可能断裂。她的粉色睡袍外面披着一件夹棉外套，瘦骨嶙峋的双腿伸得笔直，这个摔倒的姿势看上去很不自然，倒有点像是电影默片里连膝盖都不会打弯的丑角。一只粉红色的毛绒拖鞋被甩得飞了出去。老妇人脚上涂着和拖鞋同色的指甲油，但在粉嫩的颜色衬托下，这双长满皱纹和皮疣、骨节鼓胀凸出的脚更显怪异。

麦克弯下腰轻轻碰了碰穆恩太太的左手，然后迅速缩回手来。尽管屋里很热，但她的手冷得要命。麦克强迫自己将视线投向最可怕的地方，直视老妇人的表情。

穆恩太太的嘴张得非常非常大，她死前似乎正在尖叫。松脱的假牙坠落在老妇人黑洞洞的口腔里，闪光的塑料看起来倒像是从别处掉进去的毫无关系的物件。这张扭曲的脸庞上，每一根线条都散发着纯粹的恐惧。

麦克猛地将头扭到一边，屁股朝下顺着铺了地毯的楼梯骨碌碌滑了下去，他的双腿抖得厉害，根本站不起来。空气中荡漾着若有若无的腐败气味，就像大热天装在密封罐里的凋零花朵。比起神父宅邸那可怕的腐臭，这里的气味简直算得上清新。

杀死她的家伙可能还留在这幢房子里。没准儿就藏在楼上的卧室门后。

麦克没有站起来查看或者逃跑，他浑身上下没有一丝力气，只能勉强坐在原地。他的耳朵嗡嗡作响，仿佛有一大群蟋蟀在里面唱歌，尽管现在还是白天；然后他意识到，他的视野边缘飞舞着许多黑色的小点。他把头埋进双膝之间，用力搓着自己的脸颊。

穆恩小姐很快就会过来，她会看见母亲的死状。

麦克并不喜欢那位老处女图书管理员。有一次她问麦克，既然你笨得要上两次四年级，那为什么还要到图书馆来？当时麦克咧嘴一笑，说他是陪朋友一起来的，他没撒谎，但不知为何，对于穆恩小姐的评价，他耿耿于怀了好几天。每晚入睡之前，他总会毫无来由地想起那句话，然后觉得心头一阵刺痛。

即便如此，她也不应该看见母亲这副样子。

麦克知道，如果现在在场的是杜安，甚至戴尔，他们肯定会像个真正的侦探一样想出点儿聪明的主意，找到一点线索，或者别的什么东西——让穆恩太太死于非命的力量，肯定就是杀死杜安和他叔叔的元凶，对此他毫不怀疑——但现在麦克只能想到一件事，他清了清嗓子，颤声喊道："咪咪，咪咪，乖猫咪，快出来吧。"

楼上的卧室和厕所鸦雀无声，两扇门都开着一条小缝，幽暗的厨房和后门厅也一片死寂。

拖着颤抖的双腿，麦克强迫自己起身上楼。这次他站在楼梯顶端的平台上面，最后看了穆恩太太一眼。从这个角度看上去，她显得更加苍老瘦小。麦克突然有种强烈的冲动，他很想把她嘴里那副假牙掏出来，免得她噎着。一幅画面浮现在他的脑海里：老妇人的嘴往前一伸，陆龟般皱缩的下颌啪地合上，于是他的手就这样卡在了尸体嘴里，那双无神的眼睛眨了眨，死死盯着他……

别瞎想，蠢货。麦克在脑子里咒骂的时候，通常会直接代入吉姆·哈伦的声音。现在脑子里的哈伦告诉他，赶快从这幢房子里滚出去。

麦克抬起右手——这个动作他看卡瓦诺神父做过上千次——祝福了老妇人的遗体，然后在她的尸体上方画了个十字。他知道，穆恩太太不是天主教徒，不过要是他记得全部祷辞，现在他恨不得来一套完整的安灵仪式。

但是现在，他只是简单地默念了几句祷辞，然后走进房门虚掩的卧室。门缝的宽度刚够他探身进去，却完全不必触碰门扇或者门框。

几只猫都在房间里。小小的猫尸碎块大部分摊在铺好的床上，四根床柱里有三根上面穿着肉块，几只猫头在穆恩太太的梳妆台上摆成一排，旁边就是老妇人的化妆刷、香水瓶和护手霜。一只猫——麦克记得，穆恩太太最喜欢这只玳瑁色的猫——挂在头顶吊灯的珠链上，它的一只眼睛是黄的，另一只是蓝的。长得惊人的猫尸在空中缓慢无声地转着圈子，每转一圈，那双异色的眼睛都直勾勾地望向麦克。

麦克慌不择路地冲下楼梯，等他回过神来的时候，他已经跑到了后门口。他感觉呕吐物已经涌到了喉咙口。我不能让穆恩小姐就这么走进来看见这一幕。他只有几分钟时间，甚至更少。

客厅里靠墙摆放的古董桌子大约是一张写字台。桌面上摆着一套淡紫色的文具。麦克抓起一支老式尖头钢笔，蘸了点儿墨水，慌慌张张地写下几个大字：别进门！直接报警！

麦克胡乱擦了擦笔杆和墨水瓶盖，但他不确定这样就能抹掉指纹，所以他把两样东西都塞进了口袋。男孩把纸条夹在门框和纱门之间，好让人一推门就能看见。然后他用 T 恤裹着门钮推开大门，出去以后，他又擦了擦外面的门钮，这才连蹦带跳地跨过杜鹃花和鸢尾花丛，跃过两个鸟儿吸水盆，最后翻过矮树篱钻进了索莫塞茨家背面的小巷。他朝着回家的方向一路狂奔，暗自庆幸浓密的树荫将这条巷子变成了一条隐秘的隧道。

麦克一口气爬到了德宝街树屋的最高处。男孩坐在繁茂的枝叶间不停发抖，就在这时候，他感觉钢笔的笔杆戳着他的大腿。谢天谢地，至少他当时还有点脑子，记得让笔尖冲着外面，不然现在他的牛仔裤上准会留下一大摊墨水印子。他甚至已经看见了报纸头条的标题："本地最愚蠢的杀人犯因墨水迹暴露罪行"。于是麦克把这支笔和墨水瓶盖都塞进了树干上的一道天然裂缝，又扯了几片叶子盖在外面。

等到秋天，叶子变黄掉落的时候，也许会有人发现这两样东西，但麦克决定到时候再来操心这个问题。如果我们能活到那时候的话。

脚下30英尺外的街道上偶尔有车辆隆隆驶过，人行道上传来轻柔的刮擦声，那是他妹妹凯瑟琳在玩跳房子，麦克倚着粗壮的树干思考。

虽然天气很热，但这仍是个美丽的清晨。麦克翻来覆去想着一系列的事情，起初只是为了摆脱刚才看到的可怕景象，但很快他就发现，他永远别想甩掉心头的恐惧——卡神父灼热的呼吸，穆恩太太张大的嘴里没有一丝活气——于是他干脆借助体内尚未退去的肾上腺素，试图构思一个计划。

麦克在树屋里坐了差不多三个小时。他听到几辆车飞驰而来，停在街区尽头，紧接着是凄厉的警笛，这在榆树港相当罕见，一个街区外隐约传来大人们说话的声音，他知道，他们是为穆恩太太来的。但当时麦克正忙于思考，他像把玩棒球一样反复掂量着自己的计划，试图找出可能的裂纹和脱针的线缝。

快到中午的时候，麦克终于从树上爬了下来。由于坐的时间太长，他的脚都有点跛了，牛仔裤和T恤背面也沾满了树汁，但他并不在意。他找到自己的自行车，骑去了戴尔家里。

穆恩太太的死讯让斯图尔特家的两个孩子都瞪大了眼睛，他们都很激动，又有些忧虑。如果麦克只是发现老太太死了，但她的猫都还活着，那可能只是意外而已。但那几只猫惨烈的死状必将掀起巨大的波澜，要知道，这座小镇最近几个月来一直很平静。

麦克摇了摇头。杜安·麦克布莱德死了，还有他的叔叔，但人们觉得那只是意外，哪怕那孩子也死得很惨，但几只猫被分尸，这足以让大家在未来几周甚至几个月里议论纷纷，然后悄悄锁好房门。对麦克来说，穆恩太太的死已经退到了一个遥远的位置。整个夏天里，可怕的黑暗一直笼罩在姆姆、他和其他几个孩子头上，这件事不过是阴暗天空中的另一片风暴云而已。

"走吧，"他催着戴尔和劳伦斯去取他们自己的车，"我们这就去找小凯和哈伦，再找个真正安全的地方。我有话要跟你们说。"

三个男孩骑着自行车驶向镇子西头的哈伦家，经过老中心学校的时候，麦克不由自主地转头瞥了一眼。这幢建筑似乎比平时更加庞大丑陋，它的秘密全都隐藏在封死的木板后面，隐藏在那片永恒的黑暗中，无论外面的阳光有多明亮。

而且麦克知道，这所该死的学校正等待着他。

27

他们骑车去了球场，然后商量了好一会儿。麦克滔滔不绝地说了差不多十分钟，男孩们听得目瞪口呆。他描述穆恩太太的尸体时，没有人提问。他说要是再不采取行动，躺在那里的尸体就会是他们自己，也没有人对此提出异议。他列了几件必须要做的事情，男孩们全都一声不吭。

"要办的事这么多，星期天早上来得及吗？"最后戴尔问道。男孩们的自行车横七竖八地躺在低矮的投手丘周围，除了他们几个以外，方圆500码内一个人都没有。太阳烘烤着他们的短发和赤裸的胳膊，自行车陈旧的漆面和镀铬零件反射着强烈的阳光，晃得人睁不开眼。

"我觉得没问题。"麦克回答。

"星期四晚上我们不能去露营。"哈伦说道。

其他几个人同时望向他。现在才刚星期二，他担心星期四干吗？"为什么不行？"凯文问道。

"因为我收到了邀请，星期四晚上米歇尔·斯塔夫尼要开生日派对。"哈伦回答，"我必须去。"

劳伦斯做了个鬼脸。其他三个大男孩几乎同时吐出一口长气。"天哪,"戴尔说,"我们都收到了邀请。确切地说,镇上起码一半的孩子都收到了邀请,每年7月14日不都这样?有什么大不了?"

他说得没错。对榆树港的孩子们来说,米歇尔的生日派对差不多算是约定俗成的仲夏狂欢夜。派对总在傍晚开始,斯塔夫尼家豪阔的院子和大宅里挤满了孩子,而且每次派对都会在晚上10点左右的烟花中谢幕。斯塔夫尼医生总会告诉大家,除了给他女儿过生日以外,这也算是庆祝巴士底日,于是在场的孩子同声欢呼,虽然谁也不知道什么是巴士底日。不过只要有蛋糕、潘趣酒和烟花,谁又在乎这些破事儿。

"没什么大不了的。"哈伦的口气特别欠揍,仿佛是在说"其实不是这样,但我就不告诉你","但我肯定得去。"

戴尔正想开口争辩,但麦克抢在了他前面:"好吧,没问题。露营可以改到明天。星期三。这样就行了。然后大家都把时间留出来,星期六我们一起去看免费电影。"

劳伦斯露出狐疑的表情,他的小鼻子被晒得通红,鼻尖已经开始脱皮:"你怎么知道这个星期六一定有免费电影?"

麦克叹了口气,在投手板旁边蹲了下来。其他人跟着他蹲成一圈,用自己的身体挡住说话的声音。麦克的手指在地面上比画,看起来像在安排角色,但实际上他只是在无意识地乱画。"我们会派一个人去见阿什利-蒙塔古先生,确保星期六晚上一定有免费电影。既然我们打算明天去露营,那就得占用星期三的大半天时间和星期四上午。到了星期六晚上,星期天上午的行动必须准备就绪,这意味着我们只能今天去见阿什利-蒙塔古先生,要不就是星期四下午。"他望向哈伦,撇了撇嘴角,"可星期四又有米歇尔的派对。"

戴尔从屁股兜里掏出羊毛棒球帽戴到头上,帽檐投下的阴影像护目镜一样遮住了他的上半张脸。"为什么这么急?"他问道。麦克说过,拜访阿什利-蒙塔古的事归戴尔管。

麦克耸耸肩："想想看。我们必须先验证想法，才能展开下面的行动。那个有钱人能帮我们验证想法。"

但戴尔并不买账："要是他不配合呢？"

"那露营可以算是一种试探。"麦克说道，"不过我们最好能提前确认一下。"

戴尔搓了搓汗津津的脖子，望向远方的水塔和玉米地。现在地里的玉米已经长得比他还高了，绿色的高墙耸立在小镇边缘，厚重的影子隔断了投向镇外的视线。"那你去吗？"他问麦克，"我是说，去阿什利－蒙塔古家。"

"不去，"麦克回答，"我得去找刚才我提到过的另一个人。我需要确认一下穆恩太太的说法。卡神父可能也需要我。"

"我跟你一起去。"凯文主动向戴尔提出。

戴尔立即感觉舒服了一些，麦克却说："不行。你得打理你爸的牛奶车，提前安排好我们刚才商量的事情。"

"可是周末之前，我实际上完全不需要做什么……"凯文没来得及说完，麦克就坚定地摇了摇头。他的声音不容置疑："可是从今天下午开始，你就得主动承担卡车的全部清理工作，而不仅仅是帮他清理。要是你到星期六才开始抢着多干，他没准儿会起疑心。"

凯文只好点头同意。戴尔顿时有些泄气。

"我去吧。"哈伦提议。

戴尔看了看矮个子男孩臂间的石膏和吊索，丝毫不觉得振奋。

"还有我。"劳伦斯嚷嚷。

"绝对不行。"戴尔拿出一副长兄的口气，"你的任务是放哨，你还记得吧？要是没有你四处寻找，我们怎么知道那辆收尸车在哪儿？"

"啊，真倒霉。"劳伦斯咕哝着说。然后他回头望向150码外树荫笼罩下的斯图尔特家，好像担心会被妈妈听到一样。"真是倒霉透顶。"他意犹未尽地补充了一句。

吉姆·哈伦快活地大笑起来。"而且晦气缠身。"他捏着嗓子学道。

"我不喜欢露营的主意。"凯文故作公允地提出，"我们所有人都凑在一起。"

麦克咧嘴笑了："我不会跟你们凑在一起。"

"你知道我的意思。"凯文听起来真的很担心。

麦克的确知道。"所以我才觉得这法子肯定管用，"他轻声回答，手指依然在地上画着毫无意义的圆圈和箭头，"平时我们不常聚在一起。"他抬起头来："不过，要是戴尔和吉姆能从阿什利－蒙塔古那儿弄到点信息，告诉我们这样做不值得，那我们可能不必冒险。"

戴尔仍望着远方的田野，他的眼里满是忧虑："问题在于，我不知道今天该怎么去皮奥里亚。我妈肯定不会送我……就算她愿意，那辆老别克也跑不了远路……我爸要到星期天才会回来。"

凯文转头吐掉嘴里嚼着的一大团口香糖："我们平时也没什么机会去皮奥里亚。感恩节的时候倒是有可能，要么就是看圣诞老人游行。我想你应该不愿意等那么久吧？"

哈伦咧嘴笑了："我刚说服了我妈好好在家待着，别老往皮奥里亚跑。要是现在我又跑去求她带我们去拜访某个住在盛景大道上的有钱人，她没准儿会把我揍出屎来。"

"那么，"麦克说，"等她揍完以后，她会开车带你去吗？"

哈伦没好气地瞪了他一眼："喂，麦克，你爸不是在帕布斯特啤酒厂上班吗？能不能让戴尔和我搭个便车？"

"当然，如果你愿意8点30分出发去上夜班的话。而且啤酒厂离盛景大道还有好几英里，你得摸黑走山路去见阿－蒙先生，然后等到早上7点，我爸下班以后再把你捎回来。"

哈伦耸耸肩。然后他眼睛一亮，打了个响指："我有主意了，戴尔。你有多少钱？"

"一共？"

"除了储蓄券和纪念币以外，蠢货。我是说，这会儿你能弄到多少钱，比如说现在？"

"我的袜子银行里大约还有29块钱。"戴尔回答，"但班车要到星期五才有，而且它也不到……"

哈伦摇摇头，脸上仍挂着笑意："我说的不是班车，傻瓜。我们可以自己打个的士。29块钱应该差不多够了……去他的，我再出1块，凑足30块。我们今天就走，说不定马上就能出发。"

戴尔看了麦克一眼，他的朋友灰色的眼睛里流露出坚定的表情，好像在对他点头：就这么办。

"好吧。"戴尔回答，屈起指关节敲了敲劳伦斯的胸口，"你乖乖跟妈妈一起待在家里，除非麦克叫你巡逻，不然千万别出门。"哈伦已经跳上车骑向了第一大道，戴尔最后环顾一圈："真是一群疯子。"他真心实意地叹道。

谁也没有开口争辩。

戴尔跨上车，朝着哈伦的背影追了上去。

C.J.康登难以置信地瞪着他们。满脸青春痘的16岁男孩倚在他爸那辆大马力黑色雪佛兰的左前门外；康登的左手握着一罐啤酒，一身打扮和平时没什么两样：黑色皮夹克、油腻腻的牛仔裤和工程靴。哪怕在他说话的时候，他的下嘴唇上仍粘着一支香烟："你他妈想让我干啥？"

"开车送我们去皮奥里亚。"哈伦回答。

"你和这个娘娘腔？"C.J.嗤之以鼻。

吉姆看了戴尔一眼。"嗯，"他说，"我和这个娘娘腔。"

"你说付我多少钱来着？"

哈伦向戴尔使了个眼色，仿佛是在说，我没骗你吧，这个傻蛋根本没脑子。"15块。"他说。

"去你的。"少年不屑地哼了一声，仰头灌下一大口啤酒。

哈伦微微耸了耸肩："我们可以出到18块钱……"

"25块，不二价。"康登掸掸烟灰。

哈伦拼命摇头，好像这是个天文数字一样。他和戴尔交换了好一会儿眼神，然后猛地一挥胳膊，仿佛下定了决心："那……好吧。"

康登看起来惊讶极了。"先付钱。"他的这副腔调一听就是从枪战片里学来的。

"先付一半，剩下的到了再给。"哈伦同样以亨弗莱·鲍嘉式的语气回敬。

康登眯起眼睛，透过缭绕的烟雾恶狠狠地盯着他们。但电影里的打手通常会同意这样的安排，所以他也没有太多选择。"那先给我一半。"他蛮横地说。戴尔数出12块半交到他手里。

"上车吧。"康登说道。他摁灭烟头，吐了口唾沫，提了提裤腰，斜眼看着两个男孩笨手笨脚地爬进黑得毫无光泽的雪佛兰后座。

"我可不是开出租车的，"康登恶狠狠地吼道，"你们两个小家伙给我滚一个到前面来。"

戴尔等着哈伦动身，但哈伦朝他晃了晃挂着吊索的胳膊，仿佛是在说，我需要更大的空间，于是戴尔只得不情愿地下了车，重新钻进前排。C.J.康登随手把啤酒罐扔进侧院，钻进驾驶座，砰一声甩上车门。他扭动钥匙，大马力引擎咆哮着醒了过来。

"你确定你爸肯让你开这辆车？"坐在相对安全的后排，哈伦大胆地问道。

"你给我闭嘴，信不信我能把你的屎踢出来？"康登的咒骂比引擎加速的咆哮还要响亮。

少年猛地将换挡杆推向左前方，雪佛兰巨大的后轮将泥土和石子甩向康登家前院，伴随着轮胎的尖啸，汽车冲上德宝街的柏油路面；少年向左一打方向盘，车身咆哮着转了整整九十度，沿着德宝街向东冲向布罗德大道。这个弯转得更急，横跨了整条宽阔的路面以后，车身终于重新稳定下来；少年手中的方向盘从最左打到最右，车屁股后面冒出一股刺鼻的蓝烟。开到教堂街的时候，他们的速度已经飙到了 60 迈，康登几乎踩着刹车板站了起来，雪佛兰终于在布罗德大道和主街交叉口的石子路面上停了下来。方向盘后面，一脸青春痘的瘦削青年从卷起的 T 恤袖子里掏出一包珀摩牌香烟，弹出一支用点烟器点燃。与此同时，雪佛兰猛地向前一蹿，并入了哈德路上一辆向东行驶的半挂拖车前面。

喇叭炸响的时候，戴尔吓得闭上了眼睛。康登朝着后视镜里的卡车司机比了个中指，一脚油门踩到了底。

公园咖啡馆前的限速标志上写着"限速 25 英里，电子测速"。但康登呼啸而过的速度起码有 60 英里，而且他还在加速。汽车尖啸着转了个急弯，掠过左手边的加油站和最后一幢砖房。现在他们已经出了镇子，汽车还在加速，雪佛兰的两根排气管喷出的废气不断冲向哈德路两侧，又被玉米织成的绿墙反弹回来。

哈伦说了他打算去找谁以后，戴尔的自行车嘎吱一声停了下来。"康登？你开什么玩笑。"戴尔真的吓坏了。点 22 黑不见底的枪管在他眼前不断晃悠，那个小镇恶霸曾用枪指着他的脸。"还是算了吧。"戴尔掉转车头，打算直接回家。

哈伦抓住了他的手腕："想想看，戴尔。除了康登，还有谁能直接把我们送到皮奥里亚的盛景大道？别人肯定会觉得我们疯了，班车要到星期五才来，我们认识的人里面也没谁有驾照……"

"麦克的姐姐佩格……"戴尔刚开口就被打断了。

"她考了五次才拿到驾照。"哈伦提醒道，"她家里人都不敢让她碰车。还有，奥罗克家只有一辆破车，麦克的老爸每天晚上还得开着它去上班。他不可能让那辆车离开自己的视线。"

"我总能想出点别的办法。"戴尔抽出自己的手腕，坚持说道。

"行吧。"哈伦双臂抱胸，跨坐在自行车车把上，斜眼瞥向戴尔，"你不是真的这么娘娘腔吧，斯图尔特？"

戴尔感觉一股怒气直冲脑门儿，他很想跳下自行车，把哈伦狠狠揍上一顿。几年前他们就打过一架，戴尔知道这个矮冬瓜手段下流，但他有把握打赢。然而这次，他强迫自己握紧车把，努力思考。

"想想看吧，"戴尔的脑子转得飞快，但哈伦似乎知道他内心的想法，"我们今天必须把这事儿给办了。谁也帮不上忙。康登蠢得要命，只要给点钱他就愿意干活儿，根本不会多想我们去皮奥里亚干啥。这可能是最快的办法，除非你能搞到一架F-86。"

听到最后半句，戴尔咧了咧嘴。"他家老头子不会让他开车的。"戴尔提出异议。在他认识的所有人里，可能只有康登才管父亲叫"老头子"，而不是"老爸"或者"爸爸"。然后他立即想起了麦克布莱德先生说的话。

"他家老头子已经失踪好些天了。"哈伦说道，他的身子在自行车座上来回摇晃，"据说他和范·锡克，或者戴辛格先生，可能还有其他几个游手好闲的二流子去芝加哥狂欢了一个星期，因为他们从某个'超速'的蠢货游客身上敲了一大笔钱。无论如何，老J.P.那辆黑色肌肉车还留在家里，C.J.一天到晚都开着它到处转悠。"

戴尔感觉兜里装钞票的袜子顶着自己的屁股。这是他除了永远舍不得花的储蓄券和纪念币以外仅有的财产。"好吧。"他说。戴尔重新掉转车头，慢吞吞地沿着德宝街向西骑去，感觉像是上刑场。"可是，既然连佩格·奥罗克都考了那么多次，C.J.这样的蠢货是怎么拿到驾照的？"

直到康登家的房子进入了视线。雪佛兰停在院外，那个小流氓正靠在车门上面。哈伦这才凑到戴尔耳边，以他刚好能听见的音量低声说道："谁告诉你 C.J. 有驾照了？"

进入 150A 高速公路之前，他们必须沿着蜿蜒的州公路朝东南方向行驶 18 英里，但这条路从来就不是为这么快的车速设计的，哪怕在它刚修好的时候也不行，更别说现在，路面上每隔 20 英尺总有几个大坑，或者用沥青勉强补起来的宽阔裂纹。黑色雪佛兰咆哮着驶向斯蓬河谷，越过山巅的时候，车身轻得像要飞起来一样。

戴尔感觉沉重的悬挂急速向下倾斜，缭绕的香烟烟雾中，他看见康登的眼睛眯成了一条窄缝，少年双手奋力握紧方向盘，下一秒钟，戴尔也吓得眯起了眼睛，透过手指的缝隙，他看见雪佛兰倾斜的车身占据了大半个路面，仿佛过了一万年那么长的时间，康登终于摆正了车头，雪佛兰顺着陡峭的山坡向下狂奔。要是刚才对面有车——之前他们还遇到过几辆朝西北方向行驶的卡车——现在他们恐怕已经死了。戴尔暗自下定决心，就算今天他们真能平安抵达皮奥里亚，回家以后他肯定得狠揍哈伦一顿。

康登突然开始减速，雪佛兰在公路旁边的碎石路肩上停了下来，前面就是斯蓬河大桥，他们离皮奥里亚还有三分之二的路程。

"下车。"康登命令戴尔。

"为什么……"

康登粗暴地推了戴尔一把，男孩的头砰地撞在门框上。"滚下去，蠢货。"

戴尔连滚带爬地下了车。他惶恐地望向后排的哈伦，但矮男孩像陌生人一样无动于衷：他耸了耸肩，专注地欣赏起了雪佛兰后排的内饰。

康登没理哈伦。他又推了戴尔一把，把男孩逼到了桥头的护栏旁边。桥下的河岸边种着一排低矮的橡树和柳树，树冠的高度差不多和桥面齐平，公路与河面之间的落差起码有 30 英尺。

戴尔退无可退，身后的栏杆已经抵住了他的小腿，他别无选择，只能握紧拳头。但他心里怕得要命。"你……"他刚开口就自动闭上了嘴巴。

C.J.康登反手从背后抽出一把漆黑的弹簧折刀。8英寸的刀锋反射着耀眼的阳光。"你给我闭嘴，乖乖把剩下的钱都交出来。"

"妈的。"戴尔骂了一句，他虚张声势地挥舞着拳头，感觉全身的肌肉都随着狂野的心跳而颤抖。这句话真是我说的？

康登的动作很快。很久很久以前，戴尔就痛苦地明白了一个道理：爸爸的忠告完全就是放屁。至少就恶霸这件事而言是这样。那些恃强凌弱的恶霸根本不是什么懦夫，至少戴尔从没见过他们懦弱的一面，就算你奋起反抗，他们也不会退缩。还有，最重要的是，有的恶霸在动手之前没有任何征兆。至少C.J.康登和他哥们儿阿奇·科雷克都是这样：这两个心狠手辣的王八蛋不爱说废话。

康登动起手来真的很快。他一拳砸向戴尔纤弱的胳膊，男孩的整个身体贴向栏杆，险些直接翻出桥面；冷冰冰的刀锋紧紧抵住戴尔的下巴，戴尔甚至感觉到了鲜血的热度。

"蠢货，"康登嘶声说道，焦黄的牙齿几乎贴到了戴尔脸上，"我本来只想拿走你的小袜子，然后让你自己滚回家去。但我现在改主意了。你猜我想怎么着，蠢蛋？"

戴尔没法摇头，只要他一动，刀锋铁定会划破他颌下的软肉。他只能拼命眨眼。

康登笑得更畅快了。"看见那个鬼玩意儿了吗？"他腾出一只空闲的手，指了指桥面右侧。栏杆外有一条长约25英尺的狭窄步道，一座螺纹钢塔矗立在步道尽头。"既然你这么有种，那我就陪你玩玩。瞧着吧，我要把你倒吊在那座塔上，然后把你扔进这条见鬼的河里。你觉得这主意怎么样，蠢蛋？"

戴尔根本无法思考，他感觉冰冷的刀锋正在陷入自己的血肉，现在他真的没心情发表意见。康登身上的汗臭和酒臭不断飘进他的鼻孔，听着康登的语气，他知道这个蠢货恶霸真的没开玩笑。戴尔的脑袋一点都不能动，但他还是情不自禁地斜眼看了看桥外的步道和铁塔，还有脚下遥远的水面。

康登放下了刀子，但他还是捏着戴尔的领口，粗暴地推着他走向桥外的步道。公路上一辆车都没有，附近也看不见任何农舍。戴尔的计划非常简单：只要有机会，他撒丫子就跑。但更可能的是，康登会强迫他踏上步道，等到那时候，戴尔只能拽着这个浑球跟他一起跳进河里。公路桥离河面太远，斯蓬河哪怕在春天也不算深，更别说现在是7月里最热的时节，但戴尔别无选择。也许他可以尽力压住这个满脸青春痘的浑球，把他按进河底的淤泥……康登毫不留情地推着戴尔走向步道，丝毫没有松手的意思。不知何时，他已经从戴尔兜里把那只装钱的袜子掏出来塞进了自己的前裤袋。很快他们就走到了步道旁边。康登咧嘴一笑，举起刀子贴在戴尔的左眼上。

"放开他。"是吉姆·哈伦的声音。他已经下了车，但没有走上前来。矮男孩的声音和平常一样冷静。

"去你的。"康登面不改色，"下一个就是你，白痴。别以为我不敢……"他回头瞥了哈伦一眼，然后立即僵住了，手里的刀子停滞在半空中。

吉姆·哈伦站在敞开的后车门外，左臂间的石膏和吊索让他看起来格外弱小，但他右手里那支闪着幽暗蓝光的手枪一点也不弱。"放开他，C.J.。"哈伦再次下令。

康登只犹豫了一秒。下一个瞬间，他横过手臂勒住戴尔的脖子，利用男孩的身体挡住枪口。现在戴尔成了他的盾牌，寒光闪烁的折刀仍举在空中。

又是跟电影学的，戴尔脑子里某个超然的声音做出了评价。这个可怜的浑球大概觉得自己活在某部三流电影里。喉头的重压使得戴尔喘不过气，他只能集中精神，努力获取更多空气。

康登还在大喊大叫，飞溅的唾沫落在戴尔的右脸颊上。"哈伦，你就是个没种的王八蛋，隔着这么远，你连谷仓的墙壁都打不中，更别说我了，蠢货。来啊，开枪啊，来啊。"他轻轻推了戴尔一把，就像举着一面盾牌。

戴尔很想踢爆康登的卵蛋，或者至少踢一脚他的小腿，但现在角度不对。这个恶霸的个子太高，他的手臂勒着戴尔的脖子，几乎把他整个人都拎了起来。戴尔只能拼命踮起脚尖，才能减轻一点喉头的压力。更糟糕的是，他心里清楚得很，就算哈伦真敢开枪，恐怕也只会打到戴尔身上。

但哈伦只是瞥了手枪一眼，仿佛刚刚意识到自己正握着枪。"你想让我开枪？"男孩无辜的声音充满好奇。

飙升的肾上腺素激得康登怒火中烧："来啊，胆小鬼，没胆量的娘娘腔，你倒是开枪啊，小浑……"

哈伦耸耸肩，举起短管小手枪对着雪佛兰扣下扳机。响亮的枪声划破了空旷河谷沉寂的空气。

康登疯了。他一把推开戴尔——戴尔只觉得一股大力将自己的身体推向桥栏，30英尺外的河水迎面向他扑来，他下意识地抓住手边的钢梁，这才终于恢复了平衡——大步跨过桥面冲了回去，不干不净的咒骂和着唾沫四下飞溅。

哈伦上前一步，枪口瞄准雪佛兰的挡风玻璃，厉声喝道："站住。"

C.J.康登猛地停下脚步，工程靴的钢钉擦出的火花足足溅出3英尺远。现在他离吉姆·哈伦还有10步。"我要杀了你，"康登咬牙切齿地咆哮，"你别想活命。"

"随你，"哈伦表示赞同，"不过在你杀死我之前，你爸的车大概会多出五个洞。"他移动枪口，对准前引擎盖。

康登打了个哆嗦，就像被枪指着的是他自己一样。"喂，我说，吉姆，我不是……"康登嘴里哀求的口气比他平常趾高气扬的腔调听起来还要恶心。

"闭嘴，"哈伦打断了他的话，"戴尔，赶紧给我过来，听见了吗？"

戴尔赶快摆脱脑子里的幻想，举步走向哈伦。从僵在原地的康登身边经过时，他特地绕了一个大圈子。然后他走到哈伦身后，站在敞开的后车门旁。

"把刀扔到栏杆外面。"哈伦说道。康登刚想开口说话，哈伦立即吼道："赶紧！"

康登将弹簧刀扔向桥栏杆外，小刀掉进了河边的树丛。

哈伦点点头，示意戴尔上车。"我们还等什么呢？"他对着康登温和地提议，"前面的路还长呢。要是你再耍什么滑头，或者再敢超速，我就在你爸的定制内饰上开几个洞，你这花里胡哨的中控台大概也需要一点新装饰。"他跟着戴尔坐进后排，关上车门。

康登钻进驾驶座。他试着像原来那样嚣张地点上一支烟，但他的手和嘴唇都抖个不停。"你知道吧，就算你现在占了上风，但我早晚会弄死你，"康登透过后视镜斜睨着后排的两个男孩，他那趾高气扬的腔调又回来了，只是声音还有些发抖，"我一定会逮住你们两个小兔崽子，然后……"

哈伦叹了口气，举起手枪对准挂着毛绒骰子的镶皮后视镜。"闭嘴，开车。"他说。

神父家的门开着，麦考夫迪太太既没守着吊桥也没拦在护城河外，麦克蹑手蹑脚地爬上楼梯，走向卡神父的卧室。房间里有男人在说话，麦克闪身紧贴墙壁，悄悄挪向敞开的房门。

"如果他继续这么发烧呕吐的话，"是斯塔夫尼医生的声音，"我们只能把他送去圣弗朗西斯医院，而且还得给他输液，以防严重脱水。"

另一个男人的声音听起来很陌生，但麦克认为这应该就是鲍威尔医生，他正在说："我真不愿意在这种状态下让他颠簸40英里。

我们可以在这儿先把液给他输上，让女管家和护士多盯着点……看看这样能不能退烧，观察一下有没有其他症状，然后再决定要不要转移。"

屋里沉默了片刻，然后是斯塔夫尼医生的声音："小心，查尔斯。"

麦克透过门缝望向室内，正好听见一阵干呕的声音。他不认识的那个医生捧着一只便盆。那医生显然不常干这种脏活儿。卡神父朝着金属容器猛吐了一阵子，他双眼紧闭，脸色比他倚着的枕头还白。

"天哪，"鲍威尔医生惊讶地问道，"他吐出来的东西一直是这样的吗？"他的声音尽管充满反感，但仍不失专业人士的好奇。

麦克弯下腰，眼睛紧紧贴在门缝上。他能看见卡神父的头无力地靠在枕上，便盆几乎抵着他的脸颊。糖浆般的呕吐物沾满了他的脸，又顺着脸颊的轮廓缓缓流进便盆。棕色的黏液看起来更像固体而非液体，里面夹杂着半消化的黏稠颗粒。便盆几乎已经装满了，但神父似乎完全没有停下来的迹象。

斯塔夫尼医生回答了同伴的问题，但麦克没听清他说的话。他已经离开门缝蹲到了墙角，努力抑制突如其来的晕眩和反胃。

"那个女管家到底跑到哪儿去了？"鲍威尔医生没好气地问道。

"她上橡树山接碧琳斯护士去了。"斯塔夫尼医生用熟悉的声音答道，"给，你可以用这个。"

麦克踮着脚尖走下楼梯，迎面而来的新鲜空气吹散了他的烦闷，尽管外面热得要命。天空已经从清晨的淡蓝色转为近午的苍蓝，随着下午的逼近，阳光正在变得越来越强烈。灼热的阳光和厚重的湿气像看不见的毯子一样沉甸甸地压在每个人身上。

街道上空无一人，麦克骑着自行车奔向镇中心，他特地避开了詹森家的超市，以免被妈妈看到，又派给他什么杂活儿。现在他有自己的事要忙。

老貂哈珀是镇里出了名的酒鬼。麦克对他的了解和镇上的其他孩子没什么两样：老貂很有礼貌，而且他跟孩子们总有说不完的话，这个男人永远都在寻找"埋藏的宝藏"，而且他乐于分享任何一点小小的发现。大人们对他避之唯恐不及，因为他总问人要钱，但他从来不会烦到孩子们头上。老貂居无定所，气温高的白天，他常常睡在公园的舞台底下，晚上凉快一点以后，他又会挪到公园的长凳上，那是他的"户外床"。公园里放免费电影的时候，他的小窝能提供绝佳的角度，而且他很乐意让孩子们钻进舞台下方凉爽的阴影，和他一起透过格栅的缝隙看外面的电影。

到了冬天，老貂就很少在外面晃悠了。有人说他睡在废弃的炼油厂里，或者公园对面那家拖拉机商店背后的窝棚里，还有人说，某些好心的家庭，譬如斯塔夫尼家或者惠塔克家愿意把谷仓借给他住，甚至还会为他提供热饭热菜。但老貂从来不为饭菜操心，他只关心该去哪儿弄下一瓶酒。卡尔家酒馆的主人家根本不许他踏进酒馆，但客人常常请他喝一杯，只是这些"善人"通常不怀好意，他们只想捉弄一下老貂。

但只要有酒喝，老貂什么都不在乎。镇里似乎没人知道老貂哈珀有多大年纪，但当妈的都拿他做样板教训自己的儿子，这样的传统至少已经延续了三代。麦克推测，老貂现在至少有70岁了，这样才算合理。作为镇里最出名的酒鬼——偶尔他也会打打零工——绝大多数的时间里，大部分镇民都对他视而不见，这正是麦克现在最需要的特质。

麦克的问题在于，他没有酒，所以自然没法收买老貂：他连一罐啤酒都弄不来。尽管麦克的父亲就在啤酒厂上班，而且最爱跟朋友们喝个痛快，但奥罗克太太决不允许家里出现任何含酒精的饮料。一次也不行。

麦克在第五大道和铁轨之间的理发店门前停了下来，前方的哈德路热气蒸腾，他望着公园凉爽的树荫，绞尽脑汁地思考。麦克知道，如果他真有脑子的话，就该趁着哈伦陪着戴尔出门之前让那家伙弄点酒来。哈伦家里总藏着不少酒，按照吉姆自己的说法，他妈从来不会注意到柜子里的酒是不是少了一点。可是现在，哈伦跟戴尔一起走了，去执行麦克分派的任务，于是麦克自己——好个无畏的领袖——束手无策。就算他能找到老貂，可是没有酒，谁也别想撬开那个老酒鬼的嘴巴。

一辆卡车从麦克身边呼啸而过，毫不在意榆树港专拍限速的电子监控；等到卡车开远了以后，他才骑着车穿过哈德路，一头扎进拖拉机商店后面，顺着小公园外围向南骑了一段，又绕回了公园咖啡馆和卡尔家酒馆背后的小巷子里。

麦克把自行车靠在砖墙旁边，走进敞开的后门。他能听见前厅里六七个男人的说笑声和大电风扇缓慢转动的嗡嗡声。目前镇上唯一有空调的公共场所是新修的邮局。镇上大部分男人曾经签名请愿，要求卡尔家酒馆提供空调，但根据麦克听到的传言，多姆·斯迪格对这场闹剧嗤之以鼻，他嘲笑说："这帮家伙到底在想什么，难道他们以为我是政治家吗？至少我的啤酒够凉，不想在这儿喝的人大可以去黑树酒馆。"

厕所里传来一阵冲水声，麦克刚缩回脑袋，几英尺外的后走廊里就有一扇门开了，一个男人拖着沉重的脚步走向前厅，他嚷嚷了一句什么，另外几个男人齐声大笑。麦克又探头看了一眼：走廊里有两个厕所，其中一扇门上写着"男"，另一扇标着"女"。第三扇门上挂着"非请勿入"的牌子。麦克知道，最后这扇离他最近的门通往酒窖。为了挣零花钱，他往那里面搬过板条箱。

麦克闪身溜进通往酒窖的楼梯，小心翼翼地关上身后的房门。他原以为男人们会吼叫着冲过来，但厚重的木门隔绝了一大部分声音，他只能隐约听见，前厅里的说笑声似乎毫无变化。麦克在黑暗中眨了眨眼，沿着幽暗的楼梯蹑手蹑脚地往下走。墙壁高处凸出的石沿上倒是开着几扇窗户，但几十年前主人就用木板把它们封死了，只有一点微弱的光线能透过蒙尘的玻璃和木头的缝隙照进这里。

麦克在楼梯尽头停下脚步，他看到了狭长酒窖深处的一堆堆纸板箱和巨大的金属桶，高高的架子竖立在半堵砖墙后方，麦克隐约记得，那是多姆存酒的地方。他踮起脚尖，小心翼翼地穿过长长的走廊。

这里算不上真正的酒窖。戴尔跟他描述过书上写的酒窖：裹满灰尘的古老瓶子静静躺在酒架上的凹窝里，但他眼前的架子上面堆的都是乱糟糟的箱子。麦克一边摸索着走向右侧箱子最多的地方，一边提心吊胆地留意楼梯顶上有没有传来开门的声音。空气中充斥着麦芽和啤酒花的浓郁气息。一张蜘蛛网扑到了他的脸上，他抬手把它拂开。难怪戴尔讨厌地下室。

麦克在后面的架子上找到了一个打开的箱子，他一伸手就摸到了里面的酒瓶，紧接着他僵在了原地。要是他拿走了这瓶酒，那么，顺理成章地，这将成为他一生中偷的第一样东西。不知为何，在麦克所知的一切罪恶中，他最恨的就是偷窃。他从没跟任何人说过这件事，就连他的父母也不知道，但在麦克心目中，偷东西的人简直罪无可赦。二年级的时候，巴里·福斯纳偷过同学的蜡笔，被抓到以后，巴里只是被校长叫去办公室里训了几分钟，但从那以后，麦克再也没跟那个胖男孩说过话。光是看到他，麦克就觉得恶心。

要是我真的偷了东西，那我必须忏悔。想到这里，麦克觉得脖子后面开始发烧，他不由得在脑海中描绘起了那幅难堪的场景：他跪在幽暗的告解室里，小隔板被推到了一边，所以他能透过细网格看见卡神父的侧脸；然后麦克低声说道："祝福我吧，神父，因为我有罪。"他先说了上次忏悔的时间，然后开始讲述这件事……就在这个瞬间，卡瓦诺神父低垂的感性头颅猛地扑向网格，死气沉沉的眼睛和漏斗般的嘴巴紧紧贴在木头上，蛆虫从他嘴里源源不断地涌出来，翻滚着掉落在麦克因祈祷而捧成窝状的掌心里，刹那间棕色的虫子爬满了他高举的手臂和跪伏的身体……

麦克一把抓起酒瓶，逃也似的离开了酒窖。

舞台公园里树荫浓密，但并不凉快。有树荫的地方和外面一样潮热，但至少灼热的阳光没法再穿透麦克的短发，炙烤他的头皮。露天的大舞台下面有人——或者别的什么东西。麦克弯腰透过格栅上的破洞向内张望：抬高的舞台地板离周围的水泥地基只有3英尺左右，但舞台正下方的地面没铺水泥，不知为何，这片"地下室"比周围的平地低了至少1英尺。低矮的空间里充斥着湿土、肥料和腐败的气息。戴尔讨厌地下室，我讨厌这些天杀的矮夹层，麦克想道。

其实舞台下面的夹层不算太矮。如果麦克像平常那样把头垂得比肩膀还低，他完全可以直着腰走进去，但他没有这样做；他蹲下身子，试图看清舞台深处那团微微起伏的黑影。

科迪说，杀死杜安的怪物里面，还有一些我们没见过的东西——它们会在地里挖洞。

麦克使劲眨了眨眼，努力克制自己转身跳上自行车逃跑的冲动。远处那团黑影看起来像是个穿着风衣的老头儿。老貂无论冬夏都裹着风衣，那件衣服他至少已经穿了六年。可能更重要的是，它闻起来很像老貂。除了浓重的廉价酒味和尿臊味以外，麦克还闻到了老流浪汉身上独有的麝香味。也许正是出于这个原因，几十年前大家才给他起了这个绰号。

"谁？"老流浪汉嘶哑的嗓子里似乎积了不少痰。

"是我，老貂……麦克。"

"麦克？"老头儿的口气听起来像是刚刚梦游到了一个陌生的地方，"麦克·杰诺德？我以为你在巴丹送了命……"

"不，老貂，我是麦克·奥罗克。还记得吗？去年夏天，你和我一起帮杜甘太太打理过院子。我负责割草，你修剪树篱。"麦克从格栅的洞口钻了进去。这里很黑，但和酒馆地下室完全不一样。小小的菱形光斑星星点点地洒在圆形土丘西侧松软的泥地上，现在麦克看见了老貂的脸：他的眼睛湿漉漉的，脸上布满胡楂儿，红通通的鼻头衬得他的脖子格外苍白，还有老头儿的嘴。麦克不由得想到了昨天戴尔描述过的麦克布莱德先生。

"麦克。"老貂喃喃念着这个名字，就像在咀嚼一块因为缺了太多牙齿而咬不动的肉，"麦克……我知道了，你是约翰尼·奥罗克的儿子。"

"没错。"麦克回答。他往前挪了几步，在离老貂大约 4 英尺的地方停了下来。除了松垮垮、皱巴巴的风衣以外，老酒鬼身边还堆着几张报纸、一罐固体酒精和几个微微反光的空瓶子。呃，这看起来像是他的领地，麦克不打算贸然闯进去。

"你想要什么，孩子？"老貂疲惫的声音听起来心不在焉，完全不像他平日里跟孩子们说话时那么和善。没准儿是我年纪太大了，麦克想道，老貂喜欢逗更小的孩子玩。

"我带了点东西给你，老貂。"麦克从身后取出偷来的那瓶酒。他没时间在阳光下细读标签，现在这里又没有足够的光线。但愿他不会那么倒霉，错拿了多姆装在酒瓶里的清洁剂。不过就算是清洁剂，老貂恐怕也分不出来。

看到麦克手里那件东西的形状，老头儿带着血丝的眼睛快速眨了起来："这是送给我的？"

"没错。"麦克回答。他微微往后一缩手，不由得感到一阵内疚，感觉像在逗狗："不过我想跟你做笔交易。"

衣衫褴褛的老头儿喷出一股酒气和口臭："哈，天下没有白吃的午餐。好吧，孩子，你想要什么？是要老貂去超市替你买包烟，还是去卡尔家弄点啤酒？"

"都不是，"麦克在柔软的泥土里跪坐下来，"只要你告诉我几件事，我就把这瓶酒给你。"

老貂伸长脖子斜睨着麦克，他的声音充满怀疑："什么事？"

"1900年元旦过后，他们在老中心学校吊死了一个黑人的事。"麦克低声说道。

他满以为老酒鬼会推说忘了。上帝才知道这老头儿到底死了多少脑细胞，这个借口简直天衣无缝。或者他会说当时他不在场，那时候他才10岁。又或者他不想谈这事。但老头儿什么也没说。黑暗中麦克只能听见他粗重的呼吸，片刻之后，老貂伸出双手，仿佛打算接住一个婴儿。"好吧。"他说。

麦克把酒瓶递到他手里。老头儿折腾了好一会儿也没打开瓶盖："这是什么鬼玩意儿，难道还有软木塞？"然后他听到了砰的一声，不知什么东西喷向麦克头顶的舞台地板，他刚刚闪身避开，就听到老貂骂了一句，然后老头儿扯着嘶哑的嗓子哈哈大笑起来："天哪，孩子，你知道你给我的是什么酒吗？这是一瓶香槟！真正的伦巴多起泡香槟！"

从他的声音里麦克听不出这事儿是好是坏。老貂试探着喝了一口，呛得咳嗽了两声，然后迫不及待地喝了起来，于是麦克猜测，这大概是件好事。

老貂喝着香槟，时不时停下来打几个嗝儿。享受美酒之余，他讲起了自己的故事。

越过C.J.康登油腻的脑袋和高耸的铁门，戴尔和哈伦看到了丹尼斯·阿什利－蒙塔古先生的宅邸。戴尔意识到，这是他有生以来见过的第一幢真正的豪宅。宽达几英亩的草坪隔开了公路和庄严的大宅，主楼周围绿植环绕，阿什利－蒙塔古宅邸所在的悬崖俯瞰着下方的伊利诺伊河，都铎风格的砖墙和山形墙上点缀着一扇扇菱格窗，绿意盎然的常春藤遮蔽了大片墙壁，一直爬到屋檐顶上。铁门后面的环形车道——保养良好的柏油路与门外的盛景大道打满补丁的水泥路形成了鲜明的对比——划出一道优雅的弧线，通往缓坡上方 100 码外的大宅。草坪上不同区域的隐藏洒水装置轮番工作，轻柔的水流滋润着如茵绿草。

大门左侧的砖柱上装着一个蒙着格栅的小喇叭盒子。戴尔推开车门，绕到黑色雪佛兰后面。坐车过来的路上，涌进车窗的灼热空气像看不见的砂纸一样摩擦着他的皮肤，可是现在，车刚停下来，凝滞的空气里挟的热量与头顶沉重的阳光更是压得他喘不过气来。戴尔感觉自己的 T 恤已经湿透了。他往下压了压棒球帽的帽舌，眯起眼睛望向身后的公路，行道树遮挡了一部分炫目的阳光，在路面上投下斑驳的叶影。

戴尔没来过盛景大道。本地人似乎都听说过皮奥里亚北边山崖上这条蜿蜒的公路，以及公路附近的众多豪宅，但戴尔家的人从来没有开车过来瞻仰过。他们进城主要是去市中心，就那几个地方，或者新开张的舍伍德购物中心（里面一共有六家商店），要么就是去皮奥里亚第一家也是唯一的一家麦当劳，这座快餐厅坐落在战争纪念大道旁边的谢里登路上。眼前这条绿荫掩映的陡峭公路看起来十分奇怪，确切地说，戴尔从没见过这么壮阔的山地。他一直生活在皮奥里亚和芝加哥之间的平原上，这辈子见过的最高的山无非是骷髅地墓园和朱比利学院路附近的丘陵，一马平川的大地上，这些林木葱茏的小山丘一点也不起眼，任何比这更高的山在他看来都很奇怪。

对他来说，那些矗立在陡峭悬崖上方、和阿什利－蒙塔古先生的宅邸一样绿荫环绕的气派庄园更像来自另一个世界。

哈伦坐在车里喊了一句什么，戴尔这才发现，自己已经像个傻子一样在车道上站了半分多钟。他还意识到，自己的确受到了不小的惊吓。男孩凑到黑色的喇叭盒前面，感觉自己的脖子和胃一阵阵发紧，他完全不知道该说点什么，就在这时候，黑盒子突然开口说话了："有什么可以为您效劳的吗，年轻人？"

这是一个男人的声音，轻微的口音让戴尔不由得想起了几个英国演员。他在电视上看过乔治·桑德斯的"猎鹰"系列电影。戴尔倏地眨了眨眼，转头四顾。柱子和大门上都看不到摄像头，他们怎么知道他在这儿？难道那幢大房子里有人正举着望远镜监视门口？

"有什么可以效劳吗？"那个声音又问了一遍。

"呃，有的。"戴尔感觉自己唇干舌燥，"是阿什利－蒙塔古先生吗？"话刚说出口，他就恨不得踹自己一脚。

"阿什利－蒙塔古先生很忙，"那个声音回答，"请问先生有何贵干？或者我应该打电话报警？"

这句威胁让戴尔的心脏漏跳了一拍，但一个念头从他脑子里掠过：不管这个人躲在哪儿，他一定能看到门前的所有东西。

"啊，不用。"戴尔慌慌张张地说，他也不知道这是在回答哪个问题，"我是说，我们的确有事要找阿什利－蒙塔古先生。"

"请讲。"黑盒子说道。黑色的铁门又高又宽，看上去似乎永远都不可能打开。

戴尔朝车里看了一眼，仿佛在向哈伦求助。吉姆纹丝不动地坐在车里，手里的枪特地放得比座位还低，以免被摄像头或者其他什么东西拍到。老天爷，要是警察真的来了，那该怎么办？

康登从车窗里探出头来，冲着喇叭盒大声叫嚷："喂，告诉他们，这两个狗娘养的正拿枪对着我的车，行吗？快报警啊！"

戴尔下意识地往前迈了几步，试图用身体隔开麦克风和康登。他不知道盒子里的人有没有听见，那个英国口音没再说话。周围的一切，无论是大门、树木、山坡、草坪还是青铜色的天空，一切的一切似乎都在等着戴尔开口。这时候他简直恨透了自己，这一路上他怎么就没想过要预先排练一下该怎么说？

"告诉……啊……告诉阿什利－蒙塔古先生，我是为波吉亚钟来的，"戴尔说道，"告诉他这事很急，我必须跟他谈谈。"

"请稍等。"那个声音回答。戴尔眨掉眼皮上的汗珠，不由得想起了电影《绿野仙踪》里看守翡翠城大门的那个家伙，他实际上就是魔术师，除非剧组为了省钱用了同一个演员。桃乐丝和她的朋友们历尽艰险来到翡翠城，那个看门的却让他们等了半天。

"阿什利－蒙塔古先生很忙，"那个声音终于给出了最后的答复，"他不希望被打扰。日安。"

戴尔搓了搓鼻子。从来没人跟他说过"日安"。今天他经历了太多个第一次。"喂！"男孩急得敲了敲喇叭盒，生怕那个人再也不理他，"告诉他这件事很重要！告诉他我们必须见他！告诉他我们大老远专程赶来……"

黑盒子一直没有说话。铁门纹丝不动。大门和宅邸之间也看不到任何活动的迹象。

戴尔退后几步，上下打量着盛景大道旁庄园高耸的砖墙。要是哈伦能托他一把，他没准儿能翻过去，但戴尔仿佛已经看到一大群德牧和杜宾冲过草坪，握着霰弹枪的男人出现在树丛中，警察从天而降，逮住了持枪的哈伦……

天哪，妈妈还以为我去打球了，要么就在麦克家，结果她接到了皮奥里亚警局的电话，说我已经被捕，罪名有一长串：非法侵入、私藏武器、意图绑架。不，他意识到，私藏武器的是哈伦才对。

戴尔一把抓住喇叭盒，整张脸几乎贴在了麦克风的格栅上。他不顾一切地吼了起来，尽管他根本不知道这玩意儿是不是开着，也不知道刚才那个人是不是还在。"听我说，天杀的！"他吼道，"告诉阿什利－蒙塔古先生，波吉亚钟的事儿我全都知道，包括他们吊死在钟里的那个黑人，还有那些丧命的孩子，不管是当时还是现在。告诉他……告诉他，就因为他爷爷带回了那口该死的钟，我朋友送了命，还有……噢，真他妈的。"戴尔仿佛耗尽了所有力气，他双腿一软，一屁股坐在滚烫的人行道上。

喇叭盒没再说话，但他听到了电机轻柔的嗡嗡声，然后是机械的咔嗒声，黑铁大门缓缓开了。

在门口迎接戴尔的并不是乔治·桑德斯。这个寡言少语、脸庞瘦削的小个子男人看起来更像泰勒先生——迪格尔的父亲，榆树港的送葬人。

哈伦留在车里。要是他们俩都进去了，康登肯定跑得比步枪子弹还快，有必要的话，他没准儿连那扇铁门都能偷走。12块半的尾款显然不足以留下他，更没法让他打消干掉这两个小家伙的念头。只有用点38对准这辆花里胡哨的1957年款雪佛兰，才能让他乖乖听话，但这份保证也正在变得越来越脆弱。

"进去吧，"哈伦掀着薄薄的嘴唇，"不过你可别喝下午茶，更不能留下来吃晚饭。把事情弄清楚了就赶紧出来。"

戴尔点点头，笨拙地从车里钻了出来。康登正叫嚣着要跟进去报警，但哈伦冷冷地告诉他："尽管去。我兜儿里还有18颗子弹。等到警察赶来，你的车估计已经成了一大块瑞士奶酪。然后我会告诉他们，我们是被你绑架来的。我记得某人是县少管所的常客，但我和戴尔……"

康登点燃另一支香烟，没精打采地靠在门框上瞪着哈伦，仿佛正在脑子里描摹他即将实施的报复。"你倒是去啊。"哈伦又画蛇添足地催了一句。

戴尔跟着那个男人——他觉得大概是管家——穿过了不知道多少间屋子，每间屋子都和斯图尔特家的整个一楼差不多大。一身黑衣的男人推开一扇高耸的房门，朝戴尔做了一个"请"的手势。这个房间肯定是大宅的藏书室或者书房：镶着桃花心木嵌板的墙壁旁立着一排12英尺高的书架，书架上方的黄铜扶手勾勒出夹层的狭窄步道，步道侧面的墙壁上依然镶着桃花心木，摆得满当当的书架向上延伸到粗糙的木椽下方，看不见的天花板隐藏在高处的阴影中。房间东侧，离戴尔进门的位置大约30步外，灿烂的阳光透过整面墙的玻璃窗照亮了一张巨大的写字台，阿什利－蒙塔古先生端坐在写字台后面。巨大的台面将亿万富翁的身形衬托得格外渺小，男人狭窄的肩膀、灰色的西装、鼻梁上的眼镜和胸前的领结也丝毫无助于塑造高大的形象。

戴尔走上前来的时候，男人没有起身，只是问了一句："你想要什么？"

戴尔吸了口气。终于走进了这幢大宅，现在他一点都不怕了，也不怎么紧张："我想要的刚才已经说过了。某些东西杀死了我的朋友，我认为它和你爷爷挂在学校里的那口钟有关。"

"胡说，"阿什利－蒙塔古先生断然否决，"那口钟只是一件古玩。我爷爷误以为那件意大利垃圾有重大的历史价值。而且我告诉过你的某位小朋友，那口钟四十多年前就已经被毁了。"

戴尔摇摇头。"我们知道的不止这些。"他说，尽管他实际上什么都不知道，"它还在那里，还在影响周围的人，就像当年影响波吉亚家族一样。还有，你说的那位'小朋友'名叫杜安·麦克布莱德，现在他死了。就像六十年前遇害的那些孩子。就像被你祖父吊死在钟里的那个黑人。"

戴尔听见了自己的声音，洪亮，果断而自信，但遥远得像电影配音一样。他脑子里的某个部分正在欣赏窗外的美景：宽阔的伊利诺伊河波光粼粼，灰色的河面在悬崖的绿荫间若隐若现，崖底远方的铁路向着地平线延伸，29号高速公路蜿蜒向南，通往皮奥里亚。

"这些事我毫不知情。"丹尼斯·阿什利－蒙塔古回答，开始整理写字台上的文件夹，"对于你朋友的意外，我深感遗憾。我从报纸上读到了这件事，当然。"

"那不是意外，"戴尔说道，"杀死他的家伙和那口钟脱不了干系。还有其他一些东西……只在夜里出现的东西……"

写字台后面的瘦削男人霍地站了起来。他脸上的角质圆框眼镜让戴尔想起了默片电影里的某位喜剧明星。那家伙总爱吊在大楼外面。

"什么东西？"阿什利－蒙塔古先生的声音小得近乎耳语，低沉的声音几乎淹没在过于宽敞的屋子里。

戴尔耸耸肩。他知道自己不该说这么多，但他不知道除此以外还有什么办法能证明，他们真的了解眼下发生的事情。刹那间一幅画面浮现在戴尔的脑海中：墙边的书架中间，一扇密门悄然开启，范·锡克和罗恩先生出现在他身后，而在这两个人背后，阴影中有什么东西正在蠢蠢欲动。

戴尔努力克制自己回头张望的冲动。要是他一直没出去，不知道哈伦会不会丢下他跑路。我会。

"比如说，某个死掉的大兵在镇上到处转悠，"戴尔继续说道，"确切地说，那家伙名叫威廉·坎贝尔·菲利普斯。还有，某个去世的老师又回来了。还有别的东西……会在地里打洞的怪物。"

就连戴尔自己都觉得这些话听起来太疯狂。他很高兴自己及时停了下来，没接着唠叨那个从壁橱里钻到他弟弟床底下的影子。他突然想到，这些东西我一个都没见过。我直接借用了麦克和哈伦的说法。我真正亲眼见过的只是地上的几个洞而已。天哪，这个人肯定会打电话给收容所，他们会把我关进橡胶房间，我妈还蒙在鼓里，根本不知道我没法赶回家吃晚饭了。这个思路相当合理，但戴尔并不真的害怕。他相信麦克，相信杜安的笔记簿，相信自己的朋友。

阿什利－蒙塔古先生看起来快要瘫倒在高背椅里。"上帝啊，我的上帝。"他喃喃自语，身体前倾，仿佛想抬手捂住自己的脸，但他最后只是摘下眼镜，从西装口袋里掏出手帕擦了擦镜片。"你想要什么？"他问道。

戴尔努力克制自己吐出一口长气的冲动："我想知道这到底是怎么回事，"他说，"我想要县历史学会的书，普莱斯特曼博士写的那些书。我还想让你告诉我和那口钟有关的所有事情。但最重要的是……"戴尔终于吐出了那口气，"最重要的是，我想知道我们该怎么阻止这一切。"

28

舞台西侧的格栅将下午的阳光切割成不连贯的菱形光斑，拉长的光影越过黑黢黢的泥巴，悄悄爬到麦克和老貂哈珀身旁。老头儿大口喝着香槟，阴郁地沉默片刻，然后含混不清地说上一长串。

"那个冬天真的很冷，新年刚过，新世纪刚刚开始，当年我还是个小不点儿，比你现在大不了多少。你几岁了？12岁？还没满吧……11岁？嗯，他们把那个黑人吊死的时候，我差不多也就这么大。

"那会儿我已经没上学了。那年头大部分孩子都不怎么上学。能认识几个字，会写自己的名字，做点基本的算术，差不多就够了。我爸的农场需要人手，男孩们全都得去干活儿。所以他们吊死那个黑人的时候，我早就没上学了……

"那年失踪了好几个孩子。坎贝尔家的那个小女孩最受关注，因为他们找到了她的尸体，而且她家有钱，但那年冬天，除了她以外，还有四五个孩子出门之后再也没有回家。我记得有个姓斯特本斯基的波兰小孩，他爸是铁路工人，来到镇上以后就再也没走，我想起来了，那个小孩名叫斯蒂芬……嗯，圣诞节前几周，斯蒂芬和我一起去酒吧找自家老爸，我找到了我爸，我哥哥本赶着马车把我们接回了家，但斯蒂芬再也没有回家。那天之后，再也没人见到过他。我还记得最后一次见到斯蒂芬的时候，他穿着打满补丁的灯笼裤，拖着沉重的篮子在老主街上挪动，篮子里装着他妈妈的啤酒。斯蒂芬被什么东西抓走了，和迈尔斯家的那对双胞胎一样，还有另一个小孩，他叫什么来着，他们家住在现在垃圾场的位置……但最受关注的还是坎贝尔家的女孩，她叔叔是个医生。

"所以当那个小女孩的表哥小比利·菲利普斯闯进酒吧……不是卡尔家，那时候卡尔家酒馆还没修起来呢……现在那座大房子变成了干货仓库，真是活见鬼。总而言之，那个晚上冷得要命，鼻涕虫比利·菲利普斯跑进酒吧，告诉大家铁路那边有个黑人，他在那个家伙的旅行袋里看到了他妹妹的衬裙。噢，我的老天爷啊，不到半分钟，酒吧里的人全都冲了出去，包括我在内，我记得很清楚，我爸走得很急，我必须一路小跑才跟得上他。我看见阿什利先生坐在他那辆豪华马车前面，膝盖上横着一支霰弹枪。几年后他用那支枪杀死了自己。他坐在那里，好像正等着我们一样。

"'走吧，孩子们。'他喊道，'正义必须得到伸张。'

"男人们像暴徒一样号叫起来。在那种狂热的气氛下，孩子，人和狗没什么两样。然后我们出发了，人群喷出的白气融化在黄昏金灿灿的阳光里，就连那些马都喘着粗气。现在我想起来了，阿什利先生的马车前面套着几匹黑色的牝马，还有几个人也赶着马车。很快我们就赶到了镇北，以前那家炼油厂旁边的老铁路。那个黑人正蹲在篝火旁边煮一块肥猪肉，他刚抬起头来，我们的人就一拥而上，把他围在了中间。当时在场的还有他的几个黑人朋友。那年头的黑人绝不会独自出门，当然，天黑以后他们也不能进入镇子。但他的朋友没有做出任何反抗，他们只是一溜烟儿跑了，就像知道马上要挨打的狗一样。

"那个黑人的铺盖卷很大，男人们撕开破烂的铺盖，当然，坎贝尔小姑娘的衬裙就藏在里面，上面沾满了干涸的血迹和……其他东西，孩子。以后你会明白我说的是什么。

"于是他们把他拖去了学校，当时那地方算是镇中心。镇上的人常去学校开会，选举投票之类的活动也总在学校里举行。所以他们把黑人拖去了那里。我记得当时我站在人群外围，听见钟声敲响，召唤人们尽快赶来，重要的事情马上就要发生。我还记得我们在雪地里打起了雪仗，除了我以外，还有莱斯特·科林斯、梅里韦瑟·惠塔克和库尼·戴辛格的爸爸。他叫什么？外面很冷，那个冬天简直比巫婆的奶头还冷，整个镇子都和外面断绝了联系，你知道吧，封冻的公路和恶劣的天气切断了所有交通。我们连橡树山都去不了，该死的路难走得很。偶尔倒是有火车经过，但不是每天都有。每年冬天都要隔上好几周才有一班火车，镇子北边积了很深的雪，火车站又没有除雪机。所以我们什么都只能靠自己。

"外面实在冷得难受，所以我们钻进了屋子，这时候审判——他们叫它'审判'——已经差不多结束了。前后不超过一个小时。镇上没有真正的法官，阿什利法官早就退休了，而且他脑子不太正常。但无论如何，他们还是坚持说，那是一场审判。阿什利先生看起来的确派头十足。我记得我和其他男孩站在以前放书的夹层里，望向下面的中央大厅。大厅里挤满了人，我觉得阿什利法官看起来英俊极了，他穿着一身昂贵的灰色西装，丝质领带和大礼帽跟平常一样无懈可击。因为审判还在进行，所以他没戴礼帽。灯光照耀下，他的一头白发简直熠熠生辉，我记得自己当时只顾着惊叹，阿什利先生还那么年轻，他看起来怎么能那么有智慧呢……

"总而言之，比利·菲利普斯刚刚结束了陈述，他说在他回家的路上，那个黑人想抓住他。他说黑人追着他不放，还说要把他杀了吃掉，就像对待那个女孩一样。说起比利，上帝啊，那孩子真是个骗人的行家。我们还在上学的时候，那个小浑蛋就经常逃学，每次他都装可怜说要照顾生病的妈妈。菲利普斯老太就没有不生病的时候，而且总是生命垂危。他还经常装病，但我们都知道他只是偷溜出去钓鱼，或者干别的什么事情。总而言之，比利说他逃脱了黑人的追杀，而且后来他又悄悄绕了回去，正好看见黑人从旅行包里掏出坎贝尔家小女孩的衬裙。她是比利的表妹，我刚才说过吧？黑人掏出她的衬裙，在篝火旁边摸了好一会儿。比利说，然后他赶快跑到镇上的酒吧，把这件事告诉了大家。

"这时候，另一个人……我想起来了，他叫克莱门特·戴辛格，没错，克莱门特，这是他的名字。另一个人说，圣诞节前，他见过那个黑人在坎贝尔医生家附近转悠，差不多就是小女孩失踪的那几天。他说之前他一直没注意这事儿，但现在他想起来了，他很有把握地说，那个黑人看起来十分可疑。克莱门特出面指证之后，又有几个人说，他们也见过那个黑人鬼鬼祟祟地到处转悠。

　　"于是阿什利法官敲了敲他那支又大又老的柯尔特手枪，就像在法庭上敲——那玩意儿叫什么来着，法槌——一样。他问那个黑人：'你有什么要为自己辩护的吗？'但黑人只是瞪着一双黄眼睛盯着在场的每一个人，他一个字都没说，因为刚才挨过揍，他那两片肥厚的嘴唇肿得很高，但我觉得这并不妨碍他说话，如果他真想说的话。所以我猜，他的确没什么可说。

　　"于是阿什利法官，当时我们都觉得他看起来就像是个真正的法官，他在人们搬进来的桌子上敲了敲手枪，开口说道：'我以上帝的名义宣判你有罪，应被处以绞刑，愿上帝怜悯你的灵魂。'有那么一小会儿，大厅里的男人们都站在原地，好像不知道接下来该怎么办似的。直到法官吼了句什么，老卡尔·达比特才伸手抓住了那个黑人。没过多久，就有几十个男人拖着他穿过小学教室，爬上彩绘玻璃下方的楼梯。他们很快就走到了我们几个男孩站的位置。被拖着往前走的黑人离我那么近，我只要伸出手就能碰到他泛紫的厚嘴唇。男人们继续顺着楼梯爬向上面的高中教室，我们几个都跟了上去。卡尔或者克莱门特或者别的什么人往他头上套了个黑色的布袋，他们拖着他爬上最后几级楼梯，现在你已经看不到那些楼梯了，你知道吧？他们在那儿砌了一堵墙。最后推着他走上了钟楼内壁盘绕的狭窄栈道。

　　"那条栈道现在也看不到了。我一直帮着卡尔·范·锡克和米勒清理这块地方，这活儿我干了四十年，所以我完全知道自己在说什么——现在你看不到它，但那座钟楼里面曾经有一条盘绕的栈道，站在最上面，你可以看到一楼的地板。栈道上有三圈看台，古老的大钟挂在钟楼顶端，那口钟是阿什利先生从欧洲带回来的。总而言之，当时我们站在钟楼的看台上，一楼地板上挤满了人。在场的人里也有妇女，我记得我看到了萨利·穆恩的妈妈爱玛，她和她那个怕老婆的矮个子丈夫奥维尔站在一起，他们俩看起来都很兴奋，脸上简直闪闪发光。所有人都抬头望着阿什利法官，他带着几个押送黑人的男人站在钟楼最顶上。

"我还记得自己当时的想法，我觉得他们肯定会先吓唬吓唬那个黑人。他们会用绳子勒住他枯瘦的脖子，逼他开口招供。但他们没有那样做。噢，先生，他们是这样做的：阿什利法官问在场的某个男人借了一把刀，可能是塞西尔·惠塔克的刀，然后他割断了大钟的钟绳，那根绳子本来从钟楼顶端一直垂到了地面。我记得自己当时趴在高中教室那一层的看台上，看着那根绳子飞快地坠向地面，一楼的人你推我挤地躲避落地的绳子，然后又推搡着重新填满刚才腾出来的空隙，仰头望向高处的黑人。然后阿什利法官做了一件奇怪的事。

"他割断绳子的时候我就该明白，但我没有。他们拉扯着黑人头上的布套，我心想，现在他们要把头套取下来，好好吓唬他一番，他们会告诉他，再不招供就把他扔下去，或者……但他们没有。他们只是一把拽过钟绳的断茬儿，用它勒住黑人的脖子，然后打了个结。黑色的布套仍然套在那家伙头上，阿什利法官冲着身边的几个男人点了点头，不知怎么，他们把黑人抬到了栈道侧面的细栏杆上。然后，我的老天爷啊，时间就像凝固了一样，所有人鸦雀无声。当时在场的起码有三百个人，但你听不到任何一点人群中常见的声音，完全没有窃窃私语、交头接耳，连呼吸声都没有。只有死一般的沉默。男人、女人、孩子，包括我在内，所有人都仰头望着那个黑人，他站在三层楼那么高的看台边缘的栏杆上，脸被头套遮了起来，双手反绑在背后，支撑他的只有紧抓他胳膊的那几个男人的手。

"然后有人——我觉得大概是阿什利法官,但我也说不准,因为钟楼里很暗,而且我光顾着看那个黑人了,和其他所有人一样——然后有人把他推了下去。

"黑人开始踢腿,当然。因为下坠的高度不够,他的脖子没有像真正的绞刑犯那样直接折断。他就像垂死挣扎的兔子一样玩命地踢腿,整个人从开放的楼梯井这边荡向那边。他一边拼命踢着腿,一边在头套下面发出嘀嘀的闷吼。我听得非常清楚。黑人的身体荡向高中看台这边的时候,他的脚离我只有几英尺。我记得他的一只鞋掉了,另一只也破了个洞,连大拇指都露在外面,但他还在踢腿。我还记得库尼·戴辛格伸出手去,似乎想摸那个挣扎踢动的人影。他不是想阻止那人在空中摇晃,或者把他拽下来,诸如此类,只是想摸他而已,就像你看杂耍的时候也会想摸场上的演员,如果他们让你摸的话。但就在这时候,我们看见那个黑人尿了裤子。上帝啊,你可以看见他那条破裤子慢慢变黑,水迹顺着他的腿向下蔓延,一楼的人渐渐喧哗起来,然后挤挤攘攘地躲向一边。没过多久,黑人停止了挣扎,只剩下一具身体无声地来回摇晃,库尼悄悄把手缩了回来,其他人也没再尝试过。

"你知道最奇怪的是什么吗,孩子?他们把黑人从平台上推出去以后,那口大钟响了起来。这倒是不奇怪。黑人在空中来回摇晃、拼命踢腿、嘀嘀吼叫的时候,钟一直在响,但当时谁也没有注意这事,因为他挣扎得那么厉害,大家觉得钟被敲响也算理所应当。但你知道最奇怪的是什么吗,孩子?我这么说吧,当时有人留了下来。直到他们割断绳子,把黑人的尸体搬出去扔进垃圾堆或者别的什么地方以后,那口见鬼的钟还一直在响。要是我没记错的话,那口见鬼的钟响了整整一夜,直到第二天还能听见断断续续的钟声,就像那个黑人还挂在钟楼里一样。有人说,肯定是他们吊死人的时候动作太大,破坏了大钟的平衡,所以那口钟才出了毛病。

但那钟声听起来很奇怪。我向你发誓，那天晚上，我跟着老爸骑马离开了镇子，冰冷的空气和着雪直往我鼻子里钻，我闻到了老头子身上的威士忌味儿，马蹄敲打着结冰的路面和下方的冻土，我们身后的榆树港渐渐化作了一片幽暗的树荫，冷冰冰的烟囱里缭绕的轻烟反射着月光，那口见鬼的钟还他妈一直在响。

"我说，这种上好的香槟你还有吗，孩子？这瓶马上就喝光了。"

"所以你看，"丹尼斯·阿什利－蒙塔古先生说道，"那些关于波吉亚钟的传说都假得不值一驳，但这也不能怪你。当年我祖父也是误信了所谓的权威证据，所以他才会买下那玩意儿。但传说都是假的，靠着那些拙劣的谎话，他们把一口粗制滥造的旧钟卖给了一位容易上当的伊利诺伊游客。"

"不对。"戴尔反驳道。阿什利－蒙塔古先生滔滔不绝地说了好几分钟，强烈的阳光透过他身后的菱格窗照在巨大的橡木写字台上，也在亿万富翁稀疏的头发周围投出了一圈光晕。"呃，我只能说，我没法相信你。"戴尔补充了一句。

富翁满面怒容，双臂抱胸，显然不习惯被一个11岁的男孩当面指责撒谎。一条灰色的眉毛抬了起来。"哦？那你相信什么呢，年轻人？这口钟引发了一系列超自然事件？你都这么大了还相信这样的事？"

戴尔没有理会他的问题。哈伦还在雪佛兰里监视着不肯安分的康登，他知道时间不多了："你告诉杜安·麦克布莱德，那口钟已经被毁掉了？"

阿什利－蒙塔古先生皱起眉头。"我不记得我们讨论过这个问题。"但戴尔觉得他的声音干巴巴的，就像知道当时可能有人听见了他的话。"好吧，也许他真的问过我。那口钟的确被毁掉了，'一战'期间，他们把它熔成了铁水。"

"那个黑人呢？"戴尔追问。

瘦削的男人微微一笑。戴尔听说过"居高临下"这个词，他觉得很适合用来形容男人现在的笑容。"什么黑人，年轻人？"

"他们在老中心学校吊死的那个黑人。"戴尔回答，"吊死在那口钟上。"

阿什利－蒙塔古先生缓缓摇了摇头："本世纪初的确发生过一件与有色人种有关的不幸事件，但我向你保证，没有任何人被吊死，事情完全不像你说的那样，榆树港老中心学校里的钟更是和这件事毫无关系。"

"好吧。"戴尔隔着写字台一屁股坐在男人对面的高背椅上，不紧不慢地架起了二郎腿，就像一点都不着急一样，"那你说说看，到底怎么回事。"

阿什利－蒙塔古先生叹了口气，好像在考虑自己要不要也坐下来，最后他放弃了这个念头，开始在窗边来回踱步。越过男人的背影，戴尔看见远处一条长长的驳船正沿着伊利诺伊河逆流而上。

"我知道的不多，"男人开口说道，"那时候我还没出生，我父亲年近三十，但还没有结婚。阿什利－蒙塔古家的人一直以晚婚为荣。无论如何，我所知的一切都来自家族传说。你应该知道，1928年，我父亲去世了，当时我才刚刚出生，所以我无处验证故事里的细节。普莱斯特曼博士的本地历史书里也没有提到过这件事。

"无论如何，据我所知，世纪之交的时候，你们那里的确发生过一些不愉快的事情。一两个孩子失踪了，我相信是这样，但他们很可能只是离家出走而已。那年头农场里的日子很不好过，孩子宁可逃家也不愿意跟家里人一块儿苦熬，这样的事情并不罕见。无论如何，有一个孩子，如果我没弄错的话，她是当地医生的女儿，失踪以后被找到了。她似乎遭到了……呃……虐待和杀害。不久后，镇里的几位权威人士——其中包括我的祖父，他是一位退休的法官，你知道吧——根据确凿无疑的证据，判断犯下这些罪行的是一位流浪的黑人……"

"什么证据？"戴尔打断了他的话。

阿什利－蒙塔古先生停下脚步，皱起眉头："确凿无疑的证据。这个词不太好懂，是吧？它的意思是说……"

"我知道'确凿无疑'是什么意思。"戴尔回答，他拼命咬着嘴唇，好不容易才把后面那句"蠢货"咽了回去。现在他思考问题和说话的方式都越来越像哈伦。"这个词的意思是说完全无法否认。我想问的是，什么证据？"

富翁捏起一把拆信的小弯刀，不耐烦地敲着橡木写字台。戴尔很想知道，阿－蒙先生是不是打算叫管家来把他赶出去。但他没有。"什么证据，这很重要吗？"男人重新开始踱步，每转一圈，他手里的小刀都轻轻敲着桌面，"根据我的记忆，应该是那孩子穿过的衣服。也许还有凶器。不管证据本身到底是什么，它都是确凿——无可辩驳的。"

"于是他们就把他吊死了？"戴尔问道。C.J.康登恐怕快要发疯了。

阿什利－蒙塔古先生狠狠瞪了戴尔一眼，但厚厚的眼镜片削弱了这个眼神的效果："我刚才说过了，没有人被吊死。他们临时举行了审判。也许就在学校里，虽然这样的事并不常见。镇上的所有人都来了，所有受人尊敬的公民，我或许应该补充一下，他们可以算作大陪审团。你知道大陪审团吧？"

"嗯。"戴尔回答。其实他不知道这个词的具体意思，但至少可以根据上下文来猜测。

"呃，在你的想象中，我祖父可能带领着一群口水横流的暴民，但是年轻人，实情并非如此。我的祖父是法律与节制的代言人。也许当时的确有人希望当场处罚那个黑人，我不知道，我父亲从来没有说过，但我祖父坚持要把那个人送去橡树山交给执法机关，交给警长办公室，如果你非要问的话。"

466

"那他做到了吗？"戴尔问道。

阿什利－蒙塔古先生停下脚步："没有。这正是悲剧所在。这件事一直沉甸甸地压在我祖父和父亲的良心上。事情似乎是这样的，他们派人用马车送那个黑人去橡树山，但他突然……逃跑了。尽管他戴着手铐和脚镣，但马车行驶到橡树山公路的时候，差不多就是现在惠塔克农场所在的位置，他跳下车冲进了路边的沼泽。负责押送的人根本救不了他，因为沼泽的湿泥同样无法承受他们的重量。最后他淹死了。确切地说，应该是窒息而死，因为沼泽里主要是泥巴。"

"我以为这事儿发生在冬天。"戴尔说，"1月份。"

阿什利－蒙塔古先生耸耸肩。"也许那年冬天特别暖和。"他说，"也许……很可能……那个可怜人踩破了冰面。这里的冰在隆冬时节也不算结实。"

戴尔无话可说："你能把普莱斯特曼博士写的本地历史书借给我们吗？"

阿什利－蒙塔古先生似乎早就料到了这个冒昧的请求，但他只是双臂抱胸，和蔼地问道："然后你就愿意放我回去工作吗？"

"当然。"戴尔回答。他很想知道，听完这场徒劳无功的对话，麦克会说什么。还有，现在康登肯定恨不得杀了我……我这到底是图啥？

"稍等一下。"亿万富翁说道。然后他踏上陡峭的楼梯，爬上头顶放书的凸台。男人透过厚厚的镜片查看着书脊，沿着一长排书架慢慢挪动。

戴尔信步走到男人所在的凸台下方，审视着和他眼睛高度齐平的离写字台最近的那排书。戴尔自己常常把爱看的书放在一伸手就能拿到的地方，没准儿这位亿万富翁也有这个习惯。

"你在哪里？"男人的声音从他头顶传来。

"随便看看窗外的风景。"戴尔一边回答，一边迅速浏览书架上皮革封面的古老大部头。很多书的标题是拉丁文的，为数不多的几个英文标题也没什么意思。空气中旧书的灰尘味儿刺得他想打喷嚏。

"我不太确定，那本书被我……啊……找到了。"阿什利－蒙塔古先生欣然说道。戴尔听见一卷厚书被抽出来的声音。

男孩的手指滑过一道道书脊。要不是那本小书稍微抽出来了一点，他很可能不会注意到它的存在。他看不懂书脊上的花体字标题，可是当他把那本书再往外抽了一点，就看见了封面同样的花体字下面的英文副标题：《律法之书》。下方还有烫金的拉丁文——求知、勇气、意志、缄默。戴尔知道，杜安·麦克布莱德能够轻松阅读拉丁文，甚至包括一部分希腊文。现在他真希望这位朋友在他身边。

"没错，就是这本。"男人的声音从戴尔头顶正上方传来。脚步声沿着过道走向楼梯。

戴尔把小书直接抽了出来，纸页里夹着几片白色的小书签，他突然耍着胆子，不假思索地把书塞进牛仔裤背后的腰带，又把T恤拉松了一点作为掩饰。

"年轻人？"阿什利－蒙塔古先生铮亮的黑皮鞋和灰色长裤出现在离戴尔头顶3英尺的楼梯上。

戴尔迅速把架子上的书拨松了一点，尽量填满小书留下的空隙，然后他朝着窗户匆匆迈出三步，转过半个身子对着沿阶而下的男人，脊背紧贴墙壁，故作专注地望着窗外，就像完全被这里的风景迷住了一样。

阿什利－蒙塔古先生轻轻吹了吹封面上的灰尘，走过地毯将书递给戴尔："给。普莱斯特曼博士留给我的书只有这一本，里面几乎都是零散的笔记和照片。我实在不知道你想从里面找到什么，这里没有提到过与那口钟或者那个可怜的黑人有关的任何事情。不过我很乐意把它借给你，你可以带回家好好读一读，只要你答应我，读完了以后通过邮局把它寄回来，和现在一样完好无损。"

"当然。"戴尔接过沉重的历史书，感觉背后的小书在牛仔裤里往下坠了一点。现在T恤肯定遮不住那本书的轮廓了。"打扰了您，我十分抱歉。"

阿什利－蒙塔古先生草草点了点头，举步走回写字台后面。戴尔缓慢地转了个身，尽量不动声色地不让眼前这个男人看到自己的背影。"你应该能找到出去的路吧。"阿什利－蒙塔古先生已经低头翻起了写字台上的文件。

"呃……"戴尔欲言又止。要离开房间，他肯定得转身，如果这时候阿－蒙先生抬起头来——偷走一本昂贵的书，这算是重大盗窃吗？他猜测这取决于书的价值。"其实我不认识路，先生。"戴尔回答。写字台角落放着一个铃铛，戴尔知道，要是男人摇响铃铛，那个瘦管家就会闻声而来，领着他离开。到时候这两个人都会看到突然出现在他牛仔裤背面的方形轮廓。也许趁着管家进门的时候，他可以悄悄提一提裤子，把T恤再扯松一点……

"跟我来。"阿什利－蒙塔古先生不耐烦地说。他快步走向书房门口，戴尔赶紧跟了上去。他将普莱斯特曼博士的著作抱在胸口，左右张望走廊两侧的宽阔房间，感觉牛仔裤里的小书坠得更低了。现在他的T恤恐怕连书的最上沿都遮不住了，看起来肯定特别明显。

快要走到门厅的时候，走廊旁边那个小房间里传出来的电视声让阿－蒙先生和戴尔都停下脚步，转头望了过去。屏幕上的人群正在欢呼，有人正在发表演讲，铿锵有力的声音在宏伟的大厅中回荡。趁着阿什利－蒙塔古先生停下来看电视的时候，戴尔迅速绕到了他前面。男孩转过身继续用正面对着亿万富翁，一只手抱着历史书，另一只手摸索着背后的门钮。铺着瓷砖的走廊里响起了管家的脚步声。

戴尔完全可以抓紧机会溜出去，但电视上的画面阻止了他的动作，他和阿什利－蒙塔古先生一样陷了进去。大卫·布林克利咬字过于清晰，听起来简直有点奇怪，他正在说："接下来，民主党人决定向我们推出……今年的……那必然是……史上最强的民权支柱……也是民主党的希望之星……你觉得呢……切特？"

切特·亨特利的苦瓜脸占满了小小的黑白屏幕："我得说，这毫无疑问，大卫。但在这场贴身肉搏中，最有趣的是……"

但吸引戴尔注意力的既不是播音员说的话，也不是屏幕上不时闪过的人群，而是那些海报上的男人照片；成百上千张海报在红白蓝三色的人潮中起起伏伏，宛如漂浮在政治怒海上的船只残骸。硕大的标语上写着"和JFK一起"，或者更简单的"60年代的肯尼迪"。照片上的男人牙齿雪白，栗色头发浓密，看起来英俊至极。

阿什利－蒙塔古先生摇摇头，鼻子里哼了一声，就像看到了什么令人不齿的人或事一样。管家悄无声息地站到主人身旁，富翁的注意力重新回到男孩身上。"希望你没有新的问题了。"他说。戴尔用背顶开大门，退到宽阔的门廊上。黑色雪佛兰停在30英尺外的气派车道上，坐在后排的吉姆·哈伦喊了句什么。

"只有一个。"戴尔差点儿从楼梯上摔了下去，他眯起眼睛望了望太阳，既然他们还在说话，那他正好不用转身，以免被眼前的这两个人发现他的秘密，"这个星期六的免费电影是什么？"

阿什利－蒙塔古先生翻了个白眼，但他还是把视线投向了管家。

"我想大概是文森特·普莱斯主演的一部电影，阁下。"男人回答，"一部动作片，名叫《厄舍古屋》。"

"好极了。"戴尔大声回答。他几乎已经退到了车子旁边。"再次感谢！"哈伦打开车门，戴尔一边大喊一边跳了进去。"快走。"他吩咐康登。

青年冷笑一声，将烟头弹向修剪得整整齐齐的草坪，然后一脚油门踩到底，黑色雪佛兰几乎贴着弧形车道的边掠了出去。开到大门口的时候，车速已经达到了每小时 50 英里。

沉重的黑铁门在他们前方缓缓打开。

麦克不想再待在这个鬼地方了。舞台下的夹层半明半昧，空气中充斥着新鲜泥土和老貂的浓郁气味，就连黑土上那串菱形的光斑都令他心生厌恶。他感觉自己像是和这个老醉鬼一起被关进了一口巨大的棺材，只能等待铲土的人将他们埋葬。但老貂又从报纸堆里或者别的什么地方找到了一瓶残酒，他正喝得高兴。

"大家本来以为事情就这么结束了。"老貂还在喋喋不休，"吊死了黑人，这案子就算结了，但结果表明，事实并非如此。"他仰头喝了一大口，呛得咳嗽了几声，然后他搓了搓脸，神情专注地盯着麦克。他的眼睛红得要命："那年夏天，又有孩子失踪了……"

麦克坐得笔直。他听见一辆卡车隆隆驶过哈德路，孩子们在公园前方战争纪念碑投下的阴影里玩耍，街对面拖拉机经销店里的农民正在高声交谈，但在这一刻，他的全副注意力都放在老貂哈珀身上。

老貂又喝了一口，露出微笑，似乎对麦克的专注感到十分满意。他的笑容一闪即逝，短得像是错觉，因为老貂的一口牙几乎已经掉光了，仅存的三颗也相当有碍观瞻。"没错，"他说，"那年夏天，1900 年的夏天，又有几个孩子失踪了。其中一个名叫梅里韦瑟·惠塔克，他是我的朋友。大人们说，再也没有人看到过他，可是几年后，我在吉卜赛小径——肯定是好几年后的事儿了，因为我和一个姑娘一起去的，如果你明白我在说什么的话。那年头的女孩不穿长裤，只有底裤，所以我想干什么不言而喻，也许你能听懂。"老貂又喝了口酒，伸出脏手擦了擦同样脏兮兮的眉毛，然后皱了皱眉："我说到哪儿了？"

"你去了吉卜赛小径。"麦克轻声提醒。他脑子里正想着，那时候的孩子就知道吉卜赛小径，感觉真是太奇怪了。

"噢，没错。呃，那位年轻女士被我的动作吓了一跳。活见鬼，她以为我带她去那儿干吗？总不会是为了闻草地上的剑兰花。于是她气冲冲地跑回去找自己的朋友了。要是我没记错的话，我们本来打算在外面野餐。只剩下我一个人无聊地拔着草叶，朝着树干扔泥巴，你应该知道那种感觉吧，你一点办法都没有……总而言之，我从地上扯了一大团草，结果发现下面藏着一堆骨头，天杀的惨白骨头，而不是草根。真是活见鬼。我敢打赌，那绝对是人类的骨头。其中有个小小的骷髅头，看起来正像是梅里韦瑟那个年纪的孩子。颅骨头顶被砸开了一块，就像有人把里面的脑子挖出来当甜点吃掉了一样。"

老貂一口喝空残酒，将瓶子扔进阴影中。他搓了搓脸，仿佛又忘记自己讲到了哪里。不过很快他又继续说了下去，嗓音低得像是在分享秘密："警长告诉我那是牛骨。糊弄鬼呢，说得好像我连牛骨和人骨都分不清似的。他极力掩饰，假装我从来没见过那块颅骨，但我真的看见了，而且我知道，吉卜赛小径的一段旧道正好穿过刘易斯老头的地盘后面。也许有人把梅里韦瑟带到那里，不知道干了什么，然后挖了个浅坑埋掉了他的残骨，这事儿不难。

"除了梅里韦瑟的骨头以外，还有一件事。几年后，比利·菲利普斯出发参军之前，我跟他喝了顿酒……"

"你是说威廉·坎贝尔·菲利普斯？"麦克问道。

老貂哈珀眨了眨眼："当然，威廉·坎贝尔·菲利普斯，不然你以为比利·菲利普斯是谁？坎贝尔家那个被杀掉的小女孩是他表妹。比利一直是个讨厌的小癞蛤蟆，成天吸溜着鼻涕，一有机会就偷奸耍滑不干活儿，遇到麻烦只会找他妈。我可以告诉你，听说他报名参军，我差点儿惊掉了牙。我说到哪儿了，孩子？"

"你跟比利·菲利普斯喝酒。"

"噢，没错，比利参军之前，我跟他好好喝了一场。正常情况下，比利不爱跟我们这些干粗活儿的打交道，他是个老师，其实也就是在本地的学校里教教那些拖鼻涕的小孩，但你要是听到他的自吹自擂，没准儿你会以为他是哈佛的教授。总而言之，那天晚上，他和我在黑树酒馆喝酒，当时他已经穿上了那身制服。喝了几杯以后，鼻涕虫比利·菲利普斯总算有点人样了。他开始抱怨他妈，说她扼杀了他的所有乐趣。她逼着他去外地上大学，不准他迎娶心爱的姑娘……"

麦克打断了老貂的话："他有没有说那个姑娘是谁？"

老貂眯起眼睛，舔了舔嘴唇："啊？没有，我觉得他没有……嗯，我确定他没说名字，没准儿是哪个女老师。他们学校里有一大堆这样的老处女，个个都配得上比利·菲利普斯。我说到哪儿了？"

"跟比利喝酒……他有点人样了。"

"嗯，没错。比利出发去法国——后来他在那儿送了命，肺炎什么的——之前，我跟他喝了几杯；他开始放松下来，于是他对我说：'老貂……'没错，那时候他们就叫我老貂了。'老貂，你还记得当年那个小女孩的衬裙吗？他们靠着这件所谓的证据给那个黑人定了罪。'比利总爱用些不值钱的大词儿，比如说'所谓的'，也许他觉得榆树港的人蠢得听不懂他的话……"

"他说那条衬裙怎么了？"麦克催问。

"啊？噢，他说：'老貂，那条衬裙根本不在那个黑人的行李里面。他也从来没有跟踪过我。阿什利法官给了我一枚银币，叫我把那条衬裙藏进黑人的铺盖卷儿。'你看，比利从小就是个王八蛋，所以法官才会找他来干这活儿。那帮人需要比利的帮助，因为他们根本没有证据。不过我猜，等到比利长大了以后，上了大学，他应该学得聪明了一点，肯定会回过神来，再蠢的人都该知道这事不对头……说真的，那个小女孩的内衣为什么会落到法官手里？"

麦克往前凑了一点。"那你问过他吗？"

"啊？没有，我应该没问过。就算问过，我也不记得他是怎么回答的。我只记得比利说，他得赶快离开镇子，趁着法官和其他人还没发现他跟他们已经不是一条心了。"

"他们是谁？"麦克低声问道。

"孩子，我他妈怎么知道？"老貂哈珀不满地咕哝道。他眯起眼睛凑到麦克面前，浓重的酒气直冲男孩的鼻孔："这已经是四十多年前的事了，你知道吧。你以为我是什么，天杀的记忆机器？"

麦克回头望了望舞台下方的夹层入口，小小的方形光斑看起来那么遥远。公园里孩子们的嬉笑声已经消失了很久，街上也听不到任何车声。

"你还记得和老中心学校或者那口钟有关的其他什么事吗？"麦克毫不畏缩地迎上老貂的目光。

老貂再次咧嘴一笑，露出仅存的三颗牙齿。他的脸离麦克只有几英寸："后来我再也没见过那口钟，也没听到过它的声音。直到上个月，它又把我惊醒了，那天晚上我好好地睡在这干燥的小窝里。但我知道一件事。"

"什么？"麦克很想避开老貂满嘴的酒气和逼人的目光，但他强迫自己留在原地。

"大战，我是说'一战'结束差不多一年后，阿什利老头儿把他那支双筒霰弹枪塞进自己的嘴巴，扣下了扳机，他这么做真是帮了我们所有人的大忙。那幢见鬼的房子也被烧掉了。他的儿子——他也刚抱上了儿子——从皮奥里亚赶来，发现自己法官老爹的尸体躺在那里，脑浆喷了一地。人人都说他们家的房子是意外烧掉的，要么就是老法官临死前放的火，但我知道不是。那天我正好跟他们家的仆人一起待在花园的工具棚里，我亲眼看到小阿什利先生的马车匆匆赶来。娶了威尼斯的那个漂亮女人以后，他把自己的姓氏改成了阿什利-蒙塔古。是的，枪声响起的时候，我正待在花园的棚子里，我看见阿什利-蒙塔古先生冲进大宅，很快又冲了出来，他朝着天空大声哭喊，又在那幢房子里里外外洒满了汽油。一个仆人试图阻止——他们本来有一大堆仆人，但战后经济萧条得厉害，大部分仆人都被遣散了——但谁也拦不住他。洒完汽油以后，他点了一把火，然后退到一边，瞪眼看着。从那以后，他们再也没有回来过，无论是他，还是他的新娘，或者他们的孩子。只有放免费电影的时候，他们才会出现。"

麦克点点头，谢过老貂，然后手脚并用爬向出口，他突然很想赶快回到阳光下面。爬到夹层边缘，他的身体已经感觉到了外面新鲜的空气，就在这时候，麦克又问了一句："老貂，他喊的是什么？"

"你说什么，孩子？"老头似乎已经忘了刚才他们聊的是什么。

"那个法官的儿子。放火烧掉大宅的时候，他嘴里喊的是什么？"

幽暗的光线中，老貂的三颗牙看起来还是那么黄："噢，他喊的是'你们别想得到我……不，以上帝的名义，你们别想得到我'。"

麦克吐出一口气："我想他应该没说'你们'是谁？"

老貂皱起眉头，撇着嘴唇，仿佛陷入了沉思。然后他再次咧嘴一笑："不，他说了，现在我想起来了。他大声喊出了那个家伙的名字。"

"那个家伙？"

"是的……他喊的是'欧塞勒斯'，听起来很像另一个词……卷云什么的。他不断大喊大叫：'不，欧塞勒斯，你别想得到我。'我觉得这像是个爱尔兰人的名字。欧塞勒斯。"

"多谢了，老貂。"麦克站起身来，感觉T恤紧贴在身上，他抬手擦掉鼻尖上的汗珠。不知为何，他的头发已经湿透了，腿也有些发软。他找回了自己的自行车，骑车穿过哈德路的时候，他发现地上的影子已经拖得很长。麦克踩着脚踏板，慢慢穿过树荫笼罩的布罗德大道。他想起了杜安的笔记簿，以及他和戴尔慢慢翻译出来的速记密文。杜安从叔叔日志里抄下来的那几段特别难，其中一个词逼得他们回过头翻了好几遍前面的内容。最后还是戴尔想了起来，他在哪本介绍埃及文化的书里读到过这个词：奥西里斯。

29

第二天是 7 月 13 日，星期三。吃过午饭以后，戴尔、劳伦斯、凯文和哈伦出发去野外露营。只有哈伦的妈妈迟迟不肯同意，但最后她还是决定妥协，用哈伦的话说，"当她意识到我不在家，她就能出去约会，问题迎刃而解"。

他们需要带的东西太多，要把这些东西堆在自行车后座上绑牢并不容易。收拾停当以后，一大堆睡袋、食物、装备和背包沉甸甸地压着本来已经不轻的自行车，所以去亨利叔叔家的路上，男孩们全程都得站起来才踩得动脚踏板。他们身体前倾趴在车把上，呼哧呼哧地往前赶路，沉重的车轮在朱比利学院路和县 6 号公路松散的石砾间留下深深的车辙。

镇子西北面的铁路旁也有几片小树林，但那里的树木太少，离垃圾场又太近，完全不适合露营。真正的森林离镇子差不多有 1.5 英里，大致位于亨利叔叔的农场东边一点，比利羊山矿场以北的墓园背面。大约五十年前，老貂哈珀就是在那附近的吉卜赛小径发现了梅里韦瑟·惠塔克的遗骨。

星期二晚上，男孩们在麦克的树屋里开了差不多三个小时的会，交换了各自收获的信息以后，他们开始制订计划，直到小凯妈妈嘹亮的喊叫——"凯——文——！"——开始在德宝街上回荡，他们才决定散会。

戴尔从阿什利 - 蒙塔古先生家偷来——直到回家以后，他依然不敢相信自己竟然干了这事儿——的那本皮革封面的书里充满了陌生的词组和神秘的仪式，以及对各种名字佶屈聱牙的神明或反神明的复杂解释，除此以外还有大量故弄玄虚的不经之谈。吉姆·哈伦评论说："你冒着坐牢的风险弄了这么个玩意儿，真是亏得底儿掉。"

但戴尔十分确定，这本书密密麻麻的小字里肯定提到过奥西里斯，或者杜安笔记里那块昭示之碑。戴尔把这本书也塞进了露营的行李，于是在他翻山越岭的时候，自行车后面又多了几分重量。

一路上四个男孩都很紧张，只要有车经过，他们就会条件反射式地回头张望。但那辆收尸车一直没有出现，骑车前往亨利叔叔家的漫长旅程中，只有一个小孩——可能是个男孩，但也不一定，因为他的脸脏得要命，头发也十分油腻，实在看不清楚——从一辆装得满满当当的1953年款德索托轿车后排探出头来，冲他们吐了吐舌头，这就是他们遇到的最具攻击性的事件。

男孩们在亨利叔叔家阴凉的后露台上歇了会儿脚，丽娜阿姨端来了柠檬水，又在阿迪朗达克椅上坐了一会儿，饶有兴致地跟他们讨论露营的最佳地点。她觉得空旷的牧场就很好，那里能看到漂亮的溪景，周围的丘陵也尽收眼底，但男孩们坚持要去树林。

"怎么没看见迈克尔·奥罗克？"她问道。

"噢，他现在还走不开，大概是教堂之类的事情。"吉姆·哈伦撒了个谎，"他晚点过来。"

大约下午3点，四个男孩把自行车留在丽娜阿姨的农场里，穿过谷仓徒步走向东边。他们的背包都是临时拼凑起来的：劳伦斯背的是便宜的童子军尼龙包。小凯问他爸借了个军用帆布包，闻起来一股霉味儿。戴尔的旅行包又大又沉，感觉应该带去划船，完全不适合今天这样的长途步行。哈伦干脆背了个巨大的铺盖卷儿，除了他的私人物品以外，那几张毯子里还裹着长约100码的绳子和粗线。一路上他们停下来休息了很多次，做一点小小的调整，或者换一换背带勒在肩膀上的位置。

3点30分的时候，他们已经穿过私酒贩洞窟附近的小溪，翻越了亨利叔叔农场最南边的铁丝网。前面就是茂密的树林。少了阳光的直射，男孩们感觉空气一下子变得凉快了不少，但树荫的厚度仍不足以遮蔽所有阳光，低低的草丛中随处可见零星的光点甚至光斑。

他们连滚带爬地滑下墓园北边溪畔的陡坡，哈伦的铺盖卷儿彻底散了架，于是他们又花了十分钟帮他收拾东西；然后男孩们跨过离三号营地几百码的罗宾汉独木桥，继续向东而行，沿着牲畜踩出的小路爬上山坡；如果遇到大片的林间空地，他们总是谨慎地待在树木笼罩的范围内。

跋涉之余，他们还会时不时停下脚步，放下行李，按照麦克教的那样四下分散，进入事先安排好的位置，尽量安静地观察几分钟。等待的时间显得格外漫长。这样的哨探进行到第三次时，一头牛无意间闯入了警戒范围。男孩们跳出来试图把它赶走，结果这头牛受到的惊吓似乎比他们自己还要大得多。除此以外，一路上他们没有发现任何异常。于是四个男孩重新扛起背包、行李和铺盖卷儿，艰难地走向树林深处。

为了确定露营的地点，几个男孩争执了好一会儿，但实际上他们昨晚就做出了决定。他们在一小片林间空地边缘搭起了两顶小帐篷。其中一顶属于凯文的老爸，另一顶则是戴尔父亲的旧物。这地方离矿场最北边大约有500码的距离，往西南方再走四分之一英里就是骷髅地墓园。

这片林间空地所在的位置是一段平缓的山坡，略低于膝盖的野草已经被灼热的太阳晒成了小麦色。男孩们七手八脚地搭起帐篷、清空草地，用石头圈出篝火的位置，草丛里的蚱蜢忙不迭地从他们脚边逃开。他们的营地离西边的密林大约有60英尺，东南两侧的林子距离营地不足20英尺，北面山坡下是一条涓涓的山涧支流。

正常情况下，晚餐前他们会玩会儿罗宾汉游戏或者躲猫猫，但今天男孩们只在营地附近没精打采地转悠了一会儿，然后就躺在营地背后的树林边缘，有一搭没一搭地说着话。他们本来打算躺在帐篷里聊天儿，但帆布帐篷挡不住炽热的阳光，疙疙瘩瘩的旧睡袋也不如外面的草地软和。

戴尔翻开他偷来的那本书。书里的确提到了奥西里斯，这段话是用英文——至少大部分——写的，但戴尔还是觉得像是在读天书：神祇号令的不死军团，还有各种各样的预言和审判，你很难相信这些东西和实际的生活能有什么关系。

枝叶间的天空一片湛蓝，看不到任何风暴的迹象，所以他们自然不必躲回亨利叔叔那边。制订计划的时候，天气是他们无法控制的隐患之一。如果真的遇上暴风雨，撤退似乎是唯一合理的方案。暴雨天可见度势必大幅降低，他们的听力也会受到很大影响。

今天的晚饭吃得很早，男孩们先是狼吞虎咽地吃掉了带来的所有零食，然后生起篝火开始烤热狗肠。他们花了不少时间寻找适合串肠的细枝，又花了更多时间把枝条削成完美的形状。每当劳伦斯开口倾诉对热狗的期盼，哈伦就会嗤笑几声。

"什么事那么好笑？"最后戴尔终于问道，"说来听听。"

哈伦试图解释，不过刚说了几句科迪·库克的逸事，他就摇了摇头："算了。"

时间已经是晚上7点，但天依然很热，劳伦斯想去矿场那边的池塘玩水，但同伴们立即表示反对，提醒他耐心执行计划。7点30分的时候，哈伦想在篝火上烤棉花糖，但其他人劝他等到天黑以后再说，否则就显得有些不合时宜。到了晚上8点，凯文已经坐立不安，他恨不得现在就钻进睡袋，但黄昏的树影刚刚覆盖了整片空地，依稀的天光尚未散尽，就连林子里都不算太暗。

不过二十分钟后，营地北边的矮树丛渐渐变暗，温度也一点一点地降了下来。没过多久，萤火虫就开始出现在林木间的暗影中，闪烁的微光看起来就像遥远的闪电，或者无声的炮火。矿场的牛蛙和山脚下沼泽里的树蛙齐声合唱，营地背后树林里的蟋蟀和蝉也不甘寂寞，此起彼伏的夜曲将越来越浓的暮色映衬得格外热闹。

到了 8 点 45 分，天空已经一片灰白，而且还在变得越来越暗；星星开始闪烁，树叶的剪影与叶影缝隙中渐黑的天空融成了一片。林间残存的暮光还在不断散去。随着最后一批下班的工人返回北边的家园，酒客向南赶往黑树酒馆或者镇上，西边 1 英里外，县 6 号公路上的车声也逐渐稀疏，直至于无。有那么一会儿，要是集中精神，男孩们甚至能听见亨利叔叔农场里自动喂猪器金属盖子的碰撞声，但随着最后一缕暮光的消逝，就连这点遥远的声音也悄然沉寂下来。

天终于黑了。尽管夏夜总是姗姗来迟，但在你还没来得及发现的时候，突如其来的夜色已经主宰了周围的世界。

戴尔往篝火里扔了几根小树枝。点点火星向着夜空翻腾，纷飞的余烬乘着气流飘向星辰。男孩们紧紧挤在一起，火光从下面照亮了他们的脸庞。他们想唱会儿歌，却发现自己完全没有兴趣。哈伦提议讲鬼故事，结果被大家嘘了回去。

不远处的山涧仍在潺潺流淌。黑暗的树林里仿佛有什么东西正在醒来，无数眼睛陆续睁开，竖直的瞳孔开始张大，帮助主人在星光下寻找猎物。

在昆虫和上百种蛙类的合唱中，他们仿佛听见了掠食动物轻盈的脚步。长着肉垫的脚掌穿过暗夜，开始寻找今晚的鲜肉。

男孩们套上卫衣和旧毛衣，往篝火里又扔了几块木头，现在他们挤得更紧了一些，肩膀几乎挨到了一起。篝火噼啪作响，火星上下翻腾，跳动的火光将他们的脸庞化作恶魔的面具，没过多久，这橙红的火焰便成了天地间仅有的光明。

麦克最大的问题是保持清醒。昨晚他几乎没睡，一整夜都坐在姆姆床前的旧椅子里，一手握着装圣水的瓶子，另一只手捏着裹在手帕里的圣体。大约凌晨3点，妈妈进来查看姆姆的情况，赶他上楼睡觉，说他这样守着实在太傻。麦克把圣体留在了窗台上。

送完报纸以后，他又去看了卡瓦诺神父一趟，但神父失踪了，麦考夫迪太太急得要命。医生们本来已经决定把卡神父送往皮奥里亚的圣弗朗西斯医院，可是等到星期二晚上救护车赶来的时候，神父却不见了。麦考夫迪太太赌咒发誓说，她一直在楼下的厨房里干活儿，要是神父下了楼，她肯定能听见。除此以外，她还斩钉截铁地表示，卡神父病得根本下不了楼。医生们只是摇摇头，他们认为，病人显然不会长翅膀飞走。麦克和其他男孩在树屋里比对笔记，试图破译戴尔从阿什利－蒙塔古先生家偷来的那本晦涩难懂的小书时，麦太太和几位教区居民正在镇子里四处寻人。但谁也没见过卡瓦诺神父。

"我可以按着《玫瑰经》发誓，可怜的神父病得连头都抬不起来，更别说自己走掉。"麦考夫迪太太一边说，一边撩起围裙擦着眼角。

"也许他回家了。"麦克说。但他自己一点都不信。

"回家？你是说芝加哥？"女管家咬着下嘴唇，似乎真的考虑起了这样的可能性，"但他怎么回去呢？教区的车还停在车库里，从盖尔斯堡去芝加哥的大巴要到明天才来。"

麦克耸耸肩，答应一有卡神父的消息就立即通知她和斯塔夫尼医生，然后才去了圣器室帮忙准备弥撒，今天主持仪式的是专门从橡树山赶来顶班的一位神父。临时神父嗡嗡地念着乏味的祷辞，祭坛助手的应答敷衍了事，心不在焉。整场弥撒里，麦克一直想着那些棕色的虫子，它们蠕动着钻进了卡神父的皮肉。现在他会不会也成了他们的一员？

这个想法让麦克觉得一阵反胃。

他逼着妈妈答应了今晚一定来看姆姆，但他还是放心不下，于是麦克在地板和窗户周围洒了一圈圣水，又把捏碎的圣餐塞进了纱窗角落和姆姆的床底下。今晚他必须丢下姆姆，这也是整个计划中最令他痛苦的地方之一。

然后麦克装好背包，赶在其他男孩出发之前离开了镇子。骑车前往县6号公路的漫长路程让他的脑子清醒了一点，但一夜未眠的疲惫仍沉甸甸地压在他身上，他感觉自己的耳朵一直嗡嗡作响。

麦克没去亨利叔叔的农场。刚过墓园，他就推开了路边栅栏上的一道小门。沿着栅栏旁边杂草丛生的车辙骑了一段路以后，他把自行车藏在小溪上方的几棵冷杉树里，步行绕回来等着戴尔和其他人经过。大约九十分钟后，远远地看见伙伴们的身影，麦克终于轻轻吁了口气：他们一直担心路上会遇到收尸车，但要完全避免这样的可能性，男孩们只能把碰头的时间提前到中午，地点也得换到水塔附近。

伙伴们去亨利叔叔家小憩的时候，麦克一直待在树林里，举着从爸爸那儿借来的双筒望远镜四处张望。这副望远镜是他爸以前去芝加哥看赛马时用的，左边镜头效果不太好，有点模糊，但麦克仍能看到他的朋友们和丽娜阿姨坐在露台上喝柠檬水，而他自己躲在灌木丛中，浑身上下又热又痒。

男孩们深入树林的时候，麦克一直跟着他们。他和伙伴们至少拉开了50英尺的距离，但路线始终保持平行。他很清楚伙伴们打算去哪儿，这帮了他不少忙。他尽量避免被其他几个男孩看见或者听见。为了遮掩身形，他专门穿了绿色的马球衫和旧的棉质长裤，还带了套黑衣服准备晚上再换，但他还是觉得，要是有一套真正的迷彩服就好了。

麦克再次使劲甩了甩头。他最大的难题是保持清醒。

他在山涧上方找了个哨位，离戴尔他们的营地不到20码。这个位置非常完美。两块大石头挡住了他的身影，但他却能透过竖直的石缝看到营地和营地后方的林间空地。三棵大树耸立在他身后，有效阻止了敌人悄无声息地摸上来。他还捡了一根断枝挖了条浅沟，让石块和灌木丛将他和所有装备遮得严严实实，就这样麦克还不放心，于是他又拖了几根断枝和一根倒木堆在左边。

麦克把他的装备全都摆了出来：一瓶饮用水，一瓶圣水，瓶身上用胶条和蜡笔做了记号以免弄混，三明治和零食，望远镜，最大的一块圣体装在马球衫胸前的口袋里，最后是——他小心翼翼地把它从背包里取了出来——姆姆的松鼠枪。

现在他终于知道这玩意儿为什么不合法了。霰弹枪的枪管长达18英寸，下面却配着胡桃木的手枪枪柄，看起来像是20世纪30年代芝加哥黑帮分子跟对头火并用的武器。麦克打开后膛，枪身顶部的保险发出咔嗒一声轻响。他举起枪管，借着最后一缕暮光查看光滑的枪膛，淡淡的枪油味儿钻进了他的鼻孔。枪盒里本来有子弹，但麦克觉得它们看起来太旧，于是他鼓起勇气，去迈耶斯的日杂店买了一盒新的点410长型子弹。迈耶斯先生抬起一边眉毛，惊讶地说："我不知道你爸还打猎，迈克尔。"

"他不打猎。"麦克诚实地回答，"他只是被花园里那些乌鸦烦得要死。"

现在，随着最后一缕暮光的消逝，麦克将这盒崭新的子弹摆在身前；他将一颗子弹塞入枪管，然后合上松鼠枪的后膛，长长的枪管对准了50英尺外的篝火。麦克知道，短管霰弹枪打不了这么远，就连戴尔的叠排式猎枪也够呛。这支松鼠枪的有效射程只有几码，不过只要在这个半径范围内，它的威力相当惊人。麦克带的是6号子弹，适合打鹌鹑，或者更大一点的猎物。

戴尔、小凯、劳伦斯和哈伦生起的篝火南面是一大片灌木，无论是谁想从那个方向靠近营地都必然弄出不小的动静，确切地说，那片灌木本身就是个麻烦。麦克的哨位高踞在山涧北面，如果有人跨过溪流想爬上这片悬崖，他肯定能听到声音。所以敌人能选择的只有东西两个方向：东边的树林相对稀疏，西边则是开阔的林间空地。麦克现在的位置将这两条路都尽收眼底，只是现在光线越来越暗，他看不清太多细节。渐凉的晚风将男孩们围着篝火轻声交谈的声音断断续续地送到了他的耳畔。

松鼠枪的枪管前后两端各有一个小小的准星，后膛的准星还带着缺口，不过总的来说，它们的装饰价值远大于实用价值。你只需要对着目标扣下扳机，飞出去的一大片鸟弹自然会替你省掉瞄准的功夫。随着夜幕降临，麦克意识到自己握着胡桃木枪柄的手正在变得越来越滑。他摸索着装子弹的盒子，掏出两颗子弹塞进衣兜，又在裤袋里装了几颗，这才把子弹盒收进了背包。他关掉保险，将武器搁在石头旁边的松针上，强迫自己稳定呼吸，不紧不慢地吃起了早上匆匆打包的花生果酱三明治。热狗的香味从营地那边飘来，惹得他馋虫大作。

天黑后不久，篝火旁的男孩们就钻进了帐篷。麦克已经套上了黑色的毛衣，裤子也换了条黑的；现在他急切地坐在哨位上，身体前倾，双眼紧盯幽暗的树林，努力试图从虫鸣蛙唱的背景中分辨出异样的声音，透过摇曳的叶影和闪烁的萤火虫捕捉不自然的动静。但周围一切如常。

他看着戴尔和劳伦斯钻进离篝火最近的小帐篷，跳动的火光将兄弟俩裹在睡袋里的脚映成了两团黑乎乎的影子。凯文和哈伦爬进了小凯的帐篷，他们的位置更偏左一点，离篝火也有些远。麦克看见小凯的棒球帽搁在睡袋的口子上，哈伦睡觉的方向显然和凯文相反，他的运动鞋从铺盖卷下面露了出来。麦克擦擦眼睛，更努力地盯着营地周围昏暗的林地，尽量避免直视篝火，暗自祈祷伙伴们能够严格遵守他的叮嘱。

凭什么该我发号施令？他疲惫地摇了摇头。

保持清醒是最困难的部分。麦克有好几次差点儿睡着，直到下巴点到了胸口，他才猛地惊醒。他换了个难受的姿势，将自己的身体卡在两块石头之间，胳膊压在身下，这样一来，要是他再打瞌睡，身体的重量就将全部压到胳膊上面，迫使他重新清醒过来。

尽管这个姿势十分别扭，他还是差点儿睡了过去，然而就在这时候，他感觉到空地上有人来了。

两个人影正在慢慢从西边县6号公路的方向逼近，他们的脚步像猎人一样谨慎，尽量避开脚下的树枝。这两个人影都很高，显然是大人。他们往前迈出一步，暂停一下，然后再迈一步。每一步都那么深思熟虑，无声的潜行如芭蕾般富有节律。

麦克感觉自己的心脏狂跳起来，怦怦敲打着胸腔，激得他头晕目眩。他用双手抓起身前的松鼠枪，这才想起来刚才关掉了保险，于是他又重新把它拨开。他的手指汗津津的，而且奇怪地开始发麻。

现在两个高个子人影离男孩们的营地大约还有20英尺，一旦停止移动，他们的身影几乎彻底融入了周围的黑暗，但眼睛和手反射的星光仍暴露了他们的位置。麦克身体前倾，紧张地观察。那两个人手里抓着什么东西，难道是登山杖？麦克的眼睛捕捉到了金属的反光，直到这时候他才意识到，那两个人都拎着斧头。

麦克的呼吸微微一滞，然后磕磕绊绊地恢复了过来。他强迫自己将视线从那两个男人——那显然是两个男人，高个子，长腿，身穿黑衣——身上转开，发动所有感官捕捉周围的动静。要是这时候麦克遭到了偷袭，所有的计划、埋伏和等待都将化作泡影。

他背后没人。至少他没发现有人。但帐篷后方的树林里有了动静。现在麦克已经看见了，至少还有一个人正在悄悄靠近营地，他的动作和另外两个人一样谨慎，却没有那么安静。这个人看起来更矮一点，被踩碎的干枝在他脚下发出噼啪的轻响。不过要是麦克不知道敌人可能从这边出现，这点动静也很容易淹没在嘈杂的背景音里。

夜风拂过，摇晃着头顶的树叶。借着簌簌的风声，林间空地里的两个人又朝营地逼近了五步。他们的斧头像枪一样举在胸前。麦克试图咽一口唾沫，却发现嘴里干得要命，但他还是强迫自己干咽了一口。

麦克用力甩了甩头，试图分辨眼前这一幕是现实还是梦境。他真的很累。

现在三个男人已经包围了营地。他们就站在篝火的光圈以外，长腿的身影隐藏在幽暗中。闪烁的星光告诉麦克，第三个离他最远的人影也拎着一把斧子，或者别的什么长条状的金属物体。麦克真心实意地祈祷，但愿那不是一支步枪或者霰弹枪。

肯定不是。他们不想闹出动静。

麦克的手一直在抖。他把双臂搁在平坦的岩石上方，霰弹枪瞄准了离他比较近的两个人影，枪口微微上抬，避开低矮的小帐篷。

开火。现在就开火。不行。他还得确认一下。确认他们眼下的处境，这是整个计划的意义所在。万一这几个人只是出来砍柴的农民呢？但他很难相信有哪个农民会半夜跑到树林里砍柴。想到要对着人开枪，他的手抖得更厉害了。他借助身前的石头稳住双臂，咬紧牙关。

离他更近的两个人影开始绕着即将熄灭的篝火无声地转圈。微弱的火光只能照亮他们的黑衣和高筒靴，男人的脸隐藏在压得很低的帽檐下面。帐篷里一点动静也没有。麦克仍能看见戴尔和劳伦斯蜷缩在睡袋里的脚，还有小凯的棒球帽和哈伦的运动鞋。借着树林的掩护，营地另一头的矮男人靠近了凯文的帐篷。

麦克突然很想高声示警，他想站起身来大喊大叫，冲着天空扣动扳机。但他什么也没做。他必须确认。现在他只恨自己选择的哨位离营地太远。要是有支射程更远的步枪或者手枪就好了。似乎每件事都错得离谱儿，他们的计划漏洞百出……

麦克强迫自己集中精神。三个男人就站在那里，其中两个离戴尔和劳伦斯的帐篷更近，另一个躲在小凯和哈伦的帐篷旁边。三个男人都没说话，看起来像是在等待帐篷里的男孩突然醒来，加入他们的行列。麦克隐约觉得，眼前这一幕充满戏剧张力的景象没准儿会持续一整夜。无声的人影，无声的帐篷，火光越来越暗，直至黑暗吞噬一切。

突然间，近处的两个男人上前一步，斧头无声地划破空气劈向帆布帐篷，径直撕开下面的睡袋。第三个男人的斧头也砍向了凯文的帐篷，他的动作只比两个同伙慢了一瞬。

残暴的袭击来得如此迅猛而突然，麦克毫无心理准备。突如其来的现实仿佛抽走了他肺里的所有空气，他惊得呃了一声，情不自禁地倒抽一口凉气。

近处的两个人影再次举起斧头向下挥砍。麦克听见锋刃砍开了倒塌的帆布帐篷、睡袋和睡袋里的东西，最后深深地嵌进下方的泥土。男人第三次举起斧头。在他们身后，矮男人也在疯狂地挥动斧头，嘴里发出嘀嘀的呐喊。麦克注意到，哈伦的一只运动鞋飞了出去，掉在将熄的篝火旁边，鞋窝里还残留着一片破碎的红袜子，或者是别的什么红色的东西。

现在那几个男人开始呼哧呼哧地喘气，他们互相咕哝着听不懂的音节，嘴里发出动物般的咆哮。斧头再次举了起来。

麦克拉开击锤，扣下了扳机。霰弹枪迸发的枪火险些刺瞎了他的眼睛。后坐力推得他的胳膊和双手高高扬起，强烈的震动让他差点儿把枪甩了出去。

他深深吸了口气，那两个人仍站在篝火旁，但现在他们转头望向了这边，两双眼睛反射着微弱的星光，麦克下意识地开始摸索第二颗子弹。但刚才揣在胸兜里的子弹被他套在外面的毛衣压住了。

麦克跪坐起来，从裤兜里掏出子弹。他打开后膛，试图把刚才那枚弹壳抖出来，可弹壳卡在了枪管里。他的指甲摸到了黄铜弹壳的边缘。滚烫的金属灼烧着他的手指，但他还是强忍着把它掏了出来，重新塞上第二颗子弹，咔嗒一声合上枪膛。

一个男人已经开始跃过篝火朝他这边移动。第二个人僵在原地，斧头仍高高举在空中。第三个男人咕哝了一句什么，继续毫不留情地劈砍凯文和哈伦倒塌的帐篷和破烂的睡袋。

第一个男人跃过篝火，大步冲向麦克的哨位，他的靴子沉重地敲打着地面。麦克举起松鼠枪，拉开击锤，第二次扣下扳机。枪声震耳欲聋。

他蹲下身子，抖出空弹壳，又填了一发子弹。等他再次站起身来，却发现那个男人不见了——也许倒在了草丛中，也许跑掉了。火光中另外两个人影仿佛凝固了一般。

就在这时候，疯狂的好戏正式开场。

营地南边不到10码外的树林中迸出一抹耀眼的火光，另一支霰弹枪正在咆哮。第三个男人似乎被看不见的绳子猛地往后拉了一把，斧头高高飞起，在空中打了几个转，最后跌落在篝火中，男人一个翻滚，躲进了林间空地高高的野草丛里。一支手枪也开火了。麦克听得很清楚，吭吭吭的密集枪声来自一支点45口径的半自动武器。三声枪响，暂停一下，然后又是三声。随后另一支手枪加入了这场疯狂的演出，隐藏在暗处的射手似乎爆发出了最快的手速，点22子弹发出高亢的鸣叫，然后又是霰弹枪的声音。

第三个男人开始奔跑。他径直冲向麦克。

麦克站起身来，等到那个人影冲到20英尺以内，他才对准男人的眼睛扣下了松鼠枪的扳机。

男人的帽子——至少看起来像帽子——被掀得高高飞向身后。那个人影用尽全力将斧头掷向麦克，这才颓然倒下，在高草丛中挣扎呻吟。男人身不由己地滑向东北边的山涧，沉重的身体落水时激起了一大片水花。麦克感觉一只叫声特别响亮的虫子倏地擦过耳畔，他刚蹲下身子，就看到那柄斧子在石头上擦出一串火花，最后意犹未尽地跌落在自己左侧。

麦克重新上了一发子弹。他双手紧握枪柄，手臂向前伸直，张开嘴巴稳住呼吸，拉开击锤扣紧扳机。直到这时候，他才意识到，营地和林间空地里已经没有人了，只剩下被砍得稀烂的帐篷默默躺在原地，篝火越来越暗，仿佛随时可能熄灭。他想起了下一步的计划。

"走！"麦克大喊一声，蹲身抄起背包，冲向西北边空地和山涧之间的树林。他感觉树枝不断抽打着他的肩膀和脑袋，一边脸颊被划破了一道很长的口子，这时候他终于跑到了第一个检查点。这里躺着一根倒下的树干，牲畜踩出的小道旁边就是山涧最陡峭的部分。

他敏捷地躲到倒木后面，举起了武器。

脚步声在他右侧响起。

麦克眯起眼睛吹了声口哨。奔跑的人影回了两声口哨，毫不减速地冲了过去。麦克拍了拍他的肩膀。

又是两个人影，又是两声回应。男孩全速奔跑，背包丁零哐当地敲打着他们的屁股。麦克也拍了拍他们的肩膀。又一个身影出现在黑暗中。麦克吹了声口哨，却没听到回答，他举起姆姆的松鼠枪，对准了匆匆跑过来的人影。

"是我！"吉姆·哈伦喊道。

矮男孩喘着粗气擦肩而过，拍他肩膀的时候，麦克摸到了他肩头的吊索。小凯沉重的脚步敲打着矮树下方裸露的泥土。

麦克蹲在粗壮的倒木后面，又等了一分钟。他用童子军教的方法默数着时间，松鼠枪举在身前。这一分钟格外漫长。然后他猫腰沿着小路向前走去，背包挎在左肩上，右手紧握霰弹枪。麦克不时左右张望，不肯放过视野边缘的任何一点动静。感觉像是跑了好几英里，但他心里知道，他才走了几百码而已。

前方左侧传来一声低低的口哨。他回了三声。一只手拍了拍他的肩膀，麦克瞥见了凯文老爸的点45自动武器。然后麦克发现前面的路走到了尽头，小道微微转了个弯，他和身滚进高高的野草，感觉到荆棘刺破了衣服，但他没有理会。他把断后的凯文替换下来，在贯通南北的小道旁边又守了四十五秒钟，这才允许自己顺着山坡滑了下去。脚下厚厚的落叶如地毯般松软，他尽量不发出任何声音。

有那么一瞬间，麦克在茂密的灌木丛中摸索，绝望地感觉自己再也找不到入口了。不过下一秒钟，他的手摸到了一处空隙，于是他趴在地上，手脚并用地爬进了三号营地中间的圈子。

一支小手电筒在他脸上晃了一下，然后熄灭了。四个男孩七嘴八舌地开始说话，肾上腺素、兴奋和恐惧的多重刺激让他们的声音变得格外高亢。

"闭嘴。"麦克低声喝道。他接过凯文手中的小手电筒，在每个人脸上晃了一圈。说话的时候，他几乎贴到了对方耳边："还好吗？""你没事吧？"大家都安然无恙。五个人无一缺席，包括麦克在内。不多也不少。

"散开。"麦克低声叮嘱。男孩们散到空地边缘仔细聆听，凯文把守在唯一的入口左侧，自动手枪已经重新填满了子弹。

麦克将圣水洒在周围的地面和树枝上。会在地下打洞的怪物一直没有出现，但夜还很长。

男孩们屏息倾听。不知道从哪儿传来了一只猫头鹰的鸣叫，蟋蟀和夜蛙——枪声响起的时候，它们安静了一会儿——的合唱早已重新开始，但这声音听起来比刚才小了一点，因为现在他们离山涧有点远。县6号公路那边，一辆轿车或者小卡车正轰隆隆地驶过起伏的山坡。

静听了足足半个小时以后，男孩们重新聚集到入口旁边。急于开口的冲动已经过去，但他们还是轮流低声说了好一会儿，五颗小脑袋凑在一起，以免说话的声音传到三号营地外面。

"我完全不敢相信，他们竟然真的动了手。"劳伦斯深深吸了口气。

"你们看见我那只运动鞋了吗？"哈伦低声嚷道，"好家伙，我在帐篷里塞了件运动衫，结果他们直接把鞋子都砍飞了。"

"我们的所有东西都被砍成了碎片，"小凯小声惊叹，"我的帽子，还有我塞在睡袋里的所有东西。"

男孩们的眼睛激动得闪闪发亮，低声吵嚷了好一会儿以后，麦克终于把大家安抚了下来，然后他们开始汇报。男孩们出色地履行了预定的计划。戴尔觉得等待天黑是最难熬的部分，他们心不在焉地烤着热狗和棉花糖，装得好像真的只是来野营的一样。钻进帐篷以后，男孩们各自在铺盖卷和睡袋里塞满伪装物，然后一个接一个地溜出帐篷，钻进了营地后面那一大片倒伏的树木。

"我正好趴在一个蚂蚁窝上面。"哈伦低声抱怨，其他人哄笑起来，直到麦克喝令大家闭嘴。

麦克提前分配了每个人埋伏的位置，以免纷飞的流弹误伤彼此——所有人都对着东北和西北方向开枪——但凯文承认，看到那几个人砍倒了帐篷，激动之下，他朝麦克的方向开过几枪。麦克耸耸肩，现在他想起来了，第二个男人把斧头扔过来以后，的确有什么东西从他耳边飞了过去。

"好了，"他低声说道，伸出胳膊把伙伴们聚拢过来，"现在我们知道了。但事情还没完。我们必须等到天亮才能离开，离现在还有好几个小时。他们可能会找帮手，而且那些帮手不一定是人。"

他留出时间让伙伴们消化了片刻。他也不想吓唬大家，只是想让他们保持警觉。"但我不认为他们今晚还有余力反扑，"现在他和凯文、戴尔头碰着头，五个男孩就像正准备上场的球队，"我们应该伤得他们不轻。我想今晚他们不会再来了。等到天亮，我们回去检查一下营地，看看能不能回收点东西，然后离开这里。谁带了毯子？"

他们本来计划留出五条毯子带到三号营地，但不知为何，现在只剩下了三条。麦克从背包里扯出一件夹克，分派了两个人去放第一个小时——小凯有块带夜光的手表——的哨：他和戴尔打头阵，然后大家轮换，谁都不许再窃窃私语。

但麦克和戴尔蹲在入口旁边放哨的时候，他们俩倒是窃窃私语了一会儿。

"他们真的动了手。"戴尔低声重复着弟弟二十分钟前说过的话，"他们真想杀掉我们。"

麦克点了点头，但他不知道2英尺外的戴尔能不能看见："是啊。现在我们知道，他们不光杀了杜安，还想干掉我们。"

"就因为他们觉得我们发现了真相？"

"也许没这么简单。"麦克低声回答，"也许他们从最开始就想把我们统统都杀掉，只是现在我们知道了而已。所以我们可以抢先一步。"

"但要是他们动用……别的东西呢？"戴尔悄声问道。哈伦或者别的哪个伙伴微微打着鼾，露在毯子外面的白袜反射着微弱的光线。

麦克仍然紧抓圣水瓶，另一只手握着上了膛的松鼠枪，只需要拨开保险拉开击锤，他随时都能开火。"那我们就把那些东西也干掉。"他毫不犹豫地回答。但其实他心里一点把握都没有。

"天哪。"戴尔叹道。听起来更像祈祷，而不是咒骂。

麦克点点头，往朋友身边凑近了一点，继续等待天明。

30

天刚开始放亮，他们就回到营地去搜寻尸体。

这是戴尔·斯图尔特记忆中最漫长的一夜。混乱的前半夜充斥着恐惧、激动和澎湃的肾上腺素。戴尔和麦克放完了第一班哨，离天亮还有几个小时，他们可以小睡一会儿，但随着兴奋和躁动渐渐退去，剩下的只有纯粹的恐惧。这样的恐惧深邃得令人作呕，它不仅仅是单纯的怕黑，还夹杂着另一些更令人毛骨悚然的东西，就像你在半夜里突然惊醒，听见床底传来隐约的呼吸，就像寒光闪闪的解剖工具和悬在眼前的锋刃，就像黑屋子里一只冰冷的手拂过你的后颈。以前戴尔也有害怕的东西，他害怕煤仓和地下室，害怕C.J.康登黑洞洞的步枪，在地下室里看见的那具尸体更是吓得他的睾丸都缩进了肚子里。但这种恐惧比害怕更深一层。戴尔觉得自己似乎无法再相信任何东西。地面可能突然张开，一口把他吞掉。这不是比喻，泥土下面藏着什么东西，暗夜中还有别的怪物正在蠢蠢欲动，能够保护他们的只有这片灌木围成的脆弱的小圈子。拎着斧头的男人或许还在营地外等待，他们死气沉沉的眼睛闪闪发亮，他们的胸口不再因呼吸而起伏，喉间却酝酿着期冀的呢喃。

这真是个漫长的夜晚。

第一缕灰蒙蒙的晨光透过茂密的树枝照进营地时，所有人都醒了过来。等到清晨5点30分——根据凯文的表显示的时间——他们已经收拾好所有东西，沿着小路往回走了。麦克走在大伙儿前面，和伙伴们保持着30步的距离。男孩们跟着他的手势信号前进，只要他做出一个暂停的动作，所有人都会乖乖待在原地。

走到离昨晚的营地还有100码的地方，男孩们开始分头搜索。他们谨慎地保持着距离，保证视野范围内至少有两个同伴，借助高高的野草隐蔽自己，顺着地形慢慢搜索，不放过任何一棵树、一丛灌木。最后他们终于看到了那两顶倒塌的帐篷，和昨晚没什么两样。戴尔原本隐约期盼营地里一切如常，昨晚的暴力冲突只是大家一起做的一场噩梦，但隔着很远的距离，他们已经看到了被劈开的帐篷、破碎的帆布和散落的衣物。一柄熏黑的斧头半埋在篝火的灰烬中，哈伦左脚的运动鞋躺在不远处。

他们慢慢走上前去，麦克和戴尔一北一南，分别守在营地两头。戴尔满以为第一个发现尸体的肯定是他自己，其中一具尸体应该躺在空地中间，当时麦克就是在这个位置开枪打中了第一个人，另一具尸体大概滚到了山涧边缘。但他们连一具尸体都没发现。

男孩们在一片狼藉的营地中翻了一会儿，紧绷的神经渐渐松弛下来，他们彼此开着玩笑，不时爆发出一阵笑声，但麦克要求大家散开再找找。这次他们扩大了搜索范围，从东南方的矿场到北边亨利叔叔农场边缘的栅栏，又往东差不多走到了公路边上。即便如此，他们还是没找到尸体。

不过他们倒是发现了血迹。林间空地里有斑斑点点的血迹，差不多正是昨天麦克开枪打倒第一个人的位置；山涧边的石头和灌木上也有血。更多血迹集中在小山谷对面的栅栏附近。

"我们至少干掉了一个王八蛋。"哈伦安慰大家。但在白日的阳光下，他的豪言壮语显得如此空洞，草叶和落木上的血迹正在开始干涸，渐渐化作褐色的斑点。不起眼的褐斑仿佛无处不在。想到他们真的开枪打了人，一个真正的人类，戴尔感觉双膝发软。然后他想起了那可怖的一幕：男人高举的斧头狠狠劈向帐篷，他自己原本应该睡在那顶帐篷里。

他们再次回到营地里，急切地清点着幸免于难的东西。一柄烧焦的斧头躺在篝火的余烬里。

"我爸肯定会不高兴。"小凯郁闷地试图把帐篷的残骸重新叠起来。

"我妈估计得大发雷霆。"哈伦捡起自己的毯子，透过上面的破洞望向凯文，"你还可以找个借口，说帐篷在铁丝网上挂坏了，我该怎么解释？这可是我最好的一张毯子。难道说我不小心梦遗了一大摊，毯子是我自己顶破的？"

"什么是梦——"劳伦斯刚开口就被打断了。

"别理他。"戴尔赶紧截住弟弟的话头，"我们清点一下哪些东西还能用，把不想带走的东西就地埋掉，然后赶快离开这里吧。"

男孩们大摇大摆地将霰弹枪、手枪和松鼠枪扛在肩上，直到走到亨利叔叔的栅栏外，他们才把武器拆成零件，藏进了背包和行李袋。在树林里赶路的时候，戴尔把那支萨维奇叠排式猎枪交给劳伦斯扛了一会儿，但他把点410和点22的子弹都揣进了自己兜儿里。扛了一个小时以后，这支枪显得无比沉重，但实际上它比大部分霰弹枪轻，枪管也更短。昨晚开火的时候，戴尔一直后悔自己没拿老爸那支泵动式霰弹枪，虽然那玩意儿又大又沉。这支叠排式猎枪每射出一颗子弹都需要手工装填拉栓，这让他感到十分恼火。戴尔记得自己当时回头瞥了一眼，劳伦斯躲在石头后面，双眼瞪得老大，凯文和哈伦跪在灌木丛中，兢兢业业地扣着手枪的扳机。沉重的吭吭声来自凯文的点45，吉姆那支短管点38耀眼的枪火和巨大的响声让戴尔恨不得捂上耳朵。他们真的干了这样的事情？

真的。他们刚刚花了三十分钟时间在林子里搜寻昨晚丢下的弹壳，然后把这些东西和破碎的毯子、睡袋、帐篷一起埋在了营地外50英尺的位置。麦克把他的自行车找了回来。

丽娜阿姨热情邀请他们留下来吃早餐，但男孩们没有那么多时间。亨利叔叔正好要去镇上，于是他们把自行车扔进皮卡车厢，自己也爬了上去。

戴尔和伙伴们原本一直担忧骑车回家的漫长路程，现在问题迎刃而解。短短几分钟的车程里，皮卡呼啸着驶过墓园外的陡峭山坡，冲向山脚的幽暗峡谷，车轮后方尘雾弥漫，石砾飞扬。路边的玉米和野草上露珠犹存。

"看！"经过黑树酒馆的时候，劳伦斯喊了一声。

男孩们转过头去。坐落在山涧旁大树下的酒馆大门紧闭，里面一片漆黑，就连老板的车都不在门外。清晨的阳光低低地涂抹在车道的石子上。

但停车场西面的矮树丛里似乎藏着什么东西。看起来像是一辆卡车。戴尔瞥见了一抹猩红的油漆，半掩在枝叶中的挡风玻璃映出了树叶的影子，高帮车厢藏在浓重的树荫里。

"是收尸车？"凯文提高嗓门儿，这才压过了皮卡车斗里的噪声。现在他们已经开到了朱比利学院路的路口，但草丛里的那辆卡车还没有动静。

麦克耸耸肩："也许。"

戴尔感觉自己的身体开始发抖，他紧紧抓住车斗厢板，绷紧手臂试图抑制肌肉的颤抖。一幅画面浮现在他脑海中：男孩们骑着自行车攀上酒馆门前的山坡，他们一边踩脚踏板，一边趴在车把上喘着粗气，刚刚过去的漫长夜晚和艰难的上坡累得他们够呛。就在这时候，那辆噩梦般的红色卡车咆哮着活了过来，轰鸣的V-8引擎驱动庞大的车身蹿出草丛，两秒钟内它已经掠过了短短的车道，车轮后方石砾飞溅，腐败的牲畜尸体散发的恶臭来得比卡车还快，宛如一道先遣的激波。

这段路西边的排水沟很深，公路和树林之间的围栏高得不像话，他们有时间弃车逃进树林吗？

还有，万一范·锡克有枪呢？或者他正希望他们逃进东边的树林，奔向吉卜赛小径？

望着公路两侧茂密的玉米秆和空中高悬的太阳，镇外的水塔已经出现在视线中，皮卡车后方尘雾飞扬，这一刻戴尔非常确定，树林里一定有什么东西正等着他们。

现在它们可能还在那里。只是亨利叔叔临时起意搭了他们一程，他的善心为男孩们的计划堵上了最后的漏洞，将在劫难逃的厄运化作了有限的成功。戴尔望向车斗对面的麦克，他的朋友灰色的眼睛里充满疲惫，但他知道，麦克也想到了这一点。戴尔很想拍拍麦克的肩膀，告诉他没关系，你不可能事先预料到一切……但他的胳膊抖得太厉害，只能紧抓着身旁的车帮。还有，更重要的是，在那个瞬间，戴尔十分清楚，所谓的没关系只是一句空话，在这个美丽的7月清晨，麦克的误判可能让他们所有人付出生命的代价。

在黑暗的树林里等待他们的到底是什么东西？

戴尔闭上眼睛，想到了杜甘太太，八个月前她已经死了。还有塔比·库克，戴尔亲眼见过他现在的模样，苍白肿胀，皮肤已经开始剥落，犹如从内而外腐烂的橡胶。湿漉漉的怪物修长的身体在他脚下的泥土里穿行，张开的大嘴藏在薄薄的落叶层下方。麦克说过的那个大兵，流动的脸庞渐渐扭曲变形，化作七鳃鳗漏斗般的嘴巴，里面长着一圈圈牙齿。

一路上没有人再开口说话。亨利叔叔把他们挨个儿送到了门口，下车的时候，男孩们只是疲惫地挥了挥手。

今天的夜来得比昨天早一点，虽然并不明显，但仍足以提醒敏感的观察者：夏至已过，白天正在变得越来越短。黄昏格外漫长，美丽的夕阳犹如一颗悬停在西方地平线上的红气球，整个天空都像是着了火，美国中西部的落日如此独特，当地的大部分居民却早已习以为常。除了丝丝缕缕的凉意以外，薄暮也带来了暗夜实实在在的威胁。

麦克白天一直想抽空打个盹儿，他累得眼皮都快睁不开了，喉咙也火辣辣地疼，但他要做的事情实在太多。昨天晚上，"非法侵入者"扯掉了姆姆房间的纱窗。麦克的母亲听到了声音，可是当她冲到楼下，却只看见狂风将姆姆桌上的纸和泛黄的旧相片都吹到了地上，窗帘朝着庭院汹涌翻飞，就像有人刚从窗户里钻出去了一样。

姆姆没事，只是情绪非常焦躁，她飞快地眨着眼睛，但谁也不知道她想说什么，她也不肯停下来耐心等人提问。麦克的母亲十分沮丧。神秘的不速之客固然恼人，但更糟糕的是，她原以为儿子只是神经过敏，现在却发现他担心得一点都没错。她给还在上班的丈夫打了个电话，然后又通知了巴尼，虽然当时已经是半夜，治安官还是赶了过来，但他也只能挠挠头，表示今年夏天非法侵入的问题的确有点严重，他还问了奥罗克太太，迈克尔或者他们家的哪个女孩是不是得罪过 C.J. 康登和阿奇·科雷克。麦克的老妈回答说，她根本不准女儿跟康登或者科雷克那样的垃圾说话，麦克也从来不跟那两个小流氓打交道。然后她反问说，这位不速之客和麦克见过的偷窥者会不会就是杀死穆恩太太那几只猫的凶手。现在整个镇子都在议论这桩案子。巴尼又挠了挠头，答应巡逻的时候多注意一下奥罗克家，然后就忙自己的事去了。麦克的老爸从啤酒厂回了个电话，说他星期六以后就跟人换班，接下来的整个夏天他都不用再上夜班，可以一直待在家里，而不仅仅是之前说的三个星期。

　　妈妈已经把损坏的纱窗装回了原地，但固定纱窗的木闩被扯了下来，窗框上也有两条裂缝。麦克修好了纱窗，就在这时候，他注意到了粘在纱窗上的黏液。这些黏液已经干涸，颜色和质地都像是陈年的鼻涕。起初他光顾着修补网上撕裂的口子，完全没注意粘在上面的东西。但它的确存在。麦克试着伸手摸了摸，然后情不自禁地打了个冷战。

　　几年前，爸爸带着麦克去斯蓬河的支流钓过鱼，当时他才八九岁；那天麦克钓到了一条鳗鱼。哪怕在更宽阔的伊利诺伊河里，淡水鳗鱼也并不常见，麦克也是第一次见到这种动物。看到鳗鱼蛇一般的黄绿色细长身体破水而出，麦克还以为那是水蝮蛇，他吓得转身就跑，完全忘了自己正坐在一艘小船上。就在他差点儿从船头冲出去的时候，父亲抓住了他身上的带扣；那条滑溜溜的动物还在男孩的鱼钩上拼命扭动，当爹的先把儿子救了回来，然后一边收线，一边命令儿子去拿渔网。

　　麦克还记得自己当时的心情：有点好奇，又有点恶心。那条鳗鱼比蛇还粗，看起来像是某种古老的爬行动物，扭动的身体仿佛完全不属于这个世界。鳗鱼身上覆盖着一层滑腻腻的东西，它的皮肤似乎能分泌黏液，修长的鱼吻里镶着比针尖更锋利的牙齿。

　　老爸把打了结的渔网系在小船侧面，把猎物继续养在河水里，然后划着船返回他们停车的那座桥；小船慢慢往回划的路上，麦克一直盯着水面下扭动的鳗鱼。可是当他们把小船停到岸边，却发现渔网里的猎物不见了。它不知道使了什么魔法，竟能从直径不及自身五分之一的网眼里钻出去。留在网里的只有一摊滑溜溜的黏液，就像它的皮肉主要由液体组成，随时可以抛弃一部分。

就像现在粘在纱窗上的东西。

麦克用煤油清洗了纱窗上残余的黏液，仿佛这样就能消毒似的。他尽可能地重新钉好窗框，换掉了破碎的纱网，这才把纱窗装了回去，还在上面加了两道窗闩——上下各一道。

他在窗台下面找到了一点圣体的残屑。一幅画面浮现在他眼前：死一般寂静的暗夜中，大兵悄无声息地滑到窗前，它的手指透过纱网渗进窗户，长吻伸向姆姆，就像七鳃鳗正在逼近一条美味的鱼……

难道是圣体和圣水阻止了它？又或者昨晚来的根本不是那个大兵？也许有别的怪物正在觊觎他的外婆……

麦克很想大哭一场。他自作聪明的计划结果一塌糊涂，而且险些演变成一场灾难。麦克亲眼看到了藏在黑树酒馆后面的收尸车。他闻到了那辆车的气味。要是他们按照原来的计划骑车回家，那么这会儿躺在车斗里散发臭气的可能是他和朋友们腐烂的尸体。

麦克知道，这是一场真正的战争，就像他父亲亲身参与过的"二战"一样残酷。只是这场战争没有前线和后方，黑夜是敌人的主场。

吃过午饭，他骑车去了圣马拉奇教堂，卡瓦诺神父依然杳无音信。总教区已经向高速公路巡警和橡树山警方报告了神父的失踪，但麦考夫迪太太告诉他，大家似乎都觉得卡神父一病之下灰心丧气地回了芝加哥。想到年轻的神父现在可能还在路上，说不定正病恹恹地在某个大巴站里发着烧，麦考夫迪太太又急得哭了起来。

麦克再三向她保证，卡瓦诺神父肯定没回家。

路过哈伦家的时候，麦克停下来借了瓶酒。哈伦说他妈妈永远不可能发现，因为这瓶难喝的"驼鹿尿"是某位表亲送给她的。麦克把酒瓶装进棕色的袋子里，重新骑上自行车直奔舞台公园。他并不认为老貂还能提供什么新的信息，但他总觉得自己欠了老头儿什么东西。除此以外，老貂是个活生生的目击证人，看到他麦克才会觉得，这些日子里困扰他的怪事绝不是他自己臆想出来的。

老貂不见了。他的酒瓶、报纸，甚至破破烂烂的外套——无论冬夏他都穿着这件衣服——乱七八糟地扔在舞台下面的泥地上，仿佛刚刚经历了一场飓风。地上有五个洞，每个洞口都是完美的圆形，周围围着一圈暗红色的土垒，直径大约 18 英寸，就像有人在这里打过钻油井似的。

别往坏处想，麦克警告自己。说不定老貂只是去了哪儿打工，要不就是跟哪个哥们儿喝酒去了。

只是麦克心里知道，事实并非如此。他已经描摹出了那疯狂的一刻——是在夜里吗？——老貂从醉梦中惊醒，身下的土地如波浪般起伏，老头儿闻到了腐败的恶臭，还有一些更可怕的东西，它们正在闯入他盘踞了近七十年的巢穴。在麦克的想象中，白花花的庞然大物骤然冲破地面，就像他钓到的那条鳗鱼冲破水面，老头儿吓得跳了起来，怪物的长吻在空中一张一合，看不见的眼睛四下搜寻。

最后一个洞离夹层出口还不到 3 英尺。麦克几乎看到了怪物暗红的腹腔里一圈圈盘绕的软骨和肌腱。舞台下的空间里仍残留着老貂的些许气息，但洞里散发出的停尸房般的腐臭更加浓郁。

麦克把酒瓶扔到舞台下面，正好竖着落到了老貂破烂的外套旁边，俨然一座微型墓碑，然后转身离开。他疯狂地踩着脚踏板穿过主街，差点儿撞上一辆半挂卡车，惹得司机按了好一会儿喇叭。自行车拐进第二大道，越过威斯克斯医生门前的灌木丛，向北驶向老中心学校和奥罗克家。

他不打算参加米歇尔·斯塔夫尼的生日派对。经历了几天来的一连串事件以后，这场派对看起来幼稚得近乎荒谬。但戴尔来了一趟，他劝说麦克，今天晚上大家最好待在一起。

"派对10点钟就结束了，他们会放烟花，"戴尔说道，"如果你愿意的话，我们还能提前一会儿退场。"

麦克点点头。他的母亲和姐妹至少能守到10点。今晚负责照顾姆姆的是佩格。麦克并不认为10点前会发生什么不测，那时候太阳刚刚落下不久。截至目前，10点还算安全。不管窥视姆姆的是那个大兵还是别的什么东西，它们都更喜欢深夜。

"你干吗不来？"戴尔提议，"派对上到处灯火通明，人也很多……我们需要找点乐子。"

"那劳伦斯呢？"麦克问道。

"他才不想参加女孩傻乎乎的派对，另外他也没有收到邀请。不过在我回家之前，我妈会陪他玩《地产大亨》。"

"我们不能带着枪去参加派对。"哪怕麦克已经困得意识模糊，他还是听出了这句话的荒谬之处。

戴尔咧嘴笑了："哈伦会带枪。有需要的话我们可以跟他借。现在离星期天还早，除了等待以外，我们总得找点事儿干。"

麦克咕哝了一声。

"所以你会来吧？"戴尔问道。

"到时候再说。"

晚上7点，米歇尔·斯塔夫尼的派对准时开始；可是直到九十分钟以后，天都快黑透了，仍有父母络绎不绝地开着旅行车和皮卡把孩子送到她家门前。和往年一样，布罗德大道上这幢古老的大宅和庭院变成了彩色的童话王国，街边停满了接送孩子的旧车，狂欢的人群挤满了嘉年华般的会场：无数彩灯和日式灯笼点亮了整个夏夜，从长长的前门廊铺展到庭院里的树梢，五彩的灯光照亮了野餐桌上的食物和潘趣酒，就连屋后巨大的谷仓外也点缀着一串串灯珠。在场的大人们尽管费尽心力，却仍无法阻止孩子们欢快地来回奔跑。他们在后院里成群结队地玩着飞镖，不时爆发出一阵欢呼或者嘘声，钢质的飞镖头沉重而锋利，足以扎透水牛的颅骨，更别说儿童。另一群孩子聚集在侧院里，斯塔夫尼家准备了十几个五彩缤纷的呼啦圈，两年前曾经风靡全国的游戏在这里迎来了复兴。哪怕只是今晚。烧烤场那边的人更多，斯塔夫尼医生和两位男助手正忙着烤制热狗和汉堡包，尽管他们的动作一点也不慢，却还是填不满孩子们永无餍足的手和嘴巴。铺着红色格子塑料桌布的长桌上摆满了薯片、蘸料、饮料和小甜点，一群又胖又饿的孩子干脆守在了桌边。

前门廊上的唱机不知疲惫地播放着音乐，女孩们坐在秋千上轻轻摇晃，纤细的双腿搭在门廊栏杆上，清脆的笑声在夜空中回荡。男孩们在人群中你追我赶，时不时被斯塔夫尼医生或太太或者其他哪个帮手吼上几句，不过更常发生的情况是，跑累了以后，他们终于安分下来，玩起了躲猫猫。

最先到场的十多个孩子还老老实实地出示了邀请函，不过聚集了五六十个孩子以后，米歇尔的派对彻底变成了专供儿童嬉戏的乡间狂欢。混进会场的人里包括斯塔夫尼家其他孩子的同学和从来没跟她说过话的乡下孩子，甚至还有几个青春期的男孩试图混入会场，结果在大人的驱赶和女孩们的嘘声中落荒而逃。就连C.J.康登和阿奇·科雷克都跑过来晃了一圈，那辆1957年款的雪佛兰从门前呼啸而过，但没有停车。两年前斯塔夫尼医生曾经亲自打电话给高速公路巡警，要求他们赶走C.J.和他的朋友。

等到夜幕真正降临，派对现场已经成了狂欢的海洋，女孩们都在跳舞——有人学着年长兄姐和父母的样子跳起了吉特巴，有人只是来回转圈，还有几个女孩开始模仿猫王，但很快就被大人们制止了。几个大胆的男孩也加入了门廊上的人群，他们对着女孩指指点点，不时爆发出一阵大笑。心怀鬼胎的男孩一有机会就想揩点油，却不想正经陪她们跳舞。

戴尔和麦克待在一起，他们早早排队拿到了热狗。戴尔嚼着食物转了会儿呼啦圈，现在他们只是在院子里闲逛，旁观人群的笑闹和推搡。他们俩都很累。麦克的眼圈一片青黑，眼窝也深深陷了下去。

没过多久，哈伦和凯文也找了过来。扔飞镖的人刚刚不小心扎到了一个西瓜，人群中爆发出一阵大笑，小凯不得不扯着嗓子说话才能让伙伴们听见。"我刚才看见了一样东西，要是昨晚我们有这玩意儿就好了！"他大声喊道。

麦克和戴尔凑到他身前："什么？"他们曾经互相约定过，绝不能在外人面前谈论这些事情。可是现在周围吵得这么厉害，他们几乎连自己说的话都听不见，这条禁令自然也失效了。

"过来。"小凯示意大家看侧院那边。

查克·斯珀林和迪格尔·泰勒正在跟两群孩子炫耀他们的对讲机，几个低龄小孩被他们迷得神魂颠倒。孩子们吵嚷着想亲手试试，院子里这么吵，如果真能听见 60 码外的人说话，那就太神奇了。

"那是真的吗？"麦克问道。

"什么？"

麦克凑到凯文硕大的左耳边上："那……是……真的吗？"

凯文点点头，叼着吸管喝了一大口可乐。平时他爸妈从来不许他在家里喝软饮料。"嗯，是真家伙。查克的老爸批发了一堆这玩意儿。"

"它们的通话距离有多远？"戴尔问道。大家都没听清，他不得不重复了一遍。

"大约 1 英里，迪格尔说的。"凯文回答，"距离很短，所以不需要获得 FCC 的许可。但作为对讲机差不多够用。"

哈伦往前走了一步，虽然他看起来满脸笑容，嘴角却歪向一边，看起来十分古怪。麦克花了一分钟才意识到，吉姆·哈伦正穿着他最像样的一套衣服。虽然羊毛长裤在今晚显得太热，但蓝色的衬衫熨得笔挺，上面还打了个领结，就连脖子上的吊索都换了条新的。"喂，"哈伦笑道，"你们也想要一对吗？我有办法。"

麦克凑到他面前哼了一声："天哪，吉姆，难不成你喝了威士忌？"

哈伦站直身体，露出一副遭到羞辱的神气，但笑容仍挂在他的脸上。"我只喝了一点点壮胆，"他吐字缓慢而清晰，"这主意还是你给我出的呢，老伙计麦克。要不是你来借酒，我不一定想得到。"

麦克摇了摇头："那你有没有带上……另一样东西？"

哈伦似乎有些迷惑："另一样东西？你说什么？难道是送给女主人的鲜花？一会儿和斯小姐见面的时候没准儿用得着？"

戴尔越过麦克，用力拍了拍哈伦的吊索和石膏，男孩们都听到了空空的回响："那个东西，蠢货。"

矮男孩瞪大了眼睛，看起来一脸无辜："噢，你是说这个？"他开始往外抽那支点38口径的手枪。

麦克一把将它塞回了石膏和吊索之间："你喝多了。要是让别人看见这玩意儿，斯医生准会把你扔出去，你再也别想见到那位心上人。"

哈伦鞠了个躬，优雅地行了个额手礼。"如你所愿，船长先生。"他试图直起腰来，但是由于动作太猛，他不得不岔开双脚才勉强稳住了身体，"呃，所以你到底想不想要？"

"想要什么？"麦克双臂抱胸，望向外面的街道。

"对讲机。"哈伦没好气地回答，"只要你想要，明天我就给你弄来。说句话就行。"

"句话。"麦克回答。

哈伦低低鞠了一躬，再次行了个额手礼，然后转身挤进人群，差点儿撞倒了一个正准备扔飞镖的7岁孩子。

夜渐渐深了，时间已过9点，麦克嚼着第三根热狗开始琢磨，要是戴和小凯还不打算走的话，他准备自己回家了。就在这时候，米歇尔·斯塔夫尼朝他走了过来。

"你好，麦克。"

麦克嘴里正塞满了食物，他想说句什么，却只能发出一声呜咽，于是他赶紧吞掉嘴里的热狗，重新开口说话。但这次也不算成功。

"最近我没怎么见过你。"红发女孩说道，"你知道……自从我们分到了两个班以后。"

"你是说，自从我留级以后。"麦克纠正道。虽然他已经吞掉了大块的食物，而且幸运地没被噎到，但他不打算冒险露出笑容，以免嘴里的残渣不小心飞到外面。

"呃，是的，"米歇尔认真地回答，"其实我很怀念以前和你聊天儿的时候。"

"没错。"麦克顺着她的话回答，但他完全不知道她想说什么。麦克的父母没送他去上幼儿园，从一年级到四年级，他和她一直是同班同学，但在他的印象中，这些年里他总共也就跟米歇尔·斯塔夫尼说过一两次话。而且他们"聊天儿"的内容仅限于在球场上大喊一声："喂，米歇尔，能帮我把那颗球扔回来吗？"

"没错。"他又重复了一遍。

"你知道的，"她往前凑了一点，声音低得近乎耳语，"我们聊过一些关于信仰的事情。"

"噢，没错。"麦克答道。他终于把嘴里最后的一点热狗吞了下去，现在他急需一杯软饮料，或者水……什么喝的都行。他想起来了，二年级的时候他的确跟米歇尔聊过一次天儿，当时他们正排队等着玩跷跷板。学校里没几个天主教徒，所以他们总感觉自己像个异类，当时聊的大概是这个。"没错。"麦克第四次回答。他开始为自己的笨嘴拙舌感到恼火。

今晚米歇尔看起来很美，麦克甚至觉得自己有点沉醉。她穿着一条绿色的雪纺裙子，宽大的裙摆蓬松得像是芭蕾舞女演员的演出服——那种裙子叫什么来着——但没有那么短，长长的红发用绿色的皮筋和缎带束在脑后，一双绿眼睛闪闪发亮，双腿看起来格外修长。麦克注意到，这几个月来，她……呃，变了不少。变化似乎就发生在学校放假后的这六个礼拜里。女孩裙子的上半部分，嗯，比原来丰满多了，不仅如此，她的腿和臀也变了模样；当她抬起手臂整理发带的时候，麦克注意到女孩弧线优美的腋窝里点缀着一颗颗柔嫩的小疙瘩。她是剃了腋毛吗？就像佩格和玛丽一样？她是不是还会剃腿毛？

麦克意识到，米歇尔刚刚跟他说了一句话："不好意思……你说什么？"

"我说，回头我想跟你聊聊天儿，我有很重要的事情要跟你谈。"

"当然。"麦克回答，"什么时间？"他心里想的是 8 月。

"三十分钟后怎么样。我们谷仓里见？"米歇尔指了指那幢庞大的建筑，她挥手的动作说不出的优雅好看。

麦克转头望着谷仓眨了眨眼，然后点点头，就像以前从没注意过那幢大房子一样："没问题。"他还有些疑惑，但米歇尔已经转身走了，她踩着轻盈的步伐，迎向其他客人。也许她请了很多人去谷仓。但不知道为何，麦克知道事情并不是这样。

他心不在焉地走向烧烤场，提前退场的念头已经消失得无影无踪。今晚姆姆不会有事，他的妈妈和几个姐妹都在家里守着。现在他只觉得哈伦来的时候没带威士忌或者其他什么酒，却带上了那支天杀的手枪，这真是个不可饶恕的错误。

"三十分钟后怎么样。我们谷仓里见？"这句话在他脑子里回荡。他反复琢磨着女孩的口气和语调，极力试图还原她当时的情绪。和榆树港的大部分男孩一样，麦克迷恋米歇尔·斯塔夫尼，从……好吧，从他记事时开始。不过和其他男孩不一样的是，可能是因为他留了级，不再跟她上同一个班，他从来没有认真想过这份迷恋能有什么结果。如果你只能偶尔在操场上、教堂里或者学校里看见那个女孩一两眼，说不定她还正忙着吃午饭里的熏肠三明治，那你很容易忽视她的存在。

但是现在，麦克十分怀疑，短时间内他恐怕无法再忽视她了。可怜的哈伦，麦克替这位朋友和他的领结感到惋惜不已。不过紧接着他又想道，这会儿谁还顾得上哈伦啊？

麦克没有表，所以接下来的半小时里，他一直跟凯文待在一起，时不时抓起朋友的手腕看一眼时间，但他没有告诉小凯自己要去干吗。看到唐娜·卢·佩里和她的朋友桑迪出现在前院的人群中，麦克突然产生了一种冲动，他想走过去跟那个女孩说几句话，为上个月发生在球场上的脱衣事件道个歉。但唐娜·卢正在跟朋友兴高采烈地说笑，而麦克只有八分钟时间。

派对的喧嚣并未感染角落里的谷仓，尽管大门上挂着锁，但笼罩车道的橡树树荫下还藏着一扇小门。麦克拉开门闩，走进了谷仓。"米歇尔？"白日的暑热将空旷的谷仓熏得暖烘烘的，空气中充盈着旧木头和谷草的气味。麦克正打算再喊一声，就在这时候，他意识到自己可能被要了。也许米歇尔根本不打算跟他单独聊天儿。她只想捉弄他一下而已，就像她以前捉弄哈伦那个傻瓜一样。

现在轮到了麦克这个傻瓜，想到这里，他转身走向门口。

"我在这上面呢。"他听到了米歇尔·斯塔夫尼柔软的声音。

麦克一时分不清她的声音是从哪儿传来的，但借着外面的彩灯串透过蒙尘的窗格照进谷仓的微弱光线，他看到空荡荡的畜栏间竖着一架梯子，显然上面还有一层阁楼。头顶30英尺开外，谷仓的屋顶笼罩在暗沉沉的阴影中。

"快上来啊，傻瓜。"米歇尔开始催促。

麦克抓住梯子向上攀爬，裤兜里装圣水的小瓶子硬邦邦地硌着他的大腿。为了预防万一，出发前他专门留了这么一手。嗨，你兜儿里是揣着一瓶圣水吗？还是说你真的很高兴见到我？

阁楼上乱糟糟地堆满了稻草，但北墙上的一道柔光将破旧的谷仓和旁边加建的车库分成了两个空间，麦克注意到，斯塔夫尼家在车库上方加盖了一个小房间。

米歇尔靠在门框上，对他露出微笑。在她身后，彩灯的微光透过东西墙的两扇小窗，为她的红发镀上了一层朦胧的光晕。"进来吧。"她羞涩地退后一步，给他让出一条路，"这是我的秘密天地。"

"嗯。"麦克擦着她的肩膀走进了房间。在这间逼仄的小屋里，女孩温暖的气息显得格外清晰，低矮的屋檐、昏暗的台灯和特地缩小了尺寸的桌椅愈发烘托出她的存在。屋檐裸露的木板下放着一张旧沙发。"感觉有点像俱乐部会所，是吧？"麦克刚说完就在脑子里狠狠踹了自己一脚。蠢货。

米歇尔笑了。她若无其事地走到他身边。"你知道这个月有什么特别的地方吗，麦基？"

麦基？"呃，因为这个月你过生日？"

"啊，算是吧。"米歇尔又向他靠近了一步，麦克闻到了女孩身上肥皂和洗发水的清新气味。挂在树梢的彩灯串为她雪白的手臂镀上了一层玫瑰色的光泽。"一个女孩的 12 岁生日当然重要，"她的声音低得近乎耳语，"但更重要的是发生在这个女孩身上的一些变化，如果你知道我在说什么的话。"

"当然。"她靠得这么近，麦克也情不自禁地压低了嗓子，虽然他根本不知道她在说什么。

米歇尔退后一步，抬起一根手指竖在嘴唇前面微微一笑，仿佛在犹豫要不要告诉他这个秘密："你知道我一直喜欢你吗，麦基？"

"呃……不知道。"麦克诚实地回答。

"真的。从一年级我们一起玩的时候开始，我就有点喜欢你了。还记得吗，我们在操场上玩过家家，你当爸爸，我当妈妈？"

麦克隐约记得，一年级的时候他确实跟女孩们玩过一阵子游戏，不过很快他就学会了留在男孩的阵营里。"当然。"他回答的语气比内心的实际感受热忱得多。

米歇尔半侧过身子，像芭蕾舞演员一样踮起脚尖："你喜欢我吗，麦基？"

"当然。"他能怎么说呢？不喜欢，你长得活像一只癞蛤蟆？说实话，至少在这一刻，他真的很喜欢她。他喜欢她此刻的模样、气味和声音，喜欢和她待在一起的温暖感觉。这让他暂时忘记了疯狂的夏天里那些令人胃部痉挛的冰冷的事情……"没错，"他说，"我喜欢你。"

米歇尔点点头，就像听到了什么咒语。她退后两步，站在窗边轻声吩咐："闭上你的眼睛。"

麦克只犹豫了一秒。哪怕闭着眼睛，他也能闻到门外阁楼的干草味，汽油、水泥和新鲜松木混合在一起的柔和气味从下面的车库里飘了上来，当然还有——虽然细微，但依然不容忽视——女孩身上洗发水和温暖肉体的气息。

他听到了一阵轻柔的窸窣声，然后米歇尔低声说道："好了。"

麦克睁开眼睛，顿时感觉胸口被人狠狠擂了一拳。

米歇尔·斯塔夫尼脱掉了晚装长裙，现在站在他面前的女孩浑身上下只有一件小小的白色蕾丝胸罩和一条简单的白内裤。麦克觉得自己的视线这辈子都没有这么清晰过。女孩的肩膀白得耀眼，手臂和胸口上点缀着金色的雀斑，小小的乳峰在胸衣的勒口上方画出一道雪白的弧线，散落在身后的长发上镀着一层红色的光晕，她眨眼的时候，黑色的睫毛微微翘起。麦克努力控制自己的嘴巴不要张得太大，他的视线继续向下移动，扫过她臀部的曲线和丰满的雪白大腿，纤细的脚踝上还套着白色的短袜……

米歇尔一步步走上前来，现在他已经看见了她脸上的红晕，而且这抹潮红还在继续向她的颈间扩散。她的低语微不可闻："麦基……我觉得我们可以……你知道的……好好看看彼此。"她离他越来越近，近得他只要伸出手臂就能将她拥入怀中，如果他的手臂还能动的话。她凉凉的手拂过他温暖的脸颊。

女孩脸上的热气离他更近了，麦克意识到，她小声跟他说了句话。

"什么？"他的声音大得有些突兀。

"我只是说，"她低声回答，"你可以脱下上衣。"

麦克只觉得魂飞魄散，他仿佛已经神游天外，眼睁睁地看着电视或者电影屏幕上的自己一把扯掉套头T恤扔在身后的沙发上。现在他的手臂真的拥住了米歇尔，他们微微转了个身，昏暗的灯光挪到了他的身后，阁楼后窗离他的脸只有6英尺。外面草地上的人们正在唱歌。

"现在轮到我了。"米歇尔呢喃着说。麦克不由自主地低头看了一眼，不知何时，米歇尔的眼睛悄悄闭上了，雪白的脸颊上古铜色的长睫毛微微颤抖。她仿佛突然觉得有些害羞。她的身体靠得更近，仰起的脸颊慢慢凑了上来。刹那间麦克觉得头晕目眩，他意识到，她正准备吻他，他必须回应这个亲吻，但他的嘴唇和舌头干得像柴火一样。

她的唇瓣触到了他的嘴唇，紧接着她的脸往后退了一点，仿佛想疑惑地看他一眼，随后她又吻上了他的嘴唇，少女的津液渡入他的舌间。

麦克的双臂紧紧搂住了女孩的身体，他感觉自己的兴奋正在急速滋长，他知道，她一定也感觉到了，但她并没有躲开。他想到了忏悔，想到了幽暗的忏悔室里神父柔和而坚定的质问。这样的兴奋他并不陌生，他曾独自犯下这样的罪孽，但现在的感觉和那时候并不完全相同。他们在拥抱中感受到的温暖，还有这个似乎永不结束的亲吻。在这样的兴奋中，这一切都是那么新鲜，迥异于男孩曾在幽暗中忏悔过的任何幻梦和罪孽。感官的全新世界向他敞开了大门，一部分的麦克渐渐意识到了这一点，哪怕就连这部分意识都潜藏在纯粹的体验之下。漫长的亲吻骤然被打断了一秒，少男少女毫不浪漫地大口吸着空气，下一个瞬间，他们的嘴唇又重新贴到了一起。现在米歇尔的右手正按在他的胸膛上，柔软的手掌抚摸着男孩光滑的胸口，麦克的手指拂过女孩背上的曲线，揉捏着她纤巧的肩胛。

不知何时，他们已经跪坐在地板上，倒向右侧的沙发垫子，但在这个过程中，两个人不曾分开过一秒。等到这个吻终于结束，麦克感觉到米歇尔的呼吸轻柔地喷在他的右耳上，她脸颊的弧线竟能完全贴合他的下颌和脖颈，这令他惊讶不已。他能感觉到她倚在他的怀里，在那个瞬间，他猝不及防地体会到了生命中最崇高的战栗。

麦克的嘴唇触到了她的头发，他伸手撩开她的长发，睁开双眼。

不到 6 英尺外的后墙上嵌着一扇窗户，离车库后方的小巷足有 20 英尺的高度，透过细小的窗格，他看到了卡瓦诺神父毫无生机的惨白双眼。

麦克倒吸一口凉气，往后一仰，手臂啪地打在沙发上。

卡瓦诺神父苍白的脸庞和黑黢黢的双肩仿佛悬浮在窗外。他的嘴张得很大，死尸般的下颌松垮垮地挂在脸庞下方，仿佛没人想过要替他合上。神父的嘴唇和下巴沾满了棕色的涎水，脸颊和前额上也有斑点，起初麦克以为那是伤疤，但他立即意识到，其实那是嵌在皮肉里的圆孔，每个洞口的直径至少有 1 英寸。幽灵般的头发飘浮在空中，仿佛遭到过电击，漆黑的嘴唇干瘪萎缩，露出嘴里的长牙。

卡瓦诺神父的眼睛睁得很大，但混浊的白色眼球似乎看不见东西，薄薄的眼睑快速翕动，犹如癫痫发作一般。

有那么一秒钟，麦克十分确定他看到的其实是神父的尸体，有人用绳子圈着它的脖颈把它吊到了树上。但很快神父的下颌开始上下活动，惨白的牙齿发出咔嗒咔嗒的声音，就像装在小盒子里的石子儿，弯曲的手指开始抓挠窗框。

听到声音，米歇尔退开了一点，哪怕在她回头张望的时候，她的手臂仍护着胸口。

她肯定看见了什么，尽管那张死人的脸孔和黑色的双肩已经倏地离开了窗格，就像坐着液压升降机似的。麦克伸手捂住女孩的嘴巴，挡住了她的惊叫。

"那是什么？"趁着他稍稍松开了手，她挣扎着问道。

"把衣服穿上。"麦克低声叮嘱，他感觉到狂野的心跳敲打着自己的胸腔，却不知道那是她的还是他的，"快。"

半分钟后，后窗外再次传来一阵抓挠声，但他们俩正沿着梯子匆匆往下爬。麦克第一个踏进了楼梯下方的阴影，他感觉到体内的性兴奋正在迅速退去，取而代之的是恐惧带来的化学物的浪潮。

"怎么了？"麦克在门后停下脚步，米歇尔轻声问道。她一边努力试图抚平裙子上的折痕，一边低声啜泣。

"有人在偷看我们。"麦克压着嗓子回答。他的视线在谷仓中逡巡，寻找可能的武器。干草叉、铲子，什么都行。但谷仓四壁空空如也，墙角只有几块腐烂的皮革。

冲动之下，麦克倾身向前，迅速但坚定地吻了米歇尔·斯塔夫尼。然后他推开了谷仓门。

谁也没有注意到，这两个人悄悄从橡树下的阴影中溜了出来。

31

戴尔已经玩累了，他正准备自己先走，就看见麦克和米歇尔·斯塔夫尼从房子后面绕了出来。

米歇尔的父亲在人群里找了好一会儿女儿。医生新买了一台宝丽来相机，他想在烟火表演开始之前拍几张照片。

刚才戴尔穿过厨房和走廊去屋子里上了趟厕所。哪怕在这个狂欢之夜，大宅内部向孩子们开放的地方也不多，厕所算是其中之一。经过一个摆满书架的小房间时，他瞥见屋里的电视开着，却没有人。屏幕上汹涌的人潮高举着红白蓝三色的标语。星期二去阿什利－蒙塔古家拜访以后，戴尔一直在留意国际新闻，所以他知道，再过两天，民主党全国代表大会就将结束。他情不自禁地走进房间听了一会儿，很快就搞清了亨特利和布林克利介绍的重点：肯尼迪参议员即将被民主党提名为下一届总统候选人。戴尔看到，人群里一个满头大汗的男人正对着麦克风呐喊："怀俄明州会把全部 15 票都投给下一位美国总统！"

镜头拍到的数字跳到了 763，人群沸腾起来。大卫·布林克利评论："怀俄明将他送上了巅峰。"

麦克和米歇尔从后院的阴影里钻出来的时候，戴尔刚刚回到户外；很快米歇尔就在一帮女孩的簇拥下跑进了屋子，只剩下麦克留在原地东张西望。

戴尔走到朋友身边："喂，你没事吧？"麦克看起来不像没事的样子。他的脸色十分苍白，连嘴唇都是白的，眉毛和嘴唇上方蒙着一层薄汗。他的右手紧握成拳，而且正在微微发抖。

"哈伦去哪儿了？"麦克反问道。

戴尔指指院子里的人群，哈伦正在向一群孩子绘声绘色地描述自己遭遇的意外，他刚说到自己如何勇敢地爬上了老中心学校的房顶，然而就在那个瞬间，一阵妖风将他从 50 英尺高的地方吹了下来。

麦克大步流星地走了过去，把哈伦从人群里揪了出来。

"喂，你这是要……"

"东西给我。"麦克不耐烦地打断了他的抱怨。戴尔从没听过他用这种口气说话。麦克对着哈伦打了个响指："赶快。"

"给你什么……"吉姆显然打算再争辩几句。

麦克在哈伦的吊索上重重拍了一下，力气大得让矮个子男孩缩了缩肩膀。他又打了个响指："给我，马上。"

看到麦克·奥罗克这副样子，无论是戴尔还是他认识的任何人都绝不会跟他对着干，更别说吉姆·哈伦。戴尔觉得，面对现在的麦克，恐怕就连大人都只能乖乖听话。

哈伦左右转头看了一圈，这才从吊索里掏出那支点38小手枪递给麦克。

麦克瞥了一眼，确定手枪已经上膛，然后立即垂下了拿枪的那只手，动作几乎算得上自然。戴尔想道，这样一来，谁也不会注意他的右手，更不会看到那只手里握着的枪，除非你就知道它在那里。就在这时候，麦克已经迈开大步走向谷仓。

戴尔望向哈伦，后者抬起一边眉毛，两个男孩都快步追了上去。斯塔夫尼医生正举着他的魔法相机到处拍照，他的几位朋友正在布置烟花，戴尔和哈伦不得不时时留心，避开前院里奔跑的孩子。

麦克已经绕到谷仓南面，走进了阴影之中。他紧贴着墙根，右手微抬，短短的枪管反射着头顶灯泡的最后一缕微光。听到戴尔和哈伦的脚步声，他霍然转过身来，然后挥手示意他们贴到墙上。

谷仓尽头长着一丛灌木，麦克弯腰查看了一番，然后猛地转过身来——高举的枪口对准了漆黑的后巷。戴尔瞥了哈伦一眼，他想起来了，吉姆说过，前些日子被收尸车追杀的时候，他曾经顺着这条巷子冲进斯塔夫尼医生家里。麦克看到了什么？

三个男孩绕过拐角来到谷仓背面。隔着半个街区，一盏路灯孤零零地立在小巷里，但微弱的灯光完全无济于事，倒让整条巷子显得愈发幽暗。树木的枝叶、别人家院子里的窝棚、车库和附属建筑在暗夜中留下了一团团或浓或淡的阴影。麦克侧身举起手枪，仿佛打算瞄准北边的巷子，但他的头却转到了一边，视线落在斯塔夫尼家车库后的小树林里。戴尔和哈伦凑近了一点，顺着他的视线向前张望。

戴尔花了一分钟时间才看到了墙上那两排歪歪扭扭的裂痕，一直通往头顶20英尺外的那扇小窗。木墙上的小洞感觉像是电话公司的线路工人穿着钉头靴凿出来的一样。戴尔回头望向麦克："你是不是看见了什么——"

"嘘。"麦克挥手示意他闭嘴，然后顺着巷子向前走去，小巷尽头是一丛高高的覆盆子灌木。

黑暗中戴尔闻到了脚下被踩碎的覆盆子浓郁的果香，突然间，一缕异样的气味飘进了他的鼻孔。热烘烘的臭味仿佛来自某种动物。

麦克再次挥手示意他们退后，然后他举起手枪，枪口对准了幽暗的灌木，他伸直的右臂稳定得没有一丝颤抖。击锤被拉开的时候，戴尔清楚地听到了咔嗒的轻响。

树丛里似乎藏着一抹白色。一张脸庞苍白的轮廓隐隐浮现在枝叶的暗影中。然后他们听到了一阵低沉的咆哮，充满共振的声音仿佛出自某种大型动物的胸腔。

"天哪，"哈伦近乎疯狂地低声喊道，"开枪！快开枪！"

那张惨白的脸和黑色的身影——奇怪的体形和庞大的尺寸看起来都不像是人类——离开灌木丛冲出来的时候，麦克一直稳稳地握着手枪，拇指始终扣在击锤上。

戴尔退无可退，脊背紧贴谷仓木墙，他的心已经提到了嗓子眼儿，哈伦惊惶地想要逃跑，但麦克还是没有开枪。

咆哮声越来越响亮，黑暗的巷子里传来爪子刨动煤渣和石子的声音。锋利的牙齿在孱弱的路灯下闪着寒光。

麦克双腿分开扎稳马步，等着那东西再靠近一点。

"趴下，天杀的蠢狗！"那张苍白的圆脸不耐烦地吼道。最后一个词听起来像是"沟"。

"科迪。"麦克喊了一声，放下了武器。

现在戴尔终于看清楚了，科迪左右两侧的白牙和黑影实际上属于两条很大的狗。其中一条是杜宾，另一条应该是混血的德牧。科迪手里的牵引绳收得很短，看起来像是生牛皮鞭。

"你在这儿干吗？"麦克的视线仍停留在漆黑的巷子里。

"我也可以这样问你。"科迪·库克不屑地反驳。戴尔觉得最后一个词听起来像"泥"。

麦克没有回答科迪的问题，如果这也算是问题的话。"刚才你在这后面看见人了吗？长得很……奇怪的……人？"

科迪从鼻子里哼了一声，可能是在笑，但两条大狗立即警觉地抬头望向她，猩红的舌头舔着嘴唇，仿佛正在等待主人发出的信号，才能确定她是不是真的开心。"最近这儿附近每天晚上都有奇怪的人。不知道你问的具体是谁？"

麦克侧过身来，好让戴尔和哈伦也听到他的话。"刚才我在这边楼上，"他挥着手枪指了指谷仓上方的小窗，"我看见窗外有东西。有人。那个人看起来非常……非常奇怪。"

戴尔抬头望向暗沉沉的玻璃，不禁暗自想道，和米歇尔一起？他知道现在计较这个显得很蠢，但这个念头仍让他感到一阵刺痛。哈伦皱起眉头看了窗户一眼，随后重新望向麦克，似乎不太明白他为什么会跑到谷仓里去。戴尔意识到，刚才哈伦没看见麦克和米歇尔并肩走出阴影。

"我刚到一会儿。"科迪简短地回答，"我只是想带着别西卜和路西法过来看看，今年参加这场蠢派对的都有些什么人。"

哈伦上前两步，盯着那两条狗看了好一会儿："别西卜和路西法？"两条狗狺狺咆哮，八条腿不安地在地上转着圈。

"我还以为你搬走了，"戴尔说道，"你们家全都搬空了。"他差点儿说成"逃跑"，听科迪说话真的很容易被她传染。

女孩身上的布袋裙上下抖了抖，也许她耸了耸肩。大狗的注意力从吉姆那边转回了主人——女主人，管他呢——身上。"我爸跑了。"她的语调毫无起伏，"他受不了晚上那些鬼玩意儿。不管遇到什么事儿，他总是那么没用。我妈带着双胞胎，还有我姐姐莫琳和她那个一样没用的男朋友伯克，他们去投奔了橡树山的苏克表舅。"

"那你现在住哪儿？"麦克问道。

科迪瞪了他一眼，似乎想不通怎么有人以为她会蠢到回答这样的问题。"某个安全的地方。"她简短地说，"你为什么要拿那支玩具小手枪对着我？你把我也当成那些鬼玩意儿了吗？"

"晚上那些鬼玩意儿，"麦克跟着她重复了一遍，"你见过它们？"

科迪又从鼻子里哼了一声："不然你觉得我爸为什么要逃跑，我妈又是为什么要带着孩子抛弃那幢房子，啊？那些天杀的玩意儿几乎每天晚上都在我们那儿转悠，有时候就连白天也不消停。"

"你是说塔比？"戴尔的心脏抽紧了。苍白肿胀的尸体漂浮在幽暗的水面下，死气沉沉的眼睛像洋娃娃一样霍然睁开。

"除了塔比、那个当兵的家伙、一个死掉的女人，还有别的。孩子们都见过那几个鬼玩意儿，除了骨头没剩下多少东西。"

戴尔摇了摇头。科迪提起这些事情的时候如此平静，这让他忍不住想哈哈大笑，永远都别停。

麦克抬起左手，两条狗立即警觉地呜呜叫了起来。他放慢动作，拍了拍科迪的肩膀。女孩差点儿跳了起来。

"对不起，我们没能照看好你。"他说，"我们一直忙着自己调查，这几天大家除了跑腿就是战斗，实在抽不出空来。但我们还是应该多关照你一点。"

科迪的头往前一探，看起来真像犬科动物。"关照我？"她的声音十分古怪，"你在说什么，奥罗克？"

"你的猎枪呢？"哈伦问道。

科迪又哼了一声："狗比枪好，我明白。要是那些玩意儿敢再来找我，我就放狗出去。"出去。

麦克顺着巷子走向北边，大家都跟在他身后。孩子们的鞋和狗的爪子踩在煤渣地上，发出轻微的嘎吱声。斯塔夫尼家的前院传来一阵欢呼，但那声音听起来非常遥远。

"所以它们也想找你？"麦克问道。

科迪冲着黑漆漆的草丛吐了口唾沫："两天前的晚上，别西卜扯掉了曾经是塔比的那玩意儿大半条左胳膊。当时它想抓我。"

"在什么地方？"哈伦问道。他紧张地观察着小巷两侧阴暗的树丛和影影绰绰的庭院，头甩得像节拍器一样。

科迪没有回答。"你们想看看比窗外的鬼玩意儿更奇怪的东西吗？"她问道。

戴尔在脑子里默默回答"不用了，多谢你的好意"，但他一个字也没说。哈伦忙着左顾右盼，也没空说话。只有麦克开口问道："在哪儿？"

"不远。不过要是你们更愿意回去参加丝裤子小姐的派对，我也完全理解。"

戴尔突然想到，万一这个人不是科迪呢？说不定它们已经控制了她？但她看起来像是科迪，说话也像，闻起来更像。

"有多远？"麦克固执地追问。他的脚步已经停了下来。现在他们离斯塔夫尼家的谷仓大约有 30 码的距离，巷子里唯一的路灯远在几十英尺以外。远远近近的狗吠此起彼伏，但别西卜和路西法丝毫没有理会，这两条狗像贵族一样沉稳。

"老粮食合作社那边。"沉默了片刻之后，科迪终于答道。

戴尔扯了扯嘴角。废弃的运粮机离他们现在的位置不到四分之一英里：这条巷子出去就是卡顿路，然后向西穿过铁路，顺着长满野草的旧公路一直往下走就到了，那条公路曾是小镇和垃圾场之间的主干道。自从 20 世纪 50 年代初，蒙诺铁路停止为榆树港提供服务以后，铁路旁的运粮机就失去了用武之地，最后只能废弃。

"我不去那边。"哈伦断然拒绝，"别想，没门儿。"突如其来的响动惊得他回头望了一眼，不知谁家的后院里，一条个头和别西卜差不多的大狗正挣扎着试图摆脱绳子的束缚。

"那儿有什么东西？"麦克一边问，一边把手枪插进牛仔裤腰带。

科迪欲言又止，只是深深吸了口气。"看到你就知道了。"最后她说："我也不明白那是什么意思，但我知道，除非亲眼看见，不然我说什么你们都不会信。"

麦克回头望向斯塔夫尼派对上热闹的人群："我们需要光源。"

科迪从布袋裙的深兜里掏出一支装着四节电池的沉重金属手电筒。她揿下开关，一束强光立即照亮了头顶 40 英尺外的枝叶。她按熄了手电筒。

"走吧。"麦克说道。

戴尔跟着他们穿过路灯投下的黄色光晕，但哈伦迟迟没动。"我不去那边。"他又重复了一遍。

麦克耸耸肩："好啊，那你自己回去。你的枪我回头还你。"他、戴尔、科迪和两条狗继续向前走去。

哈伦小跑着追了上来："去你的，今晚你就得还我。"戴尔猜想，他只是不想独自穿过黑暗的半个街区回到派对上去。

走到小巷尽头，他们拐进了卡顿路，这条砾石公路没有路灯。北边的玉米地里沙沙的轻响似乎永不停歇，微风送来了夜里的庄稼生长的气味。星星格外明亮。

科迪和她的狗走在最前面，他们朝着西边的铁路和墨黑的树影一路前行。

这里的尸体都挂在钩子上。

从外面看上去，老运粮机仓库大门紧闭，沉重的挂锁和铁链都完好无损。但科迪用实际行动告诉他们，装在腐烂木框上的门闩只消轻轻一拔就会掉下来。

两条狗不肯进去。不管科迪怎么拉扯，它们只会呜咽着不停翻白眼。

"对付那些会走路的尸体，它们完全没问题，"科迪努力安抚两条狗，让它们守在门外，"但它们不喜欢这里。可能是因为这里的气味。"

戴尔也不喜欢这里的气味。宽阔的主粮仓长达25码，甚至30码，高度相当于三层楼，天花板下方是纵横交错的木梁和铁条，尸体就挂在其中一排横梁上。

科迪的手电筒照在那些被剥了皮的尸体上面，男孩们掀起T恤捂住口鼻，跟着她慢慢往前走，浓郁的恶臭熏得他们不断眨眼，蝇群飞舞的嗡嗡声不绝于耳。

第一眼看到这些皮肉早已腐烂，露出森森白骨的尸体时，戴尔还以为它们都是人类。然后他认出了一只绵羊，然后是一头小牛，它的后腿倒挂在梁上，大头朝下，脖子弯成一个不可思议的弧度，颈间长长的裂口像是个诡异的笑容，然后又是一只羊、一条大狗、一头更大的牛……对半劈开的50加仑油桶拼成的长水槽上方至少挂着20具尸体。

科迪走到一头牛的尸体下方，伸手摸了摸它几乎被割断的脖子。"看到了吗？我觉得他们先把这些动物倒挂起来，然后才割开了它们的喉咙。"她的手指在空中画了一条线，"血顺着脖子流下来，然后通过管子，汇入那边的排水沟，这样比较方便收集，不用把桶抬出去。"

"收集？"戴尔脱口问道，但他很快明白了她的意思。那些人利用这里的水槽把兽血转移到了外面的装卸站台上……然后呢？他们把这么多血送去了哪里？

突然间，腐尸的臭味、浓郁的血腥味和无数苍蝇高亢的嗡嗡声让戴尔觉得头晕目眩，恶心反胃。他踉跄着扑向最近的窗户，努力拨开久未润滑的窗闩，抬起一扇活动窗格，大口呼吸着外面的新鲜空气。窗外的树木黑黢黢的，生锈的铁轨反射着清冷的星光。

"你是什么时候发现这地方的？"麦克问科迪。他的语气平静得有些奇怪。

女孩耸耸肩，手电筒的光束划过横梁："有几天了。某天晚上，有个家伙惹了我的狗，我顺着血迹找到了这里。"

哈伦正试着把吊索的上半部分当成口罩，露在黑色绸带外面的脸一片煞白："你好几天前就发现了这些东西，却没有告诉任何人？"

科迪将手电筒晃向哈伦。"你觉得我应该告诉谁？"她平静地反问，"我们的校长？还是巴尼那个蠢货？或者太平绅士阁下？"

哈伦转头躲开强光："看在上帝的分儿上，那还不如谁都别说。"

科迪顺着悬挂的尸体向前走去，雪白的光束划过狰狞的肋骨和皮肉，随后又照亮了下方被鲜血浸透的锈蚀水槽。残留的血迹已经变成了黑色，看起来如糖浆般黏稠。水槽上停着密密麻麻的一层苍蝇，乍看之下就像金属在蠕动。"我告诉你了，不是吗？"科迪问道，"今天我在这儿看到了一样东西，所以我才决定必须告诉别人。"

女孩已经走到了这排尸体的尽头，现在她站在整个仓库的最里面。手电筒的光束再次移向头顶。

"我去他的老天爷啊！"哈伦情不自禁地往后跳了一步。

进入仓库大门以后，麦克握枪的手一直垂在身侧。现在他霍地举起手枪，趋步向前。

那个男人和其他动物一样倒挂在梁上。他的双腿被绳子牢牢捆在一起，挂在一根破旧的铁钩子上。乍看之下，这具尸体和其他牛羊没什么两样：浑身赤裸，苍白的皮肉凸显出一圈圈肋骨，喉咙被割开，伤口深到了极点。戴尔觉得他的脖子看起来像是大白鲨的嘴巴，裂口边缘参差不平的血肉和软骨正如鲨鱼嘴里的牙齿。男人的下颌糊满了污血，仿佛有人朝他泼了一桶又一桶红漆。

科迪走到水槽边上，手电筒的光束仍稳稳照着这具尸体。她伸手抓住男人的头发，一把扯过他的头颅。

"老天爷。"戴尔吸了口气。他感觉右腿不听话地开始发抖，他不得不伸手按住了自己的大腿。

"J.P. 康登，"麦克喃喃地说，"现在我明白你为什么不能告诉太平绅士了。"

科迪咕哝一声，放开男人的头发，那颗头颅自动荡回了原地。"他是新来的。"她说，"昨天还不在这里。你们过来看看。"

男孩们迟疑着往前走了几步，哈伦拉起吊索遮住了脸，麦克仍举着手里的枪，戴尔的腿软得都快瘫了。他们顺着水槽不情愿地往前挪步，就像流连在酒吧柜台前舍不得离去的男人。

"这里，看到了吗？"科迪再次抓住 J.P. 康登的头发，送到他们面前。手电筒的光束将男人的脸照得雪亮，铁钩上的绳子发出瘆人的吱呀声："看。"

男人的嘴张得很大，仿佛临死前正在声嘶力竭地喊叫。他的一只眼睛茫然地望着孩子们，但另一只几乎完全闭着。他的脸上糊着一条条从喉咙里流出来的残血，但除此以外还有别的。戴尔花了一分钟时间才看清楚。

前太平绅士的太阳穴上有好几处细小的伤口，头皮半吊在脑袋下面，就像一群印第安人曾经打算剥掉他的头皮，但中途又改了主意。

"肩膀上也有。"科迪提醒道。她的声音依然毫无起伏，但隐隐有些兴奋，戴尔觉得，迪格尔的老爸或者哪位病理学家干活儿的时候——解剖尸体或者给死者化妆——大概就是这副口气："看到肩膀这儿了吗？"

戴尔看到了。有贯穿的孔洞，也有长条状的伤痕。看起来就像有人用一把浑圆的利刃戳了他好几十下，虽然不够致命，却同样可怕。

麦克第一个反应过来。"这是霰弹枪留下的伤口。"他望向另外两个男孩，"他刚好擦到了弹幕边缘。"

戴尔迷惑了片刻，然后他突然明白了。营地遭到袭击的时候，有一个男人直接冲向了麦克藏身的哨位。于是麦克打响了他的松鼠枪。男人的帽子被打得飞了出去，他本人则滚进了草丛。

戴尔的胃里又是一阵翻腾，他奔回窗边，抓着覆满灰尘的窗台稳住自己的身体。苍蝇在他耳边嗡嗡飞舞……它们正在源源不断地透过窗缝飞进仓库。

科迪再次松开那具尸体："我只想知道，这到底是他们自己做的手脚，还是别的什么人跟他们干了一仗。"

"我们先出去。"麦克的声音突然有些发抖，"然后再慢慢说。"

戴尔望着窗外漆黑的树影不断深呼吸，他的眼睛刚刚适应了外面的黑暗，就在这时候，明亮的光线和巨大的声响骤然划破夜空。他吓得从窗边跳回仓库里，不小心绊倒在崎岖不平的木地板上，骨碌碌滚了好几圈。

麦克一把抢过科迪手里的手电筒按掉开关，然后立即单膝跪下，枪口平举。哈伦想要逃跑，却撞到了水槽，差点儿翻了进去，他的右臂深深按在干涸的血池里，好不容易才稳住了身体。一百万只苍蝇嗡地炸了群。

斑斓的彩光突然点亮了夜空，也照亮了仓库里的巨大空间。先是磷火般的白光，然后是鲜艳的红光，随后又转为绿光，半空中微微摇晃的尸体看上去像是生出了一层色彩艳丽的霉斑。突如其来的光明和响亮的爆炸声透过蒙尘的窗户和戴尔刚刚推开的窗缝挤进仓库，只有科迪·库克无动于衷。她只是眯起眼睛望向空中的彩光，一张圆脸皱成一团。大门外面，她的狗开始疯狂地吠叫。

"啊，活见鬼。"哈伦吐出一口气，在牛仔裤上擦了擦手。靴裂的血皮顺着粗糙的布料纷纷滑落，看起来只是一块块棕色的碎屑。外面的爆炸声愈发响亮密集。"天杀的，那只是米歇尔·斯塔夫尼家的烟花而已。"

男孩们齐齐松了口气。戴尔趴在地上，转头望向天花板下方的影子，悬在半空中的尸体忽而被烟花的光芒照亮，忽而又消失在黑暗之中。绿光和红光交相辉映，然后是纯粹的红色，他看到了赤裸的死肉、凸出的肋骨和割开的喉咙。蓝光接踵而来，蓝光和红光，白光，然后是无尽的红光……戴尔知道，眼前的景象他必将永生不忘，无论他多想抹掉这段记忆。

没有人再开口说话。他们默默离开仓库，将门闩和挂锁装回原位，沿着黑暗的公路走回镇上。

32

7月15日，星期五，天一直就没亮过。乌云低垂，哪怕是在白天，灰暗的天空也只比晚上略微亮了一点。尽管天色如此阴沉，但意料之中的暴风雨却迟迟没有到来，潮热的空气笼罩万物。

上午10点，男孩们聚集在凯文·格鲁姆班彻家前院的缓坡上，透过麦克的双筒望远镜盯着老中心学校，压低声音互相交谈。

"我还是想亲眼看看。"凯文说道。他的表情充满怀疑。

"那你自己去。"吉姆·哈伦回答，"反正我不去。这会儿那地方没准儿又多了几具尸体。搞不好你也会被挂在上头。"

"谁都别去。"麦克低声说道。他目不转睛地望着老学校里被木板封死的门窗。

"我想知道他们拿那些血去干吗了。"劳伦斯说。他趴在草坪上，头朝着坡底的方向，嘴里嚼着一片三叶草。

没人提出任何猜想。

"这不重要，"麦克说，"我们知道，它就藏在那里……那口钟……需要祭品。它以痛苦和恐惧为食。给他们读一读书上的那段话，就是你从阿什利-蒙塔古家弄来的那本书，戴尔。"

哈伦嗤之以鼻："明明是从阿什利-蒙塔古家偷来的书。"

"读吧，戴尔。"麦克没有放下望远镜。

戴尔翻着书页。"死亡是万物之冠，"他开始读道，"《律法之书》如是说。至高之爱等于93，718等于石碑666，卡巴拉天启如是说……"

"读一读别的。"麦克放下望远镜，打断了戴尔的话，眼里充满疲惫，"讲昭示之碑的那段。"

"这其实是一首诗。"戴尔说道。他拉了拉头顶的棒球帽，帽檐遮住了他的眼睛。

麦克点点头："就是那段。"

戴尔开始读了，他的语调抑扬顿挫，如音乐般富有韵律：

> "那块石碑是魔法师的父与母，
> 那块石碑是深渊的嘴与肛门，
> 那块石碑是奥西里斯的心与肝，
> 在那最后的昼夜平分点，
> 东方奥西里斯的宝座
> 将接过西方荷鲁斯的宝座，
> 剩下的日子屈指可数。
> 那块石碑需要牺牲，
> 蛋糕、香料、甲虫和
> 无辜者的鲜血；
> 那块石碑将向它的侍奉者
> 显圣。
> 在那最后的觉醒日，

那块石碑将从两种基本元素中

创生——土与气，

只有另外两种元素

能将它摧毁。

因为那块石碑是魔法师的父与母，

因为那块石碑是深渊的嘴与肛门。"

男孩们围坐成一圈，最后劳伦斯开口问道："'肛门'是什么意思？"

"说的可不就是你。"哈伦抢着回答。

"是一颗行星的名字，"戴尔告诉他，"你知道吧，和天王星差不多？"

劳伦斯点头表示明白。

"这段话里怎么说的来着？"哈伦问道，"能摧毁石碑的只有另外两种元素——哪两种？"

凯文双臂抱胸："希腊人和更早的古人相信，土、气、火和水是组成万物的基础。既然那玩意儿是土和气创造出来的，那能摧毁它的只有水和火。"

麦克从戴尔手里接过那本小书，仿佛打算从里面看出朵花儿来："根据戴尔和我的研究，这本书里只有这一个地方提到了昭示之碑。"

"而我们手里能证明这些事和那块石碑有关的线索只有杜安的笔记。"

麦克放下书："除了杜安还有他叔叔阿特。但他们俩都死了。"

凯文看了一眼手表："好吧，所以这对我们又有什么好处？"

麦克坐回原地："再跟我们说说你爸的运奶车。"

凯文的语调十分轻快，听起来倒有点像平时的戴尔。"那辆车上的罐子能装两千加仑牛奶，"他说，"牛奶罐是不锈钢做的。我爸每天早上都要开车出去，只有星期天才会休息……去奶牛场里收牛奶。他出门的时间很早，通常是凌晨 4 点 30 分左右。日常的收奶路线有两条，每隔一天轮换一次。除了把牛奶送去工厂以外，他还得取样、称重、检查牛奶的质量，实际上泵奶入库也归他管。

"我们家的运奶车配了一台每分钟能转 800 圈的离心泵，这个速度比电机驱动的正压进料泵快得多，那种泵每分钟大约只能转 400 圈。有了这台泵，老爸能以每分钟 75 加仑的速度把奶牛场的存货装到车上。离心泵需要 230 伏的电源才能工作，不过所有奶牛场都配了这种电源。

"运奶车的后车舱里放着他的取样盘和冷却液，离心泵也装在这个位置。泵奶的管子挂在卡车侧面的红格子里，看起来有点像救火车上的装备。

"有时候我会跟着他坐车出去，不过平时他要到下午 2 点才会回家。等他回来，我就有的忙了，为了赚点零用钱，我得擦洗牛奶罐、清理卡车、给车加油。"凯文停下来喘了口气。

"再给我们看看你家的加油泵。"麦克说道。

五个男孩走向房子北头。格鲁姆班彻先生在这里为他的运奶车搭了一间宽敞的铁皮棚子，铺着石子的回车道和加油泵夹在车库巨大的双开门和主屋之间。他们家的邻居拥有自己的加油泵，戴尔一直觉得这是一件很酷的事情。

"牛奶厂帮忙出了一部分安装费，"凯文介绍道，"凌晨和周末厄尼的加油站都不开门，他们也不想让我爸大老远地跑到橡树山去加油。"

"你再说说，"麦克问道，"埋在地下的油罐有多大容量？"

"1200 加仑。"小凯回答。

麦克搓搓下巴："还没有牛奶罐大。"

"是的。"

"泵上有锁。"麦克说。

凯文拍了拍油泵上的锁："没错，但我爸把钥匙放在书桌右边的抽屉里，那个抽屉没上锁。"

麦克点点头，等着他继续往下说。

"加油口的盖子嵌在那边的地面上。"凯文伸手指了指，"上面也有锁，但钥匙和油泵的钥匙串在一起。"

男孩们沉默了片刻。麦克来回踱步，他的运动鞋踩在石子车道上，发出细碎的嘎吱声。"那我们就这么定了。"但他的声音听起来毫无自信。

"为什么一定要等到星期天上午？"戴尔问道，"明天不行吗……星期六一早？或者今天？"

麦克挠挠头发："凯文他爸只有星期天不出车。这几天下午事情太多。我们得把时间安排在上午，最好是太阳刚刚出来的时候。除非你们想晚上动手。"

戴尔、小凯、劳伦斯和哈伦互相看了一眼，谁也没提出异议。

"另外，"麦克继续说道，"星期天感觉……呃，正好。"他环顾一圈，就像小队长正在检阅自己的部属，"到时候我们什么都准备好了。"

哈伦打了个响指："你倒是提醒了我，我给大家准备了一个惊喜。"他领着伙伴们绕过车库，他的自行车胡乱扔在前院草坪里，龙头上挂着一个购物袋。哈伦从袋子里取出两只对讲机。"你说要是有这玩意儿就好了。"他得意扬扬地对着麦克说道。

"哇哦，"麦克接过一台机器，按下开关，嗞嗞的静电声立即响了起来，"你是怎么从斯珀林手里把这玩意儿弄来的？"

哈伦耸耸肩："昨晚我又回了斯塔夫尼家一趟。大家都在外面吃蛋糕。斯珀林把对讲机留在了某张桌子上。要我说的话，自己的东西不好好看着，那就是不想要了。况且我只是借来用用而已。"

"啊哈。"麦克不置可否。他打开对讲机背面的盖子，检查里面的电池。

"今天上午我刚换过。"哈伦说道，"这玩意儿隔着1英里效果也很不错。今早我叫我妈帮忙试过。"

凯文抬起一条眉毛："你是怎么跟她说的？"

哈伦笑了："我说这是斯塔夫尼家派对门票抽奖的礼品。你知道的，有钱人嘛，盛大的派对总有值钱的奖品。"

"我们试试嘛。"劳伦斯抢过一台对讲机，跳到自行车上。一分钟后，他已经顺着第二大道离开了大家的视线。

男孩们躺在草坪上。"基地呼叫红色漫游者，"麦克对着麦克风喊道，"你在哪里？完毕。"

劳伦斯的声音又尖又细，中间夹杂着嗞嗞的静电声，但还算能听清："我刚经过超市门口。我能看见你妈妈正在超市里干活儿，麦克。"

哈伦抢过对讲机："要说'完毕'，完毕。"

"完毕，完毕？"劳伦斯困惑地重复。

"不对，"哈伦不耐烦地说，"只说一遍就好。"

"为什么？"

"说完话以后你得说一句'完毕'，我们才知道你说完了。完毕。"

"完毕。"劳伦斯喘着粗气回答。显然他正在努力蹬脚踏板。

"不对，蠢货，"哈伦纠正道，"你得先说几句别的，然后再说'完毕'。"

"喂，哈伦，你是个猪头。完毕。"

麦克取回对讲机："你现在在哪儿？"

劳伦斯的声音比刚才更小。"刚过公园，正沿着布罗德大道往南。"沉默了片刻之后，"完毕。"

"这就差不多有1英里了。"麦克说，"很好。你可以回来了，红色漫游者。"他望向哈伦，"10比4。"

"噢，天杀的！"对讲机里传来男孩微弱的声音。

戴尔一把抢过机器："见鬼，不准说脏话。怎么了？"

劳伦斯的声音很小，不过听起来更像男孩自己压低了声音，而不是距离太远影响了信号："喂……我刚刚发现了那辆收尸车。"

他们只花了二十多分钟时间就在几个可乐瓶子里灌满了汽油。戴尔还找来了几块破布。

"泵上的读数怎么办？"麦克说，"你爸会记录罐子里的油还剩下多少吗？"

凯文点点头："但加油的活儿基本都是我干的，所以记录也由我负责。少了这么点油，他不会发现的。"但凯文看起来并不高兴。

"好吧。"麦克回答。他蹲下身子，在格鲁姆班彻家车棚后的地面上写写画画，戴尔和劳伦斯小心翼翼地把装满汽油的可乐瓶子放进小凯提供的格子牛奶箱。"计划是这样的。"麦克先画了一条主街，又画出了向南经过公园的布罗德大道，然后捏着小树枝大致画出了阿什利－蒙塔古废宅的环形车道。"你确定那辆卡车就停在这里？"他问劳伦斯，"而且你看到的确实是那辆收尸车？"

劳伦斯看起来很不服气："我当然确定。"

"它就停在那片树丛里？废墟后面的旧果园？"

"没错，而且车上盖着一层树枝和网子，还有别的乱七八糟的东西。有点像那些当兵的干的，那叫什么来着？"

"伪装。"戴尔补充道。

劳伦斯拼命点头。

"好吧，"麦克说道，"现在我们知道它的位置了。从某种古怪的角度来说，这也很合理。问题在于，我们真的全体一致同意，今天就动手对付它吗？"

"我们已经投过票了。"哈伦提醒道。

"没错，"麦克承认，"但你知道这事儿有多冒险。"

凯文蹲下来抓了满满一把石子和泥巴，任由它们从指间簌簌漏下去："我觉得放着那辆卡车不管更危险。等到星期天我们开始执行计划的时候，它随时可能出现，到时候更麻烦。"

"藏在地下的那些东西也随时可能出现，"麦克提醒，"不管它们到底是什么。"

凯文的表情若有所思："你说得对，可我们现在没法对付它们。但要是能除掉那辆卡车，就能为我们的计划减少一个重要的变数。"

"除此以外，"戴尔低声说道，他的声音像钢板一样平坦，"范·锡克和那辆天杀的卡车曾经试图杀死杜安。杜安出事的时候，它也很可能在场。"

麦克用画图的细枝挠了挠自己的额头："好吧，我们投过票了，大家都同意。现在该动手了。问题在于地点和人员：该派谁去当诱饵，剩下的人又在哪儿等。"

四个男孩凑得更近了，他们开始仔细端详麦克画的小镇草图。

哈伦伸出完好的右手指了指图上代表阿什利-蒙塔古废宅的点："我们不能就地动手吗？反正那幢房子早就烧得差不多了。"

麦克伸出树枝把那小洞戳得更深了一点："如果车里没人，这倒是没问题。但要是它真的动起来了呢？"

"我们可以原地周旋。"哈伦说。

"是吗？"麦克的灰眼睛死死盯着他，"那地方前面长满了树，后面又是果园，我们真能把它干掉？要是它……追上来了该怎么办？我们带的东西可不少。另外，那幢废宅就在镇子边上，离消防站大约只有一个街区。消防站每天都有值班的志愿者，门口总有几个人站着聊天儿。"

"那你说该去哪儿？"戴尔反问，"我们还得考虑派谁去当诱饵。"

麦克咬了一会儿大拇指指甲："嗯，那个地方一定得够隐秘，范·锡克才有胆子动手。但又得离镇子够近，要是计划出了问题，我们还能及时跑回来。"

"黑树酒馆？"凯文提议。

戴尔和麦克同时坚定地摇了摇头。

"太远了。"麦克说。昨天早上和厄运擦肩而过的记忆显然还深深刻在他的脑子里。

劳伦斯伸出手指顺着第一大道继续往北画了条线，然后在这条路与朱比利县公路交叉口的西侧画了个圈。"水塔怎么样？"他说，"我们可以穿过球场，一路跑到这边的树林里。要回来也很容易。"

麦克点点头，想了一分钟，又摇了摇头。"这边的掩护太少了。"他说，"要回到镇上，我们必须穿过开阔的球场，这时候很容易被卡车追上……它可比我们跑得快多了。"

男孩们眉头紧皱，盯着地上的草图冥思苦想。头顶乌云低垂，空气潮湿得像要滴水。

"要不我们试试往西走，"哈伦说道，"去山庄大厅那边？"

"不行，"麦克再次否决，"要去山庄大厅，充当诱饵的人必须走哈德路，那条路没有路肩，他肯定会被卡车追上。另外我们也没法骑车回来，只能步行穿过新教公墓后面的农田。"

"我可不想靠近墓园。"戴尔表示。

哈伦叹了口气，搓了搓脸："活见鬼，那就只剩下一个主意了，就是照我最开始说的那样，直接在废宅里动手。看来我们别无选择。"

"等等。"麦克说道。他顺着布罗德大道向北画了一条直通卡顿路的直线，然后将卡顿路向西延长两个街区，又画了两条代表铁路的平行线："运粮机那边怎么样？那里很偏，谁都不会留意……离镇子也不远，诱饵完全有可能顺利跑到。"

"那是他们的地盘。"想到要回到那个鬼地方去，戴尔情不自禁地打了个冷战。

麦克点点头，他的灰眼睛闪闪发亮，朋友们都很清楚，这说明他真的很喜欢现在这个主意。"没错，但这只会增长他们的自信，让他们觉得能够轻松拿下我们，所以他们肯定会全力追杀诱饵。另外，我们有好几条撤退路线可供选择。"他挥着短短的树枝迅速画了几条线，"这是铁路东侧的土路，这是卡顿路，还有废弃的垃圾场路。就算我们被迫弃车，至少还有铁路和树林可以提供一点掩护。"

"那辆卡车完全可以翻过铁路，"凯文的声音毫无起伏，"它的轴距够长，不会被铁轨卡住。"

"但肯定会很颠。"哈伦表示反对。

凯文耸耸肩："追杀杜安的时候，它直接撞倒围栏冲进了玉米地。"

麦克紧紧盯着地图，似乎这样就能逼迫自己想出一个更好的计划："那你们有更好的主意吗？"

谁也没有说话。

麦克擦掉地上的草图："就这样吧，四个人提前过去做准备，留一个人当诱饵。这活儿归我。"

劳伦斯立刻摇头。"不行，"8岁男孩斩钉截铁地说，"那辆车是我发现的。我来当诱饵。"

"别犯傻了。"麦克断然拒绝，"你那辆小车轮子只有17英寸，连轮椅都不一定跑得过。"

劳伦斯的手紧紧握成了拳头："随你挑哪天，奥罗克，看看我能不能跑过你那辆破车。我还会前轮离地呢。"

麦克叹了口气，摇了摇头。

"他说得对，"戴尔一边说一边深感讶异，这些话竟然真是他自己说出来的，"你的车不够快，麦克。不过劳伦斯也不该去……"他伸出手指点了点弟弟，"应该让我去。我的车最新，另外运粮机那边更需要你。你的指挥能力比我强多啦。"

麦克想了很久。"好吧。"最后他说，"但要是你在废宅那边没看见人，就赶紧通过对讲机报告，我们马上就赶过来。明白了吗？我们可以就地动手，不用担心离消防站太近。"

哈伦举起一只手，就像他们还在课堂上一样。"我觉得应该让我去。"他平稳的声音微微有些发抖，嘴唇也很苍白，"你们俩指挥能力都不错，诱饵的活儿可能最适合我。"

凯文不屑地嗤了一声。"一只手的家伙还想当诱饵，"他说，"你最好跟其他人一块儿过去等着。"

麦克似乎被逗乐了："你就不想主动当一回英雄吗，小凯？"

凯文·格鲁姆班彻面无表情地摇了摇头："星期天我有的是机会当英雄。"

"如果我们能撑到星期天的话。"戴尔喃喃地说。

"等等，"哈伦表示，"我们要带枪吗？"

麦克想了想："带上吧。但只有情况紧急的时候才能开枪。运粮机离镇子不远，说不定有人会听到枪声，然后报告给巴尼。"

"第五大道或者卡顿路附近的住户只会觉得有人在垃圾场里打老鼠。"戴尔说道。

"也许吧。"麦克环顾几位朋友，"我们这就动手？"

抢着开口说话的还是劳伦斯："好啊，但还是我来当诱饵。要是戴尔愿意的话，他可以跟我一起，但那辆车是我发现的，现在也得由我过去查看。谁都别争。"

哈伦冷笑一声："要是我们不听你的呢，小鬼？回去跟你妈告状，说我们欺负你？还是你自个儿气鼓鼓的，把自己的脸憋青？"

劳伦斯双臂抱胸，盯着几个大男孩，懒洋洋地笑了起来。

33

戴尔和劳伦斯骑着自行车穿过主街，在公园西边停车场的石子地里停了下来。戴尔将对讲机的挂带套在头上，按下通话键。兄弟俩给了麦克、小凯和哈伦十五分钟时间，让他们提前做好准备。

"红色漫游者呼叫德累斯顿基地。我们已经到达公园，完毕。"将另一个小组命名为"德累斯顿基地"，这是小凯的主意——"二战"期间，他爸在陆军航空队里当过领航员。

"收到，红色漫游者。"麦克模糊的声音里夹杂着嘶嘶的静电音，"我们这边已经就位。"

劳伦斯已经准备出发了，小男孩身体前倾，整个人几乎趴在车把上，笑得像个傻瓜一样。但戴尔不打算现在就开始行动。"麦克，"不知不觉间，他已经放弃了无线电通信代号，"他们会看到我们的对讲机。"

"没错，但也没办法。别让查克·斯珀林或者迪格尔看见就行。"

戴尔回头望了一眼，这才发现麦克只是在开玩笑而已。很好笑吗？

"红色漫游者？"

"嗯？"

"通话的时候尽量别让卡车里的人看见。平时就把对讲机搭在背后，也许他们不会注意到这个小东西。"

"收到。"戴尔回答。现在他真希望身边有支手枪。他们决定把戴尔的萨维奇叠排猎枪留在家里，但德累斯顿基地带了个帆布旅行袋，里面装着哈伦的点 38、小凯老爸的点 45 和麦克外婆的松鼠枪。戴尔和劳伦斯只有对讲机和他们的自行车。

"出发吧。"戴尔说道。他把对讲机甩到身后，沿着布罗德大道向南骑去，劳伦斯和他并肩而行，小男孩的自行车比哥哥的小一号。前面就是斯珀林家所在的街口，戴尔转头瞥了弟弟一眼："要是我们不让你去的话，你真打算找妈妈告状？"

劳伦斯笑了："当然……车是我找到的。从某个角度来说，那辆卡车是我的。谁也别想撇开我。"

"你必须乖乖照我说的做，一个字也不能错，不然的话，没准儿下一具躺进车厢的尸体就是你。听懂了吗？"

他的弟弟耸了耸肩。

他们在阿什利废宅的环形车道入口外停了下来。"这里看不见那辆车，"劳伦斯低声说道，"我们得绕到房子后面。"

"稍等一下。"戴尔将对讲机拽到身前，他的膀胱正在不断发送紧急信号，出发前他真该回家上个厕所，"德累斯顿基地，准备进入。完毕。"对面传来三声回应，麦克收到了他们的报告。

"我们正沿着车道往里走。"兄弟俩的速度很慢，为了躲开路边疯长的枝条和荆棘，他们尽量骑在路中间。戴尔突然停下自行车，躲到一棵树后面，劳伦斯忙不迭地跟了上去："德累斯顿基地，德累斯顿基地……这里是红色漫游者。"

"请讲，红色漫游者。"

"我看到它了。就在小家伙刚才说的地方。"

劳伦斯不满地拍了一下哥哥的胳膊。

"通话键保持开启，"麦克叮嘱，"让对讲机挂在胸前。试试这样我们能不能听见你说话。"

戴尔松开手里的机器。"测试。"他说。他感觉嘴里干得厉害，膀胱却满得快要溢出来了："一，二，三……"他重新抓住那个灰色的塑料盒子。

"没问题，红色漫游者，我能听见你说话。想让我们听见的时候，你把声音放大一点就好。我们这边已经准备好了，戴尔。你们呢？"

"嗯。"戴尔感觉自己的身体绷到了极限，握着车把的左手紧了又松，松了又紧。

"记住，"对讲机里传来麦克沙哑的声音，"不要冒险。这么个大白天，我想他们不敢在镇子里公然干出什么事情。要是被他切断了后路，你们就赶紧找家商店或者别的什么地方躲进去。明白？"

"嗯。"

"就算卡车没有反应，也不要靠得太近。"麦克还在唠叨，虽然这些事早就商量好了，"我们去公园碰头。别在那附近逗留。"

"收到。"戴尔回答。他松开对讲机。"我们出发吧。"他大声说道。

兄弟俩的自行车驶过最后一段车道，进入废墟北边的窄路，劳伦斯的位置比哥哥稍微靠前一点。收尸车外面盖着一张旧网和一堆树枝，不留意的话你可能完全看不见它。红色的卡车静静停在一长排生锈的棚子和温室之间，温室的玻璃早就碎得不成样子，金属窗格也锈迹斑斑。不知情的路人恐怕会以为那辆卡车只是废宅里另一件无人问津的遗物。

戴尔打心底里盼望，事情真是这样。

他们的自行车停在一座被烟熏得漆黑的砖塔旁边，这原来应该是壁炉的烟囱。整片废墟早已被野草和荆棘占领，支离破碎的椽子从幽暗的地下室里探出头来。一台装饰华美的水泵仍安装在曾经的后阳台上：传说曾经有人把狗扔进那口井里淹死。

阴郁的天光下，收尸车看起来红得刺眼，但车里一点动静也没有。车窗玻璃倒映着灰蒙蒙的天空。

劳伦斯跳下自行车，转头望向哥哥。戴尔回头看了一眼，确定身后的车道畅通无阻，然后他才开口说道："动手吧。"

这里到处都是松散的石块；车道上曾经铺了一层鹅卵石。劳伦斯掷出的第一块拳头大小的石头准确命中了 40 英尺外那辆卡车的引擎盖，第二块石头砸到了挡泥板。

"现在还没动静。"戴尔大声喊道，好让对讲机那头的伙伴听见。他的第一次攻击落了空。第二块石头又落在了车外的旧网和树枝上。现在他们已经闻到了动物腐尸浓郁的恶臭。

劳伦斯的第三块石头击中了两块挡风玻璃之间的金属隔条，第四块石头砸破了卡车右边的大灯。但卡车始终毫无反应，周围也没有任何响动。

戴尔正准备停手，劳伦斯刚说到"我觉得车里应该没……"，就在这时候，收尸车的启动机微微一响，引擎开始咆哮，伴随着一阵低沉的呜咽，整辆车颤抖着从树林里冲了出来，高耸的车厢冲破了脆弱的伪装，盖在车上的旧网和树枝四下飞散。

"跑！"戴尔大喊一声，扔下石头跳上自行车。他的左脚没踩到踏板，整个人几乎趴在了前梁上，卵蛋差点儿被挤碎的疼痛让他恨不得蜷起身子倒在草地上躺一个小时，但他还是控制自己找回了平衡。戴尔完全站了起来，他俯低脑袋抬起屁股，疯狂地踩着脚踏板，骑在前面3码外的劳伦斯一直没有回头。兄弟俩顺着荆棘拱卫的车道向外狂奔，身后的收尸车离他们的背影还不到50英尺，震耳欲聋的咆哮和令人作呕的恶臭如潮水般扑向两个男孩的脚踝。

"打火机给我。"麦克对哈伦说。他们趴在运粮机铁皮屋顶上方褪色的合作社标志后面，离下面的装卸站台大约有15英尺。隔着狭窄的车道，凯文趴在对面的仓库房顶上。带打火机的任务交给了哈伦，去卡顿路碰头之前，他特地摸了摸口袋，确定自己真的带了。

可是现在，哈伦摸遍了全身的衣兜，惊恐地瞪大了眼睛："我想我忘了……"

麦克一把抓住哈伦的上衣，几乎把他从滚烫的铁皮屋顶上拎了起来："别闹，吉姆。"

哈伦变戏法似的掏出了五个打火机，每一个都装满了火油。哈伦的老爸喜欢搜集打火机，这些小玩意儿已经在他们家的某个抽屉底下躺了三年。

麦克扔了两个打火机给对面的凯文，又在自己兜里装了一个，然后重新回到标牌后面。就在这时候，对讲机嗞嗞响了起来，戴尔的声音喊道："它正在追我们！"

收尸车的速度快得超乎他们的预期，猩红的卡车顺着车道扑向两个男孩，变速箱粗嘎的摩擦声响得刺耳。虽然男孩们领先了半个街区，但按照眼下的情况，恐怕还没到主街他们就会被追上。左边宽阔的庭院通往镇外的铁路路堤和玉米地，右边斯珀林家所在的街道是一条死胡同。

戴尔已经追上了劳伦斯，现在他比弟弟还要领先一点；他回过头去，看见收尸车红色驾驶室前那几根生锈的金属隔条离自己越来越近。戴尔向右拐了个弯闯进舞台公园，自行车的后挡泥板抖得哐哐直响。两个男孩一左一右掠过战争纪念碑，在公园的长凳间穿梭。他们从公园咖啡馆旁边斜插出去，冲上咖啡馆和卡尔家酒馆门前的人行道。

戴尔眉头紧皱，上半身几乎趴在车把上，双肘高高抬起。现在的情况完全偏离了计划。他们本该引诱卡车顺着布罗德大道开向北面，但是现在，那辆车一个急刹，让过一辆向东行驶的半挂卡车，随后转上主街，逼着他们骑向东边。

"快！"戴尔冲着弟弟大喊一声，自行车从18英寸高的马路牙子上冲了出去。与此同时，劳伦斯也跟着哥哥离开了人行道，两辆自行车横穿马路，强行别住了一辆向西而行的旅行车，司机的喇叭按得震天响。现在在他们已经蹿到了街道北面，虽然还是只能继续骑向东边，但前面不远处就是第三大道和主街的交叉口。

身后的收尸车离他们只有半个街区，而且卡车的速度至少有30迈。透过挡风玻璃，戴尔看见车里的人影微微一动，卡车车轮偏了一下，直接开上了街道的中心线。不管开车的是范·锡克还是别的什么人，现在他根本不在乎被人看到，戴尔暗忖。他打算就在这儿把我们活活撞死。

戴尔冲着弟弟喊了句什么，兄弟俩往左边又靠了一点，他们的胳膊已经擦到了威斯克斯医生家门前低矮的树篱，自行车的橡胶轮胎在凹凸不平的人行道上颠簸跳动。人行道和第三大道之间有一条排水沟，如果自行车轮胎陷进了沟里，收尸车马上就会追上来。

但他们没有。戴尔给劳伦斯让出了一点位置，两辆自行车双双插入第三大道西侧的人行道，现在他们终于开始朝着北边飞驰。自行车呼啸着掠过人行道的时候，一个拄着拐杖的老头儿——戴尔觉得那应该是塞勒斯·惠塔克——不满地冲着他们嚷嚷了几句。

收尸车向北拐进第三大道。

再过一个街区，他们就将经过罗恩博士租住的公寓，老中心学校也将进入视野。这两个地方戴尔一个都不想看到，但与此同时，他根不得直接穿过校园躲回德宝街对面的家里。看到有人开着卡车追杀他们，妈妈肯定会打电话通知巴尼或者警长……

戴尔冲着劳伦斯喊了一句，小男孩向左拐进教堂街，准备绕回布罗德大道。卡车已经开到了他们身后 60 英尺外的街口，不过为了避让一辆路过的皮卡，它不得不放慢了速度。

戴尔重新冲到了前面，他回到人行道上，顺着布罗德大道向北掠过图书馆和一幢用木板封起来的灰泥房子。这里曾经是伊瓦茨休闲娱乐宫。他们差不多已经骑到了达比特太太门前，就在这时候，戴尔回头望了一眼，却发现那辆卡车已经从视线中消失了。刚才他似乎没看见它跟着他们向西拐进教堂街。

"糟糕！"戴尔惊呼一声，自行车在布罗德大道上几乎转了个180 度的大弯。劳伦斯在他身边停了下来，兄弟俩顺着宽阔的大道向南望去，盼着卡车猩红的驾驶室从教堂前面探出头来。

就在这时候，收尸车像只猫一样鬼鬼祟祟地从他们身后 25 英尺外的巷子里钻了出来，庞大的车身冲破了老肥特院子北侧那排低矮的连翘。

劳伦斯第一个动了起来，自行车箭一般射向街道西侧的马路牙子，轻盈地拐进邮局北面的小巷。戴尔紧跟在他身后，同时没忘了冲着挂在胸前的对讲机大声报告他们现在的位置。不过就算麦克或者其他人做出了回答，戴尔也肯定听不见。

收尸车穿过布罗德大道顺着小巷加速追了上来，它的保险杠离戴尔的后轮还不到30英尺。男孩们的身体偏向左侧，劳伦斯的自行车却歪向了右边。等到小男孩重重踩下左边踏板，灵巧的车身又猛地晃了回来。他喘着粗气，向左插进安戴尔太太的后院，俯身让过一根晾衣绳，轮胎在女主人的菜园里留下了两道车辙，飞溅的煤渣还没落地，小男孩早已顺着门前的车道冲向了教堂街。

我们终于甩掉了那辆卡车，戴尔想道，但现在我们只能一路往南。这方向不对。

那辆卡车并没有被他们甩掉。现在它已经拐弯追了上来，两只后轮将安戴尔太太的庭院和菜园碾得一塌糊涂。车头一路撞开了四根晾衣绳，卡车从车道上冲出来的时候，驾驶室外面还挂着床单和印花裙子。

戴尔和劳伦斯双双向西拐进教堂街，两个男孩都在脚踏板上站了起来，屁股撅得比脑袋还高。咆哮的收尸车在他们身后紧追不舍。戴尔回过头瞥了一眼，车头仅剩的一盏大灯已经亮了起来。

就在他们到达圣马拉奇教堂之前，戴尔率先冲向左边，钻进一幢房子和车库之间。小巷的宽度还不到4英尺，自行车呼啸着从一位女士和她坐在戏水池里的宝宝身边掠过。直到兄弟俩骑出去了很远，拴在院子里的杜宾犬才迟钝地叫了起来。离开小巷以后，他们再次转而向东，戴尔瞥见西边半个街区外，那辆卡车正沿着平行于铁路路堤的窄路飞驰。

两个男孩顺着第五大道骑向北边的德宝街，现在他们俩都喘着粗气，戴尔能感觉到，最初的恐惧激发的能量正在退去，他的双腿变得越来越沉重。我们离目的地只有不到一半的路程了。

骑到德宝街和第五大道交叉口的时候，收尸车差点儿就追上了他们。

戴尔看见红色的车身尖啸着拐过仓库附近的街角，于是他当机立断，向右横穿马路，钻进了斯塔夫尼家背后那条南北向的小巷。星期四晚上，麦克就是在这里看到了他那位神父朋友。要是那家伙突然冒出来，一把抓住我的龙头，那我该怎么办？

戴尔强行按下突如其来的软弱，回头看了看劳伦斯。小男孩的脸涨得通红，一头短发湿得像是刚从水里捞出来的一样。他仿佛感觉到了哥哥的目光，抬起头来，冲着戴尔咧嘴一笑。

收尸车紧跟着他们钻进小巷，变速箱骤然提高了挡位，车斗的高帮毫不留情地擦过路边的枝条和灌木。小巷两侧的看家狗叫得震天响。

兄弟俩穿过最后一户人家的后院拐进卡顿路，戴尔大声向对讲机报告他们现在的位置，目的地已经越来越近了。

他们以 30 迈的速度穿过铁路，自行车飞了足足 15 英尺远，后轮终于重重砸在狭窄的小路上，激起一片陈年的灰尘。收尸车紧追不舍，偏僻的环境和周围的树林似乎滋长了司机的勇气。

一幅画面突然从戴尔的脑海里蹦了出来：大兵或者其他某个怪物钻出树林，挡住了狭窄的小路，怪物的嘴颤抖着越伸越长，就像麦克说过的那样……他更用力地踩动踏板，大声招呼劳伦斯快点，快点，再快一点。

他们绕了个圈子，骑向南边废弃的运粮机和淹没在荒草丛中的仓库。戴尔回头看了一眼，却发现收尸车在车道入口处停了下来……刹那间，戴尔恍惚觉得那辆车像是一条正在疯狂嗅探的巨大的红色野狗，它知道猎物已经被逼到了墙角，却仍不肯放松警惕。

劳伦斯按照计划冲在前面，自行车从运粮机和绵延的仓库之间掠过，房顶的标牌早已退去了颜色。这条狭窄的车道原本是给运粮的卡车称重、装卸用的，它的宽度足以容纳收尸车。差不多刚好。

但那辆卡车没有跟上来。

戴尔在称重车道前面猛地捏住了刹车，现在他一条腿支地，另一条腿搭在自行车前梁上；男孩一边喘着粗气，一边望向20码外的卡车。万一范·锡克有枪呢？

　　引擎重新咆哮起来。货物的气味扑面而来，戴尔看到了一条条僵硬的腿，车厢里似乎躺着几头牛，还有一匹马，兽尸的四肢顺着米白色的车帮直愣愣地指向天空，透过挡风玻璃的反光，他甚至隐约看到了司机长满体毛的通红的胳膊……但收尸车还是停在原地没动。

　　难道是在等帮手？那辆天杀的车上有对讲机吗？范·锡克会不会呼叫罗恩或者其他人？

　　戴尔跳下自行车，扶着车把站在原地。虽然背后一点声音都没有，但他能感觉到朋友们无声的呐喊。如果他们还在那儿的话。没准儿他们已经遭遇了不测——说不定跑在前面的劳伦斯也掉进了陷阱——现在只剩下我深陷重围。

　　他面朝卡车站在原地，庞大的车身微微颤抖，离合似乎已经踩到了底，但刹车踏板始终没有松开。

　　戴尔抬起右臂，冲着那位看不见的司机比了个中指。

　　收尸车动了起来，轮胎下方猛地腾起一片灰雾，石砾和尘埃四下飞溅。

　　戴尔来不及重新跳回车上。他把自行车往路边一推，转身就跑。男孩径直冲进运粮机和仓库之间，帆布鞋在地秤腐烂的木板上敲出空洞的声响。戴尔还没跑到车道尽头，收尸车就咆哮着冲到了他身后。

　　打火机一下子就打燃了，腾起的火苗引燃了浸得透湿的破布，麦克站起身来，将装着12盎司壳牌汽油的可乐瓶子扔向卡车驾驶室顶棚。看到车厢里的东西，他微微愣了一下，结果瓶子错过了驾驶室，直接掉进了车厢：收尸车的车厢里不仅有动物的尸体，还有其他东西——人形的东西——而且它们看起来像是从老坟里挖出来的一样，浑身上下沾满棕褐色的泥土，就连破烂的衣衫和身上的皮肉都是棕色的，只有骨头白得瘆人。

麦克率先动手，一秒钟后，哈伦扔出了第二个瓶子。随后他们看见凯文从仓库屋顶上站了起来，把第三个可乐瓶甩了出去。

麦克的鸡尾酒燃烧瓶在卡车车厢里砰地炸开，点燃了一头肿胀的牛尸，火苗舔舐着一匹马干瘪的血肉，又引燃了几具人类尸体身上的破衣烂衫。哈伦的瓶子砸中了驾驶室后厢板，汽油哗啦啦地洒了出来，但不知为何没有点燃。小凯的可乐瓶在驾驶室左前挡泥板上爆成了一团火球。

跑到仓库尽头，戴尔顺着墙角向左急转，结果险些迎头撞上跨在车上的劳伦斯。小男孩似乎正打算沿着逼仄的车道往回骑，但窄巷里的收尸车已经开始爆燃，车斗里的货物全都烧了起来，卡车左前轮向外甩出一团团火球和熔化的橡胶。

麦克和哈伦从旅行袋里掏出下一个瓶子，奔向铁皮屋顶边缘。男孩们举着打火机凑到引火的布条上，现在他们一点也不担心被下面的司机看见。

收尸车在合作社铺满石子和灰尘的后车道上嘎吱一声停了下来，车身不受控制地转了个圈子。它被困住了。西边是废弃的铁路轨道和7英尺高的铁栏杆，陈年的废料沿着小溪边缘堆了足足15英尺高。南面的树林像一堵墙一样封死了正面所有去路。而在东边的仓库外面，一条6英尺深的混凝土排水沟隔开了合作社的院子和铁路路堤。

收尸车加速驶向排水沟，有那么一秒钟，麦克觉得它肯定是想强行冲过去。但在最后关头，司机猛地踩了一脚刹车，车身向左急转，原地掉了个头。两个右后轮疯狂地空转了片刻，男孩们还没反应过来，卡车已经再次咆哮着冲向戴尔和劳伦斯。

"快躲开！"麦克、哈伦和凯文同声喊道，但下面的两个男孩根本不需要他们的提醒。劳伦斯的自行车歪歪扭扭地冲上仓库装卸站台的斜坡，一秒钟后，戴尔也迈开大步追了上来。两个男孩消失在凯文所在的屋顶下面，剩下三个男孩站在原地，燃烧瓶和打火机仍握在手中。很快卡车又转了回来，挡泥板和轮胎上的火苗正在渐渐熄灭。

收尸车的左前挡泥板还在冒烟，但庞大的车身毫不犹豫地撞向麦克和哈伦脚下的第一根支撑柱，直到这时候，麦克终于明白了范·锡克的意图。对面的装卸站台太高，卡车根本爬不上去，但这边的屋顶全靠三根平行于地秤的柱子支撑，现在它们成了卡车的目标。

哈伦大声喊了句什么，两个男孩刚刚点燃布条扔出燃烧瓶，他们脚下的屋顶就哗啦啦地塌了下去。褐色的标牌砸向车道上的地秤，麦克的旅行袋和对讲机都飞了起来，南侧的屋顶率先开始坍塌，升腾的尘雾罩住了两个男孩和周围的所有东西。

哈伦的燃烧瓶在卡车的顶棚外轰然炸开。一秒钟后，凯文掷出的第二个瓶子击中了驾驶室后厢，引燃了刚才洒在那里的汽油。凯文奔向仓库门廊前方，准备投掷第三个瓶子。

收尸车咆哮着往车道的方向退了几步，似乎准备铆足力气撞向哈伦和麦克，两个男孩躺在铁皮屋顶倒塌后的废墟和尘埃中，似乎已经完全蒙了。卡车车轮轧轧碾过破碎的铁皮和木头，一寸寸压平扭曲变形的屋顶。麦克呆滞地望着眼前的庞然大物，它看起来就像一台所向披靡的推土机。几根破碎的支撑柱深深嵌在水泥地基里，挡住了卡车的去路。

屋顶上塌下来的碎砖又堵住了后面的车道。

麦克跟跄着爬了起来，他一手拖起哈伦，另一只手夹着旅行袋，跌跌撞撞地奔向装卸站台。猩红的卡车还在废墟中徒劳地前后挪动，试图退到前面的车道上。

透过收尸车左侧碎了一半的挡风玻璃，麦克瞥见了驾驶室里正在往外伸的枪架和肌肉发达的胳膊，就在这时候，戴尔和劳伦斯出现在仓库站台前面。"趴下！"麦克声嘶力竭地喊道。

戴尔一把将弟弟从自行车上拽了下来，闪身躲进一堆木托盘后面，与此同时，男孩们听到了两声步枪的脆响，然后是第三声。木托盘上方蒙尘的窗户被打得粉碎，玻璃碴哗啦啦地撒向躲在木堆后的两个男孩头顶。

刚才屋顶坍塌的时候，麦克的打火机早已不见踪影，但他又从兜里掏出另一个打火机点燃了浸透汽油的布条，奋力将瓶子砸向30英尺外的卡车挡风玻璃。燃烧瓶提前落地，骨碌碌滚到驾驶室下方，然后突然炸开，升腾的火苗舔舐着上方的引擎和两个前轮。步枪的枪管透过破碎的挡风玻璃探了出来，麦克一把推开哈伦，伴随着两声清脆的枪响，仓库护角条的木屑四下飞溅。

凯文将一个瓶子掷向卡车右侧的踏脚板，另一个瓶子直接滚进了车斗里燃烧的尸堆。

收尸车后退几步，掉头沿着车道冲了出去，开到车道尽头的时候，它向左转了个弯，拖着熊熊火焰驶向远离镇子的那一边。

"我们赢了！"哈伦激动得大喊大叫，上蹿下跳。

"别高兴得太早。"麦克拖着沉重的旅行袋奔向运粮机后方，他的自行车就藏在那里。直到这时候，他才发现卡车引燃了运粮机的木头零件和一部分倒塌的屋顶，火势已经蔓延到了仓库外面，堆在库房里的陈年锯末和旧木头烧起来比汽油快得多。

戴尔也冲到车道前面，取回了自己的自行车。虽然收尸车在这儿来来回回转了好几圈，但他的自行车却奇迹般地毫发无损。他扳直龙头，飞跑着跳到车上。劳伦斯加速超过了哥哥，他急着去追那辆卡车，虽然他们现在手无寸铁。麦克和哈伦从后面追了上来，他们身旁那架运粮机已经烧到了第二层。

"走树林里抄近路！"麦克一边招呼大家，一边向左转弯扎进了林木之间。这条杂草丛生的小路是通往垃圾场路的捷径。他猜测收尸车开到垃圾场路以后会向左转，顺着铁轨绕回镇上。可是当他们呼啸着冲出草丛回到狭窄的石子车道上，却发现卡车就在前面100码外，颠簸着驶向北边的垃圾场，车身上的火苗和黑烟还在呼呼地往外蹿。

男孩们低头猛踩踏板，他们从来没有骑得这样快过。自行车跳跃着碾过双排车道上的坑洼和石块。

麦克冲在最前面。就在他快要追上收尸车的时候，狭窄的公路骤然变得开阔起来，库克家和另一户穷人就住在垃圾场外的这片空地上，但是现在，两个窝棚似乎都空无一人。

麦克反手从旅行袋里抽出一个燃烧瓶，握着瓶子的左手勉强稳住车把，另一只手摸索着掏出打火机，现在他的自行车几乎已经和卡车平行了。

步枪枪管从司机那侧的窗户里伸了出来。

麦克慌忙捏紧刹车，自行车猛地一顿，立即被卡车甩下了一截。他们一前一后地向右转弯，拐进垃圾场外最后的100码公路。戴尔、劳伦斯、凯文和哈伦排成一列追了上来。

有那么一个瞬间，麦克瞥见了卡尔·范·锡克那张马脸。尽管驾驶室里浓烟滚滚，火苗到处乱蹿，守门人的脸上却挂着疯子般的笑容。步枪再次探出头来，麦克径直把点燃的可乐瓶塞进了副驾驶座旁边的窗户。

剩下的半扇挡风玻璃在爆炸中应声而碎，扑面而来的热浪逼得麦克放慢速度，退到卡车后方；车斗里的景象吓得他差点儿把车骑进了路边的沟里。

爆燃的甲烷和腐败产生的其他气体将那具牛尸——或者马尸，或者两者都有份儿——炸得支离破碎，燃烧的尸块飞向公路两侧的树林，犹如一场壮观的火雨。

但真正让麦克惊得目瞪口呆的还不是这个。

熊熊燃烧的火焰中，那几具棕色的、腐烂的、曾经是人类的尸体正在挣扎扭动。这些从坟墓里被刨出来的居民似乎很想重新站起来，但能为它们支撑身体的肌肉、韧带和骨头已被烈火吞噬。棕色的东西在车厢里辗转挣扎，最终颓然倒在彼此怀中，整座尸堆都开始烧了起来。

燃烧的卡车毫不减速地冲进了垃圾场的两扇木头大门。伴着枪声般的脆响，木板门被径直撞开，庞大的卡车颠簸着碾过填埋场的沟槽和低矮的垃圾堆，五辆自行车在它身后紧追不舍。

收尸车穿过堆积如山的废弃物、旧轮胎、弹簧乱蹦的沙发、锈迹斑斑的福特T型车和正在腐烂的有机垃圾，最后歪歪扭扭地向左转了个弯，在一道断崖边缘停了下来，前面就是深达40英尺的填埋坑。男孩们在后面30英尺外捏紧刹车，等待着卡车掉头再次冲过来。

但它没有。火焰已经包围了整个驾驶室，而且还在向内侵蚀。车斗两侧的厢板烧成了两道平行的火墙。

"这么一把火烧下来，什么东西都得玩儿完。"凯文低声说道。但眼前的一幕惊得他张大了嘴巴。

仿佛听到了他的话似的，靠近男孩这一侧的驾驶室车门被推开了，卡尔·范·锡克从火焰中钻了出来，熏得焦黑的连身衣还在冒烟，他的脸上沾满了煤灰和汗水，粗壮的胳膊涨得通红。但他脸上挂着灿烂的笑容，嘴角几乎咧到了耳朵下面，那双大手里握着一支狙击步枪。

五个男孩环顾四周，不约而同地抬起腿踩上了踏板，但他们离最近的掩护——左侧的玉米地——足有六七十英尺。身后的垃圾场大门和树林更是远在100码外。

"下车！"麦克大喊一声，将自行车往身前一推，连滚带爬地奔向填埋场里低矮的垃圾堆。

其他四个男孩急忙俯身趴下，挪向身旁正在腐烂的轮胎和生锈的鼓——任何能提供掩护的东西。哈伦已经抽出他的点38手枪，却没有开火。这支短管手枪打不了那么远。

范·锡克往前走了两步，举起步枪瞄准麦克·奥罗克的脸。

就在这片混乱之中，一个小小的身影牵着两条狗悄然出现在最高的垃圾堆上面。现在她松开了绳子，一声令下："咬他！"出乎意料的是，她的声音听起来异常柔和。

范·锡克转头望向左边，跑在前面的杜宾犬别西卜离他已经只有 20 英尺了。看门人慌忙掉转枪口开火，但棕色的巨犬已经和身扑了上来，它的前爪按住了他的胸膛，一人一狗齐齐跌进了正在燃烧的卡车驾驶室。另一条名叫路西法的大狗也及时赶了上来，它咆哮着扑向范·锡克乱蹬的双腿。

麦克从旅行袋里掏出姆姆的松鼠枪，眼角的余光瞥见凯文也从腰带里掏出了他爸的点 45，五个男孩义无反顾地冲了下去，科迪还在顺着垃圾堆的斜坡往下滑。

范·锡克的一条腿钩住了车门上的窗户，看门人猛地一收腿，半开的门砰地合上，将他和狗都关在了驾驶室里。科迪和麦克冲上前去，但就在这个瞬间，卡车下方的油箱被引燃了，一朵蘑菇形的火焰腾空而起，足足蹿了 8 英尺高。麦克和科迪只觉得身体一轻，下一秒钟，两个人都被翻腾的气浪甩了出去，混血德牧路西法被熏得漆黑的身体啪地掉在他们脚边，大狗发出呜呜的哀嚎。别西卜还被关在驾驶室里。戴尔和劳伦斯拼命拽着麦克和科迪的衣服，把他们拖了回去。孩子们远远望向熊熊燃烧的卡车，那两个黑色的身影还在翻滚扭动的橙红火焰中厮打挣扎。

然后黑影的动作慢慢停了下来，卡车还在燃烧，周围充斥着橡胶熔化的恶臭和另一些更糟糕的气味。

现在六个孩子站立的位置离卡车差不多有 100 英尺，蒸腾的热浪逼得他们不断后退。他们抬手捂住泪汪汪的眼睛，却还是忍不住透过指缝紧盯那团火焰。树林那头传来了急促的警笛声，听起来大概在运粮机附近，另一道警笛正沿着垃圾场路呼啸而来。

科迪还在抱着路西法抽泣，混血德牧浑身上下的毛几乎都被烧光了。"你们终于找到了我藏身的地方，是吧？"科迪一边啜泣一边质问，"就不能让我一个人好好待着吗？"

哈伦刚想开口抗议说，看在上帝的分儿上，他们根本不知道她住在这儿，但麦克抬手按住了他的胸口。麦克问道："这里有别的路吗？我们得趁着救火车赶来之前离开。"

科迪指了指玉米地的方向："你们如果顺着铁路回去，肯定会被人看见，不过要是从米汉家的地里穿过去，只要走半英里左右就能插到橡树山路上，那个位置离山庄大厅只有四分之一英里。你们可以直接回到哈德路上。"

麦克点点头，在脑子里迅速画了幅地图。男孩们快步奔向铁丝网，先把自行车扔到对面，然后自己也爬了上去。"你不跟我们一起走吗？"戴尔冲着科迪喊道。

警笛声越来越近。女孩正在奋力爬向垃圾山顶端，她仍抱着那条大狗，身上的裙子沾满了泥巴和煤灰。"不了。你们走吧。"她转头冲着收尸车烧成的巨大火堆吐了口唾沫，"至少那个王八蛋已经死了。"女孩的身影消失在废弃物和旧轮胎堆成的小山之间。

男孩们刚拖着自行车钻进玉米地，第一辆救火车就带着几辆皮卡冲进了垃圾场破碎的大门。

推着自行车在 7 英尺高的玉米地里走上半英里并不容易，脚下的泥土软塌塌的，玉米秆之间的缝隙只有 9 英寸，但他们还是做到了。

五个男孩终于拐进了橡树山路，自行车转而向南掠过废弃的山庄大厅，麦克和戴尔在这里参加过童子军的集会。直到这时候，他们仍能远远望见东北边垃圾场里升腾的浓烟。

34

星期五晚上，太阳刚刚下山，麦克坐在姆姆床前的椅子上打盹儿。就在这时候，姐姐玛格丽特走进来告诉他，卡瓦诺神父正在门口。

男孩们花了差不多一个小时才从垃圾场回到家里。路过哈伦家的时候，他们停下来用花园里的水管互相浇了个透，流水冲走了衣服上沾染的橡胶和腐肉燃烧的臭味。麦克的眉毛被最后一次爆炸烧得精光，他无奈地耸了耸肩，表示自己也没办法，但哈伦把他带进没人的屋子，用妈妈的眉笔重新给麦克画了两道眉毛。凯文试图取笑吉姆的化妆技术，但谁都没有开玩笑的心情。

垃圾场的胜利带来的欢欣逐渐平息，上午发生的一系列事情开始沉甸甸地压在男孩们心上。每个人都情不自禁地开始发抖——包括劳伦斯在内——回家路上，凯文钻进草丛吐了两次。

一路上他们看见不少轿车和卡车络绎不绝地驶向运粮机和垃圾场，但这丝毫无助于缓解他们的紧张。在这个漫长的下午，那幅令人战栗的画面始终萦绕在男孩们心头：男人和狗在熊熊燃烧的卡车驾驶室里翻滚扭打，人和动物痛苦的吼叫混在一起，难分彼此，还有那皮肉燃烧的气味……

"要不我们还是别等了，"哈伦咬着苍白的嘴唇提议，"我们不如今天下午就去把学校烧掉。"

"不行。"凯文表示反对，男孩突然变得青白的脸色衬得他脸上的雀斑格外明显，"星期五我爸起码要等到6点以后才会把车开回来。他得去牛奶厂盘库。"

"那我们就等到晚上再动手。"哈伦毫不动摇。

麦克正对着吉姆家厨房水槽上方的镜子看个没完，挤眉弄眼地扭动新画上去的眉毛。"你们真打算在夜里发起行动？"他说。

想到这一点，男孩们陷入了沉默。

"那就明天。"哈伦不屈不挠，"明天白天。"

凯文已经把父亲的点45制式自动手枪拆开摆在厨房桌上，开始清理上油。现在他抬起头来，一只手捏着空弹夹，另一只手拈起一根小弹簧："明天我爸也得出门收奶，差不多4点才会回来。我得等到他回来以后才能清洗罐子，给车加油。"

哈伦猛地一拍桌子："去他妈的牛奶车。要不我们还是用今天的法子，那玩意儿叫什么来着？"

"燃烧瓶。"麦克还在照镜子。随后他转头问道："你们知道老中心学校的石墙有多厚吗？"

"至少1英尺。"戴尔回答。他软绵绵地瘫在桌边，累得连杯子都拿不起来。他扭了扭脚趾，湿漉漉的运动鞋发出嘎嘎吱吱的水声。

"两英尺可能更准确一点，"麦克纠正道，"那个鬼地方简直就是一座堡垒，用的砖块和石头比木头还多。而且现在所有窗户都被封了起来，我们必须钻进教学楼里面扔燃烧瓶才有可能成功将它引燃。虽然那是白天，但你真想这样做吗，钻进教学楼？"

没有人回答。

"我们还是等到星期天早上，"麦克一屁股坐在哈伦家的橱柜台面上，"天刚开始放亮，但早弥撒还没开始，那时候最合适。还是照原来商量的那样，用牛奶罐和水管。"

"那还要等两个晚上。"劳伦斯低声嘀咕。其实大家心里想的都是这个。

阴暗的白天渐渐褪成了阴暗的黄昏，微风吹散了空气中浓重的湿意，麦克坐在姆姆床前迷迷糊糊地睡了过去。今晚他的父亲要上最后一个夜班，母亲因为偏头痛早早上了床。凯瑟琳和邦妮在厨房的黄铜浴缸里洗完了澡，这会儿已经上楼准备睡觉了。玛丽出门约会去了，佩格在前面的房间里翻着一本杂志，就在这时候，门廊上响起了敲门声，麦克在睡梦中不安地扭了下身子。

佩格倚在门框上，眉头紧皱："麦克，卡瓦诺神父来了。他说他必须跟你谈谈，有要紧的事。"

麦克猛地惊醒过来，他紧紧抓住椅子扶手，这才稳住了自己的身体。姆姆双眼紧闭，但他仍能看见老人喉咙下方微弱的搏动。"卡瓦诺神父？"有那么一秒钟，他的脑子乱成了一团，难道这些天发生的所有事情只是一场噩梦？"卡神父？"麦克又问了一遍，这才从震惊中慢慢清醒过来，"他……他跟你说话了？"

佩格做了个鬼脸："他说的话我不是告诉你了吗？"

麦克慌张地转头四顾。松鼠枪就藏在他脚边的旅行袋里，除此以外，袋子里还装着一支水枪、两个没用完的燃烧瓶和一片用干净的亚麻布裹着的圣体。窗台上放着一个装满圣水的瓶子，旁边搁着姆姆的小首饰盒，盒子里装着另一片圣餐。

"你没请他进……"麦克刚开口就被打断了。

"他说他就在门廊上等着。"姐姐回答，"你这是怎么了？"

"卡神父生了病。"麦克望向窗外的院子和公路对面的田野。天已经黑了，就在他睡着的时候，最后一缕暮光已经消逝。

"所以你是怕传染？"佩格的声音里充满轻蔑。

"他看起来怎么样？"麦克一边问，一边走向姆姆的卧室门口。站在这里，他可以看到起居室里的台灯，却看不见前门廊的纱门。除了推销员以外，没人会走前门。

"看起来怎么样？"佩格咬着自己的指甲，"我觉得有点苍白。门廊上的灯坏了，外面挺黑的。听着，你是不是想让我出去告诉他，妈妈今天头疼？"

"不用，"麦克一把拽住姐姐，粗暴地把她拉进姆姆的房间，"你留在这儿看着姆姆，不管听见什么都别出来。"

"迈克尔——"他的姐姐提高了声音。

"我是认真的。"麦克严肃地说，就连当姐姐的也无法抗拒这样的口气。他把佩格推到椅子里坐下："我回来之前，你绝对不能离开这里。听懂了吗？"

佩格搓了搓自己的胳膊，声音微微有些发抖："嗯。可是……"

可是麦克已经一把捞起水枪插进了腰带，然后放下 T 恤盖住枪柄。他将裹在亚麻布里的圣体放在姆姆床头，独自走出门去。

"你好啊，迈克尔。"卡瓦诺神父说道，他坐在门廊尽头的柳条椅上，伸手冲着门廊上的秋千挥了挥，"过来吧……请坐。"

麦克关上背后的纱门，但他没有挪步，因为卡瓦诺神父现在的位置夹在秋千和前门之间，他如果真的坐到秋千上，根本没法阻挡对方进门。

它不是卡瓦诺神父！

它看起来的确像是卡神父，身上也穿着神父的黑外套，戴着教士领。门廊上唯一的光线来自窗帘后的台灯，虽然卡神父脸色惨白，几乎算得上憔悴，但这张脸上却完全没有麦克昨晚见过的伤痕。他就那样吊在米歇尔家的车库窗外。被什么吊着？

"我以为你生了病。"麦克的声音绷得很紧。

"我的病已经好了，迈克尔。"神父微微一笑，"我从来没有这么好过。"

麦克觉得自己脖子后面的汗毛都竖了起来，他听到的的确是神父本人的声音。它的语气和腔调都像是真的卡神父，但与此同时，这声音听起来总有点不对劲，就像有人将录着神父声音的磁带塞进眼前这个人的肚子，然后通过他喉咙深处的喇叭放出来的一样。

"你走吧。"麦克低声说道。之前他把对讲机交给了戴尔，另一个也被哈伦拿走了。以圣处女和所有圣徒的名义发誓，现在他真的很后悔。这会儿他正用得着那玩意儿。

卡瓦诺神父摇了摇头："不行，迈克尔，我们必须……达成某种谅解。"

麦克咬着嘴唇，什么也没说。他回头瞥了一眼姆姆窗外的前庭，黄色的灯光透过窗格在空旷的草坪上投出方形的光斑。

卡瓦诺神父叹了口气，挪到门廊秋千上，拍了拍空出来的柳条椅："过来坐下吧，迈克尔，我的朋友，我们必须谈谈。"

"你说。"麦克挪了两步，但他的脊背仍紧贴着房子的墙壁，尽量靠近那扇亮着灯的窗户。公路对面的玉米地犹如一道黑墙，几只萤火虫在门廊后方的花园里一闪一闪地眨着眼睛。

卡神父——它不是卡神父！——伸出苍白的双手做了个手势。麦克从来没注意过，神父的手指竟然这么修长。"很好，迈克尔……我这次前来，是想为你和你那几位小朋友提供一个……我们应该怎么说呢？一个停战的机会。"

"什么样的机会？"麦克问道。他感觉自己的舌头僵得转不过弯来，就像打了麻醉剂一样。

天已经很黑了，神父的黑衣融化在幽暗的背景中，只有他的手、脸和白色的领圈还反射着幽幽的光线。"这个机会也许能让你们活下来，"他的声调毫无起伏，"也许。"

麦克嗤了一声，听起来像是在笑："我们为什么要停战？你们的老伙计范·锡克落了个什么下场，今天你们想必已经看见了。"

悬浮在秋千上的那张脸咧嘴笑了起来，如果石子儿在旧葫芦里摩擦的声音也能算笑声的话。"迈克尔，迈克尔，"他柔声说道，"你们今天的行动毫无意义。我们的老伙计，按照你的叫法，他本来就……啊……应该在今晚退休。"

麦克握紧了拳头："退休？就像 C.J.康登家的老头儿那样？"

"完全正确，"这种声音来自神父皮囊的胸腔深处，"他的使命已经告一段落。现在他有……啊……别的用途。"

麦克倾身向前："看在上帝的分儿上，你到底是谁？"

又是一阵石子儿的摩擦声："迈克尔，迈克尔……世上的任何语言都无法解释你眼下遭遇的复杂状况。试图解释这一切无异于向猫狗传授教义问答。"

"你先说说，"麦克低声催促，"看我能不能听懂。"

"不必了。"苍白的脸庞断然拒绝了他的请求，它死气沉沉的声音毫无闲聊的打算，"如果你和你的朋友愿意接受这个机会，那么你们也许能活到秋天。你知道这么多就够了。"

麦克觉得自己的心脏咚咚敲击着胸腔。他突然觉得双腿发软，整个人只能倚在墙上，摆出一副满不在乎的表情和姿势。几年前刚刚当上祭坛助手的时候，他协助哈里森神父做了一次大弥撒。在台阶上跪了二十五分钟以后，他差点儿晕过去。当时的感觉就和现在很像，麦克感觉血液突突地冲击着自己的鼓膜。不，不行，你必须坚持，集中精神。

"你说了好几次'我们'，'我们'到底是谁？"麦克惊讶地听到，自己的声音竟然如此强势，"几具尸体再加上一口钟？"

白脸来回晃动。"迈克尔，迈克尔……"神父站起身来，朝他迈出了一步。

麦克不动声色地往左边瞥了一眼，体形酷似大兵的黑影从公路对面的玉米地里钻了出来，它正在滑向姆姆窗外的庭院。

"叫他停下来！"麦克大喊一声，掏出腰间的水枪。

卡瓦诺神父的脸笑了。他打了个响指，30英尺外的椴树下面，大兵的身影猛地顿住了。卡神父的笑容继续扩大，露出惨白的后槽牙，它的嘴角还在继续往上提，让人担心这张脸随时可能裂成两半，而上下两个部分的脸庞像是用铰链连起来的一样。透过这张不可思议的大嘴，麦克看到了许多牙齿。一圈又一圈白牙排在它的口腔内侧，仿佛一直伸到了食管里。

看起来像是卡瓦诺神父的怪物还在继续说话，但它的嘴完全没动，声音仿佛直接来自它的腹腔："现在就投降吧，你们这群狗娘养的爬虫，否则我们必将撕开你们的胸腔，掏出你们的心脏。我们会咬掉你们的卵蛋，将它赏给我们的奴才。我们会挖出你们的眼珠，农场里那个被撕碎的可怜虫就是你们的前车之鉴……"

"杜安。"麦克喃喃说道。他的呼吸突然停滞了一下，然后勉强恢复过来。他感觉自己的脖子和肚皮绷得很紧，庭院的阴影中，大兵再次滑向姆姆的窗户。

"啊，没错，"卡瓦诺神父嘶声说道，他朝着麦克又迈出了一步，修长的手指抬了起来。他的脸正在……融化，麦克清晰地看到，他的皮肤下面的血肉开始流动，软骨和骨头重组成形，长长的鼻子和下颌揉成一团，凸出的长吻和麦克在墓园里见过的大兵一模一样。他们在那里杀死了卡神父。

他还没看见那群棕色的虫子，但神父的脸正在变成漏斗的形状，看上去越来越不像人。它再次向前迈出一步，利爪般的双手举在空中。

"去你的！"麦克高喊一声，抽出腰间的水枪扣下扳机。

披着卡瓦诺神父皮囊的怪物似乎愣了一秒，然后它退后一步，大笑起来，粗嘎的笑声听起来像是牙齿正在啃噬石板。而在麦克身后，大兵已经滑到房子边缘，离开了他的视线。

麦克稳稳举起水枪，第二股圣水喷向怪物的脸。圣水不可能没用……他不相信。

五年级老师施莱弗斯太太给他们做过一个实验，她本来打算用滴管从烧杯里取几滴盐酸，滴到新鲜的橙子上看看。但老太太不小心打翻了烧杯，橙子和桌上的厚毛毡都被浇了个透。

现在卡瓦诺神父的脸和衣服就像当时那块毛毡一样哗哗烧了起来。麦克眼睁睁看着长吻苍白的皮肉迅速萎缩卷曲，就像怪物脸上的皮肤被圣水吃掉了似的。男人左边的眼睑开始消失，透过捂着眼睛的手指，赤裸的眼球恶狠狠地瞪着麦克，蚕食的哗哗声尚未停歇。怪物的黑衣和教士领被烧出了一串大洞，烂肉的恶臭一股股地往外蹿。

卡瓦诺神父尖叫起来，惨厉的叫声和几小时前科迪的那条狗一模一样；它低下扭曲变形的头颅，不管不顾地撞向男孩。

麦克跳到一边，继续朝它喷洒圣水，伴随着越来越急促的咝咝声，升腾的白烟越来越浓。屋子里传来佩格、邦妮和凯瑟琳的尖叫，他隐隐听见母亲在后面的卧室里喊着什么。

"待在里面别出来！"麦克一边大声叮嘱，一边跳向草坪。

大兵正在撕扯麦克刚刚修好的窗框，矮小的身影扑向亮着灯的窗户，扭曲的手指抓挠着窗台上的木框。

麦克冲上前去，将最后一点圣水挤进了它的脖子后面。

大兵没有尖叫。一股恶臭腾空而起，比收尸车燃烧的气味还要糟糕。黑乎乎的人影侧身跌倒在窗外花坛的软泥里，大兵的身子蜷成一团，挣扎着爬向院子外面黑漆漆的灌木。

麦克转过身来，正好看见卡瓦诺神父的身影从门廊上一跃而起，猛地朝他扑来。男孩蹲身躲开神父长长的胳膊，随手将打空的水枪扔进灌木丛，伸手抓住了窗台上姆姆的小首饰盒。

越过巨浪般翻涌的窗帘，他看见佩格站在姆姆卧室门口，双手紧紧捂着嘴巴。"麦克，这是……"

卡瓦诺神父修长的手指抓住麦克的肩膀，将他拖进椴树的树荫。披着神父皮囊的高个子怪物紧紧抓着麦克，仿佛要将他拥入怀中。

麦克闻到了它脸上的恶臭，酸蚀的疤痕将这张脸切割得支离破碎，他能感觉到，翻卷的皮肉和长吻下方，有什么东西正在翻涌蠕动。卡神父探身向前，口鼻部的软骨在麦克头顶不断颤动。

没时间再观望了。麦克打开盒盖，将一大块圣餐按进了怪物脸上那张恐怖的嘴巴，他清晰地看见，漏斗般的长吻里面，棕色的虫子正在向外涌动。

麦克曾目睹C.J.康登用一支12口径的霰弹枪打爆了8英尺外的西瓜。

现在他眼前的情景比那还要可怕。

怪物的口鼻部和脸庞骤然炸开，崩裂的惨白皮肉四下飞溅，碎裂的肉块扑簌簌拍打着椴树的枝叶。一声凄厉的惨叫响彻夜空，这次麦克听清楚了，声音来自它的腹腔深处。怪物踉跄着往后退去，扭曲的手指捂着残余的脸庞，麦克放下了手里的圣体。

草地上到处是翻滚蠕动的棕色虫子，长度足足有6英寸，散落的圣餐碎屑发出幽幽的蓝绿色光晕，麦克不由自主地退开几步。伴随着咝咝的轻响，卡瓦诺神父溅落的皮肉碎块迅速萎缩消失，就像被盐撒过的蜗牛。

卧室里传来佩格的尖叫。麦克蹒跚走向前门廊，看见妈妈已经冲到了门口。她的眼睛因为偏头痛熬得通红，太阳穴上还敷着毛巾。母子俩远远望着卡瓦诺神父的身影跌跌撞撞地退到了第一大道上，它的手仍捂着受伤的脸，那张脸还在不断发出可怕的咝咝声，听起来就像一只沸腾得快要炸开的水壶。

"麦克，这是……"他的母亲强忍着痛苦开口问道，她努力眨着眼睛，试图看清眼前的一切，就在这时候，汽车的大灯照亮了刚从椴树下面冲出去的那个人影。

通过第一大道进入镇子的汽车很少减速，虽然路口前方100英尺外就挂着一块限速35迈的标志，但在开到南边三个街区外的哈德路之前，大部分车辆仍保持着45迈，甚至50迈的速度。这辆皮卡的速度可能有60迈，甚至更快。

卡神父蹒跚的脚步正好挡住了它的去路，神父痛苦地弯着腰，手捂在脸上，原本高挑的个子几乎折成了两半。听到刺耳的刹车声，它在最后的瞬间放下了捂脸的双手。

皮卡的进气格栅不偏不倚地撞上了神父的脸，它的身体消失在卡车下方，又被拖出去了足足130英尺。屋里传来佩格的尖叫，麦克的母亲一把搂住儿子，仿佛不想让他看到这可怕的一幕。

等到他和母亲相互搀扶着走出去查看的时候，萨默塞特、米勒和迈耶斯家的人已经闻声冲了出来，一两个街区外，巴尼破天荒地拉响了警笛飞速赶来。看到轮胎下面神父残破的尸体，皮卡司机无力地跪倒在人行道上，双手捂着脸不停念叨："我没看见他……他一下子冲了出来。"

震惊和恐惧麻木了麦克的感官，但他还是慢慢认出了司机的脸。那是麦克布莱德先生，杜安的父亲。男人靠在皮卡车侧面的踏板上，开始低声啜泣。

麦克离开嘁嘁议论的人群，转身走向自家门廊。他狠狠咬着拇指下方的手掌，生怕一松口自己就会忍不住大哭或者大笑出声，再也停不下来。

35

7月16日，星期六，天黑得不像是仲夏时节的伊利诺伊州。橡树山的路灯由光电感应器自动控制，清晨5点30分，路灯开始熄灭，可是到了7点50分，它们又重新亮了起来。低低压在树梢的乌云看起来仿佛凝固了一般。榆树港的路灯没有自动开关，老式的电子计时器装在银行旁边的配电箱里，虽然天色越来越暗，而不是越来越亮，但谁也没想起来要把路灯重新打开。

上午9点整，迈耶斯先生准时打开了主街上的日杂店，结果惊讶地发现，四个男孩——斯图尔特家的两兄弟、肯·格鲁姆班彻的儿子凯文，还有另一个脖子上挂着吊索的男孩——早已等在门口。他们想买水枪，一人三支。男孩们琢磨了好几分钟，他们都想挑性能最可靠、储水罐最大的水枪。迈耶斯先生觉得十分奇怪，不过在他看来，20世纪60年代这个勇敢的新世界里就没有不奇怪的东西。三十多年前他刚刚开店的时候，一切都还井井有条，小镇上每天都有火车经过，人人都懂什么样的举止才算文明。

到了 9 点 30 分，男孩们终于心满意足地离开了。他们把刚买来的水枪装进袋子，骑着自行车一溜烟跑了，连再见都没说一声。迈耶斯先生吼叫着批评他们不该把自行车停在人行道上，这样会挡住走路的人，而且也违反了城市管理条例，但男孩们早就沿着布罗德大道跑得连影子都看不见了。

迈耶斯先生折回店里，开始清点高高的旧货架上落满灰尘的存货，偶尔抬头望望街道对面的公园，冲着天上的乌云皱一皱眉。一小时后，他决定停下来歇一会儿，去公园咖啡馆喝杯咖啡，路边书报亭里的几个老头儿正聊着龙卷风的事儿。

这个星期六，麦克被叫去问了好几次话：先是巴尼，然后是县警长，就连高速公路巡逻队都找到了他头上，那两位巡警开着一辆很长的棕色轿车。

麦克试着想了想警长和巴尼面临的谜题。杜安·麦克布莱德和他叔叔死得莫名其妙；穆恩太太倒可以算是自然死亡，但她那群宝贝猫咪却惨遭屠杀；太平绅士的尸体被烧得面目全非，不过还勉强能辨认出来，出现在废弃的运粮机里，根据县验尸官的报告，他的喉咙几乎被割成了两截；与此同时，范·锡克和康登共同拥有的收尸车也被烧得精光，人们从驾驶室里拖出了卡尔·范·锡克的尸体，这位才是真的被烧得面目全非，但警方还是通过金门牙确认了他的身份；除此以外，驾驶室里还有一具来历不明的狗尸。

镇上的流言已经拼凑出了这桩谋杀案背后的动机：康登和范·锡克向来狼狈为奸，利用各种骗局获利，看来这对搭档发生了内讧，残忍的谋杀在所难免。范·锡克显然是想一把火烧掉运粮机毁尸灭迹，结果不小心把汽油洒在了自己车上。他本想一走了之，却不敢把着火的卡车留在现场，于是他冒险开车逃亡，没想到油箱发生了爆炸……

到了星期六中午，镇民们已经为所有疑点找到了圆满的解释，只有那条狗的来历依然成谜。范·锡克讨厌狗，他从来不让这种动物近身，更别说在自己车上养一条。没过多久惠塔克太太就在教堂街的贝蒂美容院里宣布了她的最新研究成果——J.P.康登家那条巨大的看家狗已经失踪了好几个星期。现在看来，它显然是被坏坏子卡尔·范·锡克偷走或者拐走了，这条狗的所有权大概也是引发内讧的导火索之一。

榆树港已经几十年没出过正经谋杀案了。震惊之余，大家都隐隐有些兴奋。尤其是考虑到，杀死穆恩太太家猫咪的嫌犯显然也有了着落。

不过大家还没想好，该怎么把卡瓦诺神父的意外死亡嵌进这幅拼图。麦考夫迪太太告诉萨默塞特太太，后者又打电话转告了斯珀林太太，说那位神父的精神状态一直不太稳定，爱拿自己的职业开玩笑。常在教堂打杂的米汉太太还补充说，神父平时开的那辆林肯水星轿车是从橡树山的主教教区借来的，他还给它起了个"教皇专车"的外号。路德宗妇女辅助会的马赫太太在卫理公会的集市上告诉米汉太太，卡瓦诺神父有家族精神病史，他是苏格兰裔爱尔兰人，人人都知道这样的血统意味着什么，而且众所周知，这位年轻的神父之所以会从芝加哥的大型教区被放逐到这座小镇上，正是因为他在那边做了些出格的事。

现在大家都知道那些"出格的事"到底是什么了：偷窥女教徒，试图闯进别人家里，没准儿还杀过猫。这可能是某种邪恶的仪式。惠塔克太太告诉斯塔夫尼太太，某些秘密仪式需要死猫，泰勒太太也印证了这一说法。作为送葬人的妻子，泰勒太太听丈夫说过，那位年轻神父的脸"被麦克布莱德先生的皮卡车进气格栅撞得一塌糊涂"。泰勒先生还表示，卡瓦诺神父很可能在事发当时就"死得不能再死了"。星期六一早，大区主教从皮奥里亚的圣玛丽教堂打来电话，专门叮嘱泰勒先生不必对神父的尸体做任何处理，只需要等到星期一直接把它送往芝加哥就好，神父的家人会在那边接手所有事务。泰勒先生一口答应了下来，但他还是在账单上加了一笔整理遗容的费用，因为"不能让家人看见他这副样子——他的脸看起来就像整个炸开了一样"。这是泰勒先生的原话，由泰勒太太亲口向惠塔克太太转述。

不过无论如何，人们相信所有谜团都已经找到了答案。大家都觉得范·锡克先生看起来不像好人，现在他果然杀掉了可怜的老太平绅士康登，起因是钱，也可能只是一条狗。至于可怜的卡瓦诺神父，镇上所有的新教徒和为数不少的老天主教徒始终认为这位年轻人不够可靠，结果他果然烧得失去理智，竟然妄图袭击自己的祭坛助手迈克尔·奥罗克，到头来却一头撞上了一辆卡车。

镇民们喋喋不休地嚼着舌根，电话铃声此起彼伏。县里的接线员珍妮最清楚，自从1949年的大洪水退去以后，榆树港的电话网从来没有这么热闹过。人们一边享受解谜的乐趣，一边忧心忡忡地望着南边和西边玉米地上空不断积聚的乌云。

但警长没那么容易相信所有案件都已圆满解决。刚吃过午饭，他又找到了麦克，这是昨晚以来的第三次。

"卡瓦诺神父跟你姐姐说过话？"

"是的，先生。她告诉我，卡神父想跟我谈谈——有要紧的事。"麦克知道，佩格也被这位高个子警长盘问过两次。

"他有没有跟她说过，他想跟你谈的到底是什么事？"

"没有，先生。我认为没有。不过你可以再问问她。"

"嗯，"警长手里的小线圈本让麦克想起了杜安的笔记簿，"你再说说，他跟你谈的具体内容。"

"呃，先生，正如我之前说过的，我其实不太明白他到底在说什么。听起来像是发烧的胡话。他说的每个字都很清楚，但凑到一起我就听不懂了。"

"试着复述一下，孩子。"

麦克咬着嘴唇。杜安·麦克布莱德告诉过他和戴尔，大部分犯罪分子的谎话和不在场证明之所以会被戳穿，全都是因为他们说得太多。心虚的人总想不断描补，结果却是画蛇添足。杜安告诉他们，无辜的人说的话反而没有那么环环相扣。麦克回家以后还专门找出字典查了"环环相扣"这个词的意思。

"呃，先生，"麦克慢吞吞地说，"我记得'罪孽'这个词他说了好几次。他说我们都有罪，所以必须遭到惩罚。但我觉得他说的似乎不是我们……而是泛指所有人。"

警长点点头，在本子上写了句什么："就是在这时候，他开始大喊大叫？"

"是的，先生。差不多就是这时候。"

"但你姐姐说，她听到了你们俩的声音。既然你不明白神父在说什么，那你为什么要开口回答？"

麦克很想抬手擦掉嘴唇上方的薄汗，但他拼命控制住了自己："我猜佩格听到的是我问神父病好了没有。我是说，在此之前，我最后一次见到卡神父是星期二那天，麦考夫迪太太允许我上楼看了他一眼。当时他病得很重。"

"那他告诉你他的病好了吗？"

"没有，先生。他只是一下子就喊了起来，说审判日即将来临……是的，这是他的原话，先生，审判日即将来临。"

"然后他冲下门廊，开始破坏你外婆的窗户，"警长检查着之前的笔记，"是这样吗？"

"是的，先生。"

警长若有所思地摩挲着自己的脸颊，显然很不满意："他的脸看起来怎么样，孩子？"

"你问的是他的脸吗，先生？"这是个新问题。

"是的，他的脸看起来……奇怪吗？有没有撕裂或者变形？"

不知道你设想的变形是不是说那张脸突然变成了七鳃鳗的长

吻，麦克暗忖。但他只是开口答道："没有，先生。我认为没有。他看起来有些苍白，不过当时天色很暗。"

"但你没有看见任何伤疤或者病变？"

"病变是什么意思，先生？"

"比如说很深的抓伤？或者开放的溃疡？"

"没有，先生。"

警长叹了口气，将手伸进一个小健身包。"这是你的吗，孩子？"他掏出一支水枪。

麦克的第一反应是矢口否认。"是的，先生。"但他还是答道。

警长点点头："你姐姐说这是你的。以你现在的年纪来说，玩水枪是不是显得有点幼稚？"

麦克耸耸肩，露出一副难为情的样子。

"昨晚你把它拿到门廊上去了吗？我是说卡瓦诺神父来访的时候。"

"没有。"麦克回答。

"你确定？"

"是的，先生。"

"我们是在窗户下面找到它的。"警长说道。他把自己的帽子往后推了推，露出问话期间的第一个笑容："我也是年纪越大越爱胡思乱想——我甚至专门让橡树山的警局实验室分析了里面装的液体。结果只有水。普通的水而已。"

麦克回了大块头警长一个微笑。

"给，孩子，把你的玩具收起来吧。你还有什么事想要告诉我的吗？比如说，这东西是从哪儿来的？"他举起大兵的宽边毡帽。

"没有了，先生。也许它被藏在灌木丛里。卡神父撕扯纱窗的时候就戴着这顶帽子。"

"几周前你曾报告说，有个当兵的老是偷窥你们家，他戴的也是这顶帽子？"

"我想是吧，先生。我也说不好。"

"但它们的款式完全一样？"

"是的，先生。"

"之前你发现那个大兵在院子外面偷窥了好几次，但你并不认为那就是神父本人？"警长紧盯着麦克。

和前几次回答这个问题的时候一样，麦克想了好一会儿。"不，先生。"最后他还是开口答道，"如果你在昨天之前问我，我会毫不犹豫地说，那绝不会是卡瓦诺神父。第一次发现那个偷窥者的时候，我觉得他看起来很矮，但当时天色很暗，而且我是透过窗帘看到他在外面的院子里。"麦克双手一摊，做了个无奈的手势："抱歉，先生。"

坐在沙发上的高个子男人探过身来，伸出大手拍了拍麦克的肩膀："没关系，孩子。谢谢你的帮助。很抱歉让你看到昨晚发生的一切。我们或许永远不会知道，那位先生到底出了什么问题。我是说，你的朋友卡瓦诺神父。但我怀疑，他所做的一切可能并非出于他自己的意志。不管是像医生说的那样烧坏了脑子还是别的什么原因，我想他的精神状态的确不太正常。"

"我也有这种感觉，先生。"他起身将警长送到门口。麦克的父亲和母亲都等在门廊上，一家三口目送警长的车顺着第一大道渐渐远去。

"咱们今天下午就动手吧。"一小时后，哈伦在树屋里提议。大家都来了，除了科迪·库克。刚吃完早饭，哈伦和戴尔就去了垃圾场里找她，但女孩完全不见踪影，他们只在铁路路堤附近一座摇摇欲坠的棚子里发现了几条破烂毯子。

麦克叹了口气，他累得没有力气反驳。倒是戴尔说了一句："这事儿我们已经讨论过了，吉姆。"

凯文随手翻着一本史高治·麦克鸭的漫画。从封面来看，这个故事的主题似乎是寻找海盗埋藏的黄金。现在他放下书开口说道：
"我们只能等到明天早上。我可不打算当着我爸的面把他的卡车偷走。而且我们还得想办法说服他，利用他的卡车往老中心学校里运汽油的贼另有其人。"

哈伦嗤之以鼻："谁啊？现在所有嫌疑人都已经死光光了。这绝对是榆树港历史上最见鬼的一周，早晚会有人发现，原来我们跟这些事儿有关……"

"那一定是因为你管不好那张大嘴巴。"戴尔不耐烦地说。

"怎么，难道你想帮我管管，斯图尔特？"哈伦哼了一声。

两个男孩像斗鸡一样越凑越近，直到麦克把他们分开。"冷静点。"他的声音十分疲惫，"至少有一点可以确定：今晚我们必须睡在一起，以免被他们分头干掉。"

"没错。"哈伦懒洋洋地倚在一根粗壮的树枝上，"我们一定得聚在一块儿，好让他们一锅端。"

麦克摇了摇头："我们可以分成两组。我已经跟家里人说好了，今晚我可以去戴尔和劳伦斯家过夜，经历了昨晚的事情以后，他们会觉得我只是暂时不想待在家里。"

其他人什么也没说。

"哈伦，你去小凯家住，没问题吧？"

"嗯。"

"很好。这样一来，整个晚上我们都能通过对讲机保持联系。"

戴尔从树枝上摘下一片叶子，一条条将它撕碎："听起来不错。等到明天一早，我们就在牛奶罐里装满汽油，把那所学校浇个透。天一亮就动手，对吧？"

"对。"麦克回答，他转向凯文，"格鲁姆班彻，你真会开卡车？"

小凯抬起一边眉毛："我说会就会，你不信？"

"好吧。但明天早上的行动容不得一丝意外。"

"能有什么意外？"凯文大大咧咧地回答，"回家路上我爸让我开过好几次呢。我会换挡，也够得着踏板，开进学校完全没问题。"

"到时候别闹出太大动静，"戴尔叮嘱，"我们可不想把你爸妈吵醒。"

凯文缓缓点了点头："他们的卧室在地下室里，而且每天晚上都开着空调，所以他们不太听得见外面的声音。"

劳伦斯今天一直很安静，但是现在，他也挤进了大男孩的圈子里面："不管藏在学校里的到底是什么东西，你们真觉得它们会乖乖等着我们动手？难道它们就不会反击？"

麦克啪地折断了一根细枝："它们一直在反击。我想它们应该没有新的后援了。"

"谁都找不到罗恩博士。"哈伦提醒道。他挠了挠受伤的胳膊，再过几天就该拆石膏了，现在他的伤口痒得要命。

"女房东说，他去明尼苏达度假了。"凯文告诉大家。

"怎么可能？"四个男孩异口同声地说。

"那个大兵还在外面。"麦克说道。

这回没人开玩笑。

"别忘了老肥特和她的搭档。"哈伦补充说，"还有那个会在地里钻洞的怪物。还有塔比。"

"至少现在他少了条胳膊。"戴尔说道，"所以没法冲我们比中指了。"可是谁都没笑。

"这么算下来，他们一共有七个人。"劳伦斯一直在掰指头，"我们这边只有五个。"

"再加上科迪，"戴尔说，"她有时候会出现。"

劳伦斯做了个鬼脸："她不算数。七个敌人……还没算那口大钟……我们只有五个人。"

"没错，"麦克说，"但我们有秘密武器。"他抽出腰间的水枪，冲着劳伦斯的脸扣下扳机。

8岁男孩被喷了一脸水。戴尔不由得喊了起来："喂，别浪费呀！"

"别担心，"麦克把枪插回腰带上，"这不是圣水。圣水得留到紧要关头再用。"

"别的东西你弄到了吗？"哈伦问道，"面包什么的？"

"圣餐。"麦克咬着嘴唇纠正道，"没有，我实在没办法。今天早上丁曼神父从橡树山赶来主持弥撒，但是仪式结束后，他把教堂大门锁了起来。我进不去。能搞到最后这点圣水已经算是走运了。"

"你外婆那儿还有剩下的一半圣餐。"戴尔提醒他。

麦克缓缓摇了摇头："不行，那份圣餐必须留在姆姆身边。今晚我爸在家，但我不能冒险。"

戴尔正打算说点什么，就在这时候，他们听见德宝街上传来了独特的喊声："凯——文——！"男孩们抱着橡树树干开始往下滑。

"晚饭后见！"戴尔一边拉着弟弟奔向回家的方向，一边回头冲着麦克喊道。

麦克点点头，独自走回家里。经过户外厕所的时候，他停下脚步，望了望田野上空低垂的乌云。尽管天上的云正在急速积聚，但周围一丝风也没有。昏黄的天色压得人喘不过气来。

麦克进屋洗了把脸，开始动手收拾外出过夜的铺盖和睡衣。

36

前往榆树港的一小时车程里，丹尼斯·阿什利-蒙塔古先生坐在黑色豪华轿车后排，望着车窗外不断掠过的玉米地和路口小镇。他的首席管家、司机兼保镖泰勒一直没有说话，阿什利-蒙塔古先生自己也无意打破沉默。豪华轿车的隐私玻璃总会给窗外的景色罩上一层灰蒙蒙的颜色，仿佛风暴将至，所以阿什利－蒙塔古先生并没有注意到，阴沉的天空和晦暗的光线笼罩着森林、田野和河流，犹如一张正在腐烂的帘幕。

榆树港的主街比平时还要空旷，星期六傍晚的舞台公园显得格外冷清；阿什利－蒙塔古先生刚走出豪华轿车，立刻觉察到了低悬在头顶的阴霾。往常总有不少家庭耐心坐在草地上等待免费电影开场，但今天只有寥寥几个人眼巴巴地望着泰勒从豪华轿车的后备箱里搬出沉重的放映机，将它扛到舞台边上。泰勒忙着调试喇叭和其他设备的时候，又有三五辆卡车和轿车斜停在公园外面；但总的来说，自从阿什利－蒙塔古家族开始为这个垂死的小镇提供星期六晚上的娱乐项目以来，这可能是十九年里免费电影人气最低落的一天。

丹尼斯·阿什利－蒙塔古回到豪华轿车后座上，锁好车门，从司机背后隔音板下方的吧台里取出一瓶格兰威特单一麦芽威士忌倒了一杯。其实他犹豫过今晚要不要来——他甚至想过彻底取消免费电影——但传统的力量根深蒂固，除此以外，在一群天生的乡巴佬和红脖中扮演乡绅的角色，这个身份对他来说意义重大。

而且他还想跟那群男孩说几句话。

以前放免费电影的时候，他不是没见过那几个男孩；他们仰着肮脏的小脸紧盯银幕，就像见证奇迹一样连眼睛都舍不得眨，腮帮子被口香糖和爆米花塞得鼓鼓囊囊。但阿什利－蒙塔古先生从来没有正眼看过他们，直到一个多月前，那个胖男孩——现在他的朋友说他遭到了杀害——爬到舞台上问了他几个问题。然后就是前几天，另一个不可思议的小家伙出现在阿什利－蒙塔古先生家门外——事实上，他还胆大包天地偷走了一本《律法之书》的克劳利译本。不过阿什利－蒙塔古先生认为，如果他祖父的昭示之碑真的正从长睡中觉醒，那本皮革封面的小书恐怕帮不上男孩们什么忙。坦白地说，如果事情真的已经发展到了这一步，任何挣扎都是徒劳，就连阿什利－蒙塔古先生自己也无能为力。

喝完了杯子里的酒，亿万富翁不紧不慢地回到舞台上面，泰勒已经准备就绪。现在还不到晚上 8 点 30 分——如果是在平时，这个纬度的黄昏通常还会继续逗留半个钟头——但积聚的乌云提前拉开了夜晚的帷幕。

一股强烈的幽闭恐惧感深深攫住了阿什利－蒙塔古先生：从他站立的位置向外望去，整个小镇似乎完全被 8 英尺高的玉米秆包围了——最南可达他的祖宅残存的废墟，向北直抵四个长街区外的布罗德大道尽头，树荫遮蔽的大路犹如一条幽暗的隧道；只消往公园西边再走几百码，哈德路就会像狗腿一样向北转一个弯，化作小镇的西边界；空旷的主街夹在两旁漆黑寂静的商店之间，通往小镇最东面。定时器控制的路灯还没点亮。

阿什利－蒙塔古先生一直没等到他想见的那几个男孩。他看到了查尔斯·斯珀林，这个淘气鬼的老爸曾经大胆地试图跟阿什利－蒙塔古先生借钱，似乎是为了投资什么生意；旁边是泰勒家那个肌肉过分发达的扁脸男孩——为了平息当年的某些丑闻，丹尼斯·阿什利－蒙塔古的祖父曾向他的祖父提供过一笔款子。

但除了他们俩以外，公园里没几个孩子，携家带口的也很少。也许大家都在担心随时可能袭来的龙卷风。

阿什利－蒙塔古先生瞥了一眼越来越暗的昏黄天空，意识到今天他一只鸟儿都没看见；平时的日落时分，它们总在高高的树梢上叽叽喳喳叫个不停。周围也听不见唧唧的虫鸣。树枝一动不动，仿佛凝固了一般，就连夜色都蒙上了一层昏黄的颓丧气息。

富翁点起一支雪茄，靠在舞台栏杆上，开始思考万一龙卷风警报真的响起，他该去哪儿躲避。镇上没有他的亲友，他也不愿意去祖宅，尽管埋在废墟下面的酒窖完好无损，但去年秋天，清理酒窖的工人在坚硬的岩石里发现了几条可疑的隧道。

算了，阿什利－蒙塔古先生决定，如果真的刮起了龙卷风或者风暴，他只需要回到豪华轿车里，吩咐泰勒开车回家就行。龙卷风或许能扫平榆树港这样的小镇，却不会惊扰高速公路上的豪华轿车，盛景大道上的豪宅更是从来没有遭遇过风灾。

他冲着泰勒点点头，管家将第一部卡通片装进机器，打开了放映灯。坐在长凳和毯子上的人们稀稀拉拉地拍了几下手，汤姆和杰瑞开始在色彩明快的房子里互相追逐。阿什利－蒙塔古先生抽着第二支雪茄，望向镇子南面的天空。

"你觉得龙卷风会来吗？"男孩们站在自家前门廊上，顺着第二大道望向南方，戴尔问道。哈德路上稀疏的车辆都亮起了大灯，而且开得很慢。

"我不知道。"麦克回答。他们都见过龙卷风——中西部居民最怕的就是这种灾难性的天气——但南边阴沉沉的乌云已经积聚了好几天，现在天空看起来像是白昼的负片，最后一缕昏黄的光线映出了树木和屋顶的轮廓，晦暗的天穹反倒成了黑暗深渊的入口。玉米地尽头的天际线上隐隐透出绿光的涟漪，看起来像是遥远的闪电，但它并没有真正地撕裂天空，人们只能看见惨绿的荧光间或一闪而过，惹得商店里的老头儿开始高谈阔论连环闪电和球形闪电之类的东西。其实这些现象他们谁也不懂。

麦克举起对讲机，按下通话键。对面传来两声敲击，表示凯文听见了这边的声音。

"方便说话吗？"麦克低声问道。他没对暗号，也没用密语。

"嗯。"凯文的声音答道。尽管隔壁的平房离戴尔家还不到100英尺，但对讲机里仍然充满了静电的嗞嗞声。大气似乎在他们看不见的地方沸腾。

"我们正准备回屋睡觉，"麦克说，"除非你们还打算去公园里看免费电影。"

"哈，哈。"哈伦干笑两声表示捧场。麦克完全想得出矮男孩捧着对讲机的样子。

"你们已经躲起来了？"戴尔凑到麦克的对讲机旁问道。

"好玩儿极了。"哈伦回答，"我们缩在地下室里看小格鲁姆班彻家的电视。那群坏人刚刚绑架了凯蒂小姐。"

戴尔咧嘴笑了："他们每周都要绑架凯蒂小姐。要我说的话，马特不如把她送给他们算了。"

凯文又回来了，只是他说话的声音很小，而且听起来十分紧张："我弄到车钥匙了。"

麦克吐出一口长气。"收到。祝你们今晚好梦……别忘了换电池，我们的通话不能断。"

"收到。"小凯简单地回答。对讲机恢复了沉默，只剩下嗞嗞啦啦的静电音。

三个男孩回到楼上戴尔和劳伦斯的卧室里。斯图尔特太太在南边的窗户下面搭了个小帐篷；经历了昨天卡瓦诺神父的可怕事故以后，麦克难免心情沮丧，对此她十分理解。所以她一点也不介意收留这孩子在家里过一夜。斯图尔特先生要等到星期天午后才会回来，到时候他们或许可以一起去斯蓬河或者伊利诺伊河边野餐。

男孩们换上了睡衣。其实今天晚上他们更愿意穿戴齐整，但戴尔的妈妈肯定会进来查看，他们不想节外生枝。男孩们把衣服放在床边，戴尔定了 4 点 45 分的闹钟，拧旋钮的时候，他发现自己的手微微有些发抖。

麦克躺在帐篷里。兄弟俩躺在床上，一边翻漫画书一边漫无边际地聊天儿，但谁也没有提起他们现在真正记挂的事情。

"真想看免费电影啊。"关于芝加哥小熊队的讨论刚刚告一段落，劳伦斯突然说道，"他们今晚要放文森特·普莱斯的新片——《乌舍古屋》。"

"是《厄舍古屋》。"戴尔纠正道，"原著故事是埃德加·爱伦·坡写的。你还记得吗，去年万圣节我给你读过《红死魔的面具》？"一阵古怪的悲伤涌上戴尔心头，过了好一会儿他才意识到，爱伦·坡的精彩之处还是杜安介绍给他的。他不由自主地望向床头柜，杜安的笔记簿叠得整整齐齐。楼下的电话响了两声，他们隐约听见戴尔的妈妈接起了电话。

"不管怎么说，"劳伦斯将手伸到脑后垫在枕头上面，他的睡衣上印着倒骑帕洛米诺马的牛仔，"要是我们能去看电影就好了。"

麦克放下手里的蝙蝠侠漫画。现在他上身仍穿着T恤，下身穿着纯蓝色的睡裤："难道你想在夜里走路回家？你妈肯定不想去，因为风暴就要来了，我也觉得今晚不适合在街上乱晃。"

楼梯上响起了脚步声，麦克立即望向自己的旅行袋，不过戴尔说了一句："是我妈。"

戴尔的母亲站在门口，柔软的白裙看起来十分漂亮："是丽娜阿姨。亨利叔叔的背又受伤了。他本来想挖掉后牧场里的几根树桩，现在他连腰都弯不了。威斯克斯医生给他开了点儿止痛药，可是你们也知道，丽娜有多讨厌开车。她想问问，我能不能帮她把药送过去。"

戴尔从床上坐起身来："可是药店已经关门了。"

"我给艾金斯先生打了电话。他这就去开门帮我们配药。"她看了一眼窗外，闪电的涟漪映出了南边的树木和房屋，"但风暴就要来了，我不知道该不该让你们自己留在家里。你们想跟我一起去吗？"

戴尔正想说话，但他先看了麦克一眼，后者冲着放在地板上的对讲机扬了扬下巴，戴尔立即明白过来：他们要是去了亨利叔叔家，那就没法跟凯文和哈伦保持联系。他们说好了的。

"算了。"戴尔答道，"我们还是待在家里吧。"

妈妈望了望窗外，风暴的力量正在昏暗中逐渐积聚："你确定吗？"

戴尔咧嘴一笑，挥了挥手里的漫画书："当然。我们有零食，有爆米花，有漫画，还有什么不满足的呢？"

妈妈笑了。"好吧。我二十分钟后就回来。要是你们需要我的话，就给农场打电话。"她看了一眼手表，"都快 11 点了。等会儿记得关灯。"

男孩们听着她匆匆走下楼梯，后门砰地关上了，门外传来旧车发动的声音。戴尔站在床边，目送妈妈沿着第二大道开向镇中心。

"我不太喜欢这样。"麦克说道。

戴尔耸耸肩："难道害得亨利叔叔拉伤了背的树桩是那口钟变的？你觉得这一切都是阴谋？"

"我只是不喜欢眼下的局面。"麦克站起身来，穿上自己的运动鞋，"我觉得我们最好把楼下的门锁上。"

戴尔迟疑了一下。这个想法十分奇怪。他们只有在度假或者出远门的时候才会锁门。"好吧，"最后他还是答应了下来，"我这就去。"

"你留在这儿。"麦克冲着劳伦斯点了点头，小男孩沉迷在漫画书里，根本没注意他们在说什么，"我很快就回来。"他拎起旅行袋，啪嗒啪嗒穿过平台下了楼。戴尔竖起耳朵，听到了前门门闩扣紧的声音，紧接着脚步声开始走向厨房。现在他们得随时注意妈妈什么时候回来，然后趁着她走到后门口之前把所有门重新打开。

戴尔重新躺回床上，南窗外的闪电仍在无声地闪烁，大榆树的叶影在他右手边的北窗外摇曳。

"喂，快来看哪！"劳伦斯突然大笑起来。他正在读一本史高治叔叔的漫画，这是他最心爱的读物。寻找海盗宝藏的故事逗得他捶胸顿足。小男孩探过身来，想把书递给哥哥。

戴尔其实已经快要睡着了，他伸手去接，却没有接到。漫画书啪地掉到了地上。

"我来捡。"劳伦斯说。他探身将手伸向两张床之间的地面。

那只惨白的手和胳膊倏地从床底下伸出来，抓住了劳伦斯的手腕。

"啊!"劳伦斯大叫一声从床上跳了起来,床单高高扬起。小男孩重重摔倒在地面上,惨白的胳膊正抓着他的手腕往床底下拖。

戴尔没时间惊叫。他一把抓住弟弟的双腿,试图把他拉回来。但对面的力气大得不可思议;戴尔差点儿从自己的床上摔了下去,床单和被套裹住了他的膝盖。

劳伦斯尖叫起来,他的头已经被拖到了床底下,紧接着胳膊也被拖了进去。戴尔努力想把弟弟拽回来,但对面的力气大得像是四五个成年人加在一起,而且他们丝毫不打算松手。戴尔不禁开始担心,要是自己再不放手,劳伦斯没准儿会被撕成两半。

戴尔深深吸了口气,跳到两张床之间的地面上。他一脚踢开自己的床,猛地掀开劳伦斯床边的防尘罩。妈妈执意要给两个男孩的床套上它,尽管他们齐声抗议说这玩意儿太傻。

床底一片漆黑……但这绝不是普通的阴影,它比南边天际的乌云还要晦暗,看起来像是染了墨水的黑色天鹅绒,若是定睛细看,笼罩地板的黑暗似乎还在翻涌,犹如一团漆黑的迷雾。两只粗壮惨白的胳膊从黑雾中伸了出来,抓着劳伦斯使劲往黑洞里塞,就像伐木工人将一棵小树送进锯木机。劳伦斯再次尖叫起来,但随着小男孩的脑袋消失在黑雾笼罩的黑洞里,他的叫声戛然而止。很快他的肩膀也被吞了进去。

戴尔再次抓住弟弟的脚踝,但他根本无力抗衡那双惨白的手。虽然劳伦斯仍在无声地踢腿挣扎,但他剩余的身体仍被慢慢拖进了床底。

"麦克!"戴尔颤声喊道,"快上来!快啊!"他暗自咒骂自己,怎么就把旅行袋放在了床的另一边,他的猎枪和水枪都装在袋子里面。不行,现在没那么多时间。等他拿到武器,劳伦斯早就被吞掉了。

现在已经差不多了。小男孩只剩下一双腿还留在黑雾外面。

天哪，天哪，他要被拖进地板里面了！也许它正在一口口把他吃掉！但劳伦斯的双腿还在挣扎，他还没死。

"麦克！"

戴尔觉得那团黑暗似乎正朝自己卷来，黑色的须蔓和触手比冬天的迷雾更冷更厚。他感觉被卷须拂过的腿和脚踝一阵刺痛，就像碰到了一块干冰："麦克！"

一只白手松开劳伦斯，抓向戴尔的脸。它的手指至少有10英寸长。

戴尔连滚带爬地拼命后退，他不得不松开劳伦斯的脚踝，眼睁睁看着弟弟最后的两只脚也被黑暗吞噬。下一个瞬间，床底只余一团不断萎缩的黑雾，长得不可思议的手指迅速缩了回去，就像跳进检修口的下水道工人。

戴尔不顾一切地扑向床底，将手伸进黑雾摸索着弟弟的身体，尽管他的胳膊和手都被那刺骨的寒冷冻得发麻；黑雾还在不断收缩，卷须迅速收了回去，就像电影里随着夜晚的到来自行收拢的黑色花朵……眨眼间床底下只剩一个浑圆的黑圈。这是一个洞！戴尔能摸到，原本应该是硬地板的地方变成了一片虚无！他不得不把手收了回来，黑圈收缩得太快，仿佛铁齿钢牙的陷阱，随时可能夹断他的手指。

"怎么了？"麦克冲进房间大声问道。他一只手拎着旅行包，长管松鼠枪握在另一只手里。

戴尔已经站了起来，他想忍住不哭，但眼泪根本不由他控制，他指指床底，含糊不清地说起了刚才的事情。

麦克跪倒在地，猎枪胡乱敲着床底的硬地板。戴尔双腿一软，伏在地上拼命用拳头捶着地板："妈的，妈的，妈的，妈的，妈的！"床底下空空如也，木地板上只有成团的灰尘和劳伦斯那本史高治叔叔的漫画。

地下室里传来一声尖叫。

"劳伦斯！"戴尔喊了一声，冲向门外的平台。

"等等！别急！"麦克死死拽着他的胳膊，另一只手摸索着戴尔的旅行袋和对讲机，"赶紧把你的萨维奇装好。"

"我们没那么多时间……劳伦斯……"戴尔一边抽泣一边大口大口地喘息，拼命想要挣脱麦克的掌握。地下室里又传来一声尖叫，这次听起来更远了一点。

麦克把松鼠枪扔到床上，双手使劲摇晃戴尔的身体："把你的……萨维奇……装好！要是你赤手空拳地冲下去，那正合了他们的心意。他们就是想让你恐慌。好好想想！"

戴尔颤抖着开始拼装他的猎枪，将枪管装到枪柄上。麦克将两支灌满的水枪插进腰带，把一盒点410的子弹扔给戴尔，又将对讲机挂到肩上，这才说道："好了，我们下去。"

尖叫声已经停了下来。

两个男孩咚咚冲下楼梯，穿过黑暗的走廊和厨房，钻进通往地下室楼梯的内门。

37

"你想让我们过来吗？"对讲机那头的凯文问道。他和哈伦已经穿戴整齐，准备就绪。

"不用，你们留在原地，除非我叫你们。"麦克站在地下室楼梯顶端，"有需要的话，我会按两次通话键。"

"明白。"

就在麦克放下对讲机的瞬间，斯图尔特家的灯全都灭了。他从旅行袋里掏出手电筒，把袋子留在厨房外最高的一级台阶上。戴尔伸手摸了摸楼梯顶端的肋板，他爸爸平时会在这里放一支手电筒。楼梯门外的厨房和整幢屋子都黑漆漆的，地下室里更是伸手不见五指。

黑暗中传来刺耳的抓挠声，还有另一种窸窸窣窣的细微声响，听起来像是某种游动的爬行动物。

戴尔将点410子弹塞进枪膛，但点22的枪管还空着。他啪地合上猎枪后膛，将开关拨到霰弹枪模式。手电筒光束照亮了楼梯下方水泥砖砌出的弧线，转角后方的抓挠声变得更响。

"我们走吧。"他一只手抓着手电筒，另一只手稳稳握住猎枪。麦克握着松鼠枪和另一支手电筒走在他后面。

他们跳下最后两级特别高的台阶，地下室里弥漫着洪水退去后的潮湿气味。锅炉和料斗挡在他们前方，扭曲的管路犹如女妖的蛇发。窸窣的声响来自他们右侧，水泥砖墙上嵌着一道小门。

里面就是煤仓。

戴尔第一个走了进去，手电筒的光束从左边扫向右边，随后又晃了回来：料斗，墙壁，冬天剩下的小堆煤炭，北墙上镶着护墙板，装煤槽挤在角落里，靠近门口的墙壁结满了蛛网，除此以外只有开阔的空间。

前门廊下方的夹层里透出隐隐的微光，肯定不是灯光，没有灯光那么亮，幽幽的荧光更像来自某种辐射，就像凯文的夜光表。戴尔往前走了几步，手电筒光束照亮了蛛网笼罩的低矮空间。

25英尺外，门廊最南端的夹层尽头是一堵水泥砖砌成的石墙，现在这堵墙上多了一个直径18英寸的浑圆洞口，洞里正散发着荧荧的绿光，刚才他们看到的微光就来自这里。

戴尔把多余的东西放在煤仓壁架上，弓身钻进夹层。蛛网拂过他的脸庞，但他仍不管不顾地踩着潮湿的泥土爬向对面的隧道。

麦克抓住了他的脚踝。

"放开我。我要去找他。"

麦克没有争辩，只是抓着戴尔使劲往后拖，男孩的睡衣上衣在水泥砖砌成的壁架上擦出沉闷的声音。

"放开我！"戴尔厉声喊道，拼命扭动，"我要去找他。"

麦克捂住朋友的嘴巴，一把将他推向冰冷的石墙："我们都要去找他。但要是你钻进那条隧道，或者直接冲进他们关押他的地方，那就中了他们的计。"

"你说的是什么地方？"戴尔挣扎着问道。他甩了甩头，感觉麦克有力的手指仍然按着自己的下巴。

"画一条线。"麦克指指隧道的方向。

戴尔迷惑地望向黑暗的夹层尽头，那是西南方。穿过校园……"老中心学校。"他说，很快又摇了摇头，"劳伦斯也许还活着。"

"也许。根据我们的经历，他们从来没有绑架过谁，只会直接动手杀人。也许他们的确想让他活着。可能是为了引诱我们去找他。"他按下对讲机的通话键，"小凯，哈伦，带上你们的装备，三分钟后去油泵那边碰头。我们这就上楼换衣服，然后马上过来。"

戴尔猛地一转身，手电筒的光束再次照亮了隧道："好吧，听你的。但我必须去找他。我们去学校。"

"行。"麦克快步走向楼梯，手电筒光束照亮了黑暗的走廊和台阶，"凯文先做准备，你和哈伦设法潜入学校。隧道这边交给我。"

他们回到楼上的卧室，戴尔胡乱套上牛仔裤、运动鞋和 T 恤，完全顾不上理会内裤、袜子之类的细节："你不是说我们要是去了学校或者钻进隧道，那就中了他们的计？"

"只走一条路肯定是中计，"麦克答道，"但双管齐下就未必了。"

"为什么要把隧道交给你？那是我弟弟。"

"是啊。"麦克疲惫地吐出一口长气，"但我对付这些东西更有经验。"

银幕上的动画和短片还没放完，阿什利－蒙塔古先生已经又喝了两杯。等到正片开始的时候，他从车里钻了出来。这部新片在他皮奥里亚的影院里很受欢迎：罗杰·科曼的《厄舍古屋》。虽然出演主角罗德里克·厄舍的文森特·普莱斯演技颇为浮夸，但这部恐怖片堪称出类拔萃。阿什利–蒙塔古先生尤其偏爱画面中大面积的红色和黑色，亮得刺眼的强光将厄舍古屋的每一块石头都刻画得纤毫毕现。

风暴来临的时候，第一卷胶片刚刚放完。阿什利–蒙塔古先生倚在舞台栏杆上，看到头顶高处的树枝开始疯狂摇摆，公园草坪上飞舞着不知从何而来的纸片，场间稀疏的观众要么裹着毯子缩成一团，要么起身准备钻进车里或者回家。亿万富翁越过公园咖啡馆的屋顶望向南方的天际，惊叹于乌云移动的速度，无声的闪电在天空中映出一团团不祥的剪影。他母亲常说，这样的天气是"女巫的风暴"，其实它更常见于早春和暮秋，而不是现在的仲夏。

银幕上扮演罗德里克·厄舍的文森特·普莱斯和年轻的访客抬着一口巨大的棺材，里面躺着厄舍的妹妹，他们正准备将她送进厄舍家族结满蛛网的地下墓室。阿什利–蒙塔古先生知道，那个女孩没死，只是因为家族遗传的隐疾浑身僵硬，观众知道，爱伦·坡也知道……但厄舍为什么不知道呢？也许他知道，阿什利–蒙塔古先生想道。也许他故意要将妹妹活埋。

第一声惊雷在镇子南边无垠的田野里炸开，雷声从低沉的次音波渐渐变成震颤牙齿的巨响，最后以刺耳的高音告终。

"今天是不是应该到此为止了，先生？"泰勒站在放映机旁高声问道。狂风大作，管家兼司机不得不紧紧按住自己头顶的布帽子。公园里的观众只剩下了躲在车里或者树下的四五个人。

阿什利–蒙塔古先生抬头望向银幕。巨大的棺材开始颤抖，指甲抓挠着青铜棺材的内壁。墓室上方四层楼外，罗德里克·厄舍近乎灵异地听到了下面的每一丝声响。文森特·普莱斯浑身发抖，他用手捂着自己的耳朵，大声喊了句什么，但银幕上的台词被另一阵雷声淹没了。"不用，"阿什利－蒙塔古先生回答，"已经快放完了。再等一会儿就好。"

泰勒点点头，显然不太高兴。风越来越大，他抓着衣襟紧紧捂住领口。

"丹尼斯——"舞台前方的灌木丛里传来低声的呼唤，"丹尼尼、尼、斯、斯、斯、斯……"

阿什利－蒙塔古先生皱起眉头，走向那边的栏杆。舞台脚下的灌木丛里看不见人影，但大风吹得枝叶狂乱舞动，灌木丛笼罩在舞台的阴影中，一时间很难说是不是真的有人蜷缩在树丛里。"是谁？"他厉声喝问。榆树港没人有资格直呼他的教名——有资格的那几个人也不可能出现在这里。

"丹尼尼、尼、斯、斯、斯、斯……"耳语般的呼唤仿佛来自灌木丛中的风声。

阿什利－蒙塔古先生不打算亲自下去查看。他转身冲着泰勒打了个响指："这里有人恶作剧，去看看是谁。处理一下。"泰勒点点头，迈着优雅的步子走下台阶。这位管家看起来比实际年龄要小几岁。事实上，他在"二战"期间曾是英军的突击队员，在缅甸作战的时候，他们的小队专门负责潜入日本人的战线后方，制造混乱和恐惧。战争结束后，泰勒家的日子颇为艰难，但丹尼斯·阿什利－蒙塔古先生之所以会雇他来当管家兼保镖，主要还是看中了他的这段经历。

狂风钻进了银幕和公园咖啡馆之间的缝隙，宽阔的白色帆布开始剧烈抖动，文森特·普莱斯正在高呼，他的妹妹还活着，活着，活着！年轻的主角抓起一盏灯笼，冲向地下墓室。

第一道闪电在头顶炸开，刹那间将整个小镇照得雪亮，阿什利－蒙塔古先生的眼睛也被强光晃花了几秒，随之而来的雷声震耳欲聋。最后几位电影观众也开始退场，他们要么准备跑回家里，要么打算开车抢在风暴前面。舞台后方铺着石砾的停车场里只剩下富翁的豪华轿车。

阿什利－蒙塔古先生走向舞台前方，第一滴冷雨坠落在他脸上，仿佛冰凉的泪水。"泰勒……算了！我们还是收拾设备回……"

他先是看到了那只手表，第二道闪电的强光照亮了泰勒的劳力士金表。它仍套在泰勒的手腕上，管家的手腕躺在灌木丛和舞台之间，却不再和手臂相连。舞台底部的木质格栅被凿开，或者咬开了一个大洞，洞里传来窸窣的响声。

阿什利－蒙塔古先生不由自主地退向舞台后方的栏杆。他张开嘴巴想要喊叫，却意识到自己现在孤立无援。空无一人的主街冷清得像是凌晨3点，哈德路上连一辆过路的车都没有。他还是喊出了声，但雷声几乎已经响成了一片，霹雳一声接一声地炸响，人类的声音在自然面前渺小得不值一提。天空中纷乱的电光映出了翻涌的乌云，狂风大作，巫婆的风暴正在酝酿成熟。

阿什利－蒙塔古先生望向公园街边的停车场，他离那辆豪华轿车还不到50英尺。头顶的树枝狂乱地飞舞，一根折断的粗枝摔落在公园长椅上。

它希望我朝车那边跑。

阿什利－蒙塔古先生摇了摇头，决定留在原地。最多就是被雨浇湿一点。风暴早晚会停。用不了多久，镇上的治安官或者县里的警长或者别的什么人总会过来巡逻，然后他们就会发现，雨这么大，电影却还没停。

银幕上的女人正在穿过一条密道，她的脸色苍白，指甲鲜血淋漓，身上的尸衣支离破碎。文森特·普莱斯放声尖叫。

就在阿什利－蒙塔古先生脚下，拥有七十二年历史的舞台木地板突然向上拱了起来，伴着炸响的雷声，破碎的木屑四下飞溅。

丹尼斯·阿什利－蒙塔古先生只来得及叫了一声，七鳃鳗6英寸长的牙齿就陷进了他的小腿肌肉，张开的巨口一直吞到他的膝盖，瞬间将他拖进了裂开的大洞。

银幕上的长镜头里，雪白的闪电照亮了厄舍古屋，但电影里的闪电远不如公园咖啡馆上空的雷暴那么狂野。

"计划是这样的。"麦克说道。四个男孩齐聚在凯文家车棚外的油泵旁边，车棚的门开着，油泵上的锁也打开了。戴尔正在往可乐瓶里灌汽油，不过听到麦克的话，他也抬起了头。

"戴尔和哈伦去学校。你们知道从哪儿进去吧？"

戴尔摇了摇头。

"我知道。"哈伦答道。

"很好。"麦克夸了一句，"从地下室开始。我尽量去那儿跟你们碰头。如果我在别的什么地方，我会给你们发暗号，老规矩，咕——咕。要是没看到我，你们就自己展开搜索。"

"谁拿对讲机？"哈伦问道。矮男孩已经取掉了吊索，所以现在他的两只手都能用，只是打着轻型石膏的左臂还不太灵活。

麦克把自己的对讲机递给哈伦："你和小凯拿着。小凯，你知道自己的任务吧？"

瘦男孩点点头，但他立刻又摇了摇头："我们原来计划只抽几百加仑汽油，但现在你让我把油罐直接抽空？"

麦克点点头。他将水枪插进后腰，又在兜里装满了点 410 的子弹。

小凯握紧拳头："为什么？我们只想在门窗上洒点汽油而已。"

"原来的计划行不通了。"麦克答道，他啪地抖开外婆的松鼠枪，检查了里面的弹药，又将枪膛重新合拢，"我要你把所有汽油都抽进牛奶罐。有必要的话，我们可以直接把车开进教学楼北门。"他指指校园对面。风已经刮了起来，闪电正在撕裂天空，哨兵般的榆树招摇的粗枝仿佛一条条颤抖的手臂。

凯文瞪着麦克："这怎么可能？前门廊外面少说有四五级台阶，就算教学楼的大门够宽，卡车也爬不上台阶。"

麦克指指戴尔和哈伦："去年他们拆掉了教学楼西边的旧门廊，多余的旧木板全都堆在垃圾箱旁边，这事儿你们知道吧？"

哈伦点点头："嗯。几周前我差点儿摔在那堆木板上面。"

"很好——你们潜入教学楼之前可以先搬几块木板搭在北门的台阶上。类似斜坡，差不多吧。"

"类似斜坡……差不多。"凯文喃喃重复，抬头望向父亲那辆4吨重的卡车。现在闪电几乎连续不断。每当闪电划破天空，巨大的不锈钢罐子就会反射出雪白的电光。"你们这是在逗我呢。"他仿佛只是自言自语。

"我们出发吧。"戴尔说道。他率先奔向山脚下的学校，把所有人都甩在了后面。"出发！"他妈妈的车依然不见踪影。现在整片街区的灯全都灭了，只有老中心学校内部还散发着惨绿的荧光，看起来和乌云背后的电光一模一样。

麦克拍了拍哈伦和凯文的背，拖着脚步走向坡脚的戴尔家。穿过街道之前，戴尔停下脚步，回头望了朋友一眼。麦克隐约听到了他的喊声，但下一阵惊雷滚滚而来，淹没了戴尔的告别。也许他说的是"好运"，又或者只是"再见"。

麦克挥了挥手，走向斯图尔特家的地下室。

戴尔不耐烦地等了半分钟，但吉姆·哈伦一直待在原地没动，于是他只好转身跑回石子车道上："你到底走不走啊？"

哈伦正绕着格鲁姆班彻家的车棚东张西望。"小凯说这里应该有一卷绳子……啊，找到了。"他从屋椽的钉子上取下两大卷绳子，"我敢打赌，一卷绳子起码有25英尺长。"他把沉重的绳圈斜挎在自己肩上，看上去就像背着两条子弹带。

戴尔厌恶地转开了头。他径自穿过漆黑的校园，毫不在乎哈伦能不能跟上。劳伦斯一定就在学校里的某个地方。就像杜安一样。"你拿那么多绳子有什么用？"哈伦终于追上来的时候，戴尔厉声问道。尽管只跑了很短的一段路，矮男孩还是累得气喘吁吁。

"既然我们准备潜入教学楼，那我总得留点退路，我可不想闹得跟上次一样。"

戴尔摇了摇头。

两个男孩从哨兵般的榆树间穿过，折断的树枝在他们周围不断坠落。操场上低矮的草丛被狂风吹得紧贴地面，就像一只看不见的大手正在抚摸它们。

"你看。"哈伦低声说道。

地上到处都是凸出的土垄，新鲜的土堆四处散落，一道道土垄曲折盘绕，彼此交缠，在宽达6英亩的操场上画满了看不懂的几何图案。

戴尔从腰间掏出一支水枪，与此同时，他觉得自己的举动真的很蠢。但他还是将童子军手电筒插回腰带上，左手紧握水枪，右手的萨维奇叠排式猎枪始终没有松开。

"你弄到了麦克的魔法水？"哈伦低声问道。

"圣水。"

"管他呢，就那么回事。"

"咱们走吧。"戴尔轻声说道。迎着越来越狂野的大风，他们猫着腰艰难前进。惨绿的闪电映出了空中沸水般翻涌的乌云，隆隆的雷声如炮火般密集。

"要是真的开始下雨，凯文的计划就完蛋了。"

戴尔什么也没说。他们穿过北门廊，走向被木板封死的窗户。戴尔注意到，狂风已经撕开了钉在入口上方彩绘玻璃外面的木板，但那扇窗户位置太高，他们根本够不着。两个男孩一路小跑，绕过教学楼西北角，经过垃圾箱——吉姆曾在这里昏迷了十个小时——潜入了这幢巨大的建筑北侧的阴影。

"看，旧木板都堆在这里。"哈伦气喘吁吁地说，"我们可以抬上一块，放到前门台阶上，麦克是这么安排的。"

"别理他。"戴尔回答,"告诉我从哪儿进去,你刚才说你知道。"

哈伦有些迟疑:"我说,麦克交代的事可能真的很重要……"

"告诉我!"戴尔不假思索地举起猎枪对准吉姆·哈伦的方向,他完全没想到自己竟会做出这样的举动。

哈伦的小手枪还插在腰带里,外面压着一大堆笨重的绳子:"听着,戴尔……我知道你已经急疯了,你弟弟……而且照我平时的脾气,我也不爱听别人发号施令,但麦克确实有他的道理。来吧,帮我搬几块木板过去,然后我就告诉你从哪儿进去。"

戴尔烦躁得想放声大叫。但最终他还是把猎枪倚在墙边,抬起了一块沉重的长木板。去年秋天,教学楼的西门廊被拆除以后,剩下的几十块旧木板一直堆在这里。现在它们依然留在原地,浸透了雨水的木头正在慢慢腐烂。

五分钟后,两个男孩已经往北门廊搬了八块木板,他们将长木板搭在门廊前方的台阶上。"如果这玩意儿也算斜坡的话,恐怕连自行车都托不住,"戴尔说,"麦克一定是疯了。"

哈伦耸耸肩:"我们答应过的事儿就得做到,现在咱们走吧。"

枪不在手边,戴尔一直心神不定,现在他很高兴地发现猎枪还在原地,和他离开时一样。教学楼的北墙漆黑一片,只有空中骤然炸开的闪电时不时将一切照得雪亮。学校里所有的柱灯和路灯都灭了,但教学楼最上面的几层却透着幽幽的绿光。

"走这边。"哈伦低声叮嘱。地下室所有的窗户外面都蒙着铁丝网和胶合板,哈伦在最靠近教学楼西南角的窗户外面停下脚步,他利落地扒开松垮垮的长木板,一脚踹向生锈的铁丝网。锈蚀的金属应声而碎。"去年4月份有一天,格里·戴辛格和我十分无聊,这排窗户我们挨个儿踹过。"哈伦解释道,"来帮我一把。"

戴尔把猎枪放在墙边,帮着哈伦拉开破碎的铁网。铁锈和灰尘簌簌掉进人行道下方的窗井。

"抓稳了。"哈伦的声音几乎淹没在狂风和滚滚而来的雷声中。他坐在地上,弯腰拉开铁丝网,右脚的运动鞋踹向玻璃窗,木窗格咔嚓一声断了。紧接着他又踹开了第二个窗格,然后是第三个。现在这扇小窗被破坏了一半,玻璃碎片反射出狂乱的天空。

哈伦收回右腿,右手掌心向上摆出一个优雅的手势:"请,我亲爱的加斯顿。"

戴尔抓起猎枪,探身钻进黑洞洞的窗户。他的腿在黑暗中试探,左脚碰到了一根管子,于是他先将猎枪扔向地面,腾出两只手护着身子,避开窗边碎玻璃的断碴儿,踩着管子直接跳向下方5英尺外的地面。刚一落地,他立即捡起猎枪平端在胸前。

哈伦跟在他身后钻进了窗户。闪电照亮了扭曲的铁管和巨大的弯管接头,他们看到了一张大工作台的红色桌腿,但其余的空间仍笼罩在无尽的黑暗中。戴尔取出腰间的手电筒,把水枪重新插了回去。

"快开灯啊,看在上帝的分儿上。"哈伦焦急地催促,他的声音绷得很紧。

戴尔打开了手电筒。这是一间锅炉房,头顶的黑暗中随处可见盘绕的管路,巨大的金属罐如火葬炉般矗立在房间两侧。无所不在的阴影填满了巨型锅炉、管路和屋椽之间的缝隙,锅炉房外,地下室的走廊看起来比影子还黑。

"咱们走吧。"戴尔低声说道,他右手的手电筒直接压在萨维奇的枪管上方。现在他开始后悔自己怎么没把点22的子弹也全都带上。

戴尔领头走向漆黑的走廊。

"妈的。"凯文·格鲁姆班彻低声咒骂。平时他从来不说脏话,但眼下就没有一件顺利的事情。

其他人都走了,只剩下凯文自己竭尽全力试图摧毁老爸的卡车和生计。他真的不愿意偷偷打开油泵和汽油罐，利用泵牛奶的管子将汽油抽进牛奶罐里。无论他们将橡胶管子洗上多少遍，多少总会有点汽油残留下来，下一批牛奶肯定会遭到污染。光是这套管子就价值不菲，凯文简直不愿意去想，牛奶罐里面会变成什么样。

问题在于，既然现在整个街区都停了电，他们家的空调自然也失去了作用，所以他的父母很快就会醒来——要是外面的风声再大一点，他们还会醒得更快。他爸向来睡得很好，但暴风雨来临的时候，他妈常常满屋子转悠，怎么都睡不着。唯一值得庆幸的是，他们的卧室在楼下的电视室旁边。

除此以外，凯文还得设法在不发动引擎的情况下把牛奶车弄到车库外面去。他有钥匙，但没了空调的掩护，挪动车辆的噪声肯定会吵醒他爸。外面的风声倒是越来越大，但凯文觉得风声还是没法掩盖卡车的引擎声。

幸运的是，他们家的车道在半山腰上，所以凯文只需要给车挂上空挡，它就能慢慢滑到 10 英尺外的油泵旁边。他刚把离心泵的电线插进车库里的 230 伏插座，这才想起来现在停电了。真棒。真他妈棒极了。

车棚里倒是有一台科尔曼牌汽油发电机，只是这台机器肯定比卡车本身更吵。

但他别无选择，只能冒险一试。凯文调好开关和手柄的位置，用卡车上的简易油桶往发电机的汽化器里加了点油，然后用力一拉起动器。发电机突突两声，卡了一下壳，最后终于启动了。

这声音也不算太大，完全比不上一根大铝管里的 10 辆卡丁车。

但他家的后门没有突然打开，他爸也没有披着翻飞的睡袍冲出来查看，愤怒的眼睛瞪得溜圆。至少现在还没有。

凯文将电源线插进正确的插座，关上车棚大门，挡住能将电线吹跑的狂风。他摸索着将钥匙插进锁孔，打开了地下油罐的控制面板。车棚墙角倚着一根 9 英尺长的棍子，那是他爸用来测量油罐深度的：罐子里的油还是满的。凯文笨拙地打开油罐背后的小门，接好沉重的管子，然后拖着管子的另一头穿过车道走向卡车。黑暗中蜿蜒的油管让他情不自禁地想起了某些他现在不想去想的东西。

肆虐的风暴愈发狂野。格鲁姆班彻家平房正面的桦树和杨树被吹得东倒西歪，闪电照耀下的世界犹如柯达的彩色胶片一般虚幻。

凯文合上开关，真空泵开始工作，油管慢慢变得僵硬起来。高品质汽油哗啦啦地流进擦洗得一尘不染的不锈钢牛奶罐，听着油液流动的汩汩声，他闭上了眼睛。对不起，孩子们，最近你们的牛奶喝起来恐怕有点壳牌风味。

不管这事儿结果如何，老爸肯定恨不得杀了他。凯文的父亲很少发火，可要是谁真把他惹急了，他那双日耳曼人独有的红眼睛足以吓得他妈和周围的人都退避三舍。

狂风呼啸而来，沙子和石砾拍打着他的身体，凯文重新睁开眼睛，然后又眨了眨。戴尔和哈伦的身影已经从学校操场上消失，麦克也钻进了斯图尔特家的地下室。突然间凯文觉得十分孤独。每分钟 75 加仑。现在罐子里起码有 1000 加仑汽油，这还只是油罐容量的一半。那么……他至少要等十五分钟？用不了那么久老爸就会醒来。

凯文等了六分钟。他手里的管子还在汩汩输送着汽油，车棚里的发电机嗡嗡响个不停，外面的风暴越来越狂野。他望向小山脚下，却看见老中心学校的操场上掀起了阵阵涟漪。

感觉就像两条鲨鱼在海里游动，背鳍轻轻划开水面，或者风洞中起了波澜。但那既不是海也不是风——操场坚硬的地表下方，有什么东西正在高速穿过公路直奔山坡上的牛奶车。

他看到了两道波浪。两道土垄迅速隆起，就像地里有两只鼹鼠正在朝着他打洞。

而且它们来得很快。

38

在隧道里前进了差不多10码以后，麦克发现后面的路变得好走了不少。隧道变宽了，直径起码有28英寸，甚至30英寸，不像洞口那么狭窄——他好不容易才挤了进来。嵌着一圈圈肋条的洞壁十分坚硬，泥土中混杂着一些灰色的东西，感觉像是干掉的航模胶水，让他不由得想起了卡特彼勒拖拉机或者推土机留在地里又被太阳曝晒了好几天的履带痕迹。麦克觉得在这样的隧道里匍匐前进不算太难，以前他们也钻过公路下面波纹钢铺的涵洞，非要说的话，涵洞里面还要窄点。

只是这条隧道长达几百码，甚至几英里，而不是几码。

隧道里的气味十分糟糕，但麦克没有理会。手电筒的光束照亮了洞壁上暗红的肋条，他不禁又想起了肠子。通往地狱的肠道。但他努力甩开了这个念头。胳膊肘和膝盖越来越疼，为了抵御疼痛和别的东西，他开始反复默诵《圣母经》，间或穿插几句《天主经》。出门前他把最后一小块圣餐留在了姆姆床头，现在他觉得自己真该把它带上。

麦克越爬越远，隧道左弯右拐，有时候稳步下降，有时候又一路上升，让他觉得地面离他头顶没准儿还不到1码。然而就在下一刻，隧道又转而滑向地底。一路上他遇到了两个岔口，其中一条岔口在他左手边，狭窄的洞穴近乎笔直地伸向远方；麦克拿手电筒照了照，侧耳倾听片刻，然后继续沿着原来的方向向前爬去，他觉得自己所在的这条隧道才是最新的，至少这边的臭味最浓。

每次转弯的时候，麦克总觉得自己会迎面撞上劳伦斯·斯图尔特的尸体。也许只剩几根骨头和散落的肉块，或者更糟。但要是麦克找到了那个8岁的孩子，至少他可以立即离开这条恐怖隧道，然后回去告诉戴尔和其他人，他们没道理非得在晚上摸到学校里去。

只是现在，麦克恐怕再也找不到回去的路了。他不记得自己拐了多少个弯，反正多得足以让他忘记来路。他一直顺着主隧道——或者说，他认为这就是主隧道——往前爬，牛仔裤膝盖以下的部分早已磨成了布条，小腿也开始往外渗血。感觉像在坑坑洼洼的水泥地上爬行。手电筒照亮的始终只有暗红的地面，只是有时候光束能照到20码外，有时候只有20英寸，因为隧道突然急转直下，或者又拐了个弯。每次经过拐角，麦克总盼着前面能有点不一样的东西。

腰带上的几支水枪正在漏水，这更让他觉得自己是个彻头彻尾的傻瓜。跟怪物作战是一回事，但穿着湿裤子跟它们作战就完全是另一回事了，麦克暗自想道。他抽出漏得最厉害的一支水枪，用牙齿把它叼住。流口水总比尿裤子感觉强点。

隧道再次向右拐了个弯，陡峭的斜坡开始急速下降。麦克继续一点点往前爬，借助手肘的摩擦力缓冲身体，手电筒的光束在暗红的洞顶上跳跃。他还在继续爬行。

虽然还没看到它，麦克已经感觉到了它的到来。

地面开始微微颤抖。麦克记得很久很久以前的某个夏夜，他和戴尔去橡树山看球赛，他们在月光下沿着铁轨走了很远。当时他们感觉脚底传来一阵颤抖，于是两个男孩将耳朵贴在铁轨上，感觉到盖尔斯堡和皮奥里亚之间的每日特快正远远地朝他们飞驰而来。

现在的感觉和那时候很像，只是比那还要强烈得多。剧烈的振动摇撼着麦克的指骨、膝盖和脊柱，晃得他的牙齿咯咯发抖。伴着振动扑面而来的还有那浓郁的恶臭。

麦克考虑了一下要不要关掉手电筒，然后决定去他妈的。不管有没有光，它们肯定都能看见他，那他为什么要放弃自己的便利。他趴在地面上，用下巴压住手电筒，右手握紧姆姆的松鼠枪，左手抽出水枪。然后他突然想起来了，一会儿肯定得补充子弹，于是他手忙脚乱地掏出4枚子弹，把它们裹在T恤的短袖里，这样更方便拿取。

下一个瞬间，振动似乎完全将他包围了，甚至包括头顶和背后。他一下子恐慌起来，万一怪物从他后面发起偷袭，那该怎么办？也许他根本来不及做出任何反应，那玩意儿已经一口咬住了他的大腿。恐惧如漆黑的胆汁般直冲麦克头顶，但在下一秒钟，振动的位置和强度重新稳定下来。它在我前面。

他趴在地上，耐心等待。

那东西终于出现在他前方12英尺外的转弯处。它的模样比麦克想象的还要可怕。

有那么一秒钟，他差点儿直接尿了出来，但他及时控制住了自己的膀胱，思绪也随之沉静下来。局面其实没那么糟，真的。

局面真的有那么糟。

它看起来就像麦克当时抓住又放跑的那条鳗鱼。七鳃鳗的巨口仿佛能吞噬一切，口腔内壁一圈圈的牙齿似乎无穷无尽，一路通往它的肠道深处；这条虫子的尺寸和最粗的下水管差不多，巨口周围上千条颤抖的附肢就像无数根纤细的手指，或者触须，或者锯齿状的嘴唇——在那个瞬间，麦克觉得这实在无关紧要。

手电筒照亮了灰粉色的血肉，皮肤下方脉动的血管清晰可见。但它没有眼睛。只有牙齿。无穷无尽的牙齿。粉红的肠道和暗红的洞壁犹如一体。

怪物突然停了下来，触须般的嘴唇扭曲翻转，巨口一开一合，紧接着它猛地扑了过来，速度快得超乎想象。

麦克扣下了水枪扳机，圣水划出一条弧线，射出了足足10英尺。他看见粉红的血肉嗞嗞地冒出白烟，这才意识到对面的玩意儿体形太大，这么点圣水根本不可能对它造成严重的损伤；但他已经来不及退开了，麦克打响了右手的松鼠枪。

枪声震得他的耳朵嗡嗡作响，耀眼的回火晃花了他的双眼。

麦克打开后膛，抖出空弹壳，麻利地从T恤袖子里掏出一颗子弹装进枪管，啪一声合上枪膛。

他又开了一枪，这次他学会了拼命眨眼，尽量缩短视网膜的反应时间。

怪物停了下来。必须让它停下来，否则现在男孩已经被它吞进了肚子。手电筒光束歪向一边。麦克又换了一发子弹，一边瞄准，一边用左手重新摆正手电筒。

它的确停了下来，就在他前面不到 8 英尺的地方。怪物浑圆的大嘴裂了好几道口子，洞壁崩裂的碎片落进了它嘴里，灰绿色的液体不断从巨虫身上往外渗。

它看起来更像是被突如其来的袭击惊呆了，而不是伤得无法动弹。

"去你妈的！"默念《圣母经》的间隙，麦克厉声喝道。他又开了一枪。重新上膛。紧接着他往前爬了一码，松鼠枪再次开火。他兜里至少还有 10 颗子弹。麦克腾出一只手摸索着右边的口袋。

七鳃鳗似的怪物退回了隧道拐角后面。

麦克仍在断断续续地咒骂，尽管他的胳膊肘和膝盖早就磨破了皮，但他还是以最快的速度追了上去。

"我们这是在哪儿？"戴尔低声问道。

离开锅炉房以后，他们顺着狭窄的过道往左拐了好几个弯，进入了一条更宽的走廊；不过现在，前面的过道又收窄了。粗大的管道在他们头顶伸展。地下室的走廊里四处散落着旧课桌、空纸板桶和碎裂的黑板。还有蛛网。很多很多蛛网。

"我不知道这是哪里。"哈伦低声回答。两个男孩手里的手电筒都亮着，光束像发了疯的虫子似的从一个表面扫向另一个表面。"地下室西翼是范·锡克的地盘。我们谁都没进来过。"

他说得没错。这里的走廊特别狭窄，天花板也很低，倾斜的混凝土墙和石墙上嵌着无数小门和检修口。头顶的管子还在不断往下滴水。戴尔觉得这地方就像一座迷宫，他们可能永远都找不到熟悉的走廊，尽管他曾无数次穿过那些走廊去地下室里上厕所。地下室楼梯位于教学楼主楼梯的正下方。

他们又拐了个弯。戴尔一直扣着叠排式猎枪的击锤，现在他的拇指早已麻木，他甚至开始怀疑，击锤是不是已经落回了原位。他觉得自己的腿随时可能被走火的猎枪打飞。哈伦的两条胳膊都直直端在胸前，打着石膏的左手握着手电筒，另一只手举着点38手枪。他的身子左摇右摆，抖得像狂风中的风向标一样。

老中心学校的地下室并不安静。戴尔听到了各种各样的声音，有来历不明的嘎吱声、窸窸窣窣的滑动声，还有令人焦躁的摩擦声。管道里不时传出空洞的回音和低沉的呻吟，就像有一张大嘴正在朝管子里吹气。厚重的石墙似乎总在微微膨胀然后收缩，就像墙的另一面有什么庞然大物正在对它有规律地施加压力。

戴尔绕过下一个墙角，手电筒光束迅速划出一道弧线，萨维奇立刻抬到了肩膀的高度，尽管他的右臂疼得要命。

"天哪。"跟在他身后的哈伦刚刚转过弯来，立即发出一声虔诚的轻叹。

现在他们终于进入了地下室的主过道。戴尔一眼就认出了这个地方。这么多年来，他曾无数次穿过这条长长的走廊，去往地下室深处的厕所、音乐教室或者美术教室。两道上下分开的楼梯应该就在前面20码外。应该。

现在他们头顶的管道上倒挂着一串串湿润的灰色钟乳石。墙上似乎蒙着一层薄薄的绿油膜。走廊里随处可见一堆堆灰色的不明物质，看起来像是正在成形的石笋，或者融化的巨型蜡烛。

但让哈伦失声惊叹的并不是这些东西：墙上有很多洞，有的大约有1.5英尺宽，有的从地面直通天花板。无数隧道从这条主过道出发，通往操场下方的土壤和岩层。隧道里散发着幽幽的荧光；虽然这地方没有窗户，但戴尔和哈伦完全可以关掉手电筒，荧光足以照亮周围。

但他们没有关掉手电筒。

"看。"哈伦说道。他推开了一扇门，门上的标牌写着"偶"。门后曾是他们的男厕所，现在墙上的金属隔板已经被扯了下来，而且像薄铁皮一样拧成了麻花。小便槽和马桶也离开了原来的位置，破碎的设备堆得老高，最上方几乎触到了天花板。断裂的水管纠缠在一起，无用的电线垂在天花板下面。

长条形的厕所几乎被奇怪的东西填满了：天花板上倒挂着灰色的钟乳石，堆成小山的软蜡散发着绿幽幽的荧光，如呼吸般时明时暗，墙角拢着一束束蛛网般的粗线，细看之下又像是无毛的生肉。左边墙上的洞直径至少有 8 英尺，里面散发着湿土和腐殖质的气味。除此以外还有十几条大大小小的隧道，就连天花板和地板上也有黑幽幽的洞口。

"我们还是走吧。"哈伦低声催促。

"麦克说过，他会来这里跟我们碰头。"

"麦克没准儿来不了了，"哈伦轻声反驳，"我们还是先去找你弟弟，然后赶紧出去。"

戴尔只犹豫了一秒。

楼梯被几扇摇摇晃晃的门堵住了。北边那扇门上面的合页已经脱落，门扇歪向一边。戴尔靠在门口，手电筒光束照向楼梯上方。

楼梯间的墙上也覆盖着一层光滑的蜡膜，地上到处都是灰色的土丘，一股深色的液体顺着台阶流了下来，穿过一扇扇半开的门，在戴尔和哈伦脚下聚成一摊。

戴尔深深吸了三口气，推开门板率先踏上楼梯，走向第一个平台，网球鞋每迈出一步他都能听见那潮湿的嘎吱声，脚下的触感更让他心惊胆战。棕红色的液体没有一丝光泽，黏稠得绝不像是清水，就连血液也没有这么厚重。感觉更像机油或者变速箱油，闻起来又有点像猫尿。

戴尔不禁想道，楼梯上面说不定蹲着一只三层楼高的巨猫，脑子里的画面逗得他差点儿笑出了声。哈伦不满地瞪了他一眼。

"麦克会上来找我们的。"他低声告诉哈伦，并不在意对方能不能听见。但在那个瞬间，他根本不相信麦克还活着。

南边两个长街区外，漆黑的主街上空无一人，舞台公园里也不见人烟，只有一辆豪华轿车孤零零地停在公园西侧的停车场里。放映机还在转动，因为它插在义务消防站的应急插座上。空旷的舞台一片死寂，只有站在某个特定的角度，你才能看见地板上的大洞。一根粗壮的树枝砸在扬声器上，那对喇叭顿时沉默下来，银幕上的画面失去了声音。

挂在公园咖啡馆侧墙外的银幕也垮了一小半，15 英尺 × 20 英尺的帆布巨幕被狂风吹得噼啪作响，就像连续开火的大炮。银幕上的一男一女正在艰难前行，他们周围的空间看起来像是一座地牢。镜头切换到他们头顶的另一个房间，打翻的枝状烛台引燃了红天鹅绒窗帘。火势开始向天花板蔓延。

一个女人张开嘴巴放声尖叫，却没发出任何声音，天地间似乎只剩下银幕拍动的噼啪声和滚滚而来的惊雷。

一辆长长的半挂卡车沿着哈德路开了过来，强风吹打着它的金属车帮，挡风玻璃前方的雨刷急速摆动，尽管镇上还没有下雨。经过"限速 25 英里，电子测速"的标牌时，卡车丝毫没有减速。

南边的闪电照亮了一堵黑墙，厚重得犹如实质的暴风雨正以奔马般的速度越过田野直扑榆树港，但谁也没有看见它的到来。

火光照亮了翻飞的银幕和咖啡馆的白墙，大火正在吞噬厄舍古屋，翻腾的烈焰灵动得像是真的一样。

凯文跳上牛奶车高高的挡泥板，抓起对讲机按了五次通话键，对面却一直没有反应。

"喂，戴尔……听着，有东西正朝我这边来！"他冲着对讲机声嘶力竭地大喊。但喇叭里传来的只有静电音和头顶雷声的回响。

那东西真的正在朝他赶来。两道土浪穿过校园，消失在德宝街的柏油路面下方。

就像鲨鱼潜入深海，凯文想道。现在他双手握着父亲的柯尔特公务型点45配枪，将一颗子弹送入枪膛，左手紧握枪柄，食指扣在半自动手枪的扳机上，另一只手拨开了保险。第一颗子弹已经就位，用他爸的话来说，"保险锁紧，子弹上膛"。凯文将拇指放在击锤上，等着那两条七鳃鳗似的怪物重新出现在街道这边。

有那么一分钟左右的时间，什么事情都没有发生。周围没有一丝声音。或者说，除了狂风的呼啸和离心泵永不停歇的嗡嗡声以外，没有其他声音。凯文双手紧握自动手枪，慢慢松开了击锤。他低头看了看油泵和管子，确定油泵还在正常工作，但他还是留在卡车上面，没有跳到地上。

一条长得像七鳃鳗似的虫子骤然出现在卡车右侧6英尺外，另一条虫子从车道上冒了出来，扬起的石子哗啦啦飞向空中。两条虫子分节的身体都很长。第一条虫子从身边掠过的时候，凯文看见了它一张一合的嘴巴、颤抖的卷须和嵌满一圈圈牙齿的蠕动的肠道。

怪物再次钻出地面准备向下俯冲的时候，他举起了手枪，却没有开火。天哪！他的胳膊开始发抖。

车道上的第二条虫子一头扎进右边的地面，再次激得石子飞溅，长得像是没有尽头的脊背渐渐消失在油管下方。它会不会撞上埋在地下的油罐？

凯文爬向卡车上方，透过牛奶罐顶部的盖子朝里面望了望。他抓着对讲机绝望地喊叫："戴尔……哈伦！有人吗？救命啊，快来人啊，完毕！"

但对讲机那头一片死寂，只有嗞嗞的静电声一如既往。

凯文爬向牛奶罐前方的驾驶室，探身打开副驾驶侧的车门，也许他应该钻进驾驶室避避风头。

七鳃鳗似的怪物出现在驾驶室右侧 5 英尺外，这次它径直扑了上来，狰狞的嘴巴张得比身体还大，巨口周围的卷须不断伸缩搏动，粗壮的身子砰一声砸在车门上，重达 3.5 吨的卡车像玩具一样摇晃起来。

凯文早已松开车门滚回了驾驶室的天棚上，他只想离那玩意儿远点。他张开嘴巴想要尖叫，但却没发出任何声音，只是急促地喘着粗气。男孩的身体不由自主地滚向司机侧的车门，他伸手想抓住什么东西，但指甲划过的只有光滑的金属。从天棚边上掉下去的时候，他没能抓住敞开的车窗，最终重重摔倒在地。他的脚钩住了车身侧面的踏板，对讲机却飞到了院子里的草坪上。

第二条七鳃鳗出现在 15 英尺外，它弓起身子跃过草坪，碎裂的草皮足足飞了 10 英尺高。凯文眼睁睁地看着那张巨口向自己扑来，对讲机被翻腾的地面甩得更远。不知道从哪儿来的力气，他手忙脚乱地爬上卡车引擎盖，一双长腿到处乱蹬，只想找个落脚的地方。

第二条七鳃鳗哐地撞向司机侧车门，盲目的怒火与第一条如出一辙。紧接着它退后了一点，一张一合的巨口在空中高高扬起，宛如一条正准备发动袭击的眼镜蛇。凯文在引擎盖上连滚带爬地挪向左边，探头越过驾驶室看了一眼。第一条怪物刚才已经没入了石子地里，现在它又卷土重来，全力撞向右侧车门。车窗玻璃被震得粉碎，沉重的车门向内凹了一个大坑。

趁着第一条七鳃鳗暂时退却、第二条怪物还没再次发起攻击的瞬间，凯文翻身爬上驾驶室顶棚，然后毫不迟疑地跳上了更高的金属牛奶罐。他感觉脚下一滑，但下一秒钟，他已经和身向前一扑，抓住了牛奶罐中间的加注盖。但他的腿不由自主地滑向罐子右侧。

七鳃鳗的身体又从地里蹿出了一截，挥舞的卷须恶狠狠地扑向他的双腿。凯文已经闻到了怪物搏动的肠道向外散发的恶臭，他像个老练的骑师一样竭力向上收紧小腿，一双胳膊承受着全身的重量，蓝色牛仔裤紧贴在不锈钢罐子光滑的弧面上。

"干掉它们！"有人在狂风中喊道。

凯文抬起头，看到科迪·库克就站在车棚外面。狂风拍打着她的身体，鼓起的布袋裙在风中狂乱地飞舞，犹如一面棕色的旗帜。女孩剪得很糟糕的短发全都被吹到了脑后，露出一张扁平的圆脸。

科迪松开手里的皮绳，早已跃跃欲试的大狗迫不及待地扑向10英尺外的巨虫。庭院里的怪物分节的身体又蹿了上来，凯文倏地收起双腿。

怪物再次退回地下，在牛奶罐侧面留下一道黏液的痕迹。不锈钢罐子被砸出了一个小坑，离凯文的运动鞋还不到10英寸。

大狗咆哮着扑向第一条七鳃鳗，粗壮的前腿牢牢按住了巨虫分节的脊背。七鳃鳗弓起身子潜入地下，被激怒的大狗猖猖狂吠，顺着车道向前冲出六步，准确地扑住了再次钻出地面的怪物。

"快过来！"凯文喊道。

科迪沿着山坡冲向卡车，跳向挡泥板上方。但她的尝试没有成功，幸亏凯文一把抓住她的手腕把她拉了上来。第一条七鳃鳗的巨口狠狠拍在不锈钢牛奶罐上，离女孩赤裸的小腿只有1英尺远。它顺着卡车的后挡泥板滑向地面，再次盘起身体，狂吠的大狗疯狂地扑向它的脊背。第二条七鳃鳗在庭院里不断转圈，仿佛正在积聚速度。

"上来。"凯文喘着粗气把科迪拉到了牛奶罐顶上。他们站起身来，利用双臂在狂风中平衡身体，双腿岔开跨坐在凸出的加注盖上。

第一条七鳃鳗突然往后一缩，张开的嘴巴闪电般扑向大狗。那条狗只来得及叫了一声，下一秒钟，它的大部分身体已经消失在七鳃鳗的巨口里。怪物的身体一张一缩，原本活蹦乱跳的大狗眨眼间化作了虫子巨口下方隆起的肿块，七鳃鳗再次扎向地面，消失在靠近街道的庭院边缘。

"路西法！"科迪失声喊道，眼泪顺着她的脸颊无声地滑落下来。

"小心！"凯文惊呼。第二条七鳃鳗冲出庭院地面，两个孩子躲向车身右侧，一张一合的巨口扬起了足足8英尺高，离牛奶罐上方高耸的盖子只差一点。

凯文和科迪回头望去，第一条七鳃鳗已经绕了回来。

两条虫子一左一右，再次包围了卡车，离心泵仍在往牛奶罐里嗡嗡输送着汽油。

39

戴尔顺着台阶爬向一楼，走到转角平台的时候，他停下脚步，举起手电筒照了照。向下流淌的深色液体越来越多，楼梯扶手、栏杆和绿墙的下半部分都涂着一道道几丁质般的蜡状物，和他在地下室里见过的一模一样。两个男孩尽量走在楼梯中间，谁也不敢放下手里的武器。

北楼梯井顶端有两扇转门，但是现在，两扇门的合页都已松脱。戴尔在门前停了下来，他低头看看木门裂开的缝隙里渗出来的黏稠液体，探身绕到门后，手电筒的光束照亮了老中心学校的大厅。

不知从何而来的柱子和墙壁塞满了曾经空旷的大厅，每一处表面看起来都湿漉漉的。哈伦低声说了句话，戴尔转头问道："什么？"

"我说，"矮男孩字斟句酌地重复了一遍，"地下室里有动静。"

"也许是麦克。"

"我不这样认为。"哈伦轻声反驳，他的手电筒往下一晃，"你听。"

戴尔仔细倾听。刺耳的刮擦声和窸窣的滑动声传进了他的耳朵，听起来就像某个体形特别庞大的柔软物体填满了地下室的走廊，它正在不断推开身前的课桌和黑板——一切挡道碍事的东西。

"我们走。"戴尔穿过摇摇欲坠的门扇，一脚踏进学校大厅。

他感觉身后的哈伦也走进了这片巨大的空间，矮男孩现在正跟他并肩而立，但他没空转头去看。眼前的景象简直让他目不暇接。

老中心学校内部看起来已经和七周前完全不一样了。戴尔左右环顾一圈，最后仰头望向主楼梯井上方。

地板上铺着一层黏稠得近乎凝固的棕色液体，糖浆般的黏液几乎淹没了戴尔的脚背。墙上也蒙着一层粉红色的半透明材料，戴尔曾发现过一窝刚出生的小老鼠，它们粉红色的肉团颤抖着挤成一堆，他觉得现在墙上的东西就和它很像。大厅里的所有东西似乎都在往外渗漏有机质般的黏液，无论是各处的栏杆和扶手，还是结满蛛网的乔治·华盛顿和亚伯拉罕·林肯画像，又或者蒙着更厚一层蛛网的衣帽间钩子，甚至包括门钮、横梁和窗户的角落；被木板封死的窗户就像形状不规则的巨大画框，然而打造画框的材料不是木头，而是一团团搏动的血肉，就连大厅夹层和幽暗的楼梯也浸泡在黏稠的液体之中。

但最恐怖的噩梦高悬在他们的头顶上方。

戴尔仰着头，看到哈伦的手电筒光束和他的重合在了一起。

二楼和三楼的看台几乎被灰粉色的肉线裹了起来，越靠近穹顶中央的钟楼，这些丝丝缕缕的物质就越密集，它们彼此缠绕，纵横交错，顺着幽暗的空间一路向上延伸，就像哪个疯子给某座大教堂设计了这样一组肉色的飞扶壁。惨白的钟乳石和石笋无处不在，它们要么倒挂在暗淡的灯具下方，要么立在扶手和栏杆上，要么干脆横贯整个大厅中央，就像用撕碎的血肉和肋间的软骨捏成的一条条晾衣绳。

这些"晾衣绳"上还挂着许多"脏衣服"，搏动的猩红色物体看起来就像一个个卵囊。戴尔的手电筒停在一个卵囊上，他看见了里面的黑影。而且它们在动。整个卵囊也在缓缓搏动，仿佛挂在血色绳索上的人类心脏。这样的东西一共有好几十个。

夹层里隐隐透出移动的阴影，液体从幽暗的彩绘玻璃窗边滴落。但戴尔完全没空理会这些细枝末节，他的视线落在穹顶中央的钟楼上。

三楼平台上方原本是尘封多年的"高中教室"，但是现在，封锁钟楼的木板不知被谁拆掉了，幽幽的绿光就来自那里。

望着那团恲动的蓝绿光，戴尔意识到，"幽光"这个词其实并不准确。蜷曲的粗短光束仿佛来自某个辐射源，它们彼此交错，簇拥着钟楼中间那个红光氤氲的物体，男孩看得目瞪口呆。

也许那是一只蜘蛛，因为它长着那么多腿和眼睛；也许那是另一只卵囊，戴尔在亨利叔叔的农场里见过受精卵的卵黄，半成形的心脏和血红的眼睛都和眼前这东西十分相似；也许那是一张脸，或者一颗巨大的心脏，从某种病态的角度来说，它和那两样东西都长得很像……戴尔抬头望着钟楼，越来越深的绝望攫住了他，他感觉胃里翻江倒海，但哪怕隔着40英尺的距离，他也知道，那东西既不是蜘蛛，也不是卵囊，更不是脸或者心脏。

哈伦碰了碰他的胳膊。戴尔·斯图尔特很不情愿地、近乎痛苦地将目光从钟楼中央那张肉色的大网里收了回来。

尽管钟楼正散发着病态的幽光，但一楼还是很暗，形状各异的影子彼此交叠。可是现在，一道影子开始动了起来，它离开密布蛛网的一年级更衣室，踏着轻盈的脚步走向两个男孩。

一张苍白的脸从黑色身影上方的幽暗中浮现出来，戴尔抬起颤抖的手臂，举起了猎枪。

罗恩博士在10英尺外停下脚步，一身黑西装和幽暗的背景犹如一体。哈伦的手电筒抖个不停，跳动的光束照亮了校长微微反光的手臂和脸。轻微的响动从他背后传来，与此同时，两个男孩身后，地下室里的声音始终未曾停歇。

戴尔从没见过罗恩博士笑得这么灿烂。

"万分欢迎。"校长轻声说道，强烈的光线刺得他眨了眨眼，他的牙齿看起来光滑而湿润，"或许你们不介意再抬头看看？"

戴尔心不在焉地抬头瞥了一眼，他不打算将视线从眼前这个黑衣人身上移开太久。但眼前的景象让他忘记了罗恩博士，戴尔仰起的头像被钉子钉住了一样，他不得不放下猎枪，才能稳住手电筒的光束。

劳伦斯在钟楼上。

麦克觉得，钻进这条隧道大概不是他这辈子做的最明智的选择。现在他的双手和膝盖都在流血，背疼得要死，而且还迷了路。感觉似乎过了好几个小时，不管学校里发生了什么，他都错过了最关键的时刻。那条七鳃鳗似的怪物肯定还会回来，但他的子弹已经快打光了，手电筒的电也即将耗尽，除此以外，他还发现自己似乎有点幽闭恐惧。

除了这些事以外，他想道，其实我现在挺好。

前面的分岔和拐弯越来越多，整个隧道俨然一座迷宫，他觉得自己再也走不出去了。起初他还能轻松分辨主路和支路，因为主隧道的洞壁更加坚固，气味也更浓郁。可是现在，所有岔路感觉都一模一样。过去的十五分钟里，麦克起码经过了 10 多个岔口，他肯定已经走错了路。说不定他已经爬到了烧毁的运粮机下面，而且还在茫然无知地继续向北前进。

去他的，麦克暗忖，然后他赶紧在默念的圣母经和天主经后面加了一段痛悔经。

他有两次险些被七鳃鳗抓住。第一次他听到身后的响动，于是立即爬进一条狭窄的岔路，举起越来越暗的手电筒和姆姆的松鼠枪对准了震动传来的方向。看到那张大嘴周围如海藻般扭动的白色卷须，他立即扣下扳机，震耳欲聋的枪响还在隧道里回荡，他已经换上子弹又开了一枪。受惊的怪物钻进了隧道下方，麦克的第三枚子弹只打中了它的脊背，感觉就像对着坚硬的铠甲扔石子儿。

大约一分钟后，那条七鳃鳗——或者它的孪生兄弟——直接穿透了麦克前方的洞顶，扭动的巨口在 5 英尺外盲目地寻找他的踪迹。麦克忘了这玩意儿会打洞，它们不会一直停留在已有的隧道里。这个小小的疏忽差点儿要了他的命。

麦克把没用的水枪扔进怪物的巨口，他清晰地看到了那张大嘴后面镶满利齿的猩红肠道。然后他扣下了扳机。换子弹，开火，再换子弹。

等到回火的眩光终于从他的视网膜上消失，那条七鳃鳗已经不见踪影。

他拼了命地向前爬去，不断抬头低头查看洞顶和洞底；现在他已经有点神经质了，他总觉得那张大嘴早晚会出现在某个意想不到的地方，然后一口把他吞掉。

没过多久，七鳃鳗的确从他前方几码外的洞顶冒了出来。但这一次，怪物根本没有理会麦克，而是直接钻进了洞底，就像急着逃离地面上的什么东西。汽油的味道开始在隧道里蔓延。

麦克在原地停留了片刻，这股气息蕴含的意味令他思之胆寒。天哪，天哪，它找到了小凯的牛奶车。这时候麦克只恨对讲机不在身边。不过那玩意儿在地底下还能用吗？小凯或者杜安应该知道。然后他想起来了：杜安已经死了，现在凯文可能也送了命。

麦克继续向前爬去，他的身体已经退化成了最简单的器官，唯一的用途是将全身各处的疼痛信号送往筋疲力尽的大脑。隧道里很冷。要是能蜷起来睡一觉就好了，哪怕电池耗尽灯光熄灭也无所谓——只要让他好好睡一觉，什么梦都不要做。

麦克继续向前爬去，上了膛的松鼠枪塞在他右边的腰带里，他的手掌在崎岖不平的隧道地面上留下了一个又一个鲜血淋漓的印子。

一阵奇怪的声音钻进了他的耳朵，听起来比七鳃鳗前几次出现时更响。难道那两条大虫子同时从他身后追了上来？而且它们来得很快。震动和声音的强度都在迅速增长。

麦克加快了爬行的速度，他将手电筒叼在嘴里，头不断撞上坚硬的洞顶和石头。

身后隆隆的声音越来越响。现在他已经闻到了它们的气味——就像垃圾和腐肉混合在一起，除此以外还有另一种味道——浓烈鲜明，而且十分可怕。他回过头瞥了一眼，正好看到隧道拐角后面透出明亮的光线。

麦克拼命向前爬去，一支水枪从他的腰带上掉了出来，但他完全没有察觉。手电筒闪了几下，然后彻底灭了，他干脆把它扔到了一边；身后的强光照亮了他前方越来越宽阔的隧道。

某个巨大、嘈杂、明亮的东西填满了他身后的空间。麦克感觉到了它的热量，七鳃鳗的大嘴和肠子仿佛变成了一座火炉。

前方的隧道地面骤然消失，麦克翻滚着摔了下去，他挥舞着双手到处抓挠，但却只摸到了松脱的石块和冰冷扁平的石面。这里好像是个宽阔的洞穴，虽然周围还是一片漆黑，但感觉上比刚才的隧道宽敞得多。麦克一边胡乱蹬腿试图稳住自己的身体，一边掏出姆姆的松鼠枪，用拇指拉开击锤；不知道过了多久，他终于砰一声撞上了一块垂直的石板。

来自隧道另一头的光正在变得越来越亮，大地开始震颤，那条七鳃鳗突然出现在他眼前，巨大的嘴巴和挥舞的卷须都在疯狂地一开一合。怪物的身躯隆隆碾过麦克身前，就像一列不打算在小站上停留的货运快车，擦肩而过的时候，它燃烧的身体离麦克的运动鞋只有不到 2 英尺的距离，麦克恨不得挤进背后坚硬的洞壁里去。

七鳃鳗穿过石块消失在前方的黑暗中，闷烧的肉体在地面上留下了一道黏液的痕迹，直到这时候，麦克才意识到两件事：第一，那玩意儿着了火；第二，现在他已经离开了隧道。

他正站在老中心学校地下室的偶厕所里。

凯文和科迪分别躲向车身两侧，身体摇摇欲坠地贴在牛奶罐光滑的弧面上。两条七鳃鳗一头撞向刚才他们所在的罐体中部，粗壮的身体啪地拍在不锈钢上，又顺着罐子滑回了地面，锋利的牙齿刮擦着金属，发出刺耳的声响。其中一条巨虫的身体撞到了加油的软管，强大的惯性将管子从地下的油罐里拽了出来。泼洒的汽油顺着山坡喷溅在草坪上。

"糟糕。"凯文低声咒骂。他探过上半截身体，透过敞开的盖子望向牛奶罐里面：罐子里的汽油刚刚超过一半的高度，远远没有装满。

两条七鳃鳗在草坪上柔软的泥土中绕着圈子，起伏的灰粉色脊背犹如漫画里的尼斯湖水怪。凯文听见一扇门啪地开了，也许是他的父亲或者母亲推开了房子东南角的那扇门，越过被狂风吹得东倒西歪的树梢，目瞪口呆地望向遮天蔽日的风暴墙。他暗自祈祷，希望自己只是瞎操心。如果真是这样的话，他们只消往前迈出两步，就会看到正在庭院里转圈的怪物。要是再往前走两步的话，停在北车道上的卡车也将暴露无遗。

"待在这儿别动。"他冲着科迪大喊一声，自己顺着牛奶罐弧形的侧壁滑了下去。随后他踩着左后挡泥板上方的金属架，竭尽全力纵身一跃。

凯文如愿以偿地跳到了甩脱的油管旁边，强大的冲力迫使他就地打了个滚儿。离心泵仍在工作，但敞开的管口吸进去的只有空气。凯文开始动手将它塞回地下的油罐里。

"小心！"

他闪身向右一躲，两条七鳃鳗齐齐向他扑来，庞大的身躯撕裂了地面的草皮，快得跟人类奔跑的速度差不多。

凯文躲到卡车后面，直觉般地抢起了手中的管子。与此同时，他的右手扳下了开关——这并非出于直觉，只是手的动作抢在了脑子前面。

　　第一条七鳃鳗离凯文还有 6 英尺，就在这时候，离心泵骤然开始倒转，牛奶罐里的汽油直冲怪物张开的巨口。下一秒钟，它已经钻进了石子地，弓起的脊背迅速没入地面，凯文追着在它留下的洞里灌了不少汽油。

　　第二条七鳃鳗向右绕了个圈子，现在它又扑了过来。科迪刚刚尖叫出声，就在这时候，凯文抬起了油管，汽油划出一道长达 15 英尺的弧线，喷向庭院的方向，将怪物的前半截身体浇得透湿。

　　浓重的汽油味告诉他，第一条七鳃鳗再次从他身后钻了出来。凯文跳上后挡泥板，怪物闷头冲了过来，一张一合的大嘴咬向卡车左后方的轮胎。他竭尽所能地将汽油洒在它的身上，就连地面上的洞口也没放过。

　　空气中弥漫着汽油的味道，凯文爬到卡车后舱上方，将离心泵开关重新扳到抽吸模式。现在只能碰运气了，他俯下身子，尽量准确地将油管扔向敞开的储油罐口。牛奶罐里再次响起了汽油汩汩流动的声音。只要再坚持三四分钟就好。也许要不了那么久。

　　凯文跳向 5 英尺外的挡泥板，他知道这段距离太远，但他已经看到了卡车下方迅速移动的土垄，那是七鳃鳗的脊背。他的脚踩到了金属，但还有点打滑，膝盖重重砸在牛奶罐上；凯文张开十指，绝望地抓住摩擦力几乎为零的罐子侧壁，但他的身体还是无可避免地向后摔向地面，摔向那张开合不定的巨口。

　　科迪几乎整个人扑了下来，她的右手仍抓着牛奶罐顶端的盖子，左手牢牢抓住了他的手腕。他的重量几乎把她也拽了下去，女孩咬牙切齿地喊道："快点儿，格鲁姆班彻小子，爬上来，你倒是给我爬啊。"

　　凯文胡乱蹬踢的双腿终于够到了被七鳃鳗咬过的轮胎，借着这么一点支撑，他重新爬到了牛奶罐上方，下一个瞬间，浮出地面的怪物又在轮胎上咬了一口。

他瘫在牛奶罐顶上，大口大口喘着粗气。要是这时候七鳃鳗鼓足力气扑上来，他绝对没法再抵抗。他太累了，而且浑身发抖，一时间动弹不得。"它们身上都浸透了汽油，"他一边喘气一边说道，"现在我们只需要把它们点燃。"

科迪盘腿坐在他身旁，望向仍在庭院里转圈的怪物。"好极了，"她说，"你有火柴吗？"

凯文摸了摸衣服口袋，却没找到老爸的金打火机。他吐出一口长气，一只手仍然紧紧扒着牛奶罐的盖板。"在我的健身包里。"他伸出手指了指。10英尺外，那个小帆布包端端正正地搁在油泵上面。

哈伦的手电筒光束和戴尔的汇到了一起。

头顶大约40英尺外，一把木椅子架在三楼的栏杆上，两条细细的椅腿颤巍巍地悬在中庭上方，劳伦斯就坐在那把椅子里。小男孩似乎是被绑在椅子上面，但他身上的"绳子"和钟楼里无处不在的灰粉色肉质粗线十分相似，看起来就像撕裂的肌腱。一股粗线勒着劳伦斯的嘴巴，绳头消失在他的脑袋后面。

另一股更粗的绳子松松盘在小男孩的脖子上，另一头直通钟楼中央……那枚搏动的红色卵囊。

椅子摇摇晃晃地架在裹满肉线的栏杆上。一个成年人的身影站在旁边，惨白的胳膊扶着栏杆上摇摇欲坠的椅子。

"放下你们的武器。"罗恩博士的声音如鞭子般不容置疑，"现在。"

"你会杀了我们。"戴尔说道。他感觉自己的嘴唇有些发麻，但他还是强迫自己放低手电筒，将光束照向罗恩博士。校长身后的更衣室和潮湿的一年级教室里还有其他人形身影。

罗恩博士又笑了起来："也许吧。但要是你现在不肯放下武器，我们下一秒就会把他吊死。主人会高兴地收下新的祭品。"

戴尔抬头望去，三楼平台仿佛远在 1 英里外。劳伦斯的身体还在扭动，仿佛拼命想要挣脱，他的眼睛瞪得很大。借着钟楼里红绿掺杂的诡异光线，戴尔看见了弟弟睡衣上的牛仔。他很想大喊一声，叫他不要乱动。

"别听他的。"哈伦低声说道，点 38 手枪对准了罗恩的长脸，"杀了这个狗娘养的。"

戴尔的心跳怦怦敲打着鼓膜，几乎彻底淹没了朋友的声音："他会杀了他，吉姆。他真的会。"

"他会杀了我们。"哈伦嘶声喊道，"不行！"

但戴尔已经把他的萨维奇放在了地板上。

罗恩走上前来，离他们几乎只有一臂之遥。"你的武器。"他转头命令哈伦，"现在。"

哈伦迟疑了一下，他喃喃咒骂着抬头瞥了一眼，终于不甘不愿地把手枪放在黏糊糊的地板上。

"还有你们的玩具。"罗恩不耐烦地指了指两个男孩腰间的水枪。

戴尔慢慢将塑料枪放在地面上，但就在那最后的瞬间，他掉转枪口，一股圣水径直喷向罗恩博士的脸庞。

前校长缓缓摇了摇头，从西装外套的胸袋里掏出一张手帕擦了擦脸，然后慢条斯理地摘下眼镜把它擦干。"呵，真是一群傻孩子。虽然主人的确在所谓的信仰之都蛰伏了一千多年，因此保留了一些陈旧的习惯，但这并不代表我们所有人都在罗马天主教的地盘上长大。"他重新把眼镜架回鼻梁上，"归根结底，你并不相信这些水有什么神奇的力量，难道不是吗？"他嘴角含笑，毫无预兆地狠狠揾了戴尔一巴掌。校长的戒指在男孩脸上留下一道深沟，从脸颊斜斜拉向下颌。

哈伦喊了句什么，俯身想要抓起手枪，但黑衣男动作比他更快，他一拳砸向男孩的太阳穴，沉重的撞击在空旷的楼梯井里激起了回响。哈伦痛苦地蹲了下去，罗恩早已弯腰捡起了地上的手枪。

戴尔擦掉脸颊上的血，眼睁睁地看着大兵从雕花窗户下方的阴影中滑了出来。头顶的图书馆夹层里还有几个影子正在移动，它们看起来更高更黑。透过厚重的墙壁和被木板封死的窗户，他隐隐听到了外面的雷声。

罗恩博士伸出一只大手抚摸着戴尔的脸，手指深深陷进男孩眼睛下方的脸颊。"把你的玩具对讲机也放到地上……慢一点……很好。"他的手移向戴尔的后颈，猛地将他向前一推。男孩跟跄的脚步踩着糖浆般黏稠的液体，跨过地上的猎枪、水枪和对讲机。罗恩拖着哈伦向前走去，故意将脚下的水枪踩得粉碎，黑色的对讲机被他踢进了后面的地下室里。

罗恩的双手像老虎钳一样牢牢抓着两个男孩的脖子，他推着戴尔和哈伦踏上了通往二楼的楼梯。

40

"肯定来不及了。"凯文在呼啸的狂风中嘶声喊道。卡车车尾离油泵和健身包只有 15 英尺，但七鳃鳗正绕着圈子快速逼近。他见识过它们的速度。

忽明忽灭的闪电照亮了科迪苍白的脸，她微微一笑，小巧的嘴角向上一提。"除非我们设法……那个词怎么说来着……"她思量了一下，"转移一下它们的注意力。"

凯文还没来得及发表意见，她已经从牛奶罐另一侧滑了下去，一步跳上石子车道，沿着山坡全速冲向下方的街道。

两条七鳃鳗骤然向左转了个急弯，加快速度追了上去，犹如一对闻到了血腥味的鲨鱼。

来不及多想，凯文跳下左后挡泥板，一把抓起帆布包，转身冲向卡车前方。就在这时候，软管发出空洞的声响，地下油罐终于被抽空了。这次凯文没再爬到牛奶罐上面，而是绕了个圈子，捡起对讲机，跳上了驾驶室外的踏板。

山脚下的科迪已经跑到了德宝街的柏油路面上，前面那条七鳃鳗离她的脚跟只有2码。怪物一头扎进地面，女孩跌跌撞撞跑到大街中央，停下脚步跳着向凯文挥手。隆隆的雷声淹没了她的叫喊。

聪明，他暗赞一声，但就在下一秒钟，七鳃鳗从街道对面重新钻了出来，强大的动能推着它的上半截身体冲过柏油路面，就像训练有素的海豚跃出水池，扑向湿漉漉的水泥平台。

科迪摔倒在地，巨口在几英寸外与她擦肩而过，随后狠狠砸向地面。女孩连滚带爬地退向一边，躲开那条扭动的庞大身躯。现在七鳃鳗的身体至少从洞里探出来了20英尺。

凯文伸手从健身包里掏出打火机和卡车钥匙。科迪只知道打火机装在包里，却不知道钥匙也在这里面。他只尝试了一次，引擎就顺利启动了。一个念头掠过他的脑海：院子里洒了这么多汽油，他身后的牛奶罐里装着1100——或者1200——加仑燃料，罐顶的盖子没来得及关上，而且软管里的汽油还在不断往外滴。要是引擎的电火花引爆了空气中弥漫的液滴……管他呢，他横下一条心，感觉肾上腺素如神话中的灵丹般充盈着他的身体，要是真的出了什么事，我也没机会知道了。

漆黑的人行道上，科迪手脚并用向后爬行，双脚不断蹬踢怪物扭动的身躯，七鳃鳗仍在盲目地寻找女孩的位置，张开的巨嘴足有身体的两倍大。

凯文猛地一推挡把，卡车咆哮着冲下山坡，径直碾过七鳃鳗的身体。车身框架微微一震，感觉就像压到了一根很粗的电缆。然后他推开车门，一把将科迪拽了上来，怪物开始迅速退回洞里，就像被卷筒收回去的水管，但它身上的黏液却留在了人行道上。

凯文握着打火机站在敞开的门边，虽然那条七鳃鳗离他只有4英尺，但他知道，风这么大，打火机落地的时候，火苗恐怕早就灭了。

科迪从裙子边缘撕下3英尺长的一块布条递给凯文。

男孩猫着腰把旧布揉成一团，利用卡车车门挡住外面的狂风。科迪的裙子上本来已经沾了不少汽油，他只试了两次就把它点燃了。

凯文快步离开牛奶罐，奋力将燃烧的布团扔向柏油路上正在迅速退却的七鳃鳗。

怪物似乎感觉到了扑面而来的风声，就在这时候，它犯了个错误——七鳃鳗张开大嘴，咬住了那团火焰。刹那间它的上半截身体整个烧了起来，汽油早已浸透了怪物身上的每一处皱褶，淡蓝色的火焰以闪电般的速度顺着分节的身躯向下蔓延。

洒在街上的汽油也呼一声烧了起来，蜿蜒的火浪迅速伸向牛奶车后方。

科迪对此早有准备。凯文刚跨出车门，她已经挪到了方向盘后面。现在她一脚踩下油门，卡车顺着德宝街蹿向北面，险险冲出了汽油烧成的火圈。

凯文大叫一声，跟着卡车跑了几步，抓着车门跳上副驾驶那边的踏板，却发现凹陷的车门完全被卡住了。唯一的办法是翻窗户，他的头已经钻进了车窗，脚却还在外面晃悠。

"左转。"他喘着粗气喊道。

科迪的身高刚好勉强能同时够到驾驶座下方的踏板和上方的方向盘；她几乎算是站在方向盘后面，踮起的脚尖死命踩着油门，手肘上下耸动，吃力地控制着巨大的方向盘。卡车还挂着一挡，引擎低沉的咆哮震耳欲聋。

对讲机在两人之间的座位上嗞嗞啦啦地响了起来。喇叭里传出了麦克·奥罗克的声音。

"麦克，"凯文捞起对讲机嘶声喊道，"这玩意儿怎么落到了你手……"

"小凯！"麦克·奥罗克急促地喊道，透过噼啪的静电声，凯文听见了对面的尖叫和枪响，"炸了它！现在就去！炸掉那个鬼地方！"

"你得先逃出来！"凯文冲着对讲机喊道。科迪向左一打方向盘，卡车尖啸着冲过长长的人行道，撞向老中心学校北门，轮胎颠簸着碾过路面上的石头和翘起的石板。前方50英尺外，第二条七鳃鳗破开地面拦在了他们前面。

"炸了它，小凯！"对讲机那头的麦克竭力叫嚷，凯文从没听到他喊得这么大声过，"现在就炸了它！"

科迪看了他一眼，然后转头望向左侧，地上的怪物正弓起身体等着他们。女孩点点头，咧嘴一笑，露出灰白的牙齿，然后一脚油门踩到了底。

罗恩博士拖着戴尔和哈伦走向二楼。黏稠的液体顺着台阶不断往下流淌，宛如熔化的蜡油结成的瀑布，楼梯侧面的彩绘玻璃蒙着厚厚一层真菌织就的挂毯，灰粉色的筋腱在他们头顶拉开了一张纠缠的大网，地上惨白的石笋犹如嶙峋的骨头，天花板上倒悬的钟乳石质地类似指甲。三个人穿过图书馆夹层，经过二楼平台，走进了他们以前的教室。教室门的宽度只剩下原来的一半，黑色的毛发从墙上的节瘤向外伸展，在门框里结成了一层薄膜。罗恩博士的手像老虎钳一样紧扼着两个男孩的后颈，箍得他们喘不过气来。就在戴尔和哈伦觉得自己快要晕过去的时候，他们被一股大力推进了教室。

教室里一排排的老式课桌仍摆在原来的位置，达比特太太的讲桌也原封未动，乔治·华盛顿的肖像还是那么熟悉。

但一切都和原来不一样了。

厚厚一层真菌像毯子一样铺满了没上漆的木地板，课桌上堆着层层叠叠的蓝绿色苔藓，大部分桌面看起来凹凸不平。柔和的曲线就像藏在毯子下面的孩子的脑袋，凸起的锐角就是他们的肩膀；藻类和苔藓织成的地毯里夹杂着骨头的惨白反光，看起来像是人类的手指。腐臭的空气呛得戴尔险些窒息，他试图屏住呼吸，但没过几秒钟，他就不得不吸了一大口瘴气，否则他恐怕会立刻晕倒。

纠缠的灰粉色组织遮蔽了窗户，也填满了课桌和 12 英尺高的天花板之间的大部分空间，他根本看不到教室对面还有什么东西。墙上爬满了成团的大块粉瘤，透过半透明的湿润表面，戴尔看到了搏动的静脉和动脉。在这张筋腱织成的大网里，你偶尔会看见某个纤维质的柔软物体微微一动，似乎有什么东西正朝着闯进这片天地的不速之客眨眼。

达比特太太和杜甘太太坐在教室前方的讲桌后面。两位女士的腰板都警觉地挺得笔直，但她们的脸上没有一丝活气。杜甘太太身上明显带着长达数月的墓穴生活留下的痕迹，不知名的小东西在她的左眼窝里不断蠕动。达比特太太看起来倒像是刚来不久，而且她在进入这间教室的时候应该还是个活人，但是现在，她的双眼已经蒙上了一层死气沉沉的白膜，十多条灰粉色的韧带将她的身体与椅子、课桌、墙壁和头顶的大网连在一起。戴尔和哈伦跟跄跄跄进教室的时候，她的手指微微动了动。

该上课了。

哈伦的喉头咕噜一声，他转过身去，仿佛打算夺门而逃。

卡尔·范·锡克穿过门框里发丝织成的薄膜，走进了教室。有那么一秒钟，戴尔还以为他是穆恩太太故事里的黑人：除了惨白的眼球以外，范·锡克浑身上下一片漆黑，但那不是天然的肤色，男人身上烧焦的皮肉像漫画里那样片片龟裂，仿佛披着一身鳞片。他的脸颊和下巴都不见了，四肢的大部分肌肉也烧得精光，手指变成了虬曲的骨爪，看起来像是抽象派的煤炭雕塑。灰色的液体不断从它身体内部向外渗漏。它转头望着两个男孩，然后抽了抽鼻子，就像闻到了气味的猎犬。

戴尔抓住哈伦往后退去，直到他们的背撞上了第一排的课桌。男孩身后起伏的真菌丘陵里，有什么东西正在移动。

塔比·库克从教室后方的课桌旁边站了起来。他的手只剩下了一只，肿胀的手指像白花花的虫子一样不停地抽搐扭动。

罗恩博士穿过门框走进教室："请坐，孩子们。"

戴尔梦游般走向自己的老位置，直愣愣地坐了下去。哈伦的座位更靠近讲台——更方便让老师们随时盯着。

"你们看，"罗恩博士低声说道，"恭顺的仆人总能得到主人的奖赏。"他伸出苍白的手掌，朝着卡尔·范·锡克的身影做了个手势。那玩意儿还在不停地抽着鼻子，弯曲的手指仿佛在试探空气的流动。"只要全心全意地侍奉主人，你就永远不会死去。"罗恩博士一边说，一边走向讲桌旁边的讲台。

大兵和另一个可能曾经是老貂哈珀的身影走进了教室，他们抬着一张木椅子，劳伦斯仍被几根肉色的肌腱捆在椅子上面。他的头微微仰起，眼睑抖个不停。

戴尔刚想冲上去，就看见范·锡克抽着鼻子朝他走来，双手像盲人一样摸索着身前的空气，他不得不停下了脚步。曾是塔比的白色人影也穿过戴尔身后的阴影向前走了几步。

"现在，我们已经做好了准备。"罗恩博士从背心里掏出金表看了一眼，然后抬头望着戴尔和哈伦，最后一次露出微笑，"我想我可以做出解释，向你们介绍一下这个即将到来的伟大时代，谈一谈你们那些无关紧要的恶作剧给我们带来的小麻烦，细细描摹你们将以怎样的新形态侍奉主人……"他啪地合上怀表，将它重新放回背心里，"但我为什么要费这个功夫呢？游戏已经结束，你们也该谢幕了。再见。"

罗恩博士点了点头，大兵开始向前滑动。它的腿完全没动，两条胳膊却慢慢抬了起来。

刚才戴尔一直尽量避免直视大兵的脸和教室里的其他东西，但是现在，他瞪大了眼睛。那张脸已经完全失去了人类的特征：拉长的颅骨上凸出的长吻像是什么东西喷发后留下的遗迹，惨白的皮肉中点缀着另外几处深坑，坑洞里的虫子正在翻涌蠕动。

大兵滑向吉姆·哈伦。与此同时，烧焦的范·锡克也正朝着戴尔的方向摸索。罗恩博士和另一个支离破碎的人影——它长着半张老貂哈珀的脸——堵住了教室门。嘎吱的轻响和低沉的呻吟仿佛来自墙壁和地板，肌腱与节瘤织成的大网变得愈加粉嫩，黏稠的液体从他们头顶滴落，在天花板上拉出一条条欲断还连的长线。

"天哪。"哈伦从课桌旁边跳了起来，快步退到戴尔身边，他的嘴唇止不住地颤抖，但矮男孩还是低声说了一句："难怪我一直不喜欢学校。"

两个男孩齐齐跃过第一排课桌，穿过真菌的丘陵跌跌绊绊地退往教室后方。大兵毫不费力地滑向他们右侧。塔比·库克的尸体俯身消失在地面下方，就像孩子钻进他最爱的毯子下面。

戴尔和哈伦跳到旁边的课桌上，低下头避开悬在头顶的苍白卵囊。成缕的苔藓执着地粘在他们的牛仔裤和运动鞋上。

罗恩博士不耐烦地打了个响指。范·锡克和大兵爬过第一排课桌，整幢大楼似乎都屏住了呼吸。

就在这时候，楼下传来一声枪响。

终于进入地下室的主过道以后，麦克开始清点损失：他的手电筒坏了，装满圣水的水枪丢了一支，钻出隧道的时候又撞裂了一支，裤腿膝盖以下的部分已经磨成了布条，而且前后都浸得透湿——这是水枪的功劳。唯一的好处在于，麦克暗忖，现在吸血鬼之类的家伙绝不敢攻击他的裤裆。

尽管地下室没有窗户，不过等到眼睛适应了周围微弱的光线以后，他发现自己勉强能看清眼前的东西。这里的光线一部分来自墙上隐隐透出的荧光，另一部分应该归功于主过道里燃烧的七鳃鳗那明亮的火光。

麦克觉得那条怪物应该已经死了。它的身体已经碎成了上千块，虽然内脏的余烬尚未熄灭，但那张巨口已经永远地闭上了。尽管麦克觉得它应该死了，但他还是远远地绕开了它的身躯。男孩紧贴着墙壁绕到虫子前方，目瞪口呆地望着眼前的一片狼藉。濒死的怪物爆发出了惊人的力量，前面的过道里到处都是课桌和各种杂物的碎片和残骸。尸体上方浓烟滚滚，空气中充盈着皮肉燃烧的焦臭。

顺着淌满黏液的台阶爬向一楼的时候，麦克决定盘点一下手头的资源。姆姆的松鼠枪已经上了膛，除了枪膛里的那一发以外，他还有四颗子弹。其余的弹药要么消耗一空，要么丢在了匆匆逃离隧道的途中。现在他一身瘀青，从头到脚都在流血，浑身上下抖个不停，但除此以外，他的状况还算不错。麦克推开破碎的木门，前面就是老中心学校一楼的大厅。

麦克只花了几秒钟时间端详眼前的异景。他站在原地眨着眼睛，惊叹于这幢古老教学楼在暑假的短短几周里发生的巨变。头顶40英尺外的钟楼已经重新打开，搏动的猩红卵囊里裹着数不清的腿和眼睛。他向前迈出一步，运动鞋踩到了戴尔·斯图尔特的萨维奇叠排式猎枪，就在他弯腰准备把枪捡起来的时候，阴影中有什么东西微微一晃，他的动作僵在了半空中。

盖斯勒太太的二年级教室里，有什么东西正在向他走来，它一边移动，一边发出轻柔的呜咽。狂风摇撼着古老的建筑，这点轻微的响动几乎完全被教学楼嘎吱的呻吟声淹没了。

麦克单膝跪下，迅速捡起萨维奇夹在左边胳膊下面，与此同时，松鼠枪的枪口也抬了起来。

卡瓦诺神父已经走出了阴影，它的嘴里一直呜呜作声，仿佛很想说话。神父的嘴唇完全消失了，尽管周围的光线十分昏暗，麦克依然看见了送葬人泰勒先生在它的牙床上留下的粗糙针脚。也许它只是想打个招呼，叫一声"迈克尔"。

一直等到神父进入七八英尺的距离以内，麦克这才放低枪口，对准它的脸庞开了一枪。

震耳欲聋的枪声在大厅中回荡。

神父的残躯倒退着掠过覆满胶质的地板，狠狠撞在楼梯扶手上，一部分颅骨不知飞向了何方。无头的尸体挣扎着翻了个身，手脚并用地继续爬向麦克。

尽管麦克的脑子已经乱成了一锅粥，但他的身体仍做出了绝对冷静的反应：他将松鼠枪换到另一只手里，打开萨维奇叠排式猎枪的后膛检查了里面的子弹，然后举起戴尔的猎枪紧紧抵住神父的后背——它的手指已经触到了他的运动鞋——毫不犹豫地扣下扳机。

麦克曾经的朋友残余的尸骸抽搐着倒在黏滑的地板上，它的脊骨显然断成了两截。麦克退开几步，从口袋里掏出仅剩的4颗子弹中的两颗，往姆姆的松鼠枪和戴尔的猎枪里各塞了一颗。他的脚踢到了某个塑料制品，麦克低下头，看见了那台对讲机。他捡起对讲器擦掉上面的黏液，按下了通话键；熟悉的静电声刚刚响起，他立即迫不及待地喊了起来。

喊到第三声的时候，喇叭里传来了凯文的回应。

感谢上帝，麦克无声地做了个祷告。他冲着对讲机大喊："小凯！炸了它！现在就去！炸掉那个鬼地方！"他又重复了一遍指令，就在这时候，二楼传来了戴尔的尖叫，麦克果断地丢下对讲机，双手提枪循声而去。

在他周围，灰粉色的肉网、成团的节瘤乃至墙壁本身都开始颤抖，整幢教学楼仿佛变成了什么活物，而且它正在苏醒。

麦克一脚踩空，险些摔倒在黏滑的台阶上；他好不容易才恢复了平衡，一步跃向二楼平台。头顶的红光正在逐渐增强。

"麦克！这边！"黑色纤维织成的屏风后面传来了戴尔的叫喊，那扇屏风所在的位置曾是达比特太太教室的大门。紧接着他听见了一阵咆哮，仿佛一群恶犬刚刚被放了出来。

麦克知道，要是再迟疑两秒，他绝对会丧失前进的勇气。于是男孩举起双枪，猫腰冲进教室，借势在地上打了个滚儿。

41

七鳃鳗肯定会在学校前面拦住他们。

科迪·库克竭尽全力稳住方向盘，牛奶车顺着人行道冲向 40 码外的大门。卡车的左后轮已经爆了一个，破碎的橡胶在地面上擦出刺耳的声音，重载卡车的重心也失去了平衡，车尾控制不住地左右摇摆。凯文拼命捶着仪表板，试图再次联系上对讲机那头的麦克，同时大声催促科迪快一点，再快一点。

仅存的那条七鳃鳗已经冲上了北门前面铺着石子的空地，它最后一次深深潜入地下，准备迎击 50 英尺外颠簸而来的卡车。

刚看到台阶上那几块脆弱的木板——肯定是戴尔和哈伦拖过来的——凯文立即做出了判断：它们绝对无法承载卡车的重量。紧接着他马上意识到，他们必须立刻跳车，再过几秒，车头就将撞上教学楼的大门。

但他这边的车门完全卡住了。

凯文捣鼓了两秒钟，然后果断放弃了这个选择。他挤到科迪旁边，越过女孩的身体伸手摸向门把。

"你是想干——"

"跳啊！快跳下去！"凯文厉声吼道，用力推开车门。卡车猛地向左一歪，但他们俩都紧紧抓着方向盘，所以没被甩出去。七鳃鳗的身体在他们身前高高扬起，就像恶作剧盒子里骤然弹出的小丑。

科迪抓住门把，两个人双双跳向门外；他们的身体狠狠砸在地面上，凯文的一颗牙齿被摔得飞了出去，手腕也擦破了一大块皮。女孩呻吟一声，软软地滚向旁边的草地。卡车和七鳃鳗以45迈的速度迎头相撞，怪物张开的巨口像标枪一样穿透了牛奶车的挡风玻璃。

凯文挣扎着坐了起来，他疼得连脖子都伸不直，但他还是勉强膝行几步，伸出左手拖着科迪向后退去，尽量远离前门廊上的卡车和巨虫。

这不算是正面撞击。卡车的左前挡泥板撞碎了水泥栏杆，巨大的冲击力挤得驾驶室歪向一边。最下方的两级台阶紧紧抵住车头侧面，冰冷的前轴反射着闪电的寒光。整个驾驶室像废纸一样被揉成了一团，扭曲的残骸压在七鳃鳗的身体上面。4吨重的金属罐栽倒在学校前门廊上，沉重的罐子如长矛般破开了木板封锁的大门。

这个罐子实在太宽。冲破墙壁和门框的时候，它像一个巨型啤酒罐一样被压得起了皱褶，胶合板的碎屑四下飞溅，沉默地坚守了八十四年的板条飞向60英尺的高空。七鳃鳗的身体整个从洞里被拖了出来，就像被郊狼叼住的蛇；凯文转头一瞥，怪物卡在车门和门框之间，分节的身体已被压扁。

凯文拽着科迪往操场边缘那排榆树的方向又退了三四十英尺，浓烈的汽油味在空气中蔓延。父亲的点45手枪和金打火机都不知道被他丢到了哪里。

打火机。

凯文迟疑着转过身来，浑身无力地瘫倒在草坪上，这会儿他已经完全没心思担忧第二条七鳃鳗了。

汽油还没爆炸。他能看见一股股液体正沿着牛奶罐上的裂缝向外流淌，泼洒在墙壁上的汽油正在慢慢向内渗透，他能听到那汩汩的声音，闻到那刺鼻的气味。但它一直没爆。

去他的，这不公平。在凯文看过的所有电影里，冲出悬崖的汽车都会毫无理由地爆炸，唯一的原因是导演需要烟火带来的戏剧效果。可是现在，他刚刚毁掉了父亲赖以为生的价值5万美元的卡车，将4吨重的车身和上千加仑汽油送进了一幢装满易燃物的教学楼……却什么屁事都没发生！连一朵火花都没擦出来。

凯文拖着科迪又往外逃了60英尺，扶着不省人事——没准儿已经死了——的女孩，让她靠在一棵大橡树下。然后他从女孩褴褛的裙子边缘撕下一根长长的布条，转头走了回去——凯文踉跄的脚步看起来活像个醉鬼，他不知道打火机丢到了哪里，不知道该去哪儿弄火源，也不知道就算完成了这个任务，他又该怎么活着回来。

但他总能想出个办法。

听到麦克冲上外面的楼梯，戴尔和哈伦大喊着发出警告。两个男孩从一张课桌跳向另一张课桌，试图远离大兵和范·锡克虬曲的手指。桌面疯长的真菌和座位上陈年的尸体增加了地面上的敌人移动的难度，但塔比苍白的手臂骤然伸出地面抓向他们，惨白的脸庞从男孩们脚下的苔藓中冒了出来。

罗恩博士和老貂哈珀一左一右守在门口，等待着麦克的到来。男孩刚刚滚进教室，他们俩立即有了动作。罗恩的速度比闪电还快。麦克刚刚扣下扳机，他已经一掌拍歪了叠排式猎枪的枪管。子弹没能击中校长的脸，倒是撕破了天花板上的半张肉网，一枚卵囊啪地炸开，断裂的韧带和卷须扭成一团。

老貂哈珀的动作稍微慢了一拍。它伸出残存的手指抓向麦克的右手腕，剩余的半张脸开始拉长变成漏斗，但麦克已经拉开击锤，松鼠枪18英寸的枪管捅进了老貂的肚皮。一声枪响。老貂的身体一下子飞了起来，飞溅的碎肉掠过天花板下方的吊灯和吉尔伯特·斯图尔特绘制的华盛顿肖像，其中一块碎肉轻轻擦到了头顶倒悬的一条肌腱。几乎在同一个瞬间，韧带交错的肉网开始暴涨，伸展的卷须接住了老貂的残躯。麦克摸到了兜里的最后两颗子弹。他果断抖掉萨维奇里的空弹壳，掏出一颗子弹塞进枪膛。

罗恩博士嗤笑一声，几乎毫不费力地夺过了麦克手中的猎枪。随后他一脚端向麦克的脑袋，男孩就地一滚试图躲开，却没能如愿，下一秒钟，萨维奇的枪口对准了麦克失去意识的脸。

"不！"戴尔声嘶力竭地喊道。他和哈伦离范·锡克只有几步，两个人还在课桌上跳跃躲避，然而大兵已经堵住了他们的去路。只是现在，借着不知从何而来的一股力气，戴尔高高跃起，越过大兵伸出的胳膊撞向罗恩的肩膀。戴尔的身体狠狠砸在门框上，他顺势滚向前方。歪斜的猎枪没有打到目标，倒是击中了杜甘太太的胸口。褴褛的尸衣瞬间被撕成了碎片，女老师的身体倒退着撞在黑板上，痉挛的胳膊拖着她的残躯竭力爬向讲桌。

达比特太太的身体站了起来，伴着轻微的声响，肉网上原本与她相连的韧带纷纷收了回去。那双白眼珠外面的眼睑正在疯狂地颤动。随着女老师一步步逼近，坐在椅子上的劳伦斯开始拼命挣扎。

罗恩博士抓住戴尔的前襟把他拎了起来。"去死吧。"男人的呼吸喷在戴尔脸上，他轻轻一挥手，戴尔的身体从教室里飞了出去，校长本人跟在他身后。

卡尔·范·锡克黑色的影子俯身靠近了躺在地上的麦克。

吉姆·哈伦已经跳到了第一排课桌上，他试图帮朋友一把，但沉重的绳圈仍坠着他的肩膀。下一个瞬间，他被拖得失去了平衡，直直栽向地面。哈伦双手乱挥抓住一张薄网，但肉网根本无法承受他的重量，最终他还是摔倒在课桌间的真菌丛里。指缝间温暖的薄网开始缓缓渗出液体。

大兵朝他俯下身来的时候，哈伦情不自禁地尖叫起来。

教室外的平台上，戴尔瞥见了弟弟最后一眼，劳伦斯仍挣扎着试图摆脱椅子的束缚；紧接着罗恩博士扼住了他的喉咙，举着他走向栏杆。

他的身体越升越高，戴尔感觉自己的脚跟碰到了看台边缘的扶手；现在他脚下是25英尺高的中庭，校长的手指深深陷在戴尔喉间的软肉里。男孩拼命踢打抓挠男人的脸，但罗恩似乎完全没有痛觉。男人眨掉眼角的血丝，手上的力气又加了一倍。戴尔觉得黑暗正在将他吞噬，眼前的视野收成了一条越来越窄的隧道，然后他感觉整幢大楼开始摇晃。罗恩抓着他跟跄后退了几步，整个平台抖得像是怒海上的一叶扁舟，两个人双双摔倒在地，空气中洋溢着刺鼻的汽油味。

凯文蹒跚走向前方的一片狼藉，尽管他头晕目眩，可能还有点脑震荡，但他还是竭力试图科学地思考眼下的局面。最让他困惑的是，刚才卡车撞向教学楼的时候闹出了那么大动静，可是直到现在，怎么还没有人闻声赶来。他眨眨眼，抬头望向空中的闪电，停下来听了听一阵紧似一阵的雷声，然后若有所悟地点了点头。啊——哈。

他继续科学地思考。他需要火，只要有点火花就好——什么东西能引燃汽油？他爸的打火机肯定可以，但它不知道丢到了哪里。燧石和铁也能敲出火花。凯文迟钝地摸了摸衣兜，却没找到这两样东西。或者我可以拿石头敲金属牛奶罐，看看能不能迸出火花？听起来好像不太对劲。凯文暂时放下了这个念头，不过至少他有了保底的备用计划。

他摇摇摆摆地往前又走了20英尺，现在他的赤脚已经踩到了地上的一摊摊汽油。赤脚。他茫然地低头看了看。刚才跳车的时候，他的鞋不知怎么飞了出去。冰冷的汽油粘在他的皮肤上，沾到伤口更是疼得像要烧起来一样。他的右腕已经肿了起来，右手无力地垂在手腕下方，角度看上去十分奇怪。

科学一点，凯文·格鲁姆班彻想道。他踉踉跄跄着后退几步，在人行道上找了块相对干爽的地方，一屁股坐了下去。他得好好想想。他需要一朵火花，或者一团火焰。该去哪儿找呢？

他眯起眼睛抬头望向正在逼近的风暴，但空中的闪电似乎并不打算拿牛奶车的罐子开刀，虽然锯齿般的电光看起来格外威风。再等一会儿，没准儿它会改主意。

能不能用电？他可以钻进驾驶室，扭动钥匙打火，看看车上的电池还能不能激出火花。根据空气中的气味来判断，一朵火花应该绰绰有余。

不行，这不是个好主意。哪怕隔着 60 英尺的距离，凯文仍能清晰地看到，整个车头已经被罐子自身的重量压成了一团。而且驾驶室里可能塞满了七鳃鳗的肉块。

凯文皱起眉头。也许他应该躺下来休息一小会儿，答案会自己冒出头来。人行道看起来很软，似乎很欢迎他就地躺下。

他随手拨开手边一块亮闪闪的石头，但是下一秒钟，他低头端详起了地面上的水泥。这块石头好像有哪儿不对。

凯文坐直身体，等待下一道闪电照亮暗夜，他爸爸的柯尔特点 45 半自动手枪躺在石子地里。枪柄已经摔坏了，枪身上多了几道划痕，小小的前准星似乎也歪了。

凯文擦了擦额头上的血痕，免得它流进眼睛；然后他眯起双眼，望向 20 码外正在漏油的牛奶车。我为什么要这样对待老爸的卡车？不过现在他似乎不必着急回答这个问题，回头再说吧。当务之急是弄到一朵火花，或者一团火焰。

他翻来覆去地检查手枪，确定枪膛没有进灰，然后尽量擦了擦枪身上的灰尘。凯文不可能把它就这样送回老爸的纪念品盒子，绝对会露出马脚。

凯文举起手枪，然后又放了下去。枪膛里到底有没有子弹？应该没有。父子俩去哈特利家池塘打靶的时候，他爸从来不会带着"保险锁紧，子弹上膛"的枪到处乱跑。

凯文将手枪夹在双膝之间，左手拉开枪栓。一颗子弹从枪膛里跳了出来，滚落在人行道上。这的确是一颗铅弹。糟糕，原来他真的填了一发子弹。转轮里还剩下几颗？我们算算，七发的弹夹减掉这一发……这道题太难，现在凯文算不出来。要不回头再说吧。

他左手举起手枪，对准牛奶车。忽明忽灭的闪电增加了他瞄准的难度。要是你连谷仓门那么大的目标都打不中，那还是不要尝试为好。不过现在他离卡车还很远。

凯文试图站起来，但刚一起身，他就觉得一阵晕眩。于是他只好一屁股坐回地上。好吧，就在这儿动手好了。

他没忘记关掉保险，然后再举枪瞄准。男孩紧盯着后准星皱起眉头。子弹命中目标以后是会激起火花还是直接点燃火焰？他想不起来了。好吧，有个办法可以帮他弄清答案。

后坐力震得他完好的左腕一阵酸麻。他放下手枪，望向牛奶车。没有火焰。没有火花。难道他连这么大的目标都没打中？他举起颤抖的手臂，又开了两枪。还是毫无效果。

他还有多少子弹？两三颗吧。至少。

凯文透过不锈钢的小圈仔细地瞄准目标，慢慢扣下扳机，就像爸爸教过的那样。前方传来一声圆头锤砸中烧水壶般的脆响，凯文露出胜利的笑容。但是下一秒钟，他的眉毛又皱了起来。

没有火焰，没有火花，也没有震耳欲聋的爆炸。

现在他还剩多少子弹？也许他应该取出弹夹数一数。算了，还是自己想想吧。别忘了刚才掉到地上的那颗铜弹。这几分钟里，他看见了两次或者三次闪电，但他开火的次数应该比这多吧？

好吧，他至少还有 1 颗子弹。没准儿有两颗。

虽然胳膊抖得厉害，但凯文还是抬手又开了一枪。扣下扳机的瞬间，他已经意识到这次枪口举得太高，也许他连教学楼的大门都打不到，更别说那个不锈钢罐子。

他试图回忆自己为什么要放火，却怎么都想不起来。但他知道，这件事非常重要。和他的朋友有关。

凯文翻身趴在地上，让枪身靠在自己肿胀的右手腕上，然后再次扣下扳机。他隐隐盼着击锤发出一声空响。

伴随着巨大的后坐力，他瞥见卡车破碎的顶盖下方腾起了一朵火花。罐子里残余的800加仑汽油瞬间烧了起来。

剧烈的爆炸将楼梯扶手撕成了无数碎片，有如实质的火焰从挑高的楼梯井里腾空而起，罗恩博士被震倒在地，滚了好几圈以后，他终于重新站了起来。罗恩后退几步靠在墙上，近乎冷静地低头望向自己胸口；一根两英尺长的栏杆残片穿透了他的胸膛，但他的眼神里全无痛楚，反倒像旁观的研究者一样冷漠。他试着伸出一只手握住残片，却没有用力去拔，只是靠着墙慢慢地坐了下去。

爆炸发生的瞬间，戴尔顺势滚向墙角，两条手臂紧紧抱住了自己的头。剩下的栏杆着了火，下方夹层里的书架也爆出了一团团火焰，熔化的彩绘玻璃顺着北墙向下流淌，二楼平台浓烟密布，遍地狼藉。

6英尺外，罗恩博士的裤腿开始闷烧起来，他的鞋底也渐渐变软，失去了原来的形状。

戴尔左边10英尺外的楼梯井里，那张粉红色的肉网在火焰中渐渐熔化，看起来就像公寓大楼里着了火的晾衣绳。随着火舌的舔舐，柔软的材质发出咝咝的呻吟。

戴尔跌跌撞撞地穿过闷烧的门廊，重新进入教室。

教室里也着了火。所有人都被爆炸震倒在地——不管是活人还是死人——但哈伦已经扶着麦克爬了起来，现在两个男孩都在帮劳伦斯解开身上的束缚。戴尔抽空捡起地板上的松鼠枪，加入了他们的行列，他们手忙脚乱地扒开小男孩胳膊和喉咙上已经变得僵硬的韧带。

哈伦抽开劳伦斯身下的椅子，戴尔一把把弟弟拉了起来。虽然身上还残留着几根韧带，但劳伦斯已经能够站起来说话了。他伸出左右手分别搭在戴尔和麦克身上，激动得又哭又笑。

"等会儿再笑也不晚。"戴尔指了指熊熊燃烧的课桌和火焰之间的阴影，大兵和范·锡克正挣扎着试图爬起来，塔比不知所终。

麦克一把抹掉眼睛上的血和汗，摸索着从衣兜里掏出最后一颗猎枪子弹。他从戴尔手里接过松鼠枪，将子弹塞进枪膛。"走吧。"透过浓烟，他朝着伙伴们大喊，"咱们先出去。我来掩护大家。"

戴尔半扶半引着弟弟走向门外的平台。罗恩不知道去了哪里。整个楼梯平台已经被火墙包围，不断有肉网的残片和半熔化的卵囊从高处往下坠落。

戴尔和哈伦一左一右架着劳伦斯，跌跌撞撞地走向楼梯。二楼下面的台阶和图书馆夹层已被 30 英尺高的火焰彻底吞噬，从地下室到二楼的楼梯似乎完全塌了。火堆里燃烧的砖块发出炽热的白光。

"往上走。"戴尔提议。麦克退出教室和他们会合在一起，几个男孩顺着楼梯快步走向下一个转角平台，最后爬上了封锁多年的三楼。

三楼的高中教室原本应该是空的，可是现在，被黑暗和蛛网笼罩多年的教室里，凄厉的叫声不绝于耳……但男孩们没有停下来查看。

"继续往上。"这次说话的是麦克，他指了指通往钟楼的狭窄楼梯。就在他们往上爬的时候，丝丝缕缕的青烟从他们脚下冒了出来，木质楼梯板以肉眼可见的速度变得焦黑。戴尔听到下面传来一声巨响，也许是教学楼中央的主楼梯塌进了下面的地狱之中。

他们踏上了钟楼内壁盘绕的逼仄栈道。无人打理的狭窄步梯早已腐烂，戴尔低头瞥了一眼，脚下 50 英尺外的一楼大厅火光冲天，蹿起的火舌仿佛随时可能舔到他的运动鞋，吓得他再也不敢低头去看。

他将目光投向钟楼中央悬在肉网里的那个东西。

这个半透明的球状卵囊可能曾经是一口钟。现在它通过无数卷须和韧带与肉网相连，戴尔依稀从这些连接件上看出了钟钮和挂环的形状。但这都不重要。

就在他观察它的同时，它也正回望着他，确切地说，回望着他们所有人。它拥有上千只眼睛和上百张不断翕动的嘴巴。戴尔能感觉到它的愤怒，它完全不敢相信，自己在暗地里花费上万年光阴苦心经营出的优势局面竟会被一场闹剧摧毁，但最撼动他心神的还是它的愤怒和力量。

你仍有机会侍奉我。黑暗时代仍将如约降临。

戴尔、劳伦斯和哈伦直愣愣地盯着那个东西，感觉一股巨大的暖流包裹了自己的身体——不仅仅是火焰的热量，还有更深层的温暖，因为他们知道，自己仍有机会侍奉主人，他们的侍奉也许还能拯救祂。

三个男孩仿佛心有灵犀一般，六条腿同时朝着栈道边缘和主人迈出了两步，动作整齐得犹如一体。

麦克抬起姆姆的松鼠枪，将最后一颗子弹送进了 6 英尺外的那枚卵囊。半透明的卵囊应声爆开，里面的东西嗞嗞流进下方升腾的火焰，很快就被彻底烤干了。

麦克用力把朋友们拽了回来，然后掉转枪托，砸开了钟楼侧壁腐朽的木板。

科迪醒来的时候，刚好来得及将不省人事的格鲁姆班彻从火场边缘拖了回来。男孩的衣服前襟被熏得一片焦黑，眉毛早就烧没了，而且爆炸似乎将他的身体掀飞了一段距离。

她把他拖到榆树底下，不停拍着他的脸颊，直到他的眼睛慢慢重新睁开。两个孩子齐齐望向教学楼，几个小小的人影刚刚爬上了燃烧的屋顶。

"活见鬼，"哈伦一边顺着陡峭的山形墙滑向屋顶边缘，一边说道，"我好像在《巨猩乔扬》里见过这一幕。"

他们全都站在学校屋顶南侧边缘，尽量抓着手边的东西稳住身体。这里离下方坚硬的石子路和操场旁的水泥人行道至少有四层楼高。

"我们不妨换个角度来看，"戴尔大口大口地喘着粗气，他紧紧抓着劳伦斯，而小男孩死死攀着屋顶木瓦中间一个拳头大小的破洞，"至少你的绳子终于能派上用场了。"

哈伦已经解开了两条 25 英尺长的绳圈中的一条。绳子被烧焦了一部分，看起来很不牢靠。"这倒是，"他喃喃自语，"可是该怎么用呢？"

"啊——哦。"麦克叹了一声。他抓着一根烟囱的尖角回头望向来路，一个高大的身影正在跌跌撞撞地穿过钟楼冒烟的板壁。

戴尔只能看见一个黑色的剪影："是那个大兵吗？还是范·锡克？"

"我觉得都不是。"麦克回答，"肯定是罗恩。主人死后，其他怪物恐怕已经失去了行动的能力。它们就像一台巨型机器上的零件。"在男孩们的注视下，黑色的身影消失在一堵山形墙后方，他正在快速靠近他们。麦克回过头来低声对哈伦说："要是你真打算用这根绳子滑下去，我建议你动作快点。"

哈伦已经打了个活结，现在他正把绳子另一头拴成一圈套索："我可以把绳圈套在那边的树枝上，然后我们一起荡下去。"

戴尔、劳伦斯和麦克目瞪口呆地望向榆树树梢，高处的枝条离地面至少有 30 英尺，而且那几根树枝看起来都很细，恐怕连一个人的重量都无法承受。

在他们身后，那个人影重新出现在屋顶的中脊线上，而且他正在沿着男孩们刚才走过的路线滑向南侧的山形墙。滚滚的浓烟正不断从古老的木瓦缝隙里冒出来，黑色的人影若隐若现，但戴尔已经看到了罗恩博士黑色的西装和身上的血迹。

大楼北侧已经烧成了一座火山，扑面而来的滚烫烟气令人窒息。整座钟楼正在化作一支巨大的火炬，男孩们不得不转开头，避开炙人的热浪。

"喂，"劳伦斯喊道，"你们看哪。"

两三英里外，撕裂天空的闪电照亮了一道滚滚而来的龙卷风，漏斗般的飓风翻涌着从西南天际漆黑的云层垂向地面。在那漫长的一秒钟里，男孩们瞪大眼睛望着这幕奇景，暂时忘记了周围的事情。戴尔发现自己正在期冀龙卷风赶快吹到这边，他多么盼望这一切能在毁天灭地的灾难中彻底终结。

飓风在树木和田野间翻滚着吹向东边，远处的某个镇子似乎遭了殃，贯通天地的漏斗渐渐消失在北方的暗夜里。随着风暴的锋面掠过这座小镇，周围的风突然大了起来，狂风摇撼着榆树的枝叶，推操着男孩们的身体，让他们觉得自己随时会掉下去。

"给我。"麦克朝着哈伦喊道。他捡起绳子重新打了个结，将绳圈套在4英尺高的烟囱上面，然后迅速滑到屋顶边缘，用死结将两根绳子连了起来。准备完毕以后，他拉拉绳子试了试强度，最后将绳头往外一扔，转头告诉戴尔："你先下去。"

他们能听到身旁的山形墙后面传来哗啦啦的声音，黑色的人影正拖着脚步走过屋顶的木瓦。

戴尔既没有争辩，也没有犹豫。他爬到屋顶的排水沟边缘，努力不去看那令人头晕目眩的高度；男孩双腿盘紧绳子滑了下去，经过凸出的屋檐时，他的身体微微晃了晃，单薄的绳索感觉格外脆弱。

在哈伦的帮助下，劳伦斯也攀到了绳子上面，兄弟俩双双滑向地面，下方的戴尔正好充当了弟弟的刹车。他感觉自己的手被磨得快要裂开了。

"走吧。"麦克说道。他顺着陡峭的屋顶望向上方的山形墙，但罗恩还没出现。

"我的胳膊。"哈伦轻声提醒。

麦克点点头，走向屋顶边缘。戴尔和他的弟弟已经往下滑了20英尺，而且还在继续缓慢下降。绳子另一头没有完全垂到地面上，而且麦克也说不清它离地到底有多远。

"我们一起下去。"麦克站直身体，拉过哈伦的双臂，让他从背后圈住了自己的脖子，"你只管抱紧我，绳子这边我来想办法。"

罗恩博士出现在闷烧的山形墙上方，他手脚并用地爬了过来，看起来就像一只缺了腿的蜘蛛。栏杆的残片依然插在他胸前，他喘着粗气低声咆哮，嘴巴张得很大。

"抱紧了。"麦克带着哈伦从屋檐边缘跳了下去。现在整个屋顶都在冒烟，大火已经烧到了阁楼上面。麦克知道，套着绳圈的烟囱肯定也烫得要命。

"我们绝对逃不掉了。"哈伦在他耳边说道。

"我们一定能逃掉。"麦克回答。但他心里清楚，罗恩很快就会爬到头顶的屋檐上，他们逃不了多远。校长只需要割断绳子……

在他们下方，戴尔和劳伦斯已经滑到了绳子末端。现在他们的高度差不多和一楼的窗户上沿齐平，离地面至少还有15英尺。

"没什么大不了的。"劳伦斯低声鼓励哥哥，"跳吧。"

他们同时松开绳索，兄弟俩双双滚落在滑梯附近松软的沙地里。确实没什么大不了。

两个男孩拖着颤抖的双腿拼命往外跑，在他们身后，大楼的窗户和南门都在往外喷火。戴尔手搭凉棚，望向仍吊在砖墙外的两个男孩，他们才刚刚滑了一半，离地面还有30英尺，哈伦拼尽全力紧紧攀着麦克的肩膀。

"加油，加油啊！"兄弟俩冲着麦克大声喊叫，就在这时候，一个黑色的人影出现在屋顶边缘。

　　麦克抬头瞥了一眼，终于下定了决心。他将绳子圈在自己的双臂和脚踝之间，再次叮嘱哈伦"抓紧"，然后果断松手，任由自己的身体沿着绳索急速下坠。

　　戴尔和劳伦斯惊恐地望着那个黑色的人影。爬到屋顶边缘以后，罗恩似乎迟疑了片刻；他回头望望山形墙上刚刚腾起的火焰，抓起绳子套在自己手腕上迅速打了个结。然后他也翻过屋檐跳了出去，看起来活像一只黑色的蜘蛛。他开始抓着绳子快速下滑。

　　"噢，完蛋。"劳伦斯低声叹道。

　　戴尔焦急地指着罗恩大声向麦克示警。屋檐上方的房顶突然爆出了上千朵零落的火苗——就像醋酸胶片被烤焦、熔化，然后突然烧穿，戴尔想道——南侧长长的山形墙骤然向内坍塌，耀眼的火雨纷纷扬扬地洒向天空。无论是麦克还是正在快速下降的罗恩都没看到，古老的烟囱在火焰的喷泉中只坚持了一秒，然后轰然塌了下去。

　　"跳啊！"戴尔和劳伦斯齐声喊道。

　　麦克和哈伦从空中自由坠落，他们的身体掠过最后6码或者8码的距离，狠狠砸向下方的深沙坑，落地后又打了几个滚儿。

　　在他们上方，罗恩博士正在下降的身影被突然绷紧的绳索拉得一顿，打了结的绳圈紧紧套在他的手腕上。校长整个人被坍塌的烟囱拖得倒着飞了上去。扭动的身体掠过燃烧的屋檐，没被绳索束缚的另一只手徒劳地抓挠着周围的空气，下一秒钟，他的身体彻底消失在火焰的风暴中，就像趴在绳子上的昆虫被扔进一堆熊熊燃烧的营火。

　　戴尔和劳伦斯冲向沙坑，迎着热浪把麦克和哈伦拖到了学院街旁边的排水沟里。四个男孩望着熊熊燃烧的火焰，凯文和科迪绕着正在垮塌的学校走了一个大圈，终于找到了他们。

榆树港的路灯和住户家里的电灯突然毫无预兆地亮了起来。孩子们紧紧挤在一起，科迪撕掉剩余的裙摆，用布条把麦克流血的双手裹了起来。现在她身上只余一条灰扑扑的衬裙，但几个男孩谁也没觉得奇怪；同样不足为奇的还有凯文的赤脚和流血的伤口，以及其他四个男孩一身的褴褛，尽管他们看上去活像是扫烟囱的工人。劳伦斯突然咯咯笑了起来，孩子们开始放声大笑，直到笑声渐渐转为哭泣。他们拥着彼此的肩膀，互相捶打着脊背。

就在笑声逐渐停歇，但眼泪还没掉下来的时候，麦克拉着凯文低声说了句话。"你听见了屋外的动静，然后发现有人偷走了你爸的卡车，"他的喘息声中夹杂着痛苦的咳嗽，刚才他吸入了太多烟气，"于是你通过玩具对讲机呼叫了几个朋友，我们想亲手抓住那个贼。开车的好像是罗恩博士。结果卡车一头撞向学校，大火就这样烧了起来。"

"不对，"凯文揉着太阳穴呆滞地回答，"事情不是这样的……"

"凯文！"麦克伸出血淋淋的手抓住男孩熏得焦黑的 T 恤使劲晃了两下。

凯文的眼神逐渐清澈起来。"没错，"他慢吞吞地说道，"有人偷走了我爸的卡车。我跑出来想抓他。"

"却没有追上。"戴尔补充道。

"然后火就烧了起来。"劳伦斯说。他眯起眼睛望向火场，现在学校的屋顶已经彻底塌了下去，塔楼早已不见踪影，所有窗户都被烧得一干二净，厚重的石墙正在向内坍塌。"天哪，它真的烧起来了。"

"我们既不知道放火的是谁，也不知道他的动机。"麦克一边咳嗽，一边无力地倒回草坪上，"我们想把那个家伙从卡车驾驶室里救出来，结果却把自己搞成了这副样子。但别的事情我们什么都不知道。"

两道警笛声回荡在小镇上空。装在银行房顶上的民防警笛发出的是已经过时的飓风警报，另一道更高、更尖锐的警笛声来自南边半个街区外的义务消防站。第二大道和德宝街上亮起了一对对车头灯，他们听到了重型卡车呼啸而来的声音。街角和人行道上开始出现了人影。

孩子们三三两两地互相搀扶着走回街上，教学楼燃烧的火光将他们长长的身影投射在空旷的操场上。六个孩子走向街边一幢幢灯光温暖的房屋，父母正在家里等着他们。

42

1960 年 8 月 12 日，星期五，"回声"号通信卫星气球在卡纳维拉尔角成功升空。

那天下午，戴尔、劳伦斯、凯文、哈伦和麦克骑着自行车去了亨利叔叔和丽娜阿姨的农场。他们在农舍背后的牧场里徒步，又花了好几个小时在溪畔挖掘失落的私酒贩洞窟。天气十分炎热。

快要吃晚饭的时候，科迪·库克突然出现，她看着他们挖了好一会儿。库克一家已经搬回了垃圾场路旁的那幢房子，最近这个女孩老跟麦克他们待在一起，镇上的孩子早就议论纷纷。

他们挖得很慢。哈伦新打的石膏差不多两周前就拆掉了，凯文打的石膏比他的稍微小点，却比他晚拆了一个礼拜，但两个男孩伤的都是惯用的手臂，而且除了哈伦以外，其他几个男孩掌心的伤口都还没有愈合，所以在挥舞铲子和铁锹的时候，大家都格外小心。

令人惊讶的是，就在男孩们准备回去吃晚饭的时候——戴尔和劳伦斯家的旅行车已经开进了四分之一英里外的车道，戴尔的爸爸冲他们按了好几声喇叭——麦克的铲子挖穿了一处地洞。

凉爽的陈年空气从山坡上他们刚刚挖出来的那个直径 10 英寸的圆洞里涌了出来。作为一个乐观主义者，劳伦斯每次出来都带着手电筒。现在男孩们把洞口拓宽了一点，然后用手电筒照了照。

这绝不是什么普通的地鼠洞。看起来像是入口的竖井里乱七八糟地扔着几个沾满灰尘的酒瓶，地上似乎还有点别的东西；入口后面是另一片更宽、更深的空间。男孩们看见了深色的木头，可能是板条箱或者吧台边缘的嵌板。幽黑的弧线肯定属于某个旧轮胎，这个轮胎说不定还安在一辆不见天日的福特 A 型车上，就像亨利叔叔一直念叨的那样。

男孩们兴奋地挖了起来，他们不断扩大洞口，把挖出来的石头和土块顺着山坡推进小溪里，可是没过多久，他们不约而同地停止了手上的动作。坐在小溪对岸树荫下的科迪抬起头来，刚从迈耶斯先生的日杂店里买来的新牛仔裤套在她腿上，看起来格外僵硬而脆弱。女孩拂掉牛津鞋上的灰尘。

麦克收回铲子，望向四个同伴。"这是真的。"他轻声强调，然后放下铲子，搓着自己的下嘴唇，"但我们也没什么好急的，对吧？"

凯文倚着他的短铁锹，伸手挠了挠短短的平头。他发际线附近的太阳穴上有一块白色的小伤疤，不过已经淡得几乎看不见了。"我也看不出来有什么可急的，"他说，"反正它已经在这儿埋了三十多年。再埋一段时间也不打紧。"

戴尔点点头："亨利叔叔肯定不想看到一大群记者、游客和其他乱七八糟的人蜂拥而来。至少现在不行。他的背还没好呢。"

哈伦双臂抱胸。"我不知道，"他的视线在几个男孩脸上扫了一圈，"洞里说不定有值钱的东西。"

劳伦斯耸耸肩，咧嘴笑了。刚才他一直在疯狂地徒手刨土，拼命想把入口通道拓宽一点。但是现在，他把一堆泥土推回了原地。"你还没明白吗，吉姆？这玩意儿又不会跑，它会一直安安静静地待在这里。你想想看，就算下面真有什么值钱的东西，要是我们等几年再回来挖，它不就变得更值钱了吗？"他开始继续填埋那个直径1英尺的洞口。"这是我们的秘密,"他微笑着望向大家,把小鼻子上的眼镜又推高了一点,"只属于我们几个。"

男孩们开始热火朝天地修复洞窟入口,和刚才挖洞的时候一样干劲儿十足。他们不断往洞口里填埋泥土,将滚到山脚的石头搬上来安回原地,尽量让草皮和灌木都恢复如初,他们甚至不辞劳苦地把刚才挖出来的一团根须埋了回去。男孩们后退几步,欣赏了一会儿自己的劳动成果。现在洞口的泥土看起来还很新鲜,可是只要再过一两个礼拜,新长出来的植物就将抹掉他们留下的痕迹。到了秋天,谁也看不出来有人在这儿挖过洞。

然后他们转身走向农舍,准备回去吃晚饭。

麦克在山顶牲畜踩出的小道上停下脚步望向科迪,女孩仍坐在对面山坡上,百无聊赖地揪着一根树枝上的叶子。"来吗?"他喊道。

"你们这些男孩子啊,"科迪摇了摇头,"有时候做聪明人的材料不够用了,上帝只好凑合捏上几个蠢货。"

他们站在拖长的树影里,等着她跨过小溪上的横木,跟着他们爬上山坡。

对于7月10日到16日那周发生的一系列奇怪事件,调查大张旗鼓地进行了好几个礼拜,直到现在都还没有完全结束,只是当局调查的力度减轻了很多,态度也松懈了不少。

后来人们发现,丹尼斯·阿什利-蒙塔古先生和他雇用的保镖双双失踪了,这大概是所有怪事中最核心的一件。大火肆虐的那一夜,直到凌晨人们才发现那辆豪华轿车还停在舞台公园外面,车里空无一人,只有放映机仍在不知疲倦地将一片雪白的长方形投映在公园咖啡馆的侧墙上,警长办公室和橡树山警局迅速展开了寻人行动,最后就连FBI都被卷了进来。身穿紧身黑西装、打着黑色细领带、黑色富乐绅皮鞋擦得铮亮的FBI探员在榆树港的大街小巷里转悠了好几周，他们常在咖啡馆里逗留，甚至还去卡尔家和黑树酒馆喝过可乐，大概是想"融入"本地社区探听小道消息。

满天飞的小道消息真不少。

肯·格鲁姆班彻的卡车莫名被盗，大家基本达成了共识，偷车的肯定是前校长罗恩博士；泰勒先生的殡仪馆里有几具尸体神秘失踪；保护榆树港的亿万富翁下落不明。为了解释这些事情，镇民们提出了数不清的理论。有流言说，法医专家在老中心学校坍塌的废墟里找到的不仅仅是罗恩先生和那几具失踪尸体的遗骸，还有其他残缺不全的骨片，多得让人怀疑教学楼起火时里面正在上课。没过几天，理发店和美容院里又传出了新的消息，据说测试结果表明，那些骨头相当古老。骷髅地墓园前管理员兼学校看门人卡尔·范·锡克的古怪行为成了人们讨论的另一个焦点，这方面的消息得数惠塔克太太最为权威，因为她有个侄子在橡树山警局工作；据说警方在学校废墟一块烧焦的颅骨里找到了范·锡克先生的金牙。

大火熄灭十天以后，几台救援起重机推倒了最后几堵被熏得漆黑的砖墙，破碎的砖块要么被装进渣土车，要么被推土机填进了老中心学校深得不太正常的地下室。公园咖啡馆和公用电话线路里流传的消息称，FBI取得了重大突破。似乎有人在盛景大道阿什利－蒙塔古先生的宅邸附近看到过太平绅士康登那辆1957年款的黑色雪佛兰，也就是在那一天，警方接到报案，说J.P.遭到了杀害。四天后，运粮机仓库在大火中烧毁。又过了一天，老中心学校也起了火，亿万富翁神秘失踪。卡斯帕·乔纳森（"C.J."）·康登先生立即被警方请去问话。

吉姆·哈伦或许是整个榆树港镇最后一个见到C.J.的人。C.J.被警方传讯的流言传出来的当天，上午10点出头，哈伦看见那个16岁的少年开着雪佛兰风驰电掣般驶向哈德路。他再也没有回来。

无论是面对警察、警长办公室、FBI 还是自己的父亲，凯文的口风一直没有变过；他一次又一次地告诉他们，那天晚上，他和哈伦被发电机的声音吵醒了，于是他们跑到门口，正好看见卡车被人开走。他俩都不知道，那位司机为什么会转了个急弯，冲向街对面的老中心学校。

火灾发生几天以后，警长在学校废墟里找到了几块点 45 口径的子弹残片。后来凯文承认，看见卡车被偷的当时，他冲进屋子里偷了老爸的点 45 手枪，追着卡车开了几枪。他认为这并不是司机失控的原因，但他也说不准。

肯·格鲁姆班彻为儿子不负责任的行为狠狠训了他一通，还罚他禁足一个礼拜，不过从另一个角度来看，也许儿子的随机应变让他深感骄傲：跟朋友一起喝早咖啡、往新卡车——他的卡车买了足额的保险——里装牛奶的时候，格鲁姆班彻先生常跟人吹嘘这事儿。

其他几个孩子也遭到了父母和警察的反复盘问——可能只有科迪·库克除外。那天晚上，趁着全镇的人眼睁睁看着消防队员竭力想要扑灭大火却无能为力的时候，女孩悄然消失在黑暗中，接下来的一个多礼拜里，她一直没有出现过。麦克、戴尔和劳伦斯的父母都为自家孩子的举动深感诧异：牛奶车起火之前，他们竟然那么努力地试图打开卡住的车门救出里面的司机，结果搞得自己遍体鳞伤，尽管他们根本不知道那个人的身份，而且那还是个小偷。星期六晚上，吉姆·哈伦跟着警长待了一夜，直到第二天早上，他妈才从皮奥里亚回到了家里，儿子干的事儿又把她吓了一大跳。

麦克的姆姆没死。恰恰相反，老外婆的身体状况大有改观，到了 8 月的第二个礼拜，她甚至能低声说几个字了，右臂的活动能力也恢复了一点。"有的老人就是特别顽强。"事后威斯克斯医生这样诊断。奥罗克先生和太太已经开始跟斯塔夫尼医生讨论，应该去哪儿请专家帮老人制订全面的康复计划。

大火之后的第二个礼拜，男孩们的身影又开始经常出现在棒球场上。有时候他们会一连玩上十个小时，甚至十二个小时。麦克专程去唐娜·卢·佩里家道了个歉，请她重新来做他们的投手。唐娜当着他的面甩上了门，可是第二天，唐娜的朋友桑迪·惠塔克跑来跟他们玩了，没过多久，另外几个爱运动的女孩也出现在清晨的球场上。大家这才发现，米歇尔·斯塔夫尼原来是个不错的三垒手。

科迪·库克不打棒球，但她爱和男孩们一起远足。要是外面下雨，他们就只能玩地产大亨或者待在鸡舍里，这时候科迪常常默默坐在一边。她的弟弟特伦斯正式被县警长办公室和州高速公路巡警列入了离家出走的名单。库克先生终于离开了这个家，这对所有人来说都是件好事；格鲁姆班彻太太很想帮助这一家子孤儿寡母，路德宗社区援助会的几位太太时常和她一起带着食物和其他物资去库克家探访。

丁曼神父只有在星期二和星期天才会从橡树山赶到圣马拉奇教堂主持弥撒，麦克还是祭坛助手，不过他已经开始考虑，等到10月份新神父到任时，或许他也该退出了。

日子一天天过去，玉米继续生长。男孩们的噩梦并未彻底消散，但已经开始变得无关紧要。

每一天的夜都比前一天更长，但感觉上却比原来短得多了。

斯图尔特先生和太太要去亨利叔叔家共进牛排晚餐，他们还带上了奥罗克和格鲁姆班彻两家人。哈伦的母亲迟到了一会儿，她带来了一位最近"常常和她见面"的男士朋友。这个姓库珀的高个子男人不爱说话，长得还挺像那个名叫加里·库珀的演员，只是他的门牙稍微有点歪。或许正是出于这个原因，他笑得很少。上周末去哈伦家拜访时，他送了男孩一只米奇·曼托的棒球手套，和男孩握手的时候，他破天荒地露出了羞涩的笑容。但哈伦还说不准他到底是个什么样的人。

孩子们坐在亨利叔叔家车库顶棚的露台上，吃着盛在纸碟里的牛排，喝着鲜牛奶和柠檬水。晚饭后大人们照例留在后院里聊天儿，孩子们挤在露台南边的吊床上，望着天上的星星。

他们漫无边际地讨论着地球以外的生活，其他星球上的孩子们有没有老师，诸如此类的话题，就在这时候，戴尔突然说道："昨天我和麦克布莱德先生见了一面。"

麦克把手垫在脑袋后面，摇着吊床晃向栏杆外面："我以为他搬去了芝加哥或者别的什么地方。"

"是的，"戴尔回答，"他妹妹住在那边。现在他已经走了。我星期二跟他见了一面，当时他正准备动身。现在那幢房子已经空了。"

五个男孩和一个女孩沉默了片刻。地平线附近，一颗流星无声地划过。"你们聊了什么？"过了好一会儿，麦克终于开口问道。

戴尔直视着他："什么都聊了。"

哈伦正在系鞋带，他的吊床还在摇晃："他相信你的话？"

"嗯。"戴尔回答，"他把杜安的笔记全都交给了我。包括以前那些旧的。"

他们又沉默了一会儿。大人那边轻柔的谈话声和蟋蟀的鸣唱以及亨利叔叔家池塘边牛蛙的叫声交融在一起。"我可以确定一件事，"麦克说道，"以后我绝对不当农民。活儿太多。或许我可以当个建筑工，我不介意在户外工作，但农民不行。"

"我也是。"凯文附和道，他嘴里还嚼着一根萝卜，"我想上工程学校。核工程。没准儿我可以去潜艇里工作。"

哈伦将腿搭在栏杆上，漫无目的地晃着吊床："我想赚很多很多钱。或许我可以去搞房地产。银行业也不错。比尔就是个银行家。"

"比尔？"麦克问道。

"比尔·库珀，"哈伦回答，"要不我也可以当个走私贩。"

"现在威士忌已经合法了。"凯文提醒他。

哈伦咧嘴笑了："是啊，但不合法的东西还有很多。人们总是愿意花大价钱去买那些会把他们变成蠢货的东西。"

"我想去大联盟打球。"坐在栏杆上的劳伦斯发下宏愿，"或许我可以当个捕手，像尤吉·贝拉那样。"

"哈，"四个男孩异口同声地说，"当然。"

科迪也坐在栏杆上。刚才她一直望着天空，但是现在，女孩的视线转向了戴尔："你想做什么？"

"作家。"戴尔轻声回答。

其他人都瞪大了眼睛。戴尔以前从没提过这方面的事儿。他难为情地从衣兜里掏出一本杜安的笔记簿，这个本子他一直随身带着。"你们应该读读这些。真的。杜安花了很多时间……好几年……来描述人们的外貌、语言、走路的姿势……"戴尔停顿了一下，他知道这些话听起来很蠢，但他不在乎，"呃，他应该十分清楚自己想做什么，也知道这得耗费多少时间……创作故事不是件易事，哪怕只是尝试一下，都需要多年的积累和练习……"麦克摸了摸戴尔手里的笔记簿，"这就是他的成果。他所有的笔记簿里写的都是这些东西。"

哈伦眯起眼睛半信半疑地看着他："所以你想写的是杜安的书？你想替他把故事写出来？"

"不。"麦克摇摇头，低声回答，"我要写的是我自己的故事。但我会记住杜安。我也会试着学习他所做的一切……他教给自己的东西……"

劳伦斯看起来激动极了："你想写真事？所有真正发生过的事情？"

戴尔有些不好意思，他不想再聊下去了："如果我真写了的话，小鬼，我会详细描绘你的招风耳长得有多大，脑子又有多小……"

"看哪！"科迪指着天空打断了他的话。

孩子们抬起头来，看见"回声"号无声地滑过天空。就连大人们都暂时停止了谈话，所有人都望着那颗在群星中移动的小小光点。

"上帝啊。"劳伦斯轻声赞叹。

"它真的是在天上，对吧？"科迪低声问道，星光下女孩柔和的脸庞隐隐透着一层微光。

"时间和位置都跟杜安说的一模一样。"麦克低声说。

戴尔默默低下了头。他知道，明天晚上，后天晚上，卫星还将一直留在那里，就像私酒贩洞窟，就像别的很多东西。但这一刻，他和朋友们待在一起，星夜下属于夏日的声音和微风，他的父母和朋友们在庭院里聊天儿的声音，还有伴随8月而来的那种夏天仿佛永不结束的感觉。这一刻只存在于当下，他必须将它记录下来。

麦克、劳伦斯、凯文、哈伦和科迪望着头顶缓缓掠过的卫星，仰起的脸庞上写满了惊讶和敬畏，光明的新时代正在拉开帷幕。看着他们，戴尔想起了自己的朋友杜安，他开始试着用杜安的眼睛去观察，去描摹这一切。

几乎是出于直觉，戴尔明白这样的时刻值得观察，并且不会被观察摧毁；他和朋友们一起抬头凝望着"回声"号缓缓移向天顶，然后开始慢慢消失。一分钟后，他们的话题已经回到了棒球上。孩子们声嘶力竭地争论着芝加哥小熊队能不能再赢得一面奖旗，戴尔隐隐察觉一阵温暖的风掠过无边无际的田野，轻轻拂过数百万根玉米秆上丝一般光滑的穗子。那轻柔的声响仿佛是在向他们保证，短暂的夜晚过去以后，他们又将迎来一个阳光灿烂的炎热白天，这个夏天还很漫长。

作者按

《诡异之夏》出版于1991年，在我收到的所有信件、电子邮件和评论中，关于这本书的内容超过我的其他任何一部小说（可能除了《海伯利安》以外）。我觉得最有趣的是，这些反馈主要来自世界各地和我年龄相仿的读者，本书背景设置在1960年的夏天，这也正是他们的童年时代；这些读者满怀感动地告诉我，他们记忆中自由自在的童年和小说中的儿童角色何其相似。然后他们又感慨说，他们的子孙辈已经失去了这样的自由。但一直让我觉得奇怪的是，在法国、俄罗斯、日本或者以色列——我收到的信件的确有一些来自这些地方——长大的孩子，他们的童年经历怎么会和我描写的1960年美国的乡村夏日如此相似呢？

虽然从表面上看，《诡异之夏》是一部恐怖小说，但实际上它是献给童年时代所有秘密和缄默的一曲颂歌。除此以外，它也是一部关于孩提时代另一个世界的传说，如今的我们已经失去了那个世界，或者正在失去它。这本书之所以能唤起那么多人的共鸣，或许正缘于那个世界的诸多元素。

是什么让世界各地的人们与麦克、戴尔、劳伦斯（别叫我拉里）、凯文、哈伦、科迪以及《诡异之夏》里的其他孩子产生了那么深的共鸣呢？

哎呀，我知道了！

我相信，引起共鸣的秘密元素正是20世纪60年代的孩子在他们自己的世界里享有的自由……在那个远离父母和其他成人但仍真实存在的鲜活世界里，孩子可以自由自在地做孩子。而且我真诚地相信，在21世纪的今天，这个属于孩子的富饶王国已经不复存在。

每个夏日的清晨，吃完早餐的戴尔、劳伦斯、麦克、凯文和哈伦挥别妈妈（如果吉姆·哈伦的妈妈在家的话）以后就从大人的视线中消失了，直到晚饭时分甚至天黑以后，他们才会回来。

在《诡异之夏》第一版精装本第29页里，我看到"自行车巡逻队"的五名队员在伊利诺伊州这座名叫榆树港的小镇上展开了例行的晚间"巡逻"。

> "走吧。"麦克一边低声招呼，一边站起来奋力踩着脚踏板。他的身体微微前倾伏在车把上方，转动的车轮扬起一阵细小的沙砾。
>
> 戴尔、劳伦斯、凯文和哈伦跟在他身后。
>
> 他们在昏暗柔和的暮光中沿着第一大道向南骑去。男孩们穿过榆树的阴影，很快重新出现在黄昏的旷野中。他们的左边是低低的田野，右边则是漆黑的房屋。

想象一下，如果是在今天，一群11岁的孩子在黄昏时骑车出门，一直玩到天黑以后，那会发生什么。电视开始播放安珀警报，直升机的探照灯划破夜幕，孩子们的父母在晚间新闻里一边哭一边接受采访。

夏天的夜晚，要是麦克、戴尔、劳伦斯、凯文和哈伦直到10点才骑着车回到榆树港的家里，那他们可能受到责骂——凯文的妈妈有点神经质，所以他可能是被骂得最凶的；哈伦的妈妈多半出去约会了，于是他大概会逃过一劫——但一般来说，这样的责骂不会太严重。

正如《诡异之夏》第三章的第一段所说：

> 人的一生中——至少在男人的一生中——很少有什么事能像11岁那个暑假的第一天那样自由，那样生机勃

勃，那样广阔无垠，充满各种各样的可能性。整个夏天铺展在你眼前，就像一场即将开场的盛宴，每一天都充盈着悠长富饶的时间，值得慢慢享用。

我当过十八年的小学老师，在此期间我读到过全国不少学区发出的倡议，他们认为应该废除暑假，让孩子们全年上学，这些论调让我觉得恶心透顶。

当然，时至今日，三个月的暑假已经显得不合时宜，这是过去的时代留下的遗俗。那时候每到播种和收获季节，大大小小的孩子就成了家庭农场和牧场里的免费劳动力。

当然，离开学校两个多月以后，孩子们在8月底或者9月初返校时总会忘记上一个学年学过的一些概念，老师们只能重新再教一遍。

但我只想说，那又怎样？什么样的人才会剥夺孩子们充盈着悠长富饶的时间、值得慢慢享用——自由——的夏日盛宴，只为了让他们多记住几张乘法表？

再说了，作为一个曾经从业十八年的小学老师，我可以证明，孩子们在暑假里忘记的那些知识，只需要新学年第一个月的几个星期就能全部补上。（我还可以证明，那些被忘记的知识多半无关紧要。）

鸡舍收音机：

自行车巡逻队的孩子喜欢在麦克·奥罗克家的鸡舍碰头。在这本小说里，1960年暑假的第一天早上他们就去了那里。

这间鸡舍早就不养鸡了，但你还能闻到一点气味。有人拖来了一张弹簧都露在外面的旧沙发和几把破烂扶手椅，又有人——大概是奥罗克先生——在鸡舍角落里塞了一台又大又老的短波落地式收音机的空壳子，看起来像是20世纪30年代的款式。暑假第一天，趁着别的孩子，包括聪明的胖男孩杜安·麦克布莱德在鸡舍里厮混的时候，吉姆·哈伦钻到后面爬进了落地式收音机的壳子里。他模仿了老式收音机预热的静电声，然后——

"他回来了！回来了！他奔向了柯敏斯基公园球场右侧的界墙！他试图跳起来接球！他跳上了墙头！他……"

"啊，这个台没什么好听的，"杜安咕哝着说，"我试试国际频段。嘟、嗒、嘀……来了……柏林。"

"啊，亲爱的听众朋友，这里是费希图吉内球场！"哈伦立即从芝加哥棒球解说员歇斯底里的腔调换成了低沉的日耳曼口音，"导游似乎不太高兴。啧！啧！他喝醉了，醉得厉害，而且十分沮丧。"

"也没什么好听的，"杜安抱怨道，"我再试试巴黎。"

近年来，每次读到或者听说线上"社群"的报道，我总会想起麦克、戴尔、劳伦斯（别叫我拉里）、杜安·麦克布莱德、凯文和自行车巡逻队的其他成员。他们总在麦克的鸡舍里厮混，然后跳上自行车，骑往某个地方。对我来说，所谓的"线上社群"不过是玻璃屏幕上多到拥挤的文字和超链接，今天的孩子和成人躲在家里吸着这样的玻璃奶头，全然忘记了真实世界里沐浴真实阳光的感受。现在的孩子为什么说得这么多，做得那么少？

因为我们从他们手里偷走了很大一部分真实的世界，或许这就是答案之一。

偷走孩子空间的贼：

1960年夏天，榆树港男孩（和大部分女孩）的游玩半径其实取决于他们的自行车：

只需要骑上1英里，他们几乎就能走遍榆树港镇的每一个角落。如果继续向东，越过镇子边缘的黑树酒馆，沿着山坡上的石子路骑到小山脚下树林里的尸体溪畔，再赶往下一座山顶的骷髅地墓园，这段路程大约是 1.5 英里出头。亨利叔叔和丽娜阿姨的农场比墓园再远一点，差不多得骑上两英里，但路比较好走；杜安·麦克布莱德的家还要再往前骑半英里；过了骷髅地墓园以后，往前再走 1 英里就到了树林里的老采石场，现在人们叫它"比利羊山"；穿过茂密的树林，前面两英里左右就是神秘的吉卜赛小径。

石头溪离镇子差不多有 4 英里，这条路基本都是石子铺的。孩子们可以在自行车道高速桥下的深水区里游泳——顺便抓几只蝲蛄。完全没问题。过了石头溪以后，沿着这条路往前再走四五英里就是朱比利州立公园；要是打算在外面待一整天，你可以在这座大公园里玩个痛快，比如说，爬到"情人泄"（这个绰号是男孩们起的，因为哈伦站在崖顶上撒过尿）高高的悬崖上面假装要往下跳。

每天早上，父母不会追问孩子们打算去哪儿，孩子也不会告诉他们。这是一件大好事。

所以在 1960 年暑假里的任意一天，榆树港的孩子们无人看管的有效玩耍半径大约是单程 10 英里，往返 20 英里。相比之下，今天的情况完全不是这样。

过去三四十年来，前青春期儿童的自由活动空间到底缩小了多少，关于这个问题，我一直在寻找可靠的社会学证据，但是，尽管我在线上论坛认识了几位比我懂行得多的研究者，这方面的数据还是少得可怜。我只能仰仗于个人的观察和旁人的口述，综合下来，大家普遍认为，21 世纪的孩子多半像囚犯一样被关在家里或者院子里，只能按照父母安排好的时间表活动。

不过，我找到了桑福德·加斯特主持的一项有趣的研究——《城市儿童的活动范围——三代以来的变化》——这份报告刊登在《环境和行为》杂志 1991 年 1 月的第 23 期上。

正如这篇文章的标题所说，它研究的是过去三代以来，美国儿童"自由活动空间"的丧失，但它调查的对象是城市儿童，主要关注1915年到1976年之间的几个世代，尤其是曼哈顿北端的英伍德城郊社区。显然，曼哈顿儿童的行为习惯似乎很难跟1960年伊利诺伊州小镇榆树港（邮编650——有电子测速）的麦克、凯文、戴尔、劳伦斯、杜安、哈伦、科迪这些孩子扯上什么关系。

但事实上，他们真的有关系。

英伍德最早的城市居民主要是来自爱尔兰、德国和俄罗斯的移民。后来意大利人、波兰人、希腊人和亚美尼亚人也陆续来到了这里。这是一个干净体面的工人阶级社区。20世纪50年代，英伍德迎来了第一批非裔美国人家庭；等到加斯特开始做研究的年代，这里的很多地方只剩下了黑色的面孔，你根本找不到合适的白人儿童样本。

20世纪二三十年代，英伍德的孩子享受着最纯粹的自由，他们的活动场地包括树林、建筑工地和巨大的英伍德山公园。到了20世纪30年代，新政下的公共事业振兴署永远地改变了英伍德的地貌，横贯英伍德山公园的亨利·哈德逊公园大道就像一座长城，它隔开了树林和旷野，将孩子们圈禁在了公路这边。（同一个项目下的亨利·哈德逊桥联通了英伍德和曼哈顿，但在本地的孩子们看来，这座匝道繁复的大桥很难说是利大于弊还是弊大于利。）

同样是在罗斯福新政期间，英伍德山公园里那些孩子能走到的荒野也慢慢变得"文明"起来，长椅、步道、路灯、运动场、游戏场地和游乐场取代了树林和小径。到了60年代中期，英伍德山公园里大部分无人监管的区域已经成了黑人青年帮派的地盘。非裔美国人社区的父母和神职人员很快做出了反应，他们迅速地将孩子们的活动场地转移到了组织严明、有人监督的地方：譬如成人主持的少年棒球联合会、学校活动项目、青年活动中心，等等。

这样一来，没有加入帮派的8到13岁的非裔美国儿童成为第一批受到严格监管的孩子，他们在树林和旷野中自由漫游的时间越来越少，乃至于无；到了20世纪70年代，白人儿童也步其后尘，开始遭到成人的严格监管。20世纪20年代，英伍德山公园里的孩子尚且拥有3到5英里的活动半径，但在接下来的几十年里，他们的活动范围不断遭到压缩，最终局限在了后院的栅栏和有人监管的游乐场里，这主要是出于家长们对帮派、毒贩和汽车的恐惧。

下面我引用了这项研究的部分结论。

> 本世纪的大部分时间里，在多种力量的相互作用下，英伍德儿童无人监管的社区活动日益缩减。最显著的趋势是：儿童能够或者可能造访的地点，其数量和类型越来越少；与此同时，有成人引导的户外活动越来越多。在这个过程中，犯罪、物理环境退化和车辆交通都不是唯一的影响因素。

> 20世纪20年代，英伍德如火如荼——堪称永不停歇——的挖掘、建筑、清理和其他改造工作为孩子们带来了不受监管的多样化的游玩场地——包括深坑、石堆、农场、沼泽、树林、农仓、宅院甚至建筑垃圾场。到了20世纪40年代，随着英伍德的建设工作走向尾声，罗斯福新政描摹的蓝图地貌已经成形，这里的人口达到了顶峰，孩子们的玩耍环境也逐渐固定下来，受监管的程度有所提高——他们被关进了游乐场和球场里，到了20世纪50年代，新兴的室内活动项目进一步压缩了孩子们的自由。

我和弟弟在1956—1957年的得梅因亲身体验到了20世纪40年代英伍德儿童的乐趣。当时我家后面有一片私人森林保护区，峡谷中野生的"城市树林"绵延两英里以上，广阔的树林里几乎没有路，更别提其他人工设施。除此以外，峡谷周围还有很多正在修建的住宅，任何一个男孩都能告诉你，这些"建筑工地"——包括废弃的坑洞、泥土堆成的小山、尚未完工的房屋乃至晚上和周末无人使用的建筑设备——是最完美的游乐场。我们可以在这些地方干各种各样的事情，比如说爬到刚搭好框架、还没来得及铺地板的三层小楼上，踩着狭窄的木板打泥巴仗，或者把我弟弟（他是我们这群孩子里胆子最大的一个）装进大纸箱，从 30 英尺高的土堆顶上推下去，让他冲进一个 20 英尺深的半满水坑里（他每次都能像胡迪尼一样惊险地死里逃生）。

等到我们终于从得梅因搬到伊利诺伊中部小镇布利姆菲尔德（这座小镇正是"榆树港"的原型，邮编 650——有电子测速）的时候，我们自由漫游的范围变大了很多，这不光是因为我们又长大了几岁。想去树林里废弃的采石场（比利羊山）玩耍，我们只能靠自行车和双脚走更长的一段路——差不多 5 英里；到了地方以后，我的弟弟韦恩会钻进一个更大一点的纸箱，然后我们把他从一座更高一点（50 英尺）的小山顶上推下去，让他冲进一个更深一点（25 英尺）的满当当的水坑里，这完全值回票价。（他最后总能从纸箱里逃出来，但在此之前的很长一段时间里，你只能看到漆黑的水面上不断冒泡，接下来完全不冒泡的时间还会更长一些，我必须承认，这时候我总会胡思乱想，该怎么跟父母解释弟弟的死亡。我能想到的情节大致是这样的：一群吉卜赛人从树林里钻出来，他们把韦恩绑在纸箱里扔进了水坑，我们其他人都被绑了起来，所以只能干看着。）（当哥哥可真不容易。）

我的研究伙伴发现，关于儿童的玩耍和漫游范围，这方面的研究英国做得相对比较多，而且这些研究的结论和我耳闻目睹的情况相当吻合：美国 8 到 13 岁的儿童正在失去四处漫游的自由。

2008 年 8 月 3 日（星期日），《观察家报》上的一篇文章开篇就写道：

这是一幅象征童年的画面：年幼的兄弟姐妹奔向一棵枝繁叶茂的橡树，他们争先恐后地爬到低垂的树枝上，跃跃欲试地比赛谁爬得更高。但成百上千万的儿童正在被剥夺这样的快乐，因为父母不愿意让孩子承担哪怕一丁点儿风险。

英国国家儿童局下属组织"游玩英格兰"进行的一项大型研究发现，半数儿童被禁止爬树，21%的儿童不准玩康克戏，还有17%的儿童被告知不得参与追逐、抓人之类的游戏。为了让孩子远离危险，某些极端的父母甚至不准孩子玩躲猫猫。

虽然我不知道英国人的"康克戏"具体怎么玩，但作为一个曾经的孩子——曾经可以自由接触球和土块的孩子——我完全能想象。那篇文章继续写道：

用棉花球把孩子们裹起来的趋势悄然改变了他们的童年体验。研究表明，现在的成年人里有70%的人童年最刺激的冒险经历发生在户外的树林或者小河里，相比之下，今天只有29%的孩子拥有类似的体验。接受调查的大部分孩子表示，他们最刺激的冒险经历发生在游乐场里。

孩子们最刺激的冒险经历竟然发生在见鬼的游乐场里！！？？这样的说法恐怕会让戴尔、劳伦斯、麦克、杜安、凯文、哈伦和他们的朋友呕吐好一会儿（科迪·库克在呕吐之前还会笑得声嘶力竭）。

在《诡异之夏》里，你会发现，哪怕是在小镇中央那片被大得骇人的老中心学校完全包围的巨大操场里，孩子们最喜欢的"玩具"还是高高的滑梯（如今的学校操场上根本不允许出现这么高的滑梯）旁那座新修的庞大的污水池。孩子们把这座高达 8 英尺的池子当成"国王山"，他们互相推搡，让小伙伴顺着陡峭的滑梯一直溜到最下面，然后再爬回来，周而复始，乐此不疲。

呃，这可比康克戏好玩多了。

我的研究伙伴找到的最后一篇英国论文发表于 2007 年，它的题目叫作"四代以来的儿童如何丧失漫游的权利"，这篇文章的结论广泛适用于英美儿童，包括生活在郊区甚至小镇上的孩子们。

这项纵向研究观察了从 1919 年到 2007 年，同一个家庭里的 8 岁儿童（我感兴趣的是 8 到 12 岁儿童的活动范围，8 岁正好是个下限）漫游范围的变化趋势。

外曾祖父乔治，1919 年正好 8 岁，他可以步行 6 英里去镇外钓鱼。这段路主要由铁轨、乡村小径和步道组成，需要穿过大片茂密的树林。

外祖父杰克，1950 年时 8 岁，他可以自己走 1 英里左右的路去树林里玩耍。他能和同龄的朋友一起，或者自己在树林里玩！和 1960 年榆树港的男孩们一样，杰克大部分时间待在户外，几乎不会留在家里听广播或者看电视。（直到这份调查报告出炉的那一年，88 岁高龄的杰克仍是个"步行爱好者"。）

母亲维姬，1979 年时 8 岁，她可以独自走去半英里外的游泳池。但维姬补充说："我小时候外出相当自由——我可以骑自行车绕着屋子转圈，和朋友们一起去公园玩，还能步行去游泳池和学校。"

这一代的儿子埃德，2007 年时 8 岁，父母只允许他走到家门口那条街的尽头，大约不超过 300 码的距离。

我在本地认识的一些孩子处境比埃德还要糟糕。我们有个邻居，他的儿子在 12 岁以前甚至不能在没有成人监管的情况下走出自家的院子，尽管我们住的这一片属于历史氛围浓郁的"老区"，相对比较安全，颇具小镇风情。等到这孩子终于开始骑车的时候，他浑身都裹得严严实实，看起来活像个中世纪的骑士——除了头盔以外，他还穿着从轮滑店买来的护胫。（你可能想问，麦克、戴尔、劳伦斯、凯文、哈伦和榆树港的其他孩子从来不戴骑行头盔，他们是怎么活下来的？那个年代的成年人不骑自行车，所以你看不到身穿紧身运动服、脚踏售价超过 3500 美元的自行车、用价值几百美元的头盔保护自己珍贵头颅的骑行者。榆树港的孩子们——我这一代的孩子们——从来不戴骑行头盔。奇怪的是，我们也没听说过哪个孩子因为骑车摔伤了脑袋而送命或者瘫痪的。当然，骑车的人早晚会摔跤，但最多留下擦伤和瘀青，而不是在植物人病区里躺上一辈子。）

无论如何，现在我们社区里的所有孩子要想靠近自行车 15 步以内，就得穿上全套护具，打扮得像个纳粹冲锋队员一样；除此以外，21 世纪每辆自行车上的反光条恐怕有 10 英尺长，每根反光条上仿佛都写着橙色的大字："求求你，别撞我！"近年来我们认识的邻居家的男孩在 14 岁以前都只能在父母的视线范围内骑车，就算满了 14 岁，他们也最多能骑到街区尽头就得掉头回来。就算孩子们的活动范围如此有限，如今的母亲们仍会像老鹰一样把自己的孩子盯得紧紧的，要是在榆树港，只有 7 岁的孩子才可能引发这样的担忧。

正如 2001 年吉尔·瓦伦丁和约翰·麦肯德里克在英国所做的一项研究中清醒地总结的那样："限制儿童户外活动和无监督玩耍的主要因素不是游乐设施不足，而是父母对孩子安全的担忧。父母认为现在的孩子面临的风险高于自己儿时。在所有针对父母焦虑原因的调查中，家长最大的担忧可以分为两种：其一是陌生人诱拐，其二是道路交通。尽管父母的焦虑与日俱增，但事实上，现在的孩子比以往任何时候都更安全。"

等等！你喊道。那是在英国。美国的灌木丛里到处都是拐子、恋童癖、疯子和拎着斧头的杀人犯！

真的吗？

从统计学的角度来说，美国内陆城市非危险区——譬如郊区、小镇和乡村——儿童的安全程度和20世纪40年代、50年代、60年代乃至世纪之交几乎没有区别。但我们这些成人——我们这些做父母的——却不相信，离开了我们的视线和成年人的监管，孩子们依然是安全的。（虽然同样有研究表明，很多"恋童癖"最终会在学校、游乐场、学前班或者有组织的运动队里谋一个职位，摇身一变，成为"监管孩子的成年人"——要是孩子们依然自由自在地在户外漫游，他们原本不会成为这些人的猎物。）

但二十四小时的电视新闻让你看到了全国所有的安珀警报，电影电视播放的警匪片里也充斥着拐卖、虐待、谋杀儿童的故事。

于是成年人开始无视常识——也抛下了自己11岁时和其他孩子一起自由玩耍漫游的记忆——错误地走向了极端的警惕。

他们把自己的孩子变成了囚犯。

现在，这些囚犯就像精神病院的住客一样被囚禁在自己家里，手机、电脑、平板电脑、随身听、电视、短信和其他玻璃奶头就是他们的镇静剂和铁栅栏。

但是，直到今天我依然认为，如果成年人偷走了孩子们的空间和时间，那就相当于偷走了他们的童年。自行车巡逻队的麦克、戴尔、凯文、劳伦斯、杜安、哈伦、科迪和其他孩子一定赞同我的看法。

一位儿童角色之死：

可是……

可是……

《诡异之夏》里有一位儿童角色死了。（如果这也算剧透，那我深感抱歉，但我不会进一步透露丧命的到底是哪一位重要的儿童角色。）（除了他是个男孩以外。）

对我来说，这位角色的死亡写起来格外艰难，不仅因为他是个孩子，或者小说里任何一位重要角色的死亡都会让作者——他的创作者——深受折磨，更重要的是，尽管有很多文章讨论孩子的死对父母造成的影响，但死者的伙伴和朋友又会受到什么样的伤害？这方面的探索几近于无——无论是社会学意义上的，还是心理学和虚构层面上的。（失去一位年轻的朋友，孩子将受到怎样的创伤？关于这个问题，我见过的最棒的虚构描写出自韦尔登·希尔一本并不出名的小说，《乔治·亚当的漫长夏日》。）

除此以外，《诡异之夏》里这个早夭的孩子深受我的关注，我在现实生活中正好认识这样一个人，然后我将他与另一位亲爱的朋友结合在一起，创造出了这个角色。现实中的这两位朋友里有一位遭到了谋杀。

此外，《诡异之夏》和我的其他作品一样具有部分自传色彩，尽管书中的角色出于虚构，但我十分牵挂他们的命运。甚至早在1990年创作这部小说的时候我便已经想到，这些角色在我以后的短篇、中篇和长篇小说里很可能再次出现，虽然从某种意义上说，我并不赞成作者在多个互不相干的故事里复用角色。

果然，这本书里的一个男孩（我还发现，1960年夏天在榆树港经历了一系列事件后不到十年，他在越南失去了一条腿）后来在我的长篇小说《暗夜之子》里成了罗马尼亚的一位神父（还是两位主角之一呢）。我很高兴与他重逢，更让我高兴的是，尽管失去了一条腿，但他仍是《诡异之夏》里那个慷慨、无畏、勇敢的孩子。几年后，在我的小说《伊甸园之火》里，他又卸下神职，变成了夏威夷群岛上一位无名的直升机驾驶员；虽然这个角色的分量比前两次轻得多，但看到他在《暗夜之子》的故事结束后结了婚，又有了新的事情要做，我觉得十分欣慰。

《诡异之夏》里那位勇敢的白人垃圾小女孩科迪·库克也出现

在了《伊甸园之火》里，虽然我从未想过还能再次听到她的消息，事实上，这次她担当了一位重要的配角。科迪竟然变得非常有钱，震惊之余，我在故事里听说了她发财的原因，这才感觉释然。她本来就是个不屈不挠的人。

在我2000年出版的滑稽悬疑惊悚小说《达尔文之刃》里，来自《诡异之夏》的另一位惹人喜爱的男孩再次成了重要配角。这位不怕死的小弟弟在1960年的榆树港镇还瘦得皮包骨头，可是到了2000年，他却成了加州一位身高6英尺2英寸、体重230磅的调查员，和老婆一起经营自己的保险调查公司，但他还是和小时候一样幽默（而且他依然不喜欢别人叫他拉里）。我们也从他那儿听说了他哥哥的一点消息。

1960年榆树港自行车巡逻队的一名成员在我2002年的小说《冬日幽魂》里当上了主角。这个男孩长大后成了蒙大拿的一位英语教授，他刚刚咎由自取离了婚，失去老婆和家人让他的精神濒临崩溃，于是他决定——是奇迹还是灾难，你自己掂量——回到榆树港附近一座"闹鬼"的农场写小说，这处产业曾经属于他孩提时的一位朋友。

1960年夏天的榆树港阳光温暖，生机勃勃，但到了2000年的冬天，这座小镇显得荒凉而阴郁，完全变了副模样。而且时至今日，在《冬日幽魂》这位主角的回忆中，1960年的系列事件和我们在《诡异之夏》里看到的很不一样。曾经的超自然元素失去了超自然的意味，那些无法解释、难以言表的事情最终……大部分……得到了解释。

创作《冬日幽魂》的时候，我的目标是将这两部小说拧成一条虚拟的莫比乌斯环——虽然这个故事看起来有两面，但从拓扑学的角度来说，二者实为一体。面对三维的莫比乌斯环，你可以拿铅笔在上面画一条贯穿正反两面的线，在此期间笔尖完全不必离开纸面；同样地，读者可以将《冬日幽魂》和《诡异之夏》看作基于同一串事件分别讲述但同样真实（同时古怪地相互依存）的两个故事。

有的读者这两本书都想读，他们总爱问我是该先读《诡异之夏》还是它的"续集"《冬日幽魂》，我每次都试图解释——但有时候并不成功——后者实际上不是前者的续集，先读哪本都无关紧要。无论你先读哪本，后读的那本都将为你理解前一本小说带来新的启示。（在莫比乌斯环上画线的时候，你从哪个地方落笔并不重要。）

但《冬日幽魂》里有一个"鬼魂"，它实际上是一段无法磨灭的关于儿时朋友的记忆。那个男孩前途无量，却死得太年轻，太惨烈。他到底因何而死？无论读者愿意接受哪种解释，他的死也是不可改变的事实。

真是这样吗？

对《诡异之夏》里这位主角之死深感沮丧的人不止我一个。自1991年本书出版以来，来自全世界的许多读者来信都要求我"复活这个角色"（我在《冬日幽魂》里所做的算不算"复活角色"，请读者自行斟酌）。在这些愤怒——受伤或宽容——的信件和电子邮件里，读者做出了各种各样的解释，他们说，这个有趣（而脆弱）的角色并没有真的死去，他只是被带到榆树港外某处农田的地下裹了起来（诸如此类）。

我曾在科罗拉多某座小镇的中心学校里教过十一年书，几年前，我认识的一位艺术家为这所学校的一百二十五周年校庆创作了一幅巨大的彩瓷壁画。有人问她："透过学校二楼窗户向外张望的那个男孩是谁？他看起来似乎很悲伤。"

他就是《诡异之夏》里死去的那个角色，艺术家用这种方式让他活了下来。

尚未成为消费主义靶标的孩子：

1960 年前后的榆树港儿童和现代儿童的一大区别在于，榆树港的孩子还没有成为美国资本主义强大的市场营销机器的目标。

榆树港的孩子最重要、最昂贵的财产是他们的自行车——只有凯文算是个例外——这些自行车要么是从哥哥姐姐手里捡来的，要么是买的二手的，或者继承父母的。男孩们热爱自己的自行车，他们也需要这件交通工具（归根结底，有了自行车，他们才能享受四处漫游的自由）。但对于这件无价之宝，男孩们的态度其实相当随意，每天晚上他们的自行车都扔在自家前院里，丝毫不担心被偷（实际上坏蛋查克·康普顿和他的现代党羽阿奇真的偷过车——这两个名字也真的来自我在现实生活中认识的人）。榆树港的男孩们——除了凯文以外——常常直接跳下飞驰的自行车，让无人驾驭的车子穿过别人家的庭院，最终翻倒在地，或者撞上麦克家的鸡舍。

榆树港每个男孩都拥有的另一件宝物是他们的棒球手套。这些几经缝补的旧手套是男孩们心目中的无价之宝，不仅因为大部分男孩都是镇上的小联盟队员——他们有时候会去附近的小镇（譬如伊利诺伊的基卡普）打比赛，直面投手丘上令人胆寒的对手戴夫·阿什利——也因为他们常常连续几个星期在戴尔、劳伦斯和凯文家院子后面的高中棒球场上从大清早玩到天黑。这座球场位于小镇最北端，再往外走就是无边无际的农田。

但除了这些财产——自行车和棒球手套——以外，榆树港的男孩们（除了凯文·格鲁姆班彻、查克·斯珀林和其他几个"有钱孩子"以外）拥有的东西要么破破烂烂，要么是二手的，要么是哥哥姐姐传下来的，或者干脆三者兼具。

这些男孩都穿着牛仔裤——以今天的标准来看有点太硬，裤脚向上卷起——和 T 恤。唯一一件有标志的 T 恤是戴尔·斯图尔特最爱的童子军制服。劳伦斯和哈伦爱穿旧的幼童军制服，虽然这几件衣服已经洗得又软又短，至少对吉姆·哈伦来说，那件褪色的蓝T恤袖子都快遮不住手肘了。

穿设计师品牌的衣服——除了牛仔裤纽扣上隐藏的"Levi"字样以外——这种念头恐怕会让榆树港的男孩和他们的父母惊得目瞪口呆。

至于夏天的鞋子，榆树港的男孩们一般穿帆布鞋或者高帮鞋。当然是旧的。很旧。几乎每双鞋子都会露出短袜和脚趾。杜安·麦克布莱德是唯一的例外——这位胖男孩身上有太多例外——因为杜安一年到头都穿着他那双古老的黑色高帮运动鞋（还有褪色的灯芯绒长裤和法兰绒衬衫，哪怕夏天最热的时候也不换）。

值得一提的是，榆树港的所有男孩都会严格区分"上学穿的衣服"和"玩耍时穿的衣服"，就连最穷的麦克·奥罗克也不例外。麦克家唯一的室内水源是一台手压式水泵，哪怕最寒冷的冬夜，他们家的人也只能去屋子外面方便（那地方就在鸡舍旁边，所以每到炎热的夏天，聚在鸡舍里的自行车巡逻队就倒霉啰）。大部分孩子不会穿牛仔裤去上学，就算穿了，他们也会套一件有领子的衬衫，下摆规规矩矩地扎在裤子里面。几乎每个孩子都有一双上学穿的牛津鞋——虽然老旧破烂，但每年总归有那么几次会擦得亮闪闪的，就像孩子们自己一样。

只有杜安·麦克布莱德每天都穿着同样的衣服和黑色的运动鞋。

榆树港男孩夏天穿的全套行头大概只值4.5美元——前提是他穿的牛仔裤、T恤和帆布鞋（或者高帮鞋）都是新的。

谴责商业主义未免显得陈腔滥调。（但我喜欢1947年的电影《34街奇缘》里的一段台词，年轻的阿尔文·格林曼饰演的微胖清洁工阿尔弗雷德对埃德蒙·格温扮演的正牌圣诞老人说："没错，这个世界上有很多糟糕的'主义'，但其中最糟糕的是商业主义。赚钱，赚钱。哪怕你走到布鲁克林也一样——没人在乎什么圣诞精神，大家满脑子都想着赚钱、赚钱。"）

那是 1947 年。要是阿尔弗雷德——和圣诞老人——有幸目睹 21 世纪的"商业主义"，他们恐怕会惊掉满嘴假牙。

我在公立学校任教的十八年里（以及后来），尼尔·波兹曼一直是我在重大教育问题上的精神导师。他是一位作家，也是媒体和文化批评家，更是不知疲倦的人道主义者。虽然波兹曼已于 2003 年逝世，但对于技术和文化变革对我们每一个人——尤其是孩子——造成的影响，他的看法依然鞭辟入里。1971 年，我正在攻读教育学硕士学位，准备当一名老师，波兹曼出版了一部影响深远的著作《作为颠覆活动的教学》，不理解他的人觉得他是个 60 年代的激进分子。几年后的 1979 年，波兹曼在后 60 年代的喧嚣中撰写了《作为保护活动的教学》，这一次，在不理解他的人眼里，他又成了里根式的保守派。

尼尔·波兹曼本人比这些误贴的标签深刻得多。他理解了安德烈·纪德那句被人遗忘的宣言——"真正的教育只可能来自那些和你格格不入的东西。"

更重要的是，波兹曼理解了——并对此做出了极具说服力的阐释——成年人（和孩子）心目中的"童年"实际上是一个晚至 18 世纪末才诞生的空间、地点和概念，而且到了 20 世纪末期，所谓的童年已经遭到了严重的破坏。（作为一个画家兼美术爱好者，我相当理解波兹曼提出的前面半句话——数百年来，油画和肖像作品中的儿童形象比例都严重失真，至少在 19 世纪以前，情况一直如此。18 世纪中叶以前，美术作品里的儿童看起来全都像是缩微版的成人，头和躯干的比例完全不对，这不仅仅是出于原始主义的绘画风格，也因为作画者和其他所有人一样简单地认为，儿童就是小型的成人，他们的画笔忠实地体现了主人的意志。）

直到印刷术发明以后，人们才开始认识到，儿童的信息环境应该有别于成人——我们应该更严格地限制儿童获取的信息。直到这时候，童年才真正成为生命中一个独特的时间段，它理应遵循另一套规则——换句话说，这个时期的儿童不应承担成年人必须面对的冲击、要求和现实。

但这道保护墙已被推倒。（事实上，要我来说的话，20世纪最后这几十年里我目睹的童年的终结就像是直接拆掉了父母的卧室房门。包括父母在内的成年人所思所想、所说所做、所争执所担忧的一切都完完整整地暴露在孩子面前，就连性爱也不例外。）

几十年来，我们习惯了为所有的技术和文化变革欢呼雀跃，但对于这场变革，我们应该停下来好好想一想。

虽然几乎所有人（包括父母）都预见到了这场变革，但它仍摧毁了戴尔、劳伦斯（别叫我拉里）、麦克、凯文、哈伦、科迪、唐娜·卢和1960年榆树港镇那么多孩子无比珍视的童年王国。波兹曼在文章中指出，十八九世纪的童年拥有独立的、受保护的超然地位，但这场变革动摇了它的根基。

"当然，我认为'信息革命'使得我们无法在孩子面前保守任何秘密，无论是性、政治、社会、历史还是医学。也就是说，要维持生命中那段名为童年的时间，我们必须有所保留，至少是一部分，不能将成人世界的全部内容暴露在孩子面前。"（波兹曼，《建造一座通往18世纪的桥梁：过去如何改善未来》，P124。）

失去了隔离的秘密和沉默，保护童年的藩篱不复存在，孩子们只能直面成人世界里最残酷的方方面面。

榆树港的孩子们以为自己面对的是超自然的恐怖敌人——老中心学校钟楼里那口有自我意志的邪恶的波吉亚钟，死而复生纠缠、攻击姆姆的步兵，还有那辆说不清道不明的收尸车——但他们从未认真考虑过向父母或者其他成年人求助（唯一的例外就是麦克找来了那位年轻的神父，但结果证明，这个主意十分糟糕）。

原因十分简单：那时候孩子和成人的生活泾渭分明。在《诡异之夏》的故事里，每个儿童角色都不得不面对成人世界里某个糟糕的方面——赤裸裸的性、同龄朋友的死亡、暴力、孤独、酗酒——但无论遇到什么情况，榆树港的孩子们总是从彼此身上汲取力量，在童年专属的小天地、秘密和缄默中寻找勇气。

今天，各个年龄段的孩子都成了广告和商业活动的目标。中产阶级的孩子开始对李维斯嗤之以鼻，他们更愿意穿设计师品牌的牛仔裤；没有牌子的 T 恤（和曾经深受喜爱的童子军制服）也惨遭抛弃，孩子们衣服上的品牌标志一个比一个醒目，他们宁可花钱去充当某些公司的广告牌。太多男孩渴望穿上五花八门的运动鞋——篮球鞋、综合训练鞋、网球鞋、跑鞋——每双至少价值 60 美元，而在 1960 年，男孩们不管做什么运动都穿着同一双帆布鞋或者高帮鞋。女孩们将"美国女孩"洋娃娃列入自己的圣诞节愿望清单——这样的娃娃一个就要卖 100 多美元。

正如尼尔·波兹曼在 1999 年写道的："重点在于，就算童年依然存在，那它现在也只是一个经济层面的概念。我们的文化根本不愿意为孩子做任何事情，只想把他们变成消费者。"在波兹曼写下这几句话之后的十多年里，局面更是每况愈下。（我刚才说过，波兹曼已于 2003 年过世，所以他有幸未曾看到 2006 年迪士尼频道推出的剧集《汉娜·蒙塔娜》，这种借洛丽塔现象做市场营销的手法简直令人作呕。）

一般来说，麦克、凯文、劳伦斯、杜安、科迪、唐娜·卢、戴尔、哈伦和 1960 年榆树港的其他孩子完全没有零花钱，只是偶尔能弄到几个硬币，好去主街那边麦克妈妈上班的 A&P 超市买一瓶红色机器里的冰可乐，或者趁着舞台公园放免费电影的时候，从公园咖啡馆的自动售货机里买点口香糖，如魔多之眼般什么都能看见的不断膨胀的媒体和广告界的半兽人大军还没有发现他们。孩子们还不是"消费者"。

他们还是人类。

最聪明的孩子来自乡下：

放假前一天，老中心学校的老师们让乡下的孩子列队上车，镇上的孩子留在课桌边，焦急地等待乡下孩子离开学校。然后镇上的孩子才终于获得了解放。

乡下孩子和镇上的孩子。这是一道深深的鸿沟。镇上的孩子在暑假里常常结伴玩耍，他们骑着自行车组成巡逻队，有时候还会一起打球。而乡下的孩子……呃，大部分乡下孩子要帮家里干活儿。如果有几个乡下孩子住得比较近，能穿过地里越长越高的玉米碰上头的话，他们也会一起玩耍。比如说，去牛喝水的坑里游泳，钻进筒仓里比试谁的玉米棒子扔得高，拿BB枪去谷仓里打麻雀，但大部分乡下孩子的生活比镇上的孩子孤单。

唯一的例外是杜安·麦克布莱德。

杜安·麦克布莱德身上有很多例外。

作为一个乡下孩子，他住的地方离榆树港镇超过两英里，但整个夏天他都和麦克、戴尔、凯文以及其他常去鸡舍玩耍的孩子厮混在一起。杜安是自行车巡逻队的成员，但他自己没车。其他男孩都长得很瘦——一部分是因为大家吃得不怎么样，但主要原因是他们一年到头都在户外玩耍，活动量惊人——只有杜安·麦克布莱德是个胖孩子。

其他男孩都不喜欢上学，因为学习实在无聊，老师也很无趣。但杜安的知识水平早就超过了老中心学校教的内容，实际上，他学的东西大部分学校都不教。

杜安的知识基本上都是自学的，而且他很聪明。靠着阿特叔叔的些许指点，杜安·麦克布莱德差不多读完了相当于大学水平的各种书籍，包括虚构类和非虚构类。每到冬天，杜安的父亲常去外面喝酒，所以大部分时间他独自待在农场里。杜安会五门外国口语，橡树山公共图书馆档案室里翻出来的78转外语唱片是他的老师和陪练。他读过希腊语的《伊利亚特》、拉丁语的《埃涅阿斯记》和德文尖角体的康德的著作《未来形而上学导论》，这时候他还没满12岁。

杜安·麦克布莱德还有一个重要的不同点。

《诡异之夏》里的其他儿童角色原型都来自我童年时在布利姆菲尔德小镇认识的男孩和女孩，但杜安·麦克布莱德的两位原型和我相遇的时间比这晚得多，那时候我已经去了印第安纳州的瓦伯西学院念书。

其中一位聪明的年轻人名叫基思·N.，我上到大四的时候他刚念大二，但他的学问和通识都比我强得多。基思现在过得很好，他在印第安纳一所中等规模的文科大学教拉丁文、希腊语、经典文学、电影史和其他很多科目。去科幻大会参加论坛的时候，总有人问我："丹，你接触过斯蒂芬·金、迪安·孔茨、哈兰·艾里森、彼得·史超伯、大卫·莫瑞尔和其他那么多了不起的作家，你觉得谁是你认识的最聪明的人？"

每次我都不得不回答："我认识的最聪明的人大概是一个名叫基思·N.的家伙——"

有时候我也会怀疑这一点，但不久前，基思来科罗拉多参加我女儿的婚礼，我耳闻目睹了他和各种各样的人交谈——艺术家、社会学家、编辑、家庭主妇、飞行员、语言学家、电影经纪人、医生、药物顾问、大学招聘人员、视频制作人——无论对方是谁，基思总能像个真正的内行那样跟他聊上半天专业话题。于是我意识到，在我认识的那么多聪明人里，基思的确算得上最聪明的那个。

杜安·麦克布莱德的另一位原型真名也叫杜安，他是我大学时认识的一位朋友，但在我们毕业后没几年，他就遭到了谋杀。大四的时候，我在瓦伯西学院创办了一份名叫"森林之神"的地下文学刊物，作为创刊人兼主编，我刊发了杜安的几篇非虚构作品和短篇小说。这些作品和他本人一样才华横溢，但他并不快乐。

我和杜安时近时远的友情（以及只存在于杜安想象中的大学时

代我俩之间的文学竞争），他被谋杀的细节，以及我在瓦伯西学院试图以他的名字设立一个写作奖项的失败经历，这些故事都收录在一篇题为《好好写》的短文里，你可以在我的个人网站上读到这篇文章。

让我感到难堪的是，我的个人网站上10月和11月的"丹想说的话"实际上是一个上下集的短篇故事，它以榆树港为背景，出场人物都是《诡异之夏》里的男孩，故事发生的时间，或者至少是叙事开始的时间是1960年10月21日，肯尼迪和尼克松在电视上公开辩论的那一天。

但我必须提醒读者！

这两个短小的故事描述的不仅仅是《诡异之夏》结束之后，1960年10月发生的事情，还有几位主角在未来几十年的人生轨迹。你可能不会喜欢。你如果愿意冒险的话，也可以读一读这两篇短文，不过切记，在此之前，你必须先读完《诡异之夏》。

现在我们再来说说杜安·麦克布莱德。

对我来说，创造杜安·麦克布莱德这样一个角色的部分乐趣在于，他可能是我在小说中描绘的唯一一个天才。

我们对待"天才"这个词的态度实在过于随便——很多时候它形容的其实只是特别聪明的人。但我读过教育学硕士学位，也在纽约接受过BOCES培训，后来还参加过其他项目，通过这些训练，我不仅有能力教导有严重学习障碍的小学生，还可以培养特别有天赋的孩子。

杜安·麦克布莱德是一只最珍稀的鸟儿——他是个思想深刻、发展全面的天才。在现实生活中，你和我认识这种天才的概率和碰见外星人差不多。

大家都不相信智商测试，但要预估某个孩子在学术和专业领域的成功，智商测试仍是唯一的最佳方法。虽然智商测试已经风行了一个世纪，但谁也不知道测试的分数该如何转化为具有现实意义的度量标准，这个转化因数在人生中可能非常关键——至少奠定西方文明根基的书籍和研究都这样认为。

你多半记得，智商测试的标准差是 15 分。呃，假设大多数人的智商测试分数是 100 分左右，那么我们都习惯于和分数比自己低一个标准差——15 分，也就是 85 分左右——的人相处。我们甚至能够友善妥帖地对待比正常人低两个标准差，即智商测试在 70 分左右的人，哪怕他们已经落到了严重智力迟钝的边缘。

但三个标准差的距离足以抹杀一切可能，你根本无法与智商 55 分以下的人正常交流。从某个角度来说，这样的人甚至不具备人类最基本的智力。

呃，同样的道理也适用于那些比我们更聪明的人。智商比普通人高一个标准差的家伙最容易让人惊艳，我们的上司通常是智商 130 以上的聪明人，他们的分数比普通人高两个标准差。大部分人至少认识一个智商比平均水平高三个标准差的人，但你可能意识不到这一点。这样的人有能力改变世界，无论结局是好是坏。

但杜安·麦克布莱德呢？

杜安的智商可能高达 220 分左右，比普通人高七个标准差，但不幸的是——或者说幸运的是——智商测试无法准确测量这么高的智力。这是地地道道的"聪明得爆表"。而且从现实中的很多方面来说，这样的智力也超过了我们能理解的范畴。

我觉得有趣的是，麦克、戴尔、劳伦斯、凯文和其他很多孩子都喜欢杜安·麦克布莱德，尽管这个家伙常常说些大家都听不懂的话。《冬日幽魂》里的戴尔·斯图尔特成了一位颇受人尊敬的大学教授兼作家，尽管戴尔取得了不少学术成就，但他心里依然清楚，他现在的知识水平还是比不上 11 岁的杜安·麦克布莱德。

吉姆·哈伦对杜安可能最不以为然，但在《大选之夜》和其他几个故事里，我发现哈伦也有一些残忍的小聪明，但这孩子嫉妒心重，容易伤人。他的聪明注定会滑向黑暗面。

我真的很爱杜安·麦克布莱德这个角色。我迫切地希望看到他后面的人生历程，或许他会进入政界，总之肯定是个高智商的圈子。他是我心目中的迈克罗夫特，比夏洛克·福尔摩斯还强。他是尼洛·伍尔夫，缜密的思维和敏锐的推理胜过微不足道的萨姆·斯佩德，而且还拥有彼得·乌斯蒂诺夫的好口才。我很乐意跟杜安·麦克布莱德交朋友，哪怕只是为了向他学习，就像我在现实生活中也会向基思·N.和其他天才学习。

不过到头来，我毫不意外地发现，杜安·麦克布莱德只有一位完美的朋友兼知己，就是那条名叫维特根斯坦的老边牧。

免费电影：

在现实生活中重现艺术情节的机会不多，但不久前我正好经历了一次。

"免费电影"是《诡异之夏》里的核心隐喻和叙事焦点。1960年的夏天，几乎每个周六的晚上，榆树港镇的公园咖啡馆外都会放免费电影，就像我小时候在布利姆菲尔德看过的那样。在我的个人网站上，你能找到孩子们观看免费电影的照片（照片里的孩子正是麦克·奥罗克、凯文·格鲁姆班彻、吉姆·哈伦、戴尔·斯图尔特、劳伦斯·斯图尔特等角色的原型）。

在这个页面上的最后一张1960年的古老快照里，人们坐在毯子上或者皮卡车的车斗里，孩子们挤在公园舞台上，翘首盼望免费电影开场。

呃，画面切到我们的新家，从2007年开始，我们一直住在这里。搬来之后不久，凯伦和我——我们已经成年的女儿简也经常帮忙——创办了西蒙斯夏日电影系列活动（在星空下看电影！）。整个夏天里，邻居和朋友们常常在周六的晚上坐在我家后院里看数字投影的老电影，巨大的幕布是我们辛辛苦苦挂起来的，院子里一片漆黑，只有旁边花架下面摆放爆米花、柠檬水和其他零食的长椅上挂着一串黄色的灯泡。

前来参加活动的客人多半知道我是个作家，但我们在后院里看电影的时候，谁也不会提起这个话题。大家更关心我通过电子邮件发给客人们的电影八卦测试，这些题目问的都是《雨中曲》之类的电影里那些特别琐碎甚至冷僻的细节。（夏日电影活动即将结束的时候，为了表彰凯伦和我为推广电影事业做出的贡献，某几次高难度测试的优胜者向我们颁发了"荣誉奥斯卡"奖。那座奖杯沉得要命，后来我们发现，这还真是他们从好莱坞某个地方买来的，整个美国只有那一家机构得到了仿制奥斯卡奖杯的授权。）

今年夏天——现在是 12 月 1 日，刚过下午 4 点 30 分，太阳已经落山了，望着窗外的落日，我感觉夏天恍若隔世——的最后一次电影之夜上，我决定向大家解释我们举办这个活动的原因。我取出一本《诡异之夏》，大声朗读了下面这几段话。朦胧的暮色中，40多位听众坐在户外椅上，草坪散发着夏日最后的芬芳，孩子们在睡袋上爬来爬去——

免费电影要等到天黑才开场，但性急的人们早已动身赶往舞台公园。低垂的夕阳挂在主街上，就像一只眷恋温暖人行道的黄猫。从乡下赶来的几家人把他们的皮卡和旅行车倒进公园旁边布罗德大道沿街铺着小石子的停车场里，等到放电影的人将画面投影到公园咖啡馆侧墙上的时候，这个地方的视野最棒；停好车以后，他们会坐在草地或者舞台上野餐，和镇上好一阵子没见面的朋友聊聊天儿。大部分本地居民要等到太阳完全落山以后才会陆续到达，布罗德大道两旁的榆树搭成了一条黑黢黢的隧道，一头是灯光闪烁的主街，另一头通往充满光明和欢声笑语的公园。

第二次世界大战之初，离榆树港最近的一家电影院，即橡树山的伊瓦茨宫关门歇业以后，免费电影就成了这座小镇的一项传统。当时伊瓦茨的儿子加入了海军陆战队，他是那座电影院唯一的放映员。第二远的电影院位于40英里外的皮奥里亚，由于汽油管制的缘故，大部分人没法跑那么远。于是在1942年的那个夏天，每个星期六的夜晚，老阿什利－蒙塔古先生都会从皮奥里亚搬来一台放映机，在舞台公园里播放新闻、战争债券广告、动画片和热门电影。雪白的帆布银幕挂在公园咖啡馆旁，20英尺高的画面就投影在那上面。

......

时至今日，1960年夏天，6月的第四个夜晚，阿什利－蒙塔古先生的长款林肯驶进舞台西边的老位置，泰勒先生、斯珀林先生和市议会的其他成员帮他把沉重的放映机抬到舞台的木质底座上。人们在自己的毯子和公园长椅上安顿下来；淘气的孩子在嘘声中跳下低垂的树枝，或者从舞台下面钻了出来；皮卡车斗里的大人开始调整折叠椅，传递爆米花。榆树上方的天空变得越来越暗，整个公园陷入了电影开场前的寂静之中，公园咖啡馆墙边那块长方形的帆布渐渐亮了起来。

如果这是你第一次阅读《诡异之夏》，希望你喜欢这场演出。如果你是故地重游——欢迎回到榆树港。

丹·西蒙斯
于科罗拉多
2010年12月1日

附注：我想感谢克雷格和克里斯·沃尔夫、詹姆斯·D.福伦齐、布拉德·米勒、威廉·科尔曼以及线上论坛的其他网友，你们帮我找到了很多研究数据，所以我才有底气撰写关于"儿童漫游范围"的那几段评论。

这些有趣的研究包括：

Asthana A, "Kids need the adventure of risky' play"，《观察家报》，2008 年 8 月 3 日，星期日；

Barnodo's, Playing It Safe，伦敦：巴纳多之家，1995 年；

Carver A, Timperio A and Crawford D, "Playing it safe: the influence of neighbourhood safety on children's physical activity"，澳大利亚迪肯大学运动与营养科学学院体育活动和营养研究中心，Vic. 3125，2006 年 8 月 31 日收稿，2007 年 6 月 18 日收到更改后的稿件，2007 年 6 月 19 日决定接受；

Cunningham, J, "Children's unsupervised play is not a luxury, but a crucial aspect of their development"，"游玩苏格兰" 2001 年年度大会，文章发表于 2002 年 1 月 3 日；

Derbyshire D, "How children lost the right to roam in four generations"，《每日邮报》，2007 年 6 月 15 日；

Ennew J, "Time for children or time for adults?", in J Qvortrup, M Bardy, G Sgritta and H Wintersberger (eds) Childhood Matters: Social Theory, Practice and Politics，奥尔德肖特：埃夫伯里出版社，1994 年；

Gaster S, "Urban Children's Access to their Neighborhoods: Changes over three generations"，《环境和行为》，1991 年 1 月，P70～85；

Hillman M, Adams J and Whitelegg J, One False Move … A Study of Children's Independent Mobility，伦敦：政策研究所，1990 年；

Skenazy, L, Free Range Kids: How to Raise Safe, Self-Reliant Children (Without Going Nuts from Worry)，出自同名网站；

Wheway R and Millward A, Child's play: Facilitating play on housing estates，伦敦：特许房屋经理学会，1997 年。

读客®
悬疑文库

认准读客读悬疑，本本都是大师级。

专注出版中、英、美、日、意、法等世界各国各流派的顶尖悬疑作品。

为读者精挑细选，只出版两种作品：
经过时间洗礼，经典中的经典；口碑爆表、有望成为经典的当代名作。

跟着读客悬疑文库，在大师级的悬疑作品中，
经历惊险反转的脑力激荡，一窥人性的善恶吧。

扫一扫，立即查看悬疑文库全书目，
收集下一本精彩悬疑！